感谢浙江省新昌县人民政府的大力支持

唐诗之路研究丛书·第二辑

唐诗之路研究会 编

尚永亮 著

贬谪文化与贬谪诗路

以中唐元和五大诗人之贬及其创作为中心

中华书局

图书在版编目(CIP)数据

贬谪文化与贬谪诗路:以中唐元和五大诗人之贬及其创作为
中心/尚永亮著. —北京:中华书局,2023.7
(唐诗之路研究丛书)
ISBN 978-7-101-16260-8

Ⅰ.贬… Ⅱ.尚… Ⅲ.唐诗-诗歌研究 Ⅳ.I207.227.42

中国国家版本馆 CIP 数据核字(2023)第 109038 号

书 名	贬谪文化与贬谪诗路——以中唐元和五大诗人之贬及其创作为中心	
著 者	尚永亮	
丛 书 名	唐诗之路研究丛书	
责任编辑	余 瑾	
责任印制	陈丽娜	
出版发行	中华书局	
	(北京市丰台区太平桥西里38号 100073)	
	http://www.zhbc.com.cn	
	E-mail:zhbc@zhbc.com.cn	
印 刷	三河市中晟雅豪印务有限公司	
版 次	2023 年 7 月第 1 版	
	2023 年 7 月第 1 次印刷	
规 格	开本/920×1250 毫米 1/32	
	印张 18⅛ 插页 2 字数 440 千字	
国际书号	ISBN 978-7-101-16260-8	
定 价	148.00 元	

"唐诗之路研究丛书"总序

卢盛江

经过多方努力,"唐诗之路研究丛书"终于问世了。

这是中国唐诗之路研究会组织编纂的学术丛书。中国唐诗之路研究会自成立以来,就致力于唐诗之路的研究。2019 年 11 月在浙江新昌召开了成立大会,2020 年 11 月又在浙江天台举办了首届年会,两次会议共收到一百六十余篇论文,对唐诗之路的一系列重要问题进行研究。现在又推出"唐诗之路研究丛书",旨在全面反映唐诗之路研究的高层次成果,将唐诗之路研究推向深入。关于"丛书"和唐诗之路研究,我想应该注意以下几点:

一、要进行细致全面的资料整理。无论是对某条诗路的具体研究,还是对某些问题的综合研究,抑或是学理层面的理论研究,都要立足于坚实的史料。专门的史料整理工作,在唐诗之路研究初期,尤为必要和重要;唐诗之路研究今后走向深入,这项工作也不可或缺。这是一切研究的基础。要围绕唐诗之路的主题发掘整理史料,注重规范性和系统性,特别要与考证辨伪结合起来,以确定史料的可靠性。既致力于新出史料的发掘,又立足于传统文献的梳理;既有典籍文献包括地方文献的爬剔缕析,又有民间调查和出土文献等史料的发掘探微。对于唐诗之路研究而言,实地考察也是发掘新史料的一个重要途径。

二、要弄清每条诗路的面貌。唐诗之路的关键是"路"与"诗"，路是载体，诗是内涵，而作为灵魂主体一定是"人"。"诗""路"与"人"三个方面的面貌都需要弄清。路是怎样形成的？路与交通有关，唐代交通面貌如何？走过这条"路"的诗人有哪些？这些诗人，何时因何而走上这条"路"？又何时因何而离开这条"路"？他们在这条"路"上的生活状况如何？有怎样的创作和其他活动？漫游、宦游、贬谪、寓居，是个人活动，还是群体活动等等，这些面貌都要弄清。就某个诗人而言，要进行重要行迹的考证；就某条诗路而言，要进行诗歌总集的编纂；就诗路发展而言，要进行源流演变的梳理。诗歌之外，这一诗路有怎样的文化遗存？民俗风物、名山胜迹、宗教文化、石刻文献等等，这些方面怎样共同形成诗路文化？这些面貌都要弄清。把国内各条诗路、各种问题的面貌弄清后，再进一步，可以从国内延伸到海外，研究海外唐诗之路。

三、要有问题意识，认清问题研究的重要性。清理史料和面貌的过程，也是清理和研究问题的过程。我们需要现象的描述，更需要问题的研究。史料和面貌的清理，本身就有一系列的问题。我们更要关注，唐代为什么会有诗路？一些诗路为什么流寓的诗人比较多，为什么诗歌创作比较繁荣？为什么一些诗路诗人群体比较多，诗人联唱和唱和比较多？复杂现象的解释，历史原因的分析，学术焦点与前沿问题的回答，一些特有的重要的现象，都是问题。现象与现象之间、事物与事物之间、问题与问题之间的联系，都会有问题。着力于发现、提出和研究问题，从一个问题推向另一个问题，我们就能够把诗路研究由浅入深，层层推进。

四、要有科学严格的主题界定。如从地域来说，一条诗路包括哪些范围？其历史行政区划和当代行政区划有何联系和区别？古代不同时期的区划变化如何？主题界定要符合历史面貌，要特别注意文化特点,既要有整体性,又要有包容性和开放性。没有整体性,无法界定范围;没有包容性和开放性,无法把握复杂面貌。

五、要体现"诗路"的特点。各条诗路都与地方文学有关。唐诗之路研究,还与贬谪文学、流寓文学、地域文学、山水文学、隐逸文学等等密切相关,与文学地理学、历史地理学等等密切相关,还与宗教包括佛教道教等等文化有关。具体诗人的诗路研究,必然涉及这些诗人的生平轨迹、他们的生活与创作道路。不要把唐诗之路研究简单地写成地方文学史,不要写成一般的贬谪文学、流寓文学、地域文学、山水文学、隐逸文学研究,不要写成一般的文学地理学、历史地理学研究和宗教文化研究,不要写成一般的作家论、作家传记,或一般的诗人生活与创作道路研究。既要注意与相关研究和问题的联系,扩大我们的视野,启发我们的思路,又不为之所囿,特别是不要落入固有的模式化的套路,要探讨"唐诗之路"作为一个新的学术增长点的丰富内涵和深刻本质,探寻出符合"唐诗之路"特点的新的研究之路。

六、实地考察可以做成学术著作,但一定要有学术性,一定不要写成一般的游记和一般的行踪介绍。要注意利用实地考察,发掘新的史料,补史之所阙。有意识地在实地考察中,体现"诗路"研究,解决学术问题。实地考察诗人行踪,"路"的点、线、面,"诗路"沿线自然地理和地方人文,从而深入发掘诗路之"诗"的内涵和特色,求得重要的新的理解;分析诗路之"人"的思想心态面貌和变化,提出新的看法;进一步弄清诗及诗路之"史"的脉络和发展,对已有学术问题作出新的判断。

七、要有大格局。可以做具体的局部的问题,甚至是比较小的问题,也可以做着眼全局的大选题。只要是唐诗之路的学术问题,都可以做。就目前的研究来说,更需要综合的研究。问题不论大小,不论是综合研究还是其他形式的研究,都要有大的格局,做高层次的研究,切实地沉下心来,用三年五年,甚至十年八年时间,沉潜到材料和问题的最深处,系统全面彻底深入加以清理和研究。做一个题目,就把它做深做细做全做彻底,把课题内所有相关材料和问题一网打尽,使之成为进一步研究的坚实基础。

八、期待从理论的高度研究唐诗之路。理论研究是一项研究的提升和必然发展趋势,唐诗之路的理论研究和理论认识,应该来源于唐诗之路的研究实践。我们需要切实从材料出发,在诗路各种具体问题研究的基础上,进行更为宏观的综合研究和理论研究。理论研究有它的独特性,有它特有的对唐诗之路的思考方式。它要提出更为普遍的问题,进行更为综合的宏观思考,对唐诗之路的普遍问题从理论的高度进行总结和提升。

九、不论什么研究,都要锐意创新。唐诗之路研究在全国刚刚起步,处处都有待拓荒的领地,每一块领地都有创新的课题。有些领地前人已经耕耘过,就要处理好利用已有成果和创新的关系。不论拓荒还是接续前人的研究,创新都是第一位的。要发掘新材料,寻找新视角,发现新问题。切忌四平八稳的老调重弹,也不要刻意标新立异,求险求怪,而要把研究对象本身的面貌弄深弄透,对事物有更为准确全面的把握,在此基础上,站得更高一些,视野更开阔一些,着眼全局和整体,着眼发展和变化,提出独特的见解。有的时候,观点的某些方面不那么完善,但它新颖,能启发人们关注一些新的问题,对事物和现象作进一层的思考。我们需要这样的独到创新的深入思考。

这也是这套"丛书"的宗旨和写作要求。

感谢中华书局接受"唐诗之路研究丛书"出版。感谢浙江省新昌县慨然资助。他们资助了第一辑、第二辑,还计划继续资助以后各辑。

新昌对唐诗之路的贡献有目共睹。新昌是唐诗之路发源地。新昌学者竺岳兵先生发现并首倡唐诗之路。还在 20 世纪 80 年代,他就努力探寻,并首次提出"唐诗之路"的概念。他提前退休,潜心著书研究,又四处奔走呼吁,组建"唐诗之路研究开发社",举办十多次国际国内学术研讨会和其他学术活动,首先倡议唐诗之路申报世界文化遗产。临终之际,还念念不忘,用尽生命的最后力气,嘱托成立全国性的唐诗之路研究会。唐诗之路一直得到新昌县委县政府的高度重视和大力支持。批准竺岳兵先生成立"唐诗之路研究中心",并拨经费,给编制。大力支持竺岳兵先生举办国际国内学术研讨会。比较早就进行唐诗之路的文化建设和旅游开发,积极打造浙东唐诗名城,建成全国首家唐诗之路博物馆,编修唐诗之路名山志,并且在政府层面,联络各方,开展推进唐诗之路文化建设的各项活动。这些努力,最终在浙江省乃至全国各地产生重大影响,唐诗之路被写进省政府工作报告,成为浙江省大花园建设的一项重要工作,唐诗之路被推向全省并开始推向全国。中国唐诗之路研究会成立之际,新昌全力支持,成立大会办得隆重热烈。现在又积极资助"唐诗之路研究丛书"出版,将继续为唐诗之路做出新的贡献。

中国唐诗之路研究会的宗旨,是联络国内外学术力量,进行唐诗之路及相关领域研究和文化建设交流。"唐诗之路研究丛书"的编纂是研究会工作的一个重要方面。唐诗之路研究会自成立以来,得到国内各方,特别是浙江省内各方的大力支持。除新昌之外,浙江天台县就高规格承办了唐诗之路研究会首届年会。我们的理念是会地共建。"唐诗之路研究丛书"的出版,是会地共建的典范。我们希望继续得到各方支持,与各地方联手,与全国各高校联手,共同把唐诗之路事业推向深入。

2023 年 2 月 22 日

目　录

导论　从执著到超越

1. 贬谪与贬谪文学是中国历史上一个独特的文化现象。它既高度囊括了历代社会政治的本质特征,又深刻揭示了古代士人基于人生忧患的各种心理流程;在这些心理流程中,既集中体现了儒、道、佛诸家思想的消长起伏,也明确展露了人生的大欢乐和大悲哀、大真实和大虚幻。更为重要的是,它为我们清晰地勾勒出了一条古代士人在沉重苦难中从执著走向超越的生命运行轨迹。

2. 宽泛地讲,贬谪是对负罪官吏的一种惩罚。《说文》:"贬,损也"①,"谪,罚也"②。在古代社会,大凡政有乖枉、怀奸挟情、贪黩乱法、心怀不轨而又不够五刑之量刑标准者,皆在贬谪之列。所谓"减秩居官,前代通则;贬职左迁,往朝继轨"③,正说明此一文化现象渊源有自。

由于谪官往往要被迁往荒远穷僻之地,形同流放,所以古人又多将贬谪称为"流贬"。固然,在流与贬之间还有一定差别,如唐穆宗长庆四年(824)四月刑部奏文即谓"流贬量移,轻重相悬……流为减

---

① [汉]许慎著,[清]段玉裁注:《说文解字注》,上海古籍出版社,1988年,第282页。

② 《说文解字注》,第100页。

③ [南朝梁]沈约撰,陈庆元校笺:《沈约集校笺》卷二《立左降诏》,浙江古籍出版社,1995年,第47页。

死,贬乃降资"①;但从实质上看,二者在"徙之远方,放使生活"一点上,却是大体一致的。所以孔颖达说:"据状合刑,而情差可恕;全赦则太轻,致刑即太重。不忍依例刑杀,故完全其体,宥之远方,应刑不刑,是宽纵之也。"②据此,我们广义地将流与贬作一整体看待;而在流人中,重点关注的是那些被流徙远方的文人士大夫。

　　追溯历史,早在尧、舜时代,流贬即已滥觞。《尚书·虞书·舜典》载:"流共工于幽州,放驩兜于崇山,窜三苗于三危,殛鲧于羽山,四罪而天下咸服。"③此后,弃子逐臣无代不有,负罪流贬者与日俱增,从孝己、伯奇到屈原、贾谊,直至唐宋诸代的贬臣,形成了史不绝书的弃逐景观,甚而至于"比来所遣外任,多是贬累之人"④"至于上佐,悉是贬人"⑤。据《资治通鉴》,则天永昌元年(689),周兴诬奏魏玄同刺太后,魏被杀,"自余内外大臣坐死及流贬者甚众"⑥;玄宗开元元年(713),因穷治太平公主枝党,致使"百官素为公主所善及恶之者,或黜或陟,终岁不尽"⑦。显而易见,历史上遭贬之人甚多,而其贬谪性质也很不相同。

　　这里需要强调指出的是,尽管很难缕述历史上的各种贬谪及其成因,但按性质分却不外乎两大类:一类是坏人被贬,这是罪有应得

---

① [宋]王溥撰:《唐会要》卷四一《左降官及流人》,中华书局,1960年,第738页。

② [唐]孔颖达等疏:《尚书正义》卷三《舜典》,[清]阮元校刻:《十三经注疏》,中华书局,2009年,第271页。

③ 《尚书正义》卷三《舜典》,《十三经注疏》,第270页。

④ 《唐会要》卷六八《刺史上》,第1198页。

⑤ 《唐会要》卷六八《刺史上》,第1203页。

⑥ [宋]司马光等撰:《资治通鉴》卷二〇四永昌元年,中华书局,2011年,第6575页。

⑦ 《资治通鉴》卷二一〇开元元年,第6804页。

的正向贬谪,如前述共工、驩兜,唐代酷吏权奸来俊臣、来子珣、王弘义、姚绍之、卢杞、柳璨等,宋代佞幸奸相邢德超、朱勔、蔡确、章惇、曾布、蔡京等,皆属此类情况;一类是好人被贬,这是不该贬,甚至该提升却被贬的负向贬谪,如战国时代的屈原,汉代的贾谊,唐代的张说、张九龄、陆贽、阳城、韩愈、柳宗元、刘禹锡、元稹、白居易、李德裕等,宋代的王禹偁、寇准、范仲淹、苏轼、黄庭坚、范纯仁、晁补之、张舜民、胡铨等,即属此类情况。

"刑本惩暴,今以胁贤"①,"法大弛,则是非易位,赏恒在佞,而罚恒在直"②。作为维护专制政治的工具,刑罚本是用以惩治不法之徒的,但结果却有大量正道直行、嫉恶如仇、直言敢谏、勇于革新的士人成了它的牺牲品。似乎可以认为,以屈原之流放为早期发轫的这一历史的根本变异,不仅使我们对帝王专制时代社会政治的本质有了一个更深刻的认识,而且也为我们考察中国文化提供了一个独特的视角。因而,这里讨论的贬谪,无疑主要指那种不应贬而被贬的负向贬谪;这里论述的贬谪文学,亦主要指此类人中有文学素养者在被贬之后的文学创作(至于那些因站错队或品行不佳而被贬者的创作,亦当属贬谪文学之范围,只是本书未将之作为主要考察对象而已)。

3. 中国古代的负向贬谪种类繁多,但就其具代表性者言之,大致可分四种类型:志大才高,因小人谗毁而被贬,屈原、贾谊可为代表;革除弊政,因斗争失败而被贬,柳宗元、刘禹锡可为代表;直言进谏,因触怒龙颜而被贬,阳城、韩愈等即是;党争激烈,因本派失利而被贬,其代表人物可推李德裕、苏轼。

---

① [三国魏]嵇康著,戴明扬校注:《嵇康集校注》卷一〇《太师箴》,中华书局,2014年,第534页。
② [唐]刘禹锡撰,陶敏、陶红雨校注:《刘禹锡全集编年校注》卷一四《天论》上,中华书局,2019年,第1687页。

　　表面看来,这四种类型的贬谪各有独自的成因,不容混淆,但从深层看,它们不仅错综交杂,彼此相关,而且在下面两点上,更有着惊人的相似性:

　　第一,所有这些贬谪都是专制制度的产物。在古代社会,君主是专制、法律的象征,握有生杀予夺之大权,他们"凭尊恃势,不友不师,宰割天下,以奉其私"①,所谓"雷霆之所击,无不摧折者;万钧之所压,无不糜灭者。今人主之威,非特雷霆也,势重,非特万钧也"②,便是对此情况的形象说明。尽管宰相、中书、御史等也能对君权产生一定制约,但这种制约往往是有限的,而当宰辅权柄为奸邪群小把持时,便更形成助纣为虐、残害忠良或欺上瞒下、挟私报怨的局面。当然,君主专制只是中国古代专制制度最突出的特征,在一般情况下,它乃是起终极作用的环节。历览古史,很多被贬者往往不经过此一环节而在权力具体实施者的作用下即导致厄运,诸如汉代的外戚内竖,唐、明两代的宦官专权,以及历代屡见不鲜的佞幸奸相,便都是具体实施者,是这一制度蔓生的毒瘤。它们与君主专制汇合一途,相互表里,共同构成了对中国古代士人的严酷压抑和摧残。

　　第二,这些贬谪还源于广大士人强烈的参政意识及其对品节的持守。忧国忧民,积极参政,不甘以文人自居,而欲于政治风云中一展经纶,实乃中国古代士人的通识和自觉行动,兹不赘论;而注重品格气节,富贵不淫,贫贱不移,威武不屈,则更是中国士大夫一以贯之的优良传统。早在夏、商时代,即有关龙逄、比干等贤臣正道直谏,宁死不屈;东汉后期,亦有砥砺节行、横议时政、"幽深牢、破室族而

---

① 《嵇康集校注》卷一〇《太师箴》,第 534 页。
② [汉]班固撰,[唐]颜师古注:《汉书》卷五一《贾邹枚路传》,中华书局,1962年,第 2330 页。

不顾"①的李膺、杜密、范滂等清流义士；此后的各朝各代，都涌现出大量"可使寸寸折，不能绕指柔"②"屈于身兮不屈其道，任百谪而何亏"③"宁鸣而死，不默而生"④的志士仁人。事实上，正是这些士人刚直不阿、狷介特立、不愿混世和俗、许国不复谋身的心性，导致了他们在专制君主的淫威下，在黄钟毁弃、瓦釜雷鸣的社会中难以立足、相继被流被贬的人生悲剧。

可以说，上述两点虽截然相反，却紧相关联：没有严酷的以权代法的专制制度，史不绝书的负向贬谪事件就不会发生；没有广大士人强烈的参政意识及其对品节的持守，这些事件不仅同样难以发生，而且饱含悲剧精神的贬谪文学也将化为子虚乌有。

4. 对中国古代士人来说，贬谪既意味着一种对人格的蹂躏和自由的扼杀，又标志着一种最沉重的忧患和最高层次的生命体验。一方面，这些士人在被贬前大多是所处时代的杰出人才，具有强烈的社会责任感和道德使命感，治国平天下乃是他们始终不渝的奋斗目标，所谓"欲为圣明除弊事，肯将衰朽惜残年"⑤"知不可而愈进兮，誓不偷以自好"⑥，便典型地代表了这种果于用事、踔厉风发的心性；但另

① ［南朝宋］范晔撰，［唐］李贤等注：《后汉书》卷六七《党锢列传》，中华书局，1965年，第2207页。
② ［唐］白居易撰，谢思炜校注：《白居易诗集校注》卷一《李都尉古剑》，中华书局，2006年，第30页。
③ ［宋］王禹偁：《三黜赋》，曾枣庄、刘琳主编：《全宋文》第七册卷一四一，上海辞书出版社、安徽教育出版社，2006年，第238页。
④ ［宋］范仲淹撰，李勇先等点校：《范仲淹全集·文集》卷一《灵乌赋》，中华书局，2020年，第8页。
⑤ ［唐］韩愈撰，钱仲联集释：《韩昌黎诗系年集释》卷一一《左迁至蓝关示侄孙湘》，中华书局，1984年，第1097页。
⑥ ［唐］柳宗元撰，尹占华、韩文奇校注：《柳宗元集校注》卷一九《吊苌弘文》，中华书局，2013年，第1294页。

一方面,等待着他们的,是"一封朝奏九重天,夕贬潮州路八千"① 的人生转折,是"一身去国六千里,万死投荒十二年"② 的生命沉沦。如果说,这突发的生命两极变化曾以其迅猛而巨大的落差给贬谪士人带来了沉重的精神打击,使他们"辞高堂而坠心,指绝国以摇恨"③,在仓皇促迫、吏役驱遣下,踏上了万里贬途,那么,贬谪地域的僻塞艰险和谪居生活的困苦久长便更给他们造成了生理和心理的双重磨难。

从贬谪地域看,自先秦直至唐宋,大都在南方瘴疠之地,元代"流则南人迁于辽阳迤北之地,北人迁于南方湖广之乡"④,而到了明、清两代,则主要集中在西南、西北以及东北的塞外边疆。这些地域,无论是南是北,大都气候恶劣,条件艰苦,文化落后,路途遥远,被人视作畏途。唐人诗云"一去一万里,千知千不还。崖州何处在? 生度鬼门关"⑤;"一自经放逐,裴回无所从。……苟无三月资,难适千里道"⑥,指的便是这种情况。

从贬谪之路看,那些自都城通往贬所的路途既记载了贬流者的生命沉沦,又催发出一首首饱含人生悲情的诗文精品。"天长地阔岭头分,去国离家见白云"⑦ "云横秦岭家何在,雪拥蓝关马不

---

① 《韩昌黎诗系年集释》卷一一《左迁至蓝关示侄孙湘》,第 1097 页。
② 《柳宗元集校注》卷四二《别舍弟宗一》,第 2855 页。
③ [唐]李白撰,安旗等笺注:《李白全集编年笺注》卷一八《春于姑熟送赵四流炎方序》,中华书局,2015 年,第 1880 页。
④ [明]宋濂等撰:《元史》卷一○二《刑法志一》,中华书局,1976 年,第 2604 页。
⑤ [唐]杨炎:《流崖州至鬼门关作》,[清]彭定求等编:《全唐诗》卷一二一,中华书局,1960 年,第 1213 页。
⑥ [唐]窦参:《迁谪江表久未归》,《全唐诗》卷三一四,第 3534 页。
⑦ [唐]沈佺期撰,陶敏、易淑琼校注:《沈佺期集校注》卷二《遥同杜员外审言过岭》,中华书局,2017 年,第 85 页。

前"①……与漫游之路、山水之路、商旅之路、科考之路、从军之路等
有所不同,贬谪之路因多荒远险恶,被贬逐者又受到朝廷严诏促迫,
故最能体现人生经受的磨难,使其一开始即具有被强权打击、抛弃
的悲剧性因素。在这里,路是诗的物质触媒,诗是路的艺术表现。
借助于路,诗人行迹和诗作特点得到集中展示;借助于诗,路的自然
景观、文化意蕴特别是诗人的内心情感获得突出彰显。

　　从谪居生活看,自然环境的恶劣直接威胁着人的健康,而"邑无
吏,市无货,百姓茹草木,刺史以下计粒而食"②"食无肉,病无药,居
无室,出无友,冬无炭……大率皆无耳"③的生活条件更使人困苦不
堪;至于"地远明君弃,天高酷吏欺"④"入郡腰恒折,逢人手尽叉"⑤
的低人一等的现实际遇,尤为沉重地折磨着他们的精神。所谓"瘴色
满身治不尽,疮痕刮骨洗应难"⑥,绝非危言耸听。

　　从谪居时间看,短的数年,长的十数年,如杜审言、宋之问、沈
佺期、张说、张九龄、王昌龄、贾至、刘长卿、顾况、白居易、元稹等即
属此类情况;有的时间更长,甚至终其一生都未离谪籍,如刘禹锡
"二十三年弃置身"⑦,苏轼、黄庭坚、胡铨等皆一贬再贬,半生流落;

---

① 《韩昌黎诗系年集释》卷一一《左迁至蓝关示侄孙湘》,第 1097 页。
② 〔唐〕元稹撰,周相录校注:《元稹集校注》卷三〇《叙诗寄乐天书》,上海古
　　籍出版社,2011 年,第 855 页。
③ 〔宋〕苏轼撰,〔明〕茅维编,孔凡礼点校:《苏轼文集》卷五五《与程秀才三
　　首》,中华书局,1986 年,第 1628 页。
④ 〔唐〕刘长卿著,储仲君笺注:《刘长卿诗编年笺注》编年诗《初贬南巴至鄱
　　阳题李嘉祐江亭》,中华书局,1996 年,第 197 页。
⑤ 《柳宗元集校注》卷四二《同刘二十八院长述旧言怀感时书事奉寄澧州张员
　　外使君五十二韵之作因其韵增至八十通赠二君子》,第 2676 页。
⑥ 《元稹集校注》卷二一《酬乐天见寄》,第 625 页。
⑦ 《刘禹锡全集编年校注》卷六《酬乐天扬州初逢席上见赠》,第 689 页。

而像屈原、柳宗元、李德裕、王禹偁、寇准等,虽贬谪时间长短不等,但均葬身流贬地,无一生还。

地域的僻塞遥远、贬途的身心折磨、谪居生活的艰难困苦和时间的缓慢久长,无时无刻不在折磨困扰着贬谪士人的身心,而他们或以壮盛之年流落遐隅,将大有为之生命白白抛洒,或以花甲高龄南渡岭海,有去无还的人生遭际,更使其萌生出沉重的生命忧恐和生命悲叹。"处处山川同瘴疠,自怜能得几人归?"① "从此更投人境外,生涯应在有无间" ② "醉袖抚危栏,天淡云闲。何人此路得生还?"③……这一声声悲凉沉重的叹喟,说明从贬谪那天起,贬谪士人的生命意识、死亡意识便急遽萌生,而且愈到后来,便愈向生与死的临界点靠近。

5. 这是真正的生命体验。进退出处的骤变、哀乐生死的无常、人生前景的飘忽、现实苦难的重压,无时无刻不在搅扰着众多贬谪士人的心境,并使得他们的观注对象由社会转向自我,思想性格由外向变为内向,与此相应,搏取事功的抱负也日趋消减,取而代之的,是将"全盛之气,注射语言"④,开始了各类文学的专力创作,而在文学创作中,又主要抒写自我的人生遭际、心性情怀,以获取失调心理的暂时平衡,所谓"悲斯叹,叹斯愤,愤必有泄,故见乎词"⑤,指的便是这种情况。

---

① [唐]宋之问撰,陶敏、易淑琼校注:《宋之问集校注》卷二《至端州驿见杜五审言沈三佺期阎五朝隐王二无竞题壁慨然成咏》,中华书局,2017 年,第 433 页。
② [唐]张均:《流合浦岭外作》,《全唐诗》卷九〇,第 985 页。
③ [宋]张舜民:《卖花声·题岳阳楼》,唐圭璋编:《全宋词》,中华书局,1965年,第 265 页。
④ 《元稹集校注》卷三〇《叙诗寄乐天书》,第 855 页。
⑤ 《刘禹锡全集编年校注》卷一四《上杜司徒书》,第 1522 页。

　　《清波杂志》卷四逐客条有言："放臣逐客,一旦弃置远外,其忧悲憔悴之叹,发于诗什,特为酸楚,极有不能自遣者。"① 是的,这里没有丝毫圆和平滑,有的是生命力与阻力的激烈碰撞;这里杜绝了一切无病呻吟,惟余沉重苦恼的心灵搏斗。一方面,"信而见疑,忠而被谤"② 的人生际遇使他们愤愤不平,忧怨两集,另一方面,"地虽厚兮不察,天虽高兮难谅"③ 的现实又使他们一筹莫展,痛感失望;一方面,"报国心皎洁,念时涕汍澜"④ 的一片赤诚之心仍时刻骚动,就此作罢,实于心不甘,另一方面,"积十年莫吾省者兮,增蔽吾以蓬蒿"⑤ 的境遇横亘眼前,不断剥蚀着往日的信念,从而又只能屡兴无力回天之叹。有时,他们对过去的道德理想产生了深深的怀疑:"道家贵至柔,儒生何固穷? 终始行一意,无乃过愚公! "⑥ 有时,他们又完全陷入今昔对比所滋生的痛苦之中:"忆昨京华子,伤今边地囚"⑦,"昔游秦雍间,今落巴蛮中;昔为意气郎,今作寂寥翁"⑧。飘忽即逝的年华,曾使他们痛心疾首,屡屡惊呼:"红颜与壮志,太息此流年! "⑨ 而孤寂的处境、远离家园的万般愁苦,更使他们一次又一次生

---

① [宋]周煇撰,刘永翔校注:《清波杂志校注》卷四,中华书局,1994年,第138页。

② [汉]司马迁著,顾颉刚等点校,赵生群等修订:《史记(修订本)》卷八四《屈原贾生列传》,中华书局,2014年,第3010页。

③ [唐]李德裕撰,傅璇琮、周建国校笺:《李德裕文集校笺》别集卷七《祭韦相执谊文》,中华书局,2018年,第665页。

④ 《韩昌黎诗系年集释》卷一《龊龊》,第100页。

⑤ 《柳宗元集校注》卷二《囚山赋》,第171页。

⑥ [唐]张九龄撰,熊飞校注:《张九龄集校注》卷四《杂诗五首》其五,中华书局,2008年,第339页。

⑦ 《沈佺期集校注》卷二《从驩州廨宅移住山间水亭赠苏使君》,第117页。

⑧ 《白居易诗集校注》卷一一《我身》,第866页。

⑨ 《沈佺期集校注》卷一《览镜》,第38页。

出浓郁至极化解不开的思乡情怀:"独上高楼望帝京,鸟飞犹是半年程。青山似欲留人住,百匝千遭绕郡城。"①

"呜呼! 以不驻之光阴,抱无涯之忧悔。当可封之至理,为永废之穷人。闻弦尚惊,危心不定。垂耳斯久,长鸣孔悲。"②"时时举首,长吟哀歌,舒泄幽郁。"③ 这是何等孤独、苦闷、悲凉的心境! 正是这种心境,使得无数贬谪士人或愤激哀呼,或凄怆涕下,甚至"嘻笑之怒,甚乎裂眦;长歌之哀,过乎恸哭"④,在百感交集中悲欢难言,哀乐莫辨。这里,展现在我们眼前的,既是一支主题明确、意蕴深厚、充溢着真实生命痛苦骚动的文学乐章,又是一幅由血泪交织而成、饱含苦闷意识的中国贬谪士人的心态长卷。在这长卷的内里,我们分明觉察到了一种因正道直行横遭贬黜独处遐荒无可表白的屈辱感和悲愤感,一种因社会地位骤降为人歧视前途迷茫进退维谷的自悲感和孤独感,一种被社会群体和所属文化抛弃了的恐惧感和失落感。

6. 然而,这远非贬谪文学的全部内涵。需要重点指出,除此之外,部分贬谪士人还流露出两种颇不相同的强烈倾向,即执著意识和超越意识。正是这两种意识,构成了贬谪文学最富光彩也最耐人品味的文化内涵。

所谓执著意识,盖指主体对道德人格理想的执著追求,对外来压抑和人世忧患的顽强抗争,换言之,贬谪士人虽身处逆境,饱经磨难,却仍然持守着昔日的信念,不为命运所屈服,在抗争中显示出一种伟大的人格和悲剧的力量。

屈原是最突出的代表。试读全部屈赋,不论是"岂余身之惮殃

---

① 《李德裕文集校笺》别集卷四《登崖州城作》,第604页。
② 《刘禹锡全集编年校注》卷一四《上中书李相公启》,第1650页。
③ 《柳宗元集校注》卷三六《上李中丞献所著文启》,第2303页。
④ 《柳宗元集校注》卷一四《对贺者》,第910页。

兮,恐皇舆之败绩"① 的政治关注,还是"虽体解吾犹未变兮,岂余心之可惩"② 的志节表白;不论是对党人群小之"鄙固""庸态"③ 的揭露鞭挞,还是"临沅湘之玄渊兮,遂自忍而沉流"④ 的以死抗争,都充溢着坚定的执著意识,都指向一个永恒的目标。这是对黑暗现实的反抗,是对自我价值的肯定,是对命运的挑战,也是对人的尊严的维护。很难设想,在屈原那里,如果缺少了这种喷涌着生命强力、饱含悲剧精神、"虽九死其犹未悔"⑤ 的执著意识,那么屈赋的境界、格调还能否像现在这样展现在我们面前?

　　屈原之后一千年,贬谪士人中又站起了柳宗元、刘禹锡。虽然与屈原这位文化巨人相比,柳、刘的精神境界、情趣格调稍难比并,甚至在佛学影响下,时有消极出世之念,但从整体上看,他们仍不愧身处逆境、勇于抗争的狷介之士,而且较之屈原,似乎更少了一点对君主的依附性,更多了一些刚健果敢的意向和自由生命的勃动。这只要看看柳、刘于贬谪前参加王叔文集团锐意革除弊政的激切心性,以及贬后对其理想信念始终不渝的态度,看看柳宗元《吊屈原文》《笼鹰词》《骂尸虫文》《江雪》和刘禹锡《砥石赋》《飞鸢操》《学阮公体三首》、游玄都观二诗中所表现的志节情操、深广忧愤、斗争态度和生命情调,便可一目了然了。"投迹山水地,放情咏《离骚》。"⑥ "受谴时方久,分忧政未成。比琼虽碌碌,于铁尚铮铮!"⑦ 显而易见,在执著

---

① [宋]洪兴祖撰,白化文等点校:《楚辞补注》卷一《离骚》,中华书局,1983年,第8页。

② 《楚辞补注》卷一《离骚》,第18页。

③ 《楚辞补注》卷四《九章·怀沙》,第143页。

④ 《楚辞补注》卷四《九章·惜往日》,第150页。

⑤ 《楚辞补注》卷一《离骚》,第14页。

⑥ 《柳宗元集校注》卷四三《游南亭夜还叙志七十韵》,第2930页。

⑦ 《刘禹锡全集编年校注》卷六《历阳书事七十四韵并引》,第592页。

意识一点上,柳、刘与屈原是一脉相承的。

　　所谓超越意识,乃指主体在历经磨难后承受忧患、理解忧患并最终超越忧患以获取自由人格的一种努力,也就是说,贬谪士人虽身处逆境,却能不为所累,超然物外,与世无争,在精神上达到一种无所挂碍的境界。

　　这种意识,就贬谪士人而论,首先在唐人白居易身上有明确展现,而后到了宋人苏轼、黄庭坚那里,则获得了进一步的发展。或许是由于唐、宋文化特质的差异,苏、黄和白氏的超越意识并不完全相同。在白居易身上,表现更多的是一种基于恐惧心理的对人生忧患的逃避,基于知足心理的与世无争和自我调适。达则兼济,穷则独善,早谋先定,急流勇退,所以在他的诗文中最常出现这样一类表述:"倦鸟得茂树,涸鱼反清源。舍此欲焉往,人间多险艰"① "四十至五十,正是退闲时。年长识命分,心慵少营为" ② "莫入红尘去,令人心力劳。相争两蜗角,所得一牛毛" ③。而在苏、黄那里,则主要表现为对人生价值和意义的全面反思,对是非荣辱和狭隘小我的淡漠遗忘,对人世苦难的自觉承受并在承受中超越苦难,达到了一种高雅脱俗、物我同一的自由之境。正因为如此,所以山谷于"万死投荒,一身吊影"之后,不仅"已成铁人石心,亦无儿女之恋" ④,而且"已忘死生,于荣辱实无所择" ⑤。当"人以死吊"时,他淡然而笑:"四海皆昆

---

① 《白居易诗集校注》卷七《香炉峰下新置草堂即事咏怀题于石上》,第 621 页。

② 《白居易诗集校注》卷七《白云期》,第 624 页。

③ 《白居易诗集校注》卷二七《不如来饮酒七首》其七,第 2149 页。

④ 〔宋〕黄庭坚著,刘琳、李勇先、王蓉贵点校:《黄庭坚全集》第六册续集卷三《答泸州安抚王补之》,中华书局,2021 年,第 1820 页。

⑤ 《黄庭坚全集》第四册外集卷二一《与王子飞》,第 1246 页。

弟,凡有日月星宿处,无不可寄此一梦者。"① 与山谷相比,东坡居士
的胸怀更其超旷洒脱。不是没有苦闷悲哀,在同时代人中,他的苦闷
悲哀也许最为沉重:"心似已灰之木,身如不系之舟。问汝平生功业,
黄州、惠州、儋州。"② 这几句意味深远的话,已深深透露出他的人生
遭际和苍凉心态。但问题在于,东坡虽有苦闷悲哀,甚至屡屡生出对
世事、人生的厌倦、怀疑,却始终不曾否定人生,抛弃人生。他或是以
理遣情,自我宽解,或是将悲情沉潜于心理底层,以对自然万物的透
彻体悟,完成了"遇物而应,施则无穷"③、随缘自适、游于物外的精神
转变。"莫听穿林打叶声,何妨吟啸且徐行。"④ "已外浮名更外身,区
区雷电若为神?"⑤ "他年谁作舆地志,海南万里真吾乡。"⑥ "九死南
荒吾不恨,兹游奇绝冠平生!"⑦ 身处逆境,而从容乐观,以坦荡之襟
怀,傲视忧患,在困顿中寻求适意,在变动中把握永恒,在沉思中获得
安宁,在淡泊中达到超然,以致所著诗文,皆"精深华妙,不见老人衰
惫之气"⑧。这其中展现的,不正是一种澄澈圆融、丰厚博大的思想境

① 〔宋〕释惠洪注,〔日〕释廓门贯彻注,张伯伟等点校:《注石门文字禅》卷
　　二七《跋山谷字二首》其二,中华书局,2012 年,第 1555 页。
② 〔宋〕苏轼撰,〔清〕王文诰辑注,孔凡礼点校:《苏轼诗集》卷四八《自题金山
　　画像》,中华书局,1982 年,第 2641 页。
③ 《苏轼文集》卷六三《祭龙井辩才文》,第 1961 页。
④ 〔宋〕苏轼著,邹同庆、王宗堂校注:《苏轼词编年校注》元丰五年《定风波》,
　　中华书局,2007 年,第 356 页。
⑤ 《苏轼诗集》卷九《唐道人言天目山上俯视雷雨每大雷电但闻云中如婴儿声
　　殊不闻雷震也》,第 456 页。
⑥ 《苏轼诗集》卷四一《吾谪海南子由雷州被命即行了不相知至梧乃闻其尚在
　　藤也旦夕当追及作此诗示之》,第 2245 页。
⑦ 《苏轼诗集》卷四三《六月二十日夜渡海》,第 2367 页。
⑧ 〔宋〕苏辙著,陈宏天、高秀芳点校:《苏辙集》卷二一《〈追和陶渊明诗〉引》,
　　中华书局,1990 年,第 1110 页。

界和人格境界吗？

7. 不难看出，在上述贬谪士人的两种意识中，饱含着中国传统的儒、道两家思想的浓郁积淀。到了后来，由于又添加了佛家，尤其是禅宗的因子，就使得原有的思想纠葛更显得复杂化了。不过尽管复杂，其最终指归却只有两点，即执著与超越。

儒家眷恋人生，知其不可为而为之；道家超脱人生，知其不可为而安之若命；佛教否定人生，以空无为标的；禅宗则倾向于以惮悦的形式游戏人生，获取当下的适意。对贬谪士人来说，这诸种人生态度大都兼而有之，只是因心性气质、学养经历不同而各有偏重罢了。如柳宗元、刘禹锡大体宗儒，却又染指佛学；苏轼、黄庭坚后期更喜禅宗，但亦不乏儒者之人格光彩和心性情怀；至于白居易，则屡称自己"外服儒风，内宗梵行"[1]，"施之乃伊吕事业，蓄之则庄老道德"[2]。这是一种相当复杂的心态，在一般情况下，这心态中的诸因素并不发生剧烈冲突，但在特殊情况下，冲突便很难避免。由于贬谪士人作为社会的弃儿，面对重重忧患，不得不重新去选择自己的人生道路，调整固有的心理图式，这就势必引起内心深处诸种观念的搏斗，而搏斗的结果也只有两种：或偏重于经世致用、系心政治的儒家式的执著，或偏重于逍遥洒脱、泯灭悲喜的道、佛式的超越。

当然，这种执著和超越虽与儒、道、佛有关，却又不同于完全入世的功利主义和彻底出世的虚无主义，质言之，它更注重对自我情感之崇高性和超然性的领悟追求，更注重一种精神上的安顿和慰藉。在执著与超越之间，既有同一，又有区别。它们的同一，在于并

---

[1]《白居易诗集校注》卷一四《和梦游春诗一百韵并序》，第 1130 页。

[2]［唐］白居易著，谢思炜校注：《白居易文集校注》卷一《君子不器赋》，中华书局，2011 年，第 68 页。

不因人生痛苦而否定人生,也并不因执著人生而肯定痛苦,从而使得超越时即具执著,执著中亦寓超越;它们的区别,在于一个饱含悲剧情调,一个则要将此情调竭力淡化;一个着力在忧患中追求至真至善的道德化人格理想,一个则要在对忧患的承受和超越中追求艺术化的自由人格理想。尽管就克服、消弭忧患而言,它们都具有某种虚幻性。

8. 由于柳宗元、刘禹锡和白居易特别是苏轼、黄庭坚具有不尽相同的意识倾向,所以在其贬谪生涯和文学创作中,也就必然呈现出彼此差异的人生态度和美学追求。

如果说,柳、刘的生命沉沦主要体现为一种因改革失败而耿耿于怀始终沉湎其中的政治悲剧,那么,白居易经人生忧患后,则展示出明显的由"达则兼济天下"到"穷则独善其身"的生活态度的转变;而到了苏、黄这里,便主要体现为一种因党争被贬而反思人生自觉退避社会的人生悲剧,以及对此悲剧的表层淡化和深层沉潜。换言之,前者由于过多地执著于政治理想和道德人格的界域之内,因而不同程度地掩盖了对人生思考的深度,而后者则由于对社会政治的自觉退避,对道德人格的有意淡化,遂将视线的焦点落实于苦难人生以及对它的超越之上;前者的价值观念仍与现实相联系,后者则由社会转向了自身;前者的终极关怀表现为归属的需求和自我的实现,后者则更多地表现为人生的适意和真实生命的把握;前者的心理经常处于紧张、焦虑、冲突、苦闷之中,呈现出严重的内在失调,后者的心理则较为轻松、宽和、淡泊、洒脱,维持了基本的平衡。因而,在人生态度上,前者对命运深感不平,表现出抗争和激愤,后者则随遇而安,表现为顺适和超然;在文学风格上,前者多调急意切,虽朴厚古雅而时露峥嵘,后者则旷放平和、闲适、瘦硬中饶有理致;在审美情趣上,前者始终缱绻于人生的悲怨之美,发而为诗,情深沉而境壮阔,充满震撼人心的力度,后者则突破了以悲为美的传统,行云流水,初无定质,嬉笑怒骂,皆成文章,从而沉浸于精神上的自由解放。

　　从柳、刘到苏、黄,显示了贬谪士人内在心态的一个大的变化。相对于苏、黄来说,柳、刘可谓儒门的狷者、狂者,其执著之深沉、心性之激烈、抗争之顽强、忧愤之广博,在在反映出历史进程中人性在巨大压力下的坚强和勇敢;相对于柳、刘而言,苏、黄实乃统合儒、释、道的智者、达者,其超越之洒脱、胸怀之高远、心性之澄澈、处世之随意,则无疑表现了人性对历史残暴的深厚承受力及其可塑性。与此相应,柳、刘贬谪文学的特质显现于生命力与阻力的剧烈碰撞之中,沉郁悲壮,颇具斗士的悲壮劲健和英雄末路的寂寞苍凉;而苏、黄贬谪文学的特质则主要显现于同命运搏斗之后,纯绵裹铁,外圆内方,更富艺术家的情感张力和哲人的理性气度。

　　9.《沧浪诗话》有言:"唐人好诗,多是征戍、迁谪、行旅、离别之作,往往能感动激发人意。"[1]事实上,岂止唐人好诗如此?一部中国文学史,在很大程度上即由迁客骚人的低吟高唱所构成。所谓"孤臣危涕,孽子坠心,迁客海上,流戍陇阴。此人但闻悲风汩起,血下沾衿;亦复含酸茹叹,销落湮沉"[2],所谓"三古以来,放逐之臣,黄馘臞下之士,不知其凡几;其托诗以抒哀怨者,亦不知其凡几"[3],便是对这一情形的典型概括。

　　迁客骚人的文学作品所以能"感动激发人意",原因是多方面

<hr>

[1] [宋]严羽撰,郭绍虞校释:《沧浪诗话校释》,人民文学出版社,1983年,第198页。

[2] [南朝梁]江淹:《恨赋》,[南朝梁]萧统编,[唐]李善注:《文选》卷一六,中华书局,1977年,第236页。

[3] [清]纪昀撰,刘金柱、杨钧主编:《纪晓岚全集》第二卷《纪晓岚文集》卷九《〈月山诗集〉序》,大象出版社,2019年,第359页。

的,但关键不外乎两点:其一,沉重的人生苦难强烈刺激了诗人们往昔平和的心境,不仅使他们在人生转折的关口,在生命沉沦的途程中,以全副身心去体验痛苦,感悟生命,益发深切地领悟到了人生的真谛,接触到了人类命运与生存意义等文学艺术最本质的问题,而且郁积了他们内心化解不开的苦闷情怀,构成了他们必欲借文学形式一抒悲怨以宣泄痛苦的直接动力。古人云:"诗非异物,只是人人心头舌尖所万不获已,必欲说出之一句话耳"①,"人即是诗,诗即是人,古今真诗,一人而已"②。联系到贬谪诗人的创作实际,可谓诚然;其二,人对苦难不只是被动的承受,还在于顽强的抗争,正是在抗争中,人的生命意志和生命强力才得以勃发,人的本质力量才得以呈现,伟大的悲剧精神才得以产生。"如果苦难落在一个生性懦弱的人头上,他逆来顺受地接受了苦难,那就不是真正的悲剧。只有当他表现出坚毅和斗争的时候,才有真正的悲剧,哪怕表现出的仅仅是片刻的活力、激情和灵感,使他能超越平时的自己。悲剧全在于对灾难的反抗。"③ 反抗表现了人的不屈和人性的顽强,也给文学增添了水石相激般的壮美风采。一方面,是苦难毁灭了贬谪诗人的生活,另一方面,贬谪诗人不屈不挠的抗争精神,又反转过来给予他们以人生、艺术上的丰厚赐予。"莫道谗言如浪深,莫言迁客似沙沉。千淘万洒(漉)虽辛苦,吹尽狂沙始到金。"④ 也许正是这种经磨历劫,寸心不改,狂沙淘尽,苦觅真金的意志和生命力,凝铸了贬谪文学的精魂,并

---

① [清]周亮工辑,米田点校:《尺牍新钞》卷之五金圣叹《与家伯长文昌》,岳麓书社,2016年,第122页。
② 《尺牍新钞》卷之二杜浚《与范仲暗》,第49页。
③ 朱光潜:《悲剧心理学》第十一章《悲剧与生命力感》引斯马特语,中华书局,2012年,第203页。
④ 《刘禹锡全集编年校注》卷九《浪淘沙词九首》其八,第1031页。

直接导致它"感动激发人意"的美感效应。

固然,上述情形无疑与屈原、柳、刘等执著型的贬谪诗人有着更紧密的关联,但换一个角度看,在白居易、苏、黄这类超越型的贬谪诗人那里,又何尝没有对人生苦难的抗争?作为自我拯救的努力,超越本身就是一种不甘屈服的抗争形式。尽管在他们的作品中,呈露更多的是淡泊、宁静、与世无争的意绪与和缓、平直、从容不迫的情境,但在这意绪、情境的背后,原本就有过对现实忧患的全部体验和泣血心灵的深深战栗。

固然,这里并不排除非贬谪文学乃至表现愉悦情感的文学具有"感动激发人意"的作用,但相比之下,这种作用在贬谪文学中最为突出却也是事实。欧阳修说得好:"盖遭时之士,功烈显于朝廷,名誉光于竹帛,故其常视文章为末事,而又有不暇与不能者焉。至于失志之人,穷苦隐约,苦心危虑而极于精思,与其有所感激发愤惟无所施于事者,皆一寓于文辞,故曰穷者之言易工也。如唐之刘、柳无称于事业,而姚、宋不见于文章。"[1] 显而易见,社会地位的不同决定了人们对现实苦难体验的深浅,关注目标的差异制约着创作动力的大小。由于在古代士人的人生遭际中,贬谪算得上程度最甚的苦难之一,因而贬谪文学所蕴积的情感冲击力、心理穿透力和悲剧震撼力无疑最为强烈,那些四平八稳、圆和平滑的作品自难与其同日而语。

更进一步,即使同一个作者,其贬谪前后的作品也有着明显的高下之分。论者谓"梦得佳诗,多在朗、连、夔、和时作,主客以后,始事疏纵,其与白傅唱和者,尤多老人衰飒之音"[2];而韩愈"凡在近贵所

① [宋]欧阳修著,李逸安点校:《欧阳修全集》卷四三《薛简肃公文集序》,中华书局,2001年,第618页。
② [清]贺裳:《载酒园诗话又编》,郭绍虞编选,富寿荪校点:《清诗话续编》,上海古籍出版社,2016年,第337页。

作诗,似逊于迁谪及散处时之郁勃豪壮"[1];至于柳宗元,则"精思于窜谪之文,然后世虑销歇,得发其过人之才、高世之趣于宽闲寂寞之地,盖有惩创困绝而后至于斯也"[2];他如"醉翁在夷陵后诗,涪翁到黔南后诗,比兴益明,用事益精,短章雅而伟,大篇豪古"[3]……由此不难看出,在贬谪与文学之间,正存在着一种正比例的关系,亦即贬谪所受磨难愈甚,文学所含悲情愈深,愈易惊动俗听。这种关系,用白居易的话说就是:"道屈才方振,身闲业始专。天教声烜赫,理合命迍邅。"[4]

10. 中国贬谪文学的开端在屈原那里,而它的鼎盛期则在唐、宋两代;在这两代中,又突出表现在元和、元祐两大时期;在这两大时期众多的贬谪士人中,柳宗元、刘禹锡和苏轼、黄庭坚堪为突出代表,而白居易则可作为承唐启宋的过渡人物。从屈原到柳、刘,中经白氏而至苏、黄,标志着中国贬谪文学的三个重要阶段,也显示了贬谪士人的三个重要心路历程。如果将屈原赋作中展露的主要精神意向视作贬谪主题的一种基本模式,那么上述三阶段的突出特点便应为模式的确立、模式的继承发展和模式的突破,亦即从执著走向超越。

这是一个牵涉面不小的复杂课题,笔者以为,与其面面俱到,挂一漏万,不如抓住重点,说深说透。因而,拟在此导论的基础上,选取中唐元和时期之韩愈、柳宗元、刘禹锡、白居易、元稹五大贬谪诗

---

[1]《韩昌黎诗系年集释》卷一二引程学徇语,第 1231 页。

[2] [元]虞集著,王颋点校:《虞集全集·杨叔能诗序》,天津古籍出版社,2007年,第 571 页。

[3] [宋]孙奕撰,侯体健、况正兵点校:《履斋示儿编》卷一〇,中华书局,2014年,第 166 页。

[4]《白居易诗集校注》卷一七《江楼夜吟元九律诗成三十韵》,第 1339 页。

人及其相关创作为对象,从时代文化精神与诗人之贬、贬谪诗路与生命沉沦、诗路经行及书写特点、执著意识和超越意识、悲剧特征和风格主调等方面做一研究,以期得出较为详实的结论,并借以窥斑知豹。

第一章　元和文化精神与五大
诗人的政治悲剧

　　很少有人否认,在有唐一代,元和时期是一个极为重要的历史时期。此一时期中,政治上相对开明,军事上相继削平了几大藩镇,思想意识领域诸家并存而儒学复兴,文学创作中出现了对后世影响甚大的古文运动和新乐府运动,所有这些,使得一时间声势煊赫,人情振奋,很有点史家艳称的"中兴"气象。

　　也很少有人否认,韩愈(768—824)、柳宗元(773—819)、刘禹锡(772—842)、白居易(772—846)、元稹(779—831)是贞元、元和之际举足轻重的五大诗人。尽管他们在文学创作中或偏于诗,或重于文,取得的成就不尽相同,但有一点却毫无差异,那就是他们最初都是以政治家的面目活跃在历史舞台上,举凡此一时期的政治、军事、哲学、思想等大都与他们有缘,只是当政治家做不成时,他们才将部分或全部精力投诸文学创作,为自己在当时和后世赢得了一顶文学家的桂冠。

　　然而,却很少有人真正注意并研究过这样一个问题,即恰恰是从贞元末到颇有兴盛气象的元和时期,这五大诗人均遭贬谪,而且他们的被贬,大多是一而再、再而三地发生,有的名为量移,却官虽进而地益远,在程度上更甚于贬谪。从而在此一时期形成了一个特殊的贬谪文人群体。

打开史书,有关五大诗人贬谪、量移的一条线索便清晰地呈现出来。

贞元十九年(803)十二月,韩愈因上书论天旱人饥,为幸臣所忌,自监察御史贬连州阳山令。

永贞元年(805)九月,柳宗元、刘禹锡因参加王叔文集团革除弊政,遭宦官集团和新旧势力联合打击,自礼部员外郎、屯田员外郎贬邵州刺史、连州刺史;十一月,再贬永州司马、朗州司马。

同年岁末,韩愈自阳山令量移江陵法曹参军。

元和元年(806)九月,元稹因支持裴度等人密疏论权幸,触怒宰相,自左拾遗贬授河南尉。

元和二年(807)春夏间,韩愈为争先者所构,自国子博士分司东都。

元和四年(809)六月,元稹因劾奏故剑南东川节度使严砺违制擅赋,为其党排挤,自监察御史分务东台。

元和五年(810)三月,元稹因奏摄房式不法事并得罪宦官,自东台监察御史贬江陵府士曹参军。

元和六年(811)十一、十二月间,韩愈因上疏理华阴令柳涧事,自职方郎中下迁国子博士。

元和十年(815)三月,元、柳、刘诸人甫自贬所诏还复迁远州:元稹出为通州司马;柳宗元、刘禹锡出为柳州刺史、连州刺史。

同年八月,白居易因上疏论武元衡被盗杀事,为宰相和忌之者所恶,自太子左赞善大夫贬江表刺史,复贬为江州司马。

元和十一年(816)五月,韩愈因主用兵淮西为执政不喜,自中书舍人降为太子右庶子。

元和十三年(818)十二月,白居易远移忠州刺史;元稹移虢州长史。

元和十四年（819）正月，韩愈上表切谏唐宪宗不应佞佛，触怒龙颜，自刑部侍郎贬为潮州刺史；十月，量移袁州刺史。

上述五人之被贬被迁，在短短十七年内即达二十一次之多[①]，若与此前同类事件相比，则次数之频繁、时间之集中、程度之严重，都远有过之。更为重要的是，其遭贬之性质极为近似，即都是因正道直行，开罪权贵，不应贬而贬的负向贬谪。

既然韩、柳、刘、元、白皆因正道直行而在不长的时间内多次被贬，那么，这其中是否具有某种必然性？它与该时期的文化精神有无内在关联？

回答是肯定的。

所谓文化精神，乃是一时代政治、军事、经济、思想、文学诸方面本质特征的综合体现，而这诸方面的特征又无疑与推动、创造并使其定型的人的自觉意志和精神风貌紧密相关。也就是说，文化主体的特质决定了该时代各类文化的特质，而在各类文化的特质中亦不乏文化主体特质的显现。因此，对时代文化精神的探讨，与其从文化各分类的特质着手，不如兼顾此各类特质而径从文化主体的特质着手为宜。

更进一步，一个时代的文化是由该时代的人共同创造的，但在这些创造文化的人中，统治者和知识分子因其与文化主流更多直接关

[①] 按：笔者旧著谓五人被贬被迁"十七年内达十二次"，盖仅就诸人外贬荒远地而言，未及其未外放仅降职之贬、同一年内连续贬降及量移事；今合计所有贬降量移，得二十一次，其数据较前准确。又，若将时段再向后移，将元和后之长庆至大和间刘禹锡（长庆元年冬移刺夔州、四年八月移刺和州、大和五年十月出刺苏州）、白居易（长庆二年七月自中书舍人出刺杭州）、元稹（长庆元年十月自翰林学士罢为工部侍郎、二年六月罢相并出刺同州，大和四年正月自尚书左丞出刺武昌）诸人外放、贬降及量移计入，则已达二十八次。然因其时已在元和后，且贬谪性质亦不无变化，故暂不计入。

联,故所占地位较为重要;而在知识分子中,那些社会地位较高、影响力较大的杰出人物所起的作用就尤为突出,在某种意义上甚至可以说,正是他们与统治者一起,影响着一个时代的文化方向。

综观历史,一个文化繁荣的时代,必定造就一批与之相应的杰出士人,而当这批士人退出历史舞台之后,此一时代亦往往宣告结束。这只要看看张说、张九龄、贺知章、王维、李白、高适、杜甫等人之于盛唐的开元、天宝,欧阳修、司马光、王安石、二程、苏轼、黄庭坚等人之于北宋的熙宁、元祐,便可以得到证实了。具体到贞元、元和之际,情形亦复如此。很难设想,假若没有特定的时代文化气氛,那么此一时期能否出现诸如王叔文、裴垍、李绛、裴度和韩愈、柳宗元、刘禹锡、白居易、元稹这样的特立独行之士? 同样难以设想的是,如果没有这样一批踔厉风发的杰出士人,那么元和时期的历史还会不会像现在这样展现在我们面前? 如果此一时期的历史改变了模样,那么与之紧相关联的文化精神是否也将随之改变?

问题还在于,我们要探讨的不单单是元和文化精神;在探讨此一精神的同时,我们更注重对元和五大诗人贬谪原因的考察。当然,一两个杰出士人被贬谪,往往带有较大的偶然性,恐怕很难说它与时代文化精神一定有关,但摆在我们面前的事实是,此一时期被贬之士并非一二,而是一个群体,此一群体在贬谪前又曾曾站在时代的前列大呼猛进,产生过相当大的社会影响,这就很难说他们的所作所为与时代文化精神无关,而他们的被贬不是一种必然性的产物了。

基于上述原因,我们有理由认定,在考察五大诗人之贬时,应将着眼点放在元和文化精神的探讨上,而在探讨元和文化精神时,应以当时杰出士人,尤其是五大诗人的思想性格、文化创造和精神风貌为主,同时兼顾现实社会的重要问题和君主的政治态度,庶几得出较为正确的结论。

第一节　贞元、元和之际的时代特征和气象转变

贞元末年的四大弊端／永贞、元和年间的文化方向／元
和君相与政治中兴

元和是紧承贞元、永贞（永贞元年亦即贞元二十一年）的一个时期，要论述元和文化精神和元和士人的精神风貌，必须首先明了元和之前的社会现实。

研读史书可知，唐德宗贞元年间存在着诸多复杂而严重的社会问题，概而言之，其大弊有四：

其一，强藩割据，大大削弱了中央皇权。安史乱后，藩镇相继而起，李怀仙、田承嗣、李宝臣等分别占据卢龙（今北京）、魏博（今河北大名北）和成德（今河北正定）等地，不受朝命，不输贡赋，自署将吏，"效战国，肱髀相依，以土地传子孙，胁百姓"[1]，与中央王朝分庭抗礼。他们"喜则连衡而叛上，怒则以力而相并，又其甚则起而弱王室"[2]，构成了对大唐帝国的严重威胁。

然而，"德宗自经忧患，多为姑息，不生除节帅；有物故者，先遣中使察军情所与则授之。中使或私受大将赂，归而誉之，既降旄钺，未尝有出朝廷之意者"[3]。

武夫悍将骄逞于外，朝廷既无力制裁，又姑息纵容之，其结果，自然使得"朝廷益弱，而方镇愈强"[4]。史家有言："天子顾力不能制，则

---

① ［宋］欧阳修、宋祁著：《新唐书》卷二一〇《藩镇魏博传》，中华书局，1975年，第5921页。
②《新唐书》卷六四《方镇表一》，第1759页。
③《资治通鉴》卷二三七元和元年引杜黄裳语，第7749页。
④《新唐书》卷七《宪宗本纪》，第219页。

忍耻含垢,因而抚之,谓之姑息之政。盖姑息起于兵骄,兵骄由于方镇,姑息愈甚,而兵将愈俱骄。由是号令自出,以相侵击,虏其将帅,并其土地,天子熟视不知所为,反为和解之,莫肯听命。"① 这段话,可谓相当准确地道出了藩镇跋扈的原因和德宗后期权柄下移、威信扫地的现实状况。

其二,宦官专权,恃宠乱朝。和藩镇割据一样,宦官专权乃是唐代中后期一个极为突出的社会问题,而其为患之烈,又远过藩镇。早在玄宗开、天之际,宦者队伍即已庞大,人数多达三千,除三品将军者亦不在少数,故史称"宦官之盛自此始"②。其后,"肃、代庸弱,倚为扞卫,故辅国以尚父显,元振以援立奋,朝恩以军容重,然犹未得常主兵也"③。到了德宗时代,情况更发生了大的变化。由于泾原藩兵作乱,德宗仓皇出逃奉天,回朝后,猜忌诸将,"以李晟、浑瑊为不可信,悉夺其兵,而以窦文场、霍仙鸣为中尉,使典宿卫。自是太阿之柄,落其掌握矣"④。本来,宦官已"居肘腋之地,为腹心之患"⑤ 了,而德宗又置护军中卫、中护军,使其分提禁兵,这便如为虎添翼,更使其有恃无恐,于是,"威柄下迁,政在宦人,举手伸缩,便有轻重"⑥;于是,"兰锜将臣,率皆子畜;藩方戎帅,必以贿成。万机之与夺任情,九重之废立由己"⑦;

① 《新唐书》卷五〇《兵志》,第 1329—1330 页。
② 《资治通鉴》卷二一〇开元元年,第 6804 页。
③ 《新唐书》卷二〇七《宦者传上》,第 5856 页。
④ 《资治通鉴》卷二六三司马光语,第 8717 页。
⑤ [清] 赵翼撰,王树民校证:《廿二史劄记校证》卷二〇《唐代宦官之祸》,中华书局,2013 年,第 453 页。
⑥ 《新唐书》卷二〇七《宦者传上》,第 5856 页。
⑦ [后晋] 刘昫等撰:《旧唐书》卷一八四《宦官传》,中华书局,1975 年,第 4754 页。

甚而至于"劫胁天子如制婴儿"①。在宦官权势日重的情况下,塞上之兵皆内统于中人,即使都城街肆,也受到宦者的严重骚扰。《顺宗实录》卷二载:宫中购外物,原以官吏主之,而至"贞元末,以宦者为使,抑买人物,稍不如本估。末年不复行文书,置'白望'数百人于两市并要闹坊,阅人所卖物,但称'宫市',即敛手付与,真伪不复可辨,无敢问所从来。……名为'宫市',而实夺之"②。这种敲诈勒索、强取豪夺的行径,给下层民众带来了深重的祸患,同时,也充分反映了当时宦官的威势已到了何等程度!

其三,君愎臣奸,贤不肖倒置。德宗即位之初,曾励精图治,欲以振作,"擢崔祐甫为相,颇用道德宽大,以弘上意,故建中初政声蔼然,海内想望贞观之理"③。但自朱泚之乱以后,却大乖前志,性情猜忌,刻薄少恩,信用奸邪,斥黜正人,使得整个朝政混浊不堪。

首先是君权日重,相权旁落。在古代社会,宰相等辅佐大臣的地位相当重要,它既是对君主过度专制的一个制约环节,也是沟通上下、选贤任能的关键所在,甚至一个朝代的兴衰,也与宰相的贤能与否紧相关联。然而,综观德宗朝的三十位宰相,无能乃至奸猾者居其泰半:张延赏与李晟不协,以私害公,恶直丑正④;卢杞与赵赞勾结,盘剥民财,压抑正论,使得要官大臣,常惧颠危⑤;窦参多率情坏法,引用亲党,恃权贪利⑥;他如卢迈、崔损、齐映、刘滋、齐抗之流,虽无

① 《资治通鉴》卷二六三司马光语,第 8716 页。
② [唐]韩愈著,马其昶校注:《韩昌黎文集校注》外集下卷《顺宗实录》卷二,上海古籍出版社,2014 年,第 781 页。
③ 《旧唐书》卷一三五《卢杞传》,第 3714—3715 页。
④ 《旧唐书》卷一二九《张延赏传》,第 3607—3610 页。
⑤ 《旧唐书》卷一三五《卢杞传》,第 3713—3718 页。
⑥ 《旧唐书》卷一三六《窦参传》,第 3745—3748 页。

大过恶,却气局狭小,少有建树,聊以备位而已①。这些宰相之所以如此庸懦,固然与自身之才具有关,但很大程度上又何尝不是巨大的压力和威胁所致? 这种压力和威胁,既来自宦官,也来自皇帝。由于贞元间中人之权震于天下,遂使得"台省清要,时出其门"②,诚如陈寅恪先生所指出:"外朝士大夫朋党之动态即内廷阉寺党派之反影。"③至于来自皇帝的压力,则更为沉重。史载:德宗"性猜忌,不委任臣下,官无大小,必自选而用之,宰相进拟,少所称可"④;而"自陆贽贬官,尤不任宰相,自御史、刺史、县令以上皆自选用"⑤,从而使得宰相不过"庙堂备员,行文书而已"⑥。

由于相权旁落,而居位之相又多苟容取合,无复匡谏,遂造成奸邪当道、直士沉沦的可悲局面。《旧唐书·韦渠牟传》谓:德宗"居深宫,所狎而取信者裴延龄、李齐运、王绍、李实、韦执谊洎渠牟,皆权倾相府。延龄、李实,奸欺多端,甚伤国体;绍无所发明,而渠牟名素轻,颇张恩势以招趋向者,门庭填委"⑦。由于群小当道,君主"听断不明,无人君之量"⑧,自然使得贤臣正士日见摈弃。陆贽可谓有唐一代少有的贤相,却为裴延龄所构而远贬忠州;阳城刚肠嫉恶,奋起相救,亦遭贬谪厄运。其他群臣"一有谴责,往往终身不复收用",以致"敦实之士,艰于进用,群材淹滞"⑨。面对这种贤与不肖倒

---

① 参见《旧唐书》各本传。
② 《旧唐书》卷一八四《窦文场霍仙鸣传》,第4766页。
③ 陈寅恪:《唐代政治史述论稿》,商务印书馆,2011年,第304页。
④ 《资治通鉴》卷二三四贞元十年,第7677页。
⑤ 《资治通鉴》卷二三五贞元十二年,第7697页。
⑥ 《旧唐书》卷一三五《韦渠牟传》,第3729页。
⑦ 《旧唐书》卷一三五《韦渠牟传》,第3729页。
⑧ 《旧唐书》卷一三三《王伾传》,第3687页。
⑨ 《资治通鉴》卷二三四贞元十年,第7677页。

置的情形,怎不令史家为之深深致慨? 所谓"德宗猜忌刻薄,以强明自任,耻见屈于正论,而忘受欺于奸谀。故其疑萧复之轻己,谓姜公辅为卖直,而不能容;用卢杞、赵赞,则至于败乱,而终不悔"[1];所谓"异哉! 德宗之为人主也。忠良不用,谗慝是崇,乃至身播国屯,几将覆灭,尚独保延龄之是,不悟卢杞之非,悲夫!"[2] 便不仅是对德宗个人的痛惜、指责,而且是对此一时期弊政的揭露,对后世人主臣子的昭示。

其四,士风浮薄,吏治日坏。唐代浮薄之世风由来已久,并不自德宗朝始,但由于贞元年间各种社会弊端日趋严重,遂导致社会风气每况愈下。李肇《唐国史补》卷下谓:"长安风俗,自贞元侈于游宴。"[3] 又云:"大抵……贞元之风尚荡。"[4] 王定保《唐摭言》卷五载皇甫湜与李生第二书言:"近风偷薄,进士尤甚,乃至有一谦三十年之说,争为虚张,以相高自谩。"[5] 元稹《白氏长庆集序》亦曰:"贞元末,进士尚驰竞,不尚文,就中六籍尤摈落。"[6] 由此言之,所谓世风尚荡、士风浮薄,其要有二:一是生活上的侈靡享乐,一是学术上的浮华无实。

生活上的侈靡享乐使士人不思进取,而学术上的浮华无实更使其无力进取,于是,二者彼此影响,互为依存,流荡成风,无可底止。

---

① 《新唐书》卷七《宪宗本纪》,第 219 页。
② 《旧唐书》卷一三五《皇甫镈传》卷末评语,第 3743—3744 页。
③ [唐]李肇撰,聂清风校注:《唐国史补校注》卷之下,中华书局,2021 年,第 288 页。
④ 《唐国史补校注》卷之下,第 268—269 页。
⑤ [五代]王定保撰,陶绍清校证:《唐摭言校证》卷五《切磋》,中华书局,2021 年,第 209 页。
⑥ 《元稹集校注》卷五一《白氏长庆集序》,第 1280 页。

固然,这种现象与唐代专以诗赋取士而"不习法理"①的制度有关,也与主考者不主公道、因贿赂请托取士的恶习有关。由于主考者不主公道,贪财附势,遂使得"标谤与请托争途,朋甲共要津分柄"②,名实相悖,贤不肖倒置;由于专以诗赋取士而不务实学,遂导致广大士子"所习非所用,所用非所习"③,专以摘章绘句为能,而昧于职理,陋于吏治。但是,产生这一现象并使其愈演愈烈的深层原因,却在于政治的腐败和道德标准的变化。在《元白诗笺证稿》第四章中,陈寅恪先生曾指出:"凡士大夫阶级之转移升降,往往与道德标准及社会风习之变迁有关。当其新旧蜕嬗之间际,常呈一纷纭综错之情态,即新道德标准与旧道德标准,新社会风习与旧社会风习并存杂用。"而至唐之中叶,"此二者已适在蜕变进行之程途中"④。明乎此,则德宗末年之士风便很难不浮,吏治也难免不坏。更进一步,既然这种新道德的蜕嬗演进乃是历史在现实中的必然选择,那么,面对贞元末年"应进士举者,多务朋游,驰逐声名,每岁冬,州府荐送后,唯追奉谦集,罕肆其业"的状况,即使有一二刚正之士嫉其风习,"进幽独,抑浮华"⑤,于事怕也终无大补。

综上所述可知,唐德宗末年的各类社会弊端已达极严重的地步,如果任其发展,势必直接威胁到唐王朝的生存;如欲铲除此诸多弊

① [清]陈鸿墀撰:《全唐文纪事》卷一四《贡举一》,上海古籍出版社,1987年,第171页。
② [明]胡震亨:《唐诗谈丛》卷二,王云五主编:《丛书集成初编》,商务印书馆,1936年,第33页。
③ [元]马端临撰:《文献通考》卷二九《举士》,中华书局,2011年,第832页。
④ 陈寅恪:《元白诗笺证稿》,生活·读书·新知三联书店,2001年,第85—86页。
⑤《旧唐书》卷一四七《高郢传》,第3976页。并可参看《唐会要》卷五九《礼部侍郎》。

端,则又非要有明君强臣,在政治、军事、学术、思想各方面花大气力不可。历史似乎很无情,也很幽默,而幽默、无情的历史偏将这一棘手的难题摆在了元和君臣面前,并先在永贞君臣这里播演了一出颇为激烈悲壮的插曲。

永贞处于贞元、元和之间,其实存在时间连头带尾尚不足一年,但作为贞元之末和元和之始,它所起的作用却是相当重要的,也就是说,它对贞元之朝政是因袭还是更革,直接关系到元和时期的文化方向。

历史虽然曲折,却总是在向前发展的。早在顺宗皇帝还在东宫为太子时,就表现出了与其父德宗颇不相同的政治态度。他"慈孝宽大,仁而善断"[①],关心民瘼,对扰民之宫市极为不满,曾声称:"寡人见上,将极言之。"[②] 德宗出游,极尽豪华侈靡之能事,太子以奢强谏;陆贽、李充因谗毁遭贬,"顺宗在东宫,每进见辄言延龄辈不可用,而谏臣可奖"[③];对于宦者擅权纵恣的行为,他尤为厌恶,"未尝以颜色假借宦官"[④]。顺宗这种政治态度,在某种程度上实是受到翰林待诏王叔文的很大影响。叔文"自言猛之后,有远祖风","工言治道,能以口辩移人"[⑤];"坚明直亮,有文武之用。……献可替否,有匡弼调护之勤"[⑥],因而,顺宗对他颇为赏识,将倚为大用,并向韦执谊推荐说:

①《韩昌黎文集校注》外集下卷《顺宗实录》卷一,第 774 页。
②《旧唐书》卷一三五《王叔文传》,第 3733 页。
③《唐会要》卷三,第 46 页。
④《旧唐书》卷一四《顺宗本纪》,第 410 页。
⑤《刘禹锡全集编年校注》卷一九《子刘子自传》,第 2178—2179 页。
⑥《柳宗元集校注》卷一三《故尚书户部侍郎王君先太夫人河间刘氏志文》,第 865 页。

"学士知王叔文乎？彼伟才也。"① 由于君臣相得，政治态度一致，所以顺宗即位伊始，即起用王叔文、韦执谊等人，授以要职，锐意革除贞元弊政。他如王伾、陆质、吕温、李景俭、韩晔、韩泰、陈谏、柳宗元、刘禹锡、凌准、程异等人也都参与其中，从而形成了一个以新进士人为中坚的政治革新集团。这一集团在朝执政的时间从顺宗即位到退位算，不足八个月；若按王叔文的实际在朝执政时间算，仅有一百四十余天。现根据《顺宗实录》，新、旧《唐书》和《资治通鉴》等书的有关记载，将他们在此短时间内的主要措施排列于下：

1. 诏数京兆尹李实残暴掊敛之罪，贬通州长史。

2. 诸色逋负，一切蠲免，常贡之外，悉罢进奉。贞元末年政事为人患者，如宫市、五坊小儿之类，悉罢之。并罢盐铁使月进钱。罢翰林冗官三十二人。出后宫三百人及教坊女妓六百人。

3. 停发内侍郭忠政等十九人正员官俸②。

4. 追忠州别驾陆贽、道州刺史阳城及贬官郑余庆、韩皋等赴京师，诏未至而陆、阳已死，乃赠官以示褒赏。

5. 加杜佑度支及诸道盐铁转运使，王叔文充任副使，罢免浙西观察使李锜的盐铁转运使之职。

6. 以名将范希朝为左右神策、京西诸城镇行营节度使，韩泰为行军司马，谋夺宦者兵权。

将上述诸项加以归纳，可以明显看出，打击权奸、进用贤能、减免赋税、革除弊政、强化中央权威，乃是王叔文集团之革新的主要内容，而打击宦官则是革新的重点目标。固然，由于他们执政时间过短，

---

① 《旧唐书》卷一三五《韦执谊传》，第 3732 页。
② ［宋］王钦若等编纂，周勋初等校订：《册府元龟》卷五〇七《邦计部》，凤凰出版社，2006 年，第 5766 页。按：此条材料首先由卞孝萱先生发现。

不少措施尚未及施行,已施行者也不够彻底,如谋夺宦者兵权即告失败,对强藩的制裁亦未提上议事日程,但他们毕竟有此举动,并展露了这方面的意向。如盘踞蜀中的军阀韦皋曾派剑南度支副使刘辟至长安贿赂王叔文,求领剑南、三川之地,并声言:"若与其三川,当以死相助;若不用,某亦当有以相酬。"[1] 王叔文当即严词拒绝,并要杀掉刘辟。这一举动,无疑反映了革新集团与藩镇势力是针锋相对的。

　　王叔文集团的革新行动,志在除弊图强,刷新政治,重振国威;而他们的一系列措施,使贞元弊端廓然一清,人情为之大悦,"自天宝以至贞元,少有及此者"[2],诚所谓"只此小小施行,已为李唐一朝史所不多见,躁进小人,岂愿办此? 岂能办此? "[3] 虽然,这一革新集团很快便在唐宪宗及其拥戴者尤其是宦官势力的联合打击下夭折了,但他们的主要革新措施和昂扬奋发的进取精神却在宪宗一朝得到了继承和光大。从这一点来说,永贞实为元和之先导,二者的时代脉搏、文化精神是一线贯通的。不少论者昧于此理,因是永贞之革新而非元和之治理,或对后者避而不谈,恐怕有失明智通达。

　　关于唐宪宗打击王叔文集团的原因,后文将要谈到,我们在此要讨论的主要问题是,元和君臣究竟是怎样继承永贞精神以革除贞元弊政的? 在这一过程中又展示出了什么样的时代气象?

　　如前所述,藩镇割据严重地削弱了中央皇权,这已成为当时最突出的社会问题,因而为了维护大一统王朝,强化中央权威,首要的任务便是用武力扫平藩镇。元和元年,西川节度刘辟作乱,宪宗欲用兵征讨,议者以剑南险固为由,不予赞同,而宰相杜黄裳则坚主用兵,劝

① 《韩昌黎文集校注》外集下卷《顺宗实录》卷四,第793页。
② [清]王鸣盛撰,黄曙辉点校:《十七史商榷》卷七四《顺宗纪所书善政》,上海古籍出版社,2016年,第1048页。
③ 岑仲勉:《隋唐史》,商务印书馆,2015年,第291页。

宪宗说:"德宗自艰难之后,事多姑息……陛下宜熟思贞元故事,稍以法度整顿诸侯,则天下何忧而不治?"①这里存在着两种趋向:要么征讨强藩,虽冒风险却可获天下大治之效;要么忍让姑息,虽免于生事却坐以养奸,重蹈贞元旧辙。同时,这里的选择是极为重要的:由于是即位之始,任何决策的制定都将直接影响到此后的政治方向;如若此番姑息,则不仅会导致拥兵武将纷纷效尤,而且日后即使再想讨伐,士气也很难振作了。这是一个历史的关口,它严正地考验着宪宗的意志和胆魄。终于,宪宗迈出了决定性的一步,同意了杜的意见,命高崇文率军征讨西川,获得了初战告捷的胜利。接着,又相继平定了夏绥杨惠琳和浙西李锜(即王叔文罢免其盐铁转运使之职的李锜)的两次叛乱,赢得了宪宗即位后第一个振奋人心的高潮时期,诚如史家所言:"用兵诛蜀、夏之后,不容藩臣蹇傲,克复两河,威令复振。"②

　　用兵淮西是元和年间旷日持久而又最引人注目的一场战役。"上自平蜀,即欲取淮西"③,但一直未逢其机。元和九年,彰义节度使吴少阳死,其子吴元济自领军务,"发兵四出,屠舞阳,焚叶,掠鲁山、襄城,关东震骇"④。面对此突然变局,宰相李吉甫、武元衡以及大臣李绛、裴度等皆力主用兵,于是宪宗发兵征讨。河北藩镇王承宗、李师道恐淮西平而祸延及己,一方面做好了支援淮西的准备,一方面派遣刺客杀死武元衡,伤及裴度。在这种险恶的形势下,群臣多请罢兵,但宪宗坚执不许,任命力主用兵的裴度为相,并派度亲自统军督战。裴度临行慷慨陈词:"主忧臣辱,义在必死。贼未授首,臣

---

① 《旧唐书》卷一四七《杜黄裳传》,第 3974 页。
② 《旧唐书》卷一四七《杜黄裳传》,第 3974 页。
③ 《资治通鉴》卷二三九元和九年,第 7828 页。
④ 《资治通鉴》卷二三九元和九年,第 7829 页。

无还期!"这一大义凛然的举动,使得"帝壮之,为流涕"①。由于君臣协力,上下同心,取消了宦官监军之制,发挥了将领的才能,唐、隋、邓节度使李愬于元和十二年雪夜入蔡州,生擒吴元济,扫平了淮西镇。"及淮西平,师道忧惧,不知所为","贼中闻之,降者相继"②。元和十四年二月,李师道为部将所杀,成德王承宗、卢龙刘总遂归顺朝廷。至此,元和君臣在短短十余年的时间中,基本解决了自安史乱后即已存在而至德宗末年尤为严重的藩镇割据问题,完成了永贞朝想完成而无力完成的任务,使得元和之治在实际上得以实现。所谓"宪宗刚明果断,自初即位,慨然发愤,志平僭叛,能用忠谋,不惑群议,卒收成功。自吴元济诛,强藩悍将皆欲悔过而效顺。当此之时,唐之威令,几于复振"③,当非溢美之言。

与用兵讨伐藩镇相同时,元和君臣还继续推行了永贞时期的一些改革措施,如禁止贡奉、减免赋税、赈恤灾民、精简冗官,并在一定范围内抑制了宦官的权势。史载:"宪宗之立,贞亮(即打击王叔文集团最力之宦官俱文珍)为有功,然终身无所宠假。"④吐突承璀"自春宫侍宪宗,恩顾莫二。承璀承间欲有所关说,宪宗惮怛,诫勿复言";而当承璀伺察上意,请求率兵征讨王承宗,结果师劳力竭,无功而还时,裴垍上言"请贬黜以谢天下",宪宗遂罢承璀兵柄⑤。元和六年,弓箭库使刘希光受人贿赂,事连吐突承璀,宪宗即将其贬为淮南监军,并对李绛说:"此家奴耳,向以其驱使之久,故假以恩私;若

① 《新唐书》卷一七三《裴度传》,第5211页。
② 《资治通鉴》卷二四〇元和十三年,第7869、7878页。
③ 《新唐书》卷七《宪宗本纪》,第219页。
④ 《新唐书》卷二〇七《宦者传上》,第5869页。
⑤ 《旧唐书》卷一四八《裴垍传》,第3990—3991页。

有违犯,朕去之轻如一毛耳!"①他如"斥刘光琦之分遣敕使赍赦书(元和三年),允许孟容之械系神策吏李昱(四年),抵许遂振于罪(五年),赐弓箭副使刘希光及五坊使杨朝汶死(六及十三年),杖死王伯恭(六年),听裴度言,撤回诸路监军(十二年),又吕全如擅取樟材治第,送狱自杀,郭旻醉触夜禁,即予杖杀,未尝不奋其刚断,振彼朝纲"②。从这些事件可以看出,宪宗对宦官有宠任,也有制裁,而宠任是建立在有充分能力制裁他们的前提之上的。当然,宪宗最后为宦官所杀,与他前期对宦官的宠任不无关系,但从总体着眼,则元和中前期的形势是朝臣之正气上升,宦者之邪气收敛,后者并未达到飞扬跋扈、控制朝政的地步。

由于元和君臣相继削平了藩镇,施行了一系列便民利国措施,并相对抑制了宦官的权势,遂使得贞元末年早已沦丧的国威得以振扬,社会生活渐趋升平。考其主要原因,大致有二:

其一,君主开明勤勉,任用宰相,善于纳谏。史载:"宪宗嗣位之初,读列圣实录,见贞观、开元故事,竦慕不能释卷","延英议政,昼漏率下五六刻方退"③。鉴于德宗末年不任宰相、大权独揽,以致佞臣在侧、仇正害公的教训,宪宗"自藩邸监国,以至临御,迄于元和,军国枢机,尽归之于宰相"④。同时,较能听取臣下意见,即位之初,即对宰臣说:"朕览国书,见文皇帝行事,少有过差,谏臣论诤,往复数四。况朕之寡昧,涉道未明,今后事或未当,卿等每事十论,不可一二而止。"⑤

---

① 《资治通鉴》卷二三八元和六年,第 7809 页。
② 岑仲勉:《隋唐史》,第 295 页。
③ 《旧唐书》卷一五《宪宗本纪下》,第 472 页。
④ 《旧唐书》卷一五《宪宗本纪下》,第 472 页。
⑤ 《旧唐书》卷一四《宪宗本纪上》,第 423 页。

此后又屡次告诫大臣："有关朕身,不便于时者,苟闻之则改。……卿但勤匡正,无谓朕不能行也。"① 在元和众臣中,李绛所谏最多,谏言最直,当他久未进谏时,"上辄诘之曰:'岂朕不能容受邪? 将无事可谏也?'"② 由于宪宗重用宰相,注意纳谏,遂使得有功者赏,有罪者罚,正人勇进,小人多退,"中外咸理,纪律再张"③。

其二,宰相贤能,尽心匡弼,直言敢谏。前面说过,德宗朝宰相三十人,大都庸懦甚或奸猾,而且贤能者在位短,不肖者在位长。与此相比,宪宗朝宰相共二十五人,大多器识才干兼具,且不肖者在位短,贤能者在位长。其中约十人为相仅一年左右即罢免,罢免的原因很多,但主要一点即因其不称职或有遗。如杜黄裳虽首倡用兵蜀、夏,有经划谋略之功,"然检身律物,寡廉洁之誉,以是居鼎职不久"④。郑絪与杜黄裳同当国柄,黄裳于国之大事多所关决,而"絪谦默多无所事,由是贬秩为太子宾客"⑤。李逢吉"天与奸回,妒贤伤善"⑥,故在元和朝为相亦仅两年。在一些宰相频繁更换的同时,另一部分宰相却能较长时间地任职下去,其中为相三年以上者约有八人。这八人之所以能久居鼎职,主要原因是才行兼备,深得人望。如裴垍"器局峻整,有法度","及在相位,用韦贯之、裴度知制诰,擢李夷简为御史中丞,其后继踵入相,咸著名迹。其余量材赋职,皆叶人望,选任之精,前后莫及"。故时人皆谓裴垍为相是才与时会,知无

---

① 《旧唐书》卷一四八《李吉甫传》,第 3995 页。
② 《资治通鉴》卷二三八元和七年,第 7812 页。
③ 《旧唐书》卷一五《宪宗本纪下》,第 472 页。
④ 《旧唐书》卷一四七《杜黄裳传》,第 3974 页。
⑤ 《旧唐书》卷一五九《郑絪传》,第 4181 页。
⑥ 《旧唐书》卷一六七《李逢吉传》,第 4365 页。

不为，一时间"朝无幸人，百度浸理"①。李吉甫"性聪敏，详练物务"，初为相时叙进群才，甚有美称，及再度为相，虽与李绛不协，但性格谨慎，"其不悦者，亦无所伤"②。李绛"孜孜以匡谏为己任"，曾极论中官纵恣、方镇进献之事，惹得宪宗大怒，但"绛前论不已，曰：'臣所谏论，于臣无利，是国家之利。……惜身不言，仰屋窃叹，是臣负陛下也；若不顾患祸，尽诚奏论，旁忤幸臣，上犯圣旨，以此获罪，是陛下负臣也。'"③ 这种忠义内激、守法忘身的精神，使得宪宗也不得不为之改容。裴度忧国忧民，公而忘私，曾大书"居安思危"四字于笏上④，并力主用兵藩镇，亲预淮西之役。当五坊使杨朝汶残暴虐民，而宪宗谓之小事，一意袒护时，裴度直言："用兵事小，所忧不过山东耳；五坊使暴横，恐乱辇毂。"宪宗虽不悦，但迫于裴度的正义感，还是召杨责备道："以汝故，令吾羞见宰相。"遂将其赐死⑤。他如韦贯之"严身律下，以清流品为先，故门无杂宾"⑥；崔群"常以谠言正论闻于时"，"有冲识精裁，为时贤相"⑦。事实上，正是这样一批宰执大臣，上匡君主，下理万民，打击权奸，进用正士，深谋远虑，居安思危，以天下兴亡为己任，才在一定程度上限制了君权的膨胀，有力地荡涤了贞元秕政，解决了藩镇割据，重建了中央权威，赢得了元和一朝虽短暂却不无辉煌的中兴。孙甫有鉴于此而深刻指出："夫天下安，固注意于相；天下危，亦注意于相也"；宪宗"首得杜黄裳陈安危之本，启其机断，

---

① 《旧唐书》卷一四八《裴垍传》，第 3992 页。
② 《旧唐书》卷一四八《李吉甫传》，第 3997 页。
③ 《旧唐书》卷一六四《李绛传》，第 4287 页。
④ 《元稹集校注》卷三一《上门下裴相公书》，第 874 页。
⑤ 《资治通鉴》卷二四〇元和十三年，第 7876 页。并见《新唐书》卷一七三《裴度传》，第 5213 页。
⑥ 《旧唐书》卷一五八《韦贯之传》，第 4174 页。
⑦ 《旧唐书》卷一五九《崔群传》，第 4187、4190 页。

继得武元衡、裴垍、李绛、裴度谋议国事，数人皆公忠至明之人，故能选任将帅，平定寇乱，累年叛涣之地，得为王土，四方之人，再见太平者，相得人也"①。

当然，元和中兴的实现，与广大士人尤其是韩、柳、刘、元、白五大诗人积极的、多方面的努力也不无关联。简言之，柳、刘大呼猛进，首倡革新于前，元、白嫉恶如仇，尽力除弊于后，韩愈高扬"以蕃王室"的旗帜，亲预平淮西之役，而后又独赴镇州叛将王廷凑军营，"召众贼帅前，抗声数责"，使得"贼众惧伏"②。联系到后文将要详述的他们在此一时期积极主张用兵藩镇、裁抑宦官、关心民瘼、打击邪恶势力等一系列举动，以及他们在思想文化诸方面颇有成效的建树，我们完全可以说，以五大诗人为代表的广大士人的多方面参与和努力，乃是元和中兴得以实现的又一个重要因素。

从贞元到元和，在历史的长河中不过是短暂的一瞬，但在这一瞬间，形势却发生了如此之大的变化，大唐帝国仿佛被注入了一针兴奋剂，从混浊腐败、险象环生的泥沼中爬起身来，迅速地昂首走向前去。在这一由衰败而至中兴的过程中，我们看到了些什么呢？我们看到了君臣关系由相互猜忌变为协力同心，社会风气由流荡颓靡渐趋昂扬振作，奸邪当道让位于贤能握柄，分裂割据重为大一统的局面所取代。然而，我们更看到了一种精神，一种不甘衰败、奋发图强的复兴精神，一种源于忧患而又欲克服忧患，建基于多难兴邦、哀兵必胜信念之上的进取精神。这种精神，渗透于各个文化领域，而在政治、军事上得到了突出的展现，从而构成了此一时代的主要方向。假若从

---

① [宋]孙甫：《唐史论断》卷下，《景印文渊阁四库全书》第685册，台湾商务印书馆，1985年，第685页。

② [唐]皇甫湜：《韩愈神道碑》，[清]董诰等编：《全唐文》卷六八七，中华书局，1983年，第7038页。

总体着眼而不计个别的话,那么将此精神作为元和文化的主要精神,似应无大误。

第二节　饱含理性批判精神的文化重建

瞩目现实的儒学复兴／以五大诗人为代表的文学创新／
柳、刘的经世儒学与哲学批判

当然,仅从政治、军事角度考虑,很难包括元和文化精神的全部内涵,而将视线只凝聚在君主和少数宰臣身上,也难以全面把握到此一精神的真谛要义。仔细审视贞元、元和之际的历史,我们还感到有一个突出特征,那就是大张旗鼓的文化重建。而这种文化重建,主要体现在由韩、柳、刘、元、白五大诗人开始明朗化、集中化了的儒学复兴、文学创新和哲学突破上。

复兴儒学,这是时代的潮流,也是历史发展的必然趋势。早在隋末,名儒王通即退居河汾,续诗书,正礼乐,以六经为本,力矫六朝之浮靡,从而开了后世明道重道论者的先河。唐初,为适应唐王朝的政治需要,最高统治者曾封孔子、颜回为先圣、先师,在国子学为他们立庙,四时致祭,并令颜师古考正五经章句,孔颖达撰定五经义疏,供天下士子传习。虽然当时的国策是三教并用,儒学并没有比佛、道二家高到哪里去,但相比起魏、晋以来儒学渐趋式微的局面,毕竟要算一个大的改观。

儒学影响力的实际削弱是在盛唐。这并不只是因为佛、道势力日趋增大,也不只因为此期很少儒学理论的研究者和阐扬者,其主要原因乃在于这是一个充满昂扬奋发精神而较少思想拘束的时代。仅以大诗人李白、杜甫论,即可窥斑知豹了。受时代风潮影响,李白极力崇尚的是任侠、求仙和建功立业等人生理想,而这种建功立业又与传统儒家循规蹈矩式的求仕为官有所不同,他不求小官,要直取卿相,为帝王师。"长剑一杯酒,男儿方寸心。"[1] "待吾尽节报明主,然后相携卧白云!"[2] 显然,李白的心性与儒学义理是不大投合的。正因为如此,所以他曾以推倒一世智勇的气概放言宣称:"我本楚狂人,凤歌笑孔丘"[3] "尧舜之事不足惊,自余嚣嚣直可轻"[4] "还须黑头取方伯,莫谩白首为儒生!"[5] 与李白相比,杜甫无疑与儒家思想更亲近一些,但事实也不尽然。这不仅因为他曾说过"不能鼓吹六经"而志在追攀"扬雄枚皋之徒"[6] 的话(这在正统儒者看来,立足点便先错了),写过"儒术于我何有哉? 孔丘盗跖俱尘埃"[7] 的诗;也不仅因为在他的思想中除儒学之外,佛、道两家所占地盘并不十分狭小,更重要的是因为,他并没有系统扎实地对儒学做过爬梳清理的工作,也没有稍为完整的有关儒学的理论著述。这种情况,在盛唐许多诗人文士那里是普遍存在的。

安史之乱以后,形势发生了大的变化。由于藩镇割据,破坏了唐王朝大一统的局面,严重削弱了中央皇权,因而使得广大士人深刻意识到重建儒学、尊王攘夷的必要性;由于士风日下,人心不古,生活上侈靡享乐,学术上浮华无实,因而使得部分士人深感儒学正教化、系人心的重要性;由于唐王朝三教并用,而发展到后来,佛、道两家之势反跻儒学而上之,僧人不纳租税,寺院广占良田,直接破坏了国家经

---

① 《李白全集编年笺注》卷七《赠崔侍御》,第 686 页。
② 《李白全集编年笺注》卷七《驾去温泉宫后赠杨山人》,第 409 页。
③ 《李白全集编年笺注》卷一四《庐山谣寄卢侍御虚舟》,第 1501 页。
④ 《李白全集编年笺注》卷六《怀仙歌》,第 658 页。
⑤ 《李白全集编年笺注》卷一五《悲歌行》,第 1585 页。
⑥ [唐]杜甫撰,[清]仇兆鳌注:《杜诗详注》卷二四《进雕赋表》,中华书局,1979 年,第 2172 页。
⑦ 《杜诗详注》卷三《醉时歌》,第 176 页。

济,因而也使得一些士人深深认识到树立儒学正统以分辨华夷、攘斥佛老的迫切性;更由于社会矛盾急剧增多,秕政弊端所在多有,因而使得众多有识之士在反省中领悟到变通儒学以之救乱的实用性。正是这一系列原因,导致唐初重在章句义疏的儒学在此一时期发生了走向实用的转变,并相继出现了诸如独孤及、梁肃、柳冕等主张以道领文、以文辅道的文章儒士和啖助、赵匡、陆质等主张以权辅用、从宜救乱的经学儒士。

　　前者的继承人是韩愈。史载:"大历、贞元之间,文字多尚古学,效杨雄、董仲舒之述作,而独孤及、梁肃最称渊奥,儒林推重。愈从其徒游,锐意钻仰,欲自振于一代。"① 韩愈自己也说他"口不绝吟于六艺之文,手不停披于百家之编"②,"非三代两汉之书不敢观,非圣人之志不敢存"③,并以孔孟之道的继承者和捍卫者自居,声言:"使其道由愈而粗传,虽灭死万万无恨。"④ 关于韩愈与儒家道统的有关问题,研究者们已经说了很多,我们在此要强调指出的是,韩愈弘扬儒家道统的基本着眼点,不是想在理论上有大的建树,也不是想当孟子之后儒学的第一继承人,而是在于一个"用"字。所谓"古之所谓正心而诚意者,将以有为也"⑤,所谓"前古之兴亡未尝不经于心也,当世之得失未尝不留于意也"⑥,无不指向现实之用。"将以有为"即是用,即是治国平天下,惟用,惟治国平天下方能"有为"。正是围绕这一核心,韩愈以《原道》《原性》《原人》《原鬼》《原毁》为框架,建构

① 《旧唐书》卷一六〇《韩愈传》,第 4195 页。
② 《韩昌黎文集校注》卷一《进学解》,第 51 页。
③ 《韩昌黎文集校注》卷三《答李翊书》,第 190 页。
④ 《韩昌黎文集校注》卷三《与孟尚书书》,第 241 页。
⑤ 《韩昌黎文集校注》卷一《原道》,第 18 页。
⑥ 《韩昌黎文集校注》卷三《与凤翔邢尚书书》,第 227 页。

了自己的儒学理论体系,而将《原道》作为此一体系的总纲。在《原道》中,他高扬"先王之教"和道统的目的有三:一是借以压昏君,一是借以反藩镇,一是借以攘佛、老。他这样说道:

> 君者,出令者也;臣者,行君之令而致之民者也;民者,出粟米麻丝,作器皿,通货财,以事其上者也。君不出令,则失其所以为君;臣不行君之令而致之民,民不出粟米麻丝,作器皿,通货财,以事其上,则诛。[①]

很明显,这里强调的是君、臣、民三位一体而又严格区别的等级关系及其各自由先王之道规定好了的实际职能。从君的一方看,君主如果违反了道,也将在被摈弃之列,从而道统自然胜过君统。联系到贞元年间的现实,德宗亲信权奸,压抑正士,尤为严重者,是面对强藩割据而无所作为,姑息养奸,这无疑属于"君不出令";既不出令,自然"失其所以为君"。从臣和民的一方看,当时"不行君之令"者舍藩镇莫属,而"不出粟米麻丝,作器皿,通货财,以事其上"者惟有佛、老之徒。既然不行君之令,不事其上,那么无疑皆在被诛之列。这里,韩愈更注重的不是对君主的制裁,而是对藩镇和佛、老的打击,其原因很简单:第一,道统尽管很神圣,但毕竟是抽象的东西,它只有为现实的君统服务,才能发挥实际效用;第二,社会现实决定了当时的首要任务是尊王攘夷,维护中央皇权。也许正是有鉴于此,韩愈倡言明君臣之义,严华夷之防,对藩镇势力尤其是佛、老之徒进行了不遗余力的抨击,并明确主张:"人其人,火其书,庐其居,明先王之道以道

[①]《韩昌黎文集校注》卷一《原道》,第 17 页。

之!"① 从而有力地凸显了道统的严正性和排他性。关于韩愈对藩镇的态度及其参加平藩战争的活动,可参看他的《守戒》等文和前文概述,这里重点谈他严辟佛、老的现实表现。

元和十四年,唐宪宗兴师动众,迎接凤翔法门寺佛骨至京师,留禁中三日,并历送诸寺,以求取岁丰人安、运祚久长的福瑞。是时,"王公士民瞻奉舍施,惟恐弗及,有竭产充施者,有然香臂顶供养者"②。韩愈当时任刑部侍郎,从职权范围讲,这事他完全可以不管,但出于一片忧国之心和强烈的义愤,也为了实现自己的一贯主张,他挺身而出,上表切谏:"事佛求福,乃更得祸";"今无故取朽秽之物,亲临观之,巫祝不先,桃茢不用,群臣不言其非,御史不举其失,臣实耻之";"若不即加禁遏,更历诸寺,必有断臂脔身以为供养者。伤风败俗,传笑四方,非细事也"。最后,他慷慨激昂地说道:"乞以此骨付之有司,投诸水火,永绝根本,断天下之疑,绝后代之惑。……佛如有灵能作祸祟,凡有殃咎,宜加臣身,上天鉴临,臣不怨悔!"③ 在这里,韩愈正气凛然,义无反顾,表现了一个儒者的刚正性格和激切情怀。闷于中者肆于外,肆于外的程度,取决于闷于中的深浅,惟胸中所积厚,故外肆之力雄。一方面,韩愈在此历述各代人主事佛得祸、佛事伤风败俗之事,确是在严辟浮屠;另一方面,他的一个"臣实耻之",又实实在在是对唐宪宗佞佛而悖先王之道的有力针砭。用他自己的话说:"高祖始受隋禅,则议除之。当时群臣材识不远,不能深知先王之道、古今之宜,推阐圣明,以救斯弊,其事遂止,臣常恨焉。""臣常以为高祖之志必行于陛下之手,今纵未能即行,岂可恣之转令盛

---

① 《韩昌黎文集校注》卷一《原道》,第20—21页。
② 《资治通鉴》卷二四〇元和十四年,第7880页。
③ 《韩昌黎文集校注》卷八《论佛骨表》,第684—687页。

也？"① 显而易见，这是在拿先王之道和李唐祖宗来压现实人主，而其终极旨归，则在于通"古今之宜""以救斯弊"，也就是《原道》中说的"将以有为"的现实之用。由于韩愈之意不仅在辟佛，而且在刺君，所以"疏奏，宪宗怒甚，出疏以示宰臣，将加极法"；虽经裴度、崔群力加开解，宪宗怒犹不减，谓"愈为人臣，敢尔狂妄，固不可赦"②。结果韩愈被贬潮州。

关于韩愈论佛骨一事，后代褒贬不一，争论不断。如宋人司马光即持否定意见："愈恶其蠹财惑众，力排之，其言多矫激太过。"③ 清人赵翼则谓："《谏佛骨》一表，尤见生平定力。"④ 梁章钜亦云："韩公胆气最大，当时老子是朝廷祖宗，和尚是国师，韩公一无顾忌，唾骂无所不至，其气竟压得他下。"⑤ 今平心而论，韩愈辟佛，多从佛之外在现象入手，没能抓住其理论要害展开批判，故不仅战斗力弱，而且流于简单粗暴，很难令佛教徒乃至知识人心悦诚服；但从另一角度看，特定的时代精神要求于韩愈的，主要不是做理论上的儒家，而是做一个实践的儒家。换言之，"将以有为"的使命感使得韩愈没有心思坐在屋子里静思默想，而严峻的社会现实迫使他必须随时冲上前去，所以，在简单粗暴的背后，显示的乃是一种斗士的胆魄和至大至刚的心性，在勇于实践的过程中，流露的正是融传统儒学与现实使命为一体的"欲为圣明除弊事"的忠直情怀。

---

① 《韩昌黎文集校注》卷八《论佛骨表》，第 685 页。
② 《旧唐书》卷一六〇《韩愈传》，第 4200 页。
③ 《资治通鉴》卷二四〇元和十四年，第 7882 页。
④ ［清］赵翼著，霍松林、胡主佑校点：《瓯北诗话》卷三，人民文学出版社，1963 年，第 35 页。
⑤ ［清］梁章钜编，栾保群点校：《退庵随笔》卷一八，文物出版社，2019 年，第 445 页。

在弘扬道统并将其施之现实社会政治的同时,韩愈还将儒学的重建与文学的创新连在一起,借文与道的相互为用,推动了古文运动的发展。在《昌黎先生集序》中,李汉高度评价了韩愈在文坛创新上的功绩,说他:

> 洞视万古,愍恻当世,遂大拯颓风,教人自为。时人始而惊,中而笑且排;先生益坚,终而翕然随以定。呜呼,先生于文,摧陷廓清之功,比于武事,可谓雄伟不常者矣。①

这一评价,韩愈受之无愧,因为他对文章之事确实给予了全身心的投入。他虽然一再申说自己"思修其辞以明其道"②"不惟其辞之好,好其道焉尔"③,但实质上还是文道并重甚或更重于文的。所以他也屡次这样对人讲:"性本好文学,因困厄悲愁无所告语,遂得究穷于经传史记百家之说,沉潜乎训义,反复乎句读,砻磨乎事业,而奋发乎文章"④"愈少驽怯,于他艺能,自度无可努力……遂发愤笃专于文学"⑤。由于韩愈既重道又重文,既重以道养气,又重以气行文,所以他写的古文,较少板起面孔拿腔作势的道学家气味,也罕见一味弄巧华而不实的轻薄子情形,其所呈露的,乃是一种深沉厚重而不乏奔放、情真意挚而兼具思理的格调和境界,用他自己的话说,就是"气盛则言之短长与声之高下者皆宜"⑥。关于韩愈的古文创作,前人说的

---

① 《韩昌黎文集校注》卷首,第 2 页。
② 《韩昌黎文集校注》卷二《争臣论》,第 126 页。
③ 《韩昌黎文集校注》卷三《答李秀才书》,第 196 页。
④ 《韩昌黎文集校注》卷二《上兵部李侍郎书》,第 160 页。
⑤ 《韩昌黎文集校注》卷二《答窦秀才书》,第 155 页。
⑥ 《韩昌黎文集校注》卷三《答李翊书》,第 191 页。

已相当多了,这里不欲赘论,想指出的只是,韩愈将其道统推而及于文统,无论是就矫正六朝以来文尚骈俪而不切于事的浮靡之风而言,还是就欲借古文创作来弘扬其理想之道而言,根本目的都在于"将以有为"的现实之用,尽管这种用并非后世道学家将文完全隶属于道那样狭隘。事实上,正是因为将文学创作与现实需要紧密地结合在了一起,所以韩愈的大部分古文皆言之有物,言之有理,言之有针对性;与此相应,韩愈提出的"惟陈言之务去"①和"文从字顺各识职"②等创作法则,更使其古文形成了一种既不类古又不同今、介于有法与无法之间的独特风貌。这是文学的重建,更是文学的创新。这种重建和创新,不仅反映了"人的精神的优越和勇气的非凡"③,而且也反映了元和文化精神对韩愈的影响以及韩愈对此精神的贡献。

宋儒朱熹有言:"鄙意正为韩公只于治国平天下处用功,而未尝就其身心上讲究持守耳。"④虽然这是指责韩愈为儒不淳的话,但也确实道出了韩愈的真实情形。本意想做儒学的卫道士,实际上却以政治家、文章家名世,这是韩愈的不幸,也是韩愈的大幸。不幸在于他未能像后来的宋儒那样对儒学有理论上的突出发明,大幸则在于他也因此避免了滑入穷究心性而抛撇当代事务的歧途。从社会效果看,他力挽狂澜独倡儒学的行动在当时就产生了相当大的社会影响,他不尚空文而身体力行的作为赢得了王建、张籍、赵德、李汉、卢仝等人的热烈赞赏,他文道并重又勇于立异的古文创作更带动了皇甫湜、

①《韩昌黎文集校注》卷三《答李翊书》,第190页。
②《韩昌黎文集校注》卷七《南阳樊绍述墓志铭》,第604页。
③陈幼石:《韩柳欧苏古文论》,上海文艺出版社,1983年,第20页。
④[宋]朱熹撰,刘永翔、徐德明校点:《晦庵先生朱文公文集》卷四五《答廖子晦》,《朱子全书(修订本)》第22册,上海古籍出版社、安徽教育出版社,2010年,第2112页。

李翱等一大批士人,从而极大地拓展了古文的领地。

　　白居易、元稹虽不像韩愈那样致力于古文创作,但他们所为古文,高者似乎并不在韩文之下,而他们以风雅比兴为准则的新乐府运动及其注重"救济人病,裨补时阙"的创作精神,更与韩愈的用力方向紧相关联。一方面,白居易、元稹痛感古风沦替、诗道崩坏的局面,决心继承并弘扬儒家诗教,"忽忽愤发,或食辍哺,夜辍寝,不量才力,欲扶起之";另一方面,他们打起"文章合为时而著,歌诗合为事而作"①的旗帜,即事名篇,无复依傍,创作了大量反映民生疾苦、揭露黑暗现实的新题乐府。从本质上说,新乐府运动乃是借倡言诗道以补察时政、复兴儒学的一种努力,它与韩愈领导的古文运动虽殊途而同归。

　　至于柳宗元、刘禹锡,则无疑可以视作韩愈古文运动的中坚力量。柳宗元说:"始吾幼且少,为文章以辞为工。及长,乃知文者以明道,是固不苟为炳炳烺烺,务采色、夸声音而以为能也,凡吾所陈,皆自谓近道。"②"圣人之言,期以明道。学者务求诸道而遗其辞。……要之,之道而已耳。道之及,及乎物而已耳。"③刘禹锡说:"道未施于人,所蓄者志。见志之具,匪文谓何? 是故颛颛恳恳于其间,思有所寓,非笃好其章句,泥溺于浮华。"④从这些表达中可以看出,柳的文以明道说与韩较为接近,刘的文以见志说与韩稍有距离,但从整体精神及其"及乎物""思有所寓"的创作目的看,则三人的追求目标却是大体一致的。柳、刘的古文创作比韩要稍晚一些,似乎受到了韩的一定影响,但他们古文创作的主要时期乃是在被贬南方之后,从而又

① 《白居易文集校注》卷八《与元九书》,第 323—324 页。
② 《柳宗元集校注》卷三四《答韦中立论师道书》,第 2178 页。
③ 《柳宗元集校注》卷三四《报崔黯秀才论为文书》,第 2214 页。
④ 《刘禹锡全集编年校注》卷一三《献权舍人书》,第 1404 页。

使其古文风格迥异于韩,而带有更多生命沉沦的悲凉色彩和坚持理想的劲直格调。史载:柳宗元被贬后,"江岭间为进士者,不远数千里皆随宗元师法,凡经其门,必为名士。著述之盛,名动于时"①。"禹锡精于古文"②,"贞元、大和之间,以文学耸动搢绅之伍者,宗元、禹锡而已"③。在《唐故中书侍郎平章事韦公集纪》中,刘禹锡曾转述李翱的话说:"翱昔与韩吏部退之为文章盟主,同时伦辈,惟柳仪曹宗元、刘宾客梦得耳。"④ 由是可见时人公论所在。

　　然而,与韩愈有所不同的是,柳宗元、刘禹锡并不甘以文章家自居,对儒家道统也没有韩愈那样大的兴趣,他们更重视的,乃是源于啖、赵学派之不拘空名、从宜救乱的经世儒学。啖助、赵匡、陆质所倡导的《春秋》学是大历、贞元间一个很有影响的学派。啖助"淹该经术","善为《春秋》"⑤,撰有《春秋统例》六卷。他治学的主要特点是不拘师说,不墨守成规,摒弃《春秋》三传据事说经的方法,而着眼于现实,以己意说经,借经文来表达自己的学术观点和政治见解,所谓"唐、虞之化,难行于季世,而夏之忠,当变而致焉。故《春秋》以权辅用,以诚断礼,而以忠道(按:即中道)原情云。不拘空名,不尚狷介,从宜救乱,因时黜陟"⑥,便是他治学态度和用力方向的集中显现。很清楚,这里极力突出的,乃是以权辅用、从宜救乱的通变观和实践观。赵匡、陆质是啖助的弟子,陆质根据啖、赵的学说,撰成《春秋微旨》

---

① 《旧唐书》卷一六〇《柳宗元传》,第4214页。
② 《旧唐书》卷一六〇《刘禹锡传》,第4210页。
③ 《旧唐书》卷一六〇史家评语,第4215页。
④ 《刘禹锡全集编年校注》卷一九《唐故中书侍郎平章事韦公集纪》,第2068页。
⑤ 《新唐书》卷二〇〇《儒学传下》,第5705页。
⑥ 《新唐书》卷二〇〇《儒学传下》,第5706页。

《春秋集传辨疑》和《春秋集传纂例》诸书，"开通学之途，背颛门之法"，"发前人所未发"①，使其师、友的观点得以发扬光大。柳宗元在《唐故给事中皇太子侍读陆文通先生墓表》中曾述其主旨说："明章大中，发露公器。其道以圣人（按：一作'生人'）为主，以尧舜为的，苞罗旁魄，胶辖下上，而不出于正。其法以文、武为首，以周公为翼，揖让升降，好恶喜怒，而不过乎物。"②惟其治学之道"不出于正"，所以具有较强的号召力；惟其施行之法"不过乎物"，所以较易于吻合社会现实。由于陆质的主要政治活动时期在贞元末年，并曾参加王叔文革新集团，担任皇太子侍读，因而，此一时期的先进之士如吕温、凌准、韩晔、韩泰、柳宗元、刘禹锡等，或从学其门下，或与其为同志，无不受到陆质学说的深刻影响。吕温在《与族兄皋请学〈春秋〉书》中明言：

> 所曰《春秋》者，非战争攻伐之事，聘享盟会之仪也。必可以尊天子、讨诸侯、正华夷、绳贼乱者，某愿学焉。③

柳宗元在《送徐从事北游序》中指出：

> 读《诗》《礼》《春秋》，莫能言说，其容貌充充然，而声名不闻传于世，岂天下广大多儒而使然欤？……苟闻传必得位，得位而以《诗》《礼》《春秋》之道施于事，及于物，思不负孔子之笔舌。能如是，然后可以为儒，儒可以说读为哉！④

---

① ［清］皮锡瑞著，周予同注释：《经学历史》七《经学统一时代》，中华书局，2012 年，第 152 页。
② 《柳宗元集校注》卷九，第 576 页。
③ ［唐］吕温：《与族兄皋请学〈春秋〉书》，《全唐文》卷六二七，第 6333 页。
④ 《柳宗元集校注》卷二五《送徐从事北游序》，第 1649 页。

刘禹锡在《答饶州元使君书》中亦谓：

> 明体以及用，通经以知权。……古之贤而治者，称谓各异，非至当有二也，顾遭时不同耳。……其宽猛迭用，犹质文循环，必稽其弊而矫之。①

在这里，所谓"尊天子、讨诸侯、正华夷、绳贼乱""施于事，及于物"以及"明体以及用，通经以知权"等言论主张，既突出地反映出啖、赵学派不拘空名、从宜救乱之思想影响的痕迹，也分明表现了柳、刘等人通经以致用的理论主张和治学特点。因而，我们有理由认为：柳宗元、刘禹锡所崇尚的儒学，乃是与韩愈所倡导的"道统"不尽相同的一种经世儒学，尽管他们的终极落脚点大体一致，但在具体的开展过程中，却不能不在思想深度、哲学观点等方面产生颇大的差异。

考察柳宗元、刘禹锡在此经世儒学影响下的思想倾向，约有如下几端：

其一，倡言大中之道，通经以致用。"大中"或"中道"是柳宗元、刘禹锡最常使用的哲学概念。与传统儒学将"中"或"中庸"视作"可常行之德"②有所不同，柳、刘的"大中"更接近于啖、赵学派的"中道"。啖助主张"以忠（中）道原情"③，赵匡认为"圣人当机发断，以定厥中"④，陆质则"明章大中，发露公器"⑤。由于啖、赵学派的

① 《刘禹锡全集编年校注》卷一四《答饶州元使君书》，第 1608—1609 页。
② ［魏］何晏注，［宋］邢昺疏：《论语注疏》卷六《雍也》，《十三经注疏》，第 5385 页。
③ 《新唐书》卷二〇〇《儒学传下》，第 5706 页。
④ ［唐］陆淳纂：《春秋啖赵集纂例·赵氏损益义》，《丛书集成初编》，商务印书馆，1936 年，第 6 页。
⑤ 《柳宗元集校注》卷九《唐故给事中皇太子侍读陆文通先生墓表》，第 576 页。

精义在于以己意解经、从宜救乱而不守常规，所以自然给"中"这一模糊性较大的概念赋予了一种随意性的色彩，也就是说，大凡考之事实、验之常理、自己以为适当的，即所谓"中道"。欧阳修等曾不无感慨地说道："啖助在唐，名治《春秋》，摭诎三家，不本所承，自用名学，凭私臆决，尊之曰：'孔子意也。'赵、陆从而唱之，遂显于时。呜呼！孔子没乃数千年，助所推著果其意乎？其未可必也。"①这段话指出了啖、赵学派对经文凭私臆决的弊病，但也从反面证实了此学派不本所承而以中道原情的特点。事物总是相对的，若一意拘泥于经典，在治学上固然可以称得上态度严谨，但对解决现实问题来说却无异于刻舟求剑；与此相对，不本所承，联系实际解说经典，虽然有可能背离孔子原意，但却可以有效地解决现实问题，在某种意义上，这又何尝不是对孔子的继承和发展？从认识论的角度看，已有的知识一方面将有助于人们做出新的发现，另一方面也将阻碍人们做出新的发现。这是一种深刻的矛盾和悖反，而解决之道关键在于知识使用者的出发点和目标所在。作为有志于当代之务的哲学家，既须借助于传统理论，又必须大胆怀疑并修正原有理论，以使自己的思想摆脱束缚，有所创新。从学术风气变化历程看，中唐时代社会矛盾日趋严重，向人们提出了革弊图强、理论与实际结合的必然要求，正是这一必然要求，导致儒学愈来愈靠近现实，儒学也开始由训诂名物的汉学向注重义理的宋学过渡。而柳宗元、刘禹锡等人正是适应这一发展趋势，以充满理性创新的精神，在啖、赵学派的基础上，提出了以"及物"为明确目标的"大中之道"的。

柳宗元说："圣人之道，不穷异以为神，不引天以为高，利于人，

①《新唐书》卷二〇〇《儒学传下》，第5708页。

备于事,如斯而已矣。"① 又说:"经非权则泥,权非经则悖。是二者,
强名也;曰当,斯尽之矣。当也者,大中之道也。"② 这里,"圣人之道"
即"大中之道",此道之核心在于"当",也就是处事得宜,合乎"利于
人,备于事"的准则。联系到柳宗元在其他场合一再申明的"意欲
施之事实,以辅时及物为道"③ 等观点,可以明显看出,他孜孜追求的
"大中之道",虽有尊奉"圣人"而注重"经"的一面,但更多情况下却
是着眼于现实而强调"权"和"当"的。与柳宗元相比,刘禹锡较少
对"中道"的明确解说,不过,从他"吾姑欲求中道耳"④ "嫉其弊而救
之,以归于中道"⑤ 等话的前后关联来看,从他对"尚变"之《易》学的
精深研究来看⑥,从他"明体以及用,通经以知权"⑦ "三王之道,犹夫
循环,非必变焉,审所当救而已"⑧ 的一贯主张来看,都不难得出刘、
柳二人之追求目标大体一致的结论。不固守经典,不拘泥于物,因时
制宜,因事变化,忖之于心,于理无悖,并始终将现实作为关怀对象,
这大概就是柳、刘的"中道"观。如果这种论析大致不误,那么我们
完全可以说,柳、刘等人积极参加王叔文集团革弊图新的一系列措施
和行动,不啻为其"大中之道"的最好体现,换言之,在他们的理论与
现实的结合部,闪耀出经世儒学通经以致用的思想光华。

　　其二,以生人为主,以利安元元为务。所谓"生人""元元",就
是庶民、百姓。在元和士人中,重视民生、关心民间疾苦并力求除弊

①《柳宗元集校注》卷三《时令论上》,第 248 页。
②《柳宗元集校注》卷三《断刑论下》,第 263 页。
③《柳宗元集校注》卷三一《答吴武陵论〈非国语〉书》,第 2070 页。
④《刘禹锡全集编年校注》卷二〇《论书》,第 2211 页。
⑤《刘禹锡全集编年校注》卷一五《答道州薛郎中论书仪书》,第 1741 页。
⑥《刘禹锡全集编年校注》卷一四《辨易九六论》,第 1573—1580 页。
⑦《刘禹锡全集编年校注》卷一四《答饶州元使君书》,第 1608 页。
⑧《刘禹锡全集编年校注》卷二〇《辨迹论》,第 2195 页。

安民的思想是普遍存在的。从王叔文革新集团之减赋税、罢进奉、除宫市、打击残暴始，中经裴垍、李绛之屡次论禁聚敛、重农桑，元稹之弹劾害民赃官，白居易之作为歌诗哀悯民生，裴度之平淮西力主安民便民，直至韩愈在袁州之赎放奴婢，都可视作这种民本思想的具体体现，但在理论上对这一思想做出集中表述的，则首推柳宗元。

　　柳宗元继承了啖、赵学派特别是陆质"以生人为重、社稷次之之义，发吾君聪明，跻盛唐于雍熙"①的精神志向，以民意为重，以利民为旨，并将其作为"大中之道"的核心内容。在《贞符》中，柳宗元明确指出："唐家正德受命于生人之意。"他在系统分析了从上古到隋亡的历史兴衰原因后说道："是故受命不于天，于其人；休符不于祥，于其仁。惟人之仁，匪祥于天。匪祥于天，兹惟贞符哉！未有丧仁而久者也，未有恃祥而寿者也。"②这里的"生人之意"，就是民心；这里的"仁"，就是宽厚爱民。在柳宗元看来，政权能否取得和巩固的关键即在于能否得民心并顺乎民心。在《伊尹五就桀赞》中，柳宗元更明确地说道："圣人出于天下，不夏、商其心，心乎生民而已。""吾观圣人之急生人，莫若伊尹；伊尹之大，莫若五就桀。"③对这篇文章，后人颇有非议，认为"宗元意欲以此自解说其从二王之罪也"④。事实上，宗元从二王何罪之有？这话适好反证了柳宗元参加王叔文革新集团的真正目的，乃是要像伊尹那样"急生人""心乎生民"。《唐宋文醇》卷一二谓："此赞伊尹五就桀，其意盖谓苟可以膏泽下于民，则桀

①《吕和叔文集校笺》卷八《祭陆给事文》，第 244 页。
②《柳宗元集校注》卷一《贞符》，第 76—79 页。
③《柳宗元集校注》卷一九《伊尹五就桀赞》，第 1314—1315 页。
④［宋］苏轼：《辩伊尹说》，吴文治编：《柳宗元资料汇编》，中华书局，1964年，第 42 页。

尚可就,况其未至于桀者,于人何择焉。"① 可谓有见。综观《柳宗元集》可知,上述思想是大量的,也是极真诚的。他的《送薛存义之任序》说:"凡吏于土者,若知其职乎? 盖民之役,非以役民而己也。"②他的《答元饶州论政理书》说:"富室,贫之母也,诚不可破坏;然使其大倖而役于下,则又不可。"③他的《种树郭橐驼传》借传主之口说:"然吾居乡,见长人者好烦其令,若甚怜焉,而卒以祸。"④ 他的《捕蛇者说》则大声疾呼:"呜呼! 孰知赋敛之毒,有甚是蛇者乎!"⑤ 所有这些言论,角度不同,归趋则一,其中包含的,分明是一颗爱民怜民的赤诚之心,诚如作者在《寄许京兆孟容书》中所自称:"唯以中正信义为志,以兴尧、舜、孔子之道,利安元元为务。"⑥ 和柳宗元这种思想同一脉络,刘禹锡更注重善政理民,这集中体现在他的那封《答饶州元使君书》中。此文开章明义,强调为政须举措得宜,取信于民:"不知发敛重轻之道,虽岁有顺成,犹水旱也";"徙木之信必行,则民不惑,此政之先也"。接着,又指出安民之方在于制裁豪强,防止侵夺,整顿吏治,节制赋税:"厚发奸之赏,峻欺下之诛。调赋之权,不关于猾吏;逋亡之责,不迁于丰室。"文章最后总结说道:"为邦之要,深切著明","推是言按是理而笃行之,乌有不及治邪?"⑦ 在这里,刘禹锡提出的是一个完整的吏治方案,其中既包含了与柳宗元相同的思想倾向,也具有现实的可行性。后来刘禹锡在苏州刺史任上时,即以此为

① [清]乾隆帝御定,乔继堂点校:《唐宋文醇》卷一二,上海科学技术文献出版社,第 195 页。
② 《柳宗元集校注》卷二三《送薛存义之任序》,第 1543 页。
③ 《柳宗元集校注》卷三二《答元饶州论政理书》,第 2088 页。
④ 《柳宗元集校注》卷一七《种树郭橐驼传》,第 1173 页。
⑤ 《柳宗元集校注》卷一六《捕蛇者说》,第 1117 页。
⑥ 《柳宗元集校注》卷三〇《寄许京兆孟容书》,第 1955 页。
⑦ 《刘禹锡全集编年校注》卷一四《答饶州元使君书》,第 1608—1609 页。

准则,"当难治之时","勤求人瘼"①,使一郡大治,并因此得到朝廷表彰。而柳宗元在任柳州刺史时,亦"因其土俗,为设教禁",并设法为柳民赎放奴婢,"观察使下其法于他州,比一岁,免而归者且千人"②。由于柳宗元"不鄙夷其民",使"民业有经,公无负租,流逋四归,乐生兴事",所以"柳民既皆悦喜"③。由上述言行可知,柳、刘之重视民生、利民安民的思想无论在理论上还是实践中都是一以贯之的,无论是得志时推行的革新措施,还是失志后在遐荒之地为政理民,其道都未尝稍衰。

其三,去伪辨惑,高扬理性批判精神。如果说,前述柳、刘二人的民本思想代表的是一种普遍的时代思潮,那么这里的理性批判精神则无异于整个文化潮流峰巅上的浪花,它所具有的深刻性、排他性,在在反映出柳、刘鲜明的个性特征。当然,这种理性批判并不只是一般的对现实的批判,它主要是一种立足于现实而又高屋建瓴、正本清源的哲学批判,并由此构成柳、刘大中之道的另一个学理内涵。

柳宗元有言:"立大中,去大惑,舍是而曰圣人之道,吾未信也。"④所谓"大惑",乃指人们对怪异、天命等不经现象的迷惑。从历史上看,尽管春秋、战国时代重视人事的理性主义已逐渐抬头,如孔子即不语怪、力、乱、神,荀子更主张天、人相分,但昧于人事而迷信天命怪异的神秘主义仍很有势力。及至汉儒董仲舒的天人感应说和东汉谶纬之学兴起之后,这种神秘主义便达到了高潮,并对后世产生了相当大的影响。即以柳、刘生活的中唐时期说,国家的不少法令制度以及很多文人士大夫的意识中,还都充满了惑于怪异、惑于天命的神秘主

---

① 《刘禹锡全集编年校注》卷一八《苏州加章服谢宰相状》,第 2000 页。
② 《韩昌黎文集校注》卷七《柳子厚墓志铭》,第 571 页。
③ 《韩昌黎文集校注》卷七《柳州罗池庙碑》,第 550 页。
④ 《柳宗元集校注》卷三《时令论下》,第 259 页。

义迷雾。如当时的时令解说就基本沿袭了《礼记·月令》的内容,把人对自然节气的顺应说成是上天的安排,并据此规定国家政令亦须俟时而行,否则就会受到天的惩罚。刑赏的时间要严格地按季节进行,仲春之月,行赏禁罚;孟秋之月,断刑戮罪。至于祭典则明文规定"季冬寅日,蜡祭百神于南郊"①,所祭对象有神农、伊耆、后稷乃至五方田畯、五岳、四海、四渎等。同时,人们普遍认为,唐室政权的获得乃是受命于天,而天是有意志的,它可以赏善罚恶,定人吉凶。所有这些现象,与刚健崇实的元和时代精神明显相悖,而要批判廓清它,又非具大勇力、大见识者不办。而柳宗元便是有唐一代兼具此勇力、见识的第一人。

　　柳宗元根据大中之道"当"的标准,经过审慎的理性思考,认为所有这些现象于人于事于物于理皆不当,都属于"惑"的范围,因而写出《时令论》《断刑论》《蜡说》《贞符》《天说》等文章,对之逐一加以批判澄清。在《时令论上》中,柳宗元开篇即谓:"圣人之道,不穷异以为神,不引天以为高,利于人,备于事,如斯而已矣。观《月令》之说,苟以合五事,配五行,而施其政令,离圣人之道,不亦远乎?"②在他看来,"凡政令之作,有俟时而行之者,有不俟时而行之者",如果不分别具体情况,并随事物的变化而灵活政令,"则其阙政亦以繁矣!"在《时令论下》中,他进一步指出:"圣人之为教,立中道以示于后","未闻其威之以怪,而使之时而为善",这样做只能"滋其怠傲而忘理也"。假若为恶者已"嚚然而不顾",那么慢说《月令》这样的典册不起规诫作用,即使有人在前耳提面命,即使圣人复生,也"无如之

①《旧唐书》卷二四《礼仪志四》,第911页。
②《柳宗元集校注》卷三《时令论上》,第248页。

何"。既然如此,为什么还要"语怪而威之"以"大乱于人"①呢? 这里,柳宗元以锐利的论辩锋芒,探微抉隐,将论旨推向深入,从而揭去了笼罩在《月令》上的虚假的神圣光环。

在《断刑论下》中,柳宗元依据"赏务速而后有劝,罚务速而后有惩"的通则,抽茧剥蕉,层层深入:"使秋冬为善者,必俟春夏而后赏,则为善者必怠;春夏为不善者,必俟秋冬而后罚,则为不善者必懈。为善者怠,为不善者懈,是驱天下之人入于罪也。驱天下之人而入于罪,又缓而慢之,以滋其懈怠,此刑之所以不措也。"问题至此,已相当明确了,但柳宗元并未止笔,而是进一步指出:天是无知的,霜雪雷霆不过是一气罢了,所以"吾固知顺时之得天,不如顺人顺道之得天也"②。注重人事,不信怪异,还天以本来的自然面目,这就是他的结论。在《蜡说》中,他认为神和蜡祭之礼都是"诞漫悄恍,冥冥焉不可执取"的,惟有"在人之道"才是真实的、应予探求的,因而,"苟明乎教之道,虽去古之数可矣"③。因时制宜,不拘空名,大胆向传统观念挑战,这不正是与啖、赵学派相一致的精神指向吗?

与上述文章相比,《贞符》和《天说》的地位似乎更为重要,哲学色彩和理性批判精神也更为浓郁强烈。在《贞符》中,柳宗元以超人的勇气,对从董仲舒、司马相如、刘向、扬雄、班彪、班固以来皆"推古瑞物以配受命"的做法来了一个总清算,毫不留情地指出:"其言类淫巫瞽史,诳乱后代,不足以知圣人立极之本。"经过对历史正反两面大量事例的排比论列,得出了"受命不于天,于其人;休符不于祥,于其仁"④的光辉结论。而这一结论的获得,与其说是对大唐王朝和

---

① 《柳宗元集校注》卷三《时令论下》,第 258—259 页。
② 《柳宗元集校注》卷三《断刑论下》,第 262—263 页。
③ 《柳宗元集校注》卷一六《蜡说》,第 1128—1129 页。
④ 《柳宗元集校注》卷一《贞符》,第 76—79 页。

专制帝王不可侵犯之虚伪神圣的嘲讽,不如说是柳宗元瞩目贞元以来祸乱相继的社会现实而向统治者猛敲的警钟。与《贞符》相比,《天说》要短得多,也简单得多,但它的价值却在于不仅有针对性地解决了一个重大的哲学问题,而且由此引发了一场元和年间令人注目的哲学大讨论。

事情是由韩愈引起的。他在给柳宗元的信中认为:人有疾痛、倦辱、饥寒者多仰而呼天怨天,这都是不能知天的表现。"吾意天闻其呼且怨,则有功者受赏必大矣,其祸焉者受罚亦大矣。"[1]柳宗元在《天说》中引述了这一观点之后,单刀直入,据理反驳:"彼上而玄者,世谓之天;下而黄者,世谓之地;浑然而中处者,世谓之元气;寒而暑者,世谓之阴阳。是虽大,无异果蓏、痈痔、草木也。"既然如此,那么它"乌能赏功而罚祸乎"? 既然天地不能赏功罚祸,那么必然是"功者自功,祸者自祸"了,而"欲望其赏罚者"也就必为"大谬","呼而怨,欲望其哀且仁者,愈大谬矣"[2]。据刘禹锡说,这是一篇"有激而云"的文章,关于这"有激而云"及其所关涉到的柳宗元革新失败后的心态,我们在另文专论,这里需要指出的是,仅就对天人关系的看法言,柳的眼光确实要高韩一筹,而他的理性怀疑与批判精神也为恪守道统的韩愈所不及。

看了柳的文章,刘禹锡深表赞同,挥笔写下三篇《天论》,补足了柳文的一些缺漏,从而将天人之辩推向高潮。在这三篇文章中,中、下两篇是对上篇论旨的补充说明和原因探讨,因而,遂使上篇成了刘氏天人观的核心所在。在《天论上》中,刘禹锡首先列举了关于天的"阴骘说"和"自然说"两种相反的观点,提出了"天与人交相胜"的

---

① 《柳宗元集校注》卷一六《天说》,第1090页。
② 《柳宗元集校注》卷一六《天说》,第1090页。

意见。在他看来,天之道在生殖万物,人之道在推行法制。前者造成万物的强弱之分,但这只是一种自然法则,而不能说明天有智能;后者则使人能够明辨是非,役使万物,右贤尚功,达到治理。既然天纯是一种自然力量,只能使得阳生阴杀、水火伤物、壮盛老衰、力雄相长,那么人们为什么还会迷信天命呢?刘禹锡分析道:法大行,则是非有准,赏罚分明,人自然不易惑于天命;法小弛,则是非混淆,赏罚不尽公平,这时人对天命的态度信疑参半;而当法大弛时,则是非易位,赏罚颠倒,人能胜天之实已尽丧,这时人自然易于听信天命。很明显,这里讲的全是人事方面的原因,也就是说,只是因了人类社会自身的变化,才导致了人们信念的改变,而并非天在其中起了什么作用。正因为如此,所以文章最后说道:"天恒执其所能以临乎下,非有预乎治乱云尔。人恒执其所能以仰乎天,非有预于寒暑云尔。生乎治者,人道明,咸知其所自,故德与怨不归乎天;生乎乱者,人道昧,不可知,故由人者举归乎天,非天预乎人尔!"① 由此可知,刘禹锡虽持"天与人交相胜"的观点,但实际上讲的全在人事,天能胜人者,不过是靠自然力量不由自主地威慑人类罢了,却根本没有能力"预乎治乱"。刘禹锡的这一观点,和柳宗元《天说》主旨总体是一致的,所以柳宗元后来在《答刘禹锡〈天论〉书》中明确指出:"《天论》三篇……其归要曰:非天预乎人也。凡子之论,乃《天说》传疏耳,无异道焉。"②

　　立大中,去大惑,指斥怪异,否定天命,无疑源于对此岸世界的坚定信念,对人类历史和现实社会深刻思考的理性力量,以及对终极真理的真诚关怀;反过来说,似乎也正是这种信念、力量和关怀,导致了

①《刘禹锡全集编年校注》卷一四《天论上》,第 1687 页。
②《柳宗元集校注》卷三一《答刘禹锡〈天论〉书》,第 2052 页。

柳、刘对一切外在于人并有悖其大中之道的事物都抱着一种不轻信、不盲从、大胆怀疑、勇于批判的态度。惟其不轻信，不盲从，一切以"当"为是非标准，所以敢于怀疑，善于发现；惟其于怀疑、发现之后而勇于批判，所以迥异流俗而高标独树，表现出了一种大无畏的斗士胆魄和气概。马克思主义认为：

> 真理的彼岸世界消逝以后，历史的任务就是确立此岸世界的真理。人的自我异化的神圣形象被揭穿以后，揭露具有非神圣形象的自我异化，就成了为历史服务的哲学的迫切任务。于是，对天国的批判变成对尘世的批判，对宗教的批判变成对法的批判，对神学的批判变成对政治的批判。①

事实正是如此。尽管受时代的限制，在柳宗元、刘禹锡这里还表现出程度不同的理性精神的不彻底性，还表现出人生态度上的宗教（主要是佛教）依附性，还难以完成"对天国的批判"的全部任务，但他们毕竟在哲学与现实的关联处迈出了不同凡俗的一大步。他们那种源于啖、赵学派之不主故常、反经合道的怀疑批判精神，一方面固然因其批判对象的抽象性而隶属于哲学思辨的范围，但另一方面又因其批判对象与现实政治的密切相关以及批判者通经以致用、以生人为主、以利安元元为务的用世旨趣，而自然带有强烈的现实针对性，并使其哲学成为一种为历史为现实服务的哲学。这一特点，在上述诸文乃至尚未论及的柳宗元之更具历史批判、现实批判精神的《非国语》《封建论》等文中，都曾一再明确地凸显出来。在《桐叶封弟辩》中，

---

① 〔德〕马克思：《〈黑格尔法哲学批判〉导言》，《马克思恩格斯选集》第一卷，人民出版社，1995年，第2页。

柳宗元一针见血地指出：

> 凡王者之德，在行之何若。设未得其当，虽十易之不为病。①

这是在说历史，更是在说现实；是在说王者之德，更是在说政治施行。正是在这一揭露神圣和非神圣形象中的"自我异化"的过程中，饱含激情和理性的哲学批判转化成了强烈的现实政治批判。

　　问题还不止于此。表现在柳宗元、刘禹锡这里的哲学批判固然是对部分传统观念的有力破坏，但就其精神意向和实际效果来讲又何尝不是对理想文化的追求和重建？而且这种追求和重建不只是体现在他们两人的言行中，同时也体现在韩愈、元稹、白居易以及其他一些元和士人的言行中，不仅体现在此一时期的哲学思想领域，也还体现在与之紧相关联的文学创作领域。尽管这种追求、重建在不同人、不同领域那里表现得不尽相同，如柳、刘主要是在破坏部分传统中进行理论和现实的重建，韩愈则主要是对已趋破坏之儒学、文学的重建；柳、刘的文学创作更多一些哲人的理性意识和自我的主观色彩，元、白的文学创作则着重突出了感性成分和文人特有的对生活的直观理解，然而，从总的发展趋向看，无论是元、白倡导的上承风雅比兴旨在救济时弊的新乐府运动，还是韩、柳领导的以文道结合为中心以切于实用为目的的古文运动，无论是韩愈毕生致力并借以与佛、老抗衡的儒家道统，还是柳、刘更具随意性、批判性和实践性的经世儒学，似乎都是在原始儒家理论的基础上，联系社会现实而做出的新的文化整合。也就是说，它们与传统既紧相关联，又有不少区别；注重理论建设，使其社会实践具有与前人颇不相同的理性风

---

① 《柳宗元集校注》卷四《桐叶封弟辩》，第304页。

貌,而勇于政治参与,又赋予其理论以鲜明的现实品格。哲学家说得好:"哲学并不站在它的时代以外,它就是对它的时代的实质的知识。同样,个人作为时代的产儿,更不是站在他的时代以外,他只在他自己的特殊形式下表现这时代的实质——这也就是他自己的本质。没有人能够真正地超出他的时代,正如没有人能够超出他的皮肤。"① 如果说,元和五大诗人的理论和实践作为时代的产物而深深印证了那个时代的本质特征,那么,他们理论的现实品格和实践的理性风貌便以其独特性与元和时期政治、军事等方面的复兴精神、进取精神相互影响,相互渗透,从而大大丰富并深化了这一时期的文化内涵。

有鉴于此,我们认为:元和文化精神的另一个重要方面,便是这种立足现实志在用世而又充满哲学批判精神、文学创新精神、儒学复兴精神的文化重建和文化追求——一种表层阐扬传统的文化重建和深层开拓新局的文化追求。

第三节　许国忘身的参政意识和参政实践

韩、柳、刘、元、白的相互关系与早期心志 / 中唐诗人与盛唐诗人参政意识之比较 / 阳城事件的影响与知识结构的转变 / 踔厉风发的参政实践

与上述文化精神紧相关联,以五大诗人为代表的元和士人的精神风貌也发生了相当大的变化。这种变化,突出地表现在他们积极用世的参政意识和参政实践上。如果说,贞元、元和之际政治上的逐

---

① 〔德〕黑格尔著,贺麟、王太庆等译:《哲学史讲演录》,上海人民出版社,2013年,第57页。

渐更新、军事上的节节胜利以及蕴含其中的复兴、进取精神,曾给予元和士人以有力的外在感召,使得他们生发出一种强烈的使命感和献身感,那么,此一时期儒学的重建、文学的创新和哲学的突破及其丰厚广博的文化力量,便更给予元和士人以极大的内在充实,从而大大深化并强化了他们的参政意识和参政实践,使其在实际的参政过程中,表现出了一种踔厉风发、刚健不挠、执著追求理想、许国不复谋身的激切心性。一方面,这种心性确曾把他们推向历史大潮的浪巅,纵横驰骋,显露身手,但另一方面,这心性也实实在在预示了他们可能的悲剧性,并最终导致了他们万死投荒的生命沉沦。为了对元和文化精神的实质和元和士人的政治遭际有一个更准确的了解,我们有必要对颇具代表性的韩、柳、刘、元、白五大诗人的参政意识和参政实践做一番系统梳理。

韩愈生于唐代宗大历三年(768),白居易、刘禹锡生于大历七年(772),柳宗元生于大历八年(773),元稹生于大历十四年(779)。以年龄论,他们相差无几,都是同辈人。以关系论,白居易与元稹为莫逆之交;柳宗元与刘禹锡生死与共;而韩愈与他们均有往还,就中与刘、柳关系尤密;刘禹锡与元、白早年即有接触,晚岁与白居易诗酒唱和,形影不离;至于柳宗元与元稹,关系虽不甚密,但有诗作往还,惟柳、白之间尚未见到交往的迹象。以政治活动论,贞元十年(794)时,他们中最小的年已十六,而至元和元年,他们中年龄最大的已近四十。在这段时间里,他们先后都已步入政坛。因而可以说,贞元、元和之际乃是他们政治活动的展开时期。

相近的年龄、密切的关系和大体相同的政治活动时间,使他们在人生态度、用世倾向上获得了较为一致的发展趋势,而高才博学、志向远大的主观条件又使他们萌生了铲除弊政的强烈愿望和积极自觉的参政意识。综观五大诗人的诗文集可知,他们对贞元末年腐败混浊的社会现象无不具有深刻的认识和满腔的义愤。韩愈《与崔群书》云："自古贤者少,不肖者多。自省事已来,又见贤者恒不遇,不贤者比肩青紫;贤者恒无以自存,不贤者志满气得。"[1]白居易《策林》第三十五条云："臣伏见近代以来,时议者率以拱默保位者为明智,以柔顺安身者为贤能,以直言危行者为狂愚,以中立守道者为凝滞。故朝寡敢言之士,庭鲜执咎之臣,自国及家,寖而成俗。"[2]元稹《叙诗寄乐天书》云："贞元十年已后,德宗皇帝春秋高,理务因人,最不欲文法吏生天下罪过。外阃节将,动十余年不许朝觐,死于其地不易者十八九。而又将豪卒愎之处,因丧负众,横相贼杀,告变骆驿,使者迭窥。"至于朝廷大臣,则"以谨慎不言为朴雅,以时进见者不过一二亲信。直臣义士,往往抑塞";面对如此混浊政局,尚未成年的元稹"心体悸震,若不可活,思欲发之久矣!"[3]类似元稹这样的激切心态,在当时稍具正义感的广大士人中是普遍存在的。固然,沉重的忧患、腐败的朝政容易使人志销意减,随波逐流,但也可以使人嫉恶如仇,慨然发愤。而韩、柳、刘、元、白便正是后者中的佼佼者。元稹诗云:

忆年十五学构厦,有意盖覆天下穷。[4]

白居易诗云:

自念咸秦客,尝为邹鲁儒。蕴藏经国术,轻弃度关繻。[5]

---

[1]《韩昌黎文集校注》卷三《与崔群书》,第210页。
[2]《白居易文集校注》卷二六《策林》,第1478页。
[3]《元稹集校注》卷三〇《叙诗寄乐天书》,第853—854页。
[4]《元稹集校注》卷二六《酬郑从事四年九月宴望海亭次用旧韵》,第789页。
[5]《白居易诗集校注》卷一六《东南行一百韵寄通州元九侍御》,第1246页。

刘禹锡诗云：

> 少年负志气，信道不从时。
> 昔贤多使气，忧国不谋身。目览千载事，心交上古人。①

柳宗元声称：

> 仆之为文久矣，然心少之，不务也，以为是特博弈之雄耳。故在长安时，不以是取名誉，意欲施之事实，以辅时及物为道。②

韩愈更是屡次放言：

> 少小尚奇伟，平生足悲吒。……事业窥皋稷，文章蔑曹谢。③
> 念昔始读书，志欲干霸王。屠龙破千金，为艺亦云亢。④
> 大贤事业异，远报非俗观。报国心皎洁，念时涕汍澜。⑤

这些千载之下读来犹热力未消的言辞，确实表现了一种急切的报国之心、用世之念，一种高标独树、英锐峻发的参政意识。而且为了达到实际参政的目的，他们不惜上书权贵，献诗献文，希望获得重用。如白居易《与陈给事书》、柳宗元《上权德舆补阙温卷决进退启》等即

---

① 《刘禹锡全集编年校注》卷一一《学阮公体三首》其一、其三，第 1294、1296 页。
② 《柳宗元集校注》卷三一《答吴武陵论〈非国语〉书》，第 2070 页。
③ 《韩昌黎诗系年集释》卷二《县斋有怀》，第 229 页。
④ 《韩昌黎诗系年集释》卷三《岳阳楼别窦司直》，第 317 页。
⑤ 《韩昌黎诗系年集释》卷一《龊龊》，第 100 页。

是，而尤为突出者，是韩愈的三上宰相书。在这些上书中，求进者态度之恭谨，言辞之卑微，甚而至于哀告求怜，确实有伤乎大雅；但从另一方面看，这种现象不也正反映出他们参政欲念的迫切吗？在《后廿九日复上书》中，韩愈这样说道："今天下一君，四海一国，舍乎此则夷狄矣，去父母之邦矣。故士之行道者不得于朝，则山林而已矣。山林者，士之所独善自养而不忧天下者之所能安也；如有忧天下之心，则不能矣，故愈每自进而不知愧焉。"① 联系到韩愈在其他场合所谓"凡仆之汲汲于进者……盖欲以同吾之所乐于人耳"②"其所不忘于仕进者，亦将小行乎其志耳"③，可以看出，"忧天下""行乎其志"乃是他屡次上书求进的主要动力。扩而展之，柳宗元、白居易等人又何尝不是源于此种动力而上书求进？在他们毛遂自荐、干谒求进的背后，正跃动着一颗炽热的报国之心！

　　当然，话说回来，在传统儒家修、齐、治、平思想的影响下，几乎历代士人都曾产生过诸如此类的报国之心、用世之念。以盛唐诗人为例，李白即曾明确表白志向："申管晏之谈，谋帝王之术，奋其智能，愿为辅弼，使寰区大定，海县清一。"④ 杜甫也一再声称："许身一何愚，窃比稷与契"⑤"致君尧舜上，再使风俗淳"⑥。即使那位以隐士见称的孟浩然，亦不止一次地流露过参政的愿望："欲济无舟楫，端居耻圣

---

① 《韩昌黎文集校注》卷三《后廿九日复上书》，第 182 页。
② 《韩昌黎文集校注》卷三《答崔立之书》，第 187 页。
③ 《韩昌黎文集校注》卷三《与卫中行书》，第 216 页。
④ 《李白全集编年笺注》卷一七《代寿山答孟少府移文书》，第 1749 页。
⑤ 《杜诗详注》卷四《自京赴奉先县咏怀五百字》，第 264 页。
⑥ 《杜诗详注》卷一《奉赠韦左丞丈二十二韵》，第 74 页。

明"①"寄语朝廷当世人,何时重见长安道?"②然而,若细加比较不难发现,盛唐诗人的参政意识与元和诗人的参政意识又是有着不小差别的。

首先,盛唐诗人大多是带着一种强烈的功名欲望而要求参政的,对他们来说,功名是第一位的,参政不过是博取功名的一个手段;这就较难使其参政意识落到治国安邦、为吏理民的实处。同时,开、天之际激昂壮阔的时代风云,一方面的确陶冶了他们的气质,开拓了他们的胸怀,激励了他们高远的志向,但另一方面也难免给这志向染上一层空泛浮躁的色彩,有时多少有点大言欺人。相比之下,元和诗人虽亦颇重功名,但对他们来说,参与政治,掌握权柄,革除弊政,实现治理乃是第一位的,因而他们的参政意识积极而不乏实在,并直接与其参政实践联系在一起。又由于元和诗人生活在一个忧患相仍的时代,其参政意识借以萌生的土壤是险象环生、弊端层积的现实,这就自然使其参政意识显得格外深沉、厚重。

其次,从个人经历看,盛唐诗人大都经历过一个浪漫不羁的青少年时期,壮游、豪饮、赋诗、交友、纵横干谒、大漠立功似与他们结下了不解之缘。这由李白、杜甫、高适、岑参等人的诗作即可看出。高适曰"少时方浩荡,遇物犹尘埃。脱略身外事,交游天下才"③;杜甫曰"往者十四五,出游翰墨场。……性豪业嗜酒,嫉恶怀刚肠。……饮酣视八极,俗物都茫茫。……放荡齐赵间,裘马颇清狂"④。这种浪

---

① [唐]孟浩然撰,李景白校注:《孟浩然诗集校注》卷三《望洞庭湖赠张丞相》,中华书局,2018年,第233页。
② 《孟浩然诗集校注》卷二《和卢明府送郑十三还京兼寄之什》,第143页。
③ [唐]高适著,刘开扬笺注:《高适诗集编年笺注》编年诗《酬裴员外以诗代书》,中华书局,1981年,第308页。
④ 《杜诗详注》卷一六《壮游》,第1438页。

漫、豪放的生活，无疑使他们更多一种诗人、侠士的气质，而较少政治家、实干家的才能。同时，盛唐时代推行开边政策，从军边塞、博取功名对青春勃发的诗人产生了巨大的吸引力，诚如李白所言："羞作济南生，九十诵古文。不然拂剑起，沙漠收奇勋！"[①] 时代趣尚如此，既在一定程度上分散了人们对参政的关注，减少了为吏之道的吸引力，也无疑降低了诗人们的实际参政能力。与此相较，元和诗人的青少年时代却较为贫寒艰辛。韩愈"生三岁而孤，随伯兄会贬官岭表。会卒，嫂郑鞠之"[②]；后至京师求仕，"无所取资，日求于人以度时月"[③]。白居易"二十以来，昼课赋，夜课书，间又课诗，不遑寝息矣。以至于口舌成疮，手肘成胝"[④]。元稹"八岁丧父"[⑤]，其母"备极劳苦，躬亲养育。截长补败，以御寒冻。质价市米，以给脯旦"[⑥]。柳宗元少时"家无书，太夫人教古赋十四首，皆讽传之"[⑦]；其后除十三岁随父南游外，皆在长安苦心为文。刘禹锡童时多病，后习医学文[⑧]，弱冠之年，北游长安应举。以上这些遭际，不能不使元和诗人的生活失去了一种浪漫激扬的风采，但同时却也加深了他们对苦难民生的真实了解，培养了他们吃苦耐劳、坚韧不拔的品性，促使他们砺志勤学，为早登仕途而努力；并由于藩镇割据而造成的活动地域的局促，而在客观上导致了他们参政意识的格外集中。

　　其三，盛唐诗人虽有积极的参政愿望，却不屑或无力步入与实际

---

① 《李白全集编年笺注》卷九《赠何七判官昌浩》，第 915 页。
② 《新唐书》卷一七六《韩愈传》，第 5255 页。
③ 《韩昌黎文集校注》卷三《与李翱书》，第 199 页。
④ 《白居易文集校注》卷八《与元九书》，第 324 页。
⑤ 《元稹集校注》卷三三《同州刺史谢上表》，第 914 页。
⑥ 《元稹集校注》卷五九《告赠皇考皇妣文》，第 1387 页。
⑦ 《柳宗元集校注》卷一三《先太夫人河东县太君归祔志》，第 826 页。
⑧ 《刘禹锡全集编年校注》卷一五《答道州薛郎中论方书书》，第 1762—1763 页。

参政紧相关联的科举之途。孟浩然高隐鹿门山，一生以布衣终；李白鄙夷世俗，热衷于终南捷径，向与进士无缘；杜甫虽曾应进士举，却遭摈落；高适前半生落拓失意，只中了个有道科；其身为大诗人而又中进士者，惟王昌龄、王维、岑参数人而已。这种情况，固然反映了盛唐诗人高蹈不群、耻于束缚的心性，但也着实说明他们的参政意识与实际参政间还是颇有距离的。与盛唐诗人明显不同的是，元和五大诗人中除元稹一人于十五岁即登明经科外，其余四人皆进士出身，而且及第时间均较早。韩愈贞元八年（792）及第，二十四岁；柳宗元、刘禹锡贞元九年（793）及第，二十一、二十二岁；白居易贞元十六年（800）及第，二十九岁。这一情况，很能说明元和诗人用力方向与盛唐诗人的差异，同时也证实了他们参政意识的实在性及其与实际参政的关联性。当然，进士科所得者未必尽为贤才，这从前述贞元末年之浮薄士风可以窥知，但一般贤才大都能被罗列其中却也是事实。这一方面是因为才与不才之士子皆趋向进士，就中有才而遭剥落者毕竟是少数，另一方面也因为德宗虽于政事多所缺漏，却注重文学辞章，诚如刘禹锡在《唐故尚书礼部员外郎柳君集纪》中所说："贞元中，上方向文章……天下文士，争执所长，与时而奋，粲焉如繁星丽天。"① 加之贞元时主持贡举者也不乏公允正直之人，如陆贽、顾少连、高郢等确曾在"进幽独，抑浮华"②上做过一定努力，因而使得韩、白、柳、刘以及裴度、李绛、令狐楚、吕温、韩泰、韦执谊、张籍、杨巨源等一大批曾在后来的元和政治、文化中发生过重要作用的先进之士，都于进士榜上有名，韩愈更入贞元八年"龙虎榜"之列。元稹为白集作序回忆白居易科举情形说："贞元末……礼部侍郎高郢始用经艺为

---

① 《刘禹锡全集编年校注》卷一六《唐故尚书礼部员外郎柳君集纪》，第 1805 页。
② 《旧唐书》卷一四七《高郢传》，第 3976 页。

进退,乐天一举擢上第。"①修《新唐书》的欧阳修等则从整体着眼说:
"大抵众科之目,进士尤为贵,其得人亦最为盛焉。方其取以辞章,类
若浮文而少实;及其临事设施,奋其事业,隐然为国名臣者,不可胜
数。"② 这里,所谓"用经艺为进退""临事设施,奋其事业",无疑从侧
面反映了进士科与士人之参政实践的内在关联。

　　其四,盛唐诗人所处时代属于治世。杜甫《忆昔》其二云:"忆
昔开元全盛日,小邑犹藏万家室。……百余年间未灾变,叔孙礼乐萧
何律。"③ 正所谓国泰民安,四时承平。这种情况,一方面由于国家无
事而相对减弱了诗人们要求参政的迫切感,另一方面也因了政局稳
定而难以为他们提供多种参政的机遇。到了天宝十四载(755),安
史之乱爆发,似乎为他们创造了一展经纶的机会,可是此时多数盛唐
诗人已年过半百,精衰力减,知识结构亦趋定型,很难在政界有大的
作为了。元和诗人则不同,他们所处时代正当由乱入治之际,除弊图
强,国家需人,一方面,贞元弊政已使他们蕴积了源于忧患意识的无
限紧迫感和积极参政的自觉使命感,另一方面,永贞、元和之拨乱反
正、进取复兴的政治形势又在客观上为他们的参政创造了极好条件,
加之他们此时正年富力强,精力充沛,极富进取心,因而,一条通向实
际参政的理想之路便顺理成章地铺展在了他们面前。

　　由于以上这些差别,所以使得盛唐诗人虽有积极的参政愿望,却
较难将其变为现实,而元和诗人则可迅速地将此愿望转化成轰轰烈
烈的参政实践。

　　韩、刘、柳、元、白的从政时间皆始于贞元中后期,而且他们大都

---

①《元稹集校注》卷五一《白氏长庆集序》,第 1280 页。
②《新唐书》卷四四《选举志上》,第 1166 页。
③《杜诗详注》卷一三《忆昔》其二,第 1163 页。

是先做了几年地方小官,然后于贞元末、元和初升任朝官的。如:韩愈贞元十二年(796)试任秘书省校书郎,在宣武军节度使董晋幕中任观察推官,贞元十五年(799)转任徐泗濠节度推官,贞元十八年(802)入为国子监四门博士,至贞元十九年转任监察御史;刘禹锡于贞元十一年(795)为太子校书,贞元十六年入徐泗濠节度使杜佑幕掌书记,贞元十八年调补京兆渭南县主簿,至贞元十九年入为监察御史,贞元二十一年(805)擢任屯田员外郎;柳宗元先于贞元十二年(796)任秘书省校书郎,贞元十四年(798)为集贤殿书院正字,后调任蓝田尉,于贞元十九年入为监察御史里行,贞元二十一年擢任礼部员外郎;元稹于贞元十九年署秘书省校书郎,元和元年任左拾遗,元和四年除监察御史;白居易贞元十九年为校书郎,元和元年任盩厔尉,元和二年调京兆府进士试官、集贤校理,授翰林学士,至元和三年(808)任制策考官、左拾遗,并依前充翰林学士。

　　从这一简单的为官履历来看,韩、柳、刘、元、白五人短的三四年,长的七八年,便已由任职地方而入朝为官,这一升迁速度并不算慢。据《唐语林》卷二《政事下》载李建语云:"方今秀茂皆在进士。使吾得志,当令登第之岁,集于吏部,使尉紧县;既罢复集,使尉望县;既罢又集,使尉畿县,而升于朝。大凡中人三十成名,四十乃至清列,迟速为宜。"① 这番话曾被"议者是之",可见它代表了中唐时期人们的一种普遍看法,而这种看法的产生,表明人们越来越看重基本的参政实际能力的培养。联系到元和五大诗人的早期从政经历,与此大体吻合并稍快一些。在进士及第后、担任朝官前这段时间里,他们可以深入了解民情,熟悉吏治情况,培养实际从政能力,为日后的发展打

---

① [宋]王谠撰,周勋初校证:《唐语林校证》卷二,中华书局,2008年,第114页。

下坚实的基础,因而是十分必要的。

入朝为官后,他们担任的第一职务几乎全是监察御史、御史里行或拾遗官,这一现象很值得注意。据《新唐书》卷四七、卷四八《百官志》二、三,《唐会要》卷五六、卷六〇:左拾遗属门下省,八品上,掌供奉讽谏,大事廷议,小则上封事;监察御史属御史台,正八品下,掌分察百僚、巡按州县,以及狱讼、军戎、祭祀、营作、太府出纳等方面的监察。又据《唐语林》卷八载:"监察御史振举百司纲纪,名曰'入品宰相'。……其里行员外试者,俗名为'合口椒',言最有毒;监察为'开口椒',言稍毒散。"[①] 白居易《初授拾遗献书》谓:"臣谨按《六典》:左、右拾遗,掌供奉讽谏。凡发令举事,有不便于时,不合于道者,小则上封,大则庭诤。其选甚重,其秩甚卑。"[②] 由此可知,监察御史和拾遗官品位虽不算高,但职责却相当重要,它下可以纠察群臣,上可以谏诤皇帝,因而把它视作新进士人施展参政谋略的最佳场所,也是不过分的。

在进一步论述韩、柳、刘、元、白诸人的参政实践之前,还需辨清与其心理性格有关的两个问题:

一是贞元年间陆贽、阳城事件曾给予他们以普遍的、强有力的刺激和影响。陆贽为贞元中期有名的贤相,精于吏事,兼擅文章,品节高迈,心性端直,"事有不可,极言无隐",结果为权奸裴延龄所谮,贞元十年罢相,十一年被贬忠州别驾[③]。时"上怒未解,中外惴恐,以为罪且不测,无敢求者",惟谏议大夫阳城拍案而起,声言:"不可令天子信用奸臣,杀无罪人!"遂率拾遗王仲舒、归登等守住延英门,上疏论

---

① 《唐语林校证》卷八,第692页。
② 《白居易文集校注》卷二一《初授拾遗献书》,第1187页。
③ 见《旧唐书》卷一三九《陆贽传》,第3817页。

延龄奸佞,贽等无罪,并慷慨陈词:"脱以延龄为相,城当取白麻坏之,恸哭于庭。"① 由于德宗信用延龄,阳城遂被降职,又于十四年被贬为道州刺史。阳城被贬,群情激愤,太学生一百六十余人"投业奔走,稽首阙下,叫阍吁天,愿乞复旧"②。当时柳宗元初为集贤殿书院正字,听到这一消息,先是为其失去师表"怏然不喜",旋即又为太学生们大义凛然之举动"抚手喜甚""震怵不宁",挥笔写下《与太学诸生喜诣阙留阳城司业书》,表达了自己坚决声援之意。在信中,他远引汉末李膺、晋初嵇康事,说道:"观其言太学生徒仰阙赴诉者,仆谓讫千百年不可睹闻,乃今日闻而睹之,诚诸生见赐甚盛。""今乃奋志厉义,出乎千百年之表","夫如是,服圣人遗教,居天子太学,可无愧矣!"最后,柳宗元深刻指出:"阳公之在于朝,四方闻风,仰而尊之,贪冒苟进邪薄之夫,庶得少沮其志,不遂其恶。"而太学生诣阙挽留阳城,其言其行,"非独为己也,于国体实甚宜",故应"勖此良志","努力多贺"③。这是一封声援太学生的信函,但又何尝不是柳宗元明确表述政治观点的一篇宣言?那震怵不宁的心情,激情洋溢的文字,向善如渴、嫉恶如仇的态度,既表现了这一事件对他的强烈刺激,也反映出他的刚直心性与事件性质的深层吻合。

　　与柳宗元稍有不同的是,韩愈和元、白诸人见之于文字的态度主要表现在事件发生前后的一段时间里。史载:阳城为处士时,"搢绅想见风采。既兴草茅,处谏诤官,士以为且死职,天下益惮之。及受命,它谏官论事苛细纷纷,帝厌苦,而城寖闻得失且孰,犹未肯言"④。

①《资治通鉴》卷二三五贞元十一年,第 7689—7690 页。
②《柳宗元集校注》卷九《国子司业阳城遗爱碣》,第 567 页。
③《柳宗元集校注》卷三四《与太学诸生喜诣阙留阳城司业书》,第 2168—2169 页。
④《新唐书》卷一九四《阳城传》,第 5570 页。

当时韩愈已进士及第,尚未除授官职,怀着激切的心情,写了一篇《争臣论》,责备阳城不宜默默无为,而应履行谏官职责:"阳子在位不为不久矣,闻天下之得失不为不熟矣,天子待之不为不加矣,而未尝一言及于政","有道之士,固如是乎哉?"[①] 在这里,韩愈显然对阳城之不屑于细务而保持沉默欲以大有为的做法产生了误解,但也正是这种误解,才更有力地反证了二人心性的内在相同。换言之,韩愈能在未入政界时写出《争臣论》以讥切阳城,而阳城则能于读到此论三年后上疏勇助陆贽力排延龄,无不源于同一忧国情怀和刚直心性。当然,后来阳城被贬、太学生诣阙相救之事发生时,韩愈已离开京城,远在宣武军节度使董晋幕下任职,没能发表意见,但可以设想,由于韩愈与阳城特殊的文字之缘,这一事件对他的影响势必极大,而且如果他仍在长安,则其反应之激烈当不会在柳宗元之下。

至于元稹和白居易,情形又有不同。阳城事件发生时,白居易尚未及第,元稹亦未入仕,故他们所受影响,直到十余年后才以诗歌的形式展示出来。元和五年,元稹正道直行,无罪遭贬,途经商山阳城驿,触景伤情,因地名联及阳城其人,遂作《阳城驿》一诗,对十余年前阳城的凛然正气予以高度称颂:"贞元岁云暮,朝有曲如钩。……公乃帅其属,决谏同报仇。延英殿门外,叩阖仍叩头。且曰事不止,臣谏誓不休。……今来过此驿,若吊汨罗洲!"[②] 读了元稹的诗,白居易"心甚贵重"[③],很快写下《和阳城驿》一诗,更全面地颂扬了阳城的品行节操:"次言阳公节,蹇蹇居谏司;誓心除国蠹,决死犯天威。"并明确说道:"道州既已矣,往者不可追。何世无其人?来者亦可

---

① 《韩昌黎文集校注》卷二《争臣论》,第123页。
② 《元稹集校注》卷二《阳城驿》,第38—39页。
③ 《白居易诗集校注》卷二《和答诗十首并序》,第211页。

思！"①在这两首诗中，元、白二人所受阳城事件的影响表现得相当突出，更为重要的是，这种影响不独表现在诗中，而且渗透到了他们的行动里。元稹之被贬，无疑与阳城不畏权势、报国忘身的影响有关；而白居易三上谏书切论元不应贬的举动（详后文），又何尝不可视作十五年前阳城勇救陆贽一事的再现？历史的巧合似乎是偶然的，而历史的必然性就在这貌似偶然性的众多巧合中为自己开辟了通道。联系到贞元十九年、元和十四年的韩愈之贬，元和十年的白居易之贬，甚至永贞元年的柳、刘之贬，则其中所含的必然性因素不已跃跃欲现了吗？当然，对五大诗人端直不阿、嫉恶如仇的心性形成来说，阳城事件的影响并非唯一因素，但由于这影响发生在五人未仕或初仕之际，对他们心理性格的定型和政治态度的确立起着更直接的作用，因而无疑是众多因素中较为重要的一个。

阳城事件之外，与韩、柳、刘、元、白之心理有关的另一个问题，便是在时代思潮影响下，他们的知识结构发生了显著的改变，并由此导致了其社会地位的一定变化。

如果再一次与盛唐诗人作比，便会发现，在盛唐诸如孟浩然、李白、岑参、王昌龄以至杜甫、高适等大诗人那里，知识结构普遍较为单一、薄弱。受激昂壮阔的时代精神影响，他们往往轻吏事，轻学术，而将主要精力投放到了文学尤其是诗歌的创作上，投放到了颇具诗人气质的漫游、交友、隐逸或从军等举动上。这种单向的、放纵不羁的发展，一方面固然使他们写出了称雄千古的辉煌诗篇，但另一方面也导致了他们在政治、学术等领域很少或终无建树的结局。孟浩然、李白显然与学术、吏事无缘；岑参、王昌龄、杜甫虽曾步入仕途，但所任官职均不高且多为地方官吏，至于学术，似也无可称道；高适流落半

---

①《白居易诗集校注》卷二《和阳城驿》，第219页。

生后终于碰到机会,做了大官,但由于学养上的欠缺和"喜言王霸大略"的纵横家气质,常"言过其术,为大臣所轻"[1]。相比之下,元和诗人的知识结构就大不相同了。一方面,韩、柳、刘、元、白诸人不仅是当时公认的一流诗人,而且是著名的古文大家;另一方面,他们既在经学、哲学等方面站到了中唐时代的峰巅,又在政治活动中走在了贞元、元和之际的前列。在他们这里,文学、政事和学术大都兼而备之,很少偏废,因而知识结构显得较为全面,较为丰厚。由于知识结构有了大的变化,自然引起社会地位的相应改变。如果仅就其官职来看,则如前所述,五大诗人步入政坛不久即已入朝任监察御史或左拾遗,而在唐代,朝官与地方官的差别至为明显,这就使得他们的社会地位与盛唐诗人有了一定的不同;此后,柳、刘曾一度做到礼部员外郎和屯田员外郎,韩、白分别官终吏部侍郎和刑部尚书,而元稹则最高做到宰相,这就与盛唐诗人有了更大的不同。社会地位的差异,势必引起人们心理的差异,换言之,从盛唐诗人到元和诗人这一历史过程中,发生了一种显著的心理位移:在前者那里,因其社会地位较低,与统治阶层始终存在着一种距离,一种隔阂,所以,在对待政局的态度上,大多以旁观者、怨愤者甚至抨击者的姿态出现;而在后者这里,因为社会地位的升高,自己已成了统治阶层的一员,那种距离感、隔阂感逐渐消失,表现在对待政局的态度上,便主要是以当事者、批评者和维护者的面貌出现了。这种心理上的位移,固然不能包罗所有个例,如盛唐诗人中并非全是政局的旁观者,忧国忧民多于怨刺的杜甫即是显例;而元和诗人中也不乏孟郊、李贺之流以悲士不遇或指斥时政为主的旁观诗人,但从总体倾向看,这种位移确实是发生了,而且还与以复兴、进取为主的元和文化精神相糅合,使广大士人自觉地把

---

[1]《旧唐书》卷一一一《高适传》,第 3331 页。

个人命运与国家命运关联在一起,或上书论事,或面折廷诤,或弹劾权奸,或革除弊政,影响所及,遂成风气,精华荟萃,蔚然壮观,从而直接地、深刻地影响到了下面将要论述的五大诗人的参政实践。

韩、柳、刘、元、白五大诗人一方面固然受到了元和文化精神的巨大影响,但另一方面他们又以自己的行动为这一精神开凿了先河。既然如上所言,他们都曾受到阳城事件的强烈影响,都曾对贞元弊政有着深刻的了解,并因这了解而产生过不可遏制的激愤和革除弊政的坚定意念,而且由于知识结构、社会地位的改变和心理的位移大大强化并深化了他们的参政意识,入仕不久即任谏官的际遇又恰恰为其施展才能提供了极好的条件,那么,对他们来说,将积极的参政意识迅速转变为现实的参政实践并由此勃发出强烈的批判精神,便是势在必行之事了。

五大诗人中行动最早的是韩愈。他在担任监察御史的当年(贞元十九年),即将批判的锋芒指向了残暴的贪官。据皇甫湜《韩愈神道碑》,贞元十九年,"关中旱饥,人死相枕藉,吏刻取息。先生列言天下根本,民急如是,请宽民徭而免田租之弊。专政者恶之"①。检韩愈文集,《御史台上论天旱人饥状》尚在,中云:"今年以来,京畿诸县夏逢亢旱,秋又早霜,田种所收,十不存一。""上恩虽弘,下困犹甚。至闻有弃子逐妻以求口食,坼屋伐树以纳税钱,寒馁道途,毙踣沟壑。有者皆已输纳,无者徒被追征。臣愚以为此皆群臣之所未言,陛下之所未知者也。"② 在这里,韩愈一方面是出于急切的忧民之心而上疏论事的,诚如他在诗中所言:"我时出衢路,饿者何其稠!亲逢

① [唐]皇甫湜:《韩愈神道碑》,《全唐文》卷六八七,第 7037 页。
② 《韩昌黎文集校注》卷八《御史台上论天旱人饥状》,第 655 页。

道边死,伫立久咿嗳。归舍不能食,有如鱼中钩。适会除御史,诚当得言秋。拜疏移阁门,为忠宁自谋?"①而另一方面则显然表示了他对残暴贪官的愤怒。史载:贞元十九年,李实为京兆尹,"为政猛暴,方务聚敛进奉,以固恩顾,百姓所诉,一不介意。因入对,德宗问人疾苦,实奏曰:'今年虽旱,谷田甚好。'由是租税皆不免"②。由此看来,韩愈之上疏论奏,首先便是对李实谎言的一个有力揭露;而疏论中所谓"上恩虽弘,下困犹甚""此皆群臣之所未言,陛下之所未知者也"等语,更无异于对李实从中盘剥、蒙蔽上听之行径的鞭挞。这是韩愈继《争臣论》之后的又一次豪举,也是他入朝为官后履行御史职责以实现夙昔宏愿的第一次行动。虽然,韩愈因此举触怒权幸而被贬阳山③,但他这种"为忠宁自谋"的勇敢无畏的斗争精神,却对两年后王叔文政治集团那场轰轰烈烈的革新运动有着直接的启迪。

韩愈之后,柳宗元、刘禹锡以更坚实的行动、更果决的意志,投入了革除弊政、开拓新局的斗争。在此一斗争中,他们贬黜李实、追还陆贽和阳城、罢免谤负进奉、打击宦官集团等一系列措施,前已论及,这里需要着重指出的是,柳、刘二人在这场斗争中展示出了卓越的政治才能和激切的进取精神。考之史书,在王叔文柄政期间,柳、刘二人深受重用,他们参与谋议,草拟文诰,采听外事,成为革新集团的核

---

① 《韩昌黎诗系年集释》卷三《赴江陵途中寄赠王二十补阙李十一拾遗李二十六员外翰林三学士》,第288页。

② 《旧唐书》卷一三五《李实传》,第3731页。

③ 韩愈被贬阳山的原因,《旧唐书》本传谓:"宫市之弊,谏官论之不听。愈尝上章数千言极论之,不听,怒贬为连州阳山令。"(《新唐书》本传所载略同)据此,韩于论天旱人饥外,似还有论宫市之举动。然论宫市之文今韩集无存,故仅据此尚难论定。又,据韩愈自述,其被贬除论天旱人饥,还与王叔文等人之排斥有关,后文对此有专论。

心人物,时号"二王刘柳"。"禹锡尤为叔文知奖,以宰相器待之"①,
"太子即位,朝廷大议秘策多出叔文,引禹锡及柳宗元与议禁中,所言
必从。擢屯田员外郎,判度支、盐铁案"②。"王叔文、韦执谊用事,尤
奇待宗元"③,"二人者奇其才,及得政,引内禁近,与计事,擢礼部员
外郎,欲大进用"④。才高志大,锐意革新,而又为人赏识,官职得到超
升,这无疑大大激发了柳、刘二人的从政热情和功名欲望。据载,革
新活动展开之后,刘禹锡极为繁忙,"门吏接书尺日数千,禹锡一一报
谢,绿珠盆中,日用面一斗为糊,以供缄封"⑤。这件事情虽小,但也足
可看出他的热情之高了。

　　如果说,"少年负志气,信道不从时"⑥"俊杰廉悍,议论证据今
古,出入经史百子,踔厉风发"⑦,乃是刘、柳步入仕途后的主要心性,
那么,参加王叔文集团之后,这种心性便更得以进一步扩充。他们怀
着"制令有不宜于时者,必复于上,革而正之"⑧的信念,"齿少心锐,
径行高步"⑨,"冲罗陷阱,不知颠踣"⑩,"尽诚"以绝嫌猜,"徇公"以
弭谗朔⑪,"知不可而愈进兮,誓不偷以自好"⑫。这种精神,这种气概,

---

① 《旧唐书》卷一六〇《刘禹锡传》,第 4210 页。
② 《新唐书》卷一六八《刘禹锡传》,第 5128 页。
③ 《旧唐书》卷一六〇《柳宗元传》,第 4214 页。
④ 《新唐书》卷一六八《柳宗元传》,第 5132 页。
⑤ [后唐]冯贽撰,张力伟点校:《云仙散录》,中华书局,2008 年,第 113 页。
⑥ 《刘禹锡全集编年校注》卷一一《学阮公体三首》其一,第 1294 页。
⑦ 《韩昌黎文集校注》卷七《柳子厚墓志铭》,第 570 页。
⑧ 《柳宗元集校注》卷二六《监祭使壁记》,第 1710 页。
⑨ 《柳宗元集校注》卷三四《上门下李夷简相公陈情书》,第 2227 页。
⑩ 《柳宗元集校注》卷一五《答问》,第 1073 页。
⑪ 《刘禹锡全集编年校注》卷一四《上杜司徒书》,第 1520 页。
⑫ 《柳宗元集校注》卷一九《吊苌弘文》,第 1294 页。

在贞元末年死气沉沉的政治环境中,确实是不多见的,它与具体的参政实践融为一体,形成一种强烈锐利的批判意向和摧枯拉朽的冲击力量。当然,由于王叔文革新集团最后惨败于政敌手中,柳、刘作为罪人而被贬遐荒,在恐怖的政治气氛中,他们很少提及自己在革新运动中的所作所为,而胜者王侯败者贼,在历史的真相被后来的统治者遮掩起来之后,历代史家除少数具眼者外,大都人云亦云,对柳、刘的政治品行一味诋毁,这就使得千载之后的我们很难找到更多有关他们此期活动的资料,但仅以上述言行和他们革除弊政所施行的令“市里欢呼”“人情大悦”①的具体措施来看,亦足以说明柳、刘其人其行其才及其革新的性质了。似乎可以这样认为:作为现实人物,柳、刘踔厉风发、刚正果决、积极用世、谋国忘身的心性本身即包含着浓郁的悲剧性因素,即使他们在永贞元年没有参加王叔文集团,没有被贬谪,也必然会在此后的元和年间进行类似性质的其他活动,也必然难逃被贬厄运;但作为历史人物,他们及其所推崇的精神原则却在一定范围、一定程度内截断了历史通往深渊的步履,颠倒了陈腐的价值,实现了人们长久的愿望。尽管这在历史的长河中只是短暂的瞬间,尽管他们将为此短暂瞬间的获得而终身受苦。

　　与韩愈、柳宗元、刘禹锡稍有不同,元稹、白居易入朝为左拾遗、监察御史的时间已过了最为混浊、动乱的贞元和永贞,而进入了相对开明、安定的元和时期。相比起筚路蓝缕的开拓者来说,他们面前的道路似乎稍微平坦一些。然而,同样不可忽视的是,他们的心理、性格在颇含悲剧性这点上,却与韩、柳、刘完全一致。元稹诗云:“箭镞本求利,淬砺良甚难。砺将何所用? 砺以射凶残”②“誓以鞭奸顽,不

①《韩昌黎文集校注》外集下卷《顺宗实录》卷一、卷二,第 780、782 页。
②《元稹集校注》卷一《箭镞》,第 18 页。

以鞭塞踬。……借令寸寸折,节节不虚坠"①。白居易诗云:"至宝有本性,精刚无与俦。可使寸寸折,不能绕指柔。愿快直士心,将断佞臣头"②"我有鄙介性,好刚不好柔。勿轻直折剑,犹胜曲全钩"③。刚直狷介、嫉恶如仇、意激气烈、无所畏惧,便是元、白二人的典型心性。正是带着这种心性,面对元和之初拨乱反正、百废待理的局势,他们迅速进入了角色。史载:"稹性锋锐,见事风生。既居谏垣,不欲碌碌自滞,事无不言,即日上疏论谏职。"④"居易……自以逢好文之主,非次拔擢,欲以生平所贮,仰酬恩造。拜命之日,献疏言事。"⑤说的便是这种进入角色后的情况。

综观元、白二人在元和年间的参政实践,大致可分三个层面:

第一,在理论上精心研讨治国方略,积极向君主提供建设性意见。白居易《与元九书》说自己"自登朝来,年齿渐长,阅事渐多。每与人言,多询时务;每读书史,多求理道"⑥。其《策林序》云:"元和初,予罢校书郎,与元微之将应制举,退居于上都华阳观,闭户累月,揣摩当代之事,构成策目七十五门。"⑦由于怀着自觉的参政治国意识,对当代之事随时了解体察,所以时务、理道渐熟于心,上疏言事,皆有的放矢,颇中肯綮。元稹先后呈上《论教本书》《献事表》《论谏职表》《论讨贼表》等,系统提出了自己对教化、政事、职理、军事等方面的见解;白居易则于《初授拾遗献书》之后,一发而不可收,就一些

①《元稹集校注》卷三《野节鞭》,第89页。
②《白居易诗集校注》卷一《李都尉古剑》,第29页。
③《白居易诗集校注》卷一《折剑头》,第60页。
④《旧唐书》卷一六六《元稹传》,第4327页。
⑤《旧唐书》卷一六六《白居易传》,第4341页。
⑥《白居易文集校注》卷八《与元九书》,第324页。
⑦《白居易文集校注》卷二五《策林序》,第1351页。

具体事件多次论奏。用元稹的话说,这些章疏"以指病陈术而为典要,不以举凡体论而饰文词"①。针对时弊,指病陈术,而不以虚美言辞为饰,正反映了此期士人一变贞元末年浮薄之习的精神风貌,也说明了他们在心理位移后确实更自觉地承担起政治使命。

从元、白政见之要者看,约有这样几端:首先,提出总体目标,"明考课之法,减冗食之徒,绝雕虫不急之工,罢商贾兼并之业,洁浮图之行,峻简稽之书,薄农桑之徭,兴耕战之术"②,以渐复贞观、开元之盛。其次,注重实际才能,杜绝章句之学:"陛下诚能使礼部以两科求士,凡自《唐礼》《六典》、律令及国家制度之书者,用至于九经、历代史,能专其一者,悉得谓之学士。以环贯大义与道合符者为上第,口习文理者次之。其诗、赋、判论,以文自试者,皆得谓之文士,以经纬今古、理中是非者为上第,藻缋雅丽者次之。"若此,"则儒术之道兴,而经纬之文盛矣"③。其三,用兵藩镇,不宜循默无为,示之以弱:"贼(刘)阐有不庭之罪","愿陛下可有司之奏,法皇天之威,与公卿大臣议斩叛吊人之师,以快天下人人之愤"④。其四,修耕战之术,加强边备,以防外患:"陛下诚能使本道节制,广于荒隙大建屯田,塞下诸军,除使令守防之外,一切出之于野……犬戎适至,则有连阡接畛之兵;戎骑才归,则复穫锄获穟之事。"⑤其五,君主应修身勤业,选贤任能,注重纳谏,疏远小人:"无时召宰相以讲庶政""序次对百辟以广聪明""复正衙奏事以示躬亲""许方幅纠弹以慑奸佞""禁非时贡

---

① 《元稹集校注》卷二八《才识兼茂明于体用策一道》,第 820 页。
② 《元稹集校注》卷二八《才识兼茂明于体用策一道》,第 822 页。
③ 《元稹集校注》卷二八《才识兼茂明于体用策一道》,第 824—825 页。
④ 《元稹集校注》卷三三《论讨贼表》,第 906 页。
⑤ 《元稹集校注》卷三三《论西戎表》,第 909 页。

献以绝诛求"①；不宜言行相悖，怪怒直臣②，不宜信用宦官而自隳法制③。可以说，上述意见与元、白精心结撰的七十五道《策林》一起，既完整地展露了两位诗人治国安邦的方略，也深刻地表现了他们为开创新局而摇旗呐喊的昂扬意气。

　　第二，创作诗歌揭露时弊，不避颠危犯颜直谏。首先是白居易，明确提出了"文章合为时而著，歌诗合为事而作"④的主张，并在此思想指导下，创作了诸如《骊宫高》《观刈麦》《宿紫阁山北村》《轻肥》《买花》《卖炭翁》等一大批反映民生疾苦、揭露黑暗现实的作品，正如他自己所说"是时皇帝初即位，宰府有正人，屡降玺书，访人急病。仆当此日，擢在翰林，身是谏官，手请谏纸，启奏之外，有可以救济人病，裨补时阙，而难于指言者，辄咏歌之"，而其目的，则在于"欲稍稍递进闻于上，上以广宸聪，副忧勤，次以酬恩奖，塞言责，下以复吾平生之志"⑤。与此相前后，元稹也创作了数十首旨明词直、志在讽喻的新乐府，如《上阳白发人》《华原磬》《五弦弹》《驯犀》《阴山道》等。在《和李校书新题乐府十二首》的序言中，元稹自述其为诗之旨说："予友李公垂贶予《乐府新题》二十首……予取其病时之尤急者，列而和之，盖十二而已。昔三代之盛也，士议而庶人谤。又曰：世理则词直，世忌则词隐。予遭理世而君盛圣，故直其词以示后。"⑥由此可见，所谓"病时""直其词"，正表现了与白居易讽喻诗同一的旨趣，

①《元稹集校注》卷三二《献事表》，第895页。
②《白居易文集校注》卷二一《近日内外官除改及制科人等事》，第1191—1194页。
③《白居易文集校注》卷二二《论承璀职名状》，第1240—1241页。
④《白居易文集校注》卷八《与元九书》，第324页。
⑤《白居易文集校注》卷八《与元九书》，第324页。
⑥《元稹集校注》卷二四《和李校书新题乐府十二首》，第718页。

亦即救济人病,裨补时阙,借诗歌这一工具来为其参政实践服务。当然,对这种做法,后人异议甚多,如《唐音癸签》云:"在少陵后仍咏见事讽刺,则诗为谤讪时政之具矣,此白氏讽谏,愈多愈不足珍也。"①《中国美学史·绪论》亦谓:白氏"以'讽谕'为诗的唯一目的和评定诗的价值的最高标准,忽视了艺术的特征,导致了否定文艺所具有的美的欣赏的价值"②。从文学自身的特点出发来考虑问题,这些意见不无道理,但若联系到元、白所处的时代状况,以及此一时期之历史对每一个稍有良知的士人提出的革除弊政、实现治理这一首要要求,则元、白的做法不仅是完全可以理解的,而且还恰恰反映了他们忧国忧民、不甘以文学家自居的博大胸怀。事实上,他们这种胸怀不单单体现在借诗辅政一点上,在更多的情况下,他们还是以政治家的姿态,上疏言事,犯颜直谏,以副其平生之志的。诚如白居易所谓:"位未足惜,恩不忍负","有阙必规,有违必谏;朝廷得失无不察,天下利病无不言"③。

今考之史书和作者文集,将元和年间元、白的论谏情况排列于下。

元和元年,元稹先后上疏论谏职、论教本、论讨贼、论西戎等,"皆朝政之大者,宪宗召对,问方略,为执政所忌"④;是时裴度等人"密疏论权幸,语切忤旨"⑤,元稹为其"讼所言当行","宰相大恶之,不一月,出为河南尉"⑥。

---

① [明]胡震亨:《唐音癸签》卷九,上海古籍出版社,1981年,第87页。
② 李泽厚、刘纲纪著:《中国美学史》,安徽文艺出版社,1999年,第39页。
③《白居易文集校注》卷二一《初授拾遗献书》,第1188页。
④《旧唐书》卷一六六《元稹传》,第4331页。
⑤《旧唐书》卷一七〇《裴度传》,第4413页。
⑥《旧唐书》卷一六六《元稹传》引元稹《文稿自叙》语,第4337页。参见《元稹集校注》卷三二《表奏有序》(一作《文稿自叙》),第885页。

　　元和三年，皇甫湜、牛僧孺、李宗闵应贤良方正直言极谏科试，皆指陈时政之弊，放言无隐，考策官杨於陵、韦贯之将其擢为上第。宰相李吉甫"恶其言直，泣诉于上"①，遂导致僧孺等长期沉落下僚，而杨、韦以及覆策之翰林学士裴垍、王涯等或远贬，或降职。这一事件对白居易震动极大，他当即呈上《论制科人状》，声言杨、韦、裴、王诸人"公忠正直"，"皆人之望也"，不仅不应贬黜，而且还"宜授以要权，致之近地"，并谓"臣今言出身戮，亦所甘心"②。

　　元和四年，宪宗命宦者吐突承璀领兵征讨王承宗，白居易频频论奏，坚决反对："兴王者之师，征天下之兵，自古及今，未有令中使专统领者。"今使承璀兼领制将、都统之职，"恐四方闻之，必轻朝廷"。所以他切谏道："军国权柄，动关于治乱；朝廷制度，出自于祖宗；陛下宁忍徇下之情，而自隳法制？从人之欲，而自损圣明？何不思于一时之间，而取笑于万代之后？"③

　　同年，白居易又有《论太原事状三件》，其中所弹劾之严绶和刘贞亮（即俱文珍），一为永贞元年上疏朝廷大肆攻击王叔文等的军阀，一为打击王叔文集团最力的宦官，但白居易不畏权势，仗义执言："贞亮元是旧人，曾任重职。……然臣伏闻贞亮先充汴州监军日，自置亲兵数千。又任三川都监日，专杀李康。两度事迹，深为不可。为性自用，所在专权。"④

　　元和五年，元稹因触怒权贵而再次获贬，白居易三上表章，极言元稹不当贬。他说，"元稹守官正直，人所共知。自授御史已来，举奏不避权势"，故权要挟恨，宦官忌惮，方镇切齿；今无罪被贬，即是杜绝

----

① 《资治通鉴》卷二三七元和三年，第 7771 页。
② 《白居易文集校注》卷二一《论制科人状》，第 1192 页。
③ 《白居易文集校注》卷二二《论承璀职名状》，第 1240—1241 页。
④ 《白居易文集校注》卷二一《论太原事状三件》，第 1210 页。

言路,即是偏袒宦官,即是方便方镇,"远近闻知,实损圣德"①。

元和十年,宰相武元衡因力主讨淮西而为藩镇盗杀,白居易拍案而起,第一个上疏言事:"以为书籍以来,未有此事,国辱臣死,此其时耶?"②请急捕贼以刷朝廷之耻,结果被以越职言事等罪名贬谪江州。

他如上疏建言尽免江淮灾民赋税,以及论奏于頔、王锷、罢恒州兵等事项③,皆大声镗鞳,无私无畏。这些事件集合一起,在在表现出元、白二人深沉的忧国情怀和强烈的批判精神。如果说,关心时务理道,搜取激直之策还只是他们参政实践的初级阶段,那么,创作讽喻诗和直言强谏便使其参政实践得到了全面的深入和发展。

第三,履行御史职责,实地纠察贪官污吏和不法之徒。元和四年,元稹以监察御史的身份充任剑南东川详覆使,广泛了解民众疾苦,访察官吏不法行为,弹奏剑南东川节度使严砺等违制擅赋、籍没管内吏民之田宅奴婢以及于两税外加征钱、米、草等事,使得七州刺史皆受到朝廷责罚。此举虽使元稹"名动三川"④,但也惹怒了严砺之党。"执政有与砺厚者恶之,使还,令分务东台。"⑤至东都后,元稹依然故我,秉公执法,不为权势淫威所动。白居易在《元公墓志铭》中记述道:"时有河南尉离局从军职,尹不能止。监察使死,其枢乘传入邮,邮吏不敢诘。内园司械系人逾年,台府不得知。飞龙使匿赵氏亡命奴为养子,主不敢言。浙右帅封杖杖安吉令至死,子不敢愬。凡此者数十事,

①《白居易文集校注》卷二二《论元稹第三状》,第 1245 页。
②《白居易文集校注》卷七《与杨虞卿书》,第 291 页。
③ 参见《白居易文集校注》卷二一、二二各状。
④《白居易文集校注》卷三三《唐故武昌军节度处置等使正议大夫检校户部尚书鄂州刺史兼御史大夫赐紫金鱼袋尚书右仆射河南元公墓志铭并序》,第 1927 页。
⑤《旧唐书》卷一六六《元稹传》,第 4331 页。

（元稹）或奏、或劾、或移,岁余皆举正之。内外权宠臣无奈何,咸不快意。"①元和五年,河南尹房式有不如法事,元稹"奏而摄之甚急",结果再次触怒权臣,被召还西京,途中宿敷水驿,"内官刘士元后至,争厅,士元怒,排其户,稹袜而走厅后。士元追之,后以棰击稹伤面"②。这件事从其发生和结果看,无疑都是宦官作威作福,仗势欺人所致,但由于宪宗褊袒宦官,内外权臣"因以挟恨""将报私嫌"③,遂以"稹少年后辈,务作威福"④为由,把他贬为江陵府士曹参军。

综上所述,元、白之所言所行,可以看出一个突出的特点,即参政心极切,论谏词极直,斗争胆甚壮,而所论所奏之事皆关乎国计民生。他们这样做,并非不知道其中的危险和可能导致的颠踬,但明知危险、颠踬仍执意坚行,正说明他们所言所行有更大于身危者在。元稹有言:

> 吾自为御史来,效职无避祸之心,临事有致命之志。⑤

白居易明谓:

> 今臣忘身命,沥肝胆,为陛下痛言者,非不知逆耳,非不知危身,但以蝼蚁之命至轻,社稷之事极重。⑥

---

① 《白居易文集校注》卷三三《唐故武昌军节度处置等使正议大夫检校户部尚书鄂州刺史兼御史大夫赐紫金鱼袋尚书右仆射河南元公墓志铭并序》,第1927—1928页。
② 《旧唐书》卷一六六《元稹传》,第4331页。
③ 《白居易文集校注》卷二二《论元稹第三状》,第1244页。
④ 《旧唐书》卷一六六《元稹传》,第4331页。
⑤ 《元稹集校注》卷三〇《诲侄等书》,第861页。
⑥ 《白居易文集校注》卷二二《论承璀职名状》,第1241页。

因社稷之事而忘一己之危,纵令万死投荒也在所不辞,这心性、这气概,不正是元、白乃至韩、柳、刘诸人所共有的一种特质吗? 韩愈所谓"为忠宁自谋"①,刘禹锡所谓"忧国不谋身"②,柳宗元所谓"许国不复为身谋"③,其中蕴含的,不正是这种特质高度凝聚而成的精华吗? 这种特质,在盛唐诗人那里没有如此集中、明显的展现,在大历、贞元文人那里也较少见到,只是到了元和士人这里,才得以大放异彩。小而论之,它是韩、柳、刘、元、白诸人之参政意识和批判精神的集中体现,大而言之,它作为一种无形的精神原则,扩展并渗透到了各阶层士人的深层意识之中,这从前文曾略加提及的裴度、裴垍、李绛、杨於陵、韦贯之、皇甫湜、牛僧孺、李宗闵等人的言行中即可得到明证。设若这一概括不致大误,那么上述这种源于参政意识和批判精神的许国不复谋身的心性情怀,无疑可以作为元和文化精神的另一个重要内涵。

第四节　源于文化精神和专制政治的诗人之贬

一个深刻的背反现象 / 专制制度的宽严交替与元和文化精神的下限——元和十四年 / 韩、元、白被贬的共性特征 / 柳、刘政治悲剧的特殊性

关于元和文化精神的下限,后面将要论及,这里需要强调指出的是,如果承认,从贞元末到元和中后期所展示出来的那种不甘衰败、

①《韩昌黎诗系年集释》卷三《赴江陵途中寄赠王二十补阙李十一拾遗李二十六员外翰林三学士》,第288页。
②《刘禹锡全集编年校注》卷一一《学阮公体三首》其一,第1296页。
③《柳宗元集校注》卷四三《冉溪》,第2997页。

奋发图强的复兴精神,那种源于忧患而欲克服忧患、建基于多难兴邦、哀兵必胜信念之上的进取精神,那种立足现实志在用世而又充满理性色彩的文化重建和文化追求,那种与参政意识和批判精神紧相关联的许国不复谋身的心性情怀,乃是元和文化的整体精神;如果也承认,这种精神的形成,不仅得力于君主宰臣的倡导力行,而且有赖于广大士人的积极努力,而在这些士人中,韩、柳、刘、元、白五大诗人不仅最具代表性地为这一精神的形成摇旗呐喊、冲锋陷阵,而且还普遍地表现出一种执著理想、刚健不挠的性格特征,那么,我们便会立即发现一个触目惊心的事实,那就是作为元和文化精神之开创者和推动者的五大诗人,竟毫无例外地恰恰成了这一精神的牺牲品。换言之,他们既为这一精神的形成又因这一精神的影响而付出了被贬谪荒的沉重代价。

这是一个深刻的二律背反。要解释其中的原因,首先需要注意到如下这样一个简单的逻辑过程,即:韩、柳、刘、元、白之被贬,无疑直接导源于他们执著理想、刚健不挠的性格特征和勇于除弊、直言强谏的参政实践,而这种性格特征和参政实践又无疑主要是元和文化精神影响下的产物;如果没有这一文化精神的影响,那么他们的性格特征和参政实践便很难表现得像现在这样突出、强烈,如果没有如此突出、强烈的性格特征和参政实践,他们也就不至于或较少可能去触动专制政治而招致被贬厄运,而且即令被贬,其中的偶然性因素也必将大大增加,而不会像现在这样因性质相近的事件接连被贬。换一个角度看,同样是这批士人,如果将他们放在贞元年间奸佞当道、气氛恐怖的政治环境里,那么慢说政治革新无望,即使勇于参政、直言强谏等举动怕也难以进行;假如这一切都在循规蹈矩、慎默保身的僵滞气息中归于消散,那么所谓触怒君主、开罪权贵,所谓贬谪,也就无从谈起了。

当然,这只是一个简单的逻辑推理,而实际情形要远为复杂。具体来说,五大诗人的政治活动并非在贞元中前期而是在贞元末、元和初广泛展开,这就决定了他们必然具有一种与时代要求相应的新的精神风貌。一方面,他们确是元和文化精神的开创者和推动者,另一方面,他们又无不受此精神的影响并为其推动。由于元和文化精神是一弥漫于各个领域而又抽象集中的观念力量,所以它的影响所及,既有力地陶冶、催发了五大诗人原本即有尚未充分展露的性格特征,使其向明朗化、突出化的方向发展,也强烈地作用于整个政局,促使君主专制相对开明,逐渐形成一种较为宽松的政治气氛,为士人们的参政实践创造了条件。由于气氛的宽松、环境的改善,参政主体的进取意向、批判精神和许国不复谋身的情怀势必益发强烈、激切,表现在行动上,便是大呼猛进,除弊图新,直言强谏,无所畏惧;又由于在专制社会中,任何政治上的宽松都是有限度的,在所谓的开明背后,时时闪动着千余年来一以贯之的严酷的专制巨影。虽然就元和时代言,其限度的尺码较之政局混浊的贞元年间要大一些,但也绝不是可以任意延伸的,一旦参政者超越了那道无形的界碑,轻者受到权豪势要的诽谤诋毁,重者受到来自专制君主的无情责罚;而且从某种意义上讲,所谓宽松的政治反而更容易导致参政者的命运悲剧,因为人们往往更容易在掉以轻心中越过那道无形的界碑。事实上,问题就出在这里:一方面是上升、进取的时代文化精神强烈地鼓动了五大诗人等的参政热情,另一方面在这文化精神中又潜隐着随时可能爆发的危险基因;一方面是参政主体为追求理想而不惜身命的执著态度,另一方面则是横亘在这理想追求途中难以逾越的巨大障碍。当然,缓冲的办法并非没有,那就是参政主体一方减缓性格的刚度、追求的热度和批判的强度,知难而退或明哲保身;可是在特定时代、特定文化精神影响、熏陶下知识结构、文化心理、性格特征已趋定型且日益强化的五大诗人,却偏偏不愿这样做。或者说,受一种无形的精神力量的支配,他们难以这样做。既不能这样做,又要执著地追求理想,这就势必导致他们无视开明与专制的界限,一而再、再而三地跨越禁区,以致最终难免被诋毁谗谤乃至贬谪的悲剧结局了。

既然如上所言,韩、柳、刘、元、白五大诗人面临的是一种两难的抉择,而他们又不顾这抉择的两难,执著地坚持真理,追求理想,从而首先便已单方面地蕴积了性格中与时代文化精神紧相关联的悲剧性因素;那么,下面便很有必要就导致他们悲剧命运的另一方亦即君主专制,联系历史和现实做进一步的考察。

君主专制是中国古代政治的突出特征,它集中表现为君主个人独裁、包揽生杀予夺等一切权力,而其实质,则在于排斥民主,取代法律,以便为所欲为。从历史记载看,早在夏、商两代,这种专制制度便已初具规模了,所谓"龙逢诛,比干戮,箕子狂"[1],便是夏桀、殷纣借助王权迫害忠良的明证。此后,历经秦、汉两代,君主专制制度更得以极大加强,达到了全面的成熟。所以贾山《至言》说:"雷霆之所击,无不摧折者;万钧之所压,无不靡灭者。今人主之威,非特雷霆也,势重,非特万钧也。"[2]嵇康《太师箴》说:君主"凭尊恃势,不友不师,宰割天下,以奉其私"[3]。这些话,可谓对君主专制之残酷肆虐的最好说明。在专制君主的淫威下,古代士人普遍存在一种沉重的压力感,他们伴君如伴虎,动辄得咎,或被贬谪流放,或被问罪杀头。仅据明人王世贞对古代士人之流窜、刑辱、无终三项的粗略统计,人数

---

① [清]郭庆藩著,王孝鱼点校:《庄子集释》卷九《外物》,中华书局,2012年,第920页。

②《汉书》卷五一《贾邹枚路传》,第2330页。

③《嵇康集校注》卷一〇《太师箴》,第534页。

即达二百八十七名之多，难怪王氏深有感触地说："循览往匠，良少完终，为之怆然以慨，肃然以恐。"①

君主专制制度在其历史演进的过程中，还受到来自两方面的理论影响：一是倡言法、术、势而以刻薄少恩著称的法家，提出了一套系统的专制主义理论，竭力强化君权；一是主张君君臣臣而又反对暴政的儒家，既在总体上维护专制制度，又借鉴了西周以还逐渐明朗化了的民本思想和谏议理论，强调民贵君轻，臣下应心怀道义，心怀社稷，禁君之非，甚而至于"抗君之命"，"以安国之危"②，"君有大过则谏，反覆之而不听，则易位"③。儒家这种与法家相反对的理论，一方面旨在限制过度膨胀的君权，另一方面则蕴含着一种刚直不阿的人格力量。在这一理论的影响下，确实造就了一批批"拂心逆耳，而有犯无隐；触法靡悔，守死不贰"④的忠臣义士。虽然与严酷的君主专制制度相比，这种理论上的限制和人格的培养于事并无大补，而一批批忠臣义士也大都以悲剧结局而告终，但在历史上却由此形成了中国士人的一个绵延不绝的谏诤传统。颇堪令人寻味的是，正是在君主专制达到极盛的秦代，出现了专掌论议的谏议大夫，此后汉代设置御史府，唐代改为御史台，下设御史大夫、侍御史和监察御史等数十人，又于门下省置谏议大夫、补阙、拾遗若干人，以箴规得失，明君之过。在这里我们看到，中国历史上民主与专制的斗争是始终存在的。一方

---

① [明]王世贞著，罗仲鼎校注：《艺苑卮言校注》卷八，齐鲁书社，1992年，第389页。
② [清]王先谦撰，沈啸寰、王星贤点校：《荀子集解》卷九《臣道》，中华书局，1988年，第250页。
③ 《孟子集注》卷十《万章下》，见[宋]朱熹撰：《四书章句集注》，中华书局，1983年，第324页。
④ 《册府元龟》卷五三四《谏诤部·直谏一》，第6088页。

面,君主专制制度是根深蒂固、严酷残暴的,诚如韩非所谓:"夫龙之为虫也,柔可狎而骑也,然其喉下有逆鳞径尺,若人有婴之者,则必杀人。人主亦有逆鳞,说者能无婴人主之逆鳞,则几矣。"[①] 但另一方面,由于儒家思想和士大夫阶层注重品节、坚持正义、嫉恶如仇、昧死相争的优良传统代复一代地发挥作用,由于监察、谏议制度的设立、完善和由此体现的法律力量,从而也在一定程度上构成了对君主专制的抵制,并作为这一制度的消解因素而长期存在。

综观君主专制制度在由秦汉至唐的演进历程,大抵呈宽严交替而又总体弱化的趋势向前发展。顺应这一发展趋势,一些开明君主如唐太宗、唐玄宗在一定时期内均注重纳谏,广开言路,选贤任能,关心民瘼,以致有史家艳称的贞观之治、开元盛世的出现。而到了唐宪宗元和时期,适值历史的转折关头,因而就君主个人政治态度而言,便必然包含更复杂的因素。一方面,有鉴于德宗晚年大权独揽信用奸邪而导致的政局混浊,唐宪宗决意革弊图强,适当放权,信用宰相,注意纳谏,从而赢得了元和中前期政治、军事、文化等多方面的成就;但另一方面,宪宗也深知大权独揽的德宗因藩镇、宦官势力的牵制,实际权威已大大下落,因此,扫平藩镇以强化中央皇权便构成了他的首要政治目标。而在实现这一目标的过程中,几乎军事上、政治上的每一个成功,都使他的实际权威增强一步。这样,表面的权力下放和实际的权威增加便有机地统一起来。或许可以说,千余年来君主专制的强大诱惑始终在他内心骚动,只是为了增强实际权威,他不得不忍痛割爱,将手中权力下放;而这种暂时的权力下放,正是为了长久的权威增强。同时,他的实际权威每增强一步,外放的权力便收回一

---

① [清]王先慎撰,钟哲点校:《韩非子集解》卷四《说难》,中华书局,1998 年,第 94—95 页。

些,君主专制的程度也就加深一层,而当他获得了平淮西的最后胜利,实际权威增强到了顶点,则外放的权力便几乎全部收回,君主专制的面目也就显露无遗。

考之史书,上述说法即可得到印证。元和十二年十一月,宪宗御兴安门受淮西俘,斩吴元济;十三年三月至八月,分别罢李鄘、王涯宰相职,李夷简以同平章事的身份出为淮南节度使;九月即擢任以聚敛财物刻剥百姓著称的皇甫镈以及程异为宰相;史称:"淮西既平,上浸骄侈。户部侍郎判度支皇甫镈、卫尉卿·盐铁转运程异晓其意,数进羡余以供其费,由是有宠。镈又以厚赂结吐突承璀。甲辰,镈以本官、异以工部侍郎并同平章事,判使如故。制下,朝野骇愕,至于市井负贩者亦嗤之。"[1]崔群、裴度进言直谏,"帝怒不听";"帝以天下略平,亦欲崇台沼宫观自娱乐,镈与程异知帝意,故数贡羡财,阴佐所欲,又赂吐突承璀为奥援,故帝排众论,决任之,反以度为朋党,不内其言"[2]。由于宪宗专任皇甫镈,大乖前志,故于次年即元和十四年便将宰相裴度调离中央,改任河东节度使,崔群亦罢为湖南观察使。至此,权奸当柄,巧媚自固,压抑正论,左右政局,元和时期之能臣贤相多被排挤出朝;至此,宪宗既可以纵欲奢侈,大兴佛事,派柳泌驱吏民采不死之药,而无需再经受那"延英议政,昼漏率下五六刻方退"[3]的辛劳了,也可以独行己意,生杀予夺,因一《论佛骨表》而大动肝火,欲加韩愈以极刑,不顾法律而将屈打成招之十六名罪囚悉杀之,诱骗郓州士卒并将其千二百人全部斩首,而不必再去担心那几近绝迹的逆耳之言了。的确,此时的宪宗才算真正享受了皇帝的威福,尝到了

---

① 《资治通鉴》卷二四〇元和十三年,第 7874 页。
② 《新唐书》卷一六七《皇甫镈传》,第 5113 页。
③ 《旧唐书》卷一五《宪宗本纪下》,第 472 页。

专制、独裁的甜头,但却也因此而失去了历史赐予唐王朝的最后一个机遇,将元和之治的成果付之东流。司马光有鉴于此曾不无感慨地说道:"惜夫!宪宗削平僭乱,几致升平,其美业所以不终,由苟徇近功不敦大信故也。"① 今天看来,这段批评宪宗的话显然没有说到要害之处。

元和十四年,可谓中唐乃至整个唐王朝的一个重要界碑。这一年,裴度、崔群两位贤相被挤出朝,韩愈因直言强谏被贬潮州,宪宗专任权奸皇甫镈等。尽管就朝廷政治而言,这些事件并不算太大,而且此后一年宪宗方被弑身亡,宪宗死后也还有相当一段政局稳定的时间,但从实质上看,此年所发生的事件却透露出了一个极危险的信号,它预示着从此开始,元和之治便已名存实亡了,而唐王朝也很难再有中兴的希望了。历史似乎是一位洞览古今、善解人意的智者,正是在这一年,它安排了崔群与宪宗的一段对话:

> 上问宰相:"玄宗之政,先理而后乱,何也?"崔群对曰:"玄宗用姚崇、宋璟、卢怀慎、苏颋、韩休、张九龄则理,用宇文融、李林甫、杨国忠则乱。故用人得失,所系非轻。人皆以天宝十四年安禄山反为乱之始,臣独以为开元二十四年罢张九龄相,专任李林甫,此理乱之所分也。"②

分别理乱之标准,不是实际的动乱,而是用人的得失,这是崔群的高明处,但他没有也不可能指出,在用人得失的背后,正深隐着激烈的专制与民主的较量。换言之,正是由于君主专制,一意孤行,才致使

①《资治通鉴》卷二四一元和十四年,第7895页。
②《资治通鉴》卷二四一元和十四年,第7895页。

忠正耿直之士受压、奸邪柔佞小人得用,正是由于断绝了言路,君主唯邪谋是听,奸人是用,骄盈肆志,擅作威福,才坏了政局,乱了天下。所谓"理生于危心,乱生于肆志"①,诚然!

如果我们把眼光再放开一些,看看元和十四年之后的情形,便会发现,随着元和之治的名存实亡,政局渐趋浊乱,国家财用日益亏耗,对民众的盘剥也开始变本加厉②;加之穆、敬二君"昏童失德"③,早在宪宗朝即已"纠绳军政,事任专达"④的宦官更趋跋扈,而各路藩镇故态复萌,河北三镇再叛中央,由此,内忧外患,绵延不绝。大和二年(828),刘蕡即以超人的敏感断言:

> 宫闱将变,社稷将危,天下将倾,四海将乱。此四者,国家已然之兆。⑤

这时距元和十四年仅仅九年;自此又过七年即大和九年(835),便发生了朝臣与宦官殊死拼搏、震惊内外的"甘露之变"。与此同时,朋党之争,愈演愈烈,相互倾轧,势同水火。所有这些聚合一途,终于动摇国本,使得唐家江山在风雨飘摇中,在农民起义的打击下,一步步走向衰亡。

与唐代社会政治的变化相应,广大士人的处世态度和人生观念也发生了极大的变化。元和十四年后,裴度等元老重臣虽曾数次返朝执柄,但始终得不到重用,为人排挤;五大诗人中除柳宗元于元和

---

① 《旧唐书》卷一六四《李绛传》,第4288页。
② 参见《新唐书》卷五四《食货志四》,中华书局,1975年。
③ 《新唐书》卷八《宣宗本纪》,第253页。
④ 《资治通鉴》卷二四○元和十三年,第7871—7872页。
⑤ 《新唐书》卷一七八《刘蕡传》,第5296—5297页。

十四年死于贬所外，其他四人则陆续由贬地被召回，但由于政局的变易和一再恶化，他们或颇乖前志，染指宦官，或退居洛下，诗酒唱和，已无复昔日那激切的参政意识和批判精神了。更为重要的是，此一时期的士大夫心理普遍发生了由外向到内向的收缩、由社会到自我的聚敛，他们躲避政治，怕谈政治，而醉心于园林的构建、奇石的把玩、茶茗的品味、诗酒的唱和，而这样一种生活趣味的变化，实在已很有些宋人的风貌了。有鉴于此，联系到前述崔群以开元二十四年为理乱之分界的观点，我们没有理由不将元和十四年作为继此之后的又一个历史转折点，而且也不能不将其视作元和文化精神的下限。

需要说明的是，元和文化精神的下限虽可定为元和十四年，但它的潜在萎缩却在此之前就早已开始了，而这一现象的实质，即在于君主专制制度对整个文化精神时隐时现却始终存在着的压抑和阻遏。同时，这里说的君主专制制度，固然主要指君主个人的擅权独裁，但也包括佞臣内竖等依仗主势者的胡作非为。事实上，假如不是他们滥用从君主那里分得的部分权势，植党营私，迫害异己，那么所谓的君主专制便很难全面实现；假如没有二者合为一体的一个量的演进过程，最后的质的突变也就不易发生。

再一次回顾元和时期的历史现实，可以更清晰地看到，韩愈、柳宗元、刘禹锡、元稹、白居易五大诗人的贬谪，虽然直接导源于他们刚直不挠的性格特征和激切勇猛的参政实践，但就终极意义讲，却无不是君主专制制度作用的结果，而且其中元、白、韩三人之贬，似乎更明显地折射出了这一制度日渐强化的反影。不是吗？元稹元和元年之贬，主要是因触怒权幸而为宰相"大恶之"所致；他的元和五年之贬，既缘于弹劾赃官和不法之徒而侵犯了朝野官僚权臣的一体利益，也缘于得罪了宦官，触动了君主的私人势力，因而招致来自君主、宦官和内外权臣的联合打击。

至于白居易的贬谪，情形更为复杂而突出。表面看来，他是因上疏论武元衡被杀事而以越职言事的罪名被贬的，但实质上却是因他一再触犯权要、阉宦甚至君主所致。早在元和初年，白居易即因创作讽喻诗而引起众多权臣的反对，诚如他自己所说："岂图志未就而悔已生，言未闻而谤已成矣"，"凡闻仆《贺雨》诗，而众口籍籍，已谓非宜矣；闻仆《哭孔戡》诗，众面脉脉，尽不悦矣；闻《秦中吟》，则权豪贵近者相目而变色矣；闻《乐游园》寄足下诗，则执政柄者扼腕矣"①。此后，白居易又因论宦者不宜握兵事，面折廷诤，直接激怒了宪宗。史载：居易"后对殿中，论执强鲠，帝未谕，辄进曰：'陛下误矣。'帝变色，罢，谓李绛曰：'是子我自拔擢，乃敢尔，我叵堪此，必斥之！'"②虽然后经李绛的曲意解说，白未被斥，但宪宗刚愎自用的性格特点却显露无遗，他不仅最终也没有采纳白居易的意见，而且"时谏官、御史论承璀职名太重者相属，上皆不听"③。联系到元和二年宪宗与李绛的一段对话，当会使我们对宪宗暗藏杀机的心性有更深一层的了解：

> 上又尝从容问绛曰："谏官多谤讪朝政，皆无事实，朕欲谪其尤者一二人以儆其余，何如？"对曰："此殆非陛下之意，必有邪臣以壅蔽陛下之聪明者。人臣死生，系人主喜怒，敢发口谏者有几？就有谏者，皆昼度夜思，朝删暮减，比得上达，什无二三。故人主孜孜求谏，犹惧不至，况罪之乎！"④

① 《白居易文集校注》卷八《与元九书》，第 324 页。
② 《新唐书》卷一一九《白居易传》，第 4302 页。
③ 《资治通鉴》卷二三八元和四年，第 7789 页。
④ 《资治通鉴》卷二三七元和二年，第 7768 页。

这是由于贤臣李绛的劝说,才避免了一次贬谪事件,假如君主一朝连这样的劝说也不听了,其结果如何自然不难想知。如果说,上述白居易的言论已直接得罪了皇帝和宦官,那么,他三上表章论元稹不当贬一事,无疑又一次加剧了这得罪的程度。按理,白居易这些言行已足可导致贬谪了,但他却没有被贬,而直到元和十年仅因区区"越职言事"即被贬江州,似乎不好理解,然而,这一不好理解的现象,从元和年间的政治变化看,却正说明早期的宪宗虽曾萌生过必斥白氏之念,但由于实际权威尚未强化,复兴之业尚未成就,为了广开言路,对一些逆耳之言还可忍耐;而到了后期,由于实际权威的增强,他已较少这种耐性了;同时也说明,内外权臣早已对白氏怀恨在心,但因白氏所行皆公忠正直而无机报复,至元和十年恰遇他"越职言事",有把柄可抓,"会有素恶居易者,掎撼居易,言浮华无行,其母因看花堕井而死,而居易作《赏花》及《新井》诗,甚伤名教,不宜置彼周行"①,从而导致了白氏的江州之贬。显而易见,在这几种因素中,起决定作用的乃是君主独裁和佞臣擅权相结合而日益强化了的专制制度。

　　与此相比,韩愈的情况又有不同。他贞元十九年的阳山之贬,因为正处于元和文化精神兴起的前夜,奸佞得志,宦官擅权,君主昏愦,故其论天旱人饥的激直言辞很难不招致昏君庸臣的报复;而他元和十四年的潮州之贬,由于又处于元和文化精神已萎缩之际,君主权势已得到极大加强,外放之权已大部收回,这时的宪宗已很少容忍臣下逆耳直言的耐性了,加之韩愈之论佛骨并不只是就事论事,他还抬出了先王之道和李唐祖宗来压宪宗,并直言帝王"事佛求福,乃更得祸"②,这就必然撄拂了人主逆鳞,必然要招致骄盈肆志的宪宗"怒

①《旧唐书》卷一六六《白居易传》,第4344页。
②《韩昌黎文集校注》卷八《论佛骨表》,第684页。

甚"并"将加极法"① 了。虽然韩愈最后未受极刑而只是被贬到了潮州,但就其成为专制制度下的牺牲品一点而言,贬谪与极刑却是无所差异的,用宪宗的话说就是:"愈为人臣,敢尔狂妄,固不可赦。"② 从这杀气腾腾的话语中,我们不是很可以看出君主专制制度的严酷和残暴了吗?

"君恩若雨露,君威若雷霆。退不苟免难,进不曲求荣。"③ "恩若雨露"云者,不过是不得不说的门面话,而"威若雷霆"才是问题的关键所在。白居易早在元和五年因元稹之贬而写的这几句诗,充分说明了他对君主专制之严酷残暴的本质有着清醒的认识。既有清醒认识,而又荣不曲求,难不苟免,进退得失,一无挂怀,直言强谏,唯义是向,则被贬谪的政治悲剧势所必然地要降临到他以及与他同一意向的元稹、韩愈身上。论者有言:"夫极言切谏,以弼违箴阙。……若夫南面万乘之贵,中堂千里之奥,威福已任,惨舒立致,乃敢奋发于悃幅,规切其过失,面折廷诤,以救其非,露章封事,以明其道,斯张良喻之于苦口,韩非比之于批鳞。非徒戾一时之意,且将蹈不测之祸。"④ 这段关于谏诤情形的总体概括,不仅深刻地揭示了中国历史上强谏多悲剧的原因,而且也适可拿来作为韩、元、白诸人之贬谪的有力注脚。

毫无疑问,柳宗元、刘禹锡的贬谪与韩、元、白之贬在性质上是完全一致的,即均属因积极参政而导致严酷打击的政治悲剧,但由于柳、刘二人主要是在一个新旧交替、较为动荡的短暂时期,因参加王

① 《旧唐书》卷一六〇《韩愈传》,第 4200 页。
② 《旧唐书》卷一六〇《韩愈传》,第 4200 页。
③ 《白居易诗集校注》卷二《和思归乐》,第 214 页。
④ 《册府元龟》卷五三四《谏诤部·直谏一》,第 6088 页。

叔文政治集团进行大张旗鼓的革新,而在多种敌对势力的联合打击下被贬的,故其贬谪原因要相对复杂一些。也就是说,他们的政治悲剧既具有与韩、元、白相同的普遍性,也具有与其不同的特殊性,在某种意义上甚至可以认为:正是这种特殊性,几乎决定了柳、刘二人终其一生的生命沉沦。

柳、刘政治悲剧的特殊性,深隐于王叔文政治集团失败的必然性之中。如前所述,柳宗元、刘禹锡锐意革新,大呼猛进,颇为王叔文所器重,官职得到超升,已成为该集团的中坚力量,这就决定了他们的个人命运必然与集团的整体命运密不可分,他们是否走向悲剧结局,主要取决于整个集团在政治角逐中的升沉得失;而从当时的实际情况看,革新运动要长期进行下去并取得成功,几乎是不可能的,甚至在革新开始之时,失败的必然性便已呈露出来。这是由两大方面的多种因素所决定的。

从革新派方面来看,他们首先缺少一位精力充沛、刚明果决、能将革新长期推行下去的君主。史载:德宗弥留之际,顺宗已“卧病不能侍”,此后病情愈重,中风不能语,行动亦极不便,故登极之后,“不复延纳宰臣共论大政,事无巨细,皆决于李忠言、王伾、王叔文”①。“时上久寝疾,不复关庶政,深居施帘帷,阉官李忠言、美人牛昭容侍左右,百官上议,自帷中可其奏。”② 由于顺宗重病缠身,很多事不能躬亲料理,势必造成两种情况:其一,失去了对反对派的威慑力量,并直接兆示了革新运动的失败前景。众所周知,在中国古代社会,假如没有一位精明强干的君主予以大力的长久的支持,任何革新运动都必将夭折。固然,顺宗是支持革新的,但其身体状况却决定了这种

---

① 《旧唐书》卷一一四《顺宗本纪》,第408—409页。
② 《旧唐书》卷一三五《王叔文传》,第3734页。

支持的薄弱和不能持久,决定了他很难像其他有为之君那样以赫赫君权震慑臣下。同时顺宗正月即位,三月即立太子,至七月又令太子李纯勾当军国政事,八月退位称太上皇。所有这一系列事件,不论出自什么原因,都预示了他的皇位是极不牢固的,他不是革新派所亟须依仗的大有为之君。既不能大有为,皇位亦示人以不久,这就不能不使众多首鼠两端的望风臣子匆匆然去投奔新的靠山。陈寅恪先生曾就唐太宗之皇位继承问题深刻指出:"盖皇位继承既不固定,则朝臣党派之活动必不能止息","太子之嗣位亦不得不别有拥戴扶立之元勋"①。以此论衡之顺宗情形,亦复如此。更进一步,顺宗在位时,王叔文集团的反对者已甚嚣尘上,他一旦退位而去,则反对派群起而攻、革新派迅速败北,便都应在不言之中了。其二,革新派因顺宗病重不得不采取特殊的联络方式——"叔文因王伾,伾因李忠言,忠言因牛昭容,转相结构"②。"每事先下翰林,使叔文可否,然后宣于中书,韦执谊承而行之。外党则韩泰、柳宗元、刘禹锡等主采听外事。"③从而使得猜忌横生,流言四起,"物论喧杂,以为不可"④。按照常理,要进行一场大的革新运动,势必会触动众多权臣的既得利益,其阻力之大可想而知,此时即令支持革新的皇帝亲自坐镇,都难乎其难,更何况皇帝病卧于深帷之中,仅由几个亲侍从传递消息,几个新进士人发号施令!其中详情,外人不能得知;二王诸人,平素为人所轻。这样一种情况,很难不使革新派在一开始行动之际就难厌众情而步履维艰。

其次,革新派还存在一些与领导革新不相应而自身又难以完善

---

① 《唐代政治史述论稿》中篇《政治革命及党派分野》,第247页。
② 《旧唐书》卷一三五《王叔文传》,第3734页。
③ 《资治通鉴》卷二三六永贞元年,第7732页。
④ 《旧唐书》卷一四《顺宗本纪》,第409页。

的"先天不足"。一般来说,要领导一场大的革新运动,领导者不仅要有才干,而且要有超人的威望,这样才能服众,才有号召力。可是,王叔文集团中人大多出身贫寒,门第低微,属庶族阶层;除韦执谊等个别人在德宗朝官职稍高外,其余皆为顺宗朝新进之士。本来,门第和新进这两点并非他们的缺陷,而且中唐时期庶族阶层登上政治舞台已成为历史发展的大趋势,但从另一方面看,自魏晋以来虽几经演变却阴魂不散的氏族门第观念,仍在实际生活中发挥作用,"凡婚而不娶名家女,与仕而不由清望官,俱为社会所不齿"[1]。加之顺宗即位后,于人事上未有大的更动,德宗朝元老重臣大多俱在,他们眼看新进士人官职超升,握权弄柄,猜嫌忌恨势所难免。以革新派领导者王叔文论,虽"坚明直亮,有文武之用"[2],却出身卑下,"以善弈棋得通籍博望","起苏州掾,超拜起居舍人,充翰林学士"[3],这就很难不使当时的门阀士族和元老重臣对他低视一等。为了改变局面,提高身份,王叔文特将其越州山阴的籍贯改为"北海人,自言猛之后,有远祖风"[4]。诚如章士钊所谓:"彼必以北人自居者,殆有见于唐代崇尚门阀,鄙视南蛮,倘不自诡北人,并属景略(按:前秦名将、名相王猛字景略)裔孙,将不足以启同僚之尊重,致天下之景从。"[5]可是,籍贯能改,起自苏州掾和以棋待诏的身份却是不能改的,而在唐代一般人的意识中,"官员与吏员之间有严格的区别,吏员因地位低贱而受鄙

① 《元白诗笺证稿》,第 116 页。
② 《柳宗元集校注》卷一三《故尚书户部侍郎王君先太夫人河间刘氏志文》,第865 页。
③ 《刘禹锡全集编年校注》卷一九《子刘子自传》,第 2178 页。
④ 《刘禹锡全集编年校注》卷一九《子刘子自传》,第 2178 页。
⑤ 章士钊:《柳文指要》上《体要之部》卷三一《答刘禹锡天论书·四》,文汇出版社,2000 年,第 746 页。

视","流外出身仍不光彩"①,这就决定了王叔文等人虽官职得以超升,仍难以树立威望,为人尊重。史载:侍御史窦群"尝谒叔文,揖之曰:'事固有不可知者。'……'去岁李实怙恩挟贵,气盖一时,公当此时,逡巡路旁,乃江南一吏耳。今公一旦复据其地,安知路旁无如公者乎?'"②尚书右丞韩皋"恃前辈,颇以简倨自处。顺宗时,王叔文党盛,皋嫉之,谓人曰:'吾不能事新贵。'"③太常卿杜黄裳当叔文掌权时,"终不造其门。尝语其子婿韦执谊,令率百官请皇太子监国,执谊遽曰:'丈人才得一官,可复开口议禁中事耶?'黄裳勃然曰:'黄裳受恩三朝,岂可以一官见买!'即拂衣而出"④。他如于顺宗即位前已居相职的高郢、杜佑、贾耽、郑珣瑜四人中,对王叔文集团明确表示反对或采取不合作态度的至少有贾、郑两人,在五位翰林学士中,除凌准为王叔文集团成员外,余如李程、郑絪、王涯和卫次公皆属反对派。这些德宗朝旧臣之所以与王叔文集团相对立,除了对他们的一些行事作为不满外,很重要的一条原因便是瞧不起他们的出身,嫉恨他们新进握柄,损害了自己的利益。在此,王叔文既已为人轻视嫉恨,则由他提拔的柳、刘诸人自然也不会怎样受人尊重,所谓"既任喜怒凌人,京师人士不敢指名,道路以目,时号'二王、刘、柳'"⑤,此虽过甚其词,但仅就将柳、刘与二王相并列一点言,还是能看出柳、刘二人当时所处之境遇的。

综上所述可知,王叔文集团的政治革新既缺少一位大有为之君的全力支持,又存在着与领导革新不相应的"先天不足",在这种情况

① 张广达:《论唐代的吏》,《北京大学学报》1989 年第 2 期。
② 《资治通鉴》卷二三六永贞元年,第 7735 页。
③ 《旧唐书》卷一二九《韩滉传》,第 3604 页。
④ 《旧唐书》卷一四七《杜黄裳传》,第 3973 页。
⑤ 《旧唐书》卷一六〇《刘禹锡传》,第 4210 页。

下,要想取得革新的成功,确是极为困难的。可是,王叔文、柳宗元、刘禹锡等人又绝非庸碌之辈,他们高才博学,满腹经纶,痛感贞元弊政为害之烈,急欲在政治上有所作为,恰巧此时又碰到一位能赏识、重用他们的开明君主。君臣相得,千载一时,对古代士人来说,这乃是梦寐以求之事,王叔文等人自然不愿也不能错过这个机会。尽管他们深知顺宗重病缠身和他们资浅望薄等不利因素将会给革新带来重重困难,但他们没有理由也决不应该因此而畏缩不前。既要知难勇进,又无力克服那些几乎是克服不了的困难,则其走向悲剧结局便首先在自我一方具有了一种必然性。

从反对派方面来看,除了上面曾讲到的士族阶层和旧朝官僚外,还有更为重要的几大势力,那就是宦官、藩镇和太子亦即后来的宪宗。

宦官和藩镇在德宗朝之飞扬跋扈、为害朝政的情形已见前述,而要革除弊政、开拓新局又必须对这两大毒瘤开刀;要触及这两大毒瘤,势必会遭到猛烈的报复和反扑;而这报复、反扑一旦得到一位更有力的人物——太子李纯的支持,便足以致革新派于死地了。革新派与反对派之间的矛盾首先是由罢宫市、五坊小儿以及停内侍郭忠政等十九人正员官俸钱诸事引起的,这些事件的发生时间,大致在永贞元年二月间①。至三月,大宦官俱文珍等便纠集旧派官僚开始了对革新派的反扑。史载:

> 上疾久不愈,时扶御殿,群臣瞻望而已,莫有亲奏对者,中外危惧,思早立太子,而王叔文之党欲专大权,恶闻之。宦官俱文

---

① 停俸钱事的发生时间可参看《柳文指要》下《通要之部》卷二《〈册府元龟〉之永贞史料》,第1067页。

珍、刘光琦、薛盈珍皆先朝任使旧人,疾叔文、忠言等朋党专恣,乃启上召翰林学士郑䌞、卫次公、李程、王涯入金銮殿,草立太子制。时牛昭容辈以广陵王淳(按:即后来的宪宗李纯)英睿,恶之;䌞不复请,书纸为"立嫡以长"字呈上,上颔之。癸巳,立淳为太子。[①]

由此可见,围绕立太子一事,双方展开了第一大回合的正面较量。这里有几个问题需要澄清。首先,就太子李纯而言,他有没有可能站到革新派一边或至少不表反对?回答是否定的。原因有三:一是王叔文等人资浅望薄,难以服众,不值得支持;二是反对势力大,且多为握有兵权的宦官和先朝元老重臣,为了赢得他们的拥戴,他没有必要舍重就轻,去支持革新派;三是王叔文等属顺宗所用之人,并已大权在握,如若站在他们一边致使革新成功,那么到头来这革弊图新之功究竟是记其父的账上,还是记在他的账上?更为重要的是,王叔文等既为顺宗信用,就很难倾心于他;既难倾心于他,则其所握权柄便不啻是对他的一种威胁,因而他也没有理由对革新派予以支持。虽然他对革新派的很多措施并不反对,并在即位后给以继承和发展,但千年以来尤其是李唐以来残酷的宫廷政治教会了他:为了维护自己的权益,他必须带领自己的一班人马杀出一条血路,哪怕所杀对象代表着正义,也在所不惜。

换一个角度看,王叔文一方自然不愿早立太子,因为这样一来,无异于给革新运动设置了一个更强大的对立面;但衡之当日时局,顺宗久病不愈,群臣没有依托,无论从李唐王朝之继承人考虑,还是从国家当下的政局考虑,立太子都势在必行。既然立太子已成定局,而

---

① 《资治通鉴》卷二三六永贞元年,第 7735 页。

太子立后又将大大加剧革新的阻力，当此步履维艰之际，王叔文等只好于困厄中寻生路，派革新派成员、经学家陆质充皇太子侍读，以争取太子的支持。可是，"及质发言，太子怒曰：'陛下令先生为寡人讲经义耳，何为预他事！'"①这样一来，就断绝了争取太子的最后希望。四月乙巳，册立太子，"王叔文独有忧色，口不敢言，但吟杜甫题诸葛亮祠堂诗曰：'出师未捷身先死，长使英雄泪满襟！'"②显而易见，这里流露的是一种沉重苍凉的英雄末路之感，这种感觉的过早到来，既预示了革新派的悲剧前景，也说明革新派与新的皇权之间存在着已趋明朗化的深刻矛盾。

反对派一方则毫无疑问是太子的积极拥立者。宦官俱文珍等皆德宗朝任使旧人，俱氏曾"自置亲兵千人，贞元末，宦人领兵附顺者益众"③。但顺宗在为太子时即"未尝以颜色假借宦官"④，即位之后，又支持革新派将其作为重点打击对象。当此之际，这些对顺宗绝无好感而又握有兵权、骄盈惯了的宦官，为自己的既得利益乃至生存计，便不能不一面破釜沉舟，作困兽斗，一面匆忙寻找靠山，投奔新主，以捞取"拥戴扶立之元勋"的资本。而这样一种目的和举动，既与一大批旧朝官僚的利益相一致，又与李纯欲扩展个人势利的需要相吻合，于是，诸方联合一体，利益均沾，紧锣密鼓地演出了一场册立太子而旨在对付革新派的政治闹剧。

谋夺宦官兵权是王叔文集团最重要的革新措施，正是这一行动，使得革新派与反对派的斗争达到白热化的程度，并成为革新派失败的直接契机。考之史实，五月辛未、甲戌，名将范希朝和革新派成员

① 《资治通鉴》卷二三六永贞元年，第7737页。
② 《资治通鉴》卷二三六永贞元年，第7736页。
③ 《新唐书》卷二〇七《宦者传上》，第5868页。
④ 《旧唐书》卷一四《顺宗本纪》，第410页。

韩泰分别任职左右神策、京西诸城镇行营节度使和行军司马，"诸宦者尚未寤，会边上诸将各以状辞中尉，且言方属希朝。宦者始寤兵柄为叔文等所夺，乃大怒曰：'奈何！奈何！'"① 与此同时，俱文珍等加紧活动，"与中人刘光琦、薛文珍、尚衍、解玉、吕如全等同劝帝立广陵王为太子监国"②，而朝外的藩镇亦遥相呼应，紧密配合。首先是曾被王叔文严词拒绝其行贿求领三川之地的蜀中军阀韦皋，为报私仇，于六月癸丑上表，力请皇太子"亲监庶政"③，并声称："今则群小得志，隳紊纪纲，官以势迁，政由情改，朋党交构，荧惑宸聪。……特望殿下即日奏闻，斥逐群小，天下事务，出自殿下之心。"④ 接着，荆南节度使裴均、河东节度使严绶亦秉承宦者旨意，"笺表继至，意与皋同"⑤。至此，宦官、藩镇、旧朝官僚和太子李纯共同组成了一个对付革新派的庞大阵营，在这一阵营的强大压力和猛烈反扑下，王叔文集团几无招架之功，节节败退；顺宗亦于一个多月后的八月庚子被迫退位，而退位仅两天，王伾、王叔文即被远贬开州司马和渝州司户；时隔不久，伾病死贬所，叔文被杀。九月己卯，又贬韩泰、韩晔、柳宗元、刘禹锡为抚、池、邵、连四州刺史；可仅此贬谪还不能使反对派满意，"朝议谓王叔文之党或自员外郎出为刺史，贬之太轻"⑥，于是，再将他们分别贬为虔、饶、永、朗四州司马，并贬陈谏、凌准、程异为台、连、郴三州司马，贬韦执谊为崖州司马，从此，历史上便出现了饱含悲剧意义的"二王八司马"这一名称。紧接着，顺宗于元和元年正月又不明不

① 《资治通鉴》卷二三六永贞元年，第7739页。
② 《新唐书》卷二〇七《宦者传上》，第5868页。
③ 《资治通鉴》卷二三六永贞元年，第7738页。
④ ［唐］韦皋：《上皇太子笺》，《全唐文》卷四五三，第4627页。
⑤ 《资治通鉴》卷二三六永贞元年，第7739页。
⑥ 《资治通鉴》卷二三六永贞元年，第7745页。

白地死去,所谓"宫掖事秘,建桓立顺,功归贵臣"①,正微妙地透露出个中的篡弑信息②。时过八个月后,朝廷又一次严厉申明:

> 左降官韦执谊、韩泰、陈谏、柳宗元、刘禹锡、韩晔、凌准、程异等八人,纵逢恩赦,不在量移之限。③

由此看来,新的皇权对革新派已达深恶痛绝的地步,是必欲置之死地而后快的。因为事情很明显,这道诏令,不仅从根本上断绝了八司马回朝的希望,而且永久地将他们与二王一起划成了不得翻身的政治罪人。

那么,二王八司马究竟犯的是什么罪呢? 据《全唐文》卷五六《贬王伾开州司马王叔文渝州司户参军制》,伾、叔文"夙以薄伎,并参近署。阶缘际会,遂洽恩荣。骤居左掖之秩,超赞中邦之赋。曾不自厉,以效其诚,而乃漏泄密令,张皇威福;畜奸冒进,黩货彰闻"④。又,《贬韦执谊崖州司马制》云:执谊"直谅无闻,奸回有素。负恩弃德,毁信废忠。言必矫诬,动皆蒙蔽。官由党进,政以贿成"⑤。在这里,除了那些深文周纳而无实际意义的词语外,二王等的主要"罪状"之一,不过是骤居高位、张皇威福、过于激切、浮躁了一些而已,但这又怎能构成罪名呢? 固然,革新派个别成员如王伾、韦执谊确有黩货行为,但这只是个别人的品质问题,却无关乎整个革新集团的性质,而且王叔文宁可得罪藩镇也决不放弃原则的拒贿行动,正说明革新派

---

① 《刘禹锡全集编年校注》卷一九《子刘子自传》,第 2179 页。
② 参见《唐代政治史述论稿》第 286—287 页及《柳文指要》第 745 页之辩证。
③ 《旧唐书》卷一四《宪宗本纪上》,第 418 页。
④ 《贬王伾开州司马王叔文渝州司户参军制》,《全唐文》卷五六,第 605 页。
⑤ 《贬韦执谊崖州司马制》,《全唐文》卷五六,第 605 页。

在大关节上是过得硬的。所谓"漏泄密令""奸回有素",实乃矫诬之词。试想,顺宗卧病在床,在某种程度上是革新派代君行令,则"密令"何漏之有? 既是奸回有素,则顺宗何以信用? 若是顺宗信用奸回之人,岂不是一昏君? 照此推论,这篇诏令实在是儿子在骂父亲。至于"官由党进,政以贿成",在一定程度上容或有之,但既要革新,就必然需要形成一个集团,并提拔那些支持革新者进来,几已形成惯例,似乎没有什么不对。在《寄许京兆孟容书》中,柳宗元自述道:"素卑贱,暴起领事,人所不信。射利求进者,填门排户,百不一得,一旦快意,更造怨讟。以此大罪之外,迈诃万端,旁午构扇,尽为敌仇,协心同攻,外连强暴失职者以致其事。"① 这就是所谓"政以贿成"的真相! 也就是前述韦皋等军阀上表以及宦官与旧朝官僚攻击谩骂革新派的真实原因。

欲加之罪,何患无辞? 背着强加的罪名,负着天大的冤屈,王叔文、柳宗元、刘禹锡这样一些"许国不复为身谋"的志节之士,在骂声中走向贬所,万死投荒,他们该是何等痛苦! 而后人不明就里,不辨真伪,竟让此不实罪名留在他们身上近千年之久,这又该是何等残酷! 相形之下,清代几位史学家说的话便别具一种开人耳目震人心魄的力量了。王夫之有言:

> 宪宗储位之定,虽出于郑细,而亦俱文珍、刘光琦、薛盈珍等诸内竖修夺兵之怨,以为诛逐诸人之地。则韦执谊之惊,王叔文之忧色,虽有自私之情,亦未尝别有推奉,思摇国本,如谢晦、傅亮之为也。……观其初终,亦何不可测之有哉? ……叔文、伾之就诛,八司马之远窜,事所自发,亦以宦官俱文珍等怨范希朝、韩

---

① 《柳宗元集校注》卷三〇《寄许京兆孟容书》,第 1956 页。

泰之夺其兵柄。忿恚急泄,而大狱疾兴。①

王鸣盛亦谓:

> 宪宗乘父病,而一监国即斥叔文,父崩,骨肉未寒,又杀叔文,此不孝之尤者。吾不知叔文之死,竟有何罪?②
>
> 诸人(按:指八司马)虽轻狂,而其中才士亦多。自去年九月至此,一年之中,已经四度降旨③贬斥禁锢,何其频数,恶之一至于此!而其为党魁者,则已赐死矣。宪宗仇视其父所任用之人,居心殆不可问。诸人罪亦不过躁进,岂真丑类比周、党邪害正者哉?④

不为正史所欺瞒,深入到历史表象的背后,洗刷二王八司马的不实罪名,抓住他们被贬的实质内涵,乃是上述立论的高明之处、深刻之处。

是的,永贞、元和之际的这场斗争乃是充满血雨腥风的政治搏斗,在这场搏斗中,王叔文集团败得是如此之惨!尽管他们在革新过程中确有不少失误,如打击面过广、革新速度过快、收受贿赂、代君发令理事等,在一定程度上构成了对君权以及相权的侵犯,并酿成集团内部王叔文与韦执谊之间日益深刻的矛盾,所有这些,不能不说都与

---

① [清]王夫之著,舒士彦点校:《读通鉴论》卷二五,中华书局,2013年,第729—730页。
② 《十七史商榷》卷七四《顺宗纪所书善政》,第1049页。
③ 这里说的"四度降旨",指永贞元年九月至十一月八司马被贬时的贬诏、元和元年正月的改元大赦、六月的册皇太后大赦和八月"纵逢恩赦,不在量移之限"的诏令。见《旧唐书》卷一四《宪宗本纪上》,第418页。
④ 《十七史商榷》卷七四《程异复用》,第1055—1056页。

革新的失败有相当的因果关系,但从实质上看,他们的失败却根本导源于外部多种势力联合一致的严酷打击,导源于革新派与新的专制皇权不可调和的剧烈冲突。综观历代政治斗争史,一朝天子一朝臣几乎已成定规,而这一定规在顺、宪易代之际表现得尤为突出。唐宪宗之所以要起用德宗朝的官僚,而必致顺宗朝臣子于死地,关键即在于前者失去依靠后诚心归附,后者则直接构成了对自己权威的严重威胁。范文澜先生曾深刻指出:王叔文集团"在掌权的几个月内,颁布的政令,都是改革弊政,有利于民众,也有利于朝廷;唐宪宗给他们极重的处罚,完全从争夺权利的私仇出发,根本不顾及他们究竟犯了什么罪。从此,唐朝又创了一个新的恶例,每一皇帝都把自己任用的人当作私人,后帝对前帝的私人,不分是非功过,一概敌视,予以驱逐"①。事实上,唐宪宗所创这种"恶例",乃是践踏法律准绳、生杀予夺任己的君主专制主义的集中表露。稍做比较可以发现:宪宗即位后的元和前中期,由于他面对的是"自己任用的人",且又为了求治,因而在一定程度上将专制面孔收敛了一些;而在即位前和即位之初,他面对的却是"前帝的私人",不管这些人才干品节是非功过如何,惩办他们都能剪除异己,显示自己即位伊始咸与维新的气象,因而,他丝毫不用遮掩什么,便大开杀戒了。

换一个角度看也许更为明显。王叔文、柳宗元、刘禹锡等是以寒门庶族和新进之士的身份骤然登上政治舞台的,而他们面对的却是数十年积聚而成的近似铁板一块的官僚政治;要触动这一政治任何一个稍稍重要一点的环节,都足以牵一发而动全身。且不说他们自身存在什么样的先天或后天的不足,也勿论其所倚赖之君的大有为与否,仅就欲革新势必触犯众多既得利益者一点而言,便决定了他们

———————
① 范文澜:《中国通史》第三册,人民出版社,1978年,第199页。

在对整个官僚政治造成巨大破坏的同时,自己也难逃脱由这破坏反作用于他们的必然性的悲剧命运。有如引爆巨石,为了自身安全就必须事先躲远,假如既不想或不能躲远,而又执意要引爆,那么等待引爆者的,必定是因巨石飞迸而导致的毁灭。事实上,王、柳、刘诸人便正是这样的引爆者。他们以其激切的参政热情和无畏的斗争精神冲上前去,没有为自己留下一点后退的余地,从而在险恶的政治斗争的漩涡中,在包括新的专制皇权在内的整个统治阶层的反扑下,导致了自身的毁灭和沉沦,他们又以自身的沉沦和毁灭为代价,为历史的前进铺平了道路,为一代文化精神的到来开启了先声。

如果说柳、刘的政治悲剧在与韩、元、白之政治悲剧相同的普遍性之外,还具有一种特殊性的话,那么其特殊性大概正表现在这里。

第二章　贬谪之路与五大诗人的生命沉沦

　　有如一道界碑,一座分水岭,贬谪以其内含的专制主义的无比严酷和生命史上的全部痛苦,将元和五大诗人的人生历程截然划为两段。在以上升、进取为主要特色的元和文化精神的有力影响下,韩愈、柳宗元、刘禹锡、白居易、元稹积极参政,锐意革新,直言强谏,大呼猛进,其生命内蕴得到了充分的展现,其生命价值就其所处时代而言亦可谓达到了极致,但接踵而来的贬谪,又把他们抛上了万死投荒的路途,使其生命形态顷刻间发生了巨大的逆转,生命价值亦由发展的高峰跌落到了无底的深谷。

　　这是生命的沉沦。所谓沉沦,大致包括两个层面:一个层面是指生命由高向低的跌落过程,另一个层面是指生命在此一过程中所遭受的磨难。综观五大诗人的人生遭际,无不鲜明地体现了这两个特点:被贬之前,他们身在京城,担任朝官,论政议事,意气昂扬;被贬之后,他们置身偏僻荒远之地,大都在州县一级担任司马、参军一类有职无权的小官,英雄失去了用武之地,整日在寂寞、苦闷中讨生活。且不说恶劣的自然环境给他们的肉体带来了何等样的折磨,也勿论在此折磨的同时,他们还要遭到多少来自社会的非议、打击和世俗的冷眼、歧视,仅以其大好生命空被闲置甚或废弃一点而论,就足以使他们在精神上痛苦异常了。如果说,人的生命本即处于长久的磨难之中,那么,这种磨难虽然痛苦,但人还不至于不能忍受;可是,当此生命由一个极点向另一极点骤然转变的时候,由于有了正向的、高层级的生命体验作参照,则负向的、低层级的生命体验便会变得令人难以忍受乃至痛苦倍增。这就有如一个久居暗室的人,因已适应了黑暗,也就不至于过度感到黑暗造成的窒闷和痛苦,可当他一旦看到了外界的光亮,而这光亮又很快被人强行遮掩之后,则其所感窒闷痛苦的程度就会倍加强烈。这是经比较后所产生的巨大的心理反差,是从希望追求到希望破灭的精神苦闷。白居易《我身》所谓"我身何所似,似彼孤生蓬。秋霜剪根断,浩浩随长风。昔游秦雍间,今落巴蛮中。昔为意气郎,今作寂寥翁"[1],便深刻地反映了这种生命被弃置后由今昔对照而生出的心理反差和精神苦闷。正是在这层意义上,我们说,五大诗人的被贬,标志着一种最沉重的忧患和最深刻的生命体验。

既然五大诗人的贬谪即是生命的沉沦,而这生命沉沦又表现为生命由高向低的跌落过程以及在此过程中经受的磨难,那么,我们便很有必要就他们踏上贬路、到达贬所、长久谪居之过程和与之相伴而生的苦闷情怀予以详细论述,借以透视并把握其生存状态和内在心态。

第一节　万死投荒的人生转折

严诏促迫与南贬主道 / 初踏贬途的身心折磨 / 蓝武驿道的悲剧文化因子

与唐代众多贬谪文人大体相似,韩、柳、刘、元、白五大诗人的生

---

[1]《白居易诗集校注》卷一一《我身》,第866页。

命沉沦客观上存在三个阶段,而他们的心理苦闷也随着阶段的推进益趋沉重。

第一阶段,在严诏催迫和吏役驱遣下,踏上万死投荒的远贬路途。

在唐代法令中,对贬官的处置呈逐步严酷的发展趋势。武周长寿三年(694)五月敕文,曾有"贬降官并令于朝堂谢。仍容三五日装束"① 的规定。玄宗开元十年(722)六月敕文亦谓:"自今以后,准格及敕,应合决杖人,若有便流移左贬之色,决讫,许一月内将息,然后发遣。"② 可是,到了天宝五载(746)七月所发敕文,对贬官的处置便发生了大幅度的严厉升级:

> 应流贬之人,皆负谴罪,如闻在路多作逗留,郡县阿容,许其停滞,自今以后,左降官量情状稍重者,日驰十驿以上赴任,流人押领,纲典画时,递相分付,如更因循,所由官当别有处分。③

唐代"凡三十里一驿"④,而正常的行进速度是"乘传者日四驿,乘驿者六驿"⑤,若以"日驰十驿以上"的标准论,则每天至少须行三百里,较一般速度高出一倍,这对挟有行装、书籍甚至带着家口的贬官来说,无疑是极严酷的迫害和摧残。当然,此一敕文,与天宝五载韦

---

① 《唐会要》卷四一《左降官及流人》,第 734 页。
② 《唐会要》卷四一《左降官及流人》,第 734—735 页。
③ 《唐会要》卷四一《左降官及流人》,第 735 页。按:此段引文有脱落,据《册府元龟》卷六三《帝王部·发号令》,"皆负谴罪"下有"其中或舍其殊死,全彼余生,将宽常法,示有惩戒"诸语;"许其停滞"下有"是何道理"四字(见该书第 677 页)。又参《全唐文》卷三二《禁流贬人在路逗留诏》。
④ [唐]李林甫等撰,陈仲夫点校:《唐六典》卷五《尚书兵部·驾部郎中》,中华书局,1992 年,第 163 页。
⑤ 《新唐书》卷四六《百官志一》,第 1196 页。

坚戚属数十人被贬案密切相关,实乃李林甫打击政敌的极端手段①,
其日行三百里的严酷规定,在日后其他流贬案例中未必能完全做到,
但作为朝廷对待流贬官处罚程度的一个转折,却是极具影响力的,以
致史家在述此诏令后指出:"是后流贬者多不全矣。"②

　　这一诏令规定的不许多作逗留,并不自天宝五载始,也不只是
指路途,它更表现在贬诏下达至离都出发的一段时间里。早在开元
二十五年,张九龄被贬荆州即"闻命皇怖,魂胆飞越,即日戒路,星夜
奔驰"③;到了大历十二年,杨炎被贬道州时,"自朝受责,驰驿出城,
不得归第",尽管其妻已"先病"④。实际上,自天宝五载敕文之后,贬
官从诏令下达之日起,无不仓促就道,而所犯事大者,更为吏役驱遣,
有如羁囚。戎昱《送辰州郑使君》谓:"惊魂随驿吏,冒暑向炎方。"⑤
张籍《伤歌行》描写杨凭贬临贺尉的情形是:"黄门诏下促收捕,京
兆尹系御史府。出门无复部曲随,亲戚相逢不容语。辞成谪尉南海
州,受命不得须臾留。身着青衫骑恶马,东门之外无送者。邮夫防吏

---

① 《资治通鉴》卷二一五天宝五载:"春,正月……适之既失恩,韦坚失权,益相
　亲密,林甫愈恶之。……林甫因奏坚与惟明结谋,欲共立太子。坚、惟明下狱,
　林甫使慎矜与御史中丞王铁、京兆府法曹吉温共鞫之。上亦疑坚与惟明有谋
　而不显其罪,癸酉,下制,责坚以干进不已,贬缙云太守;惟明以离间君臣,贬
　播川太守……秋,七月……将作少匠韦兰、兵部员外郎韦芝为其兄坚讼冤,且
　引太子为言;上益怒。太子惧,表请与妃离婚,乞不以亲废法。丙子,再贬坚
　江夏别驾,兰、芝皆贬岭南。……李林甫因言坚与李适之等为朋党,后数日,坚
　长流临封,适之贬宜春太守,太常少卿韦斌贬巴陵太守,嗣薛王珣贬夷陵别驾,
　睢阳太守裴宽贬安陆别驾,河南尹李齐物贬竟陵太守,凡坚亲党连坐流贬者数
　十人。"见第6989—6993页。
② 《资治通鉴》卷二一五天宝五载,第6991页。
③ [唐]张九龄:《荆州谢上表》,《全唐文》卷二八八,第2921页。
④ [宋]李昉等编:《太平广记》卷一五三《定数》,中华书局,1961年,第1098页。
⑤ [唐]戎昱:《送辰州郑使君》,《全唐诗》卷二七○,第3018页。

急喧驱,往往惊堕马蹄下。"① 这是何等严苛酷烈、令人心惊魄动的一幕! 元和五大诗人无不从这一幕中走过。

白居易被贬江州时,"即日辞双阙,明朝别九衢"②,得以"草草辞家"③ 而踏上贬途,情形算是略好一点。元稹自述其为拾遗时被贬情景说"谪官诏下吏驱遣,身作囚拘妻在远"④,便严酷了许多。他被贬江陵时,白居易曾往送行,后来白氏回忆当时状况说:"诏下日,会予下内直归,而微之已即路。"⑤ 可见严诏之下,不许稍有迟延。韩愈初贬阳山时,"中使临门遣,顷刻不得留。病妹卧床褥,分知隔明幽。悲啼乞就别,百请不颔头"⑥。他再次被贬潮州时,"即日奔驰上道"⑦,而"有司以罪人家不可留京师,迫遣之"⑧,结果是全家踏上万里贬途。所谓"而我抱重罪,孑孑万里程。亲戚顿乖角,图史弃纵横"⑨,正反映出他被贬之际的仓皇促迫之状。与韩、元、白诸人相比,柳宗元和刘禹锡所犯事更重,所遭打击更大,尽管他们没有留下初次贬谪离京时的有关记述,但从其被贬性质可以想见,二人所受迫害程度必有过韩、元、白而无不及。

这是贬官受到的初步打击。本为朝廷大臣,可顷刻间就如同羁

① [唐]张籍撰,徐礼节、余恕诚校注:《张籍集系年校注》卷一《伤歌行》,中华书局,2011 年,第 70 页。
② 《白居易诗集校注》卷一六《东南行一百韵寄通州元九侍御》,第 1247 页。
③ 《白居易诗集校注》卷一五《初贬官过望秦岭》,第 1211 页。
④ 《元稹集校注》卷九《听庾及之弹乌夜啼引》,第 253 页。
⑤ 《白居易诗集校注》卷二《和答诗十首并序》,第 211 页。
⑥ 《韩昌黎诗系年集释》卷三《赴江陵途中寄赠王二十补阙李十一拾遗李二十六员外翰林三学士》,第 288 页。
⑦ 《韩昌黎文集校注》卷八《潮州刺史谢上表》,第 689 页。
⑧ 《韩昌黎文集校注》卷七《女挐圹铭》,第 626 页。
⑨ 《韩昌黎诗系年集释》卷一一《食曲河驿》,第 1105 页。

囚,受人歧视虐待,其心理痛苦可想而知。然而又岂止痛苦? 他们踏上贬途后面对的是一个陌生的危险世界,生命有如一叶孤舟,一尾断蓬,在波涌风吹下飘向远方。而南方炎瘴之地向为人所畏惧,此行前往,能否生还尚是一个未知数,这不能不使他们由痛苦转生恐畏,这恐畏更由于吏役的驱遣和仓皇辞家而别具一种惊心动魄的惶惑之感。这不是在日常生活中觉得某种危险迫近时的那种恐畏和惶惑,而是在对一种不可知的、操纵着自我命运的巨大力量无能为力时所产生的恐畏和惶惑。心理学家认为:"恐怖之感的时间如果越短,短到一刹那只起信号作用,则焦急的准备状态也越易过渡而成为行动状态,从而整个事件的进行也就越有利于个体的安全。"① 反之,恐怖感延续的时间愈长,则焦虑与惶惑状态亦必愈甚,整个事件也就愈易构成对个体的威胁和打击。联系到贬谪诗人的被贬经过,可以说这种恐怖感几乎是从贬诏下达到抵达贬所这一漫长时间中一直伴随着他们的。白居易《初贬官过望秦岭》云"草草辞家忧后事,迟迟去国问前途"②,韩愈《武关西逢配流吐蕃》云"我今罪重无归望,直去长安路八千"③,正真切地反映了这样一种既不愿前行又不能后退、集痛苦恐畏和惶惑不安于一体的复杂心境。

继此初步打击之后,接踵而来的便是踏上贬途所遇到的重重险阻、尘劳困顿,从而使得贬谪诗人的肉体和精神受到更为难堪的双重折磨。由此我们不能不首先关注与众多南贬者紧相关联的商於之路,亦即蓝、武驿道。

此道形势显要,古来即与政治军事极有关联。《读史方舆纪要》

---

① 〔奥〕弗洛依德著,高觉敷译:《精神分析引论》,商务印书馆,2009 年,第 319 页。
② 《白居易诗集校注》卷一五《初贬官过望秦岭》,第 1211 页。
③ 《韩昌黎诗系年集释》卷一一《武关西逢配流吐蕃》,第 1101 页。

说它"扼秦、楚之交,据山川之险。道南阳而东方动,入蓝田而关右危。武关巨防,一举足而轻重分焉矣"①。唐代承平二百余年,战争较少,此道遂从军事要道转变为商旅要道,起着沟通南北的作用。唐前期此道狭小难行,张九龄谓之"小道使多,驿马先少"②,故流量不大。到了中唐以后,南方经济地位跃升,由此南行者日增;加之安史乱后李希烈阻兵江淮,汴路受阻,此路遂成为南行的主要通道。其全程一千一百多里,有驿站二十余座,经行路线大致如下:东出长安,经长乐驿、灞桥驿,东南越横岭至蓝田驿;沿途经桓公驿、蓝桥驿至蓝田关;再东南行,逾七盘岭入商州界,经四皓驿、洛源驿至商洛县,又经棣华驿、桃花驿、层峰驿达武关;出武关第一驿为青云驿,由此过阳城驿入内乡县,经商於驿折而南行,过临湍驿、冠军驿而后至邓州、襄阳③。在这条路上,蓝田驿、蓝田关、武关最为著名,故又称"蓝武驿道"。至唐德宗贞元二年十二月,朝廷敕文明令:"从上都至汴州为大路驿,从上都至荆南为次路驿。"④这条路遂升格为仅次于大路驿的"次路驿",即全唐第二驿道。

蓝武驿道也是唐代贬官赴江湘、岭南之地的首选路线。与东出潼关经由洛阳而南行(或经汴河水路南行)的两都驿道相比,蓝武驿道利弊兼具:前者为主干道,宽畅易行,但程途远,费时多;后者行程捷近,无稽留之虞,却狭窄艰险,向为行人所苦。其沿线山高水深:自京兆府蓝田县至邓州内乡县一路多山,诚如李商隐《商於新

---

① [清]顾祖禹撰,贺次君、施和金点校:《读史方舆纪要》卷五四,中华书局,2005年,第2593页。
② [唐]张九龄:《荆州谢上表》,《全唐文》卷二八八,第2921页。
③ 参看严耕望:《唐代交通图考·秦岭仇池区》篇十六《蓝田武关驿道》,北京联合出版公司,2021年,第637—660页。
④ 《唐会要》卷六一《御史台中》,第1061页。

开路》所谓："六百商於路,崎岖古共闻。"①而丹江、灞河支流繁多,舟桥颇少;沿途林深木茂,时有猛兽出没,更增加了通行的困难和危险。虽然有唐一代曾数次整修此道,但其险阻状况却很难从根本上得到改变,甚至所开新路"每经夏潦,摧压蹈陷,行旅艰辛,僵仆相继"②。然而,由于此路捷近,省日省时,很多人还是乐于取道此途,而贬臣逐客因有严诏催迫,不敢稽留,更是多由此仓促上路,很难顾及其艰险崎岖了。

从唐代贬官所经道途可考者看,大都走蓝田武关道。如张九龄之贬荆州,颜真卿之贬峡州,周子谅、薛绣、杨志成、顾师邕、王抟等人之流岭南,即经此路南行。至于元和五大诗人之贬,不仅多经此道,而且不止一次。韩愈贞元十九年之贬阳山、元和十四年之贬潮州,皆取道蓝、武一途,若将往返算在一起,已是四度经过;元稹元和五年之贬江陵、白居易元和十年之贬江州,以及其他几次南行之往返,无不途经蓝、武。白居易所谓"与君前后多迁谪,五度经过此路隅"③"七年三往复,何得笑他人"④,即是明证。而柳宗元、刘禹锡于元和十年春被召还京时经由此道已无疑义,至于他们永贞元年被贬出都的详情,虽记述不多,但从各方面推论,取道商山的可能性也最大⑤。

踏上这一贬谪路途后,身心的各种磨难便开始了。

①〔唐〕李商隐撰,刘学锴、余恕诚集解:《李商隐诗歌集解》,中华书局,2004年,第653页。

②《册府元龟》卷六九七《牧守部·酷虐》,第8050页。

③《白居易诗集校注》卷一八《商山路驿桐树昔与微之前后题名处》,第1485页。

④《白居易诗集校注》卷八《登商山最高顶》,第671页。

⑤参看拙文《柳宗元刘禹锡两被贬迁三度往返所经路途考》,《唐代文学研究》第7辑,广西师范大学出版社,1998年。

岩峣青云岭,下有千仞溪。徘徊不可上,人倦马亦嘶。①

韩公堆北涧西头,冷雨凉风拂面秋。②

停骖问前路,路在秋云里。苍苍县南道,去途从此始。……朝经韩公坂,夕次蓝桥水。浔阳仅四千,始行七十里。人烦马蹄阻,劳苦已如此! ③

　　这里,路之高峻险阻、气候之变化多端自不待言,即以其"始行七十里"已"人烦马蹄阻"而论,便可看出攀越这条山路的劳苦情形了。虽然这种"劳苦"并非要一直持续到距长安四千里的江州,但在崎岖六百里的蓝、武路段,却是非受不可的。进一步说,白居易从早到晚才走了七十里,按此速度推算,要走完六百里崎岖路段,至少需要八天半以上的时间。固然,"日驰十驿以上"的标准对此难行之山路是不适用的,这似乎可以减轻一点贬官的紧迫感,但另一方面,这段不算太短的艰险路程,无疑会给初踏贬途之人带来并不轻松的身心磨难。

　　这还只是一般情况。如果是特殊情况,贬官所受折磨就更大了。韩愈被贬阳山时适逢冬季,气候恶劣,所谓"商山季冬月,冰冻绝行辀"④ "叠雪走商岭,飞波航洞庭"⑤,即是当时实况。他在《南山诗》中回忆说:"初从蓝田入,顾盼劳颈脰。时天晦大雪,泪目苦蒙瞀。峻涂拖长冰,直上若悬溜。褰衣步推马,颠蹶退且复。"⑥本已难走的山

---

① 《元稹集校注》卷二《青云驿》,第 31 页。
② 《白居易诗集校注》卷一五《韩公堆寄元九》,第 1212 页。
③ 《白居易诗集校注》卷一〇《初出蓝田路作》,第 814 页。
④ 《韩昌黎诗系年集释》卷三《赴江陵途中寄赠王二十补阙李十一拾遗李二十六员外翰林三学士》,第 288 页。
⑤ 《韩昌黎诗系年集释》卷四《答张彻》,第 397 页。
⑥ 《韩昌黎诗系年集释》卷四《南山诗》,第 433 页。

路,因寒冬结冰,愈发地冻路滑;加上大雪纷飞,视线受阻,看不清路况,只好撩起衣服,推着马往上爬,稍不留意便会大跌一跤。如此险恶的经历,即使再次回忆也触目惊心。韩愈再贬潮州时又当正月,大雪封山,寒冷有加,山道路滑,甚是艰险。这样的路对一般徒手旅人尚且困难重重,何况是负有行装的贬臣?在《左迁至蓝关示侄孙湘》中,韩愈写道:"云横秦岭家何在?雪拥蓝关马不前!"[①]这两句诗常被传诵,但它包含的斯时斯际极度困苦的情状,却很少引起人们的真正注意和细微体察。《蓝田县志》卷三载:宪宗元和八年十月丙申,"大雪,人有冻踣者,雀鼠多死"[②]。由此可知唐时蓝田山中降雪之严寒程度。又据该志卷二十蒋文祚《七盘坡烟洞沟等处修路记》:"蓝田……七盘坡至龙驹寨数百里皆在万山中,有所谓鸡头、刘郎、仄坡等关,其阨塞峻峭,崎岖坎陷,固弗利于行旅,而较甚者莫如烟洞沟、桃花砭二处,白石、搤车两河。一遇雨雪,往往覆舆毙马,咸称胜于蜀道之难。"[③]这里所记虽为后代情形,但由此可以推知唐代状况必将更甚于此。路途如此艰险,而又为冰雪阻塞,则韩愈立马蓝关,确是难以前行呵!除此之外,他更感到一种肉体折磨之外的巨大的精神摧残。据韩愈后来追述,他被贬时正逢第四女病重在床,但迫于严诏,仍不得稍事逗留,以尽为父之责,在无比悲凉中与家人"苍黄分散"[④]。而韩愈刚走,其家人即被有司迫遣,逐出京师,相继于冰天雪地中踏上了南行路途。这时,在京城的旧家已不存在,眼下全家人又

①《韩昌黎诗系年集释》卷十一《左迁至蓝关示侄孙湘》,第1097页。

②郝兆先修,牛兆濂纂:《民国续修蓝田县志》卷三《纪事表》,《中国地方志集成·陕西府县志辑》第16册,凤凰出版社,2007年,第480页。

③《民国续修蓝田县志》卷二〇《七盘坡烟洞沟等处修路记》,《中国地方志集成·陕西府县志辑》第17册,第367页。

④《韩昌黎文集校注》卷五《祭女挐女文》,第387页。

处于颠沛流离的万里旅途上,这对负有全家重责的韩愈来说,怎能不五内俱伤? 眼望秦岭云横,回首京都渺渺,他又怎能不发出"家何在"的泣血之问? 但痛苦还不止于此。由于"我既南行,家亦随谴",十二岁的爱女亦不得不带病就道,"走朝至暮","撼顿险阻,不得少息,不能食饮,又使渴饥" ①,终于在距长安约四百五十里的商南层峰驿死去。当此家破人亡之际,五十一岁的贬谪诗人不能不感受到全部的生活重负和无可底止的哀伤,其精神也不能不蒙受到远远超出常人的严重摧残!

　　韩愈、白居易如此,元稹、柳宗元、刘禹锡也不例外。尽管他们在贬途上没有遭到韩愈这样的家庭变故,但肉体的磨难和精神的摧残却在所难免,而且柳宗元赴贬所时,尚有年近七十的老母与之同行,则其所受困苦之大当不在常人之下。这是唐代文人生活中极为悲惨的一幕情景,昔日颇具抱负、叱咤风云的志节之士,如今却扶老携幼彳亍南行,万死投荒! 千载之下,想来亦令人酸鼻。

　　"来往悲欢万里心,多从此路计浮沉!" ② 李涉的诗,可谓深刻道出了蓝武驿道与唐代贬谪士人的紧密关联,在某种意义上甚至可以说,这是一条充满迁客血泪的贬谪之道! 在这条路上,布满了逐臣沉重的足迹,也掩埋过迁客的累累白骨。唐代文人在贬途被赐死的事件时有发生,性命朝不保夕。据史书记载,这条道上死亡的"高发地段"集中在蓝田驿:开元十二年(724),太子少保、驸马都尉王守一"贬为泽州别驾(按:'泽州'当为'柳州'),至蓝田,赐死" ③;二十四年(736),周子谅"撮于殿庭,绝而复苏;仍杖之朝堂,流瀼州,至蓝田

---

① 《韩昌黎文集校注》卷五《祭女挐女文》,第387页。
② [唐]李涉:《题武关》,《全唐诗》卷四七七,第5430页。
③ 《旧唐书》卷八《玄宗本纪上》,第186—187页。

而死"①；二十五年（737），"太子妃兄驸马都尉薛锈长流瀼州,至蓝田驿赐死"②；宝应元年（762），"襄州刺史裴茙长流费州,赐死于蓝田驿"③；大和九年,翰林学士顾师邕"流崖州,至蓝田赐死"④；光化三年（900），"平章事、监修国史王抟贬崖州司户,寻赐死于蓝田驿"⑤。除蓝田驿外,还有些人被赐死于商州以及商於之路的延长线如公安、武昌等地。可以说,在整个贬途,死亡都如影随形,与逐臣相伴。"苍黄负谴走商颜,保得微躯出武关。"⑥"山下驿尘南窜路,不知冠盖几人回！"⑦面对变幻莫测的政治风云,不能不让人如履薄冰,心生极大的恐惧。可以说,在这条路上,书写着贬谪文人的生命沉沦,见证着政治高压的无比严酷,更凝聚着一种悲凄惨烈的文化内涵。白居易《和思归乐》说得深刻："皆疑此山路,迁客多南征。忧愤气不散,结化为精灵！"⑧无数迁客,由此南行,忧愤郁结,弥漫不散,生死相继,日积月累,竟至于化结而为冥冥之中神秘莫测令人恐畏的"精灵"！如果排除其迷信因素,则此"精灵"不正是前述文化内涵及其悲剧因子的深厚聚积和形象表述吗？是的,惟其记载着专制主义导致的人生感恨,所以文化意蕴深厚广博；惟其日积月累,郁结不散,所以益发显得沉重压抑、严酷惨烈。在这里,蓝、武驿道与迁客命运是紧紧纠结在一起的,它那艰难险阻的自然环境,它那积聚着无数迁客生命沉

---

①《资治通鉴》卷二一四开元二十五年,第6947—6948页。

②《旧唐书》卷九《玄宗本纪下》,第208页。

③《旧唐书》卷一一《代宗本纪》,第270页。

④《新唐书》卷一七九《王璠传附顾师邕传》,第5325页。

⑤《旧唐书》卷二〇上《昭宗本纪》,第766页。

⑥［唐］吴融：《宿青云驿》,《全唐诗》卷六八六,第7882页。

⑦［唐］许浑撰,罗时进笺证：《丁卯集笺证》卷七《题四皓庙》,中华书局,2012年,第418页。

⑧《白居易诗集校注》卷二《和思归乐》,第214页。

沦史的文化气氛,使得每一位后来的贬逐之臣一踏上此途,便产生一种深深的恐畏和刻骨的凄怆,而随着路途的延伸,贬所的接近,这种恐畏和凄怆便愈趋深化。

第二节　置身逆境的生命磨难

逐臣在贬所的生存状态 / 来自异质文化与社会舆论的强大压抑

　　元和五大诗人所贬地域不同,则其由长安至贬所的距离和所费时日亦不同。如元稹被贬之江陵郡,距长安最近,约一千七百三十里①,半月即可到达②;而韩愈被贬之潮阳郡,距长安最远,经郴州路约五千八百一十里,经虔州路为六千八百一十里,需时两个多月(见后文)。这样看来,他们在贬途所受折磨的程度是有差别的。但尽管如此,因被贬而导致的各种身心的摧残却是免不了的,而且在经过长途跋涉到达贬所后,由于自然环境和文化环境等多种因素的侵袭、刺激,这种摧残对他们每个人来说都将变得更为严重。换言之,贬所是贬谪之路的自然延伸,也是该次贬谪的暂时终点,贬官在此经受的生命体验,乃是此前贬途体验合乎逻辑的深化和强化。

　　于是,贬谪诗人生命沉沦的第二阶段便开始了。

　　到达贬所后,贬谪诗人首先遇到的便是自然环境的恶劣和生活条件的贫乏,而这种恶劣和贫乏,与唐代统治者对贬官的严酷政策紧密相关。

———————————

① 《旧唐书》卷三九《地理志二》,第 1552 页。

② 白居易《和答诗十首·和思归乐》云:"荆州又非远,驿路半月程。"见《白居易诗集校注》卷二,第 214 页。

　　刘禹锡《读张曲江集作并引》云："世称张曲江为相,建言放臣不宜与善地,多徙五溪不毛之乡。"① 事实上,早在张九龄为相之前,贬臣"不宜与善地"的现象便已大量存在了,而在此之后,则愈趋严重。德宗贞元年间窦参之贬,朝廷诏令即明谓:"其窦参等所有朋党亲密,并不可容在侧近,宜便条疏,尽发遣向僻远无兵马处,先虽已经流贬,更移向远恶处者。"② 这里的"僻远无兵马处""远恶处",指的便是那些距京城遥远、文化落后、自然环境恶劣的处所。对贬臣来说,无辜被贬已经受到一次沉重打击了,而所贬之地尽为远恶处所,则愈发加剧了这打击的程度。综观韩、柳、刘、元、白五人在元和十五年以前被贬被移之地,属远恶州郡者占十分之七。韩愈初贬之连州阳山,初属岭南道,后改属江南西道,为中下小县;再贬之潮州潮阳,属岭南道,为下郡。柳宗元、刘禹锡永贞元年被贬之永州和朗州,一属江南西道,为中郡,一属山南东道,为下郡;而至元和十年他们被迁之柳州和连州,则更为遥远荒僻,皆属岭南道,为下郡。至于元稹和白居易被贬之江陵、江州,分属山南东道、江南西道,为上、中郡,条件稍好一点,但时间不长,他们又相继移至忠州和通州,此二州分属山南东、西道,前者为下郡,后者为上郡。这里,且不说作为下郡的忠州条件极荒恶,曾使得白居易屡屡发为"吏人生梗都如鹿,市井疏芜只抵村……更无平地堪行处,虚受朱轮五马恩"③ 的感叹;即以作为上郡的通州而言,其恶劣条件见诸元稹诗文描写者便有如下几端:

　　　　楚风轻似蜀,巴地湿如吴。气浊星难见,州斜日易晡。通宵

---

① 《刘禹锡全集编年校注》卷三《读张曲江集作并引》,第 265 页。
② [唐] 陆贽:《奏议窦参等官状》引,《全唐文》卷四七四,第 4843 页。
③ 《白居易诗集校注》卷一八《初到忠州赠李六》,第 1432 页。

但云雾,未酉即桑榆。瘴窟蛇休蛰,炎溪暑不徂。怅魂阴叫啸,
鹏貌旧踟蹰。乡里家藏蛊,官曹世乏儒。①

　　茅檐屋舍竹篱州,虎怕偏蹄蛇两头(自注:通州,元和二年,
偏蹄虎害人,比之白额。两头蛇处处皆有之也)。暗蛊有时迷酒
影,浮尘向日似波流。沙含水弩多伤骨,田仰畲刀少用牛。②

　　通之地,湿垫卑褊,人士稀少,近荒札,死亡过半。邑无
吏,市无货,百姓茹草木,刺史以下计粒而食。大有虎、貘、蛇、
虺之患,小有蟆蚋、浮尘、蜘蛛、蛒蜂之类,皆能钻啮肌肤,使人疮
痏。夏多阴霾,秋为痢疟,地无医巫,药石万里,病者有百死一生
之虑。③

将上述情况简括起来,则通州的全貌便是:地域偏远、卑湿、荒残,自
然祸患甚多,文化水准极低,客观条件颇差,人的生命得不到保障。
面对这样一个所在,难怪元稹要说出如此绝望的话语:"黄泉便是通
州郡,渐入深泥渐到州!"④而如此环境,也不能不对贬谪诗人的身体
构成严重的威胁,所以,元稹于元和十年六月甫至通州,即"染瘴危
重"⑤,几至于死⑥。

　　这里需要着重指出的是,通州属于上郡,情形尚且如此,那么作
为中、下州郡的永州、朗州以至更为荒远的连州、柳州和潮州的情形
如何,就可想而知了。下面,我们重点以韩愈所至之潮州和柳宗元所

①《元稹集校注》卷一二《酬乐天东南行诗一百韵》,第366页。
②《元稹集校注》卷二一《酬乐天得微之诗知通州事因成四首》其一,第629页。
③《元稹集校注》卷三〇《叙诗寄乐天书》,第855—856页。
④《元稹集校注》卷二〇《酬乐天雨后见忆》,第618页。
⑤《元稹集校注》卷一二《酬乐天东南行诗一百韵》自注,第366页。
⑥参见《白居易文集校注》卷八《与微之书》所引元稹托付后事语,第361页。

至之永州、柳州为例,来看看贬谪诗人所处环境和生活状况。

据《潮州府志》,潮乃"南交日出之乡,多燠少寒","外薄炎海,洇润溢淫,内负丛岭,瘴岚疠疫,愆阳所积,凝阴所伏。四时之气既盭,一日之候屡更"。其瘴气起时,"惟山泽间蓬蓬勃勃,郁结如火,久而不散",而且春夏秋冬,瘴气不绝。如此严酷、恶劣的自然环境,"即土著者尚病之,无论羁游远宦也"①。所以,韩愈未到贬所,便先已生出无穷恐畏:"不觉离家已五千,仍将衰病入泷船。潮阳未到吾能说,海气昏昏水拍天!"②"潮州底处所? 有罪乃窜流。……恶溪瘴毒聚,雷电常汹汹。鳄鱼大于船,牙眼怖杀侬。州南数十里,有海无天地。飓风有时作,掀簸真差事"③。这里,瘴毒、鳄鱼、大海、飓风聚集一起,险恶光怪,阴森可怖,令人听来,朱颜为之尽凋,当此之际,贬谪诗人不能不产生一种浓郁的死亡意识。在《黄陵庙碑》中,韩愈写道:"潮州……于汉为南海之揭阳,厉毒所聚,惧不得脱死,过庙而祷之。"④尚未至贬所,便先向神灵祈求平安,其中流露的,正是面对死亡而生的不可排解的深忧巨恐。这种深忧巨恐在诗人到达贬所后,并没有随着时间的流逝而消散,而是逐渐沉积到心底,随着恶劣的自然环境对身体的直接侵袭和戕害,变得愈发浓郁了。韩愈《潮州刺史谢上表》自述其至潮后状况说:

> 臣所领州,在广府极东界上,去广府虽云才二千里,然来往动皆经月。过海口,下恶水,涛泷壮猛,难计程期,飓风鳄鱼,患

① 〔清〕周硕勋纂修:《乾隆潮州府志》卷二《气候》,《中国地方志集成·广东府县志辑》第24册,上海书店出版社,2013年,第46—48页。
② 《韩昌黎诗系年集释》卷一一《题临泷寺》,第1118页。
③ 《韩昌黎诗系年集释》卷一一《泷吏》,第1109页。
④ 《韩昌黎文集校注》卷七《黄陵庙碑》,第555页。

祸不测。州南近界,涨海连天,毒雾瘴氛,日夕发作。臣少多病,年才五十,发白齿落,理不久长;加以罪犯至重,所处又极远恶,忧惶惭悸,死亡无日。①

环境的荒恶已使人忧心忡忡,死亡的威胁更如同一个巨大的阴影笼罩心头,挥之不去。固然,韩愈对岭南的环境并不生疏,早在他十岁那年,其兄韩会贬官韶州,他即随从前往,所谓"忆作儿童随伯氏,南来今只一身存"②,指的便是这件事;而他三十五岁被贬连州阳山,对岭南环境之荒恶更有过切肤体验:"有蛇类两首,有蛊群飞游。穷冬或摇扇,盛夏或重裘。飓起最可畏,訇哮簸陵丘。雷霆助光怪,气象难比侔。疠疫忽潜遘,十家无一瘳。"③按理而论,多次生命磨难所产生的适应性似不应使韩愈再产生过度的环境恐畏,但从另一角度看,他数度南迁之地虽均为岭南,却一次比一次远恶,所遭受的打击一次比一次严重,他的年龄和身体也一次比一次老弱;而且旧地重经,睹今思昔,难免酸楚;瞻望前景,来日无多,势必忧思弥甚。这是一种深刻的死亡意识,"焦虑的现象之一是害怕死亡,并不是对人类必然经历到预期死亡所存在的普通畏惧,而是随时可能殒命的恐怖。……死亡是一个深刻的痛苦,未曾好好生活便要死去的悲惨事实,尤其无法忍受;与无法不畏惧死亡有连带关系的,是畏惧年迈"④。对韩愈来说,年龄的老大、身体的衰弱和随时可能殒命的威胁聚集在一起,沉

---

① 《韩昌黎文集校注》卷八《潮州刺史谢上表》,第 690 页。
② 《韩昌黎诗系年集释》卷一一《过始兴江口感怀》,第 1121 页。
③ 《韩昌黎诗系年集释》卷三《赴江陵途中寄赠王二十补阙李十一拾遗李二十六员外翰林三学士》,第 289 页。
④ 〔美〕E. 弗洛姆著,苏娜、安定译:《追寻自我》,延边大学出版社,1987 年,第 195 页。

沉地压在心头,当此之际,他不能不感到一种"忧惶惭悸,死亡无日"的巨大恐畏和痛苦。

至于柳宗元,由于后半生一直未脱谪籍,故所受磨难比韩愈更大。早在他到达柳州之前,即已精神憔悴,病魔缠身了。永州在唐代尚属落后、荒凉地区,"地极三湘,俗参百越,左衽居椎髻之半,可垦乃石田之余"①。柳宗元永贞元年初贬永州,"至则无以为居,居龙兴寺西序之下"②,条件备极艰苦;加之"徙播疠土","炎暑熇蒸,其下卑湿","诊视无所问,药石无所求",他年近七旬的老母在到达贬所刚刚半年即染病身亡③。这一重大变故,使得"孤囚穷絷"的贬谪诗人"苍黄叫呼""魄逝心坏"④,精神蒙受了难以言说的刺激。又"永州多火灾",诗人"五年之间,四为天火所迫,徒跣走出,坏墙穴牖,仅免燔灼。书籍散乱毁裂,不知所往;一遇火恐,累日茫洋"⑤。在《与李翰林建书》中,柳宗元描述此地环境说:

> 永州于楚为最南,状与越相类。……涉野则有蝮虺大蜂……近水即畏射工沙虱,含怒窃发,中人形影,动成疮痏。⑥

生活在这样的环境之中,贬谪诗人的身体很难不受到摧残,而精神上的各种刺激和压力,更使其产生出一种莫可言状的痛苦。所以,柳宗元自贬官"一二年来,痞气尤甚;加以众疾,动作不常。眊眊然骚扰

① 《柳宗元集校注》卷三八《代韦永州谢上表》,第 2447 页。
② 《柳宗元集校注》卷二八《永州龙兴寺西轩记》,第 1860 页。
③ 《柳宗元集校注》卷一三《先太夫人河东县太君归祔志》,第 825—826 页。
④ 《柳宗元集校注》卷一三《先太夫人河东县太君归祔志》,第 826—827 页。
⑤ 《柳宗元集校注》卷三〇《与杨京兆凭书》,第 1979 页。
⑥ 《柳宗元集校注》卷三〇《与李翰林建书》,第 2008 页。

内生，霾雾填拥惨沮。……每闻人大言，则蹶气震怖，抚心按胆，不能自止"①。其痞病重时，一二日即发作一次，轻时亦一月发作二三次，在疾病折磨下，柳宗元"行则膝颤，坐则髀痹"②，身体坏到了极点，心境也坏到了极点。在《与萧翰林俛书》中，他如此说道：

> 居蛮夷中久，惯习炎毒，昏眊重腿，意以为常。忽遇北风晨起，薄寒中体，则肌革瘆憷，毛发萧条，瞿然注视怵惕，以为异候，意绪殆非中国人。③

这是荒恶环境中的自我体验，也是生命长久磨难之后忽遇北风吹拂时的猛醒，其中展露的，分明是贬谪诗人那颗泣血心灵的深深战栗！

与永州相比，柳州的环境更为恶劣。"柳在唐时，为极边"④，"山川盘郁，气聚不易疏泄，故多岚雾作瘴，人感之多病膈胀或蛊"，"不惟烟雾蒸郁，亦多毒蛇猛兽"⑤。这样的环境，对在永州贬所已生活了十年、身心备受摧残的贬谪诗人来说，无疑具有更大的威胁性，它带给诗人心灵的，乃是无穷的生命忧虑和更深重的死亡投影：

> 瘴江南去入云烟，望尽黄茆是海边。山腹雨晴添象迹，潭心日暖长蛟涎。射工巧伺游人影，飓母偏惊旅客船。从此忧来非

---

① 《柳宗元集校注》卷三〇《与杨京兆凭书》，第 1979 页。
② 《柳宗元集校注》卷三〇《与李翰林建书》，第 2008 页。
③ 《柳宗元集校注》卷三〇《与萧翰林俛书》，第 1999 页。
④ ［清］王锦修，吴光昇纂：《乾隆柳州府志》卷二八《迁谪》，《中国地方志集成·广西府县志辑》第 23 册，凤凰出版社，2010 年，第 355 页。
⑤ 《乾隆柳州府志》卷四〇《杂志》，《中国地方志集成·广西府县志辑》第 23 册，第 621、620 页。

　　一事,岂容华发待流年! ①

　　瘴江、黄茆、象迹、蛟涎、射工、飓母,沿途所见,无非异物,这是纪行写景,更是写己之所感所忧。在这首题名《岭南江行》的诗作中,柳宗元明确点出自己"忧来非一事",可见乃众忧齐集。这种忧既与贬所那瘴气、怪兽的险恶可怖有关,也与自身的多病、年华的飞逝有关。是的,一切生命的本质乃在于维持和肯定自己的生存,当其生存的基本条件都难以得到保证时,当其已意识到所面临的环境是本身力量难以克服,而且自己的生命终将为此环境吞噬时,便必然会产生一种巨大的基于生命忧恐的痛苦体验,而多种疾病的一再侵袭,则无疑愈发加剧了这体验的程度。综观柳宗元至柳州后的诗文,其中所反映的诗人心绪较之永州时更为低沉,有时几近于绝望。

　　首先是其从父弟柳宗直之死给他精神上以沉重打击。据《志从父弟宗直殡》,元和十年七月,宗直南来柳州,道途即患疟寒,至柳后数日即死。在《祭弟宗直文》中,柳宗元沉痛地说道:"吾门凋丧,岁月已久,但见祸谪,未闻昌延";"如汝德业,尚早合出身,由吾被谤年深,使汝负才自弃";"炎荒万里,毒瘴充塞,汝已久病,来此伴吾。……一寐不觉,便为古人。茫茫上天,岂知此痛!" ② 这里,既表现了诗人对家族凋丧以及因己被谪连累他人而感到的焦虑不安,也流露出他因弟早于兄亡一事所产生的心理重压。

　　其次是恶劣环境给他身体造成的严重摧残。如上所说,宗直之死委实与他的南行有关,设若不经受那"炎荒万里,毒瘴充塞"的尘劳困顿和环境侵袭,他决不会"年才三十"即与世长辞;由此推进一

----

① 《柳宗元集校注》卷四二《岭南江行》,第 2834 页。
② 《柳宗元集校注》卷四一《祭弟宗直文》,第 2650—2651 页。

步,既然宗直之死与长途跋涉和荒恶的环境有关,那么对比他年长且久病的宗元来说,"炎荒万里,毒瘴充塞"意味着什么,不就很清楚了吗？事实上,宗元至柳州后,旧病未愈,又添新疾。其《寄韦珩》云:

> 初拜柳州出东郊……独赴异域穿蓬蒿。炎烟六月咽口鼻,胸鸣肩举不可逃。桂州西南又千里,漓水斗石麻兰高。阴森野葛交蔽日,悬蛇结虺如蒲萄。……奇疮钉骨状如箭,鬼手脱命争纤毫。今年噬毒得霍疾,支心搅腹戟与刀。迩来气少筋骨露,苍白澌汩盈颠毛。①

可见,诗人历经艰辛到达贬所,不久即染上多种病患,如箭钉骨的奇疮和支心搅腹的霍疾无疑与贬所极度恶劣的自然环境有关,而气少力衰、筋骨毕露、白发苍然、形容憔悴的情状,除与环境有关外,更源于十多年来接连不断的精神打击和心灵摧残！正是在这些打击、摧残和炎暑、毒虫、瘴气、疾病的交攻下,年仅四十七岁的诗人殒命柳州,终于没能活着走出贬所。后人有感于此而慨然长叹:"嗟乎！孤臣去国,万里投荒,今古同悲,可胜道哉！"②

与恶劣的自然环境和客观条件对贬谪诗人造成的肉体戕害相关,贬所落后的文化氛围以及来自社会的舆论压力则给他们带来了沉重的精神磨难。

在唐代,相比起黄河中下游一带文化发达地区来,江湘、岭南、黔中等不少地区的文化水准都比较低下,风俗也较为落后,向被视为蛮夷之地;而由于贬逐之臣所至处所多为远恶州郡,则其文化水准较一

---

① 《柳宗元集校注》卷四二《寄韦珩》,第 2760 页。
② 《乾隆柳州府志》卷二八《迁谪》,《中国地方志集成·广西府县志辑》第 23 册,第 355 页。

般情况更为低下自不待言。韩愈《送区册序》曰：

> 阳山，天下之穷处也。……县郭无居民，官无丞尉，夹江荒茅篁竹之间，小吏十余家，皆鸟言夷面。始至言语不通，画地为字，然后可告以出租赋、奉期约：是以宾客游从之士无所为而至。①

元稹《酬乐天东南行诗一百韵》述通州情形曰：

> 夷音啼似笑，蛮语谜相呼。……乡里家藏蛊，官曹世乏儒。敛缗偷印信，传箭作符繻。椎髻抛巾帼，镖刀代辘轳。当心铜铜鼓，背弝射桑弧。②

地域的偏僻、吏民的稀少、语言的难懂、风俗的卑陋和文化设施的缺乏，乃是其文化落后的主要标志。这样一种文化气氛，对来自政治、经济、文化极为繁荣之京城的贬谪诗人来说，显然是格格不入的。一方面，置身这样的偏僻处所，信息闭塞，几乎与整个社会隔绝；缺少能谈到一起的朋友，孑然独处，精神倍感孤独。《旧唐书·刘禹锡传》云：禹锡贬朗州司马，"地居西南夷，土风僻陋，举目殊俗，无可与言者"③。刘禹锡自述道："及谪官十年，居僻陋，不闻世论。……时态高下，无从知耳。"④柳宗元亦谓"自吾居夷，不与中州人通书"⑤，"自吾为僇人，居南乡，后之颖然出者，吾不见之也"⑥，便反映了这种信息闭塞的情况。另

---

① 《韩昌黎文集校注》卷四《送区册序》，第 298—299 页。
② 《元稹集校注》卷一二《酬乐天东南行诗一百韵》，第 366—367 页。
③ 《旧唐书》卷一六〇《刘禹锡传》，第 4210 页。
④ 《刘禹锡全集编年校注》卷一五《答道州薛郎中论书仪书》，第 1741 页。
⑤ 《柳宗元集校注》卷二一《读韩愈所著毛颖传后题》，第 1435 页。
⑥ 《柳宗元集校注》卷二四《送澥序》，第 1591 页。

一方面,中原人士向来鄙视南蛮,这种习俗观念在贬谪诗人身上也有明显体现,加之与当地民众语言不通,更加深了相互之间的隔阂,并使得贬谪诗人益发感到孤独。韩愈诗云"远地触途异,吏民似猿猴。生狞多忿很,辞舌纷嘲啁"[①]"夷言听未惯,越俗循犹乍。指摘两憎嫌,睢盱互猜讶"[②];白居易诗云"前在浔阳日,已叹宾朋寡。忽忽抱忧怀,出门无处写。今来转深僻,穷峡巅山下。……巴人类猿狖,瞿烁满山野。敢望见交亲,喜逢似人者"[③]"安可施政教? 尚不通语言"[④];柳宗元诗云"竟夕谁与言? 但与竹素俱"[⑤]"郡城南下接通津,异服殊音不可亲。……愁向公庭问重译,欲投章甫作文身"[⑥]。从这些诗句不难看出,对贬谪诗人来说,贬所几乎是作为一种异质文化而存在的,而这异质文化之水准又是如此低下,以致使他们在孤独的体验中,不能不产生出浓郁的苦闷情怀和一种文化意义上的被弃感。

不独如此,贬谪诗人到达贬所后,还要经受由地位变化而导致的社会歧视、上司压迫等精神折磨。前面说过,五大诗人被贬之前,多任监察御史和左拾遗,其品级一为正八品下,一为从八品上;柳、刘所任之员外郎,品级略高,皆为从六品上。被贬之后,其所任官职大都为司马、参军、县令之类地方小官。如柳、刘分别任永、朗二州司马;白居易任江州司马;韩愈初贬任连州阳山令;元稹初贬任河南尉,再贬任江陵府士曹参军。据《新唐书·百官志四下》,上州司马从五品,

① 《韩昌黎诗系年集释》卷三《赴江陵途中寄赠王二十补阙李十一拾遗李二十六员外翰林三学士》,第288—289页。
② 《韩昌黎诗系年集释》卷二《县斋有怀》,第229页。
③ 《白居易诗集校注》卷一一《自江州至忠州》,第848页。
④ 《白居易诗集校注》卷一一《征秋税毕题郡南亭》,第878页。
⑤ 《柳宗元集校注》卷四三《读书》,第3098页。
⑥ 《柳宗元集校注》卷四二《柳州峒氓》,第2839页。

下州司马从六品上,中下县令从七品上,大都督府士曹参军正七品下。若以此标准衡量,则五大诗人贬谪后的官职品级不仅没降,反而持平或有提升,这似乎有些奇怪。然而,如果联系唐代的社会风习来看,即可明了其中详情。

在唐代,重京官而轻外官尤轻吏职,几乎已成一根深蒂固的观念。据载:"开元中,朝廷选用群臣,必推精当。文物既盛,英贤出入,皆薄其外任……班景倩自扬州采访使入为大理少卿,路由大梁,倪若水为郡守,西郊盛设祖席。宴罢,景倩登舟,若水望其行尘,谓僚吏曰:'班公是行,何异登仙乎!'"① 今按:倪若水为大梁郡守,大梁即汴州,属河南道,为雄郡②,其郡守品级当与从三品之上州刺史同或稍高;而班景倩入朝所任之大理少卿属大理寺,从五品下③。以三品之大郡郡守,竟如此羡慕从五品下之大理少卿,并谓其获此官职"何异登仙",则唐代特重京官而轻外官的情形就很清楚了。事实上,这种情形并不自开元年间始,而到了开元之后便愈加严重。如早在贞观十一年八月,侍御史马周即上疏谓:"今朝廷独重内官,刺史县令,颇轻其选……边远之处,用人更轻。"④ 长安四年三月,纳言李峤亦奏称:"窃见朝廷物议,莫不重内官,轻外职,每处牧伯,皆再三披诉,比来所遣外任,多是贬累之人。"⑤ 至元和二年七月,李吉甫进一步指出:观察、刺史之任不可忽视,"而末世命官,多轻外任。选授之际,意涉

① [唐]郑处诲撰,田廷柱点校:《明皇杂录》,中华书局,1994年,第33页。《资治通鉴》卷二一一开元四年所载略同。
② 据《通典》,开元中定郑、陕、汴、绛、怀、魏为六雄。见《通典》卷三三《职官一五》,中华书局,1988年,第903页。
③ 见《新唐书》卷四八《百官志三》,第1256页。
④ 《唐会要》卷六八《刺史上》,第1197页。
⑤ 《唐会要》卷六八《刺史上》,第1198页。《通典》卷三三《职官一五》所载略同。

沙汰"^①。到了元和四年十二月,岭南刺史杨於陵更上疏直言:"现今州县凋残,刺史阙员,动经数岁。至于上佐,悉是贬人。"^②从这些言论可以看出,随着历史的演进,重内官轻外官的现象愈来愈突出、严重了,而且外官选授,"意涉沙汰","悉是贬人",久而久之,自然导致外官在人们眼中要低人一等甚至数等,在某种程度上甚至可以说,大凡为外官者,难免不为时人目为获罪之人或无能之士。

明白了这种情形,便不仅可以推知韩、柳、刘、元、白诸人始为司马、参军、县令时所蒙受之屈辱,而且可以断定,他们后来虽被量移为州郡刺史,但由于这些州郡距京城更为遥远,环境更为荒恶,则其屈辱感亦必长期延续。这里,我们仅就其初贬时所任之司马等官职作一论述,借以窥斑知豹。在《江州司马厅记》中,白居易这样说道:

> 自武德已来,庶官以便宜制事,大摄小,重侵轻。郡守之职,总于诸侯帅;郡佐之职,移于部从事。故自五大都督府至于上、中、下郡,司马之事尽去,唯员与俸在。凡内外文武官左迁右移者,第居之。凡执伎事上与给事于省寺军府者,遥署之。凡仕久资高耄昏软弱不任事而时不忍弃者,实莅之。莅之者,进不课其能,退不殿其不能,才不才一也。^③

由此可知,司马一官之实权已尽去,它只是安排贬官迁客的一个空位,形同吏职。所以,白居易一再声言"司马人间冗长官"^④"面瘦头

①《唐会要》卷五三《杂录》,第923页。
②《唐会要》卷六八《刺史上》,第1203页。
③《白居易文集校注》卷六《江州司马厅记》,第249页。
④《白居易诗集校注》卷一五《得微之到官后书备知通州之事怅然有感因成四章》其四,第1207页。

斑四十四,远谪江州为郡吏"①;元稹亦谓:"蓬阁深沉省,荆门远慢州。课书同吏职,旅宦各乡愁。"②与元、白等人相比,柳宗元的情况较为特殊,在《永州法华寺新作西亭记》中,他自述道"余时谪为州司马,官外乎常员"③,所谓"俟罪非真吏,翻惭奉简书"④,指的便是这种"官外乎常员"的情况。柳集韩注云:"公为永州员外司马,故曰'非真吏'。"⑤员外司马者,司马之编外人员也。如前所述,司马已是一个令人惭颜的空位了,何况又是员外?难怪柳氏要一再以吏自指了。尽管五大诗人包括柳宗元在内皆非真正的吏,他们即使被贬,还是朝廷官员,但就其与吏相同的实际处境讲,却必然要受到人们的歧视,并受到上司的欺压。柳宗元诗云"沉埋全死地,流落半生涯。入郡腰恒折,逢人手尽叉"⑥,韩愈诗云"逾岭到所任,低颜奉君侯"⑦"判司卑官不堪说,未免捶楚尘埃间"⑧,便真切地反映了他们在贬所受到的歧视和低人一等的自我感觉。

除此之外,贬谪诗人受到的另一重精神磨难,便是来自社会舆论的强大压力。这种情况,突出地表现在柳宗元、刘禹锡身上。由于柳、刘二人的主要参政实践是永贞元年进行的革新活动,而要革弊图新,势必会触动不少人的既得利益,并因不能满足一些人的不合理请

① 《白居易诗集校注》卷一六《谪居》,第1264页。
② 《元稹集校注》卷一一《酬许五康佐》,第334页。
③ 《柳宗元集校注》卷二八《永州法华寺新作西亭记》,第1857页。
④ 《柳宗元集校注》卷四三《韦使君黄溪祈雨见召从行至祠下口号》,第2974页。
⑤ 《柳宗元集校注》卷四三《韦使君黄溪祈雨见召从行至祠下口号》,第2976页。
⑥ 《柳宗元集校注》卷四二《同刘二十八院长述旧言怀感时书事奉寄澧州张员外使君五十二韵之作因其韵增至八十通赠二君子》,第2676页。
⑦ 《韩昌黎诗系年集释》卷三《赴江陵途中寄赠王二十补阙李十一拾遗李二十六员外翰林三学士》,第288页。
⑧ 《韩昌黎诗系年集释》卷三《八月十五夜赠张功曹》,第257页。

求而得罪他们,所以在柳、刘被贬之后,墙倒众人推,各种流言、诽谤纷纷而起,大有"世人皆欲杀"之势。刘禹锡《上杜司徒书》云:"是非之际,爱恶相攻;争先利途,虞相轧则衅起;希合贵意,虽无嫌而谤生。……加以吠声者多,辨实者寡,飞语一发,胪言四驰。"① 《上淮南李相公启》云:"骇机一发,浮谤如川,巧言奇中,别白无路。"② 柳宗元在《答问》中借问者之口描述自己被贬后的情状说:"独被罪辜,废斥伏匿。交游解散,羞与为戚,生平向慕,毁书灭迹。他人有恶,指诱增益;身居下流,为谤薮泽。"③ 在《寄许京兆孟容书》中,他进一步说道:"伏念得罪来五年,未尝有故旧大臣肯以书见及者。何则?罪谤交积,群疑当道,诚可怪而畏也。"④ 刘、柳的上述言论,清晰地反映了他们被贬后为人诽谤、攻击乃至冷落、歧视的情形。

这些流言、诽谤,有的来自政敌,有的来自想向上爬而苦于无路故攻击失势之人以迎合贵意者,有的则出于幸灾乐祸者之口。我们知道,柳、刘参加的王叔文政治革新集团失败以后,便被朝廷定为万死不赦的政治罪人,杀的杀,贬的贬,不仅已无丝毫还手之力,而且也难以东山再起了。当此之际,攻击、责骂他们,既不会遭到反驳和报复,又可以博得权贵乃至君主的欢心,则何乐而不为!韩愈与柳、刘为好友,柳、刘被贬时,他恰好遇赦,由阳山徙掾江陵,并谋求返朝。在此期的一些诗作中,他虽然为柳、刘作了一些开脱:"数君匪亲岂其朋? ……吾尝同僚情可胜!"⑤ 但也不无怀疑,"同官尽才俊,偏善柳与刘。或

---

① 《刘禹锡全集编年校注》卷一四《上杜司徒书》,第 1522 页。
② 《刘禹锡全集编年校注》卷一四《上淮南李相公启》,第 1587 页。
③ 《柳宗元集校注》卷一五《答问》,第 1072 页。
④ 《柳宗元集校注》卷三〇《寄许京兆孟容书》,第 1955 页。
⑤ 《韩昌黎诗系年集释》卷三《永贞行》,第 333 页。

虑语言泄,传之落冤仇"①,怀疑自己的被贬与二人有关。至于对王叔文等人,韩愈则极尽攻击、谩骂之能事:"嗣皇传冕旒……首罪诛共
呀"②,"小人乘时偷国柄……天位未许庸夫干!"③韩愈抱此态度固然
是有一定原因的(见后文),但从更广泛的意义看,它却无疑代表了当
时对王叔文集团大加挞伐的社会思潮。与韩愈有所不同,元稹最初
对宪宗之内禅是不满的,这由其《贞元历》《永贞二年正月二日上御
丹凤楼赦天下予与李公垂庚顺之闲行曲江不及盛观》诸诗可以看出。
然而,时隔不久,在他任左拾遗后写的《论教本书》中,便改变了态度,
以致"宪宗览之甚悦"④;而在其《献事表》中,更说出了这样的话语:
"陛下以上圣之姿,绍复前统,即位之日,天下惟新。罪叔文之徒而凶
邪之党散……"⑤在这里,元稹的态度急转直下,并将王叔文集团比作
"凶邪之党",如果联系到他此前对宪宗的不满和此后与刘、柳的交往
来看,则很难说他在此讲的是真心话,在很大程度上,无非是迫于时
事,人云亦云,为自己的进取来讨好君主而已。可也正是在这里,我们
发现了问题的关键所在:其一,由于王叔文集团是作为一个整体存在
的,所以,韩、元之攻击王叔文等,便自觉不自觉地将柳、刘包括在了其
中;其二,作为柳、刘好友的韩愈以及对宪宗颇为不满、对革新集团亦
无恶感的元稹,当时事变易之际,尚且翻覆其手,那么对前述那些革新
集团的政敌和趋炎附势者来说,又该如何,不就可想而知了吗? 反过

---

① 《韩昌黎诗系年集释》卷三《赴江陵途中寄赠王二十补阙李十一拾遗李
二十六员外翰林三学士》,第 288 页。
② 《韩昌黎诗系年集释》卷三《赴江陵途中寄赠王二十补阙李十一拾遗李
二十六员外翰林三学士》,第 289 页。
③ 《韩昌黎诗系年集释》卷三《永贞行》,第 333—334 页。
④ 《旧唐书》卷一一六《元稹传》,第 4331 页。
⑤ 《元稹集校注》卷三二《献事表》,第 894 页。

来看,柳、刘被贬之后,不仅要承受整个社会舆论的巨大压力,而且还难以见谅于昔日的友人,在这种情况下,贬谪诗人怎么能不因精神上的重重折磨而生出无可底止的苦闷?

这是一种凝聚着孤独、屈辱、悲伤和近乎绝望的苦闷。如果说,恶劣的自然环境曾给他们的躯体以直接侵袭,落后的文化环境曾给他们的生活带来了严重的困难,但尽管如此,他们还有治愈的希望和习惯的可能,那么,来自社会的歧视和舆论便给予他们精神上更为沉重的打击,并在他们的心灵上烙下了永难磨灭的印痕。如果说,在此沉重打击下,贬谪诗人所受到的人格凌辱还只是表层现象,那么,在此人格凌辱的背后,则分明呈现出他们对混浊人世无比愤恨而欲尽早摆脱生活之累的绝望之感来。刘禹锡说自己"寒心销志,以生为惭"①;柳宗元更明确表示:"恬死百忧尽,苟生万虑滋"②,"鸣玉机全息,怀沙事不忘!"③ 显然,假如内心苦闷没有到达极点,他们绝难产生一死的念头;尽管他们最终还是活了下来,在浮谤如川的舆论压力下,在艰难百端的谪居环境中,顽强地活了下来,但经受着日益沉沦的生命磨难,这种活不是愈发加剧了他们的苦闷程度吗?

第三节　被弃被囚的苦闷情怀

远离社会政治中心的被抛弃感 / 失去自由的被拘囚感 /
才而难施的生命荒废感

逐臣初踏贬途的仓皇促迫和来到贬所后的各种磨难,已使人品

---

① 《刘禹锡全集编年校注》卷一四《上杜司徒书》,第 1521 页。
② 《柳宗元集校注》卷四三《哭连州凌员外司马》,第 2956 页。
③ 《柳宗元集校注》卷四二《弘农公以硕德伟才屈于诬枉左官三岁复为大僚天监昭明人心感悦宗元窜伏湘浦拜贺未由谨献诗五十韵以毕微志》,第 2702 页。

尝到了贬谪生活那难以言状的苦涩。然而,这并不是五大贬谪诗人心理苦闷的全部内涵。随着谪居时间的延长,一种被弃感、被拘囚感和生命荒废感不断强化,由此,他们的生命沉沦和心理苦闷便必然性地跨入第三阶段。

第三阶段是前两阶段的自然延续,其时间因素表现得最为突出。如前所述,在五大诗人踏上贬途经艰辛跋涉终于到达贬所并开始谪居生活这一生命沉沦的过程中,其个体生命均遭到了各种各样的严酷摧残,其政治生命则因与政治文化中心之京城的日益隔离而逐渐萎缩,甚至在一定程度上濒于死亡。我们知道,古代士大夫的生命价值是由个体生命与其政治生命交织在一起体现的,欠缺其一,即不健全,而当二者同步衰减,尤其是当这同步衰减经过了漫长的时间流程时,必然导致生命整体的极大贬值。事实上,五大诗人的生命价值因了贬谪已经锐减,而由于孤独、苦闷、几无出头之日的谪居生活的折磨,便益发强化了他们早已存在的被弃感。是的,作为被整个社会群体和所属文化圈子抛弃了的一批"罪人",他们在远离政治文化中心的一个偏僻角落,饱尝忧患磨难,很少有人记得起他们。他们对社会来说,似乎已失去了用处;社会对他们来说,则犹如一个逐渐陌生了的世界。当此之际,他们不能不深深体验到被抛弃后的无限痛苦。

当然,这种被弃感因生命沉沦的程度、谪居生活久暂的不同而有所不同,以元稹的两次被贬为例,便可略见个中情形。

元稹元和元年被贬河南尉,因刚步入仕途,树敌不多,即使被贬,也还存在着起复的希望,加之贬地为条件较好的河南府,以致朝廷执政尚且"对上以河南掾尉非贬官"[1]之说来搪塞,所以便不会形成太过强烈的沉沦体验。从被贬的具体过程看,他元年九月与裴度"共贬

———————

[1]《元稹集校注》卷三一《上门下裴相公书》,第 876 页。

河南亚大夫"①,当年即丁母忧,在家中度过了两年多的时间;至四年二月,"服除之明日,授监察御史"②。这样,也就不至于产生多么明显的被弃之感。可是,到了元和五年被贬江陵时,情形便有所不同。据元稹自述:"予为监察御史,劾奏故东川节度使严砺,籍没衣冠等八十余家,由是操权者大怒;分司东台日,又劾奏宰相亲,因缘遂贬江陵士曹耳。"③可见,他这时树敌已多,积怨不少,且又得罪了宦官,故无论被贬性质还是所贬地域,均较初次要严重得多。但这其中有三点情况尚需注意:其一,此时元稹正年少气盛,时时以直道自砺,不至于因一贬而萎靡不振;其二,元被贬时,李绛、崔群曾两次上疏相救,白居易更是竭尽全力,三上表章,极论元不当贬。这些举动,无疑增强了元稹对自我的正向判断和肯定;其三,也是更重要的一点,乃是元稹有背景。当时朝中裴垍为相,而元素为裴所赏识,元和四年他之能脱谪籍升任监察御史,即由于裴"一二明之"④,予以提拔。而此次被贬盖因正道直行,弹劾不法之徒,故无疑可以得到裴的同情和援助。由于有此三点原因,所以元稹充满自信,料定此贬将会增加自己的正直名声,而且不久还将重返朝廷。正是怀着这种心理,他被贬时"酣歌离岘顶,负气入江陵"⑤;并在赴江陵途中和至江陵以后写下不少表露壮怀、慷慨激烈的诗歌。所谓"我虽失乡去,我无失乡情。惨舒在方寸,宠辱将何惊"⑥"霆轰电烻数声频,不奈狂夫不藉身。纵使被雷

①《元稹集校注》卷一九《西归绝句十二首》其三,第594页。
②《白居易文集校注》卷三三《唐故武昌军节度处置等使正议大夫检校户部尚书鄂州刺史兼御史大夫赐紫金鱼袋尚书右仆射河南元公墓志铭并序》,第1927页。
③《元稹集校注》卷二一《酬乐天闻李尚书拜相以诗见贺》,第631页。
④《元稹集校注》卷三一《上门下裴相公书》,第876页。
⑤《元稹集校注》卷一一《纪怀赠李六户曹崔二十功曹五十韵》,第318页。
⑥《元稹集校注》卷一《思归乐》,第1页。

烧作烬,宁殊埋骨飏为尘?"①便是他当时心态的真切表露。然而,当年十一月,裴垍因中风病,"疾益锢,罢为兵部尚书"②,这对元稹来说,绝不是什么好消息;接着,次年正月李吉甫回朝任相,因吉甫与裴垍不谐,故上任伊始,为裴提拔的李绛即被逐出翰林院,李藩亦被罢相职③;到了三月,裴垍就死去了。这一连串的事件,对元稹无疑产生了重大影响,在《感梦》诗中,他这样说道:"前时予掾荆,公在期复起。自从裴公无,吾道甘已矣!"④其中流露的,乃是浓郁的失望情绪。既知不能很快回朝,则其被抛弃之感便自然迅速增加。尽管在此后一段时间里,元稹为了摆脱逆境,曾一度依附江陵尹、荆南节度使严绶和身为宦官的监军使崔潭峻⑤,但结果还是没有得到朝廷起用,在江陵贬所一待就是五年。到了元和十年,他虽被召回京城,但旋又出为通州司马。这时的元稹,已不复有五年前初赴江陵时那意激气烈的少年心性了,代之而起的,是因前途渺茫而生发的无限悲凄,是将被永久抛弃无所归属而愈益沉重的苦闷情怀。在《上兴元权尚书启》中,他记述当时情况说:"吏通之初,有言通之州幽阴险蒸,瘴之甚者。私又自怜其才命俱困,恐不能复脱于通。由是生心,悉所为文,留置友善,冀异日善恶不忘于朋类耳。"⑥似乎已将回朝的希望彻底打灭。其《酬乐天东南行诗一百韵》在历述了自己的贬谪遭际后说道:"光阴流似水,蒸瘴热于炉。……懒学三闾愤,甘齐百里愚。耽眠稀醒素,凭醉少嗟吁。学问徒为尔,书题尽已于。"⑦看透了世

---

① 《元稹集校注》卷一八《放言五首》其三,第552页。

② 《旧唐书》卷一四八《裴垍传》,第3990页。

③ 《旧唐书》卷一四《宪宗本纪上》,第434页。

④ 《元稹集校注》卷七《感梦》,第202页。

⑤ 关于元稹与严、崔二人的关系,本书第四章第一节有详述,此不赘。

⑥ 《元稹集校注》补遗卷二《上兴元权尚书启》,第1448页。

⑦ 《元稹集校注》卷一二《酬乐天东南行诗一百韵》,第368—369页。

事,沉醉于酒乡,借以麻痹自我的灵魂,了此残生,这不是失望、苦闷
又是什么? 这种失望、苦闷随着贬谪诗人谪居时间的延续,变得益发
浓郁、沉重。请看:

雨滑危梁性命愁,差池一步一生休。黄泉便是通州郡,渐入
深泥渐到州! ①

定觉身将囚一种,未知生共死何如? 饥摇困尾丧家狗,热暴
枯鳞失水鱼。②

三千里外巴蛇穴,四十年来司马官。瘴色满身治不尽,疮痕
刮骨洗应难。③

尚书入用虽旬月,司马衔冤已十年。若待更遭秋瘴后,便愁
平地有重泉。④

这里有自我的现实失落,有屈辱、苦难的深刻印痕,有对个体生命的
无限忧恐,也有急切盼归的焦虑不安,它们聚合在一起,年复一年,日
复一日地啮噬着诗人的心灵,搅扰着他的意绪,深化着他对被抛弃之
生命的体验。

　　显而易见,对贬谪诗人被抛弃感程度起决定作用的,除了贬谪地
域远恶的空间因素外,便是谪居生涯久长的时间因素了。就元稹的
两次贬谪来看,后者的被抛弃感之所以较前者沉重,在很大程度上取
决于谪居时间的漫长。他所谓"司马衔冤已十年""四十年来司马
官",虽不无夸大之辞,但却反映了通过时间投影而形成的诗人的心

① 《元稹集校注》卷二〇《酬乐天雨后见忆》,第618页。
② 《元稹集校注》卷二一《酬乐天得微之诗知通州事因成四首》其四,第629页。
③ 《元稹集校注》卷二一《酬乐天见寄》,第625页。
④ 《元稹集校注》卷二一《酬乐天闻李尚书拜相以诗见贺》,第631—632页。

理真实。在这里，一方面是客观时间，另一方面是心理时间；心理时间通过客观时间的作用而发生变化，但二者又非同步，当贬谪诗人不仅感觉到了客观时间的久长，而且还意识到返朝无望因而度日如年时，其心理时间便会大大超过客观时间的长度，其被弃感比起实际的被弃来，在程度上也将有过之而无不及。

综观五大诗人的谪居时间，如上所述，元稹初贬历时不久，再贬自元和五年直至十四年由通至虢、再由虢州返朝（是年年底）止，共十年有余。白居易自元和十年八月贬江州始，至十四年春抵忠州，十五年夏返朝，历时近六年。韩愈贞元十九年十二月初贬阳山，一年多后徙掾江陵，元和元年六月前还京；十四年春再贬潮州，十月量移袁州，十五年九月召还，两次时间加起来，不足五年。在这里，由于诸人谪居时间不尽相同，因而势必对其被弃的心理感受产生不同的影响。

白居易的情况较为特别。一方面，在长达六年的谪居生涯中，他虽然也饱尝了忧患磨难，但由于我们在下一章中将要谈到的超越意识的作用，使得他能竭力从人生苦难、生命沉沦中超拔出来，因而，他的被弃感和内心苦闷在五大诗人中表现得最为淡薄；但另一方面，他超越忧患的努力从实质上看却无异于强作达观，在他那些忘怀得失的词语背后，同样涌动着被抛弃后痛苦情感的潜流。如果说，他在《我身》中所谓"我身何所似，似彼孤生蓬。秋霜剪根断，浩浩随长风。昔游秦雍间，今落巴蛮中。昔为意气郎，今作寂寥翁"[1]，表现的还只是一般意义上的被弃感受，那么，他在《自题》中所谓"一旦失恩先左降，三年随例未量移。马头觅角生何日？石火敲光住几时？"[2]

① 《白居易诗集校注》卷一一《我身》，第866页。
② 《白居易诗集校注》卷一七《自题》，第1353页。

以及在《除忠州寄谢崔相公》中所谓"剑锋缺折难冲斗,桐尾烧燋岂望琴? ……忠州好恶何须问,鸟得辞笼不择林"①,便将此被弃感具体化、深入化了,其中流露的,分明是一种因时间推移而迅速增长的焦虑苦闷和希求援引急不可耐的心情。由此看来,白居易最为人所称道的那种与世无争、自足自适的意绪,在某种意义上,不过是他用以对付忧患慰藉自我的心理补偿手段而已。

　　与元、白相比,韩愈的被弃感似乎更强烈一些,但也较为短暂。说它短暂,是因为韩愈两次被贬时间皆不长,随着他很快离开贬所、被召还京,其被弃感受、苦闷情怀也就逐渐消退,不至于对他的心理、人生产生过大的影响;说它强烈,是因为韩愈两次被贬都是在极度的仓皇促迫中,在冰冻雪封的严寒季节踏上贬途的,而且所贬地域是那样遥远、荒恶,此一被贬,不仅形同流放,要受到意想不到的各种折磨,而且还朝希望极为渺茫,甚至连能否活下来都不可知,这些因素,无疑大大加剧了他的被弃感受。在诗作中,韩愈一再说出这样一些话来:"不知四罪地,岂有再起辰?"②"仰视北斗高,不知路所归!"③"嗟我亦拙谋,致身落荆蛮。茫然失所诣,无路何能还?"④"我弃愁海滨,恒愿眠不觉。……哀哉思虑深,未见许回棹"⑤。而在《琴操十首》中,他更从多方面细致地描述了这种被弃的深刻体验,如最具代表性的《履霜操》即借尹吉甫之子伯奇无罪而为后母所逐一事为喻,痛苦地说道:

①《白居易诗集校注》卷一七《除忠州寄谢崔相公》,第1410页。
②《韩昌黎诗系年集释》卷一一《赠别元十八协律六首》其四,第1129页。
③《韩昌黎诗系年集释》卷一一《宿曾江口示侄孙湘二首》其一,第1136页。
④《韩昌黎诗系年集释》卷一一《宿曾江口示侄孙湘二首》其二,第1138页。
⑤《韩昌黎诗系年集释》卷一一《答柳柳州食虾蟆》,第1138—1139页。

> 父兮儿寒,母兮儿饥。儿罪当笞,逐儿何为? 儿在中野,以宿以处。四无人声,谁与儿语? 儿寒何衣? 儿饥何食? 儿行于野,履霜以足。母生众儿,有母怜之;独无母怜,儿宁不悲? ①

这里,一种巨大的心理苦闷通过一个极简单又涵盖面极广的故事再明显不过地表露出来:孩子被逐出家园,失去了父母之爱,流落荒野,饱尝被抛弃的辛酸。由于独被抛弃,所以不能无怨,而怨的旨归则在于唤起父母对孩儿的怜悯,使此被弃之子能得到与其他儿子一样的待遇。刘辰翁读此诗谓:"不怨,非情也,乃怨也,此乃《小弁》之志欤? 又饥寒履霜,反复感切,真可以泣鬼神矣!"② 陈沆说得更直捷:"此即《至潮州谢表》所谓'臣负罪婴衅,自拘海岛,瞻望宸极,神魂飞去,伏望陛下天地父母哀而怜之'者也。"③ 显然,韩愈在此表现的是一种因被抛弃而悲怨苦闷、悲怨苦闷中又夹杂着乞求哀怜的复杂感情。这种感情,心理学称之为分离焦虑,亦即当人被迫离开自己熟悉的旧事物、旧环境而接触到陌生的新事物、新环境时,当这新事物、新环境对自己构成大的威胁,而自己又没有能力来对付时,便必然会为此焦虑不堪,希望逃避眼前现实而回到固有的生活中去。这种分离焦虑说到底,是由对惩罚的恐惧造成的,所以,心理学家指出:"孩子与其说是因为爱不如说是因为恐惧才终日围着母亲裙边转的。这一点颇具讽刺意味,然而却千真万确。他害怕由于自己企图获得独立而招致母亲的报复。"④ 由此看来,韩愈在《履霜操》《潮州刺史谢上

---

① 《韩昌黎诗系年集释》卷一一《履霜操》,第 1164 页。

② 《韩昌黎诗系年集释》卷一一《履霜操》集说,第 1165 页。

③ 《韩昌黎诗系年集释》卷一一《履霜操》集说,第 1166 页。

④ 〔美〕C. S. 霍尔著,陈维正译:《弗洛依德心理学入门》,商务印书馆,1985年,第 84—85 页。

表》等作品中以父母喻君主并乞求哀怜的言论，一方面固然表现了他性格中的脆弱性和依附性，但另一方面又何尝不是出于人性本能的对被抛弃的恐惧？对报复的恐惧？而且这种恐惧一日不消除，他的被弃感和心理苦闷就会延续下去。

　　然而，韩愈毕竟时间不算太长就离开了贬所。相比之下，柳宗元、刘禹锡几乎半生时间都在万死投荒中度过，他们因被弃而生发的苦闷情怀最为沉重，因而自可当之无愧地作为贬谪诗人的典型代表。

　　柳、刘被贬地域之远恶已见前述，至于谪居时间之久长，实乃五大诗人之冠。永贞元年，二人被贬永州、朗州，在两地一待就是十年。接着，柳宗元在柳州又居近五年，直至身死贬所，共计十五年。刘禹锡于元和十年五月转徙连州；十四年底因母卒扶枢北上，十五年（820）在洛阳丁母忧，至穆宗长庆元年（821）冬，除夔州刺史；四年（824）夏，转和州刺史；至敬宗宝历二年（826）冬，返回洛阳，直至文宗大和元年（827）六月，才被朝廷除授主客郎中，分司东都，脱离了谪籍。这一过程，若按实际谪居时间算，共计二十一年；如果加上在洛阳丁母忧的两年时间，则长达二十三年。

　　在这漫长的谪居生涯中，伴随着接连不断的政治打击和自我尊严的沉重失落，柳宗元、刘禹锡深深陷入了被永久性抛弃的苦闷之中。如果再作一次简略的回顾，那么，我们便会对此被弃之苦闷产生进一步的理解。

　　永贞元年九月，柳、刘被贬邵、连二州刺史，结果，"朝议谓王叔文之党或自员外郎出为刺史，贬之太轻"[1]，于是再贬为永、朗二州司马。这时柳、刘二人刚行至荆南，接到诏令，内心痛苦可想而知；到达贬所后，恶劣的自然环境，陌生、落后的文化氛围，家庭的重大变故

————————

[1]《资治通鉴》卷二三六永贞元年，第 7745 页。

以及顺宗、王叔文的相继死去,从不同方面都给他们带来了极大的刺激,可就在此时,朝廷又一次严厉申明:柳、刘诸人"纵逢恩赦,不在量移之限"①,这就不仅将他们与二王一起划为永不得翻身的政治罪人,而且从根本上断绝了他们回朝的希望。在这种情况下,柳、刘面临着两种选择:一是以死殉志,表示自己对混浊人世的抗议,解脱生的痛苦;一是在逆境中活下来,不断努力,不断抗争,达到自我拯救的目的。关于前者,如上所述,柳、刘二人确曾生发过一死的念头,但他们之所以没有死,乃是因为他们尚存自信,还没有彻底绝望。柳宗元说得明白:"既受禁锢而不能即死者,以为久当自明。"② 当然,"尚顾嗣续,不敢即死"③ 也是柳宗元活下来的一个原因,但相比起来,坚信自己是受冤屈的、事情真相终将大白的意念无疑是其中更为重要的因素。关于后者,柳、刘也是尽了最大努力的。由于他们确信自己是无罪的,所受待遇是极不公正的,因而必然会受到一种本能力量的驱使,诉说、发泄内心的无比忧怨,以求得公正,恢复自我的尊严。心理学认为:"本能因受阻力而不能释放其全部能量,这就是'目的抑制'(aim-inhibited)。遭到目的抑制的本能常常产生强烈的对象性发泄和持久的内驱力,因为紧张不能完全被解除。结果,没有解除的刺激便不断提供能量,以保持其对象性发泄作用。"④ 柳、刘的情况便是如此。他们受本能驱使的对象性发泄,一方面表现为下章将要详述的对政敌的反击,另一方面表现为向朝内亲友以及当权者的陈情、请求。诚如柳宗元所谓:"仕于世,有劳而见罪,凡人处是,鲜不怨怼

①《旧唐书》卷一四《宪宗本纪上》,第418页。
②《柳宗元集校注》卷三〇《与裴埙书》,第1993页。
③《柳宗元集校注》卷一二《先侍御史府君神道表》,第758页。
④《弗洛依德心理学入门》,第89页。

忿愤,列于上,愬于下,此恒状也。"① 考察柳、刘二人在贬谪后发泄忧怨、请求援引的信函,达数十件之多,其中有给许孟容、杨凭、裴埙、萧俛、李建(柳),杜佑、李绛、裴度(刘)等故旧亲朋的,也有给李夷简、赵宗儒、李吉甫等大僚甚至像严绶、武元衡这样一些革新派的反对者的。在这些信函中,言辞之痛切、呼救之急迫,令人读之泪下。然而,希望是那样渺茫,失望却接踵而来,而当其他贬官被接连起用,自己却毫无被赦的音信时,这种失望便愈加沉重。元和四年初,同为"八司马"的程异被朝廷召回,"擢为侍御史,复为扬子留后"②。这件事虽然给柳、刘带来了一线希望,证明他们还有被起用的可能,但同时也使他们在对照之下倍感苦闷,刘禹锡所谓"一自谪居,七悲秋气。越声长苦,听者谁哀? 汤网虽疏,久而犹诖。失意多病,衰不待年。心如寒灰,头有白发……自同类牵复,又已三年"③,乃是这种苦闷意绪的典型表露。在《陪永州崔使君游谠南池序》中,柳宗元慨然长叹:"而席之贤者率皆左官蒙泽,方将脱鳞介、生羽翮,夫岂越趄湘中,为憔悴客耶? 余既委废于世,恒得与是山水为伍……"④ 这里表现的,则是一种更为凄楚、沉痛的被弃感受。

好不容易等到了元和十年,柳、刘被朝廷召回,但接踵而来的打击顷刻间便再一次粉碎了他们重新燃起的希望。史载:

> 王叔文之党坐谪官者,凡十年不量移,执政有怜其才欲渐进之者,悉召至京师;谏官争言其不可,上与武元衡亦恶之,三月乙酉,皆以为远州刺史,官虽进而地益远。永州司马柳宗元为柳

---

① 《柳宗元集校注》卷二三《送薛判官量移序》,第 1550 页。
② 《旧唐书》卷一三五《程异传》,第 3737 页。
③ 《刘禹锡全集编年校注》卷一四《上杜司徒启》,第 1633 页。
④ 《柳宗元集校注》卷二四《陪永州崔使君游谠南池序》,第 1601 页。

州刺史,朗州司马刘禹锡为播州刺史。宗元曰:"播非人所居,
而梦得亲在堂,万无母子俱往理。"欲请于朝,愿以柳易播。会
中丞裴度亦为禹锡言曰:"禹锡诚有罪,然母老,与其子为死别,
良可伤!"上曰:"为人子尤当自谨,勿贻亲忧,此则禹锡重可责
也。"……明日,禹锡改连州刺史。①

这里有几点需要注意:其一,"谏官争言其不可",说明社会舆论尚未
消失,反对派力量颇大;其二,"上与武元衡亦恶之""此则禹锡重可
责也",说明宪宗和武元衡对十年前的旧事仍衔恨在心,必欲重责,致
之恶地,所谓"但要与恶郡,岂系母在"②是也。因而,他们乃是柳、刘
此贬的关键所在;其三,"官虽进而地益远",说明这是一次更沉重的
打击,由此导致的贬谪诗人的被弃感和生命沉沦程度亦必弥甚;其
四,"刘禹锡为播州刺史",据孟棨《本事诗·事感》说,是因了禹锡
所作《元和十年自朗州承召至京戏赠看花诸君子》一诗,被人诬其
有怨愤而招致的报复。由此看来,在同时被贬诸人中刘禹锡所受打
击最重,君主专制制度的严酷和残暴在此表现得也最为突出。尽管
刘禹锡后被改派连州刺史,但由此造成的心灵创伤却难以平复,而
且扶持着八旬老母踏上贬途,"自发郴州,便染瘴疟,扶策在道,不敢
停留"③,岂不愈发增加了内心的痛楚? 所以,在《谢门下武相公启》
中,刘禹锡悲怆地说道:

　　　某一坐飞语,废锢十年。昨蒙征还,重罹不幸。诏命始下,

---

① 《资治通鉴》卷二三九元和十年,第7831页。
② [唐]赵璘:《因话录》卷一,上海古籍出版社,1979年,第72页。
③ 《刘禹锡全集编年校注》卷一五《谢上连州刺史表》,第1707页。

周章失图。吞声咋舌,显白无路。①

十年的生命沉沦已使人艰辛备尝,而刚被征还旋又遭弃的打击更使人椎心泣血!人的权利被全部剥夺,人的尊严受到粗暴践踏,当此仅有的一点希望也已断绝之际,刘禹锡乃至柳宗元怎能不怀着永被抛弃的沉重苦闷,吟出一曲曲抒怀泄怨的苍凉悲歌?

> 十年憔悴到秦京,谁料翻为岭外行!伏波故道风烟在,翁仲遗墟草树平。直以慵疏招物议,休将文字占时名。今朝不用临河别,垂泪千行便濯缨。②
>
> 去国十年同赴召,渡湘千里又分歧。重临事异黄丞相,三黜名惭柳士师。归目并随回雁尽,愁肠正遇断猿时。桂江东过连山下,相望长吟有所思。③

这是两位志同道合、生死与共的好友再赴贬所行至衡阳分手时的诗作,令人读来为之泪下。一个"憔悴",道尽了十年间的凄风苦雨;一个"重临",饱含着现实的深哀剧痛;回首往昔,曾因"不识几微""一心直遂"④而招来了积毁销骨的无穷"物议";举目未来,等待他们的将是那天各一方更其惨重的生命沉沦。当然,这时的柳宗元,尚未意识到此一被弃将再也难以生返故园,而这时的刘禹锡,亦未曾料到此一为别便与好友永远分手再难谋面,可是,作为一个既定事实,这次更为严酷的打击却已在他们心灵上烙下了永被抛弃的深刻印痕,他

①《刘禹锡全集编年校注》卷一五《谢门下武相公启》,第 1709 页。
②《柳宗元集校注》卷四二《衡阳与梦得分路赠别》,第 2800 页。
③《刘禹锡全集编年校注》卷四《再授连州至衡阳酬柳柳州赠别》,第 373 页。
④《柳宗元集校注》卷三○《寄许京兆孟容书》,第 1956 页。

们已经很少有力量再与命运之神搏斗了。宋人葛立方有言："柳子厚可谓一世穷人矣；永贞之初得一礼部郎，席不暖，即斥去为永州司马，在贬所历十一年。至宪宗元和十年，例召至京师……乃复不得用，以柳州去。由永至京，已四千里；自京徂柳，又复六千，往返殆万里矣。故赠刘梦得诗云'十年憔悴到秦京，谁料翻为岭外行'，赠宗一诗云'一身去国六千里，万死投荒十二年'是也。呜呼！子厚之穷极矣！观赠李夷简书云：'曩者齿少心锐，径行高步，不知道之艰，以陷于大阨。穷踬殒坠，废为孤囚，日号而望十四年矣！'……则子厚望归之心为如何！然竟不生还，毕命于蛇虺瘴疠之区，可胜叹哉！"①这段感慨无穷的话语，似可作为柳宗元以及刘禹锡被弃感的有力注脚。

　　上述被弃感和实际的被弃曾使柳、刘等五大贬谪诗人产生了浓郁的心理苦闷，而与此被弃感紧相关联的被拘囚感，更从不同方面进一步加剧了这苦闷的程度。

　　贬谪诗人的被拘囚感主要是由三种因素决定的，一是自然环境的包围。由于贬官所至处所大都遥远荒恶，或山高谷深，或局促狭小，致使人的视野乃至心境受到很大的空间阻遏，故极易形成被拘一隅不见天地的感觉。二是朝廷的律令限制。如元和十二年四月敕文即明确规定："应左降官流人，不得补职，及流连宴会，如擅离州县，具名闻奏。"②是年十月敕文再一次申明："自今以后，流人不得因事差使离本处。"③而早在元和六年，即有关于"准贞元十八年五月十九日

<hr>

① ［宋］葛立方撰：《韵语阳秋》卷一一，［清］何文焕辑：《历代诗话》，中华书局，2004年，第567—568页。
②《唐会要》卷四一《左降官及流人》，第736页。
③《唐会要》卷四一《左降官及流人》，第737页。

敕,自今以后,流人左降官,称遭忧奔丧者,宜令所司,先奏听进止"①
的奏议。贬官不得擅离贬所,甚至连奔丧都被禁止,只能在一个狭
小的范围内活动,这不是拘囚是什么? 当然,有时也有例外,如元和
十四年底,刘禹锡母卒,即被允准扶枢北上。但在多数情况下却无此
特例,如元和元年,柳宗元母卒于贬所,他只能眼望"灵车远去而身独
止"②;与柳同时被贬的凌准也是"居母丧,不得归"③,所谓"高堂倾
故国,葬祭限囚羁"④,指的便是这件事。三是谪居时间的久长,这是
最重要的一点。如前所述,漫长的谪居生涯曾使得贬谪诗人无不产
生强烈的被弃之感,同理,在"一经贬官,便同长往;回望旧里,永无
还期"⑤的煎熬中,贬谪诗人的被拘囚感也势必日益浓重。

如果说,人类的天性便是追求自由、热爱自由,那么,上述三个因
素聚合一途,恰恰构成了对自由的极大限制,对人性的无情压抑。虽
然这种限制和压抑同时也激发了人对自由的更大渴望,但由于这渴
望是难以实现的,因而便自然导致了受本能驱使的欲念与受现实约
束的行动、相对自由的精神与极不自由的躯体之间的矛盾冲突,并最
终将重重苦闷沉重地积压在人的心头。

综观五大贬谪诗人的诗文集,这种身在贬所有如囚犯盼望自
由而不可得的苦闷是普遍存在的。白居易向以达观见称,却也屡
生羁囚之感:"幽独已云极,何必山中居?"⑥"始知真隐者,不必在

---

① 《唐会要》卷四一《左降官及流人》,第 736 页。
② 《柳宗元集校注》卷一三《先太夫人河东县太君归祔志》,第 827 页。
③ 《柳宗元集校注》卷一〇《故连州员外司马凌君权厝志》,第 691 页。
④ 《柳宗元集校注》卷四三《哭连州凌员外司马》,第 2956 页。
⑤ [唐]陆贽:《三奏量移官状》,《全唐文》卷四七五,第 4850 页。
⑥ 《白居易诗集校注》卷七《闲居》,第 643 页。

山林。"① "剑埋狱底谁深掘？松偃霜中尽冷看。举目争能不惆怅，高车大马满长安！"② 元稹这类感触更多，也更浓郁："鹤笼闲警露，鹰缚闷牵鞲。"③ "云水兴方远，风波心已惊。可怜皆老大，不得自由行！"④ "留君剩住君须住，我不自由君自由。"⑤ "定觉身将囚一种，未知生共死何如？"⑥ 刘禹锡则一再沉痛地表述："湘沅之滨，寒暑一候。阳雁虽到，华言罕闻。猿哀鸟思，啁啾异响。暮夜之后，并来愁肠。怀乡倦越吟之苦，举目多似人之喜。俯视遗体，仰安高堂。悲愁惴慄，常集方寸。"⑦ "某久罹宪网，兀若枯株。当万类咸悦之辰，抱穷途终恸之苦。……嗟乎！一身主祀，万里望枌榆之乡；高堂有亲，九年居蛮貊之地。"⑧ 在这些或悲伤，或激愤，或痛楚，或抑郁的词语中，我们不是可以清晰地感触到贬谪诗人那被拘一隅失去自由的苦闷情怀吗？

　　然而，这种被拘囚感最突出、最集中的表现，却是在柳宗元这里。"春风无限潇湘意，欲采蘋花不自由。"⑨ 可以说，柳的整个后半生都处在这种渴盼自由和极不自由的境遇之中。以他的初贬为例，即可明了其中情形。由于永州四周多山，石多田少，虫蛇遍布，满目荒凉，因而首先使诗人感到一种沉重的压抑；而诗人的体弱多病，数遭火恐，

---

① 《白居易诗集校注》卷八《玩新庭树因咏所怀》，第 697 页。
② 《白居易诗集校注》卷一五《得微之到官后书备知通州之事怅然有感因成四章》其四，第 1207 页。
③ 《元稹集校注》卷一一《酬许五康佐》，第 334 页。
④ 《元稹集校注》卷一五《遣行十首》其八，第 484 页。
⑤ 《元稹集校注》卷二〇《喜李十一景信到》，第 614 页。
⑥ 《元稹集校注》卷二一《酬乐天得微之诗知通州事因成四首》其四，第 629 页。
⑦ 《刘禹锡全集编年校注》卷一四《上杜司徒书》，第 1524 页。
⑧ 《刘禹锡全集编年校注》卷一四《上门下武相公启》，第 1643 页。
⑨ 《柳宗元集校注》卷四二《酬曹侍御过象县见寄》，第 2886 页。

更使他产生出对贬地的极大厌倦。虽然他也有"时到幽树好石,暂得一笑"的时候,但紧随这一笑之后而来的,却是那百忧攻心的"已复不乐"。为什么呢? 诗人回答说:"譬如囚拘圜土,一遇和景出,负墙搔摩,伸展支体,当此之时,亦以为适,然顾地窥天,不过寻丈,终不得出,岂复能久为舒畅哉?"① "圜土"者,狱城也。将自己比作监狱中的囚犯,而这囚犯"顾地窥天,不过寻丈,终不得出",这该是何等沉重的苦闷呵! 怀着这种苦闷,柳宗元愤怒地发问:

　　　　吾缧囚也,逃山林入江海无路,其何以容吾躯乎? ②

这是《答问》中的话语,其中流露的,分明是贬谪诗人地老天荒无所归属的大寂寞与大悲哀。尽管在此《答问》的篇末,诗人聊以自慰地说道:"尧舜之修兮,禹益之忧兮,能者任而愚者休兮。趾趾蓬藋,乐吾囚兮。文墨之彬彬,足以舒吾愁兮。已乎已乎,曷之求乎!"③ 但这种暗含强烈不满近乎自嘲的正话反说,不是愈发展示了他"逃山林入江海无路"的心理苦闷吗? 在那篇著名的《囚山赋》中,诗人这种苦闷更是得到了淋漓尽致的表述:

　　　　楚越之郊环万山兮,势腾踊夫波涛。纷对回合仰伏以离迾
　　　兮,若重墉之相褒。争生角逐上轶旁出兮,其下坼裂而为壕。欣
　　　下颓以就顺兮,曾不亩平而又高。沓云雨而渍厚土兮,蒸郁勃其
　　　腥臊。阳不舒以拥隔兮,群阴沍而为曹。侧耕危获苟以食兮,哀

---

① 《柳宗元集校注》卷三〇《与李翰林建书》,第 2008 页。
② 《柳宗元集校注》卷一五《答问》,第 1072 页。
③ 《柳宗元集校注》卷一五《答问》,第 1074 页。

斯民之增劳。攒林麓以为丛棘兮,虎豹咆阚代狴牢之吠嗥。胡井眢以管视兮,穷坎险其焉逃?顾幽昧之罪加兮,虽圣犹病夫嗷嗷。匪兕吾为柙兮,匪豕吾为牢。积十年莫吾省者兮,增蔽吾以蓬蒿!圣日以理兮,贤日以进,谁使吾山之囚吾兮滔滔?①

四周环抱、绵延逶迤的山峦,高低不平、极不开阔的地势,卑湿郁蒸、阴阳拥隔的气候,荆棘遍野、虎啸豹嗥的环境,仿佛构成了一张密不透风、令人窒息而又险怪百端、令人恐惧的大网,在这大网的笼罩下,诗人怎能不生被拘囚之感?而他在这大网中苦熬竟达十年之久,又怎能不使这被拘囚感浓烈至极呢?所以,他既将山林比作陷阱,又将山林比作牢狱,不仅厌倦,而且几达深恶痛绝的地步。柳集《补注》引宋人晁补之的评论说:

> 语云:"仁者乐山。"自昔达人,有以朝市为樊笼者矣,未闻以山林为樊笼也。宗元谪南海久,厌山不可得而出,怀朝市不可得而复,丘壑草木之可爱,皆陷阱也,故赋《囚山》。淮南小山之辞亦言"山中不可以久留",以谓贤人远伏,非所宜尔,何至以幽独为狴牢,不可一日居哉?②

这段话一方面正确地分析了柳宗元赋《囚山》的原因,另一方面却责备他"以幽独为狴牢",有悖"仁者乐山"之旨。这说明晁氏并未深切体察诗人的处境和心理矛盾。事实上,在柳宗元这里展现的,乃是一种明显而剧烈的矛盾心态,亦即对自然既喜爱又厌恶、对朝市既厌恶

---

① 《柳宗元集校注》卷二《囚山赋》,第170页。
② 《柳宗元集校注》卷二《囚山赋》集评,第175页。

又向往的心态。一方面,从中国古代文人的处世态度看,往往是得志时以入世为主,失意时以出世为主,而他们一般是失意时居多,故而身在朝市却心慕山林,遂表现出与自然相亲和的倾向。对一般文人来说,大自然既是逃避社会的场所,又是陶冶身心、实现自由人格的地方。柳宗元作为古代文人中的一分子,当然不会例外。炎凉的世态、人间的倾轧,他是有过切身体验的,因而,他对朝市具有一种铭心刻骨的反感;而从他有名的"永州八记"来看,他对自然山水确是怀有深挚的眷恋之情。然而,另一方面,柳宗元与一般的古代文人又有很大不同,他是作为被朝廷放逐、抛弃的"罪人"来到山林中的,这就首先使他失去了一般文人常有的那种对山林主动追求的心性;而他所置身之"山林"又是如此荒远、冷落、恶劣,在整体上缺乏令人怡情悦性的恬美色彩,这就又给了他一种客观的外在压抑;更为重要的是,尽管他厌恶朝市的混浊,但他却需要利用朝市来发挥自己的才能,实现"利安元元"的经纶壮志,以弥补其事业已达鼎盛之际而被逐出朝所造成的巨大损失,同时,亦欲借返朝来洗刷政敌强加给自己的不实罪名。基于此,他不能不向慕朝市而厌恶山林,不能不将所待之地视作樊笼,把己身视作羁囚,甚至一天也不想在此待下去。不想待下去,却非待不可;想返回朝市,又无计可施,这便大大加剧了他心理苦闷的程度。进一步看,他憎恶的对象表面是山林,但实质上无知觉的山林不过是他借以泄怨的一个替代物而已,不过是某种政治势力的象征而已,在它的背后,深隐着整个专制制度那凶恶残暴的巨影!"圣日以理兮,贤日以进,谁使吾山之囚吾兮滔滔?"显而易见,这句反问中充溢着诗人的无比激愤。既然圣理贤进,而柳宗元并非不肖,为什么还要被拘囚于山林之中?既然他这样的贤能志节之士还被拘囚,那么所谓"圣",所谓"贤",又从何谈起?这样看来,柳的以山林为拘囚,正是以声东击西的手法对统治者残酷压抑人才、扼杀人才之行为的愤怒抗议。柳宗元在永州时的好友吴武陵曾在柳为柳州刺史后向朝中执政申言：

　　　　古称一世三十年，子厚之斥十二年，殆半世矣！霆砰电射，天怒也，不能终朝；圣人在上，安有毕世而怒人臣耶？①

这话说得何等透彻！其中又包含了多少激愤！专制君主"毕世而怒人臣"，这不正是柳宗元被长久拘囚和他之所以赋《囚山》的深层原因吗？

　　按吴武陵的话来理解，则柳宗元被囚被弃几达半世，而刘禹锡已近一世。在如此漫长的谪居生涯中，他们饱尝忧患，度日如年，熬白了双鬓等老了心，仍无出头之日，一种至深至切的生命荒废感怎能不如文火般不断地、愈来愈烈地烤炙着他们的灵魂？

　　于是，元和贬谪诗人的第三重悲感，便不能不是一种发自内心的生命荒废的沉重感受。

　　这种生命的荒废感是与贬谪诗人现实的被抛弃、被拘囚紧紧联系在一起的，而这被弃、被囚的生命沉沦又导致了贬谪诗人对个体生命的深刻体认。我们知道，人的生命是短暂的，又是宝贵的。惟其短暂，才益发见出了宝贵；惟其宝贵，才弥足令人珍视。所以，在中国古代文人那里，无不具有一种深刻的生命意识，他们不仅重视生命的生理时间，而且更重视生命的现实时间，也就是说，生命的生理时间是有限的，不可延长的，但他们却希望通过在现实中的努力作为来增加生命之生理时间的有效性，以使自己在同样长度的时间内做出更多

①《新唐书》卷二○三《吴武陵传》，第 5792 页。

的事情。当然,人生的挫折是不可避免的,它必然会减少生命的实际时间,因而,在挫折中奋起,努力抗争,以自我的顽强拼搏为生命的发挥效用开拓出一条通道,便形成了古代文人生命意识中最有光彩的部分。然而,摆在贬谪诗人面前的现实却是:由于恶劣的自然环境的侵袭,人的身心健康不断受到破坏,生命的生理时间可怕地缩短着;由于远离了他们熟悉的文化环境和社会政治中心,英雄失去了用武之地,而在贬所所任官职大多有职无权,致使大好生命白白耗费于穷山恶水之中,因而生命的现实时间也在飞速流逝;更为重要的是,他们虽希望从挫折中奋起,做过多次的挣扎、努力,但却如同石沉大海,前景渺茫,甚至还要受到更其沉重的打击;壮盛之年就这样缓慢而又迅速地度过,取而代之的是那惊心的白发和衰老的心境。面对这生命的沉沦和空耗,他们怎能不痛心疾首? 又怎能不生出生命荒废的强烈感受? 须知,他们都曾是抱着齐天宏愿而欲利用生命大有作为的呵!

　　人对生命看得愈重,由此导致的痛苦便愈深;人愈是执著于自我,便愈是难以摆脱焦虑和苦闷;人愈是痛感于时间的无情,无情的时间就给人愈为残酷的报复。请看:

　　　　呜呼! 以不驻之光阴,抱无涯之忧悔。当可封之至理,为永废之穷人! 闻弦尚惊,危心不定。垂耳斯久,长鸣孔悲。①
　　　　伊我之谪,至于数极。长沙之悲,三倍其期。……稽天道与人纪,咸一偾而一起。去无久而不还,梦无久而不理。何吾道之一穷兮,贯九年而犹尔? ②

━━━━━━━━━━━━

① 《刘禹锡全集编年校注》卷一四《上中书李相公启》,第 1649 页。
② 《刘禹锡全集编年校注》卷一四《谪九年赋》,第 1671—1672 页。

> 某遭不幸，岁将二纪。虽累更符竹，而未出网罗。亲知见怜，或有论荐。如陷还泞，动而愈沉。甘心终否，无路自奋。①

这是刘禹锡的自述，其中充满痛苦、焦虑和时间折磨下的苦闷，但所有这些又无不源于贬谪的打击以及诗人对生命、自我、时间的全身心的关注。再请看：

> 少时陈力希公侯，许国不复为身谋。风波一跌逝万里，壮心瓦解空缧囚。缧囚终老无余事，愿卜湘西冉溪地。却学寿张樊敬侯，种漆南园待成器。②
>
> 摧伤之余，气力可想。假令病尽已，身复壮，悠悠人世，越不过为三十年客耳。前过三十七年，与瞬息无异。复所得者，其不足把玩，亦已审矣。③
>
> 悲夫！人生少得六七十者，今已三十七矣。长来觉日月益促，岁岁更甚，大都不过数十寒暑，则无此身矣。是非荣辱，又何足道！④

这是柳宗元的表白，与前引刘禹锡的自述相比，这表白似稍有不同：其一，由壮心的瓦解、生命的废弃而转生归田之念，欲借此解脱苦闷的缠绕；其二，在对人生命历程之短暂的深切体悟中，感到人生不足恃，是非荣辱不足道。表面看来，柳宗元在这里少了一些执著，而多了一些抽身退步的放旷；少了一点欲罢不能的悲怀，而多了一点自解自慰

---

① 《刘禹锡全集编年校注》卷一七《谢裴相公启》，第 1864 页。
② 《柳宗元集校注》卷四三《冉溪》，第 2997 页。
③ 《柳宗元集校注》卷三〇《与李翰林建书》，第 2009 页。
④ 《柳宗元集校注》卷三〇《与萧翰林俛书》，第 1999 页。

的超然。可是,只要我们向深处探察一步,便会立即发现,这乃是执著人故作超然语,其超然的背后,正滚动着"立身一败,万事瓦裂,身残家破,为世大僇"①之痛苦情感的轩然大波!昔日陈力希公侯的意念他是很难忘怀于心的,壮心瓦解被拘一隅的现实境遇只能愈发强化他对生命荒废的感受,是非荣辱之念几已深入骨髓,岂是轻易可以抹去?而欲学后汉樊重之种漆南园以待成器的举动,更表露了一种不畏流言、执著信念的精神。因为事情很明显,一个"悲夫",道尽了人生的凄凉:人的生命本即短暂,"前过三十七年,与瞬息无异",再过"数十寒暑,则无此身矣",如此短暂的生命行程,本应抓紧利用,干出一番事业,可现实却将他牢牢束缚于穷山恶水之中,只能眼看着"日月益促,岁岁更甚"的时光空空流逝,大好的生命日益沉沦、白白耗费,当此之际,他不可能不感到一种揪心的痛苦。内心本极痛苦,却强作无所谓态,不是愈发反证了他的痛苦是无法排解的吗?

　　综观柳宗元的言行,确曾表现过一些希望归田终老的欲念和借佛理、山水以排遣苦闷的倾向。所谓"为农信可乐,居宠真虚荣。乔木余故国,愿言果丹诚"②"皇恩若许归田去,晚岁当为邻舍翁"③;所谓"浮图诚有不可斥者……凡为其道者,不爱官,不争能,乐山水而嗜闲安者为多。吾病世之逐逐然唯印组为务以相轧也,则舍是其焉从?"④便是这种欲念和倾向的明证。固然,所有这些都是柳宗元的真实想法,而且在一定时期还表现得比较强烈,但问题的关键在于,柳宗元本质上是一个执著型的诗人,他性格中刚直峻切、固执信念的成分过重,因而即使想超然也难以超然得成。以其出游山水为例,即

①《柳宗元集校注》卷三〇《寄许京兆孟容书》,第 1957 页。
②《柳宗元集校注》卷四三《游石角过小岭至长乌村》,第 2914 页。
③《柳宗元集校注》卷四二《重别梦得》,第 2806 页。
④《柳宗元集校注》卷二五《送僧浩初序》,第 1680—1681 页。

可看到,他往往是"暂得一笑,已复不乐"①,在"步登最高寺,萧散任疏顽"之后,接踵而来的便是那"赏心难久留,离念来相关"②;刚刚领略到了一点"始至若有得,稍深遂忘疲"的乐趣,马上又被牵拽到了"去国魂已游,怀人泪空垂"③那永久的现实悲患之中。苏轼评柳诗曰:"忧中有乐,乐中有忧。"④事实上,在柳宗元那里,乐只是暂时的,忧却是永恒的,在他身上似乎总有一种无形而巨大的牵拽力量,时时刻刻在发挥作用,将他拖向苦闷的深渊。大凡他独游山水的时候,便是他最孤独的时候,他宣称人生无谓的时候,便是他被弃感、被拘囚感和生命荒废感最沉重的时候,而他寄身佛理、盼望归田的时候,则是他心灰意冷最感绝望的时候。正是由于此,所以我们说,柳宗元的苦闷和刘禹锡一样,在很大程度上源于对生命的过度重视、对自我的顽强执著以及对时间的全力关注。如果不是这样,如果他们换一种活法,漠视生命、摆脱自我、淡化时间意识、超然物外、自得自适,那么其心理苦闷便绝不至于这样沉重。

正由于柳宗元从根本上做不到这一点,所以他才在遥遥无期的谪居生涯中,经受了比一般人剧烈得多的精神折磨,并由此一步步导致了他的性格变异。心理学告诉我们,刺激是随着时间的延长而递减的,也就是说,当刺激已达到其阈限的时候,此后的刺激便难以产生初次刺激那样明显的心理反应;但从另一方面看,这种递减只是对刺激强度之反应的递减,而并非受刺激者对刺激之感知深度的递减。事实上,由于刺激的反复作用,由于时间的沉潜力量,被刺激者极易形成一

---

① 《柳宗元集校注》卷三〇《与李翰林建书》,第 2008 页。
② 《柳宗元集校注》卷四三《构法华寺西亭》,第 2921—2922 页。
③ 《柳宗元集校注》卷四三《南涧中题》,第 2908 页。
④ 〔宋〕胡仔纂集,廖德明校点:《苕溪渔隐丛话》前集卷一九引,人民文学出版社,1962 年,第 123 页。

种固定化了的、潜意识的心态以及与之相应的性格特征。柳宗元的情况便是如此。一方面,接连不断的政治打击使他对自己被抛弃、被拘囚和生命荒废的感受特别敏锐、特别深刻,另一方面,长期谪居所经历的各种忧患磨难又使他对外界刺激产生了一种适应性,在感受上相对迟钝和冷漠;一方面,他确实想摆脱樊笼的拘囚,并为此做过多种努力,另一方面,他也因希望渺茫而不得不将巨大的悲苦沉潜于心底,以沉默寡言、反视内省的态度来应付并漠视外界的事变。在《与萧翰林俛书》中,他这样说道:"自料居此尚复几何,岂可更不知止,言说长短,重为一世非笑哉? 读《周易·困卦》至'有言不信,尚口乃穷'也,往复益喜,曰:'嗟乎! 余虽家置一喙以自称道,诟益甚耳。'用是更乐暗默,思与木石为徒,不复致意。"[1] 很明显,柳宗元这种自甘暗默、思与木石为徒的态度,既可以谓之为一种心理防卫的方式,也可以说是由时间推移和刺激重复所造成的性格变异。在诗中他曾一再申言:"远弃甘幽独"[2]"寂寞固所欲"[3]"岁月杀忧慄,慵疏寡将迎"[4]。这些诗句,无不展示出诗人性格向忧郁、冷漠变化的轨迹。心理学家指出:

> 冷漠是一种奇特的状态,它是人防卫打击以免于实质损伤的一种方式。当然它如果持续过久,人也会遭到时间的损伤。在我看来,冷漠似乎是人格遭受重大挫伤后借以暂时栖身的一种自卫奇迹。

这是一个问题的两个方面:本意是出于自卫,但由于保持冷漠的时间

---

①《柳宗元集校注》卷三〇《与萧翰林俛书》,第 1999 页。

②《柳宗元集校注》卷四二《酬娄秀才将之淮南见赠之什》,第 2726 页。

③《柳宗元集校注》卷四三《夏初雨后寻愚溪》,第 2971 页。

④《柳宗元集校注》卷四三《游石角过小岭至长乌村》,第 2914 页。

过久，自然容易使其在性格上固定下来，所以，

> 这种状态持续愈久，冷漠也就愈是迁延下去并最终发展为一种性格状态。这种漠然状态意味着从旋风般的要求中退避出来，面对高强度刺激无动于衷；意味着由于深恐被激流淹没而站在一边不予响应。①

柳宗元的情形正是如此。由于长期处于被抛弃、被拘囚般的环境，处于忧郁苦闷、不与世接的冷漠状态，因而不能不使他一变昔日外向型的激切心性为内向型的自甘喑默，而且也不能不使他因旷日持久的外在压抑和自我压抑遭受到严重的"时间的损伤"。从实质上看，这种损伤与对象的缺乏亦即人与外在世界的强迫性疏远紧相关联；而作为其结果，则表现为一种集苦闷、悲伤、忧愤于一体而又难以言状的精神空落感。在《对贺者》一文中，柳宗元说自己"尝静处以思，独行以求"，但到头来却是"茫乎若升高以望，溃乎若乘海而无所往"；在文章的最后，他更是如此说道：

> 嘻笑之怒，甚乎裂眦，长歌之哀，过乎恸哭。庸讵知吾之浩浩非戚戚之尤者乎？②

这是何等沉痛的表白！又是何等悲怆的一问！表面之"浩浩"为内心之"戚戚"，而且是"戚戚之尤者"，这种表里悖反的情形，不正说明贬谪诗人的精神状态已达百忧攻心、万感交集、悲欢难言、哀乐莫辨

---

① 〔美〕H. S. 沙利文：《精神病交谈》，第184页，转引自〔美〕罗洛·梅著，冯川译：《爱与意志》，国际文化出版公司，1987年，第23页。
② 《柳宗元集校注》卷一四《对贺者》，第910页。

的地步了吗？不正反映了他那想排遣苦闷而不得、欲麻痹神经而不能、历久弥新、无可底止的人生感恨吗？

第四节　永难磨灭的痛苦印痕

苦闷淡化型——韩愈、元稹／苦闷延续型——刘禹锡／
苦闷沉潜型——白居易

上面，我们通过踏上贬途、初至贬所和长久谪居三大阶段，较为详细地论述了元和五大诗人生命沉沦和心理苦闷的演进过程。在这一过程中我们看到，他们的生命由沉沦、磨难而一步步贬值，被抛弃、被拘囚，甚而至于荒废，他们的心理也由惶恐、焦虑而一步步发展为孤独、苦闷、忧郁，直至产生性格的变异。固然，由于他们各自情况的不同，生命沉沦和心理苦闷的程度也是不同的，但就他们个人的人生经历而言，就他们身心所遭受到的各种创伤而言，贬谪都毫无疑问地标志着一种最沉重的忧患和最深刻的生命体验。正是贬谪，打破了他们生活的宁静和心理的平衡，颠倒了他们的人生信仰和价值观念，使他们怀着被抛弃的巨大忧愤和悲凉，在苦海中挣扎呼救，在风雨中寻觅家园，在迷途中辨认方向，在绝望中吞咽泪水，长期地甚至永久地陷入了人类那原始的悲患、痛苦之中。

那么，当贬谪诗人脱离了谪籍之后，他们的心理苦闷是否就消失了呢？回答是否定的。固然，由于结束了生命沉沦的过程，摆脱了贬所自然环境和社会环境的直接刺激，这种苦闷不再像以前那样强烈了，随着生命价值的重新确认，某些人的苦闷也确实在朝愈来愈淡化的方向发展。但是，既然贬谪给人造成的是一种巨大的深刻的身心创伤，则此创伤就不会很快平复，而且即令表面平复了，创伤留下的疤痕仍在,那深入骨髓的痛苦体验也常常会以回忆的形式泛起在心头,并在隐显明暗的交错中影响着他们的精神生活。进一步说,贬谪诗人虽然离开贬所回到了朝廷,但摆在他们面前的道路并不都是一帆风顺的,他们还会遇到各种各样的社会阻力和人生坎坷,而他们饱经苦难的人生经验也将导致他们对此做出独特的认识和选择,当这种认识和选择一旦与他们那寂寞的心灵相拍合并凝聚为新的忧患感的时候,便自然会以不同于以前的苦闷形式表现出来。

如前所述,元和五大贬谪诗人除柳宗元殒身贬所外,其余四人历经艰苦磨难最后均陆续返回朝廷。他们回朝后的心态,以苦闷的变化为中心,大致可分为淡化、延续、沉潜三种类型。

韩愈、元稹属于第一种类型亦即淡化型。他们的心理苦闷之所以渐趋淡化,固然与其贬谪经历有关(如韩愈受到的打击虽重,但贬谪时间却较短),但更重要的原因在于,他们回朝后,沉沦的生命得到了相应的补偿,自我和人生具有一种充实感。韩愈元和十五年九月返朝,先任国子祭酒,旋转兵部侍郎,接着亲赴镇州召抚王廷凑叛军,回来后又改任吏部侍郎,转京兆尹,兼御史大夫,后虽与李绅一度摩擦,但均属意气之争,韩所任官职亦只在兵部、吏部侍郎间摆动。据《新唐书》卷四六《百官志一》,兵部侍郎正四品下,吏部侍郎正四品上,这样的品级在朝官中已不算低,而高品级官职不仅能在一定程度上使人获得心理的满足,同时也确实给人提供了发挥才干的条件。因而,昔日的苦闷情怀不能不在韩愈身上渐趋淡化,代之而起的,乃是"窜逐三年海上归,逢公复此著征衣。旋吟佳句还鞭马,恨不身先去鸟飞"[1] 的精锐之气,以及"事随忧共减,诗与酒俱还"[2]"幸有用余

① 《韩昌黎诗系年集释》卷一二《奉使镇州行次承天行营奉酬裴司空相公》,第1234页。
② 《韩昌黎诗系年集释》卷一二《和仆射相公朝回见寄》,第1255页。

俸……未有旦夕忧"① 的知足情怀。

与韩愈的情形相比,元稹的政治遭际要复杂一些。元和十四年底,元返朝任膳部员外郎,不久转祠部郎中、知制诰,旋又召入翰林,为中书舍人、承旨学士,长庆二年,升任宰相。在这段时间里,由于我们后文将要谈到的一些特殊原因,元稹曾受到众多朝臣的轻视讥讽,同时,又因与裴度的矛盾冲突,罢相出为同州刺史,两年后改授越州刺史,兼御史大夫、浙东观察使。这一连串的事件,不能不使他一度颇感苦闷,所谓"论才赋命不相干,凤有文章雉有冠。嬴骨欲销犹被刻,疮痕未没又遭弹"② "二十年来谙世路,三千里外老江城。犹应更有前途在,知向人间何处行?"③ 便真实地勾勒了他苦闷心理的发展轨迹。然而,这种苦闷与昔日被贬时的苦闷在性质、程度、久暂上又是颇有差异的。首先,由于他在朝时主要处于激烈的竞争环境之中,并通过竞争达到了人臣官职的最高位,其出任同州刺史,在很大程度上即由此竞争所致,因而便不仅使他的苦闷具有了一种向上求进的竞争性质,而且在程度上也因了获得高官后的心理满足而有所补偿和弱化。其次,元稹在为相、出官前后曾做了不少有实际意义的工作,诸如"变诏书体,务纯厚明切,盛传一时"④;精心绘制《京西京北州镇烽戍道路等图》进呈君主,以助边备;依法严劾长庆元年进士科试之不公,打击请托恶习;在同州均定税籍,"与唐前期的均田制名同实异","成为元稹的著名政绩"⑤。所有这些,无疑使他昔日的苦闷在忙碌、充实的生活中得到了相应的缓解和淡化。最后,元稹只

---

① 《韩昌黎诗系年集释》卷一二《南溪始泛三首》其二,第1280页。
② 《元稹集校注》卷二一《寄乐天二首》其二,第643页。
③ 《元稹集校注》卷二二《寄乐天》,第654页。
④ 《新唐书》卷一七四《元稹传》,第5228页。
⑤ 范文澜:《中国通史》第三册,第285页。

有两年并握有实权的同州刺史之任,虽然使他产生过离开朝廷的痛苦,却难以给他造成实质性的损伤,也因时间的短暂少了往昔那种被抛弃、被拘囚般的压力;而到了越州以后,情形就愈为不同了。史载:"会稽山水奇秀,稹所辟幕职,皆当时文士,而镜湖、秦望之游,月三四焉。而讽咏诗什,动盈卷帙。……稹既放意娱游,稍不修边幅,以渎货闻于时。凡在越八年。大和初,就加检校礼部尚书。三年九月,入为尚书左丞。振举纪纲,出郎官颇乖公议者七人。……会宰相王播仓卒而卒,稹大为路歧,经营相位。四年正月,检校户部尚书,兼鄂州刺史、御史大夫、武昌军节度使。"① 由此看来,元稹这十余年间坐镇方面,寄情诗文山水间,心境总的来说是较为轻松的;而他的渎货行为和设法谋取相位的举动,更从一个侧面说明:他已很少当年寂寞心了。

　　刘禹锡属于第二种类型亦即苦闷延续型。与韩、元二人相同的是,刘返朝后亦颇欲有所作为,以弥补长期贬谪所造成的生命损失,所谓"闻说功名事,依前惜寸阴"② "犹有登朝旧冠冕,待公三入拂埃尘"③,即此不甘寂寞心态之表露。但与韩、元二人不同的是,时代虽然将他从生命沉沦的逆境中解救出来,却没能给他创造进一步施展身手的条件。他本人虽仍保持着激切劲健、搏取功名的心性,却不具备夤缘附势、屈己从人的手段;加之刘禹锡又特富诗人气质——"我本山东人,平生多感慨"④,而"感慨"在某种意义上不仅是心理苦闷的结果,而且是引发苦闷心理的原因。所有这些,无疑都预示着他返

① 《旧唐书》卷一六六《元稹传》,第 4336 页。
② 《刘禹锡全集编年校注》卷七《罢郡归洛阳闲居》,第 703 页。
③ 《刘禹锡全集编年校注》卷九《酬淮南牛相公述旧见贻》,第 1037 页。
④ 《刘禹锡全集编年校注》卷三《谒枉山会禅师》,第 280 页。

朝后的道路是不平坦的,他对昔日的痛苦经历是难以忘怀的,而他的苦闷情怀也是不会淡化和终结的。

唐敬宗宝历二年冬,刘禹锡罢和州刺史任返归洛阳,终于脱离了漫长而沉重的谪籍。在归途中,与白居易在扬州相遇。故旧握手,抚今追昔,感慨万千,遂以诗篇赠酬。白诗云:

> 为我引杯添酒饮,与君把箸击盘歌。诗称国手徒为尔,命压人头不奈何。举眼风光长寂寞,满朝官职独蹉跎。亦知合被才名折,二十三年折太多! ①

刘诗云:

> 巴山楚水凄凉地,二十三年弃置身! 怀旧空吟闻笛赋,到乡翻似烂柯人。沉舟侧畔千帆过,病树前头万木春。今日听君歌一曲,暂凭杯酒长精神。②

这是两首广为传诵的名篇。白诗主要在劝慰对方,劝慰中充满无限同情,这同情与对对方才名的称许合在一起,益发反跌出贬谪诗人所受挫折之沉重。刘诗紧承白诗语意,重在自叹,叹的内容有三:其一,叹自我生命之沉沦、废弃于巴山楚水竟达二十三年之久;其二,叹饱经磨难出得苦海竟人事变迁、恍如隔世;其三,叹见在之身犹如病树、沉舟,而此沉舟侧畔、病树前头竟有千帆驶过、万木葱茏! 这三叹表明,贬谪诗人内心充溢着一种巨大的惆怅、难言的悲凉和沉重

---

① 《白居易诗集校注》卷二五《醉赠刘二十八使君》,第 1957 页。
② 《刘禹锡全集编年校注》卷六《酬乐天扬州初逢席上见赠》,第 689 页。

的自我失落,它预示着贬谪诗人因背负生命长久沉沦的重荷而自觉不自觉地与现实世界所拉开的距离,并在更深的层次上透露出他那块垒难消的不平之气。不是吗?"诗称国手"却"徒为尔","满朝官职"竟"独蹉跎",白居易的话,正深刻道出了刘禹锡"二十三年弃置身"的全部委屈。当然,白居易将其根源归之于"命",无疑是避实就虚之举,但对刘禹锡来说,便不能不对这"命"的真正意义进行深刻的思考,也不能不用另一种眼光来观察这个曾将他抛弃的社会;而他之所以与现实社会很难拍合并深感苦闷,恐怕主要原因即在于此。

　　刘禹锡回朝后所面临的最敏感的问题是对他数十年前被贬一事究竟取何态度。这时,当年革新集团的政敌诸如俱文珍、武元衡、宪宗李纯等多已物故,社会上对革新派成员的议论、讥讽也已渐趋平息,而由于裴度、窦易直等人的荐拔,刘禹锡于大和元年被授以主客郎中,分司东都;在这种情况下,如果他不旧事重提,不刺激反对派,倒也能获得心理的平静,甚至得到官职的升迁。然而,刘禹锡却偏偏具有激切刚直的心性,生长了一颗不安定的灵魂。无罪被贬的遭遇本已使他忧愤难平,如今终于回朝的胜利更使他内心涌动着一股缅怀往事感慨系之的发泄欲望。于是,当他于大和二年春来到长安重游玄都观时,便挥笔写下了那首有名的《再游玄都观绝句》,放言宣称:"百亩庭中半是苔,桃花净尽菜花开。种桃道士归何处?前度刘郎今独(又)来!"据诗前小引,诗人"贞元二十一年为屯田员外郎,时此观未有花。是岁出牧连州,寻贬朗州司马。居十年,召至京师,人人皆言有道士手植仙桃,满观如红霞。遂有前篇,以志一时之事。旋又出牧,今十有四年,复为主客郎中。重游玄都,荡然无复一树,唯兔葵燕麦动摇于春风耳。因再题二十八字,以俟后游"[1]。由此看来,

---

① 《刘禹锡全集编年校注》卷七《再游玄都观绝句》,第 756 页。

玄都观的象征意义是再明显不过的了,观中桃花的盛衰,不仅喻示着政局的变化,而且关合着诗人的命运;当年桃花盛开时,诗人作有《元和十年自朗州承召至京戏赠看花诸君子》诗,中有"玄都观里桃千树,尽是刘郎去后栽"之语,因而遭到比一般人更沉重的打击;如今荡然无复一树,政敌亦零落殆尽,而诗人却大难不死,终于回得朝廷,当此之际,一个"前度刘郎今又来",内涵该是何等丰富! 它带有胜利者的自豪,包含着对政敌的嘲笑,并向世人传递了诗人本是清白无辜的信息。如果说,这首诗作为一种情感载体,确实使诗人畅快地宣泄了二十三年郁积的心理苦闷,那么反过来说,它也必然会因此宣泄触怒权要,从而使诗人陷入新的苦闷之中。史载:

> 禹锡衔前事未已,复作《游玄都观》。……人嘉其才而薄其行。禹锡甚怒武元衡、李逢吉,而裴度稍知之。大和中,度在中书,欲令知制诰,执政又闻诗序,滋不悦,累转礼部郎中、集贤院学士。……终以恃才褊心,不得久处朝列。①

"褊心"者,气量狭小之谓也;因一首诗遂以"褊心"相讥,显见史家曲笔。但平实而论,刘禹锡心性激切、对往事始终难以忘怀倒也是事实。似乎正是这一点,使得"人嘉其才而薄其行"和执政"滋不悦"。清人钱大昕有言:"至《玄都》诗虽含讥刺,亦词人感慨今昔之常情,何至遂薄其行! "②此语从为刘回护一点而论,说的极是,但就当时情状而言,"薄其行"的人怕还是不少的。据载:

---

① 《旧唐书》卷一六○《刘禹锡传》,第4211—4212页。
② [清]钱大昕著,杨勇军整理:《十驾斋养新录》卷六《刘禹锡传误》,上海书店出版社,2011年,第130页。

　　　文宗好五言诗……尝欲置诗学士七十二员,学士中有荐人姓名者,宰相杨嗣复曰:"今之能诗,无若宾客分司刘禹锡。"上无言。李珏奏曰:"当今起置诗学士,名稍不嘉。况诗人多穷薄之士,昧于识理。今翰林学士皆有文词,陛下得以览古今作者,可怡悦其间;有疑,顾问学士可也。陛下昔者命王起、许康佐为侍讲,天下谓陛下好古宗儒,敦扬朴厚。臣闻宪宗为诗,格合前古,当时轻薄之徒,摛章绘句,聱牙崛奇,讥讽时事,尔后鼓扇名声,谓之'元和体',实非圣意好尚如此。今陛下更置诗学士,臣深虑轻薄小人,竞为嘲咏之词,属意于云山草木,亦不谓之'开成体'乎?玷黩皇化,实非小事。"①

李珏的话是针对杨嗣复对刘禹锡的举荐说的,因而其中"讥讽时事"的"轻薄小人"无疑重点指刘。又据杨嗣复语,刘是时已为"宾客分司",而刘任太子宾客、分司东都的时间在开成元年,《通鉴》卷二四六则将此事系于开成三年(838),设若这一系年没有问题,那么从开成三年上溯到大和二年,已是十年时间;十年前发生的事(当然,这里也包括《再游玄都观绝句》之前发生的有关刘的一些事件),十年后仍为人挂于齿舌,议论不已,那么,事件发生时的物议如何,便可想而知了;同时,由此也可证明前引史书所谓"人嘉其才而薄其行""执政……滋不悦"洵非虚语,而刘禹锡不得知制诰,累转礼部郎中、集贤院学士,并出任苏州、汝州、同州刺史的一连串事件,也确与权要的压抑、打击有关。在《苏州谢上表》中,刘禹锡这样说道:

---

① 《唐语林校证》卷二《文学》,第149—150页。

始从郎署,出领郡章。承命若惊,省躬增感。……凡历外任,二十余年。伏遇陛下,应运重光,初无废滞。……在集贤院,四换星霜,供进新书,二千余卷。儒臣之分,甘老于典坟;优诏忽临,又委之符竹。分忧诚重,恋阙滋深。石室之书,空留笔札;金闺之籍,已去姓名。本末可明,申雪无路。……臣闻有味之物,蠹虫必生;有才之人,谗言必至。事理如此,古今同途。了然辨之,唯在明圣。①

事情至此已相当明显:刘禹锡回到朝廷后,仍蒙受着反对派的各种谗言、讥讽,心理仍处于苦闷的缠绕之中,否则,他绝不会说出"本末可明,申雪无路""有才之人,谗言必至"这样的话来。反对派的压抑、打击一方面说明当年弹压革新派的政敌势力仍然存在,它并没有随着俱文珍等主要人物的亡故而销声匿迹,当它受到新的刺激如上述刘禹锡诗作的反击时,还表现得相当猖獗;另一方面也反映了朝廷中不少人对刘禹锡之类当年的贬谪之士是戴着有色眼镜来看待的,前引李珏的话便是明证。当然,所有这些情况都对加剧刘的心理苦闷起着重要作用,但并不是导致刘苦闷延续的唯一根源,除此之外,人事变迁所造成的心理障碍以及老大无成所引发的精神空落,也从不同方面促使诗人身陷苦闷而难以自拔。

前面说过,刘禹锡在经过数十年的生命沉沦后重返朝廷,曾有一种恍如隔世之感,并自觉不自觉地与现实世界保持心理距离,这主要是指主观上的情形。如果从客观方面看,便可发现,由于时间的无情推移,刘禹锡初脱谪籍时已到了敬宗一朝,也就是说,他的一生已经历了代宗、德宗、顺宗、宪宗、穆宗和敬宗六朝;如果再算上他最后

①《刘禹锡全集编年校注》卷一八《苏州谢上表》,第1974—1975页。

在文宗和武宗朝生活的十余年时间,那么他便是当之无愧的八朝老臣了。在这漫长的时间里,昔日的友朋故旧散的散、死的死,几已零落殆尽,朝廷上下的大臣同僚多为新进之士、年轻后生。对刘禹锡来说,逝去的知己既已无可挽回地逝去了,而周围的后进者又与他具有一种因年龄、经历差别而导致的本然的隔阂,当此之际,他不能不深感寂寞和悲凉——一种无人理解的寂寞悲凉!

　　　　远谪年犹少,初归鬓已衰!……濩落唯心在,平生有己知。商歌夜深后,听者竟为谁? ①
　　　　弥年不得意,新岁又如何? 念昔同游者,而今有几多?……春色无情故,幽居亦见过。②
　　　　吟君叹逝双绝句,使我伤怀奏短歌。世上空惊故人少,集中惟觉祭文多! ③
　　　　二十余年别帝京,重闻天乐不胜情。旧人唯有何戡在,更与殷勤唱渭城。④

在这些诗歌中,诗人表露的那种无人理解的寂寞悲凉意绪是相当真切的,他那发自内心的无限感慨也是相当沉重的。然而,又岂止如此? 如果说,由于年龄和经历的差别,在刘禹锡与后进者之间已横亘着一条本然的鸿沟,那么,由于诗人的“政治问题”和他的卓荦才名,更使得一些平步青云的新贵以一种深刻的成见和妒忌,人为地加大

---

① 《刘禹锡全集编年校注》卷七《罢郡归洛阳寄友人》,第 704 页。
② 《刘禹锡全集编年校注》卷一一《岁夜咏怀》,第 1247 页。
③ 《刘禹锡全集编年校注》卷九《乐天见示伤微之敦诗晦叔三君子皆有深分因成是诗以寄》,第 993 页。
④ 《刘禹锡全集编年校注》卷七《与歌者何戡》,第 768 页。

了这鸿沟的广度,从而不能不使诗人于寂寞、悲凉之外又深感气愤。
在《与歌者米嘉荣》中,刘禹锡这样说道:

> 唱得凉州意外声,旧人唯数米嘉荣。近来时世轻先辈,好染
> 髭须事后生。①

诗的前二句重在怀旧,后二句重在伤今,在今昔的隐然对照中,见出
诗人强烈的现实愤懑。不是吗? 在中国古代社会中,先辈向来是受
到尊敬的,然而竟有人"轻先辈",而且这"轻"是"近来"才有的,
"轻"的对象乃是诗人这样的经磨历劫的高才之士,而"轻"的程度竟
达到令先辈染黑须发去"事后生",这该是何等本末倒置! 这里,诗
人的不平之气以正话反说的形式表达出来,益发突现了强烈的程度。
范摅《云溪友议》卷中载刘禹锡语云:"余亦昔时直气,难以为制,因
作一口号,赠歌人米嘉荣……"② 这段话,适可作为此诗的有力注脚。
　　物是人非的现实和来自多方面的刺激、压力,一方面直接造成了
刘禹锡的心理苦闷,另一方面也大大限制了他政治才能的施展。尽
管刘禹锡返朝之后是极想有所作为、有所建树的,尽管他曾一度产生
过"官无责词,始自今日"③ 的真诚想法,但依旧冷暖的人情和混浊的
现实很快便粉碎了他的愿望,而朝内日益剧烈、势同水火的党争更使
他深感事已不可为。然而,就此作罢,实在于心不甘;激流勇进,又确
感力不从心,而且也无此必要;当此之际,看着自己日渐增多的华发
和衰弱的身体,年迈的诗人不能不生出老大无成的沉重苦闷。在《乐

---

① 《刘禹锡全集编年校注》卷八《与歌者米嘉荣》,第895页。
② [唐]范摅著,王宁校正:《云溪友议校正》卷中《中山悔》,凤凰出版社,2018
　　年,第185页。
③ 《刘禹锡全集编年校注》卷一七《谢裴相公启》,第1864页。

天重寄和晚达冬青一篇因成再答》一诗中,刘禹锡痛苦地说道:

> 风云变化饶年少,光景蹉跎属老夫。秋隼得时凌汗漫,寒龟饮气受泥涂。东隅有失谁能免? 北叟之言岂便诬? 振臂犹堪呼一掷,争知掌下不成卢! ①

"卢"是古时樗蒲戏一掷五子皆黑的名称,为最胜采。晋人刘裕晚年曾在一次博戏中将五子掷下,四子俱黑,一子转跃未定,裕厉声喝之,遂成为卢②。这里,诗人化用典故,赋予掷卢以政治、人生意义。在他看来,自己虽曾半生坎坷,年迫桑榆,但雄心不死,健气仍在,振臂高呼,犹可在社会政治这一大博戏场中将生命掷它一掷,可结果呢?"争知掌下不成卢!"这是多么沉重的悲慨! 这种状况的形成,不只是由于心有余而力不足,更重要的是因为时事根本不具备使他"成卢"的条件。如果说,诗人的不能"成卢"主要是由于身心衰弱等主观上的原因,那么,他虽可能感到苦闷,但还不至于过度强烈;可眼下远不是这么回事,他主观上具备了"成卢"的条件而客观现实却偏不容许他去实现,致使他已遭废弃的、剩余不多的生命再遭废弃,凌云之志和满腹的才华付之东流,这样一种情况,怎能不使"病闻北风犹举首"③的前贬谪诗人苦闷异常、感慨系之呢? 固然,朝廷的压抑、时局的艰险、事无能为也不可为的失望以及晚年生活的相对优裕,确曾使诗人怀着避祸远灾之念而沉湎于退居洛下后的文酒之会中,与白

---

① 《刘禹锡全集编年校注》卷九《乐天重寄和晚达冬青一篇因成再答》,第977页。
② 见[唐]房玄龄等:《晋书》卷八五《刘毅传》,中华书局,1974年,第2210—2211页。
③ 《刘禹锡全集编年校注》卷一四《伤我马词》,第1701页。

居易、裴度等人唱酬优游,消遣时日,"以闲为自在,将寿补蹉跎"①,
"处身于木雁,任世变桑田"②。表面看来,其苦闷情怀确实在与日俱
减,但从深层次看,这只不过是不得已而求其次借以麻痹自我神经的
做法而已,刘禹锡何尝一日忘怀过现实? 何尝一日断绝过苦闷? 在
他临终前写的那篇自述身世的《子刘子自传》中,不仅以大量篇幅追
记永贞、元和之际那场刻骨铭心的政治搏斗,为王叔文也为自己洗
刷罪名,而且在篇末铭词中喟然长叹:"重屯累厄,数之奇兮! 天与
所长,不使施兮!"③ 可以毫不夸张地说,无罪被贬、长久磨难、老而
无成作为刘禹锡心理苦闷的三大主因,几乎伴随并折磨了他整整
一生。

与刘禹锡有所不同,白居易属于第三种类型亦即苦闷沉潜型。
白居易于元和十五年由忠州返回朝廷后,占主导地位的思想是知足
保和、避祸远灾、超然于世事之外,求得现实生命的享用。正是在这
种思想的导引下,白居易目睹"朋党倾轧,两河再乱,国是日荒,民生
益困"④ 的险恶局势,仅在朝任职两年,便于长庆二年请求外任,先后
刺史杭州、苏州,宝历二年九月以疾罢任归返洛阳,又经过不到两年
的长安生活,终于在大和三年五十八岁时,以太子宾客分司东都,此
后十七年时间,一直优游洛下,终老于斯。

从白居易后期生活看,参禅、学道、饮酒、赋诗、出游几乎成了全
部内容,所谓"所居有池五六亩,竹数千竿,乔木数十株,台榭舟桥,具
体而微,先生安焉。家虽贫,不至寒馁;年虽老,未及昏耄。性嗜酒,

---

① 《刘禹锡全集编年校注》卷一一《岁夜咏怀》,第 1247 页。
② 《刘禹锡全集编年校注》卷一〇《酬乐天醉后狂吟十韵》,第 1148 页。
③ 《刘禹锡全集编年校注》卷一九《子刘子自传》,第 2179 页。
④ 朱金城:《白居易年谱》,上海古籍出版社,1982 年,第 129 页。

耽琴,淫诗。凡酒徒、琴侣、诗客,多与之游。游之外,栖心释氏,通学小中大乘法。与嵩山僧如满为空门友,平泉客韦楚为山水友,彭城刘梦得为诗友,安定皇甫朗之为酒友。每一相见,欣然忘归"①,便可视作晚年白居易生活、情趣的真实写照。那么,白居易是否完全改变了早年的兼济之志? 完全忘怀了昔日的贬谪经历和苦闷? 回答同样是否定的。仔细分析白居易的心理状态,可以发现,他具有和刘禹锡相同的用世意念和苦闷情怀,而他与刘禹锡的分野则在于:刘是知其不可为而仍欲为之,诗人气质过重以致苦闷常常泛起心头,挥之不去;白则是知其不可为而安之若命,将苦闷沉潜于心底而代之以庄学禅理的超然旷达。因而,白较刘要显得轻松得多,洒脱得多,但在他内心的最幽微处,仍盘踞着难以驱散的寂寞和苦闷,这寂寞和苦闷有时甚至强烈到非沉醉于酒乡才能驱散的程度:

> 　　年年老去欢情少,处处春来感事深。时到仇家非爱酒,醉时心胜醒时心。②

不是单纯地爱酒,而是借酒浇愁,借醉解闷,以此达到心理的暂时平衡。是的,"深心藏陷井,巧言织网罗。举目非不见,不醉欲如何!"③世事如此,人心如此,何不以醉时的忘机来取代醒时的苦闷? 何不抽身一步以避离悲剧性的现实? 所以,白居易不仅爱酒、饮酒、沉溺于醉乡,而且赞酒、颂酒,以醉吟先生自命。他的《酒功赞》云:"产灵者何? 清醑一酌。……百虑齐息,时乃之德;万缘皆空,时乃之功。吾

---

①《白居易文集校注》卷三三《醉吟先生传》,第 1981 页。

②《白居易诗集校注》卷一五《仇家酒》,第 1179 页。

③《白居易诗集校注》卷九《劝酒寄元九》,第 742 页。

常终日不食,终夜不寝,以思无益,不如且饮。"① 他的《醉吟先生传》云:"自适于杯觞讽咏之间,放则放矣,庸何伤乎?……此刘伯伦所以闻妇言而不听,王无功所以游醉乡而不还也。……因自吟《咏怀》诗……吟罢自哂,揭瓮拨醅,又引数杯,兀然而醉。既而醉复醒,醒复吟,吟复饮,饮复醉:醉吟相仍,若循环然。由是得以梦身世,云富贵,幕席天地,瞬息百年,陶陶然,昏昏然,不知老之将至,古所谓得全于酒者,故自号为醉吟先生。"② 这里,白居易以夸张的文学语言,围绕酒作了一篇大文章,而其核心则在于忘忧避祸,效法阮籍、刘伶等"古所谓得全于酒者"。宋人叶梦得有言:"晋人多言饮酒,有至于沉醉者,此未必意真在于酒。盖方时艰难,人各惧祸,惟托于醉,可以粗远世故。盖自陈平、曹参以来,已用此策。……流传至嵇、阮、刘伶之徒,遂全欲用此为保身之计。……如是,饮者未必剧饮,醉者未必真醉也。"③ 这话说得相当深刻,移用于白居易的饮酒,怕也十分恰当。

当然,饮酒只是白居易用以忘忧避祸的一个方面,而且白的饮酒在程度上也是很难与竹林名士相比的。不过,在此需要着重指出的倒是,比起竹林名士来,白居易的避祸意识似乎更复杂、更深切一些。因为事实很明显:在嵇康、阮籍等人那里,面对的乃是单一的政治恐怖,是司马氏政权对异己的迫害;而在白居易这里,情况便要复杂得多。一方面,朋党倾轧愈演愈烈,势同水火,稍有不慎,就有可能被卷入漩涡,另一方面,朝臣与宦官的矛盾冲突日趋激烈,从大和四年宰相宋申锡谋除宦官失败始,至大和九年甘露之变宦官得胜终,朝内政局已是险恶至极,而甘露之变的结果,则是上千人被杀,朝列几为

---

① 《白居易文集校注》卷三三《酒功赞》,第 1925 页。
② 《白居易文集校注》卷三三《醉吟先生传》,第 1982 页。
③ [宋]叶梦得撰,逯铭昕校注:《石林诗话校注》卷下,人民文学出版社,2011年,第 192—193 页。

之一空。这似乎是一场混战,面对这场混战,白居易自然要引身避祸了。与此同时,我们还应注意到白居易避祸意识不同于嵇、阮等人的另一个重要因素,即作为贬谪诗人,他是有过被祸患长久折磨的切身体验的。他在绝计退出朝廷回归洛阳的前一年亦即大和二年,写了三首《戊申岁暮咏怀》,其三云:

> 七年囚闭作笼禽,但愿开笼便入林。幸得展张今日翅,不能辜负昔时心。人间祸福愚难料,世上风波老不禁。万一差池似前事,又应追悔不抽簪。①

此诗可以看作白居易绝妙的内心自白。长久的生命沉沦,使他饱尝了被抛弃、被拘囚的苦楚,而混浊险恶的政治,则使他对往事记忆良深,时时自警自戒。固然,艰难的时事、沉重的忧患确实大大减小了这位当年斗士的胆量,弱化了他直面人生的勇气,但同时也丰富了他的政治经验,教会了他必要的生存智慧。他深刻地意识到:政治是严酷的,人间布满网罗,人的一生风云变幻,祸福难料;既然自己已经有了一次惨痛的贬谪教训,便绝不能再重蹈覆辙。惟一的办法,就是效法那一旦出笼即远走高飞、逃入山林的鸟儿,离开朝廷,远灾避祸;否则,"万一差池似前事",可就追悔莫及了。

这里我们看到,白居易的避祸意识是建立在他生命沉沦的痛苦经验之上的,而他对生命沉沦那幕情景又是记忆犹新的。基于人的自我保存本能,这种记忆愈深刻,就愈是强化了他的避祸意识,愈是加剧了他的不安全感;反过来看,这种不安全感一天不消除,他就一天摆脱不了苦闷的缠绕,一天忘怀不了那铭心刻骨的苦难经历。心

---

① 《白居易诗集校注》卷二七《戊申岁暮咏怀》其三,第2117页。

理学家认为：

> 各种记忆中最富有启发性的,是他开始述说其故事的方式,他能够记起的最早事件。第一件记忆能表现出个人的基本人生观,他的态度的雏型。它给我们一个机会,让我们一见之下便能看出:他是以什么东西作为其发展的起始点。我在探讨人格时,是绝不会不问其最初记忆的。①

最初的记忆也就是最深刻的记忆,记忆之所以深刻,是因为事件的影响太大,留下的心印太深,以致人自觉不自觉地、习惯性地沉湎于对它的追想之中。这种情况,在白居易身上即有突出表现。

白居易有不少追想往事的诗篇,开头往往以"忆"字领起,而所"忆"之事多为昔日的贬谪事件：

> 忆昔谪居炎瘴地,巴猿引哭虎随行。②
> 忆除司马向江州,及此凡经十五秋。③

对白居易来说,贬谪造成的心灵创伤并没有随着时间的推移而平复,在不断回忆的触发下,它还在隐隐作痛：

> 偶因明月清风夜,忽想迁臣逐客心。何处投荒初恐惧？谁

---

① 〔奥〕阿尔弗雷德·阿德勒著,黄光国译：《自卑与超越》,作家出版社,1988年,第 67 页。
② 《白居易诗集校注》卷二八《不准拟二首》其二,第 2223 页。
③ 《白居易诗集校注》卷二八《思往喜今》,第 2212 页。

　　　　人绕泽正悲吟？ ①

　　　　　何处难忘酒？逐臣归故园。赦书逢驿骑，贺客出都门。半
　　面瘴烟色，满衫乡泪痕。此时无一盏，何物可招魂？ ②

这里，诗人的思绪是相当曲折微妙的，他可以因些微触发，便联想开
去，生出无限感慨；他不仅想到了谪居时的痛苦，而且还忆及逐臣归
返时的悲喜交集；尽管这回忆的对象并不确定，但其中却充满了诗人
自己的切肤之感。不是吗？白居易谪居时的心理苦闷已见前述，而
他归返乡国时的心境也颇为沉重："万里路长在，六年身始归。所经
多旧馆，太半主人非！" ③ "恻恻复恻恻，逐臣返乡国。前事难重论，少
年不再得！" ④ 沉沦数载，物换星移，青春已逝，不堪回首！这感慨、这
悲凉，标志着贬谪诗人对生命的全部解悟；而当它在时间的作用下，
沉入心底，转为记忆，并由此记忆扩大开来，赋予个体经验以一种普
遍意义的时候，不就来得益发深切了吗？显而易见，记忆在此是作为
贬谪事件与诗人心灵间的媒介存在的，它每重复一次，昔日的痛苦经
验便会在诗人心中演绎一次，诗人受创的心灵也就要战栗一次，所以
白居易极真诚极沉重地说道：

　　　　随波逐浪到天涯，迁客生还有几家？却到帝乡重富贵，请君
　　莫忘浪淘沙！ ⑤

----

① 《白居易诗集校注》卷三二《闲卧有所思二首》其一，第 2429 页。
② 《白居易诗集校注》卷二七《何处难忘酒七首》其六，第 2147 页。
③ 《白居易诗集校注》卷一八《商山路有感》，第 1485 页。
④ 《白居易诗集校注》卷一八《恻恻吟》，第 1486 页。
⑤ 《白居易诗集校注》卷三一《浪淘沙词六首》其六，第 2421 页。

经磨历劫有如大浪淘沙的生命沉沦，给贬谪诗人造成了创巨痛深的心理烙印，岂是轻易忘记得了的？白居易之所以要突出强调"请君莫忘浪淘沙"，不仅仅是让人们记住昔日的苦难，而且是让人们以此苦难为鉴戒，抓紧现世的生命享用，切莫再陷入生命沉沦的泥潭之中。无疑，这是白居易对苦难的理解，对生活的理解，对生命的理解，虽然这种理解与道家思想和禅学的影响有关，与当下险恶的现实有关，但在更大程度上，却是源于贬谪给他造成的痛苦经验。反过来说，贬谪作为他最初的也是最深刻的记忆，不仅长期延续着他的心理苦闷，而且也构成了他后期心态、人格"发展的起始点"，在意识无意识中影响着他的生活道路。如果不这样去理解，而只从外部因素着眼，我们就很难全面地认识并解释白居易晚年何以如此强烈地要求避祸以及享用生命等一系列现象了。

最后需要指出的是，白居易毕竟是一位超越型的诗人，尽管他脱离谪籍后并没有结束心理的苦闷，但他却往往能以达观的情怀对此苦闷加以克制，通过参禅、学道、饮酒、优游来稀释这苦闷的浓度，因而，与刘禹锡那种常为苦闷所左右的情形相比，他的苦闷情怀大多处于沉潜状态，即使偶尔外露，也被很快转移开去，不至于对他整体的精神风貌产生大的影响。而且，随着他离开朝廷后心理不安全感的解除，这种苦闷也渐趋淡化，在不少情况下，白居易是怀着一种自足自慰的优胜心理来看待昔日自身之不幸和今日他人之不幸的。尽管在终极意义上，他的不安全感的解除及其优胜心理的获得，本即源于自己和他人的生命沉沦。

第三章　韩、元、白诸人的诗路经行与书写特点

上一章从生命沉沦的角度,重点考察了五大诗人被贬经历的三个阶段及其返朝后的心态变化,其中虽涉及贬谪之路,但限于题旨,未得充分展开。本章即沿此一思路,围绕诗路话题,主要就韩愈、元稹、白居易诸人的诗路经行及书写特点做进一步探讨①。

五大诗人经行之路,既是一条贬谪之路,也是一条由诗人之眼之心连接起来的诗歌创作之路,简言之,即贬谪诗路。所谓诗路,一要有路,二要有诗,路是诗的触媒,诗是路的升华。借助于路,诗人行迹和诗作特点得到集中展示;借助于诗,路的自然景观和文化意蕴获得突出彰显。当然,除了路与诗外,还有两个要项,那就是地与人。地,指诗人于路途行走后所抵达之地,这是路的延伸,也是较之路途书写更能扩大并深化创作的场所;人,是诗路创作的核心因素,而被贬之人又与一般行人大有不同,他们是在被打击、被压抑状

---

① 按:本章之所以选择韩、元、白三人为主要考察对象,而未及柳宗元、刘禹锡,盖因笔者于柳、刘二人之诗路经行及相关创作已有专文论述(参见《柳宗元刘禹锡两被贬迁三度经行路途考》,《唐代文学研究》第7辑,广西师范大学出版社1998年;《柳宗元古近体诗与表述类型之关联及其创作动因》,《文学遗产》2011年第3期;《唐人诗文及史书中之"商颜"考——兼与下定雅弘教授商榷》,《文学遗产》2018年第1期),限于篇幅,这里不再列专节讨论。

态下，负载着独特的政治、文化、人生、生命内涵不得已而走向远方的，他们在贬途、贬地之所闻所见所感所写，具有贬谪文学所特有的角度和深度。因而，欲了解其诗路经行和书写，既要详细考察相关路线、路况、路程，又要深入把握其人的贬谪遭际、心路历程、关怀目标和情感变化，只有这样，才能对路与诗两端获得更全面、更透彻的认知。

第一节　韩愈两度南贬与诗路书写

韩愈贬迁的独特性／两度南贬之相关争议及行程行期／
诗路书写之特色／同行者与贬途酬赠

德宗贞元末至宪宗元和末，韩愈屡遭贬迁，既是五大诗人中贬、迁次数最多、贬地最远、在贬途所受磨难最大的一位，也是路途经行时间、里程引起争议最多的一位。

从贬迁次数看，韩愈始于贞元十九年十二月，由监察御史贬为连州阳山令，二十一年量移江陵法曹参军，继于元和二年春夏间自国子博士分司东都，元和六年岁末自职方郎中下迁国子博士，元和十一年五月自中书舍人降为太子右庶子，终于元和十四年正月自刑部侍郎贬为潮州刺史，同年十月量移袁州刺史，在短短十七年间，被贬被迁达七次之多。

从贬谪地域看，韩愈以上七次贬迁所受打击不尽相同：元和六年、十一年两次仅为降职，而无地理迁徙；元和二年分司东都，虽有了地理迁徙，却并不遥远；只有贞元十九年、元和十四年的两次贬谪，一为连州阳山，一为潮州潮阳，可谓地域荒远，所受打击巨大。连州，初属岭南道，后改属江南西道，据《元和郡县图志》，其"西北至上

都三千六百六十五里",属县阳山"西北至州水路一百七十四里"①,
二者相加,知阳山距长安三千八百三十九里。潮州,属岭南道,濒
临大海,其"西南至广州水陆路相兼约一千六百里";而广州"西北
至上都取郴州路四千二百一十里,取虔州大庾岭路五千二百一十
里"②,二者相加,则潮州至长安取郴州路五千八百一十里,取虔州路
六千八百一十里(韩赴潮所走路线为郴州路,返程为虔州路)。这里
所记,与《通典》《旧唐书》所载郴州至长安距离较为接近③,其分段
里程之和亦与潮州至长安之总里程大体吻合,可以取信。由此见出
韩愈南贬潮州之路程,较之同期贬官如元和五大诗人中之刘、柳、元、
白的贬地,都更为遥远。

---

① [唐]李吉甫撰,贺次君点校:《元和郡县图志》卷二九《江南道五》,中华书
局,1983年,第711页。按:《通典》卷一八三、《旧唐书》卷四○、《太平寰
宇记》卷一一七记连州至长安距离分别为三千八百零五、三千六百六十五、
三千六百五十里(见[唐]杜佑撰,王文锦等点校:《通典》卷一八三,第4880
页;《旧唐书》卷四○,第1619页;[宋]乐史撰,王文楚等点校:《太平寰宇
记》卷一一七,中华书局,2007年,第2365页),今姑以《元和志》为准。
② 《元和郡县图志》卷三四《岭南道一》,第895、886页。
③ 按:《通典》卷一八三、《旧唐书》卷四○记郴州至长安里程均为三千三百里
(第4879页、第1617页),与《元和志》之三千二百七十五里无大差异;而二
书之卷一八四、卷四一记韶州至长安里程,却均骤然跃升为四千九百三十二
里(第4914页、第1714页),较《元和志》之三千六百八十五里多出
一千二百四十七里,衡之郴、韶二州间的实际距离四百一十里(《通典》《旧
唐书》谓五百里),其总数与分段数据颇不相符,故疑所记为虔州路里程。至
《太平寰宇记》卷一五九,则谓韶州"西北至长安取郴州路四千九百三十二里"
(第3053页),将《通典》《旧唐书》未明言何路之里程径指为郴州路,疑误。
又,韶、广间里程诸书所记亦有异,《元和志》卷三四《岭南道一》:韶州,"南
至广州水陆相兼五百三十里"(第901页)。《通典》卷一八四《州郡一四·始
兴郡》:"南至南海郡八百里。"(第4914页)《旧唐书》同《通典》,《太平寰宇
记》同《元和志》。核以今日公路里程,二地距离约为二百二十五至二百四十
公里,当以《元和志》《寰宇记》为准。

　　从贬途所受磨难看,韩愈被贬阳山、潮州,均经行蓝武驿道,不仅均逢大雪封山,气候恶劣,山路崎岖,地冻路滑,饱受肉体折磨;而且更因爱女死于商南层峰驿,家破人亡,受到极严重的精神摧残。凡此,前已言及,兹不赘。这较之同期贬臣如刘、柳、元、白诸人,其所蒙受的痛苦无疑也是最为沉重的。

　　从沿途行迹、行期看,韩愈两度南贬均有数十首诗纪地纪时纪事,然其中也还存在若干模糊不清之处。就阳山之贬言,途中依次经蓝武驿道诸驿站、湘中、贞女峡、同冠峡,而以《同冠峡》所谓“南方二月半,春物亦已少”①之时间交代最为重要。据此,知其离京后于次年二月中旬已入连州界之同冠峡。那么,这里的问题是,韩愈是十二月什么时候踏上贬途的? 他走完三千八百三十九里的全程用了多少时间?

　　韩愈贬潮州之行迹和时间,《潮州刺史谢上表》说得清楚:“臣以正月十四日蒙恩除潮州刺史,即日奔驰上道,经涉岭海,水陆万里,以今月二十五日到州上讫。”②据此,知其元和十四年正月十四日被贬潮州,即日踏上贬途,此后有《左迁至蓝关示侄孙湘》《武关西逢配流吐蕃》《路旁堠》《次邓州界》《食曲河驿》《过南阳》《题楚昭王庙》诸诗,记其经蓝武驿道及初入楚地情形。又据同时所作《记宜城驿》,知其游宜城楚昭王庙在二月二日。此后一路南行,抵韶州境作《泷吏》《题临泷寺》二诗。前诗云:“南行逾六旬,始下昌乐泷。……下此三千里,有州始名潮。”③后诗云:“不觉离家已五千,仍将衰病入泷船。”④因知斯时行程“五千”,历时“逾六旬”,其后尚有“三千里”的

①《韩昌黎诗系年集释》卷二《同冠峡》,第 188 页。
②《韩昌黎文集校注》卷八《潮州刺史谢上表》,第 689 页。
③《韩昌黎诗系年集释》卷一一《泷吏》,第 1109 页。
④《韩昌黎诗系年集释》卷一一《题临泷寺》,第 1118 页。

路程。而抵潮时间即《潮州谢上表》所谓"今月二十五日"。那么,韩愈这里所说诸段里程可信吗?"逾六旬"当如何理解?"今月",究竟是三月,还是四月?这些问题,曾引起历代学者持续不断的争议。

先看韩愈的贬潮之行。此行之相关争议主要关乎抵潮月份以及对"逾六旬"的理解。

宋洪兴祖《韩子年谱》认为韩愈抵潮在三月二十五日,其所以能在"行逾六旬,三月几望"后"十许日行三千里",自韶抵潮,"盖泷水湍急故也"①。方崧卿《年谱增考》不同意洪说,以为"自韶至广,虽为顺流,而自广之惠,自惠之潮,水陆相半,要非旬日可到。故公《表》亦云:'自潮至广,来往动皆经月。'则公到郡,决非三月"。朱熹《考异》赞成方说,但又谓韩愈"《与大颠第一书》石本乃云'四月七日',则又似实以三月二十五日到郡也。未详其说,阙之可也"。清王元启认可三月之说,但为使抵潮时日与实际里程吻合,遂提出"六旬"为"四旬"之误的说法:"自京至韶,不及五千里,不须行至六旬,改作'逾四旬',即集中《宜城驿记》《潮州谢上表》《祭神文》《鳄鱼文》《与大颠师书》石本所载月日,悉无可疑。"与王元启观点相反,晚清郑珍《书韩集与大颠三书后》综合诸说后认为:《与大颠第一书》乃"庸妄人所假托","考公《泷吏》诗云:'南行逾六旬,始下昌乐泷。'泷在韶州乐昌县,公以正月十四日启行,行逾六旬,始下此泷,则公之过乐昌,已是三月望后,去月之二十五,计多不过七八日。由此而韶而广而始至潮。《泷吏》诗云:'下此三千里,有州始名潮。'三千里岂七八日可到?《谢表》云:'臣所领州去广州虽云才二千里,然来往动皆经月。'此公初到郡据所新历以上告天子者,程期明白可据。由广至潮,已须经月方到,韶之距广,又一千里,其至亦必经旬日。公之

_____

① 吕大防等撰,徐敏霞校辑:《韩愈年谱》,中华书局,1991年,第67页。

到潮为四月二十五日,确无可疑。四月七日何由召大颠也?"①

　　近今学者围绕此一问题续有讨论,但大多祖述前人说法而互为左右祖。如钱仲联《韩昌黎诗系年集释》对郑说深表赞成,谓:"郑氏此说甚谛。据此,则此诗'六旬'原无可疑。王氏欲改'六'为'四',其说未安。考公于正月十四日离长安,商颜风雪,行程必稽缓,故抵宜城已为二月二日。此段路程甚短,已占去二旬。自宜城至韶,其途遥远。中间湘水一段,逆水南行,必不能速,亦必不能以二旬时间达之也。王氏'四旬'之说,出于臆测,未可从。"②张清华《韩愈年谱汇证》亦力主四月抵潮说,但提出按"旬记"的观点:"韩愈行六十日自长安至昌乐。如按六十日计为三月初五日,如旬计则为三月四日。"③岳珍《韩愈"南行逾六旬"考实——兼考韩愈南迁潮州的行程》则赞成三月抵潮说,并明确指出"六旬"非实指六十日,"旬"非基数词而为序数词,"韩愈以正月十四日被遣……进入第六旬,应在三月初。此时距离正月十四,已逾六旬"④。

　　综观以上诸说,主要争议有三:一是若定抵潮为三月二十五日,那么,韩愈"逾六旬"始达韶州,其时已在三月十四日或稍后,剩下约十天时间,势难走完由韶至广再至潮的"三千里"路程;二是若定为四月二十五日,则又与韩集数篇抵潮后文所署月日相冲突。如《潮州祭神文五首》其一署"元和十四年岁次己亥三月己卯朔某日",《与大颠师书》第一篇署"四月七日",《鳄鱼文》署"元和十四年四

① 以上诸说,均见《韩昌黎诗系年集释》卷一一《泷吏》注二引,第1110—1111页。
② 《韩昌黎诗系年集释》卷一一《泷吏》注二《补释》,第1111页。
③ 张清华:《韩学研究》下册,江苏教育出版社,1998年,第368页。
④ 岳珍:《韩愈"南行逾六旬"考实——兼考韩愈南迁潮州的行程》,《殷都学刊》2003年第1期。

月二十四日"①,其作时皆在四月二十五日前,倘若韩愈抵潮在四月二十五日,就无法解释这些文章所署之作时;三是如何理解"逾六旬":是将"六旬"视为六十天之实指,还是视为表序数之第六旬,抑或如王元启那样,将"六旬"视为"四旬"之误?

我们的看法是,首先应尊重现有文献及其内证,即韩愈抵潮必在作上述《潮州祭神文五首》诸文之前,亦即三月二十五日。在无确切文献佐证的情况下,任何无视这些证据存在或随意更改文字、视其为伪作的做法,都是站不住脚的。其次,就前引质疑三月二十五日抵潮的诸家说法,提出如下几点解释:

其一,从韩愈各段行程用时及路况看,四月二十五日抵潮说不合常理。因为一个简单的事实是:若按此说,韩愈贬途共用时一百天,其中自长安至韶州三千六百八十五里,用时"逾六旬",姑以六十日计(实或未足六十日,见后说),其日行速度约六十二里;而自韶州至潮州两千一百三十里,用时四十日,日行速度约五十三里。二者相较,其时、速略不匹配。何况前段多为陆路,后段多为水路;前段为商山风雪所阻,后段多乘舟顺流直下,其缓急迟速迥然不同。准此,便很难解释这样一个疑问:韩愈身为有程期严格限制之贬官,何以在难行之陆路日行速而用时少,在易行之水路反日行慢而用时多?

其二,"六旬"既可实指六十天,亦可依初贬之旬顺序后推,理解为"第六旬"。古人一旬十日,一月三旬,所谓上旬、中旬、下旬是也。韩愈贬潮为正月十四日,乃该月之中旬,则是旬当从正月十日算起,至三月十日后即可算作"逾六旬"。如元稹《僧如展及韦载同游碧涧寺各赋诗……不十日而展公长逝……》:"重吟前日他生句,岂

---

① 韩愈撰,刘真伦、岳珍校注:《韩愈文集汇校笺注》卷一二、卷三二、卷二六,中华书局,2010年,第1380、3119、2752页。

料逾旬便隔生。"①诗题明言"不十日",而诗云"逾旬",即其例也。准此,则韩愈至韶当为三月十日或稍后,其由韶至广至潮尚有约半月时间,而非论家所言之"七八日"。至于前引张清华、岳珍两位学者对"旬"的理解,因考察角度变换而不无启发意义,但其在日期计算上的错讹却是显而易见的。因为所谓"逾六旬",倘按六十日计,当为三月十四日或稍后;按旬计,当为三月十日或稍后,而非张说之"三月初五""三月四日",也非岳说之"三月初"。盖因至三月初,只能说进入第六旬,而不可说"逾六旬";若言"逾六旬",则必当以三月十日为界。

其三,各段里程均须落于实处,斟酌去取,而不当以前人之泛言为据。上文提到,自韶至广"水陆相兼五百三十里",自广至潮"水陆路相兼约一千六百里",将两段里程相加,为两千一百三十里。由此可知韩愈所谓"下此三千里,有州始名潮"之"三千",只是一个概数,而不可坐实的。由于自韶至广为顺流直下,由广至潮水陆相兼而水路居多,较之纯走陆路快出不少②,故以三月十日(或稍后)至二十五日之约半月的时间,且不说依"日驰十驿以上"③之对待贬官的特殊规定,即按唐代"乘传者日四驿,乘驿者六驿"④之正常速度论,每天行速在一百二十里至一百八十里之间,要走完全程也并不困难。

其四,需准确理解韩《表》,而不宜曲解和随意夸大。前引郑珍

---

① 《元稹集校注》卷八《僧如展及韦载同游碧涧寺各赋诗予落句云他生莫忘灵山别满壁人名后会稀展共吟他生之句因话释氏缘会所以莫不凄然久之不十日而展公长逝惊悼反覆则他生岂有兆耶其间展公仍赋黄字五十韵飞札相示予方属和未毕自此不复撰成徒以四韵为识》,第 235 页。

② 据唐漕运旧制:"水行之程:……空舟溯河四十里,江五十里,余水六十里。沿流之舟则轻重同制,河日一百五十里,江一百里,余水七十里。"见《唐六典》卷三,第 80 页。

③ 《唐会要》卷四一《左降官及流人》,第 735 页。

④ 《新唐书》卷四六《百官志一》,第 1196 页。

《书韩集与大颠三书后》以韩愈《谢表》所谓"臣所领州去广府虽云才二千里,然来往动皆经月"为据,以为"由广至潮,已须经月方到,韶之距广,又一千里,其至亦必经旬日",实在是误读了韩《表》并夸大了实际里程。韩《表》明言"经月"者乃一来一往所需时,而非"由广至潮"之单程;又,由韶至广,为五百三十里;由广至潮,为一千六百里,而非郑氏所说之"一千里"和"二千里"。进一步说,韩愈所谓来往"经月"是指一般官吏无程期迫促之往还,其行进速度自然会悠闲、缓慢许多,倘是有驿程严格规定之贬官赴贬所,恐怕就另当别论了。

其五,宜参考唐代贬官的正反例证。唐代朝官贬流岭南至韶、潮诸州者不少,但留下准确行期者寥寥。经检核,其可与韩愈南贬相佐证之例有二:例一,左散骑常侍兼检校秘书、太子宾客贺兰敏之因烝于荣国夫人,恃宠多愆犯,长流雷州。《旧唐书》卷五《高宗本纪下》记其时为咸亨二年六月戊寅;同书卷一八三《武承嗣传》载其"行至韶州,以马缰自缢而死"[1];《资治通鉴》卷二〇二咸亨二年条记其"六月丙子,敕流雷州……至韶州,以马缰绞死"[2];《大唐故贺兰都督(敏之)墓志并序》记其"以咸亨二年八月六日,终于韶州之官第"[3]。据此,知贺兰敏之自六月戊寅即该月十三日[4](《通鉴》所载之丙子为该月十一日,当为敕下之日)配流上路,至八月六日死于韶州,路途用时共五十三天。例二,门下侍郎、平章事常衮坐与中书舍人崔祐甫廷争,以诬罔罪贬潮州刺史。《旧唐书》卷一二《德宗本纪上》记其时在

① 《旧唐书》卷五《高宗本纪下》、卷一八三《武承嗣传》,第 96、4728 页。
② 《资治通鉴》卷二〇二咸亨二年,第 6482 页。
③ 吴钢主编:《全唐文补遗》第二辑,三秦出版社,1995 年,第 402 页。
④ 参看陈垣:《二十史朔闰表》,古籍出版社,1956 年,第 89 页。

大历十四年闰五月甲戌①;《资治通鉴》卷二二五大历十四年条所载略同,谓闰月"甲戌……有制,贬衮为潮州刺史"②;《全唐文》卷四一七常衮《潮州刺史谢上表》:"臣某言:……以九月十一日到州上讫。"③据此,知常衮自闰五月甲戌即该月初五日④接贬诏,至九月十一日抵潮州,其间用时达一百二十五天。以上二例说明,因所处朝代、官员职级及所犯事轻重有别,贬官赴贬所之程期是有差异的,不可胶柱鼓瑟,执一驭万;但仅就贺兰敏之案而言,却足以证成韩愈自正月十四日离京,至三月十日或稍后抵韶,用时五十六七天,乃属可接受之范围。

统合以上诸点,将韩愈贬潮行程再作梳理,可以将之概括为三大时段。第一时段为长安至襄州宜城段:正月十四日离京,二月一、二日抵宜城,行程约一千二百七十五里⑤,用时十七八天(姑以十八日计),平均日行七十里。因这段行程经蓝田武关道,山路险峻,且兼大雪,是全程最为艰险的一段,故颇为难行。倘再缩小范围,依李商隐《商於新开路》"六百商於路,崎岖古共闻"⑥的说法,将此段艰险行程限制在六百里内,则韩愈所用时间无疑更长,行进速度也会更慢一些。第二时段为襄州宜城至韶州段:若二月二日离宜城,于

---

① 《旧唐书》卷一二《德宗本纪上》,第 319 页。
② 《资治通鉴》卷二二五大历十四年,第 7257 页。
③ 〔唐〕常衮:《潮州刺史谢上表》,《全唐文》卷四一七,第 4270 页。
④ 参看《二十史朔闰表》,第 99 页。
⑤ 按:《元和郡县图志》卷二一记襄州"西北至上都一千二百五十里"(第 528 页);宜城"北至州九十五里"(第 531 页)。又,《通典》卷一七七、《旧唐书》卷三九记襄州"去西京千一百八十里""在京师东南一千一百八十二里"(第 4675 页、第 1550 页);严耕望《唐代交通图考》第三卷《秦岭仇池区》计长安至襄阳"凡一千一百余里"(第 659 页)。今斟酌诸说,姑以《通典》《旧书》之一千一百八十里为准,加襄州至宜城之九十五里,得宜城至长安距离一千二百七十五里。
⑥ 《李商隐诗歌集解》,第 653 页。

南行逾第六旬即三月十日或稍后抵韶州,则行程两千四百一十里[①],用时约三十八天;因此段行程多溯湘水而上,行速较慢,故平均日行六十三里。将以上两个时段相加取其平均值,则自长安至韶州日行约六十六里。第三时段为韶州至潮州段。韩愈于三月十日或稍后自韶赴广,而后由广赴潮,于三月二十五日抵达,行程两千一百三十里[②],用时约半月;因此二线水陆相兼,且多顺流而下,舟行较速,故平均日行一百四十二里。倘将此三段里程相加计其整个贬途的行进速度,则全程五千八百一十里,用时七十天,平均日行八十三里。这样一个速度,虽然较朝廷规定贬官日行里程为慢,但因有前述山路冰雪及逆水南行等情况,大体也是允许的,同时也反映了中唐贬官赴贬所行程的一个实况。

在大致考察了韩愈贬潮行期、行速之后,我们需掉回头来,讨论前已提及但未展开的韩愈贬阳山的起始时间,以及与此相关的贬途行期问题。这里之所以先说潮州,后说阳山,盖因后者与前者之前半段所经路途、路况及气候条件基本一致:二者皆走蓝武驿道,皆遇大雪封山,皆经荆湘境南行,故其所历时日、行进速度当大体相近;只有解决了行程、行期相对明确的贬潮之行,才能更好地审视阳山之贬的相关疑难。

韩愈贬阳山在贞元十九年十二月,史有明言[③],然其具体时间是月初还是月中、月末,各类文献均无载,后世论者亦罕有就此深究者。

---

① 按:《元和志》记韶州至长安三千六百八十五里,以此里数减去宜城至京里程,得宜城至韶州里程两千四百一十里。

② 《元和郡县图志》卷三四《岭南道一》:潮州"西南至广州水陆路相兼一千六百里"(第895页);韶州"南至广州水陆相兼五百三十里"(第901页),二者相加,得由韶至潮里程。

③ 参看《资治通鉴》卷二三五贞元十九年,第7604页。

实际上,关于贬阳山前上疏的时日,韩愈《县斋有怀》曾有自述:"捐躯辰在丁,铄翮时方禭。"洪兴祖《韩子年谱》释云:"禭祭,十二月也。辰在丁,其奏疏之日乎?"[1] 洪氏疑"辰在丁"为其奏疏之日,是有道理的。曹植《求自试表》有言:"忧国忘家,捐躯济难,忠臣之志也。"[2] 韩愈于诗中用此"捐躯"语典,盖谓己忧国忧民,上疏论天旱人饥,已抱捐躯之志,而其时辰正在以"丁"打头之日。检陈垣《二十史朔闰表》,贞元十九年十二月有丁巳、丁卯[3],分别为该月之初十、二十日。则韩愈之上疏,自当与此二日相关。

为进一步确定究竟是此二日中的哪一日,就要注意如下两个重要义项,一是韩愈到达阳山的时间,二是联系其贬潮时郴州前之里程和行期予以佐证。关于前者,韩愈《同冠峡》已明言为"二月半"。顾嗣立注引唐庚释同冠峡曰:"今广州府阳山县西北七十里有同冠峡,接连州界,疑即此同冠峡也。"[4] 据此可知,韩愈抵达距阳山县仅七十里的同冠峡在"二月半",亦即二月十五日前后;由此再南行七十里,即抵阳山,其所需时不过一日,姑可定于二月十六日前后。关于后者,计算方法有二,其一,整体计量:已知阳山距长安三千八百三十九里,以此除去韩愈自离京至韶州之日平均速度六十六里,得所用时五十八天。其二,分段计量:如前所言,已知韩愈贬潮自离京至宜城,行程一千二百七十五里,用时十七八天,平均日行约七十里。依此类推,韩贬阳山自离京至宜城所用时及行速当与之大抵相同。又知其自宜城至韶州行程两千四百一十里,用时约三十八天,日行六十三

① 《韩愈年谱》,第40页。
② [三国魏]曹植撰,赵幼文校注:《曹植集校注》卷三,中华书局,2016年,第551页。
③ 《二十史朔闰表》,第102页。
④ 《韩昌黎诗系年集释》卷二《同冠峡》,第188页。

里,则将此里程减去郴州至韶州之四百一十里①,得宜城至郴州里程两千里,其用时约三十二天;而连州"东北度岭至郴州三百九十里",阳山"西北至州水路一百七十四里"②,其里程之和为五百六十四里,需时约八九天;将此二项相加,得宜城至阳山里程两千五百六十四里,用时四十到四十一天。再将此四十一天加自长安至宜城之十八天,则阳山贬途用时共计约五十九天。这就是说,以上两种计量法最后之结论大抵相近,即五十八九天。准此,则以韩愈二月十六、十七日抵阳山之时间逆推,其初离长安当为贞元十九年十二月之十七、十八日。

以上推算方法虽然烦琐,但却较具实在性,所得数据也大体可以反映韩愈贬阳山行程、行期之实际。由此推进一步,据韩愈《赴江陵途中寄赠王二十补阙李十一拾遗李二十六员外翰林三学士》诗述其上疏后"天子恻然感,司空叹绸缪。谓言即施设,乃反迁炎州"③的说法,知其自上疏至被贬间尚有一短暂过程,因可推知其上疏时间,不可能是十二月二十日之"丁卯"——盖因此时上疏,再迁延数日方下贬诏,则留给韩愈在贬途的时间仅五十天左右,势难于"二月半"抵达阳山。既然如此,则十二月十日之"丁巳"便成为最佳选项——此时上疏,距前所推论之贬诏下达、正式离京尚有七八天时间,大致与韩愈所言"天子感""司空叹"却突然"迁炎州"之情形相吻合。

---

① 《元和郡县图志》卷二九载郴州"东南至韶州四百一十里"(第707页),《太平寰宇记》卷一五九所载同(第3053页);《通典》卷一八三(第4879页)、《旧唐书》卷四一均谓郴州距韶州五百里(第1714页)。今姑以《元和志》《寰宇记》为准。

② 《元和郡县图志》卷二九,第711页。《通典》卷一八三(第4879页)、《太平寰宇记》卷一一七(第2366页)所载郴、连二州距离同《元和志》。

③ 《韩昌黎诗系年集释》卷三《赴江陵途中寄赠王二十补阙李十一拾遗李二十六员外翰林三学士》,第288页。

　　当然,说十二月十日之"丁巳"为上疏时间,也只是最近情理的一种推论,还不好说一定就是确论。今姑以此为准,作一大致梳理,将韩愈贬阳山之前后经过及行期表述如下:贞元十九年十二月初十上疏,约十七八日被贬,次年正月初五、初六日抵宜城,行程一千二百七十五里,用时约十八天;至二月十六、十七日抵阳山,行程两千五百六十四里,用时约四十至四十一天。而合计两段行程,为三千八百三十九里,全部用时约五十八九天。

　　在两度南贬途中,韩愈一方面经受了远超他人的磨难,另一方面也因南国景观的刺激和内心感受的强化,激发了他欲借诗文予以表现和抒发的愿望,从而使其诗歌创作呈现出若干新的特点。

　　首先,是作品数量的大幅增加和质量的显著提升。就其阳山之贬言,倘自贞元二十年(804)初春进入湖南开始创作的第一首《湘中》诗算起,至元和元年六月由江陵返京前之《郑群赠簟》止,历时两年半[1],共得诗五十三题六十三首(其中作于赴阳山途中者五首,作于阳山者约十六首,作于湘中待命、赴江陵及返京路途者约四十二首)[2],平均年创作量二十五点二首。这一数量,较之此前数年如贞元十六年之五首、十七年之三首、十八年之二首、十九年之七首,皆远超数倍。联系到元和元年六月返京后所作与此次贬谪行迹有关者,如《答张彻》《南山诗》《会合联句》等,则其数量就更多了。

　　就其潮州之贬言,自元和十四年正月十四日踏上贬途作《左迁

————————

[1] 韩愈《答张彻》:"赦行五百里,月变三十霠。"方世举注:"公于贞元十九年癸未十二月贬阳山令,历二十年、二十一年,元和元年丙戌六月,自江陵召拜国子博士还朝,凡阅三十月矣。"见《韩昌黎诗系年集释》卷四引,第407页。

[2] 本书统计韩诗作时、作地及数量,主要依据钱仲联《韩昌黎诗系年集释》、张清华《韩学研究》下册《韩愈年谱汇证》,下同。

至蓝关示侄孙湘》始，至十五年十一月经商山返京作《去岁自刑部侍郎以罪贬潮州刺史乘驿赴任其后家亦谴逐小女道死殡之层峰驿旁山下蒙恩还朝过其墓留题驿梁》止，历时约两年，共得诗二十九题四十五首（其中作于贬途者十四题二十一首，作于潮州者四题十三首，作于赴袁州及自袁返京路途者十一首），平均年创作量二十二点五首。这个数量，较之此前元和十三年之三题七首、此后长庆元年之七首，也是独占鳌头。

以上这些作于两次贬谪期间的诗作，合计八十二题一百零八首，占全部韩诗（四百一十二首）的百分之二十六点二，这已是一个很高的比例。而且更重要的是，这其中不少作品如《湘中》《答张十一功曹》《县斋有怀》《八月十五夜赠张功曹》《谒衡阳岳庙遂宿岳寺题门楼》《岳阳楼别窦司直》《左迁至蓝关示侄孙湘》《题楚昭王庙》《琴操十首》等，均为影响力大、屡受好评、入选多部选本的上乘之作。由此可见，这两次南贬给予韩愈的，有着非常明显的作品数量、质量的跃升。

其次，韩诗涉及沿途物色、景观，有不少具有惟一性和标识性价值。在韩愈两度南贬途中，正面涉及的沿途地点、景观三十余处，其中在《全唐诗》中惟一一次予以正面描写者，即有同冠峡、贞女峡、龙宫滩、衡岳庙、曲河驿、昌乐泷、临泷寺、宣溪、秀禅师房、广昌馆等十余处，正是韩诗，使其由默默无闻而进入人们的关注视野。他如郴口、合江亭、始兴江口，除沈佺期《神龙初废逐南荒途出郴口北望苏耽山》、宋之问《早发始兴江口至虚氏村作》、吕温《衡州岁前游合江亭见山樱蕊未折因赋含彩吝惊春》诸诗涉及外，便是韩诗的描写和呈现了。至于像蓝关、武关、层峰驿、楚昭王庙、洞庭湖、岳阳楼、汨罗江等，虽已有不少诗人涉及，但韩诗的描写或角度独特，或感触深挚，某种程度上也给这些景观增添了独特的地理色彩和文化印记。

分析上述韩诗，大致与以下几个方面相关，并呈现出相应特色：

　　一是重在写景记异。韩愈北人,居地多山少水,故其南贬印象最深的,无过于南国之湖泽河海、高峡急流。《贞女峡》云:"江盘峡束春湍豪,风雷战斗鱼龙逃。悬流轰轰射水府,一泻百里翻云涛。漂船摆石万瓦裂,咫尺性命轻鸿毛。"①《宿龙宫滩》云:"浩浩复汤汤,滩声抑更扬。奔流疑激电,惊浪似浮霜。"②二诗均为作者初贬阳山所作,其所写之贞女峡,在连州桂阳县南十五里处③。据《水经注》:"洭水又东南流,峤水注之,水出都峤之溪,溪水下流历峡,南出是峡,谓之贞女峡。"④龙宫滩,在阳山县境,《读史方舆纪要》载:"同官峡水东流合湟水,又流过城南为阳溪水,又南十里曰龙坂滩……又南十五里为龙宫滩。"⑤此仅记其地理位置及流向,未及水流状态,而韩诗恰恰补足了地志之所缺,详写其湍急暴怒、一泻百里、浪高声巨、震人心魄,其中的"风雷战斗""悬流轰轰""奔流激电""惊浪浮霜""摆石万瓦裂""性命轻鸿毛"诸词语,既力状其声势声威,为南国峡水写生,又侧写己之目击心感,瞬间情态,可谓鲜活之至。

　　对韩愈来说,贞元十九年的南国之行并非首次,早在大历十二年,其兄韩会被贬韶州,韩愈即随之前往,所谓"忆作儿童随伯氏,南来今只一身存"⑥,即其对往事的追忆。只是当时年仅十岁,对南国山水和风俗的体验及印象未必深刻,而此次故地重经,无疑进一步强化了他的感受。故在他笔下,异于北方的瘴雾、雷霆、飓风、蛟龙、猩

---

① 《韩昌黎诗系年集释》卷二《贞女峡》,第 190 页。
② 《韩昌黎诗系年集释》卷二《宿龙宫滩》,第 248 页。
③ 《太平寰宇记》卷一一七,第 2367 页。
④ [北魏]郦道元著,陈桥驿校证:《水经注校证》卷三九,中华书局,2007 年,第 911 页。
⑤ 《读史方舆纪要》卷一〇一,第 4625 页。
⑥ 《韩昌黎诗系年集释》卷一一《过始兴江口感怀》,第 1121 页。

鼯、海气、毒蛇、群蛊、猿猱、鳄鱼等，大量涌现；气候之炎热、吏民之生狞、风俗之奇特、疠疫之可怖、气象之变怪，亦纷至沓来。所谓"远地触途异，吏民似猿猴。生狞多忿很，辞舌纷嘲啁。白日屋檐下，双鸣斗鹇鹠。有蛇类两首，有蛊群飞游。穷冬或摇扇，盛夏或重裘。飓起最可畏，訇哮簸陵丘。雷霆助光怪，气象难比侔。疠疫忽潜遘，十家无一瘳"①，"恶溪瘴毒聚，雷电常汹汹。鳄鱼大于船，牙眼怖杀侬。州南数十里，有海无天地。飓风有时作，掀簸真差事"②，如此等等，包罗万象而又奇异怪特，令人闻而生畏。

二是重在记地述行。韩愈南贬数千里，所经地点甚多，势难一一记述，凡入其笔下者，多为印象较深且具一定意义者。以潮州之贬为例，其首先记述的即为蓝武驿道最重要之地域节点——蓝田关。在那首著名的《左迁至蓝关示侄孙湘》中，韩愈正面写蓝关者虽仅一句"雪拥蓝关马不前"，但一个"拥"，一个"不前"，即将斯时雪之大、关之险、马难举足之情形展露无遗。联系到上句之"云横秦岭家何在"，则远望秦岭云横，近临蓝关雪拥，家人离散，前途渺茫，年逾半百的诗人内心之凄楚、悲伤，已不难想知；而蓝关，作为南贬路途的第一道重要关口，从此便由一般的地理学层面上升到了文化学层面，具有了贬谪史上的标志性意义。

由蓝关前行，出得武关，封堠即多，路途两旁举目可见。所谓堠，乃封土为坛以记里程者，"十里双堠，五里只堠"③。目睹此一京城少

①《韩昌黎诗系年集释》卷一一《赴江陵途中寄赠王二十补阙李十一拾遗李二十六员外翰林三学士》，第288—289页。并可参看其《县斋有怀》《八月十五夜赠张功曹》《岳阳楼别窦司直》《泷吏》等诗中之描写。
②《韩昌黎诗系年集释》卷一一《泷吏》，第1109页。
③〔明〕杨慎撰，丰家骅校证：《丹铅总录校证》卷二引马缟语，中华书局，2019年，第92页。

见的路旁景观,韩愈遂作《路傍堠》一首:"堆堆路傍堠,一双复一只。迎我出秦关,送我入楚泽。千以高山遮,万以远水隔。……何当迎送归,缘路高历历。"① 这些路旁之堠,本寻常之物,但对贬官而言,却极易引发内心的悲感,千山遮,万水隔,送往迎来,由秦入楚,其所记录的,便不只是道里行程,而且是个体生命的沦落过程。某种意义上,这种书写,也为唐代驿路周边之实况留下了珍贵的史料。

到了邓州、南阳,已由山地入平原,地理风貌为之一变,人烟亦较商山稠密,此后南行,便远离秦地,入荆楚湖泽了,于是写下《次邓州界》《过南阳》二诗:"商颜暮雪逢人少,邓鄙春泥见驿赊。"② "南阳郭门外,桑下麦青青。……秦商邈既远,湖海浩将经。"③ 此后,作者由楚地入岭南,至韶州乐昌县之泷水。据《水经注》,其地"崖峻险阻,岩岭干天,交柯云蔚,霾天晦景,谓之泷中。悬湍回注,崩浪震山,名之泷水"④。地理形貌既险峻,距贬地潮州亦渐近,而其时离京又已"逾六旬",故韩愈连作《泷吏》《题临泷寺》二诗,借其"险恶不可状,船石相舂撞"之景引逗"往问泷头吏,潮州尚几里"之问,直言充溢心头的忧虑:"不觉离家已五千,仍将衰病入泷船。潮阳未到吾能说,海气昏昏水拍天。"⑤ 后人评论此二诗说:"欲道贬地远恶,却设为问答,又借吴音野谚,以致其真切之意。""调高字响,亦悲亦豪。"⑥ 还多是从艺术表现层面着眼,实际上,我们更注重的,是泷水在韩愈贬潮路途中的地理意义及其给予作者的心理影响。

---

① 《韩昌黎诗系年集释》卷一一《路傍堠》,第 1102 页。
② 《韩昌黎诗系年集释》卷一一《次邓州界》,第 1103 页。
③ 《韩昌黎诗系年集释》卷一一《过南阳》,第 1106 页。
④ 《水经注校证》卷三八,第 900 页。
⑤ 《韩昌黎诗系年集释》卷一一《题临泷寺》,第 1109、1118 页。
⑥ 《韩昌黎诗系年集释》卷一一引朱彝尊、蒋抱玄语,第 1117、1119 页。

三是重在记叙特别事件及人事交往。人在贬途,所遇者除陌生之景观、地域,还有一些超出日常生活之外的特别事件,易于引发关注。韩愈贬阳山后,索居无聊,闻当地有叉鱼事,遂前往观看,作《叉鱼》诗以记见闻:"叉鱼春岸阔,此兴在中宵。大炬然如昼,长船缚似桥。深窥沙可数,静搒水无摇。刃下那能脱,波间或自跳。中鳞怜锦碎,当目讶珠销。迷火逃翻近,惊人去暂遥。竞多心转细,得隽语时嚣。……"① 时隔未久,韩愈遇赦量移,待命郴州,又遇天旱祈雨事,故作《郴州祈雨》以纪之:"乞雨女郎魂,鼎羞洁且繁。庙开鼯鼠叫,神降越巫言。"② 这两首诗,一写春夜燃炬、利刃纷投的叉鱼实况,一写祈雨之时女荐鼎羞、神降巫言的场景,皆色态兼具,生动细微,真切展示了千余年前的南国民俗。

身为旧时朝官、此日贬臣,韩愈还时时与沿途州府大僚做必要应酬,以获得相应关照。过衡州,有《题合江亭寄刺史邹君》;经潭州,有《陪杜侍御游湘西两寺独宿有题一首因献杨常侍》;至岳州,有《岳阳楼别窦司直》;再贬潮州时,则有《晚次宣溪辱韶州张端公使君惠书叙别酬以绝句二章》《将至韶州先寄张端公使君借图经》《韶州留别张端公使君》等多首诗作。此外,在贬途、贬所尚遇刘师命、惠师、灵师、盈上人、元集虚、赵德等僧俗友人,均有赠诗。这些作品,既叙交谊,亦写景观,兼述风土民情,在揭示其人际关系的同时,也有力地丰富了南贬书写的内容。

四是重在表现人文景观及其历史文化内涵。对韩愈而言,身为贬臣,又经湘楚之地,最易引发其身世沉沦感触的,无过于历史上同

① 《韩昌黎诗系年集释》卷二《叉鱼》,第 215 页。按:此诗题名又作《叉鱼赠张功曹》,"功曹"疑为后人所添改。盖因诗作于韩在阳山贬所之际,斯时张尚无功曹之命。
② 《韩昌黎诗系年集释》卷二《郴州祈雨》,第 249 页。

为逐臣的屈原、贾谊等人了。故在其两度南贬所作诗中,屈、贾等早期逐臣频繁出现,而与之相关的地域风貌,也成为其必然留意的对象。如初贬阳山,行经湘水,作《湘中》诗:"猿愁鱼踊水翻波,自古流传是汨罗。苹藻满盘无处奠,空闻渔父扣舷歌。"① 在遇赦返归江陵途中,再经长沙,作《陪杜侍御游湘西两寺独宿有题一首因献杨常侍》诗,于描述"长沙千里平,胜地犹在险"等山水之状和游览历程后,不禁触景生情,由古及今,挥笔写道:"静思屈原沈,远忆贾谊贬。椒兰争妒忌,绛灌共谗谄。谁令悲生肠,坐使泪盈脸。翻飞乏羽翼,指摘困瑕玷。"② 而在《晚泊江口》一诗中,则于"郡城朝解缆,江岸暮依村"之际,骤然转至"二女竹上泪,孤臣水底魂"③,在历史和现实的大跨度联想中,道出了"怅望千秋一洒泪"的同为孤臣的凄楚感受。韩愈后来在《祭河南张员外文》中追记当年经历说:"南上湘水,屈氏所沈;二妃行迷,泪踪染林;山哀浦思,鸟兽叫音。"④ 便再次印证了其南贬途中缅怀屈、贾,既引以为同调,又目睹湘中景物而多所感怀的情形。

这种情形,到了他再贬潮州时因"认罪"意识渐浓已有弱化,但对楚故地人文景观的描述,仍时可见到。如其于元和十四年二月二日行经襄州宜城时,先作《记宜城驿》,谓"此驿置在古宜城内,驿东北有井,传是昭王井,有灵异,至今人莫汲。……旧庙屋极宏盛,今惟草屋一区;然问左侧人,尚云:'每岁十月,民相率聚祭其前。'"⑤复作

① 《韩昌黎诗系年集释》卷二《湘中》,第 184 页。
② 《韩昌黎诗系年集释》卷三《陪杜侍御游湘西两寺独宿有题一首因献杨常侍》,第 308 页。
③ 《韩昌黎诗系年集释》卷三《晚泊江口》,第 330 页。
④ 《韩昌黎文集校注》卷五《祭河南张员外文》,第 442 页。
⑤ 《韩昌黎文集注释》卷九《记宜城驿》,第 495 页。

《题楚昭王庙》："丘坟满目衣冠尽，城阙连云草树荒。犹有国人怀旧德，一间茅屋祭昭王。"诗仅短短四句，却气脉深沉，古今相关，景色荒寒而含义悠远。刘辰翁评云："若公绝句，正在《昭王庙》一首，尽压晚唐。"何焯评云："意味深长，昌黎绝句中第一。"这些评说，或有过誉之嫌，但就诗之内涵言，倒确如蒋之翘所说："吊古诗只是伤今，不更及古，而思古之意，自是凄绝。"①

　　韩愈两度南贬的诗路书写，除上所述诸端外，还与贬途有无同行者、如何理解其酬赠诗相关。这决定了部分韩诗的书写对象和创作动因，以及作者心理、情感的某些细微表现和变化。但在此前研究中，此点常被人所忽略，相关论述多就韩愈一人展开，这就一定程度上使得韩愈之南贬行程有失真之嫌，也影响到对其酬赠之作的理解。

　　实际上，韩愈两度南贬，均非独行，而是有亲友相伴，并对其诗路书写发挥了不小的助益。就其初贬言，同时获罪者即有韩愈、张署、李方叔三人。贞元十九年，三人同任监察御史，同具名上书论天旱人饥，并于当年十二月同遭南贬。其中李贬地不详，是否与韩同行亦不得知；张贬郴州临武，与韩所贬之阳山相距甚近，二人一路同行，是可以确定的。在《祭河南张员外文》中，韩愈追述当年与张署交往的情形说："贞元十九，君为御史；余以无能，同诏并跱。……我落阳山，以尹鼯猱；君飘临武，山林之牢。岁弊寒凶，雪虐风饕；颠于马下，我泗君啁。夜息南山，同卧一席……南上湘水，屈氏所沉……余唱君和，百篇在吟。君止于县，我又南逾；把盏相饮，后期有无。……余出岭中，君竦州下；偕揉江陵，非余望者。"②从这段话可知，韩愈此次南

①《韩昌黎诗系年集释》卷十一引，第 1108 页。
②《韩昌黎文集校注》卷五《祭河南张员外文》，第 442—444 页。

贬，不仅与张署相伴，同经商山风雪，或"颠于马下"，或"同卧一席"；同上湘水，观"屈氏所沉"而作诗唱酬；而且在"君止于县，我又南逾"之际，同饮宿于"界上"；遇赦诏返时，同在郴州相聚，并同时北返而"偕掾江陵"。这里，韩、张二人往返相伴，患难与共，既细化了其贬途互动情节，也为唐代贬谪史增添了一段友情佳话。

值得注意的是，上引祭文提到的"余唱君和，百篇在吟"，究竟是否属实？从现存作品看，韩诗中涉及张署者共有十题十三首，即《答张十一功曹》《叉鱼赠张功曹》①《八月十五夜赠张功曹》《湘中酬张十一功曹》《郴口又赠二首》《洞庭湖阻风赠张十一署》《李花赠张十一署》《寒食日出游夜归张十一院长见示病中忆花九篇因此投赠》《忆昨行和张十一》《题张十一旅舍三咏》；其中赠诗、题诗九首，酬和诗四首。张诗仅存一首，即《全唐诗》卷三一四所录《赠韩退之》（题疑为后人所拟）。此诗洪兴祖《韩子年谱》系于贞元二十年春南贬时，当即前引韩愈《答张十一功曹》之首唱。除此之外，可以确定张署首唱者，还有作于永贞元年返途及抵江陵后的四题十二首，这从韩愈《湘中酬张十一功曹》《寒食日出游夜归张十一院长见示病中忆花九篇因此投赠》《忆昨行和张十一》之题名以及《八月十五夜赠张功曹》之"君歌声酸辞且苦"即可推知，然惜乎皆已佚失。至于由韩愈首唱、张署酬和的已佚诗作，也应有若干，但将二人唱酬诗加起来，能否达到"百篇"之多，却是一个疑问。方世举注谓："或一时兴至之谈，未必有之，亦或率尔不存，不可见矣。"②然无论如何，韩、张于南贬途中所作唱酬诗远不止目前所知之二十余首，却是可以断言的。

细审韩、张二人现存唱酬诗，作于南贬途中及贬所者三首，作于

---

① 按：《叉鱼赠张功曹》，或仅作《叉鱼》，说见上。
② 《韩昌黎诗系年集释》卷二引方世举注语，第184页。

待命郴州及返途者五首,作于江陵者四题六首;其内容大抵涉及三个方面,即写景抒悲、纪事述行、咏物写怀。这里重点就前二者略做分析,以见其南贬行迹与唱酬情形。

首唱是由张署发起的:"九疑峰畔二江前,恋阙思乡日抵年。白简趋朝曾并命,苍梧左宦一联翩。鲛人远泛渔舟水,鹏鸟闲飞露里天。涣汗几时流率土,扁舟西下共归田。"① 据"九疑峰畔二江前"之地理方位②,诗当作于抵临武后。全诗首联记地,颔联述事,颈联写景,尾联寄望,规制严整,辞情畅达,允称作手。"鲛人远泛""鹏鸟闲飞",写居地景色,看似闲雅,却景丽情哀,上承"恋阙思乡"之愁苦,下启"共归田"之愿望,表现出作者在贬所欲归而不能、以至"日抵年"之心理状态。韩愈答诗承其作意,开篇四句先写岭南物色:"山净江空水见沙,哀猿啼处两三家。筼筜竞长纤纤笋,踯躅闲开艳艳花。"山净、江空、水清、猿啼、纤纤笋、艳艳花,伴以二三居所,既萧疏闲远,又荒寒寥落。蒋之翘评云:"起二句,荒寒如画。"王夫之评云:"寄悲正在兴比处。"③ 所说甚确。由前四句之物色,特别是"哀猿"之啼鸣、"两三家"之清冷,引逗出直抒悲情的后四句:"未报恩波知死所,莫令炎瘴送生涯。吟君诗罢看双鬓,斗觉霜毛一半加。"所谓"报恩波",不过是虚晃一枪的门面语,"知死所""炎瘴送生涯"才是作者深忧之所在。正是因了这深忧,才结出末句之"斗觉霜毛一半加"。品味全诗,写远景而具哀意,抒怨情而不怒张,何焯评云:"五六既不

---

① [唐]张署:《赠韩退之》,《全唐诗》卷三一四,第3538页。
② 按:九疑山在临武西北永州境,距临武不远。二江,疑为流经临武之溱水、武溪二江:"溱水导源县西南,北流经县西,而北与武溪合。"《水经注校证》卷三八,第900页。
③ 《韩昌黎诗系年集释》卷二《答张十一功曹》,第186—187页。

如屈子之狷忿,结仍借答诗以见其憔悴,可谓怨而不乱矣。"①堪称具眼。

韩愈"如屈子之狷忿"的情绪,是在那首有名的《八月十五夜赠张功曹》中流露出来的。贞元二十一年初春,他与张署遇赦量移,终于结束了历时三个年头的贬谪生涯,可以踏上返朝的归途了。然而,意想不到的是,行至郴州,却落得个"州家申名使家抑,坎轲只得移荆蛮"的结果! 这不能不使他怨从中来,愤懑难平。"判司卑官不堪说,未免捶楚尘埃间。同时辈流多上道,天路幽险难追攀。"这是对未来的展望,展望中充满因官卑位低受人歧视、天路幽险返朝难期之沉重失落。然而,这些话、这失落感,表面看来,只是韩愈对张署诗意的概括,因为诗前幅先用"君歌声酸辞且苦"加以提示,后幅又以"君歌且休听我歌"作一收拢,由此见出先有张署原唱,后有韩愈酬和;但实际上,韩在这里是在借他人酒杯自浇块垒,张诗经其概括后,更在声酸辞苦之外增加了一重悲怨愤懑。虽然从创作抑扬的角度,韩诗接下来有"我歌今与君殊科"句作转,有"一年明月今宵多,人生由命非由他,有酒不饮奈明何"三句收束,看似跳出一步,不无达观,但在其内里,却饱含诸多命运难以自主的苦涩。其无可奈何之情、磊落不平之气,在抬头仰望中秋圆月之际,已自溢出楮墨之外。

大概正是这样一种感伤、悲愤、怨忿,使得韩、张唱酬之作特具一种沉重的感情基调,并多借"忆昔""忆昨""念惜"等追述往事的方式加以表现。如前引《八月十五夜赠张功曹》在描写"纤云四卷天无河,清风吹空月舒波"的景致后,笔锋一转,便开始了对过往经历的追述:"洞庭连天九疑高,蛟龙出没猩鼯号。十生九死到官所,幽居默默如藏逃。下床畏蛇食畏药,海气湿蛰熏腥臊。"到达江陵之后,韩

①《韩昌黎诗系年集释》卷二引,第 187 页。

愈先后作《寒食日出游夜归张十一院长见示病中忆花九篇因此投赠》《忆昨行和张十一》等诗，亦不乏追记文字。前者开篇写寒食出游，看李花初发，而致慨于张署因病未能同游，但"忆昔与君同贬官，夜渡洞庭看斗柄"①两句，即将思绪引入对往事的回想；后者因有感于张诗的"危辞苦语"，遂径以"忆昨行"命篇，追述南贬行迹："念昔从君渡湘水，大帆夜划穷高桅。阳山鸟路出临武，驿马拒地驱频隤。践蛇茹蛊不择死，忽有飞诏从天来。伾文未揣崖州炽，虽得赦宥恒愁猜。近者三奸悉破碎，羽窟无底幽黄能。眼中了了见乡国，知有归日眉方开。"②总观这些诗作之追述重点，一是所遇场景之险恶可怖，如洞庭之连天波浪、猩鼯哀号，贬所之虫蛇遍布、海气腥臊；二是昔日贬途之坎坷难行，如夜渡湘水之帆破桅裂，临武至阳山之鸟路危仄，践蛇茹蛊之惊心动魄；三是遇赦量移所受阻遏和压抑，如王伾、王叔文、韦执谊等人势盛之时的猜忌打压，待命郴州之际的"使家"阻挠，以及由此给作者带来的心理影响。在这些追叙特别是《忆昨行和张十一》之追叙中，作者或集中一点，予以突出表现，使得"惊怖之状，如在目前"；或连贯而下，始末兼顾，"叙得婉曲雅致，不惟远胜《永贞》，亦胜《八月十五夜》"；或情感起伏，哀乐交集，"首段从公谳说到病，是乐而哀也。中段叙谪官就道，水陆艰难，落到归日，是哀而乐也"③。这里有景有事有情，而景、事皆由情做关合纽带，使其虽散犹整，分中有合。如果将这些分布于各诗的细节串联起来，便立体地呈现了韩、张二人南贬北移的全过程。而此一过程，因系两人共同参与，彼唱此

① 《韩昌黎诗系年集释》卷四《寒食日出游夜归张十一院长见示病中忆花九篇因此投赠》，第363页。
② 《韩昌黎诗系年集释》卷四《忆昨行和张十一》，第376页。
③ 汪佑南、朱彝尊注评《忆昨行和张十一》语，《韩昌黎诗系年集释》卷四引，第378—381页。

酬,较之独行者的诗路书写,自然多了一份真切感和带入感。

与阳山之贬相比,韩愈的潮州之贬就缺少张署这样一位事同、地同、情同的同道了。不过,他也不是一人独行,而是有侄孙韩湘为伴。"湘字北渚,大理丞"①,为韩愈侄老成之子,据韩愈《韩滂墓志铭》,知韩湘弟韩滂"读书倍文,功力兼人"②,有弟如此,则韩湘于诗文之熟稔亦可想知③。徐松《登科记考》卷一九载长庆三年(823)进士科有韩湘,据姚合《答韩湘》之"三十登高科"语,知其元和十四年当为二十六岁。韩愈被贬潮州,因迫于严诏,遂仓皇独自先行,其家室随后遭有司"迫遣之"④。韩湘听闻消息,并未随滞后之家人同行,而是独冒风雪,先行追送,至蓝田关始得与叔祖相遇。前引韩愈《左迁至蓝关示侄孙湘》尾联之"知汝远来应有意,好收吾骨瘴江边",所说即此事。此后二人一路相伴,直至广州增城东之增江口,韩愈有《宿曾江口示侄孙湘二首》纪其事。再往后,韩湘是否陪伴叔祖到达潮州,抑或与韩之家室同留始兴⑤,已不得而知。今检韩愈贬潮途中所作与韩湘相关诗,仅存上述两题三首。至于后世文人、小说家多谓韩湘通仙术而衍生各种传说,或言其在韩愈贬前即于冬季变出数色牡丹,上有"云横"二句,预示韩将遭贬⑥;或言"公与湘途中唱和甚多",并

①《新唐书》卷七三上《宰相世系三上》,第2858页。
②《韩昌黎文集校注》卷七《韩滂墓志铭》,第802页。
③按:《全唐诗》载姚合、贾岛、马戴、朱庆余、无可诸人送别湘诗,亦可取证。参傅璇琮主编:《唐才子传校笺》卷六,中华书局,1995年,第三册第148页。
④《韩昌黎文集校注》卷七《女挐圹铭》,第804页。
⑤张清华:《韩学研究》下册《韩愈年谱汇证》元和十四年条,第364—365页。
⑥见[唐]段成式撰,许逸民校笺:《酉阳杂俎校笺》前集卷一九,中华书局,2015年,第1384页。

列举数首二人赠别之作①。此皆当为伪托，不可信；惟谓二人途中有唱和之作，则以韩湘之年龄、身份及数年后即及第之诗文功力言，似属可能。

因有侄孙相伴，韩愈南贬行程自会减少一些孤独和寂寞，其心理苦闷也就有了倾诉的对象；又因此次所受谪罚程度极为严重，故其内心之恐惧、忧虑并未因有亲人相伴而弱化。《左迁至蓝关示侄孙湘》作于首发贬途，次于蓝关的危苦之际，其时亲人乍见，悲喜交集；突遭事变，本末未明，故祖孙二人必有问答，诗题一个"示"字，当已包含叔祖答示侄孙之意。诗从"朝奏""夕贬"说起，先道贬因；继言"欲为圣明除弊事，肯将衰朽惜残年"，兼明己志；"云横""雪拥"二句，转写贬途苦状；"知汝远来应有意"，切题切事，内含感激而实有所望；"好收吾骨瘴江边"，将地域之遥远荒恶与对前景之恐畏、对性命之担忧打并一处，见出作者此时此地极度悲凉的心态。就全篇言，诗思由近而远，诗情由壮而悲，既可视作一篇亲人答问录，亦可视作一篇心迹、情感自白书。

韩愈这种悲凉、忧恐的心态在南行途中一直持续着，而在进入岭南后表现得更加强烈。这在《宿曾江口示侄孙湘二首》中亦有体现。两首诗，一写增江口"云昏水奔流，天水漭相围"之泛溢水势以及"暮宿投民村"后所见"犬鸡俱上屋，不复走与飞；篙舟入其家，暝闻屋中唏"之民生惨状，而后以"仰视北斗高，不知路所归"作

---

① ［宋］刘斧撰，施林良校点：《青琐高议》前集卷九韩湘子条，上海古籍出版社，2012年，第57—58页。并见《全唐诗》卷八六〇所录韩湘《言志》《答从叔愈》，第9723页。又，《全唐诗补编》录韩愈《别韩湘》，见陈尚君辑校：《全唐诗补编》续拾卷二四，中华书局，1992年，第1017页。《全唐五代词》副编卷三《宋元人依托唐五代人物鬼仙词》录韩湘《水仙子》词一首，中有"乱纷纷瑞雪蓝关下，冻伤韩相马"之句，见曾昭岷、曹济平、王兆鹏、刘尊明编撰：《全唐五代词》，中华书局，1999年，第1282页。

结[①]；一述其"舟行亡故道，屈曲高林间"之曲折行程，而归穴于"嗟我亦拙谋，致身落南蛮。茫然失所诣，无路何能还"[②]的身世感怀。总而观之，二诗虽所写场景各异，但在涉及自我时，均以"不知路所归""无路何能还"的相似话语出之，表现出一种前景难测、回归无望、心理纠结、茫然失措的情态，而这种情态，无疑是《左迁至蓝关示侄孙湘》之忧恐情绪的自然延续和发展。

作为韩愈贬潮途中的同行者，韩湘虽然未能留下相关诗作，但其以亲人的身份陪伴叔祖，某种意义上不啻韩愈诗路书写的一个触媒，引发作者的思维触角向多角度，特别是心灵隐微处展开。换言之，倘若没有这一触媒，韩愈未必能有《左迁至蓝关示侄孙湘》一诗的创作，也未必能如此真切、不加掩饰地说出"嗟我亦拙谋，致身落南蛮。茫然失所诣，无路何能还"的话来。因为这是面对自己侄孙说的话，自然来不得假，由此也见出韩愈性情之真率。当然，相较而言，韩愈两次南贬之心态、情感又是有所不同的。关于这一点，我们在下节详加论说。

第二节　心态变化与韩诗风格

政治性、攻击性与诗风之奇险豪横／认罪心态与诗风之变

韩愈的两度南贬，既在纪地、纪时、写景、述异、诗友酬赠、情怀抒写等方面，呈现出若干新的特点，也牵涉到政治变局、个体遭际、人事纠葛等复杂内容，并在心态及诗风方面呈现出不同特征。这种特征，

---

①《韩昌黎诗系年集释》卷一一《宿曾江口示侄孙湘二首》其一，第 1136 页。
②《韩昌黎诗系年集释》卷一一《宿曾江口示侄孙湘二首》其二，第 1138 页。

首先集中于韩愈初贬阳山诗中突出呈露的政治性和攻击性,而此一特征之强弱,又与其南贬性质及由此导致的作者心理态势之变化紧密相关。故欲了解前者,先需厘清并辨析后者。

就阳山之贬言,这是韩愈步入仕途后遭遇的第一次大的挫折,其贬因掺和多种复杂因素。据两《唐书》本传,韩愈贬阳山乃缘于其上疏论宫市之弊:"愈发言真率,无所畏避,操行坚正,拙于世务。调授四门博士,转监察御史。德宗晚年,政出多门,宰相不专机务。宫市之弊,谏官论之不听。愈尝上章数千言极论之,不听,怒贬为连州阳山令,量移江陵府掾曹。"[1] 不过,《资治通鉴》所载又有不同,而谓其贬乃因论天旱人饥所致:"监察御史韩愈上疏,以'京畿百姓穷困,应今年税钱及草粟等征未得者,请俟来年蚕麦'。愈坐贬阳山令。"[2] 二者相较,似当以《通鉴》所言为确。方崧卿《年谱增考》辨其事云:"按公阳山之贬,《寄赠三学士》诗叙述甚详,而皇甫持正作公《神道碑》亦云:'因疏关中旱饥,专政者恶之。'则其非为论宫市明矣。今公集有《御史台论天旱人饥状》,与诗正合。况皇甫持正从公游者,不应公尝疏宫市而不及之也。"[3] 据此,可略定韩愈被贬当与论天旱人饥触怒"专政者"如李实之流相关。然而,联系到韩愈本人的说法,事情又有不尽然者。在《赴江陵途中寄赠王二十补阙李十一拾遗李二十六员外翰林三学士》诗中,韩愈这样说道:"适会除御史,诚当得言秋。拜疏移阁门,为忠宁自谋。上陈人疾苦,无令绝其喉。下陈畿甸内,根本理宜优。积雪验丰熟,幸宽待蚕莘。天子恻然感,司空叹绸缪。谓言即施设,乃反迁炎州。同官尽才俊,偏善柳与刘。或虑语

---

[1]《旧唐书》卷一六〇《韩愈传》,第 4195—4196 页。《新唐书》卷一七六《韩愈传》所载略同。

[2]《资治通鉴》卷二三六贞元十九年,第 7727 页。

[3]《韩愈年谱》,第 41 页。

言泄,传之落冤雠。"① 这里叙其遭贬缘由,除言及论天旱人饥事外,还致疑同列柳宗元、刘禹锡有泄其言语事。

那么,同为监察御史且与韩愈交好的柳宗元、刘禹锡是否有"泄言"之举呢? 从史料层面看,因此事属私密的个人话题,已难觅确切证据;但从当日政治背景言,确属可能发生之事。刘、柳均与王叔文、韦执谊诸人交好,虽然其所参与的二王领导的革新运动至贞元二十一年初才拉开序幕,但其私人交谊早在此前即已奠定。贞元十九年,刘、柳相继入朝为监察御史、监察御史里行,既与韩愈同列,又受到王叔文、韦执谊器重。《旧唐书》卷一三五《王叔文传》:"宫中之事,倚之裁决。每对太子言,则曰:'某可为相,某可为将,幸异日用之。'密结当代知名之士而欲侥幸速进者,与韦执谊、陆质、吕温、李景俭、韩晔、韩泰、陈谏、柳宗元、刘禹锡等十数人,定为死交。"② 同书卷一六〇《刘禹锡传》:"贞元末,王叔文于东宫用事,后辈务进,多附丽之,禹锡尤为叔文知奖,以宰相器待之。"③《新唐书》卷一六八《柳宗元传》:"贞元十九年,为监察御史里行。善王叔文、韦执谊,二人者奇其才。"④ 据此可知刘、柳与王、韦初交之情状。又,两《唐书》之《韦执谊传》均载执谊数入禁中言事,并致补阙张正一等一干朝官被逐事件。查此一史料源头,当出于《顺宗实录》卷五之如下记载:"贞元十九年,补阙张正买(即两《唐书》所言之张正一)疏谏他事,得召见。正买与王仲舒、刘伯刍、裴茝、常仲孺、吕洞相善,数游止。正买得召见,诸往来者皆往贺之。有与之不善者,告叔文、执

①《韩昌黎诗系年集释》卷三《赴江陵途中寄赠王二十补阙李十一拾遗李二十六员外翰林三学士》,第 288 页。
②《旧唐书》卷一三五《王叔文传》,第 3734 页。
③《旧唐书》卷一六〇《刘禹锡传》,第 4210 页。
④《新唐书》卷一六八《柳宗元传》,第 5132 页。

谊,云:'正买疏似论君朋党事,宜少诚!'执谊、叔文信之。执谊尝
为翰林学士,父死罢官,此时虽为散郎,以恩时时召入问外事。执谊
因言成季等朋谗聚游无度,皆谴斥之,人莫知其由。"①《资治通鉴》
卷二三六系诸人之贬在贞元十九年九月甲寅,其时在韩愈贬阳山前
三个月。据此可知,时至贞元十九年,王、韦之势已渐成,以致被人
目为"朋党",且可一定程度地左右反对者的命运。既然如此,则其
时若韩愈有不满于王、韦如张正一式的言论告诉了同列刘、柳二人,
刘、柳是有可能有意无意间泄漏给王、韦的,而韩愈贬后致疑于刘、
柳,也就有了正当的理由。

　　不过,韩愈此种疑问,在其初登贬途和谪居阳山期间并无展露,
而是直到他自阳山遇赦后待命郴州、量移江陵之际才集中爆发出
来,其诗作中的政治指向性亦于此时得以凸显。细读韩愈贬阳山诗
作,可以发现,自踏上贬途至任职阳山,其可准确系年之诗共有《湘
中》至《县斋有怀》十四首,在这十四首作品中,除写景、记地、抒发
悲怀外,政治指向性均不明显。以其最能表现当时心境的分别作于
贞元二十年的《县斋读书》、二十一年初的《县斋有怀》二诗看,前者
说自己"出宰山水县,读书松桂林。萧条捐末事,邂逅得初心"②,后
者说自己于"嗣皇新继明,率土日流化"之际"惟思涤瑕垢,长去事桑
柘"③,其中虽不无寂寞、感伤、悲怨,但总的心态尚属平和,甚至还萌
生出挂冠而去的退耕之想。然而,在遇赦量移后,其一系列诗作却发
生了内容和形式上的明显变化。这些诗作大致分为两种类型,一种
是暗喻,一种是明说。前者如《君子法天运》《昼月》《醉后》《杂诗

①《韩昌黎文集校注》外集下卷《顺宗实录》卷五,第 1021—1022 页。
②《韩昌黎诗系年集释》卷二《县斋读书》,第 191 页。
③《韩昌黎诗系年集释》卷二《县斋有怀》,第 229 页。

四首》以及《射训狐》《东方未明》《遣疟鬼》等诗,或以"朝蝇""暮蚊"为喻,言其虽猖獗一时,却势难持久;或以"训狐""疟鬼"为喻,言其"造作百怪""不修操行",究其大凡及归趋,多以隐晦的语言、比兴的手法,讽刺、抨击侥幸、行险之小人。历代注家释此诸作,多以为是为王叔文等弄权而作,指斥的是依附于王叔文者,甚至明言即为刘禹锡、柳宗元二人①。联系到当时政局及此后多首韩诗内容,其说并非无据。后者如《赴江陵途中寄赠……三学士》《岳阳楼别窦司直》《永贞行》《忆昨行和张十一》诸诗,皆将暗喻转为明言,或指王、韦诸人为"首罪"之"共哎(兜)""奸猾(猾)",或谓其新政及行事为"小人乘时偷国柄""狐鸣枭噪争署置",或斥其被贬远方为"共流幽州鲧死羽""近者三奸悉破碎"②,其用语之狠重、辛辣,抨击之严厉、果决,已至极限。尤需注意者,是其对刘、柳二人的一些说法。其中除前引《赴江陵途中寄赠……三学士》诗中所言"或虑语言泄,传之落冤雠"外,还有《岳阳楼别窦司直》中所说"爱才不择行,触事得谗谤。前年出官由,此祸最无妄。……奸猜畏弹射,斥逐恣欺诳"③等,而这是在岳州刺史窦庠于岳阳楼所设宴会上遇到被贬连州的刘禹锡时向刘当面说的话,由此可见韩对刘、柳疑虑之深,怨气之大。宋人葛立方谓韩愈"阳山之贬,伾、文之力,而刘、柳下石为多"④,虽言之凿凿,实未可必信,但却不能因此而说韩愈所疑无据。

---

① 参看《韩昌黎诗系年集释》卷二各诗下所引诸家语。
② 《韩昌黎诗系年集释》卷三《赴江陵途中寄赠王二十补阙李十一拾遗李二十六员外翰林三学士》,第 289 页。《韩昌黎诗系年集释》卷三《岳阳楼别窦司直》,第 317 页。《韩昌黎诗系年集释》卷三《永贞行》,第 332—333 页。《韩昌黎诗系年集释》卷四《忆昨行和张十一》,第 376 页。
③ 《韩昌黎诗系年集释》卷三《岳阳楼别窦司直》,第 317 页。
④ 《韵语阳秋》卷五,《历代诗话》,第 525 页。

　　考察韩愈之所以在贬阳山之初无明显怨怒而在离阳山后怨怒加重的原因,大致有三:一是其虽对自己遭贬与刘、柳泄言语于王、韦有疑惑,但尚未能坐实,不便声张。此后不久,王、韦之势趋盛,倘明言其事,必招致更严重之报复,故暂作隐忍;二是到了永贞元年,顺宗即位,王、韦诸人得掌大权,其"夜作诏书朝拜官,超资越序曾无难。公然白日受贿赂,火齐磊落堆金盘"①等行径当颇有传播,韩愈耳闻其事,不平之气骤起,遂作若干隐喻之作予以冷嘲热讽;三是于此相前后,因遇赦量移受阻,待命郴州三月之久,结果竟被发落到江陵任一个小小的法曹参军,其品级与原任县令不过伯仲之间②。这不能不使其怨怒倍增。至于何人从中阻挠导致其量移江陵,韩愈在《八月十五夜赠张功曹》诗中说得明白:"州家申名使家抑,坎轲只得移荆蛮。"这里的"州家",指时任郴州刺史的李伯康。李氏贞元十九年至永贞元年为郴州刺史,永贞元年十月卒于任。在韩愈此后不久所作《祭郴州李使君文》中有这样几句话:"竦新命于衡阳,费薪刍于馆候;空大亭以见处,憩水木之幽茂。……得恩惠于新知,脱穷愁于往陋。辍行谋于俄顷,见秋月之三毂;逮天书之下降,犹低回以宿留。"③可见李氏对滞留郴州三月之久的韩愈颇为优待,并曾设法助其"脱穷愁"。故韩愈所谓"州家申名",正指李伯康对自己的援助。这里的"使家",指时任湖南观察使的杨凭。杨凭为柳宗元之岳丈,贞元十八年九月出任潭州刺史、湖南观察使,永贞元年十月迁洪州刺史、江西

---

① 《韩昌黎诗系年集释》卷三《永贞行》,第 333 页。

② 据《唐六典》卷三〇《三府督护州县官吏》:"法曹参军事二人,正七品下"(第 743 页);"诸州中下县,令一人,从七品上"(第 752 页)。又,《新唐书》卷四三上《地理七上》:"阳山,中下。"(第 1107 页)

③ 《韩昌黎文集校注》卷五《祭郴州李使君文》,第 437 页。

观察使①。《旧唐书》本传谓凭"性尚简傲,不能接下,以此人多怨之。及历二镇,尤事奢侈"②;韩愈《送陈秀才彤序》亦言"湖南(按:指湖南观察使杨凭)之于人,不轻以事接"③。由此可见杨凭心性之简傲、慢易。此种心性,势难对"发言真率,无所畏避"且身处逆境的韩愈有所俯接、奥援,更为重要的是,其时王、韦势盛,倘当年真有柳、刘泄言语且致韩愈被贬事,杨凭当有耳闻,则其对待命郴州之韩愈施以阻挠,或在情理之中。钱仲联《韩昌黎诗系年集释》于"使家抑"下注谓:"杨凭为柳宗元妻父,自必仰承伾、文一党意旨,公与(张)署之被抑,宜也。"④此一看法,值得重视。倘若其时杨凭确曾秉承王、韦旨意对韩愈遇赦返朝事有所阻挠,而因其与柳宗元的翁婿关系,便不能不使韩愈此前已存在的对刘、柳之疑得到进一步坐实,对自己"坎坷只得移荆蛮"的遭遇产生深一层的愤懑。事实上,正是这样一种不断累积的愤懑,促使韩愈在王、韦诸人失势后不可阻遏地喷发出来,遂形成上引赴江陵途中一系列诗作对王、韦诸人的全力抨击和指斥,而将对刘、柳的不满,也随之不失时机地予以申说。章士钊论韩《赴江陵途中寄赠……翰林三学士》诗之目的有二:"一曰复仇,一曰扳援。"⑤倒在一定程度上抓住了问题的关键。当然,韩愈对刘、柳的怀疑,还是有上限的,他一方面确实疑心他们将自己的语言"传之落冤雠",另一方面从二人的品格及其与自己的关系出发,又认为"二子不

---

① 参见《旧唐书》卷一三《德宗本纪下》,第397页。同书卷一五上《宪宗本纪上》,第413页。
②《旧唐书》卷一四六《杨凭传》,第3967页。
③《韩昌黎文集校注》卷四《送陈秀才彤序》,第368页。
④《韩昌黎诗系年集释》卷三《八月十五夜赠张功曹》,第261页。
⑤《柳文指要》下《通要之部》卷六《全谢山之于韩柳》二,第1262页。

宜尔,将疑断还不"①,从而表现出一定程度的犹疑,并在刘、柳遭贬
后为其开脱:"数君匪亲岂其朋。"②尽管如此,但在他心理深层,对这
两位昔日友人的疑虑恐怕还是难以真正消除,用清人查慎行的话说,
此"终是疑案"③。

　　"自从流落忧感集。"④"雷焕掘宝剑,冤氛销斗牛。"⑤上述韩愈对
刘、柳的怀疑,对王、韦诸人的讽喻、指斥,从根本上说,是缘于其自身
遭际以及因时政迅疾变化而形成的情绪性发泄。这种情绪性发泄,
一方面直接导致其诗作趋向政治性、攻击性,另一方面,则大大强化
了其诗作风格的奇险怪异、强直豪横。固然,韩诗的强直豪横,与其
"豪侠之气未除,真率之相不掩"⑥的个性紧密相关,是其人格的一种
自然展现;其诗追求奇险怪异,早在阳山之贬前已有部分展露,而贬
阳山后,由于南国奇山异水、荒恶环境的刺激,更得到大幅度的扩张,
但仅此还难以解释其根本成因。因为问题的关键在于,此期韩诗中
的物象、景观,除奇险怪异等因夸张笔法导致的形貌变异,还具有一
种跳动震荡、怒拔乖张的态势,其中充溢的,明显是一种愤怨郁怒不
能自已的情绪化因素,由此使这些物象、景观超脱了静态化、平面化,
而具有了鲜活生猛、咄咄逼人的气息,具有了某种人格化的特点。就
作者来说,大凡物不得其平则鸣,郁于中者必泄于外,而"气盛则言

①《韩昌黎诗系年集释》卷三《赴江陵途中寄赠王二十补阙李十一拾遗李
二十六员外翰林三学士》,第288页。
②《韩昌黎诗系年集释》卷三《永贞行》,第333页。
③《韩昌黎诗系年集释》卷三引,第296页。
④《韩昌黎诗系年集释》卷三《李花赠张十一署》,第360页。
⑤《韩昌黎诗系年集释》卷三《赴江陵途中寄赠王二十补阙李十一拾遗李
二十六员外翰林三学士》,第289页。
⑥钱锺书:《谈艺录》一六《宋人论韩昌黎》,商务印书馆,2011年,第160页。

之短长与声之高下者皆宜"①,他要凭借胸中充盈的磊落之气,进行指向性选择、对象性发泄、情绪化塑造,似乎非此不足以表达内心的郁躁不安和愤懑怨怼,他需要寻找一个突破口,把自己久所郁积的躁郁情感喷发出去,因此,其诗中频繁出现的力大势猛、变怪百端的雷霆、飓风、狂涛、怪兽等,未尝不是他主动追求的结果;就作品来说,当作者将内心的愤激情感投射到所描写的对象物中后,便使其纷纷着色,以一种生狞险怪、不可拘束的面目呈现出来,所谓"字向纸上皆轩昂"②,所谓"驱驾气势,若掀雷抉电,奔腾于天地之间,物状奇变,不得不鼓舞而狗其呼吸也"③,说的就是这种情况。

　　值得注意的是,韩愈此期诗风的奇险怪异、强直豪横,既表现在大量的物象描写中,更表现在其诗作的意脉、结构、语言以及声韵中,是这些单元的集合,特别是贯穿其中的个体遭际和愤激意绪,成就了韩诗的整体风貌。以其作于遇赦归途中的几首诗为例,《八月十五夜赠张功曹》于"洞庭连天九疑高,蛟龙出没猩鼯号"的景色描写后,紧承以"十生九死到官所,幽居默默如藏逃。下床畏蛇食畏药,海气湿蛰熏腥臊"的谪居境遇④;《岳阳楼别窦司直》在述写"爱才不择行,触事得谗谤"的疑虑、不平前,先以大段笔墨描写洞庭湖"滶为七百里,吞纳各殊状"的磅礴气势和"余澜怒不已,喧聒鸣瓮盎"⑤的震荡轰鸣,由此前后呼应、相互生发,客体之景与主体之情有机结合,共同形成"怒不已"的诗情诗境。至于那首著名的《谒衡岳庙遂宿岳

①《韩昌黎文集校注》卷三《答李翊书》,第242页。
②《韩昌黎诗系年集释》卷七《卢郎中云夫寄示送盘谷子诗两章歌以和之》,第814页。
③［唐］司空图:《题柳柳州集后》,《全唐文》卷八〇七,第8488页。
④《韩昌黎诗系年集释》卷三《八月十五夜赠张功曹》,第257页。
⑤《韩昌黎诗系年集释》卷三《岳阳楼别窦司直》,第316—317页。

寺题门楼》,更能表现作者"横空盘硬语""奋猛卷海潦"①的强直气概。诗开篇即于"五岳祭秩皆三公,四方环镇嵩当中"的地理交代之后,将镜头急速推向南岳衡山:"火维地荒足妖怪,天假神柄专其雄。喷云泄雾藏半腹,虽有绝顶谁能穷?"这是正面描写,却以"喷云泄雾""天假神柄"透露其变化多端、神秘莫测,而"火维地荒足妖怪"七字,更给此一地处南国的山岳增添了荒蛮怪奇、处处险怖的色彩。自"我来正逢秋雨节"以下,转写山岭之阴晴变化、作者之"潜心默祷"、庙令老人之"睢盱侦伺能鞠躬"等等情状,其用笔大开大阖,腾挪转换,间以"粉墙丹柱动光彩,鬼物图画填青红"的场景描绘,由此直逼出"窜逐蛮荒幸不死,衣食才足甘长终。侯王将相望久绝,神纵欲福难为功"数语,将自己之现实遭际、内心郁闷及"神"难尽信的态度和盘托出。最后以"夜投佛寺上高阁,星月掩映云朣胧。猿鸣钟动不知曙,杲杲寒日生于东"②作结,别具一种摆脱众累后洒然朗然的境界和气象。通观全诗,有写景,有叙事,有议论,更有一腔忠直郁结之气贯注其间;而在表现形式上,奇句单行,句法高古,以"一东"之平声一韵到底,并多于偶句句末以三平声收煞,蝉联而下,排山倒海,将诗人的内在情绪和豪横心性最大限度地传达出来,可谓力大声宏,劲气直达。潘德舆评其"高心劲气,千古无两";程学恂评其"七古中此为第一"③,洵非虚语。

与阳山之贬及其创作相较,韩愈十七年后的潮州之贬与诗路书写,便很不相同了。在贬赴潮州途中,韩愈所作诗流露更多的,是对贬地恶劣荒远环境的恐畏、对不可把控的个体生命的忧虑,以及与自

---

①《韩昌黎诗系年集释》卷五《荐士》,第528页。

②《韩昌黎诗系年集释》卷三《谒衡岳庙遂宿岳寺题门楼》,第277页。

③《韩昌黎诗系年集释》卷三引,第283页。

悲自叹相伴的自愧和自责,而很少涉及朝政、人事等方面的内容。简言之,其心理态势已由外扩转向内敛,其贬后认知已由对政敌的愤怨指斥转向对最高统治者的输忠纳诚,其政治指向性较之此前也有了大幅度的弱化。

《左迁至蓝关示侄孙湘》是韩愈踏上潮州贬途所作的第一首诗,诗中除述贬因、心志和路途险阻外,重心落在了末句的"好收吾骨瘴江边"。一个"收吾骨",一个"瘴江边",既忧未来环境之险恶,亦忧个体生命之安危,表现出作者极度悲观、悲凉的心理意绪。用程学恂的话说,"时未离秦境,而语已及此,其感深矣"①。《晚次宣溪辱韶州张端公使君惠书叙别酬以绝句二章》是其步入岭南后所作诗,其一云:"韶州南去接宣溪,云水苍茫日向西。客泪数行元自落,鹧鸪休傍耳边啼。"②《笔墨闲录》评谓:"潮州以后诗最哀深,《次宣溪绝句》等诗绝有味。"③此种"感深""哀深"意绪,可以说贯穿在潮州贬途的多首诗中。如《武关西逢配流吐蕃》:"我今罪重无归望,直去长安路八千。"④《赠别元十八协律六首》其四:"不知四罪地,岂有再起辰。"⑤《宿曾江口示侄孙湘二首》其一:"仰视北斗高,不知路所归。"其二:"茫然失所诣,无路何能还。"⑥这里所说"罪重",既是实情,也是自我认知;因为"罪重",贬地远恶就有了充足的理由;也因为罪重且贬地远恶,所以便生出未能"再起"且"无路"可还的沉重

①《韩昌黎诗系年集释》卷一一引,第1100页。
②《韩昌黎诗系年集释》卷一一《晚次宣溪辱韶州张端公使君惠书叙别酬以绝句二章》其一,第1119页。
③《韩昌黎诗系年集释》卷一一引,第1121页。
④《韩昌黎诗系年集释》卷一一《武关西逢配流吐蕃》,第1101页。
⑤《韩昌黎诗系年集释》卷一一《赠别元十八协律六首》其四,第1129页。
⑥《韩昌黎诗系年集释》卷一一《宿曾江口示侄孙湘二首》,第1136、1138页。

悲叹。然而，韩愈又不甘心终老瘴乡，迫切地希望回到京城，于是，便在诗中一而再、再而三地自我表白，呈露出明确的"认罪意识"。如刚出武关，即在《路傍堠》中申言："吾君勤听治，照与日月敌。臣愚幸可哀，臣罪庶可释。"到了商、邓之间，于《食曲河驿》中再云："下负明义重，上孤朝命荣。杀身谅无补，何用答生成。"① 待到进入岭南，更作《泷吏》重申："历官二十余，国恩并未酬。……不即金木诛，敢不识恩私。潮州虽云远，虽恶不可过。于身实已多，敢不持自贺。"方世举释《路傍堠》谓："此时方之潮州，乃望恩或免也。"何焯、查慎行分别释《泷吏》谓："自讼兼望后命。""特失职之望少，而负愆之意多。"② 这里所说"负愆之意多""望恩或免""自讼兼望后命"，正指出了韩愈的"认罪"意识及其具体指向。

韩愈之所以产生这种"认罪"意识，是与此次贬谪的性质和受谪罚程度紧相关联的。潮州之贬，根本上说是因言语触怒帝王所致，而这言语内容，除《论佛骨表》中"今无故取秽朽之物，亲临观之，巫祝不先，桃茢不用，群臣不言其非，御史不举其失，臣实耻之"一段正言谠论外，又主要关乎崇佛帝王之国祚久暂和寿命长短，亦即"事佛渐谨，年代尤促""事佛求福，乃更得祸"③，正是这些带有"诅咒"性的话语，彻底激怒了皇帝，故"疏奏，宪宗怒甚。……将加极法"④。虽然后经裴度、崔群等人劝谏，对韩愈的处罚由"极法"降为贬刺潮州，但此一事件对韩愈内心的震慑当是极为强烈的，面对专制君主的雷霆之怒，韩愈不能不有服软认罪的表示。当然，韩愈的服软认罪，既是迫于政治强权的压力，也未尝不包括事过之后的自我反思，以及借助

① 《韩昌黎诗系年集释》卷一一，第 1102、1105 页。
② 《韩昌黎诗系年集释》卷一一引，第 1103、1118 页。
③ 《韩昌黎文集校注》卷八《论佛骨表》，第 874—878 页。
④ 《旧唐书》卷一六〇《韩愈传》，第 4200 页。

友朋传播,将其悔过态度上达天听的意图。因为论佛骨时基于一时义勇,说出了"事佛求福,乃更得祸"的话,但仔细想来,这话对当朝君主确乎有些不敬和唐突。唐宪宗后来欲赦其罪时有言:"愈为人臣,不当言人主事佛乃年促也。"① 正说明其忌惮之所在。所以,对自己说的过头话及其造成的后果,韩愈于反思后也不能不有所悔悟,他在前引诗中一再言罪重、颂皇恩,便是这种悔悟的表现,也是他希望皇帝得知并获得宽恕的一种方式。在抵达潮州所作《谢上表》中,韩愈的这种态度有着更全面、清晰的表达:"臣以狂妄戆愚,不识礼度,上表陈佛骨事,言涉不敬,正名定罪,万死犹轻。陛下哀臣愚忠,恕臣狂直,谓臣言虽可罪,心亦无他,特屈刑章,以臣为潮州刺史。既免刑戮,又获禄食,圣恩弘大,天地莫量,破脑刳心,岂足为谢?……伏惟皇帝陛下,天地父母,哀而怜之,无任感恩恋阙惭惶恳迫之至!"② 这段话,先自认"不识礼度","言涉不敬",继表白"言虽可罪,心亦无他",再颂"圣恩弘大,天地莫量",最后落脚到请身为"天地父母"的帝王"哀而怜之",无异于一篇谢罪表和求情书。联系到韩愈此期所作《琴操十首》,特别是其中《拘幽操》所谓"臣罪当诛兮,天王圣明"以及《履霜操》所谓"母生众儿,有母怜之。独无母怜,儿宁不悲"③,则韩愈贬潮后的认罪意识和求情心理便益发显豁了。后来宋人批评韩愈:"当论事时,感激不避诛死,真若知义者;及到贬所,则戚戚怨嗟,有不堪之穷愁形于文字,其心欢戚无异庸人"④,"韩文公《佛骨表》慷慨激烈,不以死生祸福动其心。及潮阳之行,涨海冥蒙,炎风掺扰,向来豪勇之气,销铄殆尽。其《谢表》中夸述圣德,披诉艰辛,真有凄惨

① 《旧唐书》卷一六〇《韩愈传》,第 4202 页。
② 《韩昌黎文集校注》卷八《潮州刺史谢上表》,第 880—884 页。
③ 《韩昌黎诗系年集释》卷一一,第 1158、1164 页。
④ 《欧阳修全集》卷六九《与尹师鲁第一书》,第 999 页。

可怜之状"①。不是没有道理。只是这种批评,未深入体察其时专制政治的压力之大,以及韩愈从上表时的一时义勇到贬途的自我悔悟再到向帝王服软认罪的心理变化轨迹,还稍嫌简单了一些。

从初贬阳山的心理郁怒、愤懑以及外向指斥、攻击,到再贬潮州时的自我收敛、自我悔悟和服软认罪,韩愈在两度南贬中展示出了颇不相同的心理状态和精神风貌,并直接影响到了其诗路书写的内容和风格。如果做一简单比较,可以发现,阳山之贬时,韩愈面对的,主要是在他看来属暗中使坏而随之失利了的一拨"群小",故其所作诗愤懑与讽喻并行,复仇与扳援同在;而潮州之贬时,其所面对的,乃是掌握生杀予夺权力的最高统治者君主,故其所作诗自悲自叹中杂以自悔,生命忧恐中伴以求情。前者郁怒愤懑,劲气直达,所写物象、景观多险怪动荡,展现出奇险豪横的风格;后者则颇为收敛,险怪描写减少,郁怒之气渐收,其风格趋向平和婉顺、古质雅淡。前人评其《赠别元十八协律六首》有言"贬窜之际,辞义和婉,公初年诗所不及""其神黯然,其音悄然,其意阔然"②;评其《拘幽操》云"此诗唯归咎于己,怨且无之,又何怒焉"③,便颇中肯綮地指出了韩诗风格的这种变化。

进一步看,这种诗风变化也与韩愈两度南贬之年龄及心气变化有关。阳山之贬时,韩愈三十五岁,正是"少年气真狂"④的血气方刚之时,而所遭贬谪,又属"信而见疑,忠而被谤"之屈原式的传统贬因所致,故其内心之郁怒、对政敌之攻击、风格之豪横便应运而生。到了潮州之贬,韩愈已五十一岁,其时渐入老境,"发白齿落,理不久长,

---

① [宋]俞文豹著,张宗祥校订:《吹剑录全编》,古典文学出版社,1958年,第13页。
② 《韩昌黎诗系年集释》卷一一引李光地、程学恂语,第1132页。
③ 《韩昌黎诗系年集释》卷一一引方世举语,第1160页。
④ 《韩昌黎诗系年集释》卷七《东都遇春》,第723页。

加以罪犯至重,所处又极远恶,忧惶惭悸,死亡无日"①,早已不复中年气概。当此之际,其诗作风格自然趋于和缓、平达。如果放开眼界,从韩诗创作的整体情形着眼,那么可以发现,韩愈诗风的变化不只限于两次贬谪,大约自元和中后期开始,其所作诗在选材上、描写上、气格上都发生了若干由强直豪横向平达和缓的变化②,而其贬潮诗作风格的改变,既与此一整体走向吻合,也为此一走向发挥了某种助推作用。

第三节　贬途互动与元、白交谊

三度离合与贬途互动 / 事件节点与酬赠巅峰 / 贬途题壁与诗路胜迹

元和五年、十年至十四(819)、十五年,是元稹、白居易先后被贬、被移终至返朝的十年,这十年间,二人的贬谪生活与诗路书写呈现出若干新的特点,这些特点归总起来,可以用两个字来概括,即"互动"。所谓互动,顾名思义,自然指人与人之间的彼此关联,交互作用,但在元、白这里,这种互动既包括面对政治压力所进行的上疏言事、相互救助,也包括诗歌创作中的你唱我和、艺术技巧上的彼此切磋,同时,还包括二人于离别、聚合之际异于常人的情感沟通,若干事件节点感同身受的寄赠慰勉以及多次进行的留言式题壁。换句话说,在元、白这里,其贬谪历程及诗路书写是双方共同参与的结果,少

---

① 《韩昌黎文集校注》卷八《潮州刺史谢上表》,第 882 页。
② 关于韩愈诗风由险怪向平易转变的时间,学界持论略有差异,或谓元和中期以后[参见袁行需主编:《中国文学史(2)》,高等教育出版社,2010 年,第 261 页],或谓以元和十年为界(参见陈景春:《论韩愈诗歌创作的四个阶段及其风格的嬗变》,《西安文理学院学报》2015 年第 2 期),斟酌去取,姑可定为元和中后期。

了任何一方,此一过程即不完整,即有欠缺,因而,"互动"于元、白关系及其诗路书写而言,当是一较为恰切、重要的概念。

元、白间的贬途互动,突出表现在二人的两次相别及一次相遇中,而其互动的前期基础,则与元稹的江陵之贬相关。

先看元和五年的元稹之贬。如前所言,青年元稹心性激烈,见事风生,很有在政治上作为一番的意念。早在元和四年,元稹即以监察御史的身份出使东蜀,劾奏故剑南东川节度使严砺违制擅赋等事,由此获罪权贵,被朝廷调回,令其分务东台。到东都后,元稹仍持守刚毅秉性,举奏河南尹房式等不法事,结果因"擅令停务"而于元和五年三月被罚俸召还①。在还京途中,即发生宦官与之争厅而稹遭谪罚事。在这里,元稹受到两次不公正的裁决:其在东台严格执法,却遭罚俸召还;其先至敷水驿入宿,却被后至的宦官逼迫让房,并遭以棰伤面之辱。事实俱在,本末可明,但朝廷执政却罔顾事实,谓稹"少年后辈,务作威福"②,从而将其远贬。表面看来,元稹似因争厅事遭贬,但细究起来,争厅仅为被贬之一因。《资治通鉴》卷二三八元和五年条在叙述了元稹东台执法、返途争厅事后谓:"上复引稹前过,贬江陵士曹。"③由此可知,元稹这次被贬,实是二事合一的产物:先缘于执法开罪权贵,后缘于争厅惹怒宦官。相较而言,后者只是一个导火

---

① 按:《旧书》本传谓"罚式一月俸,仍召稹还京",疑误。据《册府元龟》卷五二二《宪官部·谴让》:"元稹宪宗元和五年为监察御史分司,以摄河南尹房式于台,擅令停务,罚俸料一季,追赴西台。"(第5929页)《资治通鉴》卷二三八元和五年:"河南尹房式有不法事,东台监察御史元稹奏摄之,擅令停务。朝廷以为不可,罚一季俸,召还西京。"(第7793页)此皆谓被罚俸者为元稹,而非房式。参看《元稹集校注》卷五《元和五年予官不了罚俸西归三月六日至陕府与吴十一兄端公崔十二院长思怆囊游因投五十韵》,第148页。

② 《旧唐书》卷一六六《元稹传》,第4331页。

③ 《资治通鉴》卷二三八元和五年,第7793页。

索,具有一定偶然性;前者乃是事情的本质,具有被贬的必然性。对此,当事人及旁观者均看得清楚。元稹自谓:"贞元已来,不惯用文法,内外宠臣皆暗鸣。会河南尹房式诈谖事发,奏摄之,前所暗鸣者皆叫噪。宰相素以劾判官事相衔,乘是黜予江陵掾。"① 白居易亦云:"内外权宠臣无奈何,咸不快意,会河南尹有不如法事,公引故事,奏而摄之甚急,先是不快者乘其便相噪嗾,坐公专达作威,黜为江陵士曹掾。"② 由此看来,元稹因正道直行开罪权贵而积怨,由来已久,正是前述偶然性与必然性两方面的作用,使得本无过错的元稹在经历了元和元年之贬后,再度遭遇到一次更为严重的政治打击。

　　元稹的无罪遭贬,自然引起正直朝士的不满。前引《通鉴》云:"翰林学士李绛、崔群言稹无罪。白居易上言:'中使陵辱朝士,中使不问而稹先贬,恐自今中使出外益暴横,人无敢言者。又,稹为御史,多所举奏,不避权势,切齿者众,恐自今无人肯为陛下当官执法,疾恶绳愆,有大奸猾,陛下无从得知。'上不听。"③ 这里所载,除李绛、崔群外,白居易反应最为激切。作为元稹挚友,白居易一而再、再而三上疏力谏,直言"元稹左降,不可者三"④。这既是出于公义,又是出于友情,是友人危难之际的拔刀相助,是宁可得罪权贵乃至帝王也在所不辞的义无反顾。这种对元稹贬谪事件的深度参与,开启了二人在此后贬谪生涯中持续互动的先声。

---

① 《元稹集校注》卷三二《表奏有序》,第 886 页。按,文题一作《文稿自叙》,见《全唐文》卷六五三。
② 《白居易文集校注》卷三三《唐故武昌军节度处置等使正议大夫检校户部尚书鄂州刺史兼御史大夫赐紫金鱼袋尚书右仆射河南元公墓志铭并序》,第 1928 页。
③ 《资治通鉴》卷二三八元和五年,第 7793—7794 页。
④ 《白居易文集校注》卷二二《论元稹第三状》,第 1245 页。

元稹被贬，白居易几度送行，二人的贬途互动由此正式展开。第一次送别在元和五年三月中旬元稹初贬之时 ①，白居易《和答诗十首》的小序清晰记录了当时的情况：

> 五年春，微之从东台来。不数日，又左转为江陵士曹掾。诏下日，会予下内直归，而微之已即路，邂逅相遇于街衢中。自永寿寺南，抵新昌里北，得马上话别。语不过相勉保方寸、外形骸而已，因不暇及他。是夕，足下次于山北寺，仆职役不得去，命季弟送行，且奉新诗一轴，致于执事。②

据此可知，贬诏下达当日，元稹被允返回靖安里之住宅稍事料理，而后即踏上贬途。其时白居易下直后匆匆赶来，在马上相伴一程，不得不与友人于新昌里北别过 ③，令其弟代为送行。据徐松《唐两京城坊考》："微之宅在靖安里，永寿寺在永乐里，永寿之南即靖安北街。乐天下直，每自朱雀街经靖安之北，集中有《靖安北街赠李

---

① 据元稹《三月二十四日宿曾峰馆夜对桐花寄乐天》诗，知元稹抵达商山曾峰馆（一作层峰驿）的时间是三月二十四日。又据杜牧《将出关宿层峰驿却寄李谏议》："孤驿在重阻，云根掩柴扉。……明日武关外，梦魂劳远飞。"知此驿在商州之东，武关之西，由此至武关约一日之程。又，严耕望《唐代交通图考》综合各史志所载谓"商州去长安盖近三百里"，而武关"西去商州一百八九十里"（第648—651页），二者相加，再减去曾峰馆至武关一日所行里程（姑以日行六十里计），则曾峰馆去长安约在四百二三十里，需时至少七天以上。由此知元稹自长安上路当在三月中旬。
②《白居易诗集校注》卷二《和答诗十首》，第211页。
③ 白诗亦言及其事："永寿寺中语，新昌坊北分。"见《白居易诗集校注》卷九《初与元九别后忽梦见之及寤而书适至兼寄桐花诗怅然感怀因以此寄》，第749页。

二十》诗是也。微之盖东出延兴门或春明门,故经新昌之北。"① 从唐长安城布局看,新昌里南近延兴门,自新昌里向北经靖恭、常乐、道政诸坊而至春明门。因知当日元稹离京之路,乃自靖安里经永寿寺南、新昌里北,至春明门(又名青门、青绮门)而远行。白居易与之相伴,自永寿寺南(靖安北街)经永宁、宣平诸坊,至新昌里北与元稹分手。虽迫于职役,未送至春明门,但在《别元九后咏所怀》中说:"勿云不相送,心到青门东。……同心一人去,坐觉长安空。"② 元稹《酬乐天书怀见寄》亦有言:"新昌北门外,与君从此分。街衢走车马,尘土不见君。"③ 细细品味这些诗句,不难想见两位友人当事发仓促之际,心惊魄动、走马追攀、难舍难分的情状。

　　第二次送别是元稹的通州之贬。其时经过五年的江陵谪居,元稹好不容易盼到了返京的诏书,于元和十年正月经商山返回京城,孰料席未暇暖,即于三月二十五日再度被贬,远徙通州司马。元稹《酬乐天东南行诗一百韵》"因教罢飞檄,便许到皇都"句下注云:"十年春,自唐州诏余,召入京。"诗中谓:"征还何郑重,斥去亦须臾。迢递投遐徼,苍黄出奥区。"可见其再徙之情状。又于诗前小序云:"元和十年三月二十五日,予司马通州,二十九日与乐天于鄂东蒲池村别,各赋一绝。"④ 据此,知元稹此次再贬通州,乃取沣水通向骆谷之路,蒲池村即在沣水西畔。据严耕望《唐代交通图考·秦岭仇池区》篇十八《骆谷驿道》:"由京师取骆谷道者,发自长安近郊秦川驿,西

---

① 〔清〕徐松撰,〔清〕张穆校补,方严点校:《唐两京城坊考》卷三,中华书局,1985年,第89页。
② 《白居易诗集校注》卷九《别元九后咏所怀》,第732页。
③ 《元稹集校注》卷六《酬乐天书怀见寄》,第160页。
④ 《元稹集校注》卷一二《酬乐天东南行诗一百韵》,第365—368页。

南四十里渡沣水,至秦社镇。又十五或二十里至鄠县。"① 因知白居易此番相送远达四五十里,直至沣水西岸桥边之蒲池村。这是三月二十九日的事,一直延宕到三十日,两位友人才最后分手。这由元、白以下两首诗可以见出:

今朝相送自同游,酒语诗情替别愁。忽到沣西总回去,一身骑马向通州。②

城西三月三十日,别友辞春两恨多。帝里却归犹寂寞,通州独去又如何。③

友人再贬,前途漫漫,此一长别,未知会期,对白居易来说,确有说不出的凄楚。所以,在由沣西桥边返回京城的途中,他又连作数诗,表达自己内心的感受:"蒲池村里匆匆别,沣水桥边兀兀回。行到城门残酒醒,万重离恨一时来。"④ "萧散弓惊雁,分飞剑化龙。悠悠天地内,不死会相逢。"⑤ 这些诗句,对了解元稹贬谪首途两位友人的互动情形及感情脉络,应是颇有助益的。

第三次值得注意的事件,既是相聚,也是离别,是元、白二人暌违数载后的偶然相聚,也是短暂相聚后的再度离别。元和十四年初,谪居通州、江州均已五个年头的元稹、白居易分别量移虢州长史、忠州刺史,二人一顺江东下,一逆流西上,于三月十日不期然而于峡州之

---

① 《唐代交通图考》第三卷《秦岭仇池区》第十八《骆谷驿道》,第 689 页。
② 《元稹集校注》卷一九《沣西别乐天博载樊宗宪李景信两秀才侄谷三月三十日饯送》,第 600 页。
③ 《白居易诗集校注》外集卷上《城西别元九》,第 2873 页。
④ 《白居易诗集校注》卷一五《醉后却寄元九》,第 1191 页。
⑤ 《白居易诗集校注》卷一五《重寄》,第 1192 页。

夷陵相遇,欢聚三宿而别。对此,白居易《三游洞序》记得翔实:

> 平淮西之明年冬,予自江州司马授忠州刺史,微之自通州司
> 马授虢州长史。又明年春,各祗命之郡,与知退(按:居易弟白
> 行简字知退)偕行。三月十日,参会于夷陵。翌日,微之反棹送
> 予至下牢城。又翌日,将别未忍,引舟上下者久之。酒酣,闻石
> 间泉声,因舍棹进策,步入缺岸。……遂相与维舟岩下,率仆夫
> 芟芜刈翳,梯危缒滑,休而复上者凡四焉。仰睇俯察,绝无人迹,
> 但水石相薄,磷磷凿凿,跳珠溅玉,惊动耳目。自未讫戌,爱不能
> 去。……矧吾人难相逢,斯境不易得;今两偶于是,得无述乎?
> 请各赋古调诗二十韵,书于石壁。仍命余序而纪之。又以吾三
> 人始游,故目为三游洞。①

这段记述,在交代事件起因、时地之后,重点写了两件事,一是元、白
二人于三月十日初见之后不忍别,故延宕至次日,元“反棹”送白至
下牢城,再住一宿,到了第三日,仍不忍别,不仅“引舟上下者久之”,
而且在舟中对饮而至于“酒酣”,由此见出两位友人于久别重逢后难
舍难分之状;二是发现三游洞的过程及此洞的奇异胜绝,既为此次相
遇同游增添了难以忘怀的一段插曲,又为唐人贬谪诗路留下了一个
前人从未涉及的标志性景观。在序中,白氏谓“各赋古调诗二十韵,
书于石壁”,其诗迹今已不可得见,但白氏另有七言长篇纪其事:《十
年三月三十日,别微之于沣上,十四年三月十一日夜,遇微之于峡中,
停舟夷陵,三宿而别,言不尽者以诗终之。因赋七言十七韵以赠,且
欲记所遇之地与相见之时,为他年会话张本也》。诗题即点明事件的

---

① 《白居易文集校注》卷六《三游洞序》,第 274 页。

来龙去脉,诗中先由昔及今,写二人见面之不易及此聚之欢情:"沣水店头春尽日,送君上马谪通川。夷陵峡口明月夜,此处逢君是偶然。一别五年方见面,相携三宿未回船。坐从日暮唯长叹,语到天明竟未眠。"继述二人贬谪生涯之艰辛和沧桑之感:"生涯共寄沧江上,乡国俱抛白日边。"终言此一为别,未知再见何年,表达了既沉痛又怅然的惜别之情:"君还秦地辞炎徼,我向忠州入瘴烟。未死会应相见在,又知何地复何年。"①

以上所述白氏上疏论元稹不当贬及二人相别、相聚,不过是其交往中的几个事例,但从中已足可看出十分明显的"互动"特点了。一人被贬,另一人即感同身受,在言论和行动上予以全力支持和参与,彼此关联,形如一体,从而极大地改变了传统贬官身陷困境后多形单影只、乏于交往或偶一交往即少联络的状况。当然,在上述互动中,白居易似乎是更为主动的一方,他为元稹做得要更多一些。这种情况,与元稹最早受到政治打击、率先被贬有关,因为作为受害者的弱势方,他已很难在行动中占据主导地位。但尽管如此,元稹还是尽己所能地为白居易提供了必要的支持。如元和六年七月,元稹于贬所闻知白母病逝,即撰《祭翰林白学士太夫人文》,遣侄某亲至下邽祭吊;当得知白因丁母忧退居下邽经济困顿时,又三次从贬所寄上钱物达二十万之多。白居易在《寄元九》诗中记其事曰:"一病经四年,亲朋书信断。……元君在荆楚,去日唯云远。……忧我贫病身,书来唯劝勉。……怜君为谪吏,穷薄家贫褊。三寄衣食资,数盈二十万。岂

①《白居易诗集校注》卷一七《十年三月三十日别微之于沣上十四年三月十一日夜遇微之于峡中停舟夷陵三宿而别言不尽者以诗终之因赋七言十七韵以赠且欲记(一作寄)所遇之地与相见之时为他年会话张本也》,第1428—1429页。

是贪衣食,感君心缱绻。"① 就此而言,在元、白的互动中,二人都有着深度的参与,只是参与的方式有所不同而已。

元、白的互动,除上述别离、相聚外,还表现在二人贬谪过程中某些重要节点的相互慰藉和劝勉,由此形成另一个值得关注的特点。

这里所谓重要节点,固然不排除诗人在贬途经过某些驿站、见及某些景观而忆及对方所写诗作,其内容多为"上论迁谪心,下说离别肠"②。此类诗在元、白二人集中颇多,不遑枚举;这里择其要者,仅以几次较为二人看重也在后世有影响的事件为例,稍加论说。

事件之一,是白居易之贬带给元稹的巨大影响及其激烈反应。元和十年六月,盗杀宰相武元衡,身为赞善大夫的白居易首上疏论其冤,急请捕贼以雪国耻。结果"宰相以宫官非谏职,不当先谏官言事。会有素恶居易者,掎摭居易,言浮华无行……执政方恶其言事,奏贬为江表刺史。诏出,中书舍人王涯上疏论之,言居易所犯状迹,不宜治郡,追诏授江州司马"③。这件事的是非曲直,一目即可了然,用白氏《与杨虞卿书》中的话说,就是:"赞善大夫诚贱冗耳,朝廷有非常事,即日独进封章,谓之忠,谓之愤,亦无愧矣。谓之妄,谓之狂,又敢逃乎? 且以此获辠,顾何如耳? 况又不以此为罪名乎?"这一反诘,正揭示出白氏内心因"忠而被谤"所感受到的巨大愤懑和不平。虽然他曾以"安时顺命,用遣岁月。……浩然江湖,从此长往"④ 的说辞来自我宽慰,但内心深层的怨愤却是很难真正消除的。而对他的好

① 《白居易诗集校注》卷一〇《寄元九》,第 794 页。
② 《白居易诗集校注》卷九《初与元九别后忽梦见之及寤而书适至兼寄桐花诗怅然感怀因以此寄》,第 749 页。
③ 《旧唐书》卷一六六《白居易传》,第 4344—4345 页。
④ 《白居易文集校注》卷七《与杨虞卿书》,第 292—294 页。

友元稹来说,听闻这一消息所受刺激之大,更当在意料之中。这是因为:其一,白居易所言所行均公忠正直,却横遭贬黜,着实出人意料,特别令深知白氏之好友如元稹者接受不了。其二,元稹被贬时,曾有李绛、崔群、白居易诸人倾力相救,更有身在相位的裴垍为其后援,然而,时隔未久,裴垍因中风病而罢为兵都尚书①,旋即身亡;李绛被逐出翰林院,李藩亦被罢相职②;在朝的挚友且能全力为己说话的,只有白居易了。然而,白氏如今也被贬离朝,这就彻底断了自己返朝的念想,因而不能不使其深感绝望。其三,对待贬谪导致的生命沉沦,元稹不如白居易那样看得透彻、超脱,何况其时甫至通州,即染重病,更增加了他初闻白贬江州事的惊心动魄之感。其《酬乐天东南行诗一百韵》"我病方吟越,君行已过湖"句下自注曰:"元和十年六月至通州,染瘴危重,八月闻乐天司马江州。"③正是在这样一个背景下,元稹写出了那首传诵古今的《闻乐天授江州司马》:

> 残灯无焰影幢幢,此夕闻君谪九江。垂死病中惊坐起,暗风吹雨入寒窗。④

灯影摇曳,雨打寒窗,环境苍凉,远讯锥心,诗人于垂死病中而"惊坐起",最大限度地表现了友人远贬给予他的刺激,以及他对友人难以言说的关爱之情。后来白居易读到此诗,曾写信给元稹说:"此句他人尚不可闻,况仆心哉! 至今每吟,犹恻恻耳。"⑤便真实地反映了此

---

① 《旧唐书》卷一四八《裴垍传》,第 3989—3991 页。
② 《旧唐书》卷一四《宪宗本纪上》,第 434 页。
③ 《元稹集校注》卷一二《酬乐天东南行诗一百韵》,第 366 页。
④ 《元稹集校注》卷二〇《闻乐天授江州司马》,第 606 页。
⑤ 《白居易文集校注》卷八《与微之书》,第 361 页。

诗所具有的情感冲击力和穿透力。

与此相关,身在贬途的白居易也一直牵挂着远在通州的元稹,其《舟中读元九诗》云:"把君诗卷灯前读,诗尽灯残天未明。眼痛灭灯犹暗坐,逆风吹浪打船声。"① 从时间上看,此时作者尚未收到元稹《闻乐天授江州司马》诗,属于单方面的怀人之作,但从表达情感的深重度而言,却并不亚于前引元诗,诗中接连使用"灯残""眼痛""逆风吹浪"等狠重词语,在内容和形式两方面均似对元诗的酬和。《唐宋诗醇》卷二三评此诗谓:"字字沉着,二十八字中无限层折。元微之《闻乐天左降江州》诗云……居易以为此句他人尚不可闻,况仆心哉。此诗真可谓同调。"② 后来元稹读到这首白诗,遂作《酬乐天舟泊夜读微之诗》次韵酬和:"知君暗泊西江岸,读我闲诗欲到明。今夜通州还不睡,满山风雨杜鹃声。"③ 诗心相通,诗情耿耿,在"满山风雨杜鹃声"的凄冷意境中,表达了对老友的一份最真诚的感戴和忆念。

值得提及的另一事件,是元和十年末至十二年末元、白二人间的信息中断,以及重新取得联系后因欣喜、激动而达至的酬赠巅峰。

考其事件原委可知,元和十年三月二十九日,元稹自长安踏上西迁路途,次日与白居易等友人于鄠东蒲池村作别,经青山驿、褒城以及大、小漫天岭,过阆州之苍溪、新政诸县,终于六月抵达通州④。然至通未久,即大病百余日,约于九月末自通州赴兴元疗疾,于十月

---

① 《白居易诗集校注》卷一五《舟中读元九诗》,第 1224 页。
② 陈友琴编:《白居易资料汇编》,中华书局,1962 年,第 288 页。
③ 《元稹集校注》卷二一《酬乐天舟泊夜读微之诗》,第 624 页。
④ 元稹《酬乐天东南行一百韵》首联下自注:"元和十年六月至通州……八月,闻乐天司马江州。"《元稹集校注》卷一二,第 366 页。

底抵达兴元①。自此以后，元、白间便断了联系。关于这一时段内的一些具体情事，元、白于后来追忆时均有涉及，如白居易《与微之书》云："四月十日夜，乐天白：微之，微之！不见足下面已三年矣，不得足下书欲二年矣。……仆初到浔阳时，有熊孺登来，得足下前年病甚时一札，上报疾状，次叙病心，终论平生交分。且云：危恻之际，不暇及他，唯收数帙文章，封题其上曰：'他日送达白二十二郎，便请以代书。'"②白此书作于元和十二年，其中提到熊孺登传递元"前年病时一札"，当即元和十年元稹抵通未久染瘴危重时所作与白书，而此书传至江州白居易手中，或已至次年即元和十一年。白作于元和十二年的《东南行一百韵寄通州元九侍御澧州李十一舍人果州崔二十二使君开州韦大员外庾三十二补阙杜十四拾遗李二十助教员外窦七校书》有言："去夏微之疟，今春席八殂。天涯书达否？泉下哭知无？"下注："去年，闻元九瘴疟，书去竟未报。今春，闻席八殁。久与还往，能无恸矣！"③这里的"去年"，即元和十一年；"今春"，为元和十二年春。这就是说，直到元和十一年得到熊氏捎来的信札，白始知元患病，遂去信慰问，然竟无回报。又，白《梦微之》诗云："晨起临风一惆怅，通川溢水断相闻。"题下注曰："十二年八月二十日夜。"④可见，二人间的联系直至元和十二年八月下旬尚未恢复。到了十二年秋冬之际，元稹自兴元返通州，路过阆州，作《阆州开元寺壁题乐

---

① 元稹《感梦》："十月初二日，我行蓬州西。……我病百余日，肌体顾若刲。"按：诗中谓十月初二已病百余日，因知元稹染瘴当在抵通后之七月初；又因十月初二已至蓬州西，则此后自蓬州经阆州、新政，沿嘉陵江北上利州，复折而东向，顺汉江至兴元，需时约一月，故其抵兴元当在十月底前后。

② 《白居易文集校注》卷八《与微之书》，第361页。

③ 《白居易诗集校注》卷一六《东南行一百韵寄通州元九侍御……》，第1248页。

④ 《白居易诗集校注》卷一七《梦微之》，第1357页。

天诗》,此后白方有《答微之》诗回复,并在《题诗屏风绝句》小序中说:"十二年冬,微之犹滞通州,予亦未离湓上。相去万里,不见三年,郁郁相念,多以吟咏自解。"① 如此看来,白于十二年冬当已收到元的信息②。

至于元稹见到白的信息,时间还要晚些。这由其《酬乐天东南行诗一百韵》的小序可以知晓:

> 元和十年……到通州后,予又寄一篇,寻而乐天贶予八首。予时疟病将死,一见外不复记忆。十三年,予以赦当迁,简省书籍,得是八篇。吟叹方极,适崔果州使至,为予致乐天去年十二月二日书,书中寄予百韵至两韵凡二十四章。属李景信校书自忠州访予,连床递饮之间,悲咤使酒,不三两日,尽和去年已来三十二章皆毕,李生视草而去。四月十三日,予手写为上下卷,仍依次重用本韵,亦不知何时得见乐天,因人或寄去。③

在这段文字里,元稹提到他初到通州与白居易间的往来诗篇,有元寄白一首④,白寄元八首。此后便因病断了联系,直到元和十三年春

---

① 《白居易诗集校注》卷一七《题诗屏风绝句》,第 1373 页。
② 吴伟斌《元稹白居易通江唱和真相考略》谓:"直至元和十二年四月十日之后不久,元稹才收到了白居易的《与微之书》。"又说:"元稹回到通州之后不久,大约也就在元和十二年五六月间吧,收到了白居易作于元和十二年四月十日的《与微之书》。"(见氏著《元稹考论》,河南人民出版社,2008 年,第 502、511 页)按:吴氏此说恐不确,因据白《题诗屏风绝句》小序所言,他接到元所作开元寺题壁诗已在十二年冬,则元题壁不当早于秋冬之际;而其时元刚自兴元至阆州,尚未回到通州,不可能见到白的书信。周相录《元稹年谱新编》系元稹自兴元返通州在元和十二年秋冬之际,可从。见周相录:《元稹年谱新编》,上海古籍出版社,2004 年,第 161—162 页。
③ 《元稹集校注》卷一二《酬乐天东南行诗一百韵》,第 365—366 页。
④ 按:元稹所述"寄一篇"予白,似不确。检《元稹集》所存诗,元初(转下页)

"以赦当迁,简省书籍",才重新将此八篇检出,加上其时正好接到果州刺史崔韶派人送来的白居易作于去年十二月二日的书信和二十四首诗,于是遂集中精力,在与来访的李景信"悲咤使酒"的同时,对此三十二篇白诗一一酬和,于两三日内即告完成——这无疑展示了元稹过人的诗才,故元氏于交代此节后为证成此事,遂特意提及一句:"李生视草而去。"此后,元稹又于四月十三日将此和诗整理抄录,手写为上下卷,"仍依次重用本韵",至此,三十二首酬作方正式告竣;又因作者不知何时与白相见,故初拟"因人或寄去",但其事或未果。因为现存小序末又有增补说明:"其本卷寻时于峡州面付乐天,别本都在唱和卷中,此卷唯五言大律诗二首而已。"此所说事,显然是元氏在元和十四年三月十日在峡州与白不期然而遇后(或即元稹自编诗集时)所添加,而非元和十三年四月十三日元稹作序时所可预知者。由此可以推知,这组和作真正被白居易见到,或已到了和作完成一年后元、白二人于峡州相聚之时,而且是由元稹亲手交给白居易的①。

(接上页)通州寄白诗有二,一为《见乐天诗》,一为《闻乐天授江州司马》。关于后诗,前已言及,不赘;前诗云:"通州到日日平西,江馆无人虎印泥。忽向破檐残漏处,见君诗在柱心题。"见《元稹集校注》卷二〇,第605页。白有《微之到通州日授馆未安见尘壁间有数行字读之即仆诗……怀旧感今因酬长句》作答。见《白居易诗集校注》卷一五,第1203页。周相录《元稹年谱新编》谓:"元稹自与乐天蒲池村别后直到自通州赴兴元疗疾,只寄给白氏新作《见乐天诗》《闻乐天授江州司马》二首和书二封、札一封(另有到通州前所作诗若干)。"可参看。见《元稹年谱新编》,第149页。

① 按:白居易《十年三月三十日别微之于沣上十四年三月十一日夜遇微之于峡中停舟夷陵三宿而别言不尽者以诗终之因赋七言十七韵以赠且欲记所遇之地与相见之时为他年会话张本也》:"一别五年方见面……且听清脆好诗(一作'文')篇。"自注:"微之别来有新诗数百篇,丽绝可爱。"见《白居易诗集校注》卷一七,第1428页。据此,白氏所说元稹"新诗"似此次见面后才见到。倘如此,正可为序后补叙之"面付乐天"作一佐证。

　　上述情形说明,世所艳称的元、白间的"通江唱和"并非后人想象得那样简单、顺畅,其间既有因信息中断不知对方行踪而导致的地理误判,也有因信息接收时间差而形成的认知错位,更有因长时间失去对方音讯而加剧的焦虑和失落,但所有这些都未阻断两位友人间的友情纽带,反而使其创作互动以一种特殊的形式呈现出来:一方面,在两年多信息中断的情况下,白居易持续不断地写诗给元稹,数量达二十四首之多,表现了他对友人始终不渝的担忧、挂怀和思念;另一方面,元稹在接读白诗后,竟在两三日内全部酬和完毕,其中包括对白居易《江楼夜吟元九律诗成三十韵》《东南行一百韵》等长篇大作之难度极高的追步次韵。由此既见出他看到友人诗后极度激动的心理,也见出其情绪、诗思已达到一个前所未有的巅峰。这种状态,在其约同时所作的《得乐天书》中,得到了更集中、深刻的表现:

　　　　远信入门先有泪,妻惊女哭问何如。寻常不省曾如此,应是
　　江州司马书。①

不说自己对友人如何思念,而说见信"先有泪",以形象画面隐约揭示谜底;继谓"妻惊女哭",既强化其猜测的确定性,又借以渲染出极度感伤中杂以惊喜的氛围;第三句用"寻常不省曾如此"反跌一笔,唤出末句"应是江州司马书",将他个人乃至全家对江州白司马的感情和盘托出,实在来得生动、鲜活而巧妙。这是诗歌表现的技巧,更是全副感情的自然贯注,这感情的深挚度和激烈度在唐代诗史上恐怕都是少有的,由此也就不难了解元稹于极短时间内酬和三十二首白诗之情感巅峰的缘由,以及元、白二人贬途互动的实况了。

---

① 《元稹集校注》卷二○《得乐天书》,第611页。

元、白的互动节点，还表现为贬途或谪居过程中的题壁之作。一般来说，题壁诗有三个要项，一是有可题之地，二是有可题之事之景，三是有可题之情。元、白在贬途中的几次题壁，就大体合乎这几个条件。换言之，二人的题壁，大都有着以对方为目标的固定对象。

元和五年三月末，元稹贬江陵行至武关南，即将离秦入楚，恰于此时，见到春季盛开的山石榴花，想起老友，遂作诗题壁。此诗今元集已不存①，从后来白居易《武关南见元九题山石榴花见寄》知其为题壁之作。白诗作于元和十年贬赴江州路经武关时。诗云：

> 往来同路不同时，前后相思两不知。行过关门三四里，榴花不见见君诗。②

这是一首七言绝句，由此推知元稹原作亦当为七绝；从诗中三、四两

---

① 按：周相录《元稹集校注》续补遗卷一据《诗话总龟》录元稹咏花二诗，拟题《贬江陵途中见山石榴花吟寄乐天》（第1583—1584页）；氏著《元稹年谱新编》又改拟其题为《山石榴花忆乐天》，系于元和五年"过武关，忆白居易，题诗道旁路上"条下（第99页），疑误。据《诗话总龟前集》卷二七引《唐贤抒情》："元白交道臻至，酬唱盈编。微之为御史，奉使往蜀，路傍见山花，吟寄乐天曰：'深红山木艳彤云，路远无由摘寄君。恰似牡丹如许大，浅深看取石榴裙。'又曰：'向前已说深红木，更有轻红说向君。深叶浅花何所似，薄妆愁坐碧罗裙。'"因知此二诗作于元和四年元稹使东川时。故《全唐诗补编·全唐诗续拾》卷二五据此拟二诗题为《奉使往蜀路傍见山花吟寄乐天》；吴伟斌《新编元稹集》则拟题《山枇杷花二首》，并谓白居易《酬和元九东川路诗十二首·山枇杷花二首》"在元稹的二十二首'使东川'诗篇中没有对应的诗篇，本组诗两首即应该是白居易酬和之篇《山枇杷花二首》的元稹之原唱"（三秦出版社，2015年，第1326页）。
② 《白居易诗集校注》卷一五《武关南见元九题山石榴花见寄》，第1213页。

句,知元诗所题处所在武关南三四里处之屋壁,其时石榴花早已谢落,而友人题诗之墨迹犹新;至于"前后相思两不知",说明元诗写成后并未寄白,故白氏不知其事;而白诗当亦为题壁之作,并于不久后寄呈元稹,这由元稹《酬乐天武关南见微之题山石榴花诗》可以推知:"比因酬赠为花时,不为君行不复知。又更几年还共到,满墙尘土两篇诗。"① 元诗作年不详,但从元稹抵通州后不久即大病百余日并赴兴元疗疾的行迹看,其和作似当作于元和十三年重返通州后"简省书籍"之时 ②。诗中说"又更几年还共到,满墙尘土两篇诗",则寄望于几年后二人相聚此地,同时点明到了那时,墙上的两首题壁之作恐怕已经满是尘土了。

事情并未就此完结。大概到了元和十一年,也就是白居易谪居江州的第二年春季,看到自家门前新栽的十八株山石榴花迎风盛开,白氏不禁想起去年此时元稹的题诗,于是再作《山石榴寄元九》以寄意:"闲折两枝持在手,细看不似人间有。……奇芳绝艳者谁,通州迁客元拾遗。拾遗初贬江陵去,去时正值青春暮。商山秦岭愁杀君,山石榴花红夹路。题诗报我何所云,苦云色似石榴裙。当时丛畔唯思我,今日阑前只忆君。忆君不见坐销落,日西风起红纷纷。"③ 见花忆人,重提旧事,想君念我,我更思君,在日西风起、独观落花的情境中,充满了几多初贬江州的孤独和寥落。而这样一件因山石榴花题诗引起的两位诗友间的互动,看似小事一桩,实则作为若干节点中的一个,形成联系二人情感的一条不可忽视的纽带。

---

① 《元稹集校注》卷二一《酬乐天武关南见微之题山石榴花诗》,第 624 页。
② 此诗作时,周相录《元稹集校注》卷二一系于元和十年(第 624 页),氏著《元稹年谱新编》则系于元和十三年(第 173 页),衡诸当日情事,似当以后说为是。
③ 《白居易诗集校注》卷一二《山石榴寄元九》,第 924 页。

元稹另有两首题壁诗作于元和十年自江陵返朝途中。这在其行经曾峰馆（又名层峰驿）所作《桐孙诗》及序中即有交代。诗云：

> 去日桐花半桐叶，别来桐树老桐孙。城中过尽无穷事，白发满头归故园。

诗前小序云："元和五年，予贬掾江陵。三月二十四日，宿曾峰馆。山月晓时，见桐花满地，因有八韵寄白翰林诗。……及今六年，诏许西归，去时桐树上孙枝已拱矣。予亦白鬓两茎，而苍然斑鬓。感念前事，因题旧诗，仍赋《桐孙诗》一绝，又不知几何年复来商山道中。元和十年正月题。"① 据此，知诗为元稹于返途有感于元和五年三月二十四日夜宿此馆见月映桐花而抒发怀旧之情的即兴之作。在这段话里，我们可以看出几层意思：其一，元稹此次题于壁之诗为两首，即五年前寄白居易的八韵旧作，以及当下新作《桐孙诗》一绝。其二，元稹之所以连题两诗于壁，念旧感怀为其主因。当年路经此地，月华高照，桐花满地，但身为被贬之人，只觉景美情伤，不胜唏嘘；而今五年过去（实为六个年头），被召返朝，心中欣喜是必然的。但故地重经，老桐树孙枝已拱，又不禁令人由树及人，联想到自己的苍然斑鬓，发木犹如此、人何以堪之叹。故连题新、旧二诗于壁，以志重经之感。其三，作者题二诗于壁，还在记录一段情谊，并留待好友，以为来日张本。检元、白二集，今存元稹《三月二十四日宿曾峰馆夜对桐花寄乐天》以及白居易《初与元九别后忽梦见之及寤而书适至兼寄桐花诗怅然感怀因以此寄》二诗，均为前后唱酬之作。元诗云："微月照桐花，月微花漠漠。……是夕远思君，思君瘦如削。……我在山馆中，

---

① 《元稹集校注》卷一九《桐孙诗并序》，第593页。

满地桐花落。"①白诗云："昨夜云四散,千里同月色。晓来梦见君,应是君相忆。……殷勤书背后,兼寄桐花诗。桐花诗八韵,思绪一何深。以我今朝意,忆君此夜心。一章三遍读,一句十回吟。珍重八十字,字字化为金。"②此二诗以友谊为核心,以桐花为引线,遥寄相思,情景宛然,令旁观之后人如我等亦生出"一章三遍读,一句十回吟"的感动,更何况当事者元、白二人? 故元稹于重经曾峰馆之际将其旧作新什一并题壁,以待白氏何时经此览睹,自是题中应有之义。

事实上,元稹的这种期待并未落空,在又过了一个五年(实为六个年头)后的元和十五年夏,白居易自忠州被召回朝,路经曾峰馆,即作诗一首《商山路驿桐树昔与微之前后题名处》:"与君前后多迁谪,五度经过此路隅。笑问中庭老桐树,这回归去免来无?"③这首诗是否题了壁? 不敢断言,但诗题明谓"昔与微之前后题名处",说明此前亦即元和十年白氏贬江州时在此是题了诗的;另据其长庆二年出刺杭州再经此地所作《桐树馆重题》之"阶前下马时,梁上题诗处。……自嗟还自哂,又向杭州去"④诸句,可推知前引《商山路驿桐树……》当为题壁诗,而一个"重题",又说明长庆二年经此所作诗也是题壁之作。如此说来,仅一个曾峰峤,白居易前后题壁就有三次之多。

需补充说明的,是曾峰馆的桐树桐花乃一奇特景致,广为时人所知并推赏,以致一度或被作为馆驿之别名。严耕望《唐代交通图考》述及蓝武驿道之层峰驿时有言:"又有桐树馆驿者,在商山道中,似即

① 《元稹集校注》卷六《三月二十四日宿曾峰馆夜对桐花寄乐天》,第 159 页。
② 《白居易诗集校注》卷九《初与元九别后忽梦见之及寤而书适至兼寄桐花诗怅然感怀因以此寄》,第 749 页。
③ 《白居易诗集校注》卷一八《商山路驿桐树昔与微之前后题名处》,第 1485 页。
④ 《白居易诗集校注》卷八《桐树馆重题》,第 664 页。据此,知白氏当年确曾题诗于壁。

为层峰驿之异名。"其下举白居易《桐树馆重题》《商山路驿桐树昔与
微之前后题名处》诸诗以为证,并谓:"'商山路驿桐树'殊不词,观下
文'中庭老桐树'之言,必在馆驿中,则此'驿桐树'当即'桐树驿'之
倒讹。……复考元稹有《桐孙诗》……则曾峰驿中桐树甚壮,元氏两
度感赋寄白,则白氏上举两诗所谓桐树馆驿者,疑即层峰馆驿也。"①
严氏这段推论,衡诸唐人题咏,应是颇有理据的。倘如此,不仅于前
述可题之事、可题之情外,又多了一个可题之地、可题之景的理由,而
且商山路中此一桐树景观,正赖二人之题壁诗方得以留名后世。

　　元稹的另一次题壁诗,作于前述曾峰馆题《桐孙诗》后不久,时
间仍是元和十年正月,地点为距长安仅一百二十里的蓝桥驿②。其时
已是初春,冰雪未融,元稹奉诏返朝,即将抵京,遂作《题蓝桥驿留呈
梦得子厚致用》一诗:"泉溜才通疑夜磬,烧烟余暖有春泥。千层玉
帐铺松盖,五出银区印虎蹄。暗落金乌山渐黑,深埋粉堠路浑迷。心
知魏阙无多地,十二琼楼百里西。"③此诗既写景、纪行,也意在告知
同期诏返但较其晚到的刘禹锡、柳宗元、李景俭诸人,自己已先期抵
达此地。按理,这首诗本与白居易无关,白不应有特别回应的。可
是,在当年秋季白氏被贬江州路经蓝桥驿时,却专门写了一首《蓝桥
驿见元九诗》:

　　　蓝桥春雪君归日,秦岭秋风我去时。每到驿亭先下马,循墙

---

① 《唐代交通图考》第三卷《秦岭仇池区》篇十六《蓝田武关驿道》,第653页。
② 《元和郡县图志》卷一《关内道一·京兆府上》:蓝田县"东北至府八十里"。
见《元和郡县图志》卷一,第15页。《长安志》卷一六:"蓝桥驿在县东南四十
里。"[宋]宋敏求撰,辛德勇、郎洁点校:《长安志》卷一六,三秦出版社,2013
年,第481页。
③ 《元稹集校注》卷一九《题蓝桥驿留呈梦得子厚致用》,第596页。

绕柱觅君诗。^①

有论者谓白氏所见元诗即前引《题蓝桥驿留呈梦得子厚致用》^②，似乎理据不足。究其原因，一是白诗题下原注有"诗中云：'江陵归时逢春雪。'"然元稹《留呈》诗中并无此句；二是元诗为七言律诗，白诗为七言绝句，二者诗体不类。如此看来，白氏所见元诗或为另一首作品，亦即当日元稹曾作二诗题壁，一为留示刘禹锡诸人看的七律，一为自述行迹、情怀的七绝，只是这首七绝已佚，仅存白氏所录之一句^③。由此再看白氏之作，便又可发现几点新的意思：一是围绕元诗"江陵归时逢春雪"展开构思，将蓝桥春雪与秦岭秋风、君之归与我之去两两对举，既表现两位友人在同一路途的西归东往和时序变化，又揭示因不能谋面而导致的情感落差和人生悲辛；二是借助后二句，描写了一个非常细微而又被放大了的动感场景：每到驿亭都要下马寻觅，而且是"循墙绕柱"的极为专注的寻觅，而寻觅的对象竟然就是好友元稹的题壁之作！由此可见白对元之感情、对元诗之赏爱到了何种程度；同时，也侧面展示了元稹喜好题诗，且题诗甚夥的情形。

元稹好题诗，所题不只是自己的诗，还有白居易的诗。元和十二年秋冬之际，元稹自兴元返通州，路过阆州，即题诗一首，名曰《阆州开元寺壁题乐天诗》："忆君无计写君诗，写尽千行说向谁。题在阆州东寺壁，几时知是见君时。"^④白居易得读元诗，当即以《答微之》回复：

①《白居易诗集校注》卷一五《蓝桥驿见元九诗》，第 1212 页。

② 如周相录即持此说。见氏著《元稹集校注》第 597 页、《元稹年谱新编》第 138 页。

③《全唐诗补编》续拾卷二五收录此句，拟题《题蓝桥驿》，见第 1036 页。中华书局版《元稹集》亦据之补遗，见冀勤点校：《元稹集》外集续补卷一，中华书局，2010 年，第 801 页。

④《元稹集校注》卷二〇《阆州开元寺壁题乐天诗》，第 609 页。

"君写我诗盈寺壁,我题君句满屏风。与君相遇知何处,两叶浮萍大海中。"并于题下自注:"微之于阆州西寺,手题予诗。予又以微之百篇题此屏上,各以绝句相报答之。"① 这里,元题白诗于寺壁,白题元诗于屏风,且一题就是百篇,实在是洋洋大观,前无古人。又,白氏《题诗屏风绝句》云:"相忆采君诗作障,自书自勘不辞劳。障成定被人争写,从此南中纸价高。"② 用互题对方诗的形式,寄相思相忆之情,不辞辛苦,自书自勘,表面看来,似略有些张扬,不乏借此品题实现使"南中纸价高"的意图,但就实质言,这种互动,却委实缘于两位友人间的志同道合,心心相印,缘于他们希望借此互动抗衡并超越困境的一种努力。

　　上述离别与聚合、酬赠与题壁,分开来看,不过是唐人生活和创作中习以为常的几种事件和行为,但把它们集合起来,表现得如此频繁、深切、生动,毫无疑问当首推元、白。进一步说,这些事件和行为并非表现在元、白在朝为官的正常生活中,而是表现于二人被贬之后的跋涉旅途和逆境生涯,这就有了非同寻常的意义。一方面,逆境最需救助,磨难最见真情,当一个人身陷逆境、孤独无依之际,最需要的,乃是来自友人的道义上的支持和精神层面的支撑,而元、白之间的送别、相聚、酬赠、题壁,便是这种支持、支撑的最好体现;另一方面,又是贬谪,给元、白二人提供了贬后送别、别后相聚、跨时空酬赠以及题壁留言、题诗互勉的机遇,使他们得以超越凡俗、日常,既获得一种生命沉沦的深刻体验,又在创作中展示出多层面的内容和情感。而所有这些,均可归结为本节所要阐明的题旨,即"互动"。倘若缺了这些互动,慢说前述离合、酬赠、题壁失去了存在的前提,即便机缘巧合,偶一为之,也难以达到目前所见的频繁度、集中度和持久性。就

----

① 《白居易诗集校注》卷一七《答微之》,第 1375 页。
② 《白居易诗集校注》卷一七《题诗屏风绝句》,第 1373 页。

此而言,元、白长达十年的贬途往还不啻为"互动"提供了新的诠释,使其在见证二人深挚友谊的同时,也为他们的诗路书写增添了丰富的色彩,为唐代诗史树立了一个不可忽视的经典样本。

第四节　元、白唱和及其时段特点

江陵初贬的政治性基调 / 通江唱和与长篇次韵的自觉
意识 / 杭越唱和与竹筒传诗

唱和,特别是次韵唱和,是元、白诗歌创作中令人注目的一种形式。然而,常常为人忽略的是,元、白间系统的、成规模的唱和之作,恰恰是以二人的贬谪为起始,逐渐发展而蔚为大观的。因为贬谪,打破了诗人日常生活的平静,使他们有了在逆境中倾诉的渴望,有了借唱和发抒不平之鸣的动因;也因为贬谪,带来频繁的跨地域的空间流动,使他们得以借助唱和将新异的诗路景观和自我体验传达给对方;更重要的是,因为贬谪,导致两位诗坛好友通过唱和深化了彼此间的情谊,并将诗歌艺术表现形式提升到了一个新的层级。

元、白间的唱和高潮,依作者之贬谪、外放处所和时间,大致可分三大时段,即元和五年至十年(810—815)的江陵—长安期、元和十年至十三年(815—818)的通州—江州期、长庆三年至宝历二年(823—826)的越州—杭州、苏州期①。

────────────

① 此一时段划分,可参看拙文《元白并称与多面元白》,《文学遗产》2016 年第 2 期。按:元、白于大和年间续有唱酬,如白居易《和微之诗二十三首》序所谓:"况曩者《唱酬》,近来《因继》,已十六卷,凡千余首矣。"见《白居易诗集校注》卷二二,第 1721 页。《因继集重序》:"去年,微之取名《长庆集》中诗未对答者五十七首追和之,合一百一十四首寄来,题为《因继集》卷之一。"见《白居易文集校注》卷三二,第 1891 页。其中不少作品或与前作重复,或已与贬谪题旨无关,故不计入论述范围。

先看第一时段。在此之前,元、白间并非没有唱和诗作,但较分散,数量也少,只是到了元和五年三月,元稹被贬江陵,踏上贬途后,二人才开始了密集、频繁的唱和活动。查元稹此次经蓝武驿道行迹,有清源寺、辋川、四皓驿、曾峰馆、武关、青云驿、阳城驿等地。这些地点因系初经,故多新鲜感;而身为贬官,每经一地又特多感触,故所作诗多有感而发。这些诗作,先由元寄白,白拣择、酬和后再寄元,二人间的唱和便在江陵—长安—江陵间往返形成。在《和答诗十首》之序中,白居易详细交代了唱和的缘起:"及足下到江陵,寄在路所为诗十七章,凡五六千言,言有为,章有旨,迨于宫律体裁,皆得作者风。……旬月来,多乞病假,假中稍闲,且摘卷中尤者,继成十章,亦不下三千言。其间所见,同者固不能自异,异者亦不能强同。同者谓之和,异者谓之答。……余未和者,亦续致之。"① 白氏此处提及的十首诗,即《思归乐》《古社》《松树》《桐花》《雉媒》《箭簇》《大嘴乌》《分水岭》《四皓庙》《阳城驿》。这只是元稹此行途中所作寄赠白居易的十七首中的一部分,白居易之所以选取这些诗酬和,其主要原因即在于这十首诗"言有为,章有旨",最能得"作者风"。

细审这些诗的内容,或由物及人,由景及情,表现作者对时势、政治之看法,对自我品格之持守,如《思归乐》《分水岭》《阳城驿》;或比兴兼用,言此意彼,表达对佞臣群小的讽刺,对社会不公的愤慨,如《古社》《雉媒》《大嘴乌》。在这些诗中,原唱与和作都保持了高度的一致,即白氏所谓"同者谓之和"者。以《阳城驿》为例,因此驿名与贞元间名臣谏议大夫阳城之名同,故当元稹行逾商南经此驿站,即以相同二名为生发点,由地及人,对阳城当年之刚直品格、磊落操行予以赞颂,尤其对其力斥权奸裴延龄、勇救名相陆贽,"飞章八九

---

① 《白居易诗集校注》卷二《和答诗十首》,第211—212页。

上""决谏同报雠""且曰事不止,臣谏誓不休"的行为,表示了极大的钦佩,申言"今来过此驿,若吊汨罗洲"①。白居易读此诗后,亦深有所感,遂作《和阳城驿》诗,开篇即云:"商山阳城驿,中有叹者谁? 云是元监察,江陵谪去时。忽见此驿名,良久涕欲垂。"将元稹之贬与阳城事迹关合起来;接着即依元诗脉络,缕述阳城之人品心性,极力称道其"誓心除国蠹,决死犯天威"之忠勇行为,而其落脚点,则在赞赏元诗"因题八百言,言直文甚奇",并寄望"但于国史上,全录元稹诗"②。这里,白氏借此和作,既表达了对阳城的赞誉,更表达了对元稹正道直行的支持、无辜遭贬的同情,而在其深层,则隐约勾连起元稹被贬时自己三上谏疏,直言"元稹左降,不可者三"③的往事。于是,通过两首唱和之作,历史与现实,阳城与元稹、白居易,便在同一政治层面达成前后呼应、彼此关合。

至于"异者谓之答"者,则是《答箭簇》《答四皓庙》《答桐花》三篇。如元稹《箭簇》诗云:"箭簇本求利,淬砺良甚难。砺将何所用,砺以射凶残。不砺射不入,不射人不安。为盗即当射,宁问私与官。"④诗中元稹以箭簇自比,表现他对所有凶残之"盗"绝不通融的态度。对元稹这种刚坚果决的心性,白居易固然欣赏,但却认为不宜大材小用,而应将箭簇之功用施诸更大的目标,言外之意,则在于劝导元稹注意自我保护。所以在《答箭簇》中直言:"胡为射小盗,此用无乃轻? 徒沾一点血,虚污箭头腥。"⑤另如对四皓的看法,白与元亦颇有不同。元稹《四皓庙》认为四皓于秦政无道时默无一言,于楚汉

---

① 《元稹集校注》卷二《阳城驿》,第 38—39 页。
② 《白居易诗集校注》卷二《和阳城驿》,第 219—220 页。
③ 《白居易文集校注》卷二二《论元稹第三状》,第 1245 页。
④ 《元稹集校注》卷一《箭簇》,第 18 页。
⑤ 《白居易诗集校注》卷二《答箭簇》,第 241 页。

相争的八年之中远游自保,而于汉定天下后却涉足朝政,名声大振,
"如何一朝起,屈作储二宾?……舍大以谋细,虬盘而蠖伸"①。其意即
如此后所作《酬翰林白学士代书一百韵》自注所谓:"予途中……作
《四皓庙》诗,讥其出处不常。"②对元稹的这种看法,白居易亦不认
可,其《答四皓庙》直言:"天下有道见,无道卷怀之。……岂如四先
生,出处两逶迤。何必长隐逸,何必长济时。……愿子辨其惑,为予
吟此诗。"③这是白居易对穷达出处的认识,这种认识在其此后所作
《与元九书》论"穷""达"时有着更详细的阐发,这里只是借此"答"
诗略言之,既赞誉四皓之"出处两逶迤",又表明自己"有道则见,无
道则隐"的处世态度。至于元稹《桐花》诗,意欲将生非其所的桐木
斫以为琴,"安置君王侧,调和元首音"④。对此,白居易也是不同意
的,他在《答桐花》中明谓:"诚是君子心,恐非草木情。胡为爱其华,
而反伤其生?"⑤主张遵物之性以全其生,推而广之,又何尝不是一种
全身以用世的态度?较之元诗原意,白的酬和将诗歌主题予以拓展
和深化,也使得唱和的"商榷"功用得以凸显。

　　从以上所述,已可大致见出此一时段元、白唱和的几个基本特
点:其一,元为首唱,白为酬和,然白的作用更值得关注。也就是说,
元虽是原唱,如果没有白的主动酬和跟进,就很难有二人持续反复的
唱和活动。正是由于白氏的酬和,才激起了元稹日后对酬唱活动更
为积极的参与,并变原唱方为挑战方;其二,这些唱和之作,虽有对贬
谪诗路外在物色、景观的描述,如古社、桐花、分水岭、四皓庙、阳城驿

①《元稹集校注》卷一《四皓庙》,第 27 页。
②《元稹集校注》卷一〇《酬翰林白学士代书一百韵》,第 304 页。
③《白居易诗集校注》卷二《答四皓庙》,第 231—232 页。
④《元稹集校注》卷一《桐花》,第 12 页。
⑤《白居易诗集校注》卷二《答桐花》,第 223 页。

等,但这些描述并非诗人的主要目的,其主要目的,乃在于借此外在物色、景观表现诗人正道直行却遭贬黜的个体遭际,以及宁折不弯的精神品格和政治见解。一句话,其基调是政治性的,而非生活性的、艺术性的;其三,由于这些唱和诗政治性的基调,也由于白对元的某些观点不表赞同,故其中不少诗作特别是白所作以"答"为题的作品充满议论化、说理性的特点。这一特点,与二人后期的唱和之作也很有不同。

当然,除上述白所作《和答诗十首》以及白的其他一些和作之外,此期也有若干白唱元和的作品,如围绕白氏《初与元九别后忽梦见之及寤而书适至兼寄桐花诗怅然感怀因以此寄》《代书诗一百韵寄微之》《八月十五夜禁中独直对月忆元九》《曲江感秋》《劝酒寄元九》《秋题牡丹丛》等诗的酬和之作。这些酬和虽均作于元和五年元稹贬江陵后,但其中个别作品的原唱或作于元贬之前。将这两部分作品相加,仅元和五年内即达五十三首;而且越到后来,白唱元和者越多。在元和十年末所作《与元九书》中,白居易明言:"自足下谪江陵至于今,凡枉赠答诗仅百篇。"① 可见数量之夥,唱和之繁。而且通过对二人酬和作品用韵情况的初步考察,可以发现,白居易最初的酬和之作,在用韵上多较随意,十首和作中仅一首为依韵之作;但在同年及此后元稹的酬和之作中,用韵便严谨了许多,既有若干依韵之作,又多首次韵之作,尤其是那首有名的《酬翰林白学士代书一百韵》,不仅通篇次韵,而且长达百韵,一气追攀,寸步不失,见出其在艺术上以难相挑的勇气。诗前小序云:"乐天《代书诗一百韵》,鸿洞卓荦,令人兴起心情。且置别书,美予前和七章,章次用本韵,韵同意殊,谓为工巧。前古韵耳,不足难之,今复次排百韵,以答怀思之脱

_____
① 《白居易文集校注》卷八《与元九书》,第321页。

云。"① 说的就是这种"次排百韵"难上加难的情况。然而,因过于重视艺术形式上的争胜斗巧,难免会影响到创作内容和情感的表达。这种情况,愈到后来,便愈为严重了。

与第一时段相比,第二时段的元、白唱酬在文学史上更为有名,以致有"通江唱和"之誉。其时元稹自江陵远迁通州,白居易自长安贬居江州,两地一西一东,远隔数千里②,只有借诗歌传递信息,互致问候,由此建立起了通、江之间的特殊联系通道。《旧唐书》卷一六六《元稹传》载:"俄而白居易亦贬江州司马,稹量移通州司马。虽通、江悬邈,而二人来往赠答,凡所为诗,有自三十、五十韵乃至百韵者。江南人士,传道讽诵,流闻阙下,里巷相传,为之纸贵。观其流离放逐之意,靡不凄惋。"③ 同书同卷《白居易传》复谓:"时元稹在通州,篇咏赠答往来,不以数千里为远。"④ 这两段文字,概略记载了元、白二人通江唱和的情形,特别强调了其酬唱之作的影响力,向被人所称道。

然而,所谓的"通江唱和"并不像人们想象的那样顺畅、浪漫,其中既充满生命的苦涩,也不无唱和形式的曲折。这是因为,在元、白两人分处通、江两地的四年中,竟有两年时间断绝了音信,由此造成两位挚友相识以来最长的一段信息阻隔。

---

① 《元稹集校注》卷一〇《酬翰林白学士代书一百韵》,第 302 页。
② 《旧唐书·地理志二·山南西道》:"通州……在京师西南二千三百里。"见《旧唐书》卷三九《地理志二》,第 1531—1532 页。同书《地理志三·江南西道》:"江州……在京师东南二千九百四十八里。"见《旧唐书》卷四〇《地理志三》,第 1608—1609 页。
③ 《旧唐书》卷一六六《元稹传》,第 4332 页。
④ 《旧唐书》卷一六六《白居易传》,第 4345 页。

　　前已言及,元稹于元和十年三月二十九日自长安踏上西迁路途,于六月抵达通州,不久即大病百余日,约于九月末自通州赴兴元疗疾,十月底抵达兴元后便与白居易断了联系。直到元和十一年得到熊孺登捎来的信札,白始知元患病;到了元和十二年秋冬之际,白方得读元稹自兴元返通州经阆州所作《阆州开元寺壁题乐天诗》,并作《答微之》诗回复。也就是说,直到此时,暌隔三年、断了音信两年多的两位友人才恢复了联系。而据元稹《酬乐天东南行诗一百韵》之小序,直到元和十三年春元稹"以赦当迁,简省书籍"时,才重新将白居易两年前所寄八篇诗检出,加上其时恰好接到果州刺史崔韶派人送来的白作于去年十二月二日的书信和二十四首诗,于是遂集中精力,仅用两三天的时间,即对此三十二篇白诗一一酬和,并在次年二人于峡州相聚之时,才将这些诗篇交给了白居易。

　　当然,也可能存在另一种情况,即元稹的部分酬和之作,或已于此前托忠州刺史李景俭寄往江州。今《元稹集》有《凭李忠州寄书乐天》一首,诗云:"万里寄书将出峡,却凭巫峡寄江州。伤心最是江头月,莫把书将上庾楼。"[①]此诗当作于元和十三年李景俭任忠州刺史时,因为据《旧唐书》卷一七一《李景俭传》:景俭于元和三年受窦群左迁之累,"坐贬江陵户曹,累转忠州刺史,元和末入朝"。其转忠州时间无载,疑在元和十二年[②],离忠返朝已至元和十三年底、十四年初,正与白居易移刺忠州相对接。据此,上引元诗凭景俭寄白者,或有其于元和十三年春所和若干诗篇(按:诗题及诗中数次言"书"而不及诗,又令人不能无惑)。然而,无论白居易接读这些和诗的方式

① 《元稹集校注》卷二〇《凭李忠州寄书乐天》,第 610 页。
② 参看吴伟斌:《元稹诗中"李十一"非"李六"之舛误辨》,见氏著《元稹考论》,河南人民出版社,2008 年,第 239—240 页。

和时间如何,都不会对这些唱和之作发生什么影响了,因为此期元、白唱和的主体部分在此之前已经完成。

厘清了上述基本事实,我们也就获得了对元、白"通江唱和"及其特点的大致了解。概而言之,其要者有五:

其一,唱和数量较前明显增加。据吴伟斌统计:元、白通江时期(元和十年三月三十日至十四年三月十日)的唱和诗计七十九首。其中白诗四十二首,元诗三十七首。在这些唱和诗中,元、白对应唱和共有二十四个诗组,计诗六十一首(其中次韵相酬二十一个诗组,计诗五十五首);仅有白氏寄赠而无元氏答赠者十二首,元氏有寄赠而白氏无答赠者六首。就白来说,有元对应唱酬诗三十首,另十二首现存元集无元稹对应唱酬诗;就元来说,答酬白氏的诗篇三十一首(其中次韵相酬二十七首)[1]。这一统计,大体是准确的,由此见出此一时期实乃元、白唱和诗创作的繁荣期。

其二,唱和方式曲折独特。这些唱和诗的主体部分,实即前引元稹《酬乐天东南行诗一百韵》小序所言,原唱为白居易作于元和十年的八首诗和陆续作于十一、十二年间的二十四首诗,酬和是元稹于元和十三年春花两三天时间一气作成的三十二首诗,在原唱、酬和间具有一种创作时间和时长的不同步、不均衡性。由于这种不同步、不均衡,遂导致创作双方感情投入和表现方式等方面的若干差异:就白居易一方言,他是在得不到对方消息的情况下,陆续写出《忆微之》《梦微之》《寄微之三首》《三月三日怀微之》《余思未尽加为六韵重寄微之》等诗作,故焦虑、渴念、担忧毕集毫端,诗情之真挚真切历历可见。就元稹一方言,因是在短时间内快速读完数十首白诗并逐一作出酬和,故既可受到感情上的集中冲击,形成创作上的巅峰状

---

[1] 吴伟斌:《元稹白居易通江唱和真相述略》,《苏州大学学报》1988 年第 2 期。

态,又会因分别酬和众多作品而一定程度上稀释情感浓度;既会因事过境迁而或多或少疏略原诗细节和背景,又可因由今视昔而获得一个通盘观照的全景视角。而从整体来看,较之第一时段唱和诗较强的政治性基调,此期二人的唱和之作更多私人化、悲情化、技巧化的特点①。

其三,形成唱和次韵的自觉意识。在元稹酬和白居易的三十余首诗作中,有二十七首属次韵之作,占比达百分之八十七,由此将唱和诗中的次韵诗所占比重提升到了一个新的高度。尤其值得关注的是,较之第一时段二人唱和多为古体的情况,此一时段近体诗数量剧增,占了绝对的优势地位,而且其中不少诗作动辄即为数十韵至百韵的五言排律,如白居易《江楼夜吟元九律诗成三十韵》、元稹《酬乐天江楼夜吟稹诗因成三十韵》;白居易《东南行一百韵》、元稹《酬乐天东南行一百韵》等即是。这些超长律诗,一般依韵唱和尚且困难,更何况穷极声韵的步步次韵? 这其中展示的,既是一种才情和能力,也是一种对长篇次韵的强烈追求和自觉意识。在结束此次贬谪生涯返京之初所作《上令狐相公诗启》中,元稹这样说道:“稹与同门生白居易友善,居易雅能为诗,就中爱驱驾文字,穷极声韵,或为千言,或为五百言律诗,以相投寄。小生自审不能以过之,往往戏排旧韵,别创新词,名为次韵相酬,盖欲以难相挑耳。”②大概正是这种“驱驾文字,穷极声韵”“别创新词”“以难相挑”,改变了此前唱和多“和意不和韵”的格局,成就了元、白唱和中最为突出的特色,也成为元、白“互动”在诗歌创作中的别一推动力。

---

① 参看尚永亮、李丹:《论元和体之形成与接受学的关联》,《福建论坛》2006 年第 6 期。
② 《元稹集校注》补遗卷二《上令狐相公诗启》,第 1450—1451 页。

　　其四,开启了一条通州至江州间的"虚拟诗路"。所谓虚拟诗路,是指非诗人实经但借助诗歌描写和传递而构成的信息线路。较之实地经行,它具有想象性、虚拟性;就情感抒发言,它又具有真实性、可感性。质言之,这条线路依赖于文学表现而能反映客观的真实,它展示的是一个由东西两地谪居者相互忆念、相互书写而构成的关联性空间。"溢城万里隔巴庸,纻薄绨轻共一封。"① "西江流水到江州,闻道分成九道流。"② 在元、白二人笔下,因酬唱的侧重点不同,其所展示的,更多的是各自所在州郡的地理形貌、风土人情,但将两者合而观之,便是由一条大江联结而成的上、下游的完整景观。如白居易《东南行一百韵》"渐觉乡原异,深知土产殊"以下二十句,全是对贬地江州语言、市井、男女、衣食、生活等情景的详细描述;元稹接读后,即作《酬乐天东南行一百韵》,于"暗魂思背烛,危梦怯乘桴"以下二十二句,"每联之内,半述巴蜀土风,半述江乡物产",再下十句,则"并言巴中风俗"③。这样一来,通过二人的详细描写,江、通二州便借助诗歌连结,构成了一道互通有无、形态各异的空中长廊。但更多的情况下,这条诗路又是凭借两位诗友"寂然凝虑,思接千载;悄焉动容,视通万里"的忆念、感怀沟通起来的。白居易《江楼夜吟元九律诗成三十韵》首唱云:"昨夜江楼上,吟君数十篇。……相悲今若此,溢浦与通川。"④ 元稹《酬乐天江楼夜吟稹诗因成三十韵》酬答道:"忽见君新句,君吟我旧篇。见当巴徼外,吟在楚江前。"⑤ 月夜朗吟,

① 《元稹集校注》卷二一《酬乐天得稹所寄纻丝布白轻庸制成衣服以诗报之》,第 625 页。
② 《元稹集校注》卷二〇《相忆泪》,第 613 页。
③ 《元稹集校注》卷一二《酬乐天东南行一百韵》诗内自注,第 366 页。
④ 《白居易诗集校注》卷一七《江楼夜吟元九律诗成三十韵》,第 1339—1340 页。
⑤ 《元稹集校注》卷一三《酬乐天江楼夜吟稹诗因成三十韵》,第 398 页。

此呼彼应,虽相隔千里,却犹如当楼面对,其情其景,令人动容。白居易《寄微之三首》其一云:"江州望通州,天涯与地末。有山万丈高,有江千里阔。……因风欲寄语,地远声不彻。生当复相逢,死当从此别。"① 元稹《酬乐天赴江州路上见寄三首》其一云:"昔在京城心,今在吴楚末。千山道路险,万里音尘阔。……山岳移可尽,江海塞可绝。离恨若空虚,穷年思不彻。"② 这是元、白初赴通、江之时所作唱酬诗,面对两地如同"天涯与地末"的距离和"千山道路险"的途程,两位友人穷年相思,生死以之,可以说发出了打通这条诗路的宣言,而此后持续不断的唱和实践,则为这条虚拟诗路的实现缔造了坚实的纽带。

其五,营造出超常的诗路效应。这条虚拟诗路的形成,既有赖于元、白二人的唱和实践,也有赖于因唱和之风影响而形成的接受群体的追捧。在前引《上令狐相公诗启》中,元稹在谈及"元和诗体"时有言:"江湘间多有新进小生,不知天下文有宗主,妄相仿效,而又从而失之,遂至于支离褊浅之词,皆目为元和诗体。""江湖间为诗者,复相放效,力或不足,则至于颠倒语言,重复首尾,韵同意等,不异前篇,亦自谓为元和诗体。而司文者考变雅之由,往往归咎于稹。"③ 在《〈白氏长庆集〉序》中,元稹再次说道:"予谴掾江陵,乐天犹在翰林,寄予百韵律体及杂体,前后数十章。是后各佐江、通,复相酬寄。巴、蜀、江、楚间泊长安少年,递相仿效,竞作新辞,自谓为元和诗。"④ 这里所说,既是对"元和诗体"成因的陈述,也是借江湖间新进小生亦即巴、蜀、江、楚间少年的"复相放效",侧面揭示通江唱和之

---

① 《白居易诗集校注》卷一〇《寄微之三首》其一,第818页。
② 《元稹集校注》卷八《酬乐天赴江州路上见寄三首》其一,第216页。
③ 《元稹集校注》补遗卷二《上令狐相公诗启》,第1451页。
④ 《元稹集校注》卷五一《〈白氏长庆集〉序》,第1281页。

影响及其推动力量。在前引《江楼夜吟元九律诗成三十韵》的原唱和酬和中,白、元二人分别说道:"暗被歌姬乞,潜闻思妇传。斜行题粉壁,短卷写红笺。"① "伎乐当筵唱,儿童满巷传。改张思妇锦,腾跃贾人笺。"② 这些形象化的描述,真切传达出二人唱和在当日影响之大,传播之广,仿效之众。虽然如前所云,元、白间的通江唱和曾因故中断甚久,但其一旦联通,传播开去,即迅速发生了远超作者本人所能控制的大众追随效应。从歌姬、儿童、贾人的阅读、传唱、效仿、题壁等行为,不难了解这条虚拟诗路最终形成、并被人津津乐道的原因所在。

　　元、白唱和高峰的第三时段,大抵始于长庆三年十月,终于宝历二年十月。其时,白居易已于长庆二年七月出刺杭州,四年五月任满,中经短暂回朝又转刺苏州,甫一年即请长假,至宝历二年十月返归洛阳。而元稹自长庆三年八月自同州刺史改越州刺史、浙东观察使,十月中旬经杭州晤白居易后抵越,直至大和三年(829)离越,其间与白居易邻、近州相处,历时约三年(四个年头)。据初步统计,在这三年中,二人现存唱和诗共五十首,其中元、白各二十五首。以年创作量计,长庆三年,元、白各十三首;长庆四年,元十二首,白九首;宝历元年,白三首(元诗已佚);而至宝历二年,则无一首。就此而言,此一时期最值得关注的,应是二人于长庆三、四年在杭、越期间近一年的唱和活动。

　　需要说明的是,就唐代官员任职惯例看,自中央外放地方多具贬谪性质。所以身为中书舍人的白居易出为杭州刺史,某种意义上也

---

① 《白居易诗集校注》卷一七《江楼夜吟元九律诗成三十韵》,第1339页。
② 《元稹集校注》卷一三《酬乐天江楼夜吟稹诗因成三十韵》,第398页。

属贬降之列。白氏自京赴杭途中有《马上作》一首云"何言左迁去,尚获专城居"①;李商隐《刑部尚书致仕赠尚书右仆射太原白公墓碑铭并序》述白在朝"又上疏列言河朔畔岸,复不报,又贬杭州"②,均涉及"左迁""贬"等字词。然而,从实际情形看,白氏此次出刺杭州,实为有感于朝政日非和党争激烈,主动请求外任的,而且杭州乃山水佳丽地,素为其所向往,故在内心深处,白居易又是颇感惬意的:"是行颇为惬,所历良可纪。策马度蓝溪,胜游从此始。"③"杭州五千里,往若投渊鱼。虽未脱簪组,且来泛江湖。"④ 与白居易的情形稍有不同,但又大段相似的是,元稹于长庆二年六月罢相,出为同州刺史,这自然是贬谪;至次年八月改迁越州刺史兼御史大夫、浙东观察使,虽官职有所提升,但地域更为遥远,似亦可将之视为贬官之远迁。故元稹初赴越州,其妻裴淑即颇不情愿,元稹《初除浙东妻有阻色因以四韵晓之》即缘此而作;其《以州宅夸于乐天》自谓"我是玉皇香案吏,谪居犹得住蓬莱",也是将其刺越纳入"谪居"之列的。然而,就元稹自我感觉言,虽是"谪居",但毕竟此一居所风光无限,有如仙山"蓬莱",所谓"镜水稽山满眼来"⑤"天下风光数会稽"⑥是也。何况越州为浙东首府,"管州七:越州、婺州、衢州、处州、温州、台州、明

---

① 《白居易诗集校注》卷八《马上作》,第 667 页。
② 刘学锴、余恕诚校注:《李商隐文编年校注》编年文《刑部尚书致仕赠尚书右仆射太原白公墓碑铭并序》,中华书局,2002 年,第 1808—1809 页。
③ 《白居易诗集校注》卷八《长庆二年七月自中书舍人出守杭州路次蓝溪作》,第 653 页。
④ 《白居易诗集校注》卷八《马上作》,第 667 页。
⑤ 《元稹集校注》卷二二《以州宅夸于乐天》,第 651 页。
⑥ 《元稹集校注》卷二二《寄乐天》,第 660 页。

州"①，用他的话说，就是"会稽旁带六诸侯"②，作为首席长官，也还是威风八面。如此看来，无论白居易还是元稹，在此一时段的生活都较上一时段有了极大的提升，其心境也平和、悠闲了许多。

杭、越二州虽均隶江南东道，相距仅百余里，但一属浙西，一属浙东，行政区划并不相同。因而，元、白此期既邻郡唱酬，又跨越东西两大区域，别具一番虽近犹远、远而复近的地理况味。兼之二人各掌大郡，心态悠然自适，故所作多述风物之美，诗情亦闲适自然。早在初闻元稹出刺越州音讯时，白居易即作《元微之除浙东观察使喜得杭越邻州先赠长句》诗，既兴奋又不无戏谑地说道："官职比君虽校小，封疆与我且为邻。郡楼对玩千峰月，江界平分两岸春。杭越风光诗酒主，相看更合是何人。"③ 在元稹抵杭后的接风宴席上，更举杯赋《席上答微之》一首："我住浙江西，君去浙江东。勿言一水隔，便与千里同。"④ 由此预邀虽隔一水却视同千里的唱酬之约。此后，元稹先有《以州宅夸于乐天》之首唱，白居易遂有《答微之夸越州州宅》之酬和，元复作《重夸州宅旦暮景色兼酬前篇末句》，白亦作《微之重夸州居其落句有西州罗刹之谑因嘲兹石聊以寄怀》。炫示州宅之外，元有《戏赠乐天复言》，标举镜湖之美，白有《酬微之夸镜湖》以答之，元又作《重酬乐天》相和。从这些唱和诗作看，作者所留意和呈现的，主要是杭、越二地州城、楼台之胜和镜湖、西湖的风物烟岚之美，以及对此胜境的赏玩和夸耀，而且围绕一个话题，反复把玩，一再唱酬，直至题无剩意而后止。相比之下，二人均已很少当年谪居通、江时那种寂

① 《元和郡县图志》卷二六《江南道二·浙东观察使》，第617页。
② 《元稹集校注》卷二二《初除浙东妻有阻色因以四韵晓之》，第670页。
③ 《白居易诗集校注》卷二三《元微之除浙东观察使喜得杭越邻州先赠长句》，第1795页。
④ 《白居易诗集校注》卷二三《席上答微之》，第1796页。

寞、感伤的心态了。如此看来,处境由逆而顺,心态由悲而喜,诗思由内而外,诗情由涩而适,可谓此期创作的一大特点。

特点之二,此一时段的唱和诗,既有白唱元和,亦不乏元唱白和,其角色视情况而互有易位。至于唱和诗体,多七言而少五言,且多为七言律、绝等短篇,稍长者亦不过七言六韵、十韵之作,如白之《余思未尽加为六韵重寄微之》《雪中即事答微之》,元之《酬乐天余思不尽加为六韵之作》《酬乐天雪中见寄》等,而绝少前一时段动辄三五十韵乃至百韵之作①。这种情形,一定程度地避免了此前长篇大韵往往夸奇斗富,以难相挑,甚至不无凑韵冗句、琐屑赘语之弊端,而使得唱酬诗篇较为轻灵活泼,并因多次往复,角度屡变,增加了诗意的曲折和不无谐谑的情韵;但也因篇幅减小,次韵难度降低,一定程度上弱化了元、白唱和长篇次韵穷力追新的特点。当然,就唱和次韵之攻守态势看,仍然是元稹更为自觉和主动(元次韵十三首,白次韵五首),且严守次韵法则。仅以前举"夸州宅"诗例看,元稹原唱所用韵字为"来""台""回""莱",属上平声"十灰";而白氏和诗则用"居""初""虚""如",属上平声"六鱼",完全改了韵部,系随意酬答;到了元稹再和白诗,掉回头来一依白诗韵字之"居""初""虚""如",似在提醒白氏注意规则。大概受到元稹"自觉"次韵精神的激发,白居易于再度和作中有所注意,所用韵字为"书""胥""如""余",惜乎仍不合规,改了韵字,变了次序,只能算是用韵了。这说明在次韵的自觉性和严谨度上,白与元尚一间有隔。

特点之三,是此期唱和以"诗筒"为载具的传递方式。所谓"诗筒",即将竹心剖空,用以放置诗简的筒状物。白居易《与微之唱和来

① 按:检二人作于杭、越期之篇幅长大者,有白居易《早春西湖闲游怅然兴怀忆与微之同赏因思在越官重事殷镜湖之游或恐未暇偶成十八韵寄微之》及元稹同题酬和的两首五言十八韵排律。

去常以竹筒贮诗陈协律美而成篇因以此答》云："拣得琅玕截作筒，缄题章句写心胸。随风每喜飞如鸟，渡水常忧化作龙。粉节坚如太守信，霜筠冷称大夫容。烦君赞咏心知愧，鱼目骊珠同一封。"① 这里的"琅玕"，指光滑似玉的翠竹，将其按信简的长度截作竹筒，用以贮藏并邮寄诗篇，既轻便防水，又美观实用。大概在元稹到了越州不久，白居易给他寄诗便用上了诗筒。在今存白诗中，《醉封诗筒寄微之》作于长庆三年，大概是最早提及诗筒的诗作：

> 一生休戚与穷通，处处相随事事同。未死又邻沧海郡，无儿俱作白头翁。展眉只仰三杯后，代面唯凭五字中。为向两州邮吏道，莫辞来去递诗筒。②

酒后畅怀，以诗代面，两州邮吏，诗筒频传，往来奔波于杭、越之间，由此形成钱塘江上一道独特景观。这种情形，一直持续到长庆四年五月白居易离杭赴京为止。在离开杭州之前，白有《除官赴阙留赠微之》诗纪其事：

> 去年十月半，君来过浙东。今年五月尽，我发向关中。两乡默默心相别，一水盈盈路不通。从此津人应省事，寂寥无复递诗筒。③

据诗中所言，自去年（即长庆三年）十月至今年五月，元、白二人以诗

---

① 《白居易诗集校注》卷二三《与微之唱和来去常以竹筒贮诗陈协律美而成篇因以此答》，第 1817 页。
② 《白居易诗集校注》卷二三《醉封诗筒寄微之》，第 1806 页。
③ 《白居易诗集校注》卷二三《除官赴阙留赠微之》，第 1825 页。

筒传递唱和篇什,历时半年有余。又,白氏于宝历元年出刺苏州有《秋寄微之十二韵》诗,开篇即云:"娃馆松江北,稽城浙水东。……旌旆知非远,烟云望不通。"篇末亦谓:"清旦方堆案,黄昏始退公。可怜朝暮景,销在两衙中。"而于篇中"忙多对酒榼,兴少阁(阅)诗筒"下自注:"比在杭州两浙唱和诗赠答,于诗筒中递往来。"[①]据此,知白氏刺苏后因忙于公务且距越稍远,已不复有诗筒传诗之举动,而杭、越两州的诗筒往来,也只能留存于记忆之中,供人回想玩味了。

"皋夔勋鼎先三事,杭越诗筒第一章。"[②]杭越唱和,竹筒传诗,既以诗代书,互致问候,又往返传递,深化友情,是元、白后半生颇为得意的一个创举,也是二人借诗歌唱和进行互动的一段佳话,更为重要的是,一个小小诗筒,将杭、越二州牢牢联在一起,形成一条闻名当时、享誉后世的诗歌之路。换言之,友情、距离、诗筒,是构成这段佳话和诗路的三个要因:因了真挚深厚的友情,元、白间产生了持续唱和的需要和动力;因了杭、越邻郡的地理条件,使其唱和得以频繁而迅捷地展开;因了新颖实用的诗筒传递,为此一空中诗路的营构增添了丰富的雅趣。于是,两位友人在流落半生、渐趋安定后,既邻郡相望,隔江唱和,又打通阻隔,频传诗筒,便具有了一种将浙江东、西道联结起来的现实意义和诗路层面的文化意义。当然,令人稍感遗憾的是,在今存元稹诗作中,既未见对上引白诗的和作,也未见提及"诗筒"的词语,因而失掉了若干有价值的资料。其中原因,多半与相关元诗散佚有关。作为读者,我们也只有借助想象,来补足当年杭越唱和、诗筒传递中的一些细节了。

---

① 《白居易诗集校注》卷二四《秋寄微之十二韵》,第 1883 页。
② [宋]姚原道:《送程给事知越州》,北京大学古文献研究所编:《全宋诗》第 9 册,北京大学出版社,1992 年,第 6243—6244 页。

第四章　元和五大诗人的执著意识和超越意识

　　面对贬谪带来的人生忧患，身经由高峰跌入低谷的生命沉沦，忍受着被抛弃被拘囚的精神煎熬，元和五大诗人毫无例外地产生了虽程度不同而归趋则一的心理苦闷。然而，这种苦闷只是一种最普遍、最基本的心态，它不利于人在逆境中生存，不利于克服忧患，它将导致个体生命的弱化。因此，在沉重忧患的压抑下，在被抛弃的境遇中，能否高扬主体意志，对自己的人生道路做出新的抉择，直接关系到身处逆境的贬谪诗人的生存状态和精神走向。

　　一般来说，人们面对忧患主要表现为两大态度：或在精神上竭力摆脱忧患的萦绕，忘怀得失，超然物外，以获取自我心灵的自足自适；或与忧患抗争，执著地持守固有信念，即使内心承受着撕裂般的痛苦也在所不辞，从而展示出一种伟大的人格和悲剧的力量。固然，在这两种态度中，并不缺乏缘于生理心理之防御机制的本能退却和本能抵抗，但从实质上看，其中更突出、更重要的，却是一种共同的基于主体自我拯救意向的超越意识和执著意识。正是这两种意识，既赋予人以不同于一般生物的主观能动因素，又赋予人以高于受环境摆布自怨自艾的主体意志，使他们虽置身忧患却能不为其所拘囿、所压倒，从而表现出对人生忧患的顽强的克服精神。

　　如果说,执著意识和超越意识作为对付忧患的两种基本人生态度,在普通人那里即有或显或隐或强或弱的表露,那么,由于贬谪士人所经忧患较之一般人要沉重得多,因而在他们身上显露得必然更为突出;如果说,元和五大诗人都曾力图克服忧患,在自我拯救一点上表现出了惊人的相似性,那么,由于他们各自心性、遭际和所受文化影响的不同,因而在总体倾向上便不能不或偏重于超越,或偏重于执著,从而又表现出相当大的差异。比如:柳宗元、刘禹锡虽蒙受极沉重的打击,而且谪居时间长达十余年甚至数十年之久,但他们对那幕导致自己被贬的政治悲剧始终耿耿于怀,对自己坚持并为之奋斗过的信念理想始终难以弃置,对道德人格和孤懥独标的志节始终坚定地持守,因而,他们无疑堪为执著意识的典型代表;而白居易则与柳、刘不同,尽管他身处逆境,从未放弃过自己的理想,未曾改变过自己的志节,但在他身上却始终表现出一种对此理想、志节的消解因素,表现出一种"忧喜心忘便是禅"的超然情调,借此超然情调,他优游于山水之间,置身于险恶的政治斗争之外,在对以往悲剧的深刻反思和竭力忘却中,达到恬淡超旷的自足境界,因而,他当之无愧地可以作为超越意识的典型代表。至于韩愈和元稹,情形较为复杂一些,为了对他们的意识倾向做出更准确的判断,我们有必要先就韩、元二人的人格、志节等有关问题予以论述。

第一节　韩愈、元稹的意识倾向和品格内蕴

韩愈的"扳援"与"见客即接"/元稹的"变节"及其"巧"

　　韩愈、元稹皆数度被贬,在接踵而至的政治打击和忧患折磨下,他们都曾流露出一定的超越倾向。元稹一再声言:"莫将心事厌长

沙,云到何方不是家? 酒熟铺糟学渔父,饭来张口似神鸦"①,"平生欲
得山中住,天与通州绕郡山。睡到日西无一事,月储三万买教闲"②,
"百年都几日,何事苦嚣然? 晚岁倦为学,闲心易到禅"③,"况我早师
佛,屋宅此身形。舍彼复就此,去留何所萦?"④ 身在忧患之中,而能
奋力超拔,借助佛教的人生观看待人生和世事,这是元稹通脱达观的
一面。韩愈谪居时间较元稹为短,但也不无忘怀得失和归田终老之
念:"惟思涤瑕垢,长去事桑柘。……闲爱老农愚,归弄小女姹。如
今便可尔,何用毕婚嫁。"⑤ "一年明月今宵多,人生由命非由他,有酒
不饮奈明何!"⑥ 表面看来,韩、元二人在这里表现的思想意识颇具超
越情调,但通览二人诗文集可知,这种超越远非他们的主导意识。因
为第一,这些言论数量很少,更具暂时性的特点;第二,表面显得旷
达,深层却隐寓着一腔或正话反说或有激而成的愤懑,远未达到真
正超越者那种虚淡静默、无所挂碍的境界;第三,他们用世之心并未
因贬谪而锐减,他们的性格也过于激切。元稹说自己"性不近道,未
能淡然忘怀"⑦。程学恂评韩愈《县斋有怀》诗云:"前云'肯学樊迟
稼',后云'闲爱老农愚',语意似相矛盾,何耶? 曰:此正可见古人用
心处。……是岂真心作田舍翁者? 田舍乃其寓尔。"⑧ 何焯亦谓:"后
半故谬其词,公岂有乐乎此哉?"⑨ 这里的"性不近道""田舍乃其寓

---

① 《元稹集校注》卷一八《放言五首》其二,第552页。
② 《元稹集校注》卷二〇《通州》,第612页。
③ 《元稹集校注》卷一四《悟禅三首寄胡杲》其二,第454页。
④ 《元稹集校注》卷七《遣病》,第199页。
⑤ 《韩昌黎诗系年集释》卷二《县斋有怀》,第229—230页。
⑥ 《韩昌黎诗系年集释》卷三《八月十五夜赠张功曹》,第257页。
⑦ 《元稹集校注》卷三〇《叙诗寄乐天书》,第855页。
⑧ 《韩昌黎诗系年集释》卷二引,第238页。
⑨ 《韩昌黎诗系年集释》卷二引,第237页。

尔""岂有乐乎此哉",深刻说明了韩、元的心性并不具备超越的条件。难以超越,根本上源于对现实的执著,正是对现实的难以忘怀,使得元稹在借佛理以遣愁闷、声言"前身为过迹,来世即前程"①的同时,又说出"但念行不息,岂忧无路行"①的话来。尽管这话与佛教主张精进的义理并不相悖,但仅就此精进不已的态度而言,已自反映了一种执著的精神。所以,我们读元稹诗文感触更深的,乃是那种"铩翮鸾栖棘,藏锋箭在弸"②的暂时忍耐,那种"会向伍员潮上见,气充顽石报心雠"③的复仇意念。同样,韩愈一方面"静思屈原沉,远忆贾谊贬",对"椒兰争妒忌,绛灌共谗诮"④的混浊世风深感愤懑,另一方面又自觉不自觉地将此愤懑时时呈露出来,表现了与忧患抗争、不肯屈服的浓烈意绪。送僧人,他借机抒怀,"壮志死不息,千年如隔晨。是非竟何有?弃去非吾伦"⑤;别友朋,他意在言外,"咄哉识路行勿休,往取将相酬恩雠"⑥。何焯云:"虽因其人而言之,然公之生平,于'恩雠'二字,耿耿不忘,亦心病之形于声诗者也。"⑦可谓有见。从总体倾向看,韩、元二人被贬后块垒在心,郁怒不平,始终处于与忧患的抗争中,因而执著意识占主导地位;但就其对自我品格和理想信念的持守来看,似乎又算不得纯粹的执著之士。

韩愈贞元十九年的阳山之贬,固然没有改变固有信念,但他在此

① 《元稹集校注》卷七《遣病》,第 199 页。
② 《元稹集校注》卷一一《纪怀赠李六户曹崔二十功曹五十韵》,第 319 页。
③ 《元稹集校注》卷二〇《相忆泪》,第 614 页。
④ 《韩昌黎诗系年集释》卷三《陪杜侍御游湘西两寺独宿有题一首因献杨常侍》,第 308 页。
⑤ 《韩昌黎诗系年集释》卷二《送惠师》,第 194 页。
⑥ 《韩昌黎诗系年集释》卷二《刘生》,第 223 页。
⑦ [清]何焯著,崔高维点校:《义门读书记》卷三〇《昌黎集》,中华书局,1987 年,第 511 页。

期间写的《赴江陵途中寄赠王二十补阙李十一拾遗李二十六员外翰林三学士》《永贞行》等诗,却一再对王叔文政治革新集团肆意攻击,甚至说出"北军百万虎与貔,天子自将非他师。一朝夺印付私党,懔懔朝士何能为"①的话来,公然颠倒是非。王鸣盛说得好:"假令如叔文计得行,则左右神策所统之内外八镇兵,自属之六军,天子可自命将帅,而宰相得以调度,乱何由生哉? 如痈尚未成,决之易也。……奈何昌黎《永贞行》云……以宦者典兵为天子自将,抑何刺谬甚乎!"②何焯说得更直接:"叔文欲夺中人兵柄,还之天子,此事未可因其人而厚非之。下文'九锡'、'天位'等语,直欲坐之以反,公于是乎失大人长者之度矣!"③在这里,韩愈之"失大人长者之度"是显而易见的,他对宦官典兵一事加以遮掩,并借以攻击王叔文等的行径也是难以辩解的。章士钊论韩《赴江陵途中寄赠……翰林三学士》诗之目的有二,"一曰复仇,一曰扳援"④,大体无误;而韩的《永贞行》,亦可作如是观。当然,其中仍有可辩者在。就复仇一点而论,韩愈由于怀疑自己的被贬与二王柳刘有关,因而对其指斥攻击,实属情理中事,而且在某种意义上说,这种指斥攻击既是自我防御机制"力图通过改变本能的对象选择来转移危险"⑤的有效途径,也是韩愈饱含执著意识之复仇欲念的自然延伸和扩展,故不难为人理解。然而,就扳援一点而论,则充分反映了韩之为儒不纯、俗念颇重的弱点,而他将复仇与扳援结合在一起的做法,更显露了他为一己之利竟可弃原则而不顾的性格中不坚定的一面。事实上,韩愈并非不知道兵权早

①《韩昌黎诗系年集释》卷三《永贞行》,第332页。

②《十七史商榷》卷七四《顺宗纪所书善政》,第1050页。

③《义门读书记》卷三〇《昌黎集》,第510页。

④《柳文指要》下《通要之部》卷六,第1262页。

⑤《弗洛依德心理学入门》,第90页。

已落入宦者之手,明明知道,还一意为其开脱,则其用意如何,品格如何,便不能不令人怀疑。进一步说,韩愈早在贞元十三年充任汴州节度使董晋幕僚时,即作有《送汴州监军俱文珍序并诗》,谓"自天宝已来,当藩垣屏翰之任,有弓矢铁钺之权,皆国之元臣,天子所左右。其监统中贵,必材雄德茂,荣耀宠光,能俯达人情仰喻天意者,然后为之"①。而从历史进程看,正是自天宝以后,宦官威势日张,兵权渐归其手,至贞元中后期几已登峰造极。韩又谓:"我监军俱公,辍侍从之荣,受腹心之寄,奋其武毅,张我皇威。"②而事实却是,正是这时,俱文珍已经"自置亲兵数千"③,擅权纵姿,颇具威势了。两相比照,韩愈吹捧宦官一意投其所好的旨趣跃然纸上。到了永贞元年,王叔文革新集团失败,俱文珍等宦官作为打击革新派的中坚和拥立之臣,实权在握,尊宠莫比,当此之际,韩愈一面墙倒众人推,对王叔文等大泼污水,一面称颂宦官,欲凭借旧交以达到升进目的,可谓一箭双雕。陈寅恪先生有言:"韩退之本与俱文珍有连,其述永贞内禅事,颇祖文珍等。"④而韩愈修《顺宗实录》"述永贞内禅事"的时间在元和八、九年,由此可知,韩对俱文珍等大宦官的亲和态度确是源远流长的⑤。关于韩愈与永贞事件这一公案,论者已多,无需赘言,我们在此要强调指出的,不是韩愈的许多是是非非,而是在于说明,韩愈被贬以后,颇有些耐不住寂寞,其心性趋于浮躁,而其志节也并不

---

① 《韩昌黎诗系年集释》卷一《送汴州监军俱文珍序并诗》,第 42 页。
② 《韩昌黎诗系年集释》卷一《送汴州监军俱文珍序并诗》,第 42 页。
③ 《白居易文集校注》卷二一《论太原事状三件·贞亮》,第 1210 页。
④ 《唐代政治史述论稿》中篇《政治革命及党派分野》,第 287 页。
⑤ 这里说的亲和态度,主要就韩与大宦官的关系而言,至于一些为非作歹的小宦官,韩也是不满的,甚至"日与宦者为敌"(《上郑尚书相公启》,按:此启作于元和三年)。

像他平昔声言的那样刚正。

　　韩愈元和十四年的潮州之贬,有两点需要注意。其一,韩至贬所后,作《潮州刺史谢上表》,一再自我贬抑,大颂皇恩,并建议宪宗应"东巡泰山"以封禅庆功,借以赢得君主的欢心,最后自述心境说:"臣负罪婴衅,自拘海岛,戚戚嗟嗟,日与死迫。……伏惟皇帝陛下,天地父母,哀而怜之。"① 联系到他在《履霜操》中所说"母生众儿,有母怜之;独无母怜,儿宁不悲"②,《拘幽操》中所说"臣罪当诛兮,天王圣明"③ 等话语,可以明显看出,韩愈不仅哀怨乞怜,骨气大不如前,而且他在《原道》和《论佛骨表》等文中一再称述的先王之道乃至他试图以道统压君统的理想也销声匿迹了。换言之,在严酷的君主专制的压力下,他不得不为了自身的安全而打起"天王圣明"的降旗,甘受人格的凌辱,从而表现出了极强的唯上意识和依附意识。难怪后来以气节道义自许并身体力行之的宋人要批评韩愈:"当论事时,感激不避诛死,真若知义者;及到贬所,则戚戚怨嗟,有不堪之穷愁,形于文字,其心欢戚,无异庸人"④,"韩文公《佛骨表》慷慨激烈,不以死生祸福动其心。及潮阳之行,涨海冥濛,炎风掺扰,向来豪勇之气,销铄殆尽。其《谢表》中夸述圣德,披诉艰辛,真有凄惨可怜之状"⑤。

　　其二,韩愈虽有上述表现,但也应看到,他身遭重贬,与死为邻,却始终没有改变自己的反佛主张,始终不曾向宪宗皇帝就论佛骨一事认错。当然,在谪居期间,韩愈曾与僧人大颠交往颇密,自潮州移

---

① 《韩昌黎文集校注》卷八《潮州刺史谢上表》,第 691 页。
② 《韩昌黎诗系年集释》卷一一《履霜操》,第 1164 页。
③ 《韩昌黎诗系年集释》卷一一《拘幽操》,第 1158 页。
④ 《欧阳修全集》卷六九《与尹师鲁第一书》,第 999 页。
⑤ 《吹剑录全编》,第 13 页。

袁州时，又留衣服与大颠以为纪念。这一事件，往往被后人用来指责韩愈立志不坚，有悖初衷。这在很大程度上怕是冤枉了韩愈。因为第一，韩愈反对的乃是作为"夷狄之法"的佛教和事佛求福的行为，而没有将一般僧人列入其中。在《原道》中，韩愈确曾说过"人其人，火其书，庐其居"①的话，若按这一主张衡量，则韩愈是不应与僧徒来往的，除非他怀着"人其人"的目的去教化对方。但我们也应看到，韩愈《原道》中的这些话实乃有激而成的过头话，是认不得真的；而他与大颠的交往基本属于一般的人际关系，这种关系还难以构成韩愈背离初衷的罪名。第二，韩愈与大颠交往的动机，他自己说得很清楚："海上穷处，无与话言，侧承道高，思获披接"②，"大颠颇聪明，识道理，远地无可与语者，故自山召至州郭，留十数日，实能外形骸以理自胜，不为事物侵乱。与之语，虽不尽解，要自胸中无滞碍，以为难得，因与来往"③。为了驱除孤寂苦闷，作一暂时解脱，而与附近高僧交接往还，似乎算不得什么大的过错；虽然韩的情形与一般人不同，但他也是具有七情六欲之人，也需要面对沉重忧患做出自己的选择，进行自我拯救的努力，只要承认这一点，就没有必要苛求他必需遵守昔日过激的言论。

那么，韩愈对大颠的"外形骸以理自胜"表示欣赏，是否说明他对佛学义理有所服膺了呢？似乎有那么一点。所以朱熹批评韩愈"日诵圣贤之言，探索高远如此，而临事全不得力，此亦足以见其玩之未深矣"④；钱锺书亦谓："余尝推朱子之意，若以为壮岁识见未定，迹

---

① 《韩昌黎文集校注》卷一《原道》，第 20 页。
② 《韩昌黎文集校注》文外集上卷《与大颠师书》其二，第 749 页。
③ 《韩昌黎文集校注》卷三《与孟尚书书》，第 237—238 页。
④ 《朱子全书（修订本）》第 23 册《晦庵先生朱文公文集 4》卷六二《答余国秀》，第 3018—3019 页。

亲僧道,乃人事之常,不足深责;至于暮年处困,乃心服大颠之'能外形骸',方见韩公于吾儒之道,只是门面,实无所得。非谓退之即以释氏之学,归心立命也,故仅曰:'晚来没顿身己处。'盖深叹其见贼即打,而见客即接,无取于佛,而亦未尝有得于儒;尺地寸宅,乏真主宰。"① 这话说的是深刻的,但换一角度看,韩愈之推赏大颠的"外形骸",未必即是信奉佛理,未必即是背离儒道,亦不能笼统地说他是"见客即接"。在某种意义上,韩愈只是顺手将大颠对待人生的超然态度拿来救济眼下之困穷,在他心理底层滚动的,仍应是坚持多年的传统儒家的血流,前者是浮薄的、暂时的,后者则是深厚的、永久的,也就是说,其"真主宰"还是儒家的入世、用世之念。所以,在《与孟尚书书》中,韩愈对"有人传愈近少信奉释氏"一事矢口否认,他在叙述了与大颠的交往动机、指出"留衣服为别,乃人之情,非崇信其法"之后,抗言宣称:

> 圣贤事业,具在方册,可效可师;仰不愧天,俯不愧人,内不愧心;积善积恶,殃庆自各以其类至,何有去圣人之道,舍先王之法,而从夷狄之教以求福利也? ②

这段话说得直捷明确,联系到韩被贬后始终不曾就论佛骨事向皇帝认错的表现,及其在《左迁至蓝关示侄孙湘》中所说"欲为圣明除弊事,肯将衰朽惜残年"③的自明心迹之语,我们认为:韩愈这段表白是可以成立并应该相信的,他虽有一些因饥不择食而导致的瑕疵,但大

---

① 钱锺书:《谈艺录》一六《宋人论韩昌黎》,第168—169页。
② 《韩昌黎文集校注》卷三《与孟尚书书》,第238页。
③ 《韩昌黎诗系年集释》卷一一《左迁至蓝关示侄孙湘》,第1097页。

体上还是信道笃而自知明的，还属于坚持固有信念的执著型士人。

　　与韩愈相比，元稹在品节上受到的批评要更多一些。这些批评主要集中在两大事件上，一是说他谪居江陵期间，攀附权贵严绶和宦官崔潭峻，并借宦者之力得以荣升；一是在长庆年间元稹与裴度间的数次冲突，使得时人和后人多是度而非稹。关于后者，因与本书关联不大，我们将略加提及，关于前者，我们可以从两方面来看。

　　一方面，元稹确有攀附严、崔的行为，而这种行为也确与他一再标举的志节有悖。严绶为人懦弱，史称"绶虽名家子，为吏有方略，然锐于势力，不存名节，人士以此薄之"①；永贞元年，严绶以河东节度使的身份上书朝廷，请太子监国，大肆攻击王叔文等人，即是秉承宦者旨意所为，所以，元和年间裴垍曾就"其政事一出监军李辅光，绶但拱手而已"的现象上书朝廷，"请以李鄘代之"②；元和六年，白居易就宪宗令严绶任江陵尹、荆南节度使以替换赵宗儒一事，作《论严绶状》上奏，谓："臣伏以赵宗儒众称清介有恒，严绶众称怯懦无耻，二人臧否优劣相悬。……且严绶在太原之事，圣聪备闻，天下之人，以为谈柄。……今忽再用，又替宗儒，臣恐制书下后，无不惊叹。兼邪人得计，正人忧疑，大乖群情，深损朝政。"③白居易此状固然是秉公心而言实事的，但其中似也不无关照元稹的意思。元稹元和五年贬官江陵，严绶元和六年三月赴任④，以元稹狷介刚直的性格论，难免不与"怯懦无耻"的严绶发生冲突，为了保护元稹，白居易上疏阻止严的前往，乃是合乎情理的。

　　然而，元稹并非一味刚直。严绶到任不久，元与严的关系便很

①《旧唐书》卷一四六《严绶传》，第 3960 页。
②《旧唐书》卷一四八《裴垍传》，第 3990—3991 页。
③《白居易文集校注》卷二二《论严绶状》，第 1258 页。
④ 见《旧唐书》卷一四《宪宗本纪上》，第 430、434 页。

是密切了。综观元谪居江陵期间所作与严有关诗篇，动辄以"谢傅""谢公"尊称严绶，在《游三寺回呈上府主严司空时因寻寺道出当阳县奉命覆视县因牵于游衍不暇详究故以诗自诮尔》一诗中，元开篇即云："谢公恣纵颠狂掾，触处闲行许自由。"① 可见，他与严的关系确实密切，而严对他也颇为宽待。二人的这种关系，直到长庆二年严绶卒元稹为他写的行状中还反映出来："太保公诸子，以稹门吏之中恩顾偏厚"，嘱撰状文，因"感念曩怀，遂书行实"②。

关于元稹与崔潭峻的关系，《旧唐书·元稹传》有记载："荆南监军崔潭峻甚礼接稹，不以掾吏遇之，常征其诗什讽诵之。长庆初，潭峻归朝，出稹《连昌宫辞》等百余篇奏御。穆宗大悦，问稹安在，对曰：'今为南宫散郎。'即日转祠部郎中、知制诰。朝廷以书命不由相府，甚鄙之。"而"中人以潭峻之故，争与稹交，而知枢密魏弘简尤与稹相善，穆宗愈深知重"。"长庆二年，拜平章事。诏下之日，朝野无不轻笑之。"③ 这段记载反映了元稹谪居江陵期间与崔的关系及其回朝以后的概况，联系到《资治通鉴》卷二四二穆宗长庆元年条所谓"翰林学士元稹与知枢密魏弘简深相结，求为宰相，由是有宠于上，每事咨访焉"④，以及《旧唐书》卷一六八《钱徽传》所谓"初稹以直道遣逐久之，及得还朝，大改前志，由径以徽进达"⑤，可以看出，《旧书》本传的说法是大体可信的。又，今《白居易集》外集卷

①《元稹集校注》卷一八《游三寺回呈上府主严司空时因寻寺道出当阳县奉命覆视县囚牵于游衍不暇详究故以诗自诮尔》，第 569 页。

②《元稹集校注》卷五五《故金紫光禄大夫检校司徒兼太子少傅赠太保郑国公食邑三千户严公行状》，第 1348 页。

③《旧唐书》卷一六六《元稹传》，第 4333—4334 页。

④《资治通鉴》卷二四二长庆元年，第 7923 页。

⑤《旧唐书》卷一六八《钱徽传》，第 4383 页。

下录存《文苑英华》所载白氏《论请不用奸臣表》一篇,中云:"矫诈乱邪,实元稹之过。朝廷俱恶,卿士同冤。……臣素与元稹至交,不欲发明。伏以大臣沉屈,不利于国,方断往日之交,以存国章之政。"校点白集的顾学颉先生认为:"无论元、白交笃,不应有此;即以文理而言,亦欠通顺,其为伪作无疑。"① 这里且不管此文真伪如何,仅从宋初典籍即已著录一点论,它也应是元稹同时或稍后者所作,代表了当时人们一种较普遍的观点,而这一观点,无疑旁证了元稹品行上的严重缺陷。

但从另一方面看,元稹上述行径以及有关记载亦有可讨论者在。据元《酬乐天东南行诗一百韵》称自己贬官江陵之遭际云:"狸病翻随鼠,骢羸返作驹。物情良狗俗,时论太诬吾。瓶罄罍偏耻,松摧柏自枯。虎虽遭陷阱,龙不怕泥涂。"② 抽绎诗意可知,元稹谪居江陵期间和之后,必有不少人指责他,所以他才有"时论太诬吾"之语。而从"瓶罄"四句来看,既表现了一种因失去依靠不得不委曲求全的含意,又自有一种不惧陷阱、泥涂的龙虎之气。事实上,如果不过分苛责元稹的话,便可发现,在他贬官江陵之后,旧知遇裴垍先被贬秩,继而亡故,元稹断绝了回朝之望;而严绶、崔潭峻乃是顶头上司,为了在逆境中求生存,少受压抑和折磨,得罪他们显然不行;假如执意坚持昔日激切凌厉之性格,又势必得罪他们。在这一两难处境中,元稹只能选择一条既不放弃志节又能与严、崔虚与往还的途径,而在往还过程中,对方又很赏识他的才学,由是关系逐渐加深。实事求是地讲,这并不能算作元稹单方面的过错,甚至在此一特定范围内,他本即无

① [唐]白居易著,顾学颉校点:《白居易集》外集卷下,中华书局,1979 年,第 1549 页。
② 《元稹集校注》卷一二《酬乐天东南行诗一百韵》,第 367 页。

所谓错。

同时,我们也应注意到,元稹与严、崔的交往有一定的现实合理性。关于崔潭峻的详情,史载甚少,但从他对元诗的欣赏程度看,当具有较好的文学素养。关于严绶,虽存在如上所述许多劣迹,但也并非一无是处。他为官谨慎,善待下属,颇有治郡方略,并曾积极主张用兵藩镇,出师征讨杨惠琳、刘闢,对元和初年军事上的胜利不无贡献。到江陵后,曾以怀柔之策招降叛酋,帮助改变荆楚一带的落后习俗,具有一定的吏绩①。对这样一位优劣并包,至江陵后又无明显遗行的人物,元稹以下属身份与他亲近,未必即属论者指斥的"变节";而元与崔的往还更有文学因缘在,较之韩愈之与俱文珍的关系似乎也还一间有隔。

进一步说,当时与元稹同在江陵的还有王叔文集团之成员李景俭。李与严绶本为政治对手,由于现在成为严的下属,因而也"希望通过元稹缓和他与严绶之间的矛盾"②。柳宗元此时远在永州,为了求得援助,脱离谪籍,竟也写了一封《上江陵严司空献所著文启》。固然,柳与严早在贞元年间即已相识,且严、柳两家本有"世旧",但即使如此,作为政治对手,也不应向他求援,更不应说出"伏惟怜悯孤贱,特赐抚存,则缧绁之辱,有望蠲除。鸣吠之能,犹希效用"③的话来。然而,柳宗元竟说了,而且竟用了"怜悯"一词!难怪一味左柳的章士钊"甘冒点窜旧文之咎",要将此"怜"字"奋笔削去"④。柳宗元之

---

① 见《元稹集校注》卷五五《故金紫光禄大夫检校司徒兼太子少傅赠太保郑国
  公食邑三千户严公行状》,第1344—1348页。《旧唐书》卷一四六《严绶传》,
  第3959—3961页。
② 卞孝萱:《元稹年谱》元和六年条,齐鲁书社,1980年,第197页。
③ 《柳宗元集校注》卷三六《上江陵严司空献所著文启》,第2299页。
④ 《柳文指要》上《体要之部》卷三六,第903页。

外,还需一提的是刘禹锡。早在元稹初贬江陵时,刘禹锡即作《酬元九侍御赠壁州鞭长句》一诗相赠,中云:"多节本怀端直性,露青犹有岁寒心。"① 论者认为这是刘怕元"贬后变节,投靠严绶"② 而借以激励元的话语。这种理解是不准确的。事实上,刘禹锡本人即与严绶颇有关联,今刘集尚存《元和癸巳岁仲秋诏发江陵偏师问罪蛮徼后命宣慰释兵归降凯旋之辰率尔成咏寄荆南严司空》一诗,对严大加称颂,且谓:"伫看闻喜后,金石赐元戎。"③ 很明显,刘的这一行动和话语也不无借称颂严绶以求援引的意图,而且极有可能刘乃至柳与严的联系最初都是以元稹为中介的。那么,上述一系列事件能说明李景俭、柳宗元、刘禹锡都变节了吗? 显然不能。"人穷则反本,故劳苦倦极,未尝不呼天也;疾痛惨怛,未尝不呼父母也。"④ "仕于世,有劳而见罪,凡人处是,鲜不怨怼忿愤,列于上,愬于下,此恒状也。"⑤ 李、柳、刘皆非超人,自然难免此"恒状",而这种现象也并不足以影响到他们的大节。对李、柳、刘可以这样看,对元为何不可作如是观? 何况元尚未达到柳乃至刘这种希求怜悯并作诗颂扬的程度!

再以前引《旧唐书·元稹传》关于元与崔的关系及其回朝后一系列情况的记载看,虽大体可信,却也不无可疑之点。第一,它略去了元稹从离开江陵到回朝之前在通州和虢州谪居的五年时间,而在这段时间里,无论是严绶还是崔潭峻,显然都未给元稹帮上忙。元

① 《刘禹锡全集编年校注》卷二《酬元九侍御赠壁州鞭长句》,第 176 页。
② 《元稹年谱》元和六年条,第 200 页。
③ 《刘禹锡全集编年校注》卷二《元和癸巳岁仲秋诏发江陵偏师问罪蛮徼后命宣慰释兵归降凯旋之辰率尔成咏寄荆南严司空》,第 233 页。
④ 《史记(修订本)》卷八四《屈原贾生列传》,第 3010 页。
⑤ 《柳宗元集校注》卷二三《送薛判官量移序》,第 1550 页。

和十三年，元稹有《上门下裴相公书》，请求裴度"荡涤痕累，洞开嫌疑"①，召用自己；是年冬，即移为虢州长史；十四年七月，宪宗"御丹凤楼，大赦天下"②，元稹始得以返朝，为膳部员外郎③，也没有凭借严、崔的力量。而《旧书》本传将这段时间略去，便造成了一种元稹回朝是靠了崔潭峻帮忙的假象。第二，据陈寅恪、卞孝萱先生考订，元稹《连昌宫词》作于元和十三年任通州司马时④，而崔潭峻"出稹《连昌宫辞》等百余篇奏御"的时间乃是长庆初年。事实上，早在元稹回朝的当年亦即元和十四年，宰相令狐楚即向元稹索取诗文，并大加称赏，"以为今代之鲍、谢也"⑤。元稹《上令狐相公诗启》亦云："窃承相公直于廊庙间道某诗句，昨又面奉教约，令献旧文。"⑥由此看来，元稹诗篇传播朝廷并受宰臣称赏，并不自崔潭峻始，崔的作用大概只是"奏御"而已。又据元稹《文稿自叙》："穆宗初，宰相更相用事，丞相段公一日独得对，因请亟用兵部郎中薛存庆、考功员外郎牛僧孺，予亦在请中，上然之。不十数日，次用为给、舍。"⑦则向穆宗推荐元稹的还有宰相段文昌，而不只是宦官。

那么，元稹官职升迁后是否大改前志了呢？从史书记载来看，他与宦官魏弘简交往密切，曾"约车仆，自诣其家，不由宰臣而得掌

<hr />

① 《元稹集校注》卷三一《上门下裴相公书》，第 876 页。
② 《旧唐书》卷一五《宪宗本纪下》，第 462 页。
③ 见《元稹集校注》卷三三《同州刺史谢上表》，第 914 页。
④ 详见《元白诗笺证稿》第三章，第 63—83 页。《元稹年谱》元和十三年条，第 299 页。
⑤ 《旧唐书》卷一六六《元稹传》，第 4333 页。
⑥ 《元稹集校注》补遗卷二《上令狐相公诗启》，第 1450 页。
⑦ 《旧唐书》卷一六六《元稹传》，第 4338 页。参见《元稹集校注》卷三二，第 886 页。

诰"①,确实是改了;但从元稹对朝政的一系列处置态度来看,似乎也不尽然。如在长庆元年著名的科举舞弊案中,他即能秉公执法,严厉打击请托之风,驳落弟子艺薄者十一人,其中裴度之子裴譔后被"特赐及第"②,则无疑亦属艺薄之流。紧接着,元稹又代君草制,对"进则谀言谄笑以相求,退则群居州处以相议"的浇薄世风猛烈抨击,结果"制出,朋比之徒,如挞于市,咸眦眦于绅、稹"③。此事发生在同年三、四月间,而至十月,裴度即数上表章弹劾元稹交结魏弘简。当然,我们无意于指实此二事必有联系,但从中却可引起我们对问题的深入思考,也可帮助我们进一步认识元稹其人。在这一段时间内,元稹还屡次进呈《京西京北图》《京西京北州镇烽戍道路等图》,与穆宗秘议,"皆言天下事",而"外间不知,多臆度"④。至大和三年,元稹重入为尚书左丞,"振举纪纲,出郎官颇乖公议者七人"⑤。从这些情况看,元稹的作为与他被贬前所坚持的主张和激切凌厉的心性大体是一脉相承的,而他之所以每每受到众多朝臣的非议和轻笑,原因约有如下几端:一是他确有与宦官相互勾结之嫌,官职升进不由正常渠道;二是他能得到穆宗的赏识并被不次拔擢,主要是凭了他的才气和诗名,而在唐代,对朝廷大臣是很看重资历、才具、器识和品节的,以元稹这样的才子身份而骤然升迁,自然难惬众情;三是确有一些猜嫌妒忌、挟私报冤之徒从中作梗,加之"与臣同省署者,多是臣初登朝时举人;

---

① 《唐会要》卷五五《省号下·中书舍人》,第 946 页。
② 《旧唐书》卷一六八《钱徽传》引诏文,第 4384 页。关于元稹在此一事件中的作为,可参看《旧唐书》之《王起传》《李宗闵传》及《资治通鉴》卷二四一长庆元年的记载。
③ 《旧唐书》卷一六八《钱徽传》,第 4385—4386 页。
④ 《旧唐书》卷一六六《元稹传》,第 4338 页。
⑤ 《旧唐书》卷一六六《元稹传》,第 4336 页。

任卿相者,半是臣同谏院时遗、阙。愚臣既不能低心曲就,辈流亦以此望风怒臣"①;再加上元与裴度的数次冲突,使他的声誉颇受影响,尽管这些冲突绝非由元稹单方面造成,但以长久被贬重返朝廷的元稹与元老重臣、德高望重的裴度相比,人们无疑易于偏向裴的一方。这诸种因素聚合在一起,元之受到轻笑、非议、指责,便是势所必然的了。

综上所述,我们认为:元稹回朝之后,一方面确有"大改前志"的表现,另一方面又一定程度地继承了昔日的心性和信念;前者主要表现在个体的处世态度和为人技巧上,后者则主要表现在对待社会政治及天下利病的态度、施行上。陈寅恪先生曾指出,中唐时代实为"新旧蜕嬗之间际","值此道德标准社会风习纷乱变易之时,此转移升降之士大夫阶级之人,有贤不肖拙巧之分别,而其贤者拙者,常感受苦痛,终于消灭而后已。其不肖者巧者,则多享受欢乐,往往富贵荣显,身泰名遂。其故何也? 由于善利用或不善利用此两种以上不同之标准及习俗,以应付此环境而已"②。这话说得甚是深刻,以此论衡量,元稹实为善于利用不同之道德标准以应付环境的"巧者",惟其"巧",故能在贬所和返朝后与严绶、崔潭峻、魏弘简相得无间,身进名遂;而此"巧"又不能简单地与"不肖"等同,在对待朝政弊端和社会恶习上,元稹又是严正的,不徇私情的。这两方面似乎很矛盾,但却有机地统一在了元稹身上,因而不可简单、草率地下结论。至于在贬官江陵和通州期间,他虽然"巧"过,但大体上还是有操守的,仅因他与严、崔有交往即遽斥其政治变节,理由还显得不够充分。

---

① 《元稹集校注》卷三三《同州刺史谢上表》,第914页。
② 《元白诗笺证稿》,第85页。

第二节　柳宗元、刘禹锡执著意识的三大特征

深刻反思基础上的信念执著 / 源于复仇情怀的顽强抗
争 / 发愤著述以张大理想

从元稹、韩愈被贬后的情况可以明显看出,置身沉重的人生忧患,面对来自各方面的压抑和干扰,要维护自我的人格操守,坚持固有的理想信念,而不变志从俗,是何等困难! 这是对每一位贬谪诗人意志的考验,更是对他们自信心的考验。固然,韩愈、元稹都表现出了一定的意志和自信,并借此与现实苦难相抗衡,但他们的这种意志和自信又是不够坚强、不够彻底的,因而还难以坚持自我,独立不移,不屈不挠,傲视忧患,达到真正的、纯粹的执著之境。与韩、元相比,柳宗元、刘禹锡可谓典型的执著型士人。他们所经历的生命沉沦、所受到的政治压力无疑比韩、元二人要沉重得多,而且更为重要的是,韩、元诸人之被贬或由于弹劾权奸,或由于强言直谏,其正道直行之声名广为人知,故颇能得到社会舆论的赞赏和同情;而柳、刘则大不相同,他们虽亦忧国忘身,刚正不阿,但却被朝廷视为党人群小,背负着政治罪人的声名而投迹荒远,因而不仅很难得到同情,而且还要承受浮谤如川的舆论压力。然而,正是在这样的远远超出常人承受能力的境遇中,他们以其顽强的生命意志和坚定的自我信念,与各种外在压抑相抗争,维护了自我的操守和人格的尊严,同时也维护了他们作为诗人的真诚。

柳宗元、刘禹锡的执著意识主要表现在三个方面:

首先是建立在深刻反思基础上的信念执著。对柳宗元、刘禹锡来说,贬谪既导致了他们的生命沉沦和心理苦闷,同时也磨炼了他

们的意志,增加了他们对人生的体悟,而且更为他们提供了一段长久的反思往事、省察自我的时间。在被贬之前,柳、刘气盛心锐,大呼猛进,往往热情有余而理智不足,在紧张激烈的现实斗争中,很少有机会能静下心来对现实政治和革弊图强的有关问题作认真、全面、深入的思考。而在被贬以后,往昔的热情早已为现实的严酷所取代,紧随在朝活动的极度紧张之后,是被抛弃被拘囚的巨大空寂和孤独,当此人生的转折关头,他们不能不怀着痛定思痛的心情去对已经过去的那幕政治悲剧做一番深深的思考,借以辨明是非曲直,寻找失足的真正原因。所谓"吾尝静处以思,独行以求"①,正表现了他们此期的主要心态。

"何投分效节,有积尘之难?何潜行爱弛,有决防之易?何将进之日,必自见其可而后亲?何将退之时,乃人言其否而逆弃?"② 在《上杜司徒书》中,刘禹锡怀着痛苦沉重的心情连发四问,表现了他在巨大的政治打击下忧愤交攻、不能自解的极度苦闷。那么,为什么会如此呢?下面回答道:"良由邪人必微,邪谋必阴;阴则难明,微则易信;罔极大甚,古今同途。""是非之际,爱恶相攻;争先利途,虞相轧则衅起;希合贵意,虽无嫌而谤生。"在刘禹锡看来,政敌的险恶、狡诈,世态的混浊、偷薄,乃是他们受谤被贬的一个重要原因。当然,他也意识到自我的不足:"受性颛蒙,涉道未至,末学见浅,少年气粗。"虽然总以为"尽诚可以绝嫌猜,徇公可以弭谗愬",可结果还是吃了不肯"防微""用晦"的亏,被推挤而至危地。柳宗元同样清楚地意识到这一点,他多次这样说道:"仆少尝学问,不根师说,心信古书,以为凡事皆易,不折之以当世急务,徒知开口而言,闭目而息,挺而行,踬

① 《柳宗元集校注》卷一四《对贺者》,第 910 页。
② 《刘禹锡全集编年校注》卷一四《上杜司徒书》,第 1522 页。

而伏,不穷喜怒,不究曲直,冲罗陷阱,不知颠踣"①,"年少气锐,不识几微,不知当否,但欲一心直遂,果陷刑法"②,"性又倨野,不能摧折,以故名益恶,势益险"③。在这里,贬谪诗人以深入骨髓的人生体验,真正领悟到了政治斗争的险恶、政治关系的复杂,也真正意识到了自己在此复杂关系和险恶斗争中,确实显得太幼稚了。不是吗? 其性格过于锐利以致流于浮躁、轻率、鲁莽;斗争经验不足,以致把事情看得过于简单,疏于周防,被政敌钻了空子。一面是自己的过于简单轻率,一面则是对手的过于阴险狡诈,两种因素合在一起,不能不导致革新运动的失败。

更进一步,他们还从当日的时势出发,对失败的具体原因和过程进行思考,并一定程度地意识到了君主专制制度对人才的戕害乃是导致自身悲剧命运的本源。在仔细回顾了革新集团在实际斗争中的一些失误后,柳宗元指出:"哀吾党之不淑兮,遭任遇之卒迫。势危疑而多诈兮,逢天地之否隔。欲图退而保己兮,悼乖期乎曩昔。欲操术以致忠兮,众呀然而互吓。进与退吾无归兮,甘脂润乎鼎镬。"④这里,一方面是受任过于仓促,没有更周密的准备,另一方面是恰逢支持改革的顺宗病重,君臣之间受到阻隔;当此"势危疑而多诈"之际,欲退却便乖离了前志,欲前进又遭到政敌的猛烈狙击,结果只能在进退维谷中败下阵来。如果说,柳宗元在此所作思考虽然深刻,但还只是就事论事,那么,刘禹锡通过历史上华佗被杀一事,借古论今,便更接触到了问题的实质所在。在《华它(佗)论》中,作者开篇即云:"史称华它以恃能厌事为曹公所怒。荀文若请曰:'它术实

---

① 《柳宗元集校注》卷一五《答问》,第 1073 页。
② 《柳宗元集校注》卷三〇《寄许京兆孟容书》,第 1956 页。
③ 《柳宗元集校注》卷三〇《与裴埙书》,第 1993 页。
④ 《柳宗元集校注》卷二《惩咎赋》,第 138 页。

工,人命系焉,宜议能以宥。'曹公曰:'忧天下无此鼠辈邪?'遂考竟它。……嗟乎,以操之明略见几,然犹轻杀材能如是。文若之智力地望,以的然之理攻之,然犹不能返其惑,执柄者之惑,真可畏诸!亦可慎诸!"① 这是在论历史,又何尝不是在论现实?在现实政治中,深隐着历史事件的反影;在历史的论述中,饱含着作者伤时感事的一腔激愤。固然,这里对华佗的痛惜似乎与作者对王叔文被杀一事之哀痛有更直接的关联,所以文中有如下一番话语:"悲哉!夫贤能不能无过,苟置于理矣,或必有宽之之请,彼壬人皆曰:'忧天下无材邪?'曾不知悔之日,方痛材之不可多也。……可不谓大哀乎!"然而,作者更主要的目的并不只是为了表现哀痛,而是在于用革新派众多高才之士被贬被杀的血的教训,来揭露统治者的残暴。正因为如此,所以他下面才能说出这样的话来:

> 吾观自曹魏以来,执死生之柄者,用一惑而杀材能,众矣,又乌用书它之事为?呜呼,前事之不忘,期有劝且惩也……②

这真是一针见血之言!既云"自曹魏以来",自然包括唐之永贞、元和时期在内;"执死生之柄者",无疑兼指唐宪宗等专制君主;"用一惑而杀材能,众矣",理应偏重于二王八司马之被贬被戮一事。考之史实,二王八司马被贬之后,第二年亦即元和元年,赐王叔文死;同年,凌准死于连州;此后,王伾、韦执谊、吕温亦相继死于贬所。表面看来,这里只有王叔文是被朝廷明文赐死的,但从实质看,其他诸人之死又何尝不是专制政治严酷迫害的结果?由此联及柳宗元、刘禹锡

---

① 《刘禹锡全集编年校注》卷二〇《华它论》,第 2204 页。
② 《刘禹锡全集编年校注》卷二〇《华它论》,第 2205 页。

等的万死投荒,不也是一种广义的"用一眚而杀材能"的现象吗?

　　刘禹锡的上述认识,并不是孤立的,这在下文将要述及;这里需重点指出的是,通过深刻的思考,贬谪诗人已明确意识到,自己的政治悲剧直接与政敌的阴险狡诈,特别是专制君主的严酷少恩有关,自己的问题则主要是过于简单、轻率了一些而已,并不是所坚持的信念、理想出了差错;既然信念、理想没错,那就应继续坚持它,纵令险象环生、浮谤如川、摧残益酷、苦闷日重,也决不改变。所以刘禹锡一再声言:"昔贤多使气,忧国不谋身。目览千载事,心交上古人"①;"既赋形而终用,一蒙垢焉何耻。感利钝之有时兮,寄雄心于瞠视"②。在《咏史二首》中,诗人借咏任少卿不肯变节随俗攀附霍去病一事,明确表白志向:"世道剧颓波,我心如砥柱。"③在《望夫石》中,诗人更借对妇人望夫化而为石之民间传说的描写,表现了自我无比深笃坚不可摧的信念:"望来已是几千载,只似当时初望时。"④与刘禹锡相比,柳宗元对志节的表述更为透彻:

　　　　图始而虑末兮,非大夫之操;陷瑕委厄兮,固衰世之道。知不可而愈进兮,誓不偷以自好。陈诚以定命兮,侔贞臣与为友。⑤

　　　　宗元始者讲道不笃,以蒙世显利,动获大谬,用是奔窜禁锢,为世之所诟病。凡所设施,皆以为戾,从而吠者成群。……然苟守先圣之道,由大中以出,虽万受摈弃,不更乎其内。大都类往

---

① 《刘禹锡全集编年校注》卷一一《学阮公体三首》其三,第1296页。
② 《刘禹锡全集编年校注》卷一四《砥石赋》,第1591页。
③ 《刘禹锡全集编年校注》卷一《咏史二首》其一,第84页。
④ 《刘禹锡全集编年校注》卷六《望夫石》,第670页。
⑤ 《柳宗元集校注》卷一九《吊苌弘文》,第1294页。

时京城西与丈人言者，愚不能改。①

这是何等坚定的志节！又是何等顽强的执著！在极度困顿的境遇中，仍固守昔日之本心和意念，而不肯降心辱志，改弦易辙，正充分展示了贬谪诗人纯正精一的精神境界。无疑，志节的坚定、执著的顽强源于他们在深刻反思中对理想、信念的再度确认，源于他们对自身忠正直行惨遭贬谪之遭际的深深不平，源于他们对无耻小人、政治仇敌乃至专制君主的无比愤怨，而从本质上说，却源于他们作为诗人的真诚。这是一种杜绝了市侩庸人之鄙俗习气的真诚，也是一种充溢着至大至刚之气时时自警自励自我提升的真诚；正是这种真诚，使他们真正体会到做人的要求和责任，认识到自我的价值和人格的尊严，从而既赋予他们置身忧患而能砥柱中流、"虽万受摈弃不更乎其内"的信心和勇气，也赋予他们以基于复仇心理的对政敌决不饶恕、勇猛反击的力量。

于是，揭露现实、抨击群小、顽强抗争、慨然致愤，便自然构成了柳、刘执著意识的第二大特色。

柳、刘对现实政治的态度具有两面性。一方面，他们身受现实政治的严酷打击，不能不对它抱有一种本能的反感，所以，贬谪之初，他们作品中充溢着对现实社会和专制政治的强烈不满和指斥；另一方面，随着谪居时间的延长，随着元和时代军事、政治、文化上所取得成就的逐渐展现，柳、刘的态度也有所转变，对现实政治做了一定的肯定。然而，由于他们始终是被现实社会所抛弃、所压抑的一批政治罪人，他们始终得不到正常的做人权利和生命基本需求的满足，因而便

---

① 《柳宗元集校注》卷三二《答周君巢饵药久寿书》，第 2107 页。

决定了他们对社会政治的肯定是有限度的,在他们的骨子里,始终隐藏着对整个社会的巨大不满、对昔日政敌的无比仇恨、对专制君主的深厚积怨。

在诗文中,柳宗元一再明言:"陷瑕委厄兮,固衰世之道"①,"苟偷世之谓何兮,言余心之不臧!"②"衰世""偷世",乃是贬谪诗人基于自身悲惨遭际对现实社会的本质认识。固然,柳宗元也曾说过这样的话,"理世固轻士,弃捐湘之湄"③,但这种明显的正话反说,愈发深刻地揭露了现实社会之绝非"理世"的真相。在《斩曲几文》中,柳宗元径将现实社会比作"欹形诡状,曲程诈力,制类奇邪,用绝绳墨"的"末代淫巧"之世④,予以深刻的讽刺和批判;在《天论》上篇中,刘禹锡更明确指出:"法大弛,则是非易位,赏恒在佞,而罚恒在直。"⑤这几句话,不啻是对现实社会之赏罚不明、是非易位、贤不肖倒置以及扼杀人材现象的真实写照。否则,为什么像柳、刘这样的俊杰之士竟遭贬谪厄运?为什么那些打击他们的险诈小人又高高在上,尊宠莫比?为什么他们被贬后会遭到那样多的中伤诽谤?为什么他们一遭贬谪竟要终生沉沦而再无起复之望?所有这些,不能不逼迫贬谪诗人去思考,去体悟,而思考、体悟的结果则益发深化强化了他们对现实社会之"衰世""偷世"性质的认识和揭露。

与对现实社会的揭露相同步,柳宗元、刘禹锡还给予昔日政敌以极猛烈的抨击。在《骂尸虫文》中,柳宗元以"阴幽诡侧而寓乎人,以贼厥灵"的尸虫比喻政敌,痛斥其"潜下谩上,恒其心术,妒人之能,

①《柳宗元集校注》卷一九《吊苌弘文》,第1294页。
②《柳宗元集校注》卷一九《吊乐毅文》,第1311页。
③《柳宗元集校注》卷四二《零陵赠李卿元侍御简吴武陵》,第2745页。
④《柳宗元集校注》卷一八《斩曲几文》,第1245页。
⑤《刘禹锡全集编年校注》卷一四《天论》,第1687页。

幸人之失"的丑恶行径,坚决主张"群邪殄夷,大道显明;害气永革,厚人之生"①。在《宥蝮蛇文》中,作者则是明修栈道,暗度陈仓,嬉笑怒骂,痛快淋漓。先是以退为进,说了一番悲悯蝮蛇的话:"凡汝之为恶,非乐乎此,缘形役性,不可自止。草摇风动,百毒齐起,首拳脊努,呻舌摇尾。不逞其凶,若病乎己。世皆寒心,我独悲尔!"从而将蝮蛇亦即政敌那凶险残暴的天性丝毫无隐地展露出来;接着反手一击,愤怒责问:"造物者胡甚不仁,而巧成汝质? 既禀乎此,能无危物?"由于蝮蛇必将危物,所以作者不无讽刺地说道:虽然"我"可以"宥汝于野",可"他人异心,谁释汝罪?""形既不化,中焉能悔? 呜呼悲乎! 汝必死乎!"② 与柳宗元对政敌的愤怒斥骂相同,刘禹锡在《聚蚊谣》《百舌吟》《飞鸢操》《秋萤引》等诗中,借此喻彼,讽托遥深,令人于"绵蛮宛转似娱人,一心百舌何纷纷"③ "鹰隼仪形蝼蚁心,虽能戾天何足贵"④ "我躯七尺尔如芒,我孤尔众能我伤"⑤ 的描写表述中,真切地感触到了那帮有如百舌、飞鸢、毒蚊的党人群小的可憎嘴脸,以及诗人对他们的满腔义愤;同时,这些诗中多次出现的"清商一来秋日晓,羞尔微形饲丹鸟""南方朱鸟一朝见,索寞无言高下飞"等诗句,更令人从对政敌那极度的轻蔑、嘲笑中,深深体悟到贬谪诗人置身逆境而充满自信的坚定意志和高傲情怀。

对政敌的指斥,已充分展现了柳宗元、刘禹锡执著意识的顽强,而对专制君主的批判,更赋予此执著意识以前所未有的光彩。

前面说到,刘禹锡曾在《华它(佗)论》中发为"自曹魏以来,执

---

① 《柳宗元集校注》卷一八《骂尸虫文》,第 1236 页。
② 《柳宗元集校注》卷一八《宥蝮蛇文》,第 1252 页。
③ 《刘禹锡全集编年校注》卷一《百舌吟》,第 64 页。
④ 《刘禹锡全集编年校注》卷一《飞鸢操》,第 72 页。
⑤ 《刘禹锡全集编年校注》卷一《聚蚊谣》,第 68 页。

死生之柄者,用一眚而杀材能,众矣"的宏论,借古论今,鞭辟入里,锋芒所向,振聋发聩。与此相关,他的《武陵书怀五十韵》则从另一角度隐晦地表露了永贞内禅的真情,抒发了他对"执死生之柄者"的一怀激愤。关于此诗的创作目的,诗前小序说得清楚:"自述其出处之所以然,故用书怀为目云。"可是,在短短百余字的序言中,诗人竟大段引用常林《义陵记》的记载,交代义帝为项籍所杀一事:

> 初,项籍杀义帝于郴。武陵人曰:"天下怜楚而兴,今吾王何罪乃见杀?"郡民缟素哭于招屈亭。高祖闻而义之,故亦曰义陵。①

而且在诗的开篇一段,诗人即沉痛陈辞:"俗尚东皇祀,谣传义帝冤。桃花迷隐迹,楝叶慰忠魂。……湘灵悲鼓瑟,泉客泣酬恩。"表现出了一种浓郁的哀感悲悼气氛。在诗的中幅,诗人不惜笔墨,大段铺张渲染顺宗当政之经过、之气象"继明悬日月,出震统乾坤。大孝三朝备,洪恩九族惇。百川宗渤海,五岳辅昆仑",并表达了自己"何幸逢休运?微班识至尊"的感戴心情。到了诗的结尾,诗情再次转向沉痛的悲悼:

> 旅望花无色,愁心醉不惛。春江千里草,暮雨一声猿。……三秀悲中散,二毛伤虎贲。……就日秦京远,临风楚奏烦。南登无灞岸,旦夕上高原。②

---

① 《刘禹锡全集编年校注》卷二《武陵书怀五十韵》,第119页。
② 《刘禹锡全集编年校注》卷二《武陵书怀五十韵》,第120—121页。

那么，一篇以叙述自己"出处之所以然"为主的诗作竟如此不厌其烦地写义帝被杀、写顺宗即位、写沉痛悲悼，其意若非另有所属，又该做何解释？此诗作于元和元年刘禹锡在朗州贬所时，而正好在这一年的正月甲申，顺宗不明不白地死去。关于顺宗的死因，陈寅恪、章士钊、卞孝萱诸先生均认为是被宪宗和宦官所杀[1]。由此反观刘诗及序中所谓"谣传义帝冤""今吾王何罪乃见杀"数语，其意究竟何所指，应是很清楚的。吴汝煜先生指出：此诗"就为悼念顺宗而作"[2]，可谓有见。设若此一推论能够成立，那么不难发现，刘禹锡对顺宗无罪被杀一事的揭露，本即是对包括宪宗在内的党人集团的有力鞭挞，而在他"湘灵悲鼓瑟，泉客泣酬恩""南登无灞岸，旦夕上高原"的痛悼中，亦正深寓着诗人一腔无可底止的深深怨愤。

如果说，这种怨愤在刘禹锡这里虽然激切，但表现得还稍欠明晰，那么，到了柳宗元的《咏三良》一诗中，便喷薄而出并继之以愤怒的声讨了。关于此诗的具体分析，笔者有另文专论[3]，兹不赘。惟需着重指出的是，这首诗确是有为而发针对性极强的咏史抒怀之作，其中对三良的痛惜，便是对王叔文等革新志士的哀悼；对秦穆公的开脱，即是对唐顺宗的回护；而诗篇最后"从邪陷厥父，吾欲讨彼狂"[4]的愤怒高喊，正是对违背父志残酷打击革新派之唐宪宗的直接声讨。只有这样理解，我们才能真正探察到贬谪诗人基于自身遭际而郁怒

---

① 参见陈寅恪：《金明馆丛稿二编》之《顺宗实录与续玄怪录》，上海古籍出版社，2020年，第82—91页。《柳文指要》下《通要之部》序，第994页。卞孝萱：《刘禹锡年谱》附注，中华书局，1963年，第241页。

② 吴汝煜：《刘禹锡传论》，陕西人民出版社，1988年，第68页。

③ 尚永亮：《借古人事以自抒怀抱》，《零陵师专学报》2001年第1期。并参见本书第六章第二节。

④ 《柳宗元集校注》卷四三《咏三良》，第3110页。

不平的本然用心,才能得出符合历史实际的结论。

在上述这些或指斥君主,或抨击政敌,或揭露现实的诗文中,涌动着一股发自内心深处不可阻遏的批判力量。而这种力量的来源,首先在于横亘于贬谪诗人意识深层的一种深刻的复仇意念,一种不肯服输、失败了爬起来还要抗争的顽强意志。

联系到元和时代其他贬谪诗人的心理意向,不难看到,这种不肯屈服志在复仇的意念是广泛存在的。元稹谪居通州,倍感不平,明确声言:"除非入海无由住,纵使逢滩永拟休。会向伍员潮上见,气充顽石报心雠!"① 吕温是王叔文政治集团的重要成员,与柳、刘关系甚笃。他于元和三年始被贬道州刺史,五年夏移赴衡州,六年八月即病死贬所。按理,吕温被贬在柳、刘之后,谪居时间亦不算长,所受政治压力相对轻一些,其悲怨愤懑似应少一些,可事实却是,他在诗中也表现出一种"壮心感此孤剑鸣,沉火在灰殊未灭"② 的顽强意志。这里,无论是未灭"沉火"的悲凉沉重,还是"报心雠"的激切孤直,都反映了其源于人性深处那不甘受辱、不肯屈服的生命意志,也正是这种生命意志,使得吕、元,尤其是柳、刘一再表现出与政敌势不两立必欲雪冤复仇的悲壮情怀。

在柳、刘的诗文集中,有几篇作品颇堪注意。首先是柳宗元的《谪龙说》记述了这样一则故事:一奇女自天坠地,为群贵游少年所狎。奇女怒曰:"不可!吾故居钧天帝宫,下上星辰,呼嘘阴阳,薄蓬莱,羞昆仑,而不即者,帝以吾心侈大,怒而谪来,七日当复。今吾虽辱尘土中,非若俪也。吾复,且害若!"在这里,谪龙象喻贬谪诗人的用意是显而易见的,在作者看来,自己即令被贬,"辱尘土中",也绝

---

① 《元稹集校注》卷二〇《相忆泪》,第 613—614 页。
② [唐] 吕温:《道州月叹》,《全唐诗》卷三七一,第 4175 页。

非那些高高在上专施诽谤之类的小人所可比并,而且一旦归复,必报昔日被凌辱之仇。柳集韩注谓:此篇"当在贬谪后作,盖有激而然者也"①,甚确。

其次是刘禹锡的《读张曲江集并引》。这篇作品与柳文稍有不同,重在对张九龄"建言放臣不宜与善地,多徙五溪不毛之乡"的行径表示愤懑,指出:张"身出于遐陬,一失意而不能堪,矧华人士族,而必致丑地然后快意哉!议者以曲江为良臣……而燕翼无似,终为馁魂。岂忮心失恕,阴谪最大,虽二美莫赎邪?"②这里,刘禹锡对张九龄的非难是否合理,可置勿论,所需注意的是,他在此非难中深寓有一种复仇心理,而此复仇心理又是指向现实社会的。潘德舆有言:"盖梦得身为逐臣,心嗛时宰,故以曲江为词,实借昔刺今也。"③可谓有见。

我们知道,攻击性是人的一种本能,而遭到目的抑制的本能常常产生强烈的对象性发泄和持久的内驱力,从而使人原本即有的攻击性愈为强化。就柳、刘而言,他们作为被社会抛弃者,人格受到凌辱,自由受到扼杀,不能不对现实政治具有一种饱含复仇心理的攻击性行为,上述揭露现实、抨击政敌、指斥君主、借昔刺今的作品即为明证。同时,由于他们这种攻击总是受到抑制和阻碍——迫于恐怖的形势而不能直言,只能借咏史、寓言等曲折方式加以表现,很难获得目的达到后的真正满足,因而,没有解除的刺激便必然不断提供能量以长期保持其对象性发泄作用,并导致其复仇心理一有时机便流露出来。元和十年,宰相武元衡为盗所杀,而武与柳、刘在永贞元年即

---

① 《柳宗元集校注》卷一六《谪龙说》,第 4114—4115 页。
② 《刘禹锡全集编年校注》卷三《读张曲江集并引》,第 265 页。
③ [清]潘德舆著,朱德慈辑校:《养一斋诗话》卷一,中华书局,2010 年,第 17 页。

颇有矛盾,柳、刘被贬,武与有力焉;柳、刘元和十年由贬所召回,"上与武元衡亦恶之"①,遂致二人再度外迁。在这种情况下,柳、刘对武不能不怀有深深的怨愤,而当听到武被杀的消息后,其对象性发泄便很容易借文学创作表露出来。刘禹锡的《代靖安佳人怨二首》②、柳宗元的《古东门行》③,都是写武元衡被盗杀事的,宋人指出:"梦得为司马时,朝廷欲澡濯补郡,而元衡执政,乃格不行。梦得作诗伤之而托于靖安佳人,其伤之也,乃所以快之与?"④"刘禹锡、柳子厚与武元衡素不叶,二人之贬,元衡为相时也。禹锡为《靖安佳人怨》以悼元衡之死,其实盖快之。子厚《古东门行》……虽不著所以,当亦与禹锡同意。"⑤从诗的内容和柳、刘与武元衡的实际关系看,这种说法大致不差。

　　固然,武元衡之死实乃为国殉身,柳、刘作诗"快之",无疑反映了他们心地较为狭隘的一面;但就个人的复仇情怀论,则其做法又确有一定的合理性。换言之,这是一种饱含巨创深痛的个体生命意志的逻辑表现。试以刘禹锡的两首诗为例,便可清楚地看到这一点。元和十年,刘禹锡被召还京,不顾再度被贬的可能,毅然决然地写下了那首《元和十年自朗州承召至京戏赠看花诸君子》,慨然声言:"玄都观里桃千树,尽是刘郎去后栽。"⑥表现了对十年来因趋炎附势而得以在政治上飞黄腾达之新贵们的辛辣讽刺,言外之意在说,正是

---

① 《资治通鉴》卷二三九元和十年,第 7831 页。
② 《刘禹锡全集编年校注》卷四《代靖安佳人怨二首》,第 379 页。
③ 《柳宗元集校注》卷四二《古东门行》,第 2750 页。
④ 《韵语阳秋》卷三,《历代诗话》,第 505—506 页。
⑤ 郭绍虞辑:《宋诗话辑佚》卷下《蔡宽夫诗话》,中华书局,1980 年,第 397 页。
⑥ 《刘禹锡全集编年校注》卷四《元和十年自朗州承召至京戏赠看花诸君子》,第 351 页。

靠打击像我这样的正士,你们才得以升迁,可我却偏不买你们的账!
《旧唐书·刘禹锡传》云:"元和十年,自武陵召还,宰相复欲置之郎
署。时禹锡作《游玄都观咏看花君子》诗,语涉讥刺,执政不悦,复出
为播州刺史。"① 按理,经此一番挫折,刘禹锡应有所收敛才是,可事
实竟大不然,十四年后重返京城,他又写了一首更为激烈的《再游玄
都观绝句》,直刺时事。明人瞿佑谓其"种桃道士归何处? 前度刘郎
今又来"二语"讥刺并及君上矣"②,不为无见。事实上,刘禹锡在此
表现的,仍然是一种基于个体生命意志的复仇情怀,正是在这复仇情
怀中,深深包蕴着贬谪诗人坚持自我、决不屈服的执著意识,闪现着
他与忧患顽强抗争的刚毅精神。

柳宗元、刘禹锡执著意识的第三个特点,便是自强不息,发愤著
述,借以宣扬张大自己在现实中夭折了的政治理想。

在长期的谪居生涯中,柳宗元、刘禹锡虽曾极度苦闷过、消极过,
但却没有走上颓废一途。他们怀着对理想矢志不移的信念,利用谪
居时的大块闲暇时间,"上下观古今,起伏千万途"③,博览群书,发愤
著述,从而既使他们自身得到了极大的充实,又使他们对曾追求过
的理想有了更深邃的体悟。这里需要强调指出的是,柳、刘的著述活
动,是在极度坎坷、压力重重的环境和心境中进行的,这本身即体现
了对理想的顽强执著。用美学家的话说,这乃是"一种不能安于守旧
而要追求创新的本性,一种不能安于停顿而要追求变化和多样性的
本性,一种不能安于失败而是失败了还要再来的本性。这种本性是

① 《旧唐书》卷一六〇《刘禹锡传》,第 4211 页。
② [明]瞿佑:《归田诗话》卷上,丁福保辑:《历代诗话续编》,中华书局,1983
年,第 1246 页。
③ 《柳宗元集校注》卷四三《读书》,第 3098 页。

生命力的升华,是由历史的积淀充实了的心理的东西深沉到生理的
水平"①。

当然,身处逆境而发愤著述实乃中国历代失意文人共同走过的
一条道路。司马迁有言:"昔西伯拘羑里,演《周易》;孔子厄陈、蔡,
作《春秋》;屈原放逐,著《离骚》;左丘失明,厥有《国语》;孙子膑
脚,而论兵法;不韦迁蜀,世传《吕览》;韩非囚秦,《说难》《孤愤》;
《诗》三百篇,大抵贤圣发愤之所为作也。此人皆意有所郁结,不得
通其道也,故述往事,思来者。"②是的,中国古代文人所受苦难是深
重的,正是苦难,使他们磨炼了意志,砥砺了节行,更产生了著述的强
大动力。在很大程度上,并不是现实事功使他们扬名后世,而是皇皇
论著将他们的信念、理想和名字一起彪炳史册,历久弥新。刘禹锡自
叙道:"及谪于沅、湘间,为江山风物之所荡,往往指事成歌诗;或读
书有所感,辄立评议。穷愁著书,古儒者之大同。"③柳宗元也深深懂
得这一点,所以他一再申言:"贤者不得志于今,必取贵于后,古之著
书者皆是也。宗元近欲务此。"④"常欲立言垂文,则恐而不敢。今动
作悖谬,以为谬于世,身编夷人,名列囚籍。以道之穷也,而施乎事者
无日,故乃挽引,强为小书,以志乎中之所得焉。"⑤这里,"不得志于
今""施乎事者无日",乃是柳宗元转而为文的关键所在。从本质上
说,他是一个政治家,他的最高愿望是在现实政治中推行自己的理
想,给予国计民生以实际的、直接的助益,只是当政治家做不成、理想
在现实中夭折之际,他才由"立德""立功"的追求转而走上"立言"

---

① 高尔泰:《美是自由的象征》,人民文学出版社,1986 年,第 77 页。
② 《史记(修订本)》卷一三〇《太史公自序》,第 4006 页。
③ 《刘禹锡全集编年校注》卷一八《刘氏集略说》,第 2001 页。
④ 《柳宗元集校注》卷三〇《寄许京兆孟容书》,第 1957 页。
⑤ 《柳宗元集校注》卷三一《与吕道州温论〈非国语〉书》,第 2066 页。

的道路。然而,即使此时,他也不愿做一个纯粹的文学家,在他心理深处骚动的,仍然是如何通过理论著述使自己的理想传播于世的意念。正是由于这一点,我们才能更深刻地理解他下面这样一些话语:

> 仆之为文久矣,然心少之,不务也,以为是特博弈之雄耳。故在长安时,不以是取名誉,意欲施之事实,以辅时及物为道。自为罪人,舍恐惧则闲无事,故聊复为之。然而辅时及物之道,不可陈于今,则宜垂于后。①
>
> 念终泯没蛮夷,不闻于时,独不为也;苟一明大道,施于人世,死无所憾。用是自决。②

可见,柳宗元的著书立说乃是与其政治理想紧密联系在一起的。理想在现实中的破灭构成他著书立说的深层动因,而著书立说的目的则重在将"辅时及物之道"施于人世,垂之于后,为此目的,他不惜以身殉志。这是精神生命的延续,是理想得以弘扬的一种独特方式,正是在对此弘扬和延续的追求中,我们再次看到了闪耀在柳宗元乃至刘禹锡身上那坚忍顽强的执著意念。

综观柳、刘谪居期间的理论著述,较为重要的有《贞符》《非国语》《封建论》《天对》《天说》(柳);《天论》上、中、下三篇,《辨〈易〉九六论》,《辨迹论》,《明赞论》,《华它(佗)论》(刘)等。这些文章论著既有对天人关系的深刻思考,也有对历史典籍的辨析批判;既有对历史发展的详细考察,也有对社会政治的敏锐见解,从而展现了多方面的理论成就。然而,所有这些文章论著虽角度不同,内

---

① 《柳宗元集校注》卷三一《答吴武陵论〈非国语〉书》,第2070页。
② 《柳宗元集校注》卷一《贞符》,第77页。

容各异,但有一点却是完全一致的,那就是都以作者倡导的"大中之道"和"生人之意"为轴心,具有明确的现实指向性和强烈的政治批判性。在本书首章,我们曾重点就柳宗元的《贞符》《时令论》《断刑论》《蜡说》《天说》和刘禹锡的《天论》做了分析,将其思想倾向归纳为三点,即:倡言大中之道,通经以致用;以生人为主,以利安元元为务;去伪辨惑,高扬理性批判精神。实际上,这三种思想倾向不仅贯穿于柳、刘贬谪前的现实行动中,而且由于他们被贬后对人生、社会的深切体验,而由实践汇为理论的结晶。这里,我们以柳宗元的《封建论》和《非国语》两部重在历史考察的论著为例,对贬谪诗人的思想倾向和执著意识做进一步的探讨。

《封建论》是柳集中最具理论之系统性、明晰性、深刻性的一篇大作,它的主旨在于通过对社会历史发展的考察来探讨郡县和封建两种制度的优劣得失。在详细分析了周、秦、汉、唐诸代制度设置和演变的基础上,作者指出:郡县之制较之封建之制有着极大的优越性,"周有天下,裂土田而瓜分之",而其败亡,"失在于制";"秦有天下,裂都会而为之郡邑",则其败亡,"失在于政,不在于制"。汉、唐之事盖与此相类,故"州县之设,固不可革也"。表面看来,作者于此只是一般地探讨社会制度得失的问题,但从实质上看,全文突出地呈露出一条贯穿始终的主线,即人类历史和社会政治必须一步步地走向开明,走向大同。封建制以"私其土,子其人"的血族亲缘关系对政权的世袭垄断为特征,阻碍了历史的发展,因而必须废除;而郡县制以"制州邑,立守宰"的选贤任能开放政权为特征,在一定程度上改变了世袭垄断的家天下局面。虽然帝王所追求的仍是一己之私情,但作为制度,郡县制却是"公之大者也",因而,它代表了历史的发展方向。正是基于这一最基本也是最重要的观点,柳宗元反复指出:"封建,非圣人意也,势也。"由此推展开去,则不仅封建,即使郡县乃至整个历史进程,皆非"圣人之意"所能决定,只有"势",亦即"生人之意",才是制约它、促进它的内部动力①。由此联系到柳宗元多次宣称的"唐家正德受命于生人之意""受命不于天,于其人"②的观点,可以明显看出:《封建论》的核心即在于用"势"给历史发展以全新的解释,并从中推导出"圣人之意"必须让位于"生人之意"的结论。

进而,柳宗元在细密论证了郡县与封建在制度上的优劣之后,更于文章末尾明确申言:能否"使贤者居上,不肖者居下",乃是天下有道与无道、安定与混乱的关键所在。固然,由于论题的限制,柳氏这一观点主要是就"继世而理"的封建制而发的,但既然郡县制也存在天子私其情、"私其一己之威""私其尽臣蓄于我"的情况,那么,贤不肖倒置的现象也必将大量存在。对此,作者是有着深切体验的:唐为郡县制,可像他一样的大批高才之士却被贬荒远,而那些摇唇鼓舌、专事谄佞的小人却高高在上,尊宠莫比,这难道能算治世吗? 这层意思作者虽未直白道出,但他留下的弦外之音、他的致思方向,却不能不令人在那深隐的忧愤中感触到他对现实政治的不满和抗议。

《非国语》是柳宗元十分看重的另一部著作,他曾多次说道:"尝读《国语》,病其文胜而言尨,好诡以反伦,其道舛逆。而学者以其文也,咸嗜悦焉,伏膺呻吟者,至比六经。……余勇不自制,以当后世之讪怒,辄乃黜其不臧,救世之谬。……苟不悖于圣道,而有以启明者之虑,则用是罪余者,虽累百世滋不憾而恧焉!"③"夫为一书,务富文采,不顾事实,而益之以诬怪,张之以阔诞,以炳然诱后生,而终之以僻,是犹用文锦覆陷阱也。不明而出之,则颠者众矣。仆故为之标

---

① 《柳宗元集校注》卷三《封建论》,第185—189页。
② 《柳宗元集校注》卷一《贞符》,第76—77、79页。
③ 《柳宗元集校注》卷三一《与吕道州温论〈非国语〉书》,第2066页。

表,以告夫游乎中道者焉。"① 显而易见,柳宗元之所以要非《国语》,乃是因为此书影响颇大,"至比六经",而其内容则好诡反伦、诬怪阔诞,极易导人入于歧途。因而,为了弘扬"圣道","救世之谬",柳宗元才以极大的勇气和胆力,对这部地位颇高的古书进行了大张旗鼓的非难。

《非国语》的六十七个条目大致可分为两类,一类是就灾祥、神异、卜筮、命数等事发表议论,一类是就人物、行事乃至社会政治所做的论断。在第一类中,作者根据"圣人之道,不穷异以为神,不引天以为高,利于人,备于事,如斯而已矣"② 的一贯主张,驳斥了《国语》中大量的不经记载和说法,着重指出,"山川者,天地之物也;阴与阳者,气而游乎其间者也。自动自休,自峙自流"③,根本即与人事无关,更不是什么警告人类的征兆,"力足者取乎人,力不足者取乎神。所谓足,足乎道之谓也"。《国语》一味记载神异之事,并对此津津乐道,"不待片言而迂诞彰矣!"④ 至于卜、筮之事,亦不足取:"卜者,世之余伎也,道之所无用也。……卜史之害于道也多,而益于道也少,虽勿用之可也。"⑤ 从而多方面地强调了人事的重要性,并对他心目中的"圣人之道"做了有力的印证。

在第二类中,柳宗元既就《国语》所载政治、军事、经济、音乐诸方面的事件提出了自己独特的见解,又密切结合中唐时代的社会现实来观照历史,突出强调了任人唯贤、爱惜人才、祛除暴政、重视民生等方面的内容。《命官》条云:"官之命,宜以材耶? 抑以姓乎? ……

---

① 《柳宗元集校注》卷三一《答吴武陵论〈非国语〉书》,第 2071 页。
② 《柳宗元集校注》卷三《时令论》上,第 248 页。
③ 《柳宗元集校注》卷四四《三川震》,第 3139 页。
④ 《柳宗元集校注》卷四四《神降于莘》,第 3147 页。
⑤ 《柳宗元集校注》卷四四《卜》,第 3186 页。

若将军大夫必出旧族,或无可焉,犹用之耶? 必不出乎异族,或有可焉,犹弃之耶?"①《大钱》条就"币轻则物价腾踊,物价腾踊则农无所售"的弊端,提出"赋不以钱,而制其布帛之数"②的主张;《轻币》对齐桓公"竭其国,劳其人,抗其兵,以市伯名于天下"③的虚伪仁义予以辛辣讽刺;《杀里克》《庆郑》《戮仆》诸条更对统治者不爱惜人才、草菅人命、滥施淫威的做法提出了强烈抗议。《叔鱼生》条进一步指出:"君子之于人也,听其言而观其行,犹不足以言其祸福,以其有幸有不幸也",更何况仅"取赤子之形声,以命其死亡"④,怎能不大错大谬呢? 所有这些议论,都是有为而发并切中时弊的,都表现了作者"以辅时及物为道"的政治理想,同时,也深寓着一位高才见黜的贬谪诗人在观照历史事件时所生发的不能自已的愤懑之情。

当然,柳宗元的现实愤懑远不止此,在某种意义上,他是在借史评而影今事,借他人酒杯自浇块垒。在《郤至》条中,柳宗元对郤至忠贞明正而终于被祸一事深表惋惜,指出:"郤氏诚良大夫,不幸其宗侈而允,兄弟之不令,而智不能周,强不能制,遭晋厉之淫暴,谗嬖窃构以利其室,卒及于祸,吾尝怜焉! 今夫执笔者以其及也,而必求其恶以播于后世,然则有大恶幸而得终者,则固掩矣。"⑤ 这段话说得深透之至,无论从哪方面看,都隐寓着作者自己的一怀忧愤。如果将文中的郤至换成作者本人,将晋厉公换成唐宪宗,将"有大恶幸而得终者"换作元和时期的宦官党人,则几乎丝丝入扣。正因为在历史事件中洞见了自己的身世遭际,所以作者才一破其文简字洁之惯例,

①《柳宗元集校注》卷四五《命官》,第 3218 页。
②《柳宗元集校注》卷四四《大钱》,第 3162 页。
③《柳宗元集校注》卷四四《轻币》,第 3184 页。
④《柳宗元集校注》卷四五《叔鱼生》,第 3234 页。
⑤《柳宗元集校注》卷四四《郤至》,第 3153 页。

洋洋洒洒,发为一大议论,而一个"吾尝怜焉",深深道出了个中因由;"今夫执笔者"以下,更其突出地关合着自己一遭贬谪,飞语横生,众口归恶,一片赤诚之心、忠直之行遂被掩盖,无可表白于天下的境况,以及那些奸邪小人虽有大恶,却因其"幸而得终"而终为史家曲笔回护的情形。想到这些,诗人不能不忧愤交集,不能不对与自己同一遭际的历史人物的冤案表而出之。《庆郑》条则就庆郑被杀一事发表议论,认为庆郑虽有过错,但"其志有可用者",若能"舍之,则获其用亦大矣。晋君不能由是道也,悲夫!"①《伍员》是六十七条《非国语》的最后一条,显系作者论旨的重点所在。在此条中,柳宗元就伍员为吴王夫差所疏、忠谏不纳、伏剑而死一事深刻指出:"伍子胥者,非吴之昵亲也。其始交阖闾以道,故由其谋。今于嗣君已不合,言见进则谗者胜,国无可救者,于是焉去之可也。出则以孥累于人,而又入以即死,是固非吾之所知也。"② 在这里,作者明写伍员,暗寓自我对现实政治的态度。虽然他与伍员的身世遭际不全相类,但在先受任于顺宗,后见贬于宪宗一点上却与伍的情形小异大同。他认为伍员于嗣君已不合,"去之可也",实际上不正表明了他对当代君主的一种明确的疏离态度吗?尽管在现实中柳宗元也曾一再请求帮助,但这主要是为摆脱谪籍而做的自我拯救的努力,在其内心深处,却着实与现实人主格格而不能入了。

从上述情况可以看出,无论是《封建论》,还是《非国语》,都与柳宗元在现实中夭折了的政治理想紧密关联,都或显或隐地表述着他的固有信念,同时,也都程度不同地渗透着他的现实感遇和人生悲慨。清人孙琮说得好:"史称子厚喜进失志,或少短之,不知其志气沉

---

① 《柳宗元集校注》卷四五《庆郑》,第 3211 页。
② 《柳宗元集校注》卷四五《伍员》,第 3265 页。

郁,念所藉以不朽者,绝功名而恃文章,其精神自足独行千古,造物之所以厄子厚者,正所以厚子厚也。人何能穷子厚哉!"①

需要说明的是,尽管柳宗元乃至刘禹锡此一时期的很多文章都具有"有激而云"②的特点,但他们并没有达到让情感取代理智的程度,换言之,他们更注重学术研究的严肃性、深刻性,而不只是借学术研究来宣泄一己之愤懑。在《与刘禹锡论〈周易〉九六书》中,柳宗元这样说道:"君子之学,将有以异也,必先究穷其书,究穷而不得焉,乃可以立而正也。"③在《与友人论为文书》中,他进一步指出:"为文之士,亦多渔猎前作,戕贼文史,抉其意,抽其华,置齿牙间,遇事蜂起,金声玉耀,诳聋瞽之人,徼一时之声。虽终沦弃,而其夺朱乱雅,为害已甚。"④在《与吕恭论墓中石书书》中,他特别强调:"立大中者不尚异,教人者欲其诚,是故恶夫饰且伪也。"⑤综合这几种说法,可见柳宗元对学术研究的观点是:既要有新的见解,又要有细致入微的探索,而不能渔猎前作,故作奇异,哗众取宠,贻害后人。一句话,只有慎思之,明辨之,实事求是而又卓有创见,才能做出真学问、大学问,才能使其政治理想得到弘扬。正因为有此思想做主导,所以柳宗元的大部分文章论著都具有卓实惊警的理论深度和高度,而源于贬谪遭际的愤怒情感的自然贯注,更赋予其论著以强烈的现实针对性和思想穿透力,从而无论主观上还是客观上都为其理论的久远流传打下了坚实的基础。所以,《非国语》一书虽遭到不少封建卫道士的非难,但还是完整地保存了下来,而后人所作多种《非〈非国语〉》,却

---

① 《柳宗元集校注》附录《柳宗元研究资料·评论·评文》,第 3629 页。
② 《刘禹锡全集编年校注》卷一四《天论》上,第 1686 页。
③ 《柳宗元集校注》卷三一《与刘禹锡论〈周易〉九六书》,第 2042 页。
④ 《柳宗元集校注》卷三一《与友人论为文书》,第 2081 页。
⑤ 《柳宗元集校注》卷三一《与吕恭论墓中石书书》,第 2074 页。

早已不见踪影了。

以上，我们从三个方面论述了柳宗元、刘禹锡的执著意识。在这三个方面中，不管是对固有信念的坚定持守，还是对政敌的大胆抨击，抑或是借著书立说来弘扬理想，都贯穿了一条身处逆境而不屈不挠的基线，都体现了人性深处的生命意志、复仇意念和进取精神，一句话，都体现了他们历经困苦磨难而愈益顽强的执著情怀。因而，我们有理由认为：在元和贬谪诗人中，柳宗元、刘禹锡堪为执著意识的典型代表。

第三节　柳、刘执著意识的内在矛盾和消解因素

　　"悔志"与"饰非解谤"/《说车》与"方中圆外"的心性设计/心香佛典与狂狷人格

当然，在长久的谪居生涯中，经受着肉体和心灵的双重磨难，柳宗元、刘禹锡也曾在一定时期一定程度上发生过一些心性、志趣上的变化，从现象上看，这些变化似与其执著意识相互矛盾，同时，也为后人对他们的非议留下了口实。由于这些问题直接关系到对柳、刘执著意识的理解和评价，因而，这里有必要就其中较重要的三个方面予以辨析考论。

首先，柳宗元、刘禹锡是否"悔志"并"饰非解谤"了？

回答是否定的。固然，由于人生忧患的沉重、专制政治的重压，以及为了早日摆脱谪籍，柳、刘都曾多次写信向人求援，说过一些"愚陋狂简，不知周防，失于夷途，陷在大罪"[1] "得罪由己，翻乃贻忧。扪躬自劾，愧入肌骨"[2] 的话，但却始终没有悔志之意，始终不承认自己

---

[1]《柳宗元集校注》卷三五《上门下李夷简相公陈情书》，第 2238 页。
[2]《刘禹锡全集编年校注》卷一四《上中书李相公启》，第 1650 页。

参加革新运动是错误的。而且既然是请求别人援助,迫于当日形势,他们不得不多从自我失误一面说起,这也是人之常情,似无对此苛求的必要。固然,柳宗元写有一篇《惩咎赋》,既云"惩咎",自然有咎可惩,所以《新唐书》本传说道:"宗元不得召,内悯悼,悔念往咎,作赋自儆。"① 从文字上看,这种说法是不错的,它指出了宗元在深沉反思后对昔日自我失误的认识。可是,到了宋人晁补之那里却就此事做出进一步的发挥,认为"惩咎者,悔志也。其言曰:'苟余齿之有惩兮,蹈前烈而不颇。'后之君子欲成人之美者,读而悲之"②。这种理解显然是错误的。且不说晁氏的说法与《惩咎赋》的主旨有多少背离,即以他引用的两句原文论,也绝难看出柳有"悔志"之意。"余齿",据《柳宗元集》卷二《校勘记》:"音辩、游居敬本、《全唐文》及《新唐书》本传作'馀'近是。"则"馀齿"实指剩余的年岁;"前烈",先前的事业;"颇",偏也 ③。《离骚》:"举贤才而授能兮,循绳墨而不颇。"朱熹注谓:"举贤才,遵法度而无偏颇。"④ 据此,则柳赋二语实谓:假如我的过错在此后的岁月里能有所惩戒的话,那么我将要继续我以前的事业而不使其偏颇。这里展现的,分明是一种坚定的信念,对昔日理想的坚定执著,哪里有半点"悔志"之意? 在宗元看来,他的"咎"不过是"果于自用""谗妒构而不戒""不择言以危肆"等因年轻气锐、疏于周防所导致的失误而已,而绝非坚持的政治理想出了问题。既然如此,那么君子志节,何悔之有? 林纾有言:"读《惩咎》一赋,不期嗟叹。……屈原《涉江》,亦同此戚。然屈原不以罪行,而柳州

---

① 《新唐书》卷一六八《柳宗元传》,第5140页。
② 《柳宗元集校注》卷二引,第148页。
③ 《柳宗元集校注》卷二校记,第141页。
④ [宋]朱熹集注,吴剑钦、吴广平校点:《楚辞集注》卷一《离骚》,岳麓书社,2013年,第14页。

实陷身奸党,故屈原抵死不甘认过,而柳州则自承有通天之罪。等是迁客,正直与回曲自殊。……以下灭身无后,进路划绝,伏匿不果,拘挛轵轲,一片哀音,闻者酸鼻。最后结以一语曰:'苟余齿之有惩兮,蹈前烈而不颇。'此万死中挣出生命之言。"① 认为宗元"陷身奸党",有"通天之罪",实乃林氏随声附和旧史家之言,其误可置勿辩,惟其指出柳与屈等是迁客,而一以罪行一不以罪行,故导致二者同中有异一点,却有助于我们对宗元贬后极为复杂之思想感情的了解;至于林氏对《惩咎赋》二语的评价,则超出晁氏远甚,昭然揭示了宗元执著理想、矢志如一的坚定意念。事实上,正是这种意念,才使得柳宗元在"苟余齿"二句下说出了更为激切刚直的话语:"死蛮夷固吾所兮,虽显宠其焉加? 配大中以为偶兮,谅天命之谓何!"仔细体味这几句话,不也是"万死中挣出生命之言"吗?

与柳宗元受到的曲解相似,刘禹锡也曾为后人所非难。宋人洪迈认为:"柳子厚、刘梦得皆坐王叔文党废黜,刘颇饰非解谤,而柳独不然。"② 清人王鸣盛赞成此说,并谓:"若禹锡《子刘子自传》,则其于叔文竟黜其邪佞,并若自悔其依附之谬矣。"③ 这一观点显然也是不正确的。所谓"饰非解谤",无非是指刘禹锡向皇帝上表自明本事时的一些言辞。如禹锡确实说过这样一类的话:"权臣奏用,盖闻虚名,实非曲求,可以覆视"④ "权臣奏用,分判钱谷。竟坐连累,贬在遐藩"⑤ "永贞之初,权臣领务,遂奏录用,盖闻虚名。唯守职业,实无朋

① 林纾著,武晔卿、陈小童校注:《韩柳文研究法·柳文研究法》,北京联合出版公司,2019 年,第 93—94 页。
② [宋]洪迈著,孔凡礼点校:《容斋随笔》续笔卷四《柳子厚党叔文》,中华书局,2005 年,第 267 页。
③ 《十七史商榷》卷八九《王叔文谋夺内官兵柄》,第 1309 页。
④ 《刘禹锡全集编年校注》卷一五《谢上连州刺史表》,第 1706 页。
⑤ 《刘禹锡全集编年校注》卷一六《夔州谢上表》,第 1809 页。

附,竟坐飞语,贬在遐藩"①。这里,"权臣"无疑是指王叔文,"盖闻虚名,实非曲求"云云即论者所谓"饰非解谤"。可是,在特定的政治环境中,刘禹锡不这么说又怎么说?难道非要说成是自己有意求进、与二王友善,才算不饰非解谤吗?要知道,这时的王叔文等早已被定为历史罪人,史家曲笔也对他早已作了定论,禹锡一方面面对的是严酷复杂的政治关系和仍对王叔文集团责骂不已的势力集团,另一方面又想解脱羁囚,回到朝廷。在这种情况下,他既没有因一己之利去责骂王叔文等,又没有表现出奴颜婢膝之态,只是在可能的范围内讲清自己的问题,这有什么不可以呢?事实上,禹锡不仅始终没有改变过自己的固有信念,而且还在听到王叔文、顺宗死的消息后,作为诗文,以曲折隐晦的方式表示哀悼和愤激(见前文所述),并在临终前写的《子刘子自传》中,用了大半篇幅,就王叔文的事迹阐明原委,指出:叔文"有远祖风","实工言治道,能以口辩移人。既得用,自春至秋,其所施为,人不以为当非"②。更重要的是,禹锡于文中大胆披露了顺宗禅位的内幕:"是时,太上久寝疾,宰臣及用事者都不得召对,宫掖事秘,而建桓立顺,功归贵臣。于是,叔文首贬渝州,后命终死。"③桓、顺指汉桓帝和汉顺帝,据《后汉书·宦者列传序》:"其后孙程定

①《刘禹锡全集编年校注》卷一八《苏州谢上表》,第 1974 页。
②按:"人不以为当非"句,自《新唐书·刘禹锡传》即有讹误。该传引《子刘子自传》云:"叔文实工言治道,能以口辩移人,既得用,所施为人不以为当。"承袭此误,宋人苏轼《东坡全集》卷九二、洪迈《容斋随笔》续笔卷四均作"人不以为当",并谓"刘禹锡过讨不悛","颇饰非解谤"。此一字之差,关系非小。笔者曾遍检今存各本刘集及有关文献,皆作"人不以为当非"。由是可知,《新书》本传或为抄写之误,或有意将"非"字删节。瞿蜕园先生亦注意到这一问题,认为,"新传稍取资于本集,似差可信矣,然引《子刘子自传》述王叔文'所施为,人不以为当非',窜改为'人不以为当',与原意故相刺谬,乃不顾事理之甚者"。见瞿蜕园笺证:《刘禹锡集笺证》,上海古籍出版社,1989 年,第 1552 页。
③《刘禹锡全集编年校注》卷一九《子刘子自传》,第 2179 页。

立顺之功,曹腾参建桓之策。"① 这里的孙、曹皆宦官,禹锡因用此典代指宪宗在宦者俱文珍等拥戴下登上皇位一事,而一个"宫掖事秘",又令人于隐显之间感触到当日宫廷内部复杂激烈、刀光剑影的政治搏杀,并由此透露出顺宗的死因。在这段话中,禹锡的用意是至为明显的,那就是:王叔文革新集团是无辜的,他们不过是争权夺利的政治斗争的牺牲品罢了,而在那些素以仁孝标榜的统治者堂而皇之的政治面纱背后,却隐藏着不可告人的罪恶勾当。在传文后面的铭词中,禹锡进一步说道:

　　　　重屯累厄,数之奇兮。天与所长,不使施兮;人或加讪,心无疵兮!　②

首句讲自己人生遭际之困厄,次句讲自己怀才不遇之大痛,末句则表现了自己不顾人言坚持理想的态度。平心而论,在经磨历劫、饱尝艰辛之后,刘禹锡仍能守志如一,不变初衷,仅此一点,在古代士人中即已难得,所谓"自悔其依附之谬"云云,真不知从何谈起! 四库馆臣指出:"《子刘子自传》一篇,叙述前事,尚不肯诋诼叔文。盖其人品与柳宗元同。"③ 其立场公允,可谓的论。

　　其次,关于柳宗元、刘禹锡的心理、性格变化,也应予以足够的重视。

　　与贬谪之前刚直激烈、无所避忌而又显得严谨不足、孟浪有余的

---

①《后汉书》卷七八《宦者列传》,第 2509 页。

②《刘禹锡全集编年校注》卷一九《子刘子自传》,第 2179 页。

③ [清]永瑢等编:《四库全书总目》卷一五〇,中华书局,1965 年,第 1920 页。

性格相比,柳、刘被贬之后,性格都在一定程度上发生了一种内向化的转变。这种转变是从他们对革新运动失败的沉重反思和教训总结中,意识到这种性格不适宜在严酷复杂的政治斗争中立足,从而自觉地抑志敛性开始的。刘禹锡的《问大钧赋》《口兵戒》及《因论七篇》之《儆舟》《述病》,柳宗元的《佩韦赋》《解祟赋》《送从弟谋归江陵序》《答问》等,都表现出了这一倾向。在《口兵戒》中,刘禹锡径将口之为患比作杀人的兵器,深刻指出:"五刃之伤,药之可平;一言成痏,智不能明。"而且"人或罢潜,比肩狐疑,借有解纷,毁辄随之"。所以说,"舌端之孽,惨乎楚铁"。为了避免祸患,只能"以慎为键,以忍为阍。可以多食,勿以多言"①。这里,表面上说的是口之为患,实际上讲的则是性格使然,假如没有刚直激切的心性,口中自然不会出现为世不容的言辞,也不会导致众口铄金的流言蜚语。因而,禹锡在谪居十余年之后,联系到自己因牴牾权贵而再度出守连州的经历,借大钧之口深有感触地说道:"今哀汝穷,将厚汝愚,剔去刚健,纳之柔濡。……去敌气与矜色兮,嘿危言以端诚。"②这是久经生命沉沦之后对人生的全部解悟,也是残酷现实给贬谪诗人的带着嘲弄的赐予。在一而再、再而三的政治打击下,贬谪诗人不能不在主观上慎重考虑自我性格与社会现实的适应问题。

　　与刘禹锡相比,柳宗元表述得更为透彻。在《佩韦赋》中,他以柔软的韦(皮绳)作为约束自己刚烈心性的标志,声言:"恒惧过而失中庸之义,慕西门氏佩韦以戒",去其"纯刚纯强",以求"刚以柔通"③。在《解祟赋》中,他更借卜筮之言告诫自己:"去尔中躁与

――――――――――

① 《刘禹锡全集编年校注》卷一四《口兵戒》,第1540—1541页。
② 《刘禹锡全集编年校注》卷一五《问大钧赋》,第1729—1730页。
③ 《柳宗元集校注》卷二《佩韦赋》,第105—106页。

外挠,姑务清为室而静为家。"表示要"铺冲虚以为席,驾恬泊以为车"①。细读柳集,可以发现,柳宗元对自我性格的发展趋向具有一套较完整的设计,这种设计,突出表现在他写给杨诲之的几封信中。

杨诲之,杨凭之子,柳宗元的妻弟。元和四年,杨凭自京兆尹贬临贺尉,诲之随行,道经永州与宗元相见。次年,宗元作《说车赠杨诲之》,以"材良而器攻,圆其外而方其中",故能"任重而行于世"的车为喻,谆谆劝勉诲之应像车厢那样有恢宏气量,像车轮那样周而通达,像车轴那样"守大中以动乎外而不变乎内",达到"险而安,易而利,动而法"的境地。文章最后指出:"诲之,吾戚也,长而益良,方其中矣。吾固欲其任重而行于世,惧圆其外者未至,故说车以赠。"②此后,宗元又作《与杨诲之书》,重申方中圆外之旨③。

然而,杨诲之对柳宗元的意见却大不以为然,将其"方中圆外"之旨视为"柔外刚中",声言:"我不能为车之说,但当则法圣道而内无愧,乃可长久","我不能龋龋拘拘,以同世取荣"④。并表示要任心而行,肆志而言,以甘罗、终军为榜样,欲为阮咸、嵇康之所为。要言之,诲之既将宗元"方其中圆其外"的主张视为混世和俗,又认为这一主张有违圣教。于是,宗元与他这位年轻的妻弟间的矛盾便凸显出来。

柳宗元在此面对的是一个他事先未曾料到的已明显超出家庭范围的有关价值观的复杂问题。从他写《说车赠杨诲之》的初衷看,不过是以一个经受过重大变故、有着颇多教训的过来人的身份,对自己这位年轻有才但不免性格倔强与世立异的内弟说几句家庭内部的

①《柳宗元集校注》卷二《解祟赋》,第130—131页。
②《柳宗元集校注》卷一六《说车赠杨诲之》,第1136—1138页。
③《柳宗元集校注》卷三三《与杨诲之书》,第2127—2128页。
④《柳宗元集校注》卷三三《与杨诲之第二书》,第2133—2134页。

劝勉话、贴己话,希望他能够既方其中亦圆其外,以避免自己当年的失误。对这种劝勉,诲之可听可不听,宗元亦未必强人所难。但年未二十的诲之却偏偏较起真来,写信加以反驳,并给宗元安上了一个教人学佞、有违圣教的罪名。诲之之所以有这样一个反应,主要原因恐在于:因年龄、阅历所限而缺乏对世事艰难的理解,自我性格的激切导致他对一切易于流向圆滑世故的言行均采取不加思考的排斥态度,甚至以逆反的心理有意采取偏执的做法——用诲之的话说,就是要与甘罗、终军、阮咸、嵇康为伍,任心而行,肆志而言;用宗元对其行为的解释来说,就是"恶佞之尤,而不悦于恭耳"。进一步看,宗元与诲之的对话本不在一个层面上进行,二人在年龄、身份、地位及对问题的理解方式上均存在明显差异。约而言之,其一,今日的柳宗元,固然早已超越了昔日的自我,但今日的杨诲之,在性格上却酷类昔日的柳宗元,其激切程度似还过之,欲使二者跨越时间、阅历的鸿沟而进行相互理解的交流,是困难的。其二,杨诲之的心性与多数唐人以进取为主的心态是相通的。且不说盛唐诗人的高视阔步,即使中唐文人,面临中兴时局,也多为大呼猛进型,而绝少"翦翦拘拘"者。柳宗元则不同,从"少时陈力希公侯,许国不复为身谋",到"风波一跌逝万里,壮心瓦解空缧囚"[1],其间经历了何等大的落差! 这种落差,不能不导致其心性发生迥异于一般唐人的巨大变化——自觉压抑性格中的刚、方因子而向柔、圆一面过渡。所以,在这点上杨诲之不易与宗元沟通。其三,宗元时为"负罪"被贬之人,受到朝廷"纵逢恩赦,不在量移之限"的严厉责罚,朝野上下同情者乏人。以如此一种身份,而欲对少年气盛的杨诲之进行人生处世上的说教,这在更相信成功者的社会习俗中,其说服力不大,诲之亦不愿信从可以想知。其

---

[1]《柳宗元集校注》卷四三《冉溪》,第 2997 页。

四,宗元以"说车"喻为人处世,用心可谓良苦。但若仅就"圆其外"之外在形态论,又确易与世俗之圆滑处世、和光同尘相混淆。何者为方中圆外,何者为混世和俗,其间并无森然之界限。柳集卷一六《说车赠杨诲之》文后黄注谓:"使其自得也未至,而更以圆教之,则不同乎流俗者几希。"① 即持此种看法。从这点来说,诲之误解宗元也是事出有因。

对于杨诲之的误解和发难,柳宗元非常重视,因为他知道,这场争论,已超出了家族亲属的范围,而带有了道德人品之辩的意味。就自己的原意而言,是为了劝勉诲之"恭宽退让",现在却被误解为"为佞且伪",甚至连自己早年的言行,似乎也被当成了"与世同波""剪剪拘拘"。如果不予认真回答,不仅会贻误杨诲之,而且会导致结果与初衷的背离,使自己陷入一种极为尴尬的境地。而要将问题说得清楚到位,既要以说车为基础,又不能将之局限于说车的范围之内;既需有历史文化上的引申,又需与亲属关系相吻合。对宗元来说,这确是需要思考和准备一番的。

细考《说车》,宗元之所以提出"圆外方中"的观点,乃在于社会混浊,人生多艰,"中不方则不能以载,外不圆则窒拒而滞"。而且在以车形象地比喻了人之心性后,宗元特别强调了"守大中以动乎外而不变乎内若轴"一点,也就是说,心性的外在表现形式是可以根据情况来变化的,但心性的内在实质、对理想信念的持守却是不能改变的。这一点乃是宗元《说车》的核心,所以,在《与杨诲之第二书》中,宗元反复强调说:

> 夫刚柔无恒位,皆宜存乎中。有召焉者在外,则出应之;应

① 《柳宗元集校注》卷一六引,第1142页。

之咸宜,谓之时中,然后得名为君子。

　　吾以为刚柔同体,应变若化,然后能志乎道也。

　　内可以守,外可以行其道,吾以为至矣! ①

不是将刚柔、方圆分割开来,固定于内、外之分,而是视之为一体之两面,既存乎内而可守,又应之于外而咸宜。至于应于外者,当方则方,当圆则圆,并无一定不变之规。在宗元看来,所谓"圣道",即存在于这种"刚柔同体,应变若化"的辩证关系之中。当然,这种"圣道"与传统儒学所谓之圣道有所不同,而是宗元依据其"大中"原则对圣道的新的理解,其核心即在于"应之咸宜"的"当"。在他看来,只有做到这一点,才能在此艰难时世推行自己的理想,才能辅时及物。

　　同时,柳宗元所说的"圆",也绝非教人为佞,投机取巧。从历史上看,古代士人对"圆"有两种理解:一是与方正不阿对举的圆,指圆滑处世,苟容取合,含有贬义。如早于柳的元结即曾作《恶圆》一篇,借友人之口说道:"吾闻古之恶圆之士歌曰:'宁方为皂,不圆为卿;宁方为污辱,不圆为显荣。'其甚者,则终身不仰视,曰:'吾恶天圆。'……次山奈何任造圆转之器,恣令悦媚婴儿? 小喜之,长必好之。教儿学圆,且陷不义,躬自戏圆,又失方正。嗟嗟次山,入门爱婴儿之乐圆,出门当爱小人之趋圆,吾安知次山异日不言圆行圆动圆静圆,以终身乎? 吾岂次山之友也! "②这里,元结正话反说,纵横辅排,将其恶圆滑而慕方正的性格特点表露无遗。与此截然相反,古代文化中还有一种意义的"圆",它可以是一种辩证的哲理,可以象喻一种完美无缺的人格,也可以代表一种出神入化的人生至境。《易·系辞

---

①《柳宗元集校注》卷三三《与杨诲之第二书》,第 2132 页。
②[唐]元结:《恶圆》,《全唐文》卷三八三,第 3889 页。

上》："蓍之德，圆而神。"韩注："圆者，运而不穷。"孔《正义》："圆者运而不穷者，谓团圆之物，运转无穷已，犹阪上走丸也。"①《礼记·经解》："天子者，与天地参。……行步则有环佩之声。"郑注："'环佩'，佩环、佩玉也。环取其无穷止，玉则比德焉。"②同书《玉藻》："古之君子……周还中规，折还中矩。……孔子：'佩象环。'"郑注："反行也宜圜（音圆）"，"曲行也宜方"，"象，有文理者也。环，取可循而无穷③《庄子·寓言》："始卒若环，莫得其伦，是谓天均。"④同书《盗跖》："若是若非，执而圆机，独成而意，与道徘徊。"《疏》："圆机，犹环中也。执于环中之道以应是非。"⑤《管子·君臣下》："圆者运，运者通，通则和。"⑥这里，"圆"被赋予一种周流通达、循而无穷的内在意蕴，成为天子士庶在言行德智各方面取法的对象，所谓"圜方之相研，刚柔之相干，盛则入衰，穷则更生。有实有虚，流止无常"⑦"圣人圆极，理无有二"⑧"形真而圆，神和而全"⑨，无不表现出古代文化以圆为美的崇圆意识。

① ［魏］王弼、［晋］韩康伯注，［唐］孔颖达等疏：《周易正义》卷七《系辞上》，《十三经注疏》，第168—169页。
② ［汉］郑玄注，［唐］孔颖达等疏：《礼记正义》卷五〇《经解》，《十三经注疏》，第3493—3494页。
③《礼记正义》卷三〇《玉藻》，《十三经注疏》，第3211—3212页。
④《庄子集释》卷九上《寓言》，第950页。
⑤《庄子集释》卷九下《盗跖》，第1006页。
⑥ 黎翔凤著，梁运华整理：《管子校注》卷一一《君臣下》，中华书局，2004年，第583页。
⑦ ［汉］扬雄著，郑万耕校释：《太玄校释·太玄摛》，中华书局，2014年，第257页。
⑧ ［南朝梁］萧琛：《难范缜神灭论》，［清］严可均编：《全上古三代秦汉三国六朝文·全梁文》卷二四，中华书局，1958年，第3094页。
⑨《白居易文集校注》卷六《记画》，第265—266页。

　　柳宗元所取法的,显然是后一种"圆",对前一种损方正而为佞的"圆",他是坚决反对的。所以,他一方面严正申明:"吾以内可以守,外可以行其道告子","吾岂教子为翦翦拘拘者哉? 子何考吾车说之不详也?"另一方面则给他提倡的"圆"以明确界说:

　　　　吾所谓圆者,不如世之突梯苟冒,以矜利乎己者也。固若轮焉,非特于可进也锐而不滞,亦将于可退也安而不挫。欲如循环之无穷,不欲如转丸之走下也。乾健而运,离丽而行,夫岂不以圆克乎? 而恶之也?! ①

显而易见,宗元在此标举的是一种极富哲理和辩证色彩的人生观、处世观,而这种人生观和处世观正是他遭受打击、生命沉沦之后对整个人生世事的透彻解悟,其中饱含着他由一己切肤之痛而萌生并日渐成熟了的生存智慧。是的,宗元性格中缺乏的不是方正之刚,而是圆和之柔,正是由于刚的一面过于突出,才导致了他人生路途的巨大坎坷。对此,他感触良深:

　　　　吾年十七求进士,四年乃得举。二十四求博学宏词科,二年乃得仕。其间与常人为群辈数十百人。当时志气类足下,时遭讪骂诟辱,不为之面,则为之背。积八九年,日思摧其形,锄其气,虽甚自折挫,然已得号为狂疏人矣。及为蓝田尉,留府庭,旦暮走谒于大官堂下,与卒伍无别。居曹则俗吏满前,更说买卖,商算赢缩。又二年为此,度不能去,益学《老子》"和其光,同其尘",虽自以为得,然已得号为轻薄人矣。及为御史、郎官,自以

_____

① 《柳宗元集校注》卷三三《与杨诲之第二书》,第 2136 页。

登朝廷,利害益大,愈恐惧,思欲不失色于人。虽戒励加切,然卒不免为连累废逐。犹以前时遭狂疏轻薄之号既闻于人,为恭让未洽,故罪至而无所明之。至永州七年矣,蚤夜惶惶,追思咎过,往来甚熟,讲尧、舜、孔子之道亦熟,益知出于世者之难自任也。①

这段话是回应杨诲之的,其直接目的在于"不欲足下如吾更讪辱,被称号,已不信于世,而后知慕中道,费力而多害";但它同时也是宗元发自内心的检讨和反省,是一位政治家、诗人至为真切的人生感受:在现实社会中,传统和习俗的力量大得惊人,任何稍有异于常人的言行作为都会招来物论非议,任何一位志士要想追求理想,达到目标,都必须先自我摧抑,和光同尘,否则,不仅难以达到目的,而且还会在重重阻力和压抑下,将自己的一生葬送掉。因而,为了保存自己,也为了更好地接近理想之地,只有在一定程度上抑制性格的刚性和强度,增加性格的柔性和张力,达到外圆内方、纯绵裹铁的境界,才能"险而安,易而利,动而法"②。宗元的《佩韦赋》,便是根据这一人生体验写成的代表作品,其中所谓"纯柔纯弱兮,必削必薄;纯刚纯强兮,必丧必亡。韬义于中,服和于躬;和以义宣,刚以柔通。守而还迁兮,变而无穷;交得其宜兮,乃获其终"③,似可看作他"方中圆外"论的最好注脚。

　　从元和五年《说车赠杨诲之》始,至六年《与杨诲之第二书》终,宗元与诲之围绕士人心性品格等问题反复辩论,历时两年,大致画了一个句号。宗元最后是否说服了诲之,诲之最后是否满意其解释,在

①《柳宗元集校注》卷三三《与杨诲之第二书》,第2136—2137页。
②《柳宗元集校注》卷一六《说车赠杨诲之》,第1137页。
③《柳宗元集校注》卷二《佩韦赋》,第106页。

这里都已变得无足轻重,我们关心的是:宗元在这场争论中提出的"方中圆外"主张具有怎样的个体意义和文化意义? 它对宗元的心理性格在多大程度上产生了影响?

我们认为:通过这场争论,柳宗元最大的收益便是深化了对士人文化人格内涵的整体认识,并从理论层面间接完成了以"方中圆外"为标准的对自我心性的主观设计。他的读佛书,游山水,力除刚燥之气,乃至在部分诗歌创作中效法陶渊明风格,追求"句雅淡而味深长"的境界,都说明他在有意识地使自己接近这一标准。这样一种设计和变化,一方面固然说明在人的自我防御机能导引下,柳宗元越来越学会了保存自己的生存技巧,由当年的血气之勇走向了智慧成熟,走向了恭宽谦退;但从另一方面看,伴随着智慧成熟、恭宽谦退而来的,也不无一份敢怒敢骂、自由洒脱之真性情的失落,不无一种对生活之不合理做出的肯认和退让。透过一层看,在此种设计和变化的背后,似还深隐着连宗元本人都未必明确察知的自我压抑的痛苦,凝聚着因专制政治和混浊世风无情摧残而导致的心理萎缩和性格变异。在《两汉思想史·西汉知识分子对专制政治的压力感》中,徐复观先生颇为深刻地指出:"各种不合理的东西,随时间之经过,因人性中对外来压力所发生的自我保存与适应的作用,及生活中因惯性而对现实任何存在容易与以惰性承认的情形,也渐渐忘记那些事物是不合理的。""大一统的一人专制政治的自身,也正是如此。这便可使由此种政治而来的压力感,渐归于麻痹,而其他的压力感居于主导地位。这是了解我国知识分子性格随历史演变而演变的大关键。"[①] 在一定程度上,这段论述似也适合柳宗元乃至刘禹锡被贬后的主观设计和心性变化。

---

① 徐复观:《两汉思想史(一)》,九州出版社,2014 年,第 253 页。

　　然而,在更多的情况下,柳、刘的心理性格却表现为一种矛盾形态:在主观上,他们虽然意识到了性格过刚过强的弊端,希望能去其棱角,转向圆融,但在客观上,由于这种刚健心性的根深蒂固,致使其很难根据主观愿望扭转过来,也就是说,他们的心性在实际表现中始终未曾与其主观设计相统一。这里有两个问题需要注意:其一,在历史发展以及人生经历的某些关头,往往会发生大量不以人的主观意志为转移的悖反现象,人们在对命运、价值、心理、性格进行思考、设计的时候,极易于出现意识与行动的背离,表现出或权衡不定或把握不住自己的矛盾心理。柳宗元、刘禹锡心理性格在主客观上的难以统一,便是这种情形的反映。其二,在中国古代社会,士大夫盖分为两类:一类为文人士大夫,一类为官僚士大夫,二者既相互联系又有所区别。文人士大夫大都心地纯净,性格刚直,为人处世,颇具血气之勇,对人生、事业抱有真诚的态度,而官僚士大夫则多有城府,或内方外圆,或内外皆圆,熟谙世故,明哲保身,对人生、事业的真诚之心日趋淡薄。这是专制政治对人性压抑、扭曲的结果,也是个体自我保存本能以及适应性的合乎逻辑的发展。一般来说,前者为后者的必经阶段,后者则为前者的总的归趋,换言之,在经过专制政治的严酷打击或艰难世事的长久磨难之后,文人士大夫多向官僚士大夫转化,但也有始终保持文人士大夫之心性而难以转化或不愿转化者,柳宗元、刘禹锡便是此等样人。固然,他们对外圆内方性格的推崇在一定程度上说明了他们具有转化的意向,但受压抑的地位和源于反抗、复仇心理的执著意识却决定了他们既缺少转化的机遇,也不具备转化的必要机制。"知不可而愈进兮,誓不偷以自好。陈诚以定命兮,侔贞臣与为友!"[1]"既赋形而终用,一蒙垢焉何耻?感利钝之有时兮,

───────────

[1]《柳宗元集校注》卷一九《吊苌弘文》,第1294页。

寄雄心于瞠视!"① 支撑他们的,原本是一颗充满真诚自信万劫不悔
的灵魂。正是这样一颗灵魂,使得他们虽置身逆境,虽已清楚意识到
刚烈心性将会惹祸损身,虽曾对此心性予以自觉抑制,但一落到实际
操作层面,却还是一再顽强地进行抗争,写出了大量揭露现实、抨击
政敌的诗文。就此而论,柳宗元、刘禹锡实在还是保持着文人士大夫
的可贵品质,他们仍是典型的执著型士人。

最后,我们要探讨的,是柳宗元、刘禹锡与佛教的关系及其执著
意识的消解因素。

被贬之后,柳宗元、刘禹锡都曾潜心佛典,与僧徒有过密切的交
往。从他们交往的僧徒看,约有浩初、元暠、琛上人、文郁、诚禅师、会
禅师、君素、慧则、广宣、鸿举、方及、彻公等人;从他们为僧人、佛事作
的碑、铭、记、赞看,柳主要有《曹溪第六祖赐谥大鉴禅师碑》《南岳弥
陀和尚碑》《龙安海禅师碑》《岳州圣安寺无姓和尚碑》等,刘主要
有《曹溪第六祖大鉴禅师第二碑》《佛衣铭》《唐故衡岳大师湘潭唐
兴寺俨公碑》《牛头山第一祖融大师新塔记》《毗卢遮那佛华藏世界
图赞》等。苏轼有言:"柳子厚南迁,始究佛法,作《曹溪》《南岳》诸
碑,妙绝古今。"② 说子厚南迁始究佛法,与事实小有不符,因为宗元
曾自述"吾自幼好佛,求其道积三十年"③;但说子厚南迁后始精于佛
理,则大致不差,用宗元自己的话说,就是"世之言者罕能通其说,于
零陵,吾独有得焉"④。

佛教是一出世间的学问,它的根本目的在于脱离现实生活规范、

---

① 《刘禹锡全集编年校注》卷一四《砥石赋》,第 1591 页。
② 《苏轼文集》卷六六《书柳子厚大鉴禅师碑后》,第 2084 页。
③ 《柳宗元集校注》卷二五《送巽上人赴中丞叔父召序》,第 1676 页。
④ 《柳宗元集校注》卷二五《送巽上人赴中丞叔父召序》,第 1676 页。

摆脱人生痛苦而求得身心的全面解脱。佛经认为：人们对自身和主观认识作用的执著叫"我执"，对外界事物和道理的执著叫"法执"，这二者都是偏见。尤其是"我执"，它将人执著为实在的我体，热衷于自他彼此的差别，产生和增长贪欲、瞋恚、愚痴，形成各种烦恼，进而造种种业，有业就有生死轮回，所以"我执"是万恶之本，痛苦之源，必须全力破除。由是产生原始佛教的三大命题："诸行无常""诸法无我""涅槃寂静"。在修习的方法上，只有破二执、断二障（烦恼障和所知障），去三毒（贪、瞋、痴），立三学（戒、定、慧），才能达到远离烦恼、断绝相累、寂然常住、永离苦海的涅槃之境。与这种理论相比，柳宗元、刘禹锡的执著意识显然是极不谐和的；不过，由于柳、刘二人与佛教徒密切交往，又潜心于佛典之中，耳濡目染，潜移默化，因而不能不受到相当大的影响，并对其执著意识产生一种明显的弱化、消解作用。

柳宗元、刘禹锡之接近佛教，一个重要的原因便是希望借此出世间法减轻精神苦闷，摆脱沉重忧患，以获取自我心理的内在平衡。刘禹锡说得清楚：

> 予策名二十年，百虑而无一得，然后知世所谓道无非畏途，唯出世间法可尽心耳。繇是在席砚者多旁行四句之书，备将迎者皆赤髭白足之侣。深入智地，静通还源，客尘观尽，妙气来宅，内视胸中，犹煎炼然。[1]

追求"尽心"，在于深刻认识到混浊的人世"无非畏途"，惟其有此认识，又身经巨大的生命沉沦、忧患磨难，所以思维的触角必定转向对人生、命运和生命意义的终极关怀，生存方式也就必定要与摆脱

---

[1]《刘禹锡全集编年校注》卷二《送僧元暠南游》，第208页。

现实烦恼的宗教救济相接近。

柳宗元、刘禹锡接近佛教的另一个原因,则是为了维护自我品格,以抗衡浊世颓风。柳宗元屡次申言:

> 佛之道,大而多容,凡有志乎物外而耻制于世者,则思入焉。①
>
> 吾思当世以文儒取名声,为显官,入朝受憎媢讪黜摧伏,不得守其土者,十恒八九。若师者,其可讪而黜耶? 用是不复讥其行,返退而自讥。②
>
> 凡为其道者,不爱官,不争能,乐山水而嗜闲安者为多。吾病世之逐逐然唯印组为务以相轧也,则舍是其焉从? 吾之好与浮图游以此。③

是的,官场倾轧,争名夺利,置身其中,不为其浊风所染,即为其权势所摧,很难保持自我人格的完整。相比之下,佛教徒"不爱官,不争能,乐山水而嗜闲安",其品格、其境界,都要远远高出世间那些尔虞我诈、丧失廉耻之徒。由是自然导致身处逆境而洁身自好的贬谪诗人步入佛教一途,以此维护并显示他们愤世嫉俗、狷介不群的品质格调。

由于自觉地与佛教徒接近,研读佛书,追求一种淡然自足、忘却悲欢的境界,因而,在长期的谪居生涯中,柳、刘于一定时期一定程度上确实获得了一种内心的平衡和精神的愉悦。柳宗元诗云:"汲

---

① 《柳宗元集校注》卷二五《送玄举归幽泉寺序》,第1701页。
② 《柳宗元集校注》卷二五《送文郁师序》,第1699页。
③ 《柳宗元集校注》卷二五《送僧浩初序》,第1681页。

井漱寒齿,清心拂尘服。闲持贝叶书,步出东斋读。……道人庭宇静,苔色连深竹。日出雾露余,青松如膏沐。淡然离言说,悟悦心自足。"[1] "拘情病忧郁,旷志寄高爽。……潜躯委缰锁,高步谢尘鞅。蓄志徒为劳,追踪将焉伤?……昔人叹违志,出处今已两。何用期所归?浮图有遗像。"[2] 刘禹锡诗云:"看画长廊遍,寻僧一径幽。小池兼鹤净,古木带蝉秋。客至茶烟起,禽归讲席收。浮杯明日去,相望水悠悠。"[3] "静见玄关启,歆然初心会。夙尚一何微,今得信可大。觉路明证入,便门通忏悔。悟理言自忘,处屯道犹泰。色身岂吾宝,慧性非形碍。"[4] 这些诗篇的格调是平直的,意绪是闲雅的,在一种静谧空灵、远离凡嚣的境界中,贬谪诗人暂时忘怀了世事,忘怀了苦难,达到了精神上的淡泊宁静。

在佛教影响下而导致的这种淡泊宁静,对诗人个体来说,确实有助于心灵创伤的平复,有助于精神苦闷的减弱,但对诗人坚持的信念、理想和抗争态度来说,则无疑发挥了相当大的弱化作用,使他们在对人生世事的透彻领悟中,在对佛教义理、境界的向往追求中,产生出一种不无消极意义的避世倾向。前述柳、刘之对内方外圆性格的推崇,以及柳宗元于元和十年抵达柳州后日趋消沉的情形,似乎皆与此弱化作用有一定关联。因而,我们从整体上将佛教的影响视作柳、刘执著意识的消解因素。

然而,柳、刘之潜心佛教还有一个多为人所忽略的原因,那就是佛经深邃的义理和博大的精神,对他们具有一种强烈的吸引力,而他们在对此义理、精神的研读领悟中,不仅丰富、深化了自己的思想认

---

① 《柳宗元集校注》卷四二《晨诣超师院读禅经》,第 2737 页。
② 《柳宗元集校注》卷四三《法华寺石门精室三十韵》,第 2891—2892 页。
③ 《刘禹锡全集编年校注》卷二《秋日过鸿举法师寺院便送归江陵》,第 250 页。
④ 《刘禹锡全集编年校注》卷三《谒枉山会禅师》,第 281 页。

识,而且使自我在接受佛教消极影响的同时,又始终处于精进不已的理论创造之中。在《赠别君素上人》的引言中,刘禹锡明言:

> 曩予习《礼》之《中庸》,至"不勉而中,不思而得",悚然知圣人之德,学以至于无学。然而斯言也,犹示行者以室庐之奥耳,求其径术而布武,未易得也。晚读佛书,见大雄念物之普,经宝山而梯之。高揭慧火,巧镕恶见,广疏便门,旁束邪径。其所证入,如舟沿川,未始念于前而日远矣。夫何勉而思之邪?是余知突奥于《中庸》,启键关于内典,会而归之,犹初心也。不知予者,诮予困而后援佛,谓道有二焉。夫悟不因人,在心而已。其证也,犹喑人之享太牢,信知其味而不能形于言,以闻于耳也。[①]

在《袁州萍乡县杨岐山故广禅师碑》中,禹锡进一步说道:

> 素王立中区之教,懋建大中,慈氏起西方之教,习登正觉,至哉!乾坤定位,而圣人之道参行乎其中,亦犹水火异气,成味也同德,轮辕异象,致远也同功。然则儒以中道御群生,罕言性命,故世衰而寖息;佛以大悲救诸苦,广启因业,故劫浊而益尊。……阴助教化,总持人天。所谓生成之外,别有陶冶。[②]

这里表现的,乃是统合儒释、兼而取之的态度,而且由于儒家理论"罕

---

① 《刘禹锡全集编年校注》卷三《赠别君素上人》,第 333 页。
② 《刘禹锡全集编年校注》卷一四《袁州萍乡县杨岐山故广禅师碑》,第 1547—1548 页。

言性命"，显然不如佛教"广启因业"的理论来得深刻，世事衰颓之际，也就难免儒道衰而佛道兴了。需要注意的，是这里的"阴助教化，总持人天。所谓生成之外，别有陶冶"诸语。阴助教化，说明佛教追求的是与儒家相同的伦理道德方面的"善"；总持人天，则说明佛教不仅仅涉及伦理学的内容，它还"由探寻人生的'真实'进到探寻宇宙的'真实'"，也就是说，其中"包含了思维与存在、意识与物质的关系问题。佛教所讲的'真实'与'所知'的关系问题，是思维与存在、意识与物质的关系问题的具体形态，这是世界观、认识论的根本问题"①。似乎正是由于此，使得佛教于生成之外，别具陶冶之功。

　　与刘禹锡相比，柳宗元表述得更为明确。他针对韩愈"寓书罪余，訾余与浮图游"的批评说道："浮图诚有不可斥者，往往与《易》、《论语》合，诚乐之。其于性情奭然，不与孔子异道。"而且"果不信道而斥焉以夷，则将友恶来、盗跖，而贱季札、由余乎？非所谓去名求实者矣"。至于"退之所罪者，其迹也。曰：'髡而缁，无夫妇父子，不为耕农蚕桑而活乎人。'若是，虽吾亦不乐也。退之忿其外而遗其中，是知石而不知韫玉也"②。由此看来，宗元之接近佛教，绝非像世俗众人那样皈依于佛以求福寿，同时也反对韩愈所反对的佛教徒那种无夫妇父子、不事耕农蚕桑的行为，他所注重的，实乃佛教外在迹象掩蔽下的内在"韫玉"，亦即其精神义理。固然，他说佛教不与孔子异道，似有为自己"与浮图游"之行为回护的一面，但他心中也未尝不作如是想。从历史发展看，儒、释、道三教合一的趋势在宋代以后日益明朗化，柳宗元能于中唐时期即产生这种认识，实在是顺乎历史潮流的一种表现。而且就思想境界来说，也较那些拘于一家学说泥古

----

① 方立天：《佛教哲学》，中国人民大学出版社，1987 年，第 6 页。
② 《柳宗元集校注》卷二五《送僧浩初序》，第 1680—1681 页。

不化者要来得阔大。我们知道,柳宗元倡言的大中之道的一个重要
原则就是因事施宜,灵活变化,反映在治学态度上便必然是吸取各派
精华,融会贯通。在《送元十八山人南游序》中,宗元明确指出："太
史公尝言：'世之学孔氏者则黜老子,学老子者则黜孔氏,道不同不
相为谋。'余观老子,亦孔氏之异流也,不得以相抗,又况杨、墨、申、
韩、刑名纵横之说,其迭相訾毁抵牾而不合者,可胜言耶？ 然皆有以
佐世。"① 在《辩列子》中,他进一步申明对庄子的态度："要之,庄周为
放依其辞……虽不概于孔子道,然其虚泊寥阔,居乱世,远于利,祸不
得逮乎身,而其心不穷,《易》之'遁世无闷'者,其近是欤？ 余故取
焉。"② 这里表现的,无疑是一种积极开放的文化态度,联系到诗人所
谓"经非权则泥,权非经则悖,是二者,强名也。曰'当',斯尽之矣。
'当'也者,大中之道也"③ 的主张,便可进一步认识宗元对佛教态度
的渊源所自了。

当然,柳宗元、刘禹锡之喜佛学,并不是对佛学的一切都无条件
地接受,而是根据自己的一贯原则来决定对佛教各宗派义理的去取
态度。以柳宗元而论,他那种不墨守成规,颇具批判锋芒的自由思想
显然受到了推崇自性、破除偶像的禅宗思想的影响,所以他对禅宗实
际创始人慧能"以无为为有,以空洞为实,以广大不荡为归"④ 的学说
深表赞赏,但对禅学的末流,他又很不满意,持明显的批判态度："而
今之言禅者,有流荡舛误,迭相师用,妄取空语,而脱略方便,颠倒真
实,以陷乎己,而又陷乎人。又有能言体而不及用者,不知二者之不

①《柳宗元集校注》卷二五《送元十八山人南游序》,第 1657 页。
②《柳宗元集校注》卷四《辩列子》,第 316 页。
③《柳宗元集校注》卷三《断刑论下》,第 263 页。
④《柳宗元集校注》卷六《曹溪第六祖赐谥大鉴禅师碑》,第 444 页。

可斯须离也。离之外矣，是世之所大患也。"① "传道益微，而言禅最病。拘则泥乎物，诞则离乎真，真离而诞益胜。故今之空愚失惑纵傲自我者，皆诬禅以乱其教，冒于嚚昏，放于淫荒。"② 对于律宗，宗元有一定好感："其有修整观行，尊严法容，以仪范于后学者，以为持律之宗焉。"③ 但他最为偏爱的，却是当时盛行于南方一带的以"中道"将空无和假有统一起来的天台宗。这不仅因为深刻谨严的天台宗更适合宗元严整警练的思想性格，而且因为该宗派具有丰富缜密的哲学义蕴、更多浓郁的学术气息。所谓"佛道逾远，异端竞起，唯天台大师为得其说"④，正表明了宗元对天台宗的偏爱态度。孙昌武先生指出：

> 柳宗元讲"大中之道"，更深受天台宗影响。天台宗前驱北齐慧文说："诸法无非因缘所生，而此因缘，有不定有，空不定空，空有不二，名为中道。"（《佛祖统纪》卷六）这就是调和"空无"与"假有"的中道观念。……柳宗元把天台宗这种哲学与儒家中庸思想调和起来，一方面，在其释教碑中，一再赞扬所谓"中道"、"大中"，另一方面，又认为"立大中，去大惑"，是圣人之道的根本。所以章士钊先生说："大中者，为子厚说教之关目语，儒释相通，斯为奥秘。"⑤

显而易见，柳宗元的"大中之道"与佛教天台宗的"中道"思想是有

---

① 《柳宗元集校注》卷二五《送琛上人南游序》，第 1696 页。
② 《柳宗元集校注》卷六《龙安海禅师碑》，第 469 页。
③ 《柳宗元集校注》卷二五《送濬上人归淮南觐省序》，第 1703 页。
④ 《柳宗元集校注》卷六《岳州圣安寺无姓和尚碑》，第 462 页。
⑤ 孙昌武：《唐代文学与佛教》，陕西人民出版社，1985 年，第 63 页。

紧密关联的,而这种关联说到底又是宗元将佛教典籍作为一种深刻的学问来细心研读并与自我思想之现实品格相结合的产物。在他看来,学习佛理,必须杜绝耳食之言,从原始佛教的义理真谛入手:"佛之言,吾不可得而闻之矣,其存于世者,独遗其书,不于其书而求之,则无以得其言;言且不可得,况其意乎?"① "言之著者为经,翼而成之者为论,其流而来者,百不能一焉,然而其道则备矣。法之至莫尚乎'般若',经之大莫极乎'涅槃'。世之上士,将欲由是以入者,非取乎经论,则悖矣。"② 由于抱着一种探源溯流、辨伪取真的严谨态度,所以对佛教各宗派之利弊皆能洞悉于心;由于自己有志于解决社会实际问题,既不拘泥于传统思想而大胆创新,从宜救乱,又不丢弃基本的原则和持身立世的标准,始终有一个理想目标,所以能对天台宗富于辩证色彩并与儒学之经世思想相通的"中道"观心领神会,与之一拍即合。所谓"儒以礼立仁义,无之则坏;佛以律持定慧,去之则丧。是故离礼于仁义者,不可与言儒;异律于定慧者,不可与言佛"③,深刻表明了宗元于变中求不变、在超越中寓执著的治学态度和思想倾向。

换一个角度看或许更能发现佛教哲学对柳宗元、刘禹锡的积极影响。日本学者本田济认为:

　　　柳宗元的被看作是唯物论、无神论的思想,其实是老庄和佛教培植起来的。他所信仰的佛教,看起来是南宗禅,正是禅宗与庄子一样否定偶像崇拜、否认人格神这一点,非常近似于无神论

---

① 《柳宗元集校注》卷二五《送巽上人赴中丞叔父召序》,第 1676 页。
② 《柳宗元集校注》卷二五《送琛上人南游序》,第 1696 页。
③ 《柳宗元集校注》卷七《南岳大明寺律和尚碑》,第 492 页。

的泛神论。如果作为泛神论者来看待,那么,《天说》所表现的否定人格神的思想和《西山宴游记》等作品中所表现的肯定造物者的思想之间,也就可以毫无矛盾地被人们所接受了解。①

本田济的原著《供学习中国哲学参考》一书,笔者未能见到,仅从被引用的这段话来看,无疑有其独到之处。固然,柳宗元对禅宗不无如前所述的种种非议,但那只是对禅宗末流而做的批评,对禅的主要倾向,他还是肯定的。而且从宗元生活的时代和地区看,南宗禅已广泛流播,发展势头甚猛,他不可能不受到这一宗派的较大影响,从而表现出浓郁的自由批判意识。进一步说,不独南宗禅,即以宗元偏爱的天台宗论,也呈现出明显的打破束缚、肯定自我的倾向。从慧文的"一心三观"到智颉的"三谛圆融""一念三千",自体的作用、心的作用愈来愈得到强调,而到了与柳宗元同时稍前的湛然(711—782)手里,上述思想更得到了大幅度深化。《金刚錍》有言:"万法是真如,由不变故。真如是万法,由随缘故。"② 这里,真如(本体、本性、佛性)和万法(世间一切事物)相融相汇,亦此亦彼,人无须去崇拜外在的偶像,无须更有依待,佛性即遍布于一切事物之中,有情众生和无情之物都不在佛性之外。这样一种思想,无疑具有相当的实在性和觉悟性,反映在对世界、宇宙的认识上,不仅有力地破除了人对天、神等的敬畏观念,而且直接启迪了人考察、认识自然的勇气和智慧,从而逐渐摆脱神秘主义和蒙昧主义的控束而向事物的真实接近。

　　禅宗、天台宗这种极富实在性和觉悟性的思想,对柳宗元乃至

① 〔日〕户崎哲彦:《当代日本的柳宗元研究》引,《唐代文学研究年鉴(1984)》,陕西人民出版社,1985年,第401页。
② 〔唐〕释湛然:《金刚錍》,《大正新修大藏经》卷四六《诸宗部三》,佛陀教育基金会,1990年,第782页。

刘禹锡观察、思考问题的方法势必发生重大影响,加之柳、刘又具有究穷学问、慎思明辨的特点,而自先秦诸子以还的理性主义思潮诸如"天行有常,不为尧存,不为桀亡"①的观点也渗透于他们的意识之中,因而,在横的和纵的多方面因素的影响下,柳、刘根据其大中之道"当"的原则,本着"不穷异以为神,不引天以为高,利于人,备于事"②的原则,而对天神怪异之事予以大胆的揭露和批判,当是不难理解的。说到底,这种破除神秘、坚持理性的做法,与佛学否定偶像崇拜、否定人格神的思想倾向是一致的,是贬谪诗人由忧患磨难而反思人生,在一定程度上摆脱社会政治和正统思想控束,深研学术、统合儒释、高扬个性、勇于创新的产物。这本身就体现了一种执著精神。如果不是这样,那么他们完全可以像世间的善男信女们那样虔诚地拜倒在佛的脚下,去祈求现世的福利,也完全可以像众多失意文人那样,在困顿坎坷中将全副身心投入佛教倡导的清净无为之境,逍遥于青山绿水之间,而没有必要去孜孜不倦地攻读佛典、辨析义理、探寻宇宙的真实。

　　同时也应看到,佛教给予柳、刘的积极影响,不仅表现在对他们认识世界之心智的开启上,而且表现在对他们人生态度和精神境界的潜移默化上。尼赫鲁说:"涅槃是一种积极的状态……假使……仅止是一种厌世或否定人生的原则,它就会使信仰它的几亿民众多少要受到这种影响。然而……佛教国家都是充满着相反的证据,而中国人就是最肯定人生的突出的榜样。"③事实上,在倡言出世、解脱甚至否定人生的佛教中,又确实存在着一种肯定人生的客观倾向,融

①《荀子集解》卷一一《天论》,第307页。
②《柳宗元集校注》卷三《时令论上》,第248页。
③〔印〕尼赫鲁著,齐文译:《印度的发现》,世界知识出版社,1956年,第93页。

贯着一种努力向上、执著追求理想的精神,所谓"勇猛精进,志愿无倦"①"精谓精纯无恶杂故,进谓升进不懈退故"②,便正是这样一种为了最高理想亦即涅槃之境而纯心一致、精进不已的精神体现。它曾使得多少高僧"心行禅,身持律,起居动息,皆有章节。虽沍寒隆冬,风雨黑夜,捧一炉,秉一烛,行道礼佛者,四十五年,凡十二时,未尝阙一"③。如果没有顽强的意志、坚定的决心,要想达到此一境界,谈何容易!考察柳宗元、刘禹锡所为碑铭之碑主及相与往还者,或是"劳勤专默,终揖于深;抱其信器,行海之阴"④,或是"食土泥,茹草木""南极海裔,北自幽都,来求厥道"⑤,或是"衣粗而食菲,病心而墨貌""行求仁者,以冀终其心"⑥,大都是具有顽强毅力和明确追求目标的高僧。这样一些高僧在言论或行动上给予柳、刘以有益的影响,当是情理之中事。尽管贬谪诗人与僧人的追求目标不尽相同,但在对理想执著追求这一层面上,却是大体一致的。因而,在考察柳、刘的执著意识时,我们完全应该将此一并不次要的因素考虑在内。

诚然,作为一种出世间的学问,佛教给予贬谪诗人的消极影响并不能被其积极因素抵消掉,在相当程度上,它仍然构成柳、刘执著意识的消解环节,使他们在对苦难人生的超脱中逐渐弱化对固有信念的持守。但这只是暂时的,在更多的情况下,柳、刘则是抱着一颗不甘屈服、执著追求的拳拳之心,奋斗挣扎于困境之中。他们似乎从未

---

① [隋]慧远撰:《无量寿经义疏》下卷,《大正新修大藏经》卷三七《经疏部五》,第104页。
② [唐]窥基撰:《观弥勒上生兜率天经赞》卷下,《大正新修大藏经》卷三八《经疏部六》,第291页。
③《白居易文集校注》卷四《唐江州兴果寺律大德凑公塔碣铭》,第203页。
④《柳宗元集校注》卷六《曹溪第六祖赐谥大鉴禅师碑》,第444页。
⑤《柳宗元集校注》卷六《南岳弥陀和尚碑》,第455页。
⑥《柳宗元集校注》卷二五《送元暠师序》,第1691页。

打算过在空无寂寞中度过此生,而是怀着诗人特有的真诚,在对现实的抨击、对自我的坚持、对理想的追求中,艰难地向目的地接近。在某种意义上,佛教似乎是他们人生途程中一个小憩的处所,在这里,他们以对现实忧患的精神超越而获得了心理的暂时平衡,获得了继续前进的内在动力。换言之,佛教在这里不是他们人生的归宿地,而是终将被跨越的一个环节,他们不停地呼喊、奋争,希望雪耻,希望返回朝廷,在在展现出了他们的终极关怀所在。用柳宗元的话说,便是"君子志正而气一,诚纯而分定,未尝标出处为二道,判屈伸于异门也。固其本,养其正,如斯而已矣"①。

诚然,在生命沉沦的过程中,柳、刘也曾强烈地萌发过优游山水、归老田园的念头,并以消极的忍耐、退让取代积极的批判、抗争,但他们激切刚直的心性似乎过于根深蒂固了,他们对那幕导致自己被贬的政治悲剧的印象也委实太深刻了,而他们的灵魂又是那样不安定,时刻寻找着东山再起、雪冤复仇的时机,因而,即使在他们追求超越的过程中,也常常泛起一种浓郁的苦涩之感,潜隐着块垒难消的人生感恨。对他们来说,山林不只是供人消闷解愁的优游之地,而且是限制自由类似桎梏的囚所;田园虽然唤起过他们美好的遐想,但那只是万般无奈后的退路,且不说客观现实不允许他们归田,退一步说,纵令允许,他们的心灵也难以得到长久的宁静。细读柳、刘诗文,我们总是觉察得到一种起伏波动于他们心灵深处的矛盾:一方面,他们心香佛典,不时在主观上淡化自我情志,竭力步入淡泊宁静与世无争之途,另一方面,他们在客观上又常常冲破自我的主观设计,仿佛被一股巨大的无形的力量驱使着,念念难以忘怀社会政治而欲再入其中一展经纶;一方面,承受着残酷的专制政治赐予他们那终身受用的

---

① 《柳宗元集校注》卷二二《送萧炼登第后南归序》,第 1512 页。

苦果,他们确曾寒心销志,感到无比的沉痛和哀伤,另一方面,他们又不仅仅沉溺于其中,而是能时时从这沉痛哀伤中振起,或讽喻,或嘲笑,其锋森然,少敢当者。我们认为,在这对矛盾中后者乃是更重要、更本质的方面。在柳、刘的企盼和追求中,本即深寓着他们欲勠力社稷实现自我价值的道德责任,而在其批判与抗争中,又正充满着一种本能的生命驱力和斗士那义无反顾的刚正情怀。《论语·子路》云:"狂者进取,狷者有所不为也。"邢昺疏谓:"狂者进取于善道,知进而不知退;狷者守节无为,应进而退也。二者俱不得中,而性恒一。"[1]据此,则柳宗元、刘禹锡仍是儒门中人,一狷一狂,奠定了他们自我心性和执著意识的基石。

第四节　白居易走向超越的心理机制和途径

"情恕于外,理遣于中"——超越意识形成的前提条件 /
由"兼济"而"独善"——超越意识的核心内容 / 禅悦、
安心、知足、看破——走向超越的心理机制 / 亲和自然,
放怀山水——走向超越的具体途径

在元和乃至中唐历史上,白居易可谓一个特异的存在。他的经历和柳、刘、韩、元大体相同,他的心性也颇为刚正激切,所谓"屈折孤生竹,销摧百炼钢。途穷任憔悴,道在肯惝惶"[2],正反映了这一特点。然而,他被贬后的心理走向和最终归趋,却与诸人有相当大的差别。换言之,贬谪有如一副强效应的减热剂,几乎熄灭了他在被贬前

---

① 《论语注疏》卷一三《子路》,《十三经注疏》,第 5448 页。
② 《白居易诗集校注》卷一五《渭村退居寄礼部崔侍郎翰林钱舍人诗一百韵》,第 1151 页。

为国计民生高呼大喊勇猛精进的炽热激情,大大改变了他的人生观念和价值观念。"天上欢华春有限,世间漂泊海无边。荣枯事过都成梦,忧喜心忘便是禅。"① 面对专制政治的严酷压抑和无有穷尽的人生苦海,白居易省悟了,而且省悟的是那样透彻! 在生命沉沦的忧患磨难中,他决计遁世入禅,泯灭悲欢,从而走上了一条超越现实、超越固我、超越痛苦的人生道路。《旧唐书》本传称:居易"蓄意未果,望风为当路者所挤,流徙江湖。四五年间,几沦蛮瘴。自是宦情衰落,无意于出处,唯以逍遥自得,吟咏情性为事"② 。这段话大致勾勒了白居易思想变化的轨迹,隐然透露出了诗人超越意识的个中信息。

白居易超越意识的特点及其成因,主要表现在以下四个方面:

其一,以对险恶的政治斗争和复杂人生的深刻体认、沉重内省为基础,急流勇退,远祸避灾。这是他超越意识得以形成的前提条件。

白居易对政治斗争之险恶本质的体认,并不自贬谪始。早在他为左拾遗创作讽喻诗时,便曾一针见血地指出:"太行之路能摧车,若比人心是坦途。巫峡之水能覆舟,若比人心是安流。"他更以人间夫妻喻指君臣关系,深刻说道:"人生莫作妇人身,百年苦乐由他人。行路难,难于山,险于水。不独人间夫与妻,近代君臣亦如此。君不见:左纳言,右纳史,朝承恩,暮赐死? 行路难,不在水,不在山,只在人情反覆间!"③ 这首诗以痛快淋漓的语言,表现了诗人综观历史而对君臣关系的透彻体悟,一个"朝承恩,暮赐死",将君主专制的实质表露无遗,同时也展示了诗人由此体认而生发的难以自已的沉重心情。元和五年,元稹因正道直行、开罪权贵而被贬江陵,进一步增加了白

---

① 《白居易诗集校注》卷一六《寄李相公崔侍御钱舍人》,第 1295 页。
② 《旧唐书》卷一六六《白居易传》,第 4353—4354 页。
③ 《白居易诗集校注》卷三《新乐府·太行路》,第 315—316 页。

居易对"君威若雷霆"①之体认的深度。"昨日延英对,今日崖州去。由来君臣间,宠辱在朝暮。"②"佩服身未暖,已闻窜遐荒。亲戚不得别,吞声泣路旁。"③从这些诗句可以清楚看到,白居易对专制君主严酷暴戾的本质确有相当深刻的认识,但由于这种认识还只是从历史现象和他人遭际中观察得来的,他本人尚未亲自尝到专制君主严酷打击的味道,因而,还不足以使他从险恶的政治斗争中抽身而出,急流勇退。真正使他猛醒并决计远离社会、远离政治的,是元和十年的江州之贬。

"浩浩世途,是非同轨。齿牙相轧,波澜四起。"④这次贬谪给予白居易的,不只是由"意气郎"到"寂寥翁"的生命沉沦,更重要的是,通过这一巨大的人生转折,使他能够以切肤之痛去重新审视暴虐的专制政治和钩心斗角、尔虞我诈、险恶至极的政治斗争,去深刻反思复杂而又沉重的整个人生,从而达到一种灵魂的彻悟。在《与杨虞卿书》中,白居易系统追述了自己被贬的经过,不无愤慨地说道:

> 去年六月,盗杀右丞相于通衢中,迸血髓,磔发肉,所不忍道。合朝震慄,不知所云。仆以为书籍以来,未有此事,国辱臣死,此其时耶? 苟有所见,虽畎亩皂隶之臣不当默默,况在班列而能胜其痛愤耶? 故武相之气平明绝,仆之书奏日午入。两日之内,满城知之。其不与者或诬以伪言,或构以非语。且浩浩者不酌时事大小与仆言当否,皆曰丞郎、给舍、谏官、御史尚未论请,而赞善大夫何反忧国之甚也? 仆闻此语,退而思之:赞善大

---

① 《白居易诗集校注》卷二《和思归乐》,第214页。
② 《白居易诗集校注》卷一《寄隐者》,第128页。
③ 《白居易诗集校注》卷二《寓意诗五首》其二,第195页。
④ 《白居易文集校注》卷三《祭李侍郎文》,第148页。

夫诚贱冗耳！朝廷有非常事，即日独进封章，谓之忠，谓之愤，亦
无愧矣。谓之妄，谓之狂，又敢逃乎？且以此获辜，顾何如耳？
况又不以此为罪名乎！①

从这段叙述看，白居易对其被贬原因是相当愤懑的：自己官位虽卑，
但忠而论奏，于理本无可非，却被诬以伪言，构以非语；以此获罪，本
即极不公平，更何况"又不以此为罪名乎"！《旧唐书·白居易传》
载："会有素恶居易者，掎摭居易，言浮华无行，其母因看花堕井而死，
而居易作《赏花》及《新井》诗，甚伤名教，不宜置彼周行。"②这里所
谓"甚伤名教"之事，大概即是白居易所说的另外的罪名。对此，高
彦休、陈振孙等已有明辨③，证实白居易是无辜的，是被诬陷而负冤
的。那么，白居易何以会受到诬陷？《与杨虞卿书》这样写道：

　　然仆始得罪于人也，窃自知矣。当其在近职时，自惟贱陋，
非次宠擢，夙夜腼愧，思有以称之。性又愚昧，不识时之忌讳。
凡直奏密启外，有合方便闻于上者，稍以歌诗导之。……不我同
者得以为计，媒蘖之辞一发，又安可君臣之道间自明白其心乎？

①《白居易文集校注》卷七《与杨虞卿书》，第291—292页。
②《旧唐书》卷一六六《白居易传》，第4344页。
③陈振孙《白文公年谱》元和十年条引高氏《阙史》云："公母有心疾，因悍妒得
之。……母因忧愤发狂……毙于坎井。时裴晋公为三省，本厅对客，京兆府申
堂状至，四坐惊愕。薛给事存诚曰：'某所居与白邻，闻其母久苦心疾，叫呼往
往达于邻里。'……凡曰坠井，必恚恨也，陨获也。凡曰看花，必怡畅也，闲适
也。安有怡畅闲适之际，遽致颠沛废坠之事？乐天长于情，无一春无咏花之
什，因欲蘙藻其罪。又验《新井》篇，是尉盩厔时作，隔官三政，不同时矣。"在
引述了此段论述后，陈振孙说："然则公母死以心疾，固人伦之大不幸。而传
致诗篇，以成谗谤，由险壬媚嫉者为之也。"见朱金城：《白居易年谱》，上海古
籍出版社，1982年，第65—66页。

加以握兵于外者,以仆洁慎不受赂而憎;秉权于内者,以仆介独
不附己而忌;其余附丽之者,恶仆独异,又信猎猎吠声,唯恐中伤
之不获。以此得罪,可不悲乎?①

这段话清楚表明了白居易之贬渊源所自。他的正道直行,不仅得罪
了大批权臣,而且也触怒了君主,尽管后层意思没有明言,但一句"安
可君臣之道间自明白其心"便使事情不言而喻了。事实上,宪宗对
白居易不满不只是因了"媒蘖之辞",早在元和初年,宪宗即因居易
"论执强鲠"而产生过"必斥之"②之念,可以说,他们之间是结下了宿
怨的。这样一种情况,不能不使白居易在元和十年的突发事件中腹
背受敌,同时也益发强化了他对险恶之政治斗争那深入骨髓的体验。
所谓"道日长而毁日至,位益显而谤益多",便是贬谪诗人由此切肤之
痛得出的结论。

与对政治斗争的体认相并行,白居易对整个人生的解悟也日趋
深化。在他看来,人生一方面是短暂的,在无始无终的宇宙中,生命
宛如太仓之稊米,人生恰似匆匆之过客,所以他一再深深致慨:"人
生讵几何?在世犹如寄"③"人生百岁内,天地暂寓形"④"人生大块
间,如鸿毛在风。或飘青云上,或落泥涂中"⑤"人生无几何,如寄天
地间。心有千载忧,身无一日闲"⑥⋯⋯这里表露的,乃是一种根深
蒂固的人生过客意识,其中深隐着对人生全部意义的怀疑和不无茫

---

① 《白居易文集校注》卷七《与杨虞卿书》,第 292 页。
② 《新唐书》卷一一九《白居易传》,第 4302 页。
③ 《白居易诗集校注》卷五《感时》,第 453 页。
④ 《白居易诗集校注》卷二《和思归乐》,第 214 页。
⑤ 《白居易诗集校注》卷六《闻庚七左降因咏所怀》,第 535 页。
⑥ 《白居易诗集校注》卷五《秋山》,第 490 页。

然的探寻。哲学家说得好："我们来自何方又去往何处？这始终是人生的根本的谜,所以,人生如旅途之感也始终是我们的人生感觉。究竟在人生中我们走往何处呢？我们不知道。人生是向未知世界的漂泊。……人生是遥远的并且人生是忙乱的,人生的旅程是遥远的又是短暂的。因为死亡时刻在我们脚下。"①白居易的人生过客意识,似乎正可从这一角度加以理解。另一方面,白居易又深感人生是危险的,在人生旅途中,稍有不慎,即可招致殒身之祸:"日近恩虽重,云高势却孤。翻身落霄汉,失脚到泥涂"②"朝见宠者辱,暮见安者危。纷纷无退者,相顾令人悲！"③由是他得出结论:"世途倚伏都无定,尘网牵缠卒未休。祸福回还车转毂,荣枯反覆手藏钩。"④这就是人生的真相！

　　既然人生如此飘忽不定、祸患重重,而政治斗争又是如此险恶严酷、变化无常,那么有什么必要非将一己之身深陷其中不可呢？为什么不可以跳出一步静观世态、急流勇退以远祸避灾呢？基于这种感性与理性相结合的社会政治认知和人生空漠之感,白居易决计退避社会,走向超越:

　　　　宦途自此心长别,世事从今口不言。……胸中壮气犹须遣,

---

① 〔日〕三木清著,张勤、张静萱译:《人生探幽》,上海文化出版社,1987年,第
　　108页。
② 《白居易诗集校注》卷一六《东南行一百韵寄通州元九侍御澧州李十一舍人
　　果州崔二十二使君开州韦大员外庾三十二补阙杜十四拾遗李二十助教员外窦
　　七校书》,第1247页。
③ 《白居易诗集校注》卷七《昔与微之在朝日同蓄休退之心迨今十年沦落老大
　　追寻前约且结后期》,第634页。
④ 《白居易诗集校注》卷一五《放言五首》其二,第1231页。

身外浮荣何足论！①

这是大彻大悟后的宣言，其中既深蕴着贬谪诗人领略到的全部的历史残酷，也饱含着他告别旧我走向新我的由衷的轻松。于是，他高声吟诵着"倦鸟得茂树，涸鱼反清源。舍此欲焉往，人间多险艰！"②"人生百年内，疾速如过隙。先务身安闲，次要心欢适"③的歌诗，毅然投入了大自然的怀抱。

固然，白居易对自己忠而被谤、终遭贬弃的悲剧遭际不能无憾，对那些专事诂佞的造谣诽谤之徒也不能不恨，但当他深刻意识到上述世事和人生的至理后，便下决心以自己独特的方式将其尽力忘却：

人生未死间，千变万化。若不情恕于外，理遣于中，欲何为哉！④

《与杨虞卿书》中的这几句话，似可作为把握白居易思想转变亦即由执著而超越的关键。这里，"情恕于外"意味着他对外在于己的人事开始采取宽容的态度，淡漠视之；而"理遣于中"则表明他在对情感的理智制约下，努力寻求心理的内在平衡。一外一内，一恕一遣，标志着白居易摆脱人世忧患而追求超越的两个得力手段的确立。正是凭借着这一点，贬谪诗人走上了泯灭悲喜、忘怀得失的路途。在他看来，如果不这样做，而对过去的人事耿耿于怀，念念不忘，不是无济于事而自寻烦恼吗？如果不能以宽恕的态度对待一切，而执意于报仇雪耻，岂不又陷入了政治斗争的是是非非之中？更进一步，他在对自

---

① 《白居易诗集校注》卷一六《重题》其四，第 1314 页。
② 《白居易诗集校注》卷七《香炉峰下新置草堂即事咏怀题于石上》，第 621 页。
③ 《白居易诗集校注》卷八《咏怀》，第 683 页。
④ 《白居易文集校注》卷七《与杨虞卿书》，第 293 页。

身遭际和整体人生的回顾反思中,不仅从逻辑事实认识到自己此贬是必然的,不可避免的——"仆之是行也,知之久矣";而且还从哲学的角度意识到,人是难以凭自己的力量来把握自己的,一切似乎都是命运的安排。就一般情形论,人通达顺利取得事功时,好像是出于人的自我努力,而至颠踬困顿仕途失意之际,则往往将之归于命运。但白居易认为事实远非如此,他将幸与不幸皆归之于命运:"十年前,以固陋之姿,琐劣之艺,与敏手利足者齐驱,岂合有所获哉?然而求名而得名,求禄而得禄。人皆以为能,仆独以为命。命通则事偶,事偶则幸来。幸之来,尚归之于命;不幸之来也,舍命复何归哉?"[①]命运,这是一种在冥冥无形中操纵人之生命行程的巨大力量,人是难以与之抗衡的,如果硬要与它抗衡,势必被碰得头破血流,身败名裂。智者的做法,便是听从命运的安排,委身其中,顺其自然,只有这样,才能摆脱外物的拘囿,获得身心的自由。"所以上不怨天,下不尤人者,实如此也。""故宠辱之来,不至惊怪","安时顺命,用遣岁月。或免罢之后,得以自由;浩然江湖,从此长往。死则葬鱼鳖之腹,生则同鸟兽之群,必不能与掊声攫利者权量其分寸矣。足下辈无复见仆之光尘于人寰间也!"[②]白居易在此表现的,乃是一种经深思熟虑后绝无留恋、长谢人间而高蹈远引的超越态度,这种态度得以形成的主要原因,即在于身受重创的贬谪诗人对险恶政治斗争和复杂人生的深切体认,沉重内省,对命运无条件的依从。

其二,在"兼济"与"独善"间进退裕如,随缘自适,无可无不可,追求一种自由人格。这是白居易超越意识的核心内容。

---

① 《白居易文集校注》卷七《与杨虞卿书》,第294页。
② 《白居易文集校注》卷七《与杨虞卿书》,第294页。

"穷则独善其身,达则兼济天下",这条由孟子首先标举出来的处世原则曾给予中国古代文人士大夫以极深刻的影响。柳宗元所谓"夫君子之出,以行道也;其处,以独善其身也"①,元稹所谓"出非利吾己,其出贵道全。……其次有独善,善己不善民"②,皆与此影响紧相关联。而这种影响在白居易这里,则似乎得到了最全面的人生落实。综观白氏作品可以发现,"兼济"和"独善"乃是他一贯坚持的理想:在仕途通达之际,他大量创作讽喻诗,"惟歌生民病,愿得天子知"③;其《新制布裘》更明确表示:"丈夫贵兼济,岂独善一身? 安得万里裘,盖裹周四垠?"④ 所有这些,确实表现了强烈的"兼济天下"之志;而在失意之时,"独善其身"的思想便又迅速占据主导地位。他曾在历经磨难退居洛下后所作的《秋日与张宾客舒著作同游龙门醉中狂歌二百三十八字》中声言:"我有狂言君试听。丈夫一生有二志,兼济独善难得并。不能救疗生民病,即须先濯尘土缨。况吾头白眼已暗,终日戚促何所成? 不如展眉开口笑,龙门醉卧香山行。"⑤ 从这前后两首诗中,可以明显看出白居易思想意识和处世态度的转变,而作为此一转变契机的,无疑是对他一生产生重大影响的贬谪事件。

元和十年,白被贬江州,在同年作的《与元九书》中,他系统地阐发了自己对"兼济""独善"的理解,表明了自我的态度:

　　　　古人云:"穷则独善其身,达则兼济天下。"仆虽不肖,常师

① 《柳宗元集校注》卷二五《送娄图南秀才游淮南将入道序》,第1641页。
② 《元稹集校注》卷二《和乐天赠樊著作》,第49页。
③ 《白居易诗集校注》卷一《寄唐生》,第78页。
④ 《白居易诗集校注》卷一《新制布裘》,第122页。
⑤ 《白居易诗集校注》卷二九《秋日与张宾客舒著作同游龙门醉中狂歌凡二百三十八字》,第2262页。

此语。大丈夫所守者道,所待者时。时之来也,为云龙,为风鹏,勃然突然,陈力以出。时之不来也,为雾豹,为冥鸿,寂兮寥兮,奉身而退。进退出处,何往而不自得哉? 故仆志在兼济,行在独善。①

这段话总体意向在于表明:从今以后,将是自己"为雾豹,为冥鸿,寂兮寥兮,奉身而退"的时期,因为贬谪宣告了"时之不来",预示了自己政治生命的暂时结束。"退"下来以后怎么办呢? 白居易说要"守道"。"道"者,道义、信念之谓也。《孟子·尽心上》云:"穷不失义,达不离道。穷不失义,故士得己焉;达不离道,故民不失望焉。古之人得志,泽加于民;不得志,修身见于世。"汉人赵岐注谓:"穷不失义"即"不为不义而苟得","修身见于世"即"独治其身,以立于世间,不失其操也"②。可见,维护道德人格、坚持固有信念,乃是孟子"穷则独善其身"的主要内涵。这一内涵,大致包括了白居易"道"的意义,而白说自己"常师此语",也表明了他与孟子的主张具有内在的一致性。

然而,白居易的"独善"与孟子的"独善"又是颇有差异的。从实际情形看,白被贬之后,虽然一直守"道",没有改变自己的固有信念和道德人格,从根本上说,这无疑属于执著意识,但他这种执著意识却受到来自超越意识的强大抵制。这种抵制,并不是要改变白居易固有信念的方向,使他混世和俗,曲求富贵,而是要大大减弱他对固有信念执著的强度,稀释他用世之念的浓度,使他以对世事人生看

① 《白居易文集校注》卷八《与元九书》,第 326 页。
② [汉]赵岐注,[宋]孙奭疏:《孟子注疏》卷一三上《尽心章句上》,《十三经注疏》,第 6016 页。

透一层的达观超然,走上一条清净无为、省分知足、避祸远灾、泯灭悲喜的道路,此其一。其二,孟子所谓"独善",内含一种即使身在逆境也应超拔于俗世而坚持道义的力量,一种自警自励向上提升的精神,其"善"重在品格、理想层面;而白居易所谓"独善",则侧重于对社会政治的全面退避,侧重于对生活安逸和闲适的尽心享受,其"善"重在个体的身心安适、丰衣足食层面。因而,上引白居易的那段话中,"进退出处,何往而不自得哉"一语就显得特别关键了。不是改弦易辙,而是寻求自得;不是胶柱鼓瑟,而是泯灭町畦;不是系心于形而上的理想,而是倾力于形而下的安适,一句话,不是死死抱住与社会政治紧相关联的固有信念和道德人格不放,而是追求一种逍遥洒脱、无往而不自得的自由人格,以获取当下的适意和现世享受,这才是白氏的真正用心处。也正是在这一点上,他和孟子对"穷则独善其身"的理解发生了大的分歧。

为了证实这里的说法,还可联系到白居易在《君子不器赋》中的一段话来做比照。赋云:

> 审其时,有道舒而无道卷;慎其德,舍之藏而用之行。语其小,能立诚以修辞;论其大,能救物而济时。以之理心,则一身独善;以之从政,则庶绩咸熙。……顺乎通塞,含乎语默;何用不藏,何向不克?施之乃伊吕事业,蓄之则庄老道德。虽应物而不滞,终饰躬而有则。①

这段话在表述了与前引文字大致相同的旨趣外,还特别申明"施之乃伊吕事业,蓄之则庄老道德"。也就是说,得志之时,可以像伊尹、吕

---

①《白居易文集校注》卷一《君子不器赋》,第 68 页。

尚那样轰轰烈烈地干一番事业；失意之际，则应以老子、庄子的学说来自我解脱。这样看来，白居易所倡言之"独善"的真实意旨，实乃道家以及佛家避离世事、清净无为的超然思想。正因为如此，所以赋的结尾宣称：

> 至乎哉！冥心无我，无可而无不可；应用不疲，无为而无不为。信大成而大受，非小惠而小知。故庶类曲从，则轮辕适用；若一隅偏执，则凿柄难施。是以《易》尚随时，《礼》贵从宜。盛矣哉！君子斯焉取斯。①

这段话说得明白透彻：不偏执于一隅，随缘自适，无可无不可，无为无不为，超然于小我之外，置身于世运之中，从而达到一种无往而不自得的境界。而这种境界，不正是白居易所倡言、所追求的自由人格吗？

事实上，白居易对此境界的向往追求早在贬谪之前即已开始了。细读他在被贬之前的作品，或隐或显都流露出一种超越意向，而在被贬之后，这种意向便更明朗化、突出化了。"穷达有前定，忧喜无交争"②"苦乐心由我，穷通命任他"③"进退是非俱是梦，丘中阙下亦何殊"④"虽赋命之间则有厚薄，而忘怀之后亦无穷通"⑤……这里一再表露的，不是对"穷"与"达"的斤斤计较，而是将二者同一起来的

---

① 《白居易文集校注》卷一《君子不器赋》，第68页。
② 《白居易诗集校注》卷二《和思归乐》，第214页。
③ 《白居易诗集校注》卷三四《问皇甫十》，第2624页。
④ 《白居易诗集校注》卷三五《杨六尚书频寄新诗诗中多有思闲相就之志因书鄙意报而谕之》，第2694页。
⑤ 《白居易文集校注》卷八《答户都崔侍郎书》，第345页。

等量齐观；不是因贬谪而穷愁戚戚，不胜哀愁，而是忘怀得失后的恬淡超然，忧喜无争。在元和十年抵达贬所后作的《赠杓直》中，诗人说道：

> 早年以身代，直付《逍遥》篇。近岁将心地，回向南宗禅。外顺世间法，内脱区中缘。进不厌朝市，退不恋人寰。自吾得此心，投足无不安。①

如果将此诗与同年所作《与元九书》中关于"兼济"和"独善"的一段话作比，便不难发现，白居易的"独善其身"，实质上便是"外顺世间法，内脱区中缘"。"外顺"，意味着与世无争；"内脱"，表明将摆脱俗累。只有内心摆脱俗累，在外才能与世无争；而对外部世界的委顺，又是使内心得以清净的必要条件。这一外一内的有机结合，恰如前述《与杨虞卿书》所谓"情恕于外，理遣于中"一样，构成了白居易实现自我心理调节的内在机制，同时也奠定了诗人以"独善"为表现形式的超越意识的牢固基石。

　　更进一步，由于白居易追求的是不滞于物、无往而不自得之境，因而在他那里，"穷"与"达"、"兼济"与"独善"是没有不可逾越的界限的，诸多因素是有机地结合在一起的。他得志之际，固然具有强烈的"兼济"之念，但在这"兼济"的同时，即已留下了"穷"时"独善"的后路；他失意之时，"独善"意念自然占据了主导地位，但尽管如此，"兼济"意向也并未全部打消，也并不排除当时来之际陈力以出、再度用世的可能。因为在白居易看来，世间的一切都是流转无定的，偏执于任何一点都不明智，只有"庶类曲从""轮辕适用"，"进不

① 《白居易诗集校注》卷六《赠杓直》，第583页。

厌朝市,退不恋人寰",才能自足自适,无往而不自得。由此反观白居易《与元九书》所谓"志在兼济,行在独善"二语,无疑可以对其深层内涵的理解更进一层。

当然,这只是从白氏言论做出的分析,从实际情形看,又可分为两个方面。一方面,由于白居易对险恶政治和复杂人生的透彻解悟,加之佛、老思想的巨大影响,使得他在"兼济"和"独善"的天平上明显地更偏重于后者,超越意识在他那里是始终占据着主导地位的;另一方面,他的超越又是有条件的,那就是要以适意为前提,如果感到不适意,就很难无往而不自得。这是下文将要论述并应在此引起我们注意的一个问题。

其三,遁迹佛、老,齐物安心,省分知足,在禅定和虚静的生活中淡化欲念。这是白居易走向超越的心理机制。

佛教主张出世,老、庄宣扬无为,大凡仕途失意、人生坎坷的古代士人,几乎无不与佛、老思想发生这样那样的关系,借以消弭人生的感恨,获取精神的超升。这种情况,在白居易身上表现得尤为突出。固然,白居易在元和初年所作《策林》中,曾批评佛教说:"天子者,奉天之教令。兆人者,奉天子之教令。令一则理,二则乱。若参以外教,二三孰甚焉?""况僧徒月益,佛寺日崇。劳人力于土木之功,耗人利于金宝之饰。移君亲于师资之际,旷夫妇于戒律之间。"①因而,佛教是不宜提倡的。然而,这段话有两点需要注意:一是这里反对的主要是僧徒增多、佛寺日崇给社会生产造成的破坏,而不是佛教的义理;二是此文乃白居易为应制举"揣摩当代之事"而精心构制的策目,不乏官样文章,并不能完全代表他的真实意图。实际上,就

———————

① 《白居易文集校注》卷二八《策林四》第六七条《议释教》,第 1589—1590 页。

在这同一条策目中,白氏就曾明确表示:佛教"大抵以禅定为根,以慈忍为本,以报应为枝,以斋戒为业。夫然,亦可以诱掖人心,辅助王化"①。而在《策林》第一一条《黄老术》中,白氏更直接声言:"夫欲使人情俭朴,时俗清和,莫先于体黄、老之道也。其道在乎尚宽简,务检素,不眩聪察,不役智能而已。"汉文帝之所以刑罚不用而天下大理,"其故无他,清净之所致耳"②。很明显,早年的白居易对佛、老之学就颇有好感。如果联系到他在贞元二十年写的《八渐偈并序》所表现的对佛教的虔诚态度,及其在《画水月菩萨赞》中所谓"弟子居易,誓心归依;生生劫劫,长为我师"③的誓言,便更可明了白氏对佛教的态度已不只是简单的好感了,而是一种全身心的投入和实际的施行。

在诗文中,白氏曾多次说自己是"外服儒风、内宗梵行"④,"大底宗庄叟,私心事竺乾"⑤,"外身宗老氏,齐物学蒙庄。……息乱归禅定,存神入坐亡"⑥。在白居易看来,只有佛、老,才能帮助人解脱一切人世间的苦难,人只有以佛、老思想为旨归,才能达到忘怀得失、与世无争的境地。如果说,在被贬之前,白居易虽颇染指佛、老,但因仕途一直顺利,功名欲望远远超过了清净无为的思想,他总体上还是儒门用世型人物,那么,贬谪之后,由于身处逆境,亟须寻求身心的救济,佛、老思想自然而然便成为他的主要精神食粮了。在《读庄子》中,

① 《白居易文集校注》卷二八《策林四》第六七条《议释教》,第1589页。
② 《白居易文集校注》卷二五《策林一》第一一条《黄老术》,第1380页。
③ 《白居易文集校注》卷二《画水月菩萨赞》,第116页。
④ 《白居易诗集校注》卷一四《和梦游春诗一百韵并序》,第1130页。
⑤ 《白居易诗集校注》卷一九《新昌新居书事四十韵因寄郎中张博士》,第1543页。
⑥ 《白居易诗集校注》卷一五《渭村退居寄礼部崔侍郎翰林钱舍人诗一百韵》,第1151页。

他这样说道："去国辞家谪异方,中心自怪少忧伤。为寻庄子知归处,认得无何是本乡。"① 在《自觉二首》其二中他进一步说:"我闻浮图教,中有解脱门。置心为止水,视身如浮云。"②《和梦游春诗一百韵并序》则放言宣称:"而今而后,非觉路之返也,非空门之归也,将安反乎? 将安归乎?"③ 这里,一佛一道,成为白居易在困境中自我救济的主要武器,也规定了他走向超越的根本方向。哲学家指出:"厌世的心理,幻想的倾向,经常的绝望,对温情的饥渴,自然而然使人相信一种以世界为苦海、以生活为考验、以醉心上帝为无上幸福、以皈依上帝为首要义务的宗教。"④ 衡之白居易的情形,似乎也当作如是观。

　　白居易对佛教的态度与柳宗元、刘禹锡有所不同。在柳、刘那里,佛教既是消弭人生感恨、维持心理平衡的得力手段,又是深厚广博、精严有序的关于宇宙人生的专门学问,因而,他们所受佛教影响,既有解脱苦难走向出世的一面,也有潜心钻研、竭力从新的角度认识世界的一面。或者可以说,佛教给予他们的影响,远远抵不过积淀于他们心灵深处以入世为主之儒家思想所发挥的作用,他们只是在人生困厄中暂借此解脱之道来抚慰一下受创的心灵而已,而绝非想在清净无为空虚寂灭中了此一生。所以,他们表现出来的主要倾向,不是佛教倡导的破除我执、忘怀得失,而是儒学标举的执著自我、发愤著述;不是拘于一己生命的知足知止,而是不顾身心憔悴的探索追求;不是远灾避祸看透红尘的遂性逍遥,而是坚持理想决不后退的奋力抗争。而在白居易这里,佛教固然发挥了它作为学术的影响作用,

①《白居易诗集校注》卷一五《读庄子》,第 1228 页。
②《白居易诗集校注》卷一〇《自觉二首》其二,第 807 页。
③《白居易诗集校注》卷一四《和梦游春诗一百韵并序》,第 1130 页。
④〔法〕丹纳著,傅雷译:《艺术哲学》,人民文学出版社,1983 年,第 51 页。

但更为重要的,却是作为一种教人如何看待世事、看待自身的人生指南而存在的。同时,白居易也很少将佛教作为一门严肃的学问来钻研,他往往是以一种随缘适意的轻松态度径将佛学大旨拿来,当下了悟,直证本心,使之为自己的现实人生服务。他一再申明:"既无神仙术,何除老死籍?只有解脱门,能度衰苦厄"①"坐看老病逼,须得医王救。唯有不二门,其间无夭寿"②"回念发弘愿,愿此见在身。但受过去报,不结将来因。誓以智惠水,永洗烦恼尘"③"须知诸相皆非相,若住无余却有余。言下忘言一时了,梦中说梦两重虚"④。在这些表述中,有两个主要倾向:一是诗人深信佛教宣扬的因果报施说,从而导致他思想中浓郁的神秘主义倾向。这种倾向,既妨碍了他精神情趣的提升,也限制了他思维触角的扩展;二是诗人始终把生命问题作为自己关怀的重心所在,他所忧虑的,是在忧患磨难中个体生命的急剧衰老,心灵精神的劳损忧烦。所谓"衰鬓忽霜白,愁肠如火煎"⑤"世界多烦恼,形神久损伤"⑥,反映的便是这种情况。尽管白居易也常说自己齐生死、忘得丧:"不如学无生,无生即无灭"⑦"亦莫恋此身,亦莫厌此身。……无恋亦无厌,始是逍遥人"⑧。但从其本心看,却是极重视"此身"的:"世间尽不关吾事,天下无亲于我身。只

---

① 《白居易诗集校注》卷一〇《因沐感发寄朗上人二首》其一,第836页。
② 《白居易诗集校注》卷一一《不二门》,第865页。
③ 《白居易诗集校注》卷一〇《自觉二首》其二,第836页。
④ 《白居易诗集校注》卷三二《读禅经》,第2425页。
⑤ 《白居易诗集校注》卷三六《送毛仙翁》,第2744页。
⑥ 《白居易诗集校注》卷一八《郡斋暇日忆庐山草堂兼寄二林僧社三十韵多叙贬官已来出处之意》,第1434页。
⑦ 《白居易诗集校注》卷五《赠王山人》,第489页。
⑧ 《白居易诗集校注》卷一一《逍遥咏》,第897—898页。

有一身宜爱护,少教冰炭逼心神。"① 既然"天下无亲于我身",个体生命是如此重要,那么,一切的一切都应以此为中心点,亦即为延长个体生命的长度并保持其适意逍遥而努力。所以白居易一方面向道士学习炼丹烧药之术②,希求长生;一方面潜心禅宗,在禅定中获取身心的自足自适,在感性中达到对人生忧患的超越。如所熟知,禅宗的根本方法是住心观静,凝心入定。所谓"外离相为禅,内不乱为定……见诸境不乱者,是真定也……外禅内定,是为禅定"③。可见禅定的要义在于"无所住心"。论者有言:"禅宗不要求某种特定的幽静环境或特定的仪式规矩去坐禅修炼,就是认为任何执著于外在事物去追求精神超越,反而不可能超越,远不如在任何感性世界、任何感性经验中'无所住心'——这即是超越。"④ 这种情形,用白居易的话说就是:"摄动是禅禅是动,不禅不动即如如"⑤ "荣枯事过都成梦,忧喜心忘便是禅"⑥。

由于白居易始终把个体生命作为自我关怀的主要目标,势必导致如上所述他对佛教的那种随缘适意并使其为自我现实人生服务的态度,而重视于感性中求超越、倡言"安心""顿悟"的南宗禅,又正好与白氏这种态度紧相契合,于是,禅宗所标举的"内外不住,来去自由,能除执心,通达无碍"的境界,以及道家所宣扬的"知足""虚静"、看破红尘等态度便自然而然地成为白居易在困境中坚持的主要

---

① 《白居易诗集校注》卷三七《读道德经》,第 2823 页。
② 《白居易集》卷二一《同微之赠别郭虚舟炼师五十韵》:"授我参同契,其辞妙且微。……黄牙与紫车,谓其坐致之。……万寿觊刀圭,千功失毫厘。……"见《白居易诗集校注》卷二一,第 1665 页。
③ 丁福保笺注:《六祖坛经笺注·坐禅品》,齐鲁书社,2012 年,第 135 页。
④ 李泽厚:《中国古代思想史论》,人民出版社,1986 年,第 207 页。
⑤ 《白居易诗集校注》卷三二《读禅经》,第 2425 页。
⑥ 《白居易诗集校注》卷一六《寄李相公崔侍御钱舍人》,第 1295 页。

准则和追求的主要目标了。

　　首先是"大抵心安即是家"①的安心思想，它赋予贬谪诗人一种随遇而安、无处不可居的内在信念，从而表现出强烈的环境超越倾向。环境，既是人生的伴侣，又是人生的限制，人不能脱离环境而存在，环境则对人产生各种重大的影响，而当人身处逆境时，这种影响就尤为突出。它可以改变人的信念，销蚀的人精神，直至彻底摧毁人的意志。如果一个人置身于不由自主的险恶环境中，而始终不能在精神上超拔一步，或时时处于与环境不能协调的矛盾冲突之中，那么，他便势不可免地或成为环境的俘虏，或成为环境的牺牲品。反之，人虽处于逆境之中，而能不以之为恶，随时调整自己的心理距离，求放心，求安心，求洒脱心，求自在心，便不仅能迅速适应环境，摆脱诸多忧虑烦恼，而且可以获得一种精神的超升，将本是限制自我的环境一变而为审美的对象和优游的场所。毫无疑问，这种随遇而安的人生态度在中国贬谪士人中表现最早最突出的，非白居易而莫属。在《重题》其三中，白居易声称：

　　　　匡庐便是逃名地，司马仍为送老官。心泰身宁是归处，故乡何独在长安！②

在《种桃杏》中，他进一步申述此意：

　　　　无论海角与天涯，大抵心安即是家。路远谁能念乡曲？年深兼欲忘京华。③

---

① 《白居易诗集校注》卷一八《种桃杏》，第 1443 页。
② 《白居易诗集校注》卷一六《重题》其三，第 1313 页。
③ 《白居易诗集校注》卷一八《种桃杏》，第 1443 页。

这里,白居易完全打破了贬谪诗人与荒远环境间的森然界限,将主体与客体有机地融合在一起,甚而至于连历代文人那根深蒂固反复陈说的思乡情怀也抛在了脑后。当然,不念乡曲,欲忘京华,在很大程度上不过是说说而已,从白氏其他诗文的表述看,乡曲、京华在他心中的地位还是很重的;可是,白氏的独特之处在于,他能尽力地淡化并超拔于对乡曲、京华的怀思,使身心自觉不自觉地在逆境中安顿下来,从而获得对他来说乃是最大限度的心安理得、自足自适。

白居易这种反复陈说的安心思想,对前人和同时代人来说,无疑是一个大的超越,而对后人尤其是宋人来说,则无异于最好的现身说法。据吴开《优古堂诗话》载,苏轼即曾受到白氏安心思想的颇大影响:

> 东坡作《定风波序》云:"王定国歌儿曰柔奴,姓宇文氏。定国南迁归,予问柔:'广南风土应是不好?'柔对曰:'此心安处便是吾乡。'因用其语缀词云:'试问岭南应不好?却道,此心安处是吾乡。'"予尝以此语本出于白乐天,东坡偶忘之耶! 乐天《吾土》诗云:"身心安处为吾土,岂限长安与洛阳!"又《出城留别》诗云:"我生本无乡,心安是归处。……"①

从此中记述看,苏轼似乎偶然忘了白居易关于"安心"的诸多诗句,但从苏对白的刻意仿效乃至以白诗中"东坡"二字作为自己字号一事看,这种忘记乃是不可能的,而且即使是"偶忘之",也只能说明苏所受白之影响已深入骨髓,故遣词造句浑然不觉罢了。更何况苏轼《定风波》之词句显受歌儿柔奴的直接启发,而柔奴与其主王定国乃

---

① [宋]吴开:《优古堂诗话》,《历代诗话续编》,第 262 页。

南迁北归之人,他们在贬所能以安心思想自解自慰,无论如何都不能排除所受白居易的潜在影响。由此反溯回去,则白居易安心思想所包含的环境超越倾向该是何等浓重明显,便可想而知了。

其次是"吾道寻知止"① 的知足观念。知足与安心是互为依存的,不知足便不能安心,心不安亦难以知足;安心了,知足了,才能破除欲念,与世无争,来去自如,无为清静。因而,知足观念乃是贬谪诗人在逆境中的持身护身法宝,它令人满足于现状,更令人自觉地敛抑起自我的需求。在《我身》中,白居易通过对贬谪前后之不同人生际遇的比较,极有感触地说道:

> 通当为大鹏,举翅摩苍穹。穷则为鹪鹩,一枝足自容。苟知此道者,身穷心不穷。②

在《草堂记》中,白居易更详细地表述了同一意旨:

> 堂中设木榻四,素屏二,漆琴一张,儒道佛书各三两卷。……一旦蹇剥,来佐江郡,郡守以优容而抚我,庐山以灵胜待我,是天与我时,地与我所,卒获所好,又何求焉?③

这里表现的,乃是一种忘怀得失一任穷达的乐天知命态度,一种打消欲望不做分外之想不求身外之物的知足观念。如果说,贬谪作为严酷的政治法令,已从外在方面剥夺了诗人应该得到的诸多权利,那

---

① 《白居易诗集校注》卷一八《郡斋暇日忆庐山草堂兼寄二林僧社三十韵多叙贬官已来出处之意》,第 1434 页。
② 《白居易诗集校注》卷一一《我身》,第 866 页。
③ 《白居易文集校注》卷六《草堂记》,第 254—255 页。

么,知足作为自我调节的武器,则从内在方面帮助诗人承认并主动摆脱已丧失了的诸多权利,以维护心理的平衡。综观白居易贬谪后的诗文,知足观念作为一个恒定的意向反复出现,表明诗人正是以省分知足的心理来排除现实的困厄,获取精神的自由的。当然,白居易的知足观念并不自贬谪后方始萌生,"今以其诗考之,则退休之志,不惟不始于太和,并不始于元和十年,而元和之初,已早有此志"①。然而,这种观念自元和十年之后更趋浓郁却也是事实。《白云期》这样说道:"三十气太壮,胸中多是非。六十身太老,四体不支持。四十至五十,正是退闲时。年长识命分,心慵少营为。"②按理,四十至五十,正是人生大有作为之时,可严酷的现实告诉诗人,他已不能再入世间拼搏了,而只能将此壮盛之年空耗于贬谪生涯中;既然已不能再度奋起,既然一切都已无能为力,那就干脆不去想它,干脆抱一种与其背道而驰的更有助于自我解脱的"退闲"观念,这样倒可省却内心的焦虑不安,增强生命的伸缩程度;而不去想它并与其背道而驰的关键,即在于任命随运,知足而止。于是,客观上的不能和主观上的不愿结合在一起,遂成就并不断强化着主体的心性,致使晚年的白居易整个地沉浸在知足的海洋之中。"吟君未贫作,因歌知足曲。自问此时心,不足何时足?"③"夕寝止求安,一衾而已矣。此外皆长物,于我云相似。"④"名为公器无多取,利是身灾合少求。"⑤"忘荣知足委天和,亦应得尽生生理。"⑥读着这些如出一辙的诗句,寻绎其来龙去脉

①《瓯北诗话》卷四,第49页。

②《白居易诗集校注》卷七《白云期》,第624页。

③《白居易诗集校注》卷二二《知足吟》,第1768页。

④《白居易诗集校注》卷二九《把酒》,第2256页。

⑤《白居易诗集校注》卷三二《感兴二首》其一,第2427页。

⑥《白居易诗集校注》卷二九《吟四虽》,第2281页。

发展演化之轨迹,我们对白居易的认识理解理应加深一层。清人赵翼有言:"香山出身贫寒,故易于知足。……故自登科第入仕途,所至安之,无不足之意。……可见其苟合苟完,所志有限,实由于食贫居贱之有素,泛可小康,即处之泰然,不复求多也。"①表面看来,这段话颇有道理,衡诸实际,又不尽然。盖中唐士人出身贫寒者多矣,何以独乐天于知足一念津津然?况在乐天一生中,知足思想又何独于贬谪之后、优游洛下之时表现最为突出?宋人苏辙指出:"乐天少年知读佛书,习禅定,既涉世履忧患,胸中了然,照诸幻之空也。故其还朝为从官,小不合,即舍去,分司东洛,优游终老,盖唐世士大夫,达者如乐天寡矣。"②这段议论从乐天身世遭际及所受佛书影响入手,可谓深入一层,而"胸中了然,照诸幻之空也"一语尤为鞭辟入里,直探心源。然而,乐天之知足思想又不独与佛教有关,除此之外,原始道家的影响当是更为重要的一个方面。所以,陈寅恪先生说道:"乐天之思想,一言以蔽之曰'知足'。'知足'之旨,由老子'知足不辱'而来。盖求'不辱',必知足而始可也。"③"读白诗者,或厌于此种屡言不已之自足思想,则不知乐天实有所不得已。盖乐天既以家世姻戚科举气类之关系,不能不隶属牛党,而处于当日牛党与李党互相仇恨之际,欲求脱身于世网,自非取消极之态度不可也。"而"推其所由得,惟不汲汲于进,而志在于退。是以能安于去就爱憎之际,每裕然有余也"④。联系到白居易后期思想和生活来看,这段话实在是切中肯綮的笃论。

---

① 《瓯北诗话》卷四,第47—48页。
② 《苏辙集》卷二一《书白乐天集后二首》,第1114—1115页。
③ 《元白诗笺证稿》,第337页。
④ 《元白诗笺证稿》,第340页。

最后是"应似诸天观下界"①的看破态度。这是理解白居易超越意识的又一关键。因为不看破世间诸相,便不可能安心、知足,不可能抽身退步,高蹈远引;而看破的要义,便在于置身局外,以旁观者的身份去漠视现实,淡化人生,由此扩大自我与社会的疏离程度。所以,在白居易的作品中,便大量涌现出这样一些诗句:

> 莫入红尘去,令人心力劳。相争两蜗角,所得一牛毛。②
> 蜗牛角上争何事,石火光中寄此身。随富随贫且欢乐,不开口笑是痴人。③
> 蟭螟杀敌蚊巢上,蛮触交争蜗角中。应似诸天观下界,一微尘内斗英雄。④

据《庄子·则阳》:"有国于蜗之左角者曰触氏;有国于蜗之右角者曰蛮氏,时相与争地而战,伏尸数万,逐北旬有五日而后反。"⑤ 这则寓言告诉人们:人世间的纷纷争斗,就如同蜗牛角上的敌国之战,是微不足道的,也是可笑可悲的。白居易几次三番地引用这则寓言,不仅表现了他对人世争名夺利、尔虞我诈的痛切厌恶,而且也展示了他抽身退步置身局外俯视世间争斗时的轻蔑和冷笑。这里,是非荣辱已无足轻重,功名利禄亦不足挂齿,既然人生是如此短暂,既然世间的一切都不啻蜗角之争,那么还有什么必要置身其中,执迷不悟,劳心费神,以至于惹祸伤身呢? 还有什么理由不摆脱忧患,避离政治,

---

① 《白居易诗集校注》卷三七《禽虫十二章》其七,第 2827 页。
② 《白居易诗集校注》卷二七《不如来饮酒七首》其七,第 2149 页。
③ 《白居易诗集校注》卷二六《对酒五首》其二,第 2090 页。
④ 《白居易诗集校注》卷三七《禽虫十二章》其七,第 2827 页。
⑤ 《庄子集释》卷八下《则阳》,第 891—892 页。

皈依自然,去寻求精神的虚静呢? 美学家有言,"虚静的心灵,是庄子的心灵。……所以在庄子以后的文学家,其思想、情调,能不沾溉于庄子的,可以说是少之又少"①;而"儒道两家的基本动机,虽然同是出于忧患意识,不过儒家是面对忧患而要求加以救济,道家则是面对忧患而要求得到解脱"②。显而易见,白居易的看破态度以及由此导致的心灵虚静,正得力于以庄子为代表的道家思想的丰厚赐予,所谓"澹然无他念,虚静是吾师"③,便可视作他的夫子自道。同时,庄子的"蜗角"寓言也经由白居易的反复申说而愈为深入人心。《能改斋漫录》卷八云:

> 乐天诗:"相争两蜗角,所得一牛毛。"后之使蜗角事悉稽之,而偶对各有所长。吕吉甫云:"南北战争蜗两角,古今兴废貉同邱。"山谷云:"千里追奔两蜗角,百年得意大槐宫。"又云:"功名富贵两蜗角,险阻艰难酒一杯。"洪龟父云:"一朝厌蜗角,万里骑鲸背。"④

不难看出,这种厌恶世事,淡漠人生的"蜗角"意识呈逐渐浓郁的趋势发展,终于在宋人那里形成了一种社会性的思潮,而白居易作为一个极重要的中转站,无疑发挥了巨大的影响。如果联系到白氏的看破态度、知足观念和安心思想,回过头来审视一下他那"木雁一篇须

---

① 徐复观:《中国艺术精神》,广西师范大学出版社,2007 年,第 102 页。
② 《中国艺术精神》,第 101 页。
③ 《白居易诗集校注》卷五《夏日独直寄萧侍御》,第 471 页。
④ [宋] 吴曾撰,刘宇整理:《能改斋漫录》卷八《沿袭》,大象出版社,2012 年,第 212 页。

记取,致身才与不才间"①"与君别有相知分,同置身于木雁间"② 等一系列诗句,便不难理解其思想的渊源所自和深层意蕴了。似乎可以这样认为:现实人生的困厄导致白居易别无选择地遁迹佛、老,而对佛、老义理的独特领悟和人生落实,则使得白居易在走向超越的过程中,既具有一种与其性分相合的自觉自发性质,同时也避免了生命的枯寂单调而呈现出一种圆融周流的特点。

其四,皈依自然,亲和自然,放怀于山水间而优游自得,借天地间的灵气来冲荡胸中的郁闷,获取精神安慰。这是白居易走向超越的具体途径。

自然就是山林,就是宇宙,它是人类的原始栖息地,也就是人类的母亲。而在中国文化中,自然更具有一种亲切、温暖、宽大、包容的特性,更具有一种消释人生块垒、令人超然解脱的作用。所以无论儒、道、佛,其学说的归结点,都毫无差别地指向自然;无论帝王将相士庶众生,其生活的结合部,都少不了自然的渗透和参与;而作为中国文化的主要载体,广大文人与大自然更是结下了不解之缘。从庄子到竹林名士,从陶渊明、谢灵运到王维、李白,其中的演进轨迹历历可寻。然而,到了白居易这里,人与自然的关系又发生了一种新的变化,即他是作为贬谪诗人而与大自然交往的。由于身处贬谪境遇,原本与人亲和的自然难免呈露给人一种如同桎梏的内涵,从而类似柳宗元《囚山赋》之类的思想同样会在白居易的意识中闪现;又由于白居易早年即服膺佛老、乐天知命,而被贬的人生遭际更促使他向忘怀得失、等一穷通的境界迅进,因而他对自然的态度又迥异于柳宗元。

---

① 《白居易诗集校注》卷三三《偶作》,第 2557 页。
② 《白居易诗集校注》卷三四《咏怀寄皇甫朗之》,第 2603 页。

也就是说,他是把自然当作排除自我忧怨的对象物来看待的,他本不愿以这样的方式——贬谪——去接近自然,但命运之神既然不容反抗地将他抛上了这条路途,那么,与其视自然为异己物而愤填胸臆,倒不如与之为友,转移视线,忘怀得失,优游卒岁。西方哲人黑格尔如是说:

> 从一方面看,当事人完全有理由可以凭他的内心去反抗这种障碍,认为它是可以解除的,自己可以不受它约束。他有绝对的权利和这种障碍作斗争。但是如果由于当前情境的关系,这种界限变成不可超越的,凝定为一种不可克服的必然状态,这就形成一种不幸的本身错误的情境。有理性的人在这种必然状态面前既然没有办法克服它,就只得向它屈服,他就不应该反抗,就应该安安静静地忍受这种不可避免的局面,他就应该放弃这种界限所不容许的旨趣和要求,用无抵抗的忍耐的勇气去忍受这种无可奈何的情境。在斗争不发生效用的地方,合理的办法就在于放弃斗争,这样至少还可以恢复主体自由的形式的独立自足性。因为这样办,那种冤曲对他就不再有什么力量;反之,如果他硬要抵抗它,他就必然见到他毕竟完全要受它的统治。①

从这一意义看,白居易对待自然的态度也并不失为达者的明智之举,他放弃了抵抗,却获得了自由;他认同了命运,即消解了忧怨;他走向了自然,也找到了慰藉——尽管这自由和慰藉是有限度的,但他内心的忧怨情怀却委实因此而大为淡化。

---

① 〔德〕黑格尔著,朱光潜译:《美学》第一卷,商务印书馆,1979年,第268页。

白居易在江州的谪居生涯就展示了这种情形。"江州风候稍凉,地少瘴疠……溢鱼颇肥,江酒极美"①,"左匡庐,右江、湖,土高气清,富有佳境"②,"至如瀑水怪石、桂风杉月,平生所爱者,尽在其中"③。置身这样的环境,受着山水灵气的冲荡陶冶,领悟着蕴含于大自然中的化机神韵,人还有什么功名利禄之心不能忘却?还有什么悲怨苦闷之情不能排除呢?所以,《旧唐书》本传记载并评论道:"居易儒学之外,尤通释典,常以忘怀处顺为事,都不以迁谪介意。在浔城,立隐舍于庐山遗爱寺,尝与人书言之曰:'予去年秋始游庐山,到东西二林间香炉峰下,见云木泉水,胜绝第一。爱不能舍,因立草堂。前有乔松十数株,修竹千余竿,青萝为墙援,白石为桥道,流水周于舍下,飞泉落于檐间,红榴白莲,罗生池砌。'居易与凑、满、朗、晦四禅师,追永、远、宗、雷之迹,为人外之交。每相携游咏,跻危登险,极林泉之幽邃。至于翛然顺适之际,几欲忘其形骸。或经时不归,或逾月而返。"④ 这是思想上的解脱,也是精神上的超然,而此解脱、超然既得力于佛家学说的潜移默化,又得力于自然山水的慷慨赐予。前者主要从内部沉潜诗人的思绪,使其得到灵魂的净化和超升,后者则主要从外部转移诗人的视线亦即心理注意力,使其得到身心的舒泰和解脱,二者相辅相成,内外为用,遂导致贬谪诗人"几欲忘其形骸"的与大自然的紧相抱合。诚如白居易自述寄迹山水、自得自适的情形时所谓:"今日之心,诚不待此(即指南宗禅之外的自然山水)而后安适,况兼之者乎?此鄙人所以安又安,适又适,而不知命之穷、老

---

① 《白居易文集校注》卷八《与微之书》,第 361 页。
② 《白居易文集校注》卷六《江州司马厅记》,第 249 页。
③ 《白居易文集校注》卷八《答户部崔侍郎书》,第 346 页。
④ 《旧唐书》卷一六六《白居易传》,第 4345 页。

之至也。"①

白居易的寄迹山水，一方面固然是为了排遣忧愁，慰藉心理，获得精神的当下安顿——这从他下面的两首诗中可以明显看出：

> 自来浔阳郡，四序忽已周。不分物黑白，但与时沉浮。朝餐夕安寝，用是身为谋。此外即闲放，时寻山水幽。春游慧远寺，秋上庾公楼。或吟诗一章，或饮茶一瓯。身心一无系，浩浩如虚舟。②

> 岩白云尚屯，林红叶初陨。秋光引闲步，不知身远近。夕投灵洞宿，卧觉尘机泯。名利心既忘，市朝梦亦尽。暂来尚如此，况乃终身隐！③

在沦落的境遇中，努力超拔一步，将自然作为伙伴而从中获得知己般的安慰，于是，慧远寺、庾公楼、悠悠白云、如霜红叶，都带着特有的情韵扑入胸怀，使贬谪诗人在当下的情境中，不由自主地与自然融为一体，从而忘掉了忧愁苦闷，忘掉了功名利禄，也忘掉了是非荣辱，由此也就体悟到了一种与世俗政治绝不相同的闲散宁静的真趣。

白居易寄迹山水的另一面，则是为了借大自然的清辉和灵气来涤荡心胸，陶冶情志，丰富其创作灵感并抒发满怀郁气——这在下面两首诗中表现得最为直捷：

> 常爱陶彭泽，文思何高玄！又怪韦江州，诗情亦清闲。今朝

---

① 《白居易文集校注》卷八《答户部崔侍郎书》，第346页。
② 《白居易诗集校注》卷七《咏意》，第615页。
③ 《白居易诗集校注》卷七《宿简寂观》，第601—602页。

登此楼,有以知其然。大江寒见底,匡山青倚天。深夜溢浦月,
平旦炉峰烟。清辉与灵气,日夕供文篇。①

　　谢公才廓落,与世不相遇。壮志郁不用,须有所泄处。泄为
山水诗,逸韵谐奇趣。大必笼天海,细不遗草树。岂唯玩景物?
亦欲摅心素。②

既寄迹于山水,又不仅仅限于玩风月、弄花草,而是用艺术化的审美
眼光去观照自然,通过独特的人生际遇去沟通自然,采取超越于忧患
之中的情感去人化自然,于是,诗人与古人、与自然,便在一个新的层
面上聚合到了一起,清辉灵气,毕集目前,摅写心素,超然物外,所谓
"泄为山水诗,逸韵谐奇趣",良有以也。

　　当然,白居易对自然的皈依是有条件的,而且他通过自然所做
的超越因时间、环境的不同也表现出程度的差异。徐复观先生论中
国艺术精神时指出:"人的精神固然要凭山水的精神而得到超越,但
中国文化的特性,在超越时亦非一往而不复返;在超越的同时,即是
当下的安顿,当下安顿于自然山水之中。不过,并非任何山水,皆可
安顿住人生,必山水的自身,现示有一可供安顿的形相,此种形相,对
人是有情的,于是人即以自己之情应之,而使山水与人生,成为两情
相洽的境界;则超越后的人生,乃超越了世俗,却在自然中开辟出了
一个更大更广的有情世界。"③衡之白居易的情形,亦正如此。他的
超越,并非一往而不复返,他是在"情恕于外,理遣于中"的信条支配
下,既借助理智又借助山水而做的超越,这超越本身就决定了其结果

---

① 《白居易诗集校注》卷七《题浔阳楼》,第593页。
② 《白居易诗集校注》卷七《读谢灵运诗》,第603页。
③ 《中国艺术精神》,第258页。

必然是当下的安顿。尽管在谪居江州期间,白居易还有一些不能恕之情,难以遣之理,心头也还不时泛起"同是天涯沦落人"[①] "天涯送春能不加惆怅"[②] 这样一种苦涩情怀,但从总体上看,他的精神却是走向了超越并获得了安顿——其中重要原因之一便是江州的山水明丽优美,"现示有一可供安顿的形相"。但自江州量移忠州之后,由于忠州遥远荒僻,恶水穷山,"吏人生梗都如鹿,市井疏芜只抵村"[③],自然形相变了,白居易的精神也就很难安顿下来。细读白氏谪居忠州期间的诗作,便可发现其中远没有江州时的那种潇洒情韵,也极少山水与人生构成的"两情相洽的境界"。这种情韵和境界,一直到长庆、宝历年间诗人刺史杭州、苏州时才再度突现出来。"凌晨亲政事,向晚恣游遨。……烦襟与滞念,一望皆遁逃。"[④] "漫漫潮初平,熙熙春日至。空阔远江山,晴明好天气。外有适意物,中无系心事。数篇对竹吟,一杯望云醉。"[⑤] 这是何等潇洒!何等闲适!这潇洒、闲适的获得固然因了山水优美的形相,而从根源上说,又何尝不与诗人渐脱谪籍后日趋淡泊超然的心态相关?对白居易来说,只是在这时和这以后,他才又一次与自然达到了纯然合一的境界,并由此在自然中"开辟出了一个更大更广的有情世界"。

　　然而,尽管如此,白居易也未能彻底超越世俗,高官厚禄对他还是具有一定吸引力的。朱熹云:"乐天,人多说其清高,其实爱官职。诗中凡及富贵处,皆说得口津津地涎出。"[⑥] 赵翼云:"香山历官

---

① 《白居易诗集校注》卷一二《琵琶引》,第 962 页。
② 《白居易诗集校注》卷一二《送春归》,第 922 页。
③ 《白居易诗集校注》卷一八《初到忠州赠李六》,第 1432 页。
④ 《白居易诗集校注》卷八《初领郡政衙退登东楼作》,第 678 页。
⑤ 《白居易诗集校注》卷八《郡中即事》,第 685 页。
⑥ 〔宋〕黎靖德编,王星贤点校:《朱子语类》卷一四〇,中华书局,1986 年,第 3328 页。

所得俸入多少,往往见于诗。""不惟记俸,兼记品服。""才人未有不
爱名,然莫有如香山之甚者。"① 由此看来,白居易的人生态度确乎存
在着很大矛盾,可是,白之为白的独特处,即在于能将此矛盾有机地
融合在一起,进而消解掉。他世俗的根扎得很深,思维方式与常人
无异,故面对官职俸禄不能无动于衷;但官职俸禄又是和险恶的政
治紧密关联在一起的,相比之下,他更畏惧祸患,故竭力通过参禅悟
道寄情山水来淡化尘俗之念,以寻求超越;而超越得过久了,他又颇
有些耐不住寂寞,所谓"幽独已云极,何必山中居"②"始知真隐者,不
必在山林"③,不啻是他的夫子自道,于是初始的尘俗之念便重又泛
起。换言之,他对山林和市朝怀有与柳宗元类同的双重情感,即既厌
恶市朝、向往山林,又欲离开山林、返回市朝。在对山林的向往中,已
隐寓着对它过分幽寂清冷的恐畏;而在对市朝的企盼中,又不无对
它变诈百端的深深厌恶。在这种矛盾情境中,白居易经过取舍中和,
为自己找到了一条柳宗元不可能也无条件达到的道路,这就是中隐
之途。在《中隐》一诗中,他不无得意地说道:"大隐住朝市,小隐入
丘樊。丘樊太冷落,朝市太嚣喧。不如作中隐,隐在留司官。似出复
似处,非忙亦非闲。不劳心与力,又免饥与寒。终岁无公事,随月有
俸钱。……人生处一世,其道难两全。贱即苦冻馁,贵则多忧患。唯
此中隐士,致身吉且安。穷通与丰约,正在四者间。"④ 与此中隐相关
合,白居易还热衷于在家出家法。其《在家出家》云:"衣食支分婚
嫁毕,从今家事不相仍。夜眠身是投林鸟,朝饭心同乞食僧。清唳数

① 《瓯北诗话》卷四,第43—44、55页。
② 《白居易诗集校注》卷七《闲居》,第643页。
③ 《白居易诗集校注》卷八《玩新庭树因咏所怀》,第697页。
④ 《白居易诗集校注》卷二二《中隐》,第1765页。

声松下鹤,寒光一点竹间灯。中宵入定跏趺坐,女唤妻呼多不应。"①
这里展现的,便是白居易经过穷达通塞升沉进退的长久磨炼之后的
最终人生归趋,这是对尘俗的超越,而超越中亦饱含世情。他喜道官
职俸禄,但所取无多,不像名利之徒那样汲汲于权位富贵;他向往自
然山水和佛道的宁静超然,但适可而止,不像僧人和隐者那样长谢人
间,逃禄归耕。他是在不失俸禄产业而又能清心寡欲的环境中找到
了自己的位置,走上了一条以超越为主饱含闲适情调的人生道路,而
这一点,在中国古代文化的发展历程和文人士大夫的心路历程中,无
疑具有突出的价值和意义。

---

① 《白居易诗集校注》卷三五《在家出家》,第 2672 页。

第五章　贬谪文化与贬谪文学的演进轨迹

在较详细地论述了柳宗元、刘禹锡的执著意识和白居易的超越意识之后，我们看到，无论是柳、刘的执著，还是白居易的超越，其实质都是在人生沉重忧患压迫下所做的一种自我拯救的努力，都是在生命沉沦过程中思考以往面向未来而做的一种人生道路的抉择。

这种抉择是现实的、个体的，也是历史的、文化的。说它是现实的、个体的，是因为这是具体个人面对现实苦难进行的道路选择；说它是历史的、文化的，是因为这种抉择并不自元和五大诗人始，它曾在历史上同一处境的先行者那里一再表现出来，而且作为一种既定的文化形态不断凝聚，深深地沉积到了每一代人的心理底层。因此，为了更深刻地理解元和贬谪诗人尤其是柳、刘、白的思想渊源，我们有必要将视线前移，对贬谪文化的原始发生、演进轨迹做一概略考察。

第一节　贬谪文化的原始发生

原始弃逐现象及其类型／早期典型案例的基本结构／
君亲合一的宗法社会与《小弁》的启示意义

文化与语言、神话是相伴而生的。要了解贬谪文化的原始发生情境,有必要先对上古弃子现象从语源学和神话传说的角度稍做考察。

关于"弃"字的释义,较早的解释有:

> 籀文弃字象纳子(☒)中弃之之形,古代传说中常有弃婴之记载,故制弃字象之乎?①
>
> 𪔂,捐也。从𠬞推𦶜弃也。从㐬。㐬,逆子也。②
>
> 既以𠬞、𦶜会意,又加㐬以箸之。㐬者,不孝子,人所弃也。③

以上对"弃"字意义的解释,主要涉及了弃的方式——用器皿盛子而弃之;被弃者的性质——逆子、不孝之子。一个婴儿甫一坠地即遭抛弃,却要说他是逆子、不孝之子,这种释义显然主观牵强。但是,从弃子发生的原初文化背景,到后世弃(子)逐(臣)文化景观的逐渐生成,还是能够看出人为赋就内容这种无心插柳柳成荫式的作用。在前引三条释义中,对甲骨文"弃"字的解释值得注意,它不仅认为"弃"含有弃子的内容,而且指出弃婴在古代传说中常有记载。这种观点并不孤立,它所反映的文化现象,在东西方各民族早期历史中都曾广泛存在。诸如初版于 1871 年的英国学者爱德华·泰勒的《原始文化》,以及此后詹姆斯·G. 弗雷泽的《〈旧约〉中的民俗》、法国学者列维-布留尔的《原始思维》、中国学者萧兵《中国文化的精英——太阳英雄神话比较研究》、陈建宪《神话解读》等著作,或提供了大量有关弃婴、弃子的民俗学资料,或据以展开相关的个案解析,从而一

---

① 李孝定编述:《甲骨文字集释》,台北"中央研究院"历史语言研究所,1982
　年,第 1399 页。
②《说文解字注》,第 158 页。
③《说文解字注》,第 158 页。

定程度地深化了弃逐文化的研究。如果仅从中国古代的相关记载看，则古商族、周族、高句丽、朝鲜等北方种族的神话中，都有关于始祖异生、某些先祖就是弃子的传说。而其中最引人注目、与弃逐文化关联更密切的，无疑是周族先祖后稷的传说。

后稷名弃，是周族崇奉的祖先，他的孕育、出生，特别是被弃而又得救，在《诗经·生民》中得到了较为全面的反映：

> 诞寘之隘巷，牛羊腓字之。诞寘之平林，会伐平林。诞寘之寒冰，鸟覆翼之。鸟乃去矣，后稷呱矣。实覃实讦，厥声载路。①

司马迁在《史记》中用散文的语言转述道：

> 弃之隘巷，马牛过者皆辟不践；徙置之林中，适会山林多人，迁之；而弃渠中冰上，飞鸟以其翼覆荐之。姜原以为神，遂收养长之。初欲弃之，因名曰弃。②

刘向《列女传》也有大致相同的记述：

> 弃之隘巷，牛羊避而不践。乃送之平林之中，后伐平林者咸荐之覆。乃取置寒冰之上，飞鸟伛翼之。姜嫄以为异，乃收以归，因命曰弃。③

----

① ［汉］郑玄笺，［唐］孔颖达等疏：《毛诗正义》卷一七《大雅·生民》，《十三经注疏》，第 1141—1142 页。
②《史记（修订本）》卷四《周本纪》，第 145 页。
③ ［清］王照圆著，虞思征点校：《列女传补注》卷一，华东师范大学出版社，2012 年，第 5 页。

综合以上三种文献所记,可以看出后稷之三弃三收故事存在着一种颇有意味的规律,即抛弃与保护并行,抛弃之地越远恶,所受保护越充分。从弃置的地点看,第一次是"隘巷",第二次是"平林",第三次是"寒冰",一次比一次遥远,一次比一次严酷。从三次弃置后的情况看,第一次受到牛羊的荫庇,第二次被山中伐木者收养或护送,第三次受到飞鸟用翅膀给他的覆盖和温暖,保护的层级一次比一次深化,呈现的征兆一次比一次灵异。

那么,在这样一个三弃三收的事件中,是否蕴涵着一种深层的,如文化人类学家宣称的"磨炼与考验"呢[1]?回答应该是肯定的。但这种对后稷的磨炼与考验更多地源于诗中的客观呈示,而并非出自姜嫄的自觉意志。就诗中提供的情节及可以揣摩到的姜嫄心态而言,她是先因"履帝武敏"即有感而孕,复因"先生如达"即所生之子乃一卵状物而心神难安[2],惊惧不已,故将后稷抛弃的。但这种抛弃又不是毅然决然的,她在抛弃的同时也还对这个未知的卵状物抱有一份不舍的亲情和好奇心,故一开始并未将之丢弃到非常险恶的环

---

[1] 参见萧兵:《中国文化的精英——太阳英雄神话比较研究》,上海文艺出版社,1989年,第253—272页。

[2] 清人马瑞辰释《生民》"先生如达"谓:"《说文》:'羍,小羊也,读若达。'《初学记》引《说文》云:'羍,七月生羔也。'《笺》盖以'达'为'羍'之假借,故曰'羊子',至'如达'之何以易生,则不言。惟《虞东学诗》云:'人之初生皆裂胎而出,骤失所依,故堕地即啼。惟羊连胞而下,其产独易,故诗以"如达"为比。'又常熟陶太常元淳曰:'凡婴儿在母腹中,皆有皮以裹之,俗所谓胞衣也。生时其衣先破,儿体手足少舒,故生之难。惟羊子之生,胞仍完具,堕地而后母为破之,故其生易。后稷生时盖藏于胞中,形体未露,有如羊子之生者,故言"如达"。'今按前二说是也。下言'不坼不副',盖谓其胞衣之不坼裂也。"见[清]马瑞辰撰,陈金生点校:《毛诗传笺通释》卷二五,中华书局,1989年,第875—876页。杨公骥则通俗地解释说:"其形如肉蛋,俗称球状怪胎为羊胞胎。"见杨公骥:《中国文学》,吉林人民出版社,1980年,第76页。

境,而只是不远的"隘巷"。当发现"牛羊腓字之"后,她似乎感觉到了这个被弃物所具有的某种神异性,较前增加了的恐惧感和好奇心促使她将之再次抛至稍远的"平林"。结果,后稷第二次获得了救助。当此之际,姜嫄的恐惧感和好奇心无疑进一步强化——这个卵状物究竟是一个什么样的东西,竟会有如此强的生命力,并得到一再的救助?他给人带来的到底是吉祥还是厄运?大概怀着这样的心理,姜嫄有了第三次的抛弃行为,这一次所抛之地"寒冰"较之前两次要远恶许多,因为"隘巷""平林"还未必一定致死,还有遇到救助的可能,但对一个新生儿来说,寒冷的冰面却必然意味着死亡。姜嫄将卵状物置于如斯环境,其心中亲情的成分已大为减少,恐惧和嫌恶的成分则大大增加——否则,哪位母亲会将亲生子置于如此险恶之地,看着他被活活冻死?然而,奇迹再一次发生了!就在这生与死的当口,有鸟飞来,并用自己的翅膀将这个卵生物从上到下严严实实地遮蔽起来——"鸟覆翼之",用朱熹的解释说,就是:"覆,盖;翼,藉也。以一翼覆之,以一翼藉之也。"[1] 这只鸟,是后稷的保护神,也是后稷经受磨炼和考验并由此展示出天赋异禀的确证。"鸟乃去矣,后稷呱矣。"这是后稷的第一声啼哭,这声啼哭是因卵状物被鸟孵化还是啄破所致,都已不甚重要,重要的是,当这只大鸟离去后,被一弃二弃三弃的后稷才哭出了脱离母体后的第一声,而且这声啼哭是如此嘹亮——"实覃实讦,厥声载路"——既长又大,布满了大路。这一声啼哭宣告了一个伟大的生命在历经磨难后终于诞生,宣告了作为母亲的姜嫄在经过种种疑虑、恐惧后与这个新生命确认了母子的关系,宣告了后稷作为周民族的始祖正式踏上了历史舞台。而从弃逐文化史的角度看,随着后稷喷薄而出的哭号,则宣告了一种文化原型的生

---

[1] [宋]朱熹著,赵长征点校:《诗集传》卷一七,中华书局,2017 年,第 292 页。

成,一种由抛弃到救助再到回归的文学母题的确立。

　　与后稷的情形相似,西周那位行仁仗义并颇有人望的国君徐偃王,在其出生时亦遭遇了被抛弃的命运。《博物志》卷七引《徐偃王志》曰:

> 徐君宫人娠而生卵,以为不祥,弃之水滨。独孤母有犬名鹄苍,猎于水滨,得所弃卵,衔以东归。独孤母以为异,覆煖之,遂蚨成儿,生时正偃,故以为名。徐君宫中闻之,乃更录取。长而仁智,袭君徐国。①

　　这则故事叙说了徐偃王初生时的怪异情形:其一,知其母而不知其父,来路显然不正;其二,娠而生卵,其状盖与后稷初生相似;其三,因系卵生,故以为不祥,被弃于水滨;其四,得到了名为“鹄苍”之犬及其主人独孤母的救助,先被衔归,继被“覆煖之”,终于卵破儿出,得以成人。

　　徐偃王为卵生,而北夷的东明却是其母吞卵所生。王充《论衡·吉验》载:

> 北夷橐离国王,侍婢有娠,王欲杀之。婢对曰:“有气大如鸡子,从天而下,我故有娠。”后产子,捐于猪溷中,猪以口气嘘之,不死;复徙置马栏中,欲使马藉杀之,马复以气嘘之,不死。王疑以为天子,令其母收取,奴蓄之,名东明,令牧牛马。②

---

① [晋]张华著,范宁校证:《博物志校证》卷七,中华书局,2014年,第84页。
② [汉]王充著,黄晖校释:《论衡校释》卷二,中华书局,1990年,第88页。

这则故事，与上古时期简狄吞卵、秦始祖大业母吞燕卵生子的传说颇为相类，只是情节更为详细曲折，而从本质上看，乃是卵生神话的一种变形。至于其被弃后的遭遇，更与后稷三弃三收的情形相似，属于英雄弃子神话。这一神话，在《后汉书·东夷传》《梁书·高句丽传》《三国志·魏书·东夷传》《隋书·东夷传》及《搜神记》中均有记载，可见其传播广远。而在《魏书·高句丽传》中，类似的故事得到了进一步的演绎：

> 高句丽者，出于夫余，自言先祖朱蒙。朱蒙母河伯女，为夫余王闭于室中，为日所照，引身避之，日影又逐。既而有孕，生一卵，大如五升。夫余王弃之与犬，犬不食；弃之与豕，豕又不食；弃之于路，牛马避之；后弃之野，众鸟以毛茹之。夫余王割剖之，不能破，遂还其母。其母以物裹之，置于暖处，有一男破壳而出。及其长也，字之曰朱蒙，其俗言"朱蒙"者，善射也。①

与前几则故事及后稷的传说相比，这则关于朱蒙初生的故事更为曲折：不仅其孕的方式是为日影所照，而且所生者乃一大卵；不仅弃之于犬、豕、牛马，而且弃之于野，一弃二弃三弃以至于四弃，最后被其母抱回暖孵，才得以破壳而出，最终成长为一个英武的射手。杨公骥《中国文学》认为：此一神话"在主要情节上与《生民》是相同的。至于卵生祖先是射手这一点虽与《生民》不同，但《楚辞·天问》中却有如是记载：'稷维元子，帝何竺之？投之于冰上，鸟何燠之？何冯弓挟矢，殊能将之？'由此看来，古神话中的后稷，生下来即能'冯弓

---

① ［北齐］魏收撰，唐长孺等点校，何德章等修订：《魏书（修订本）》卷一〇〇《高句丽传》，中华书局，2017 年，第 2397 页。

挟矢'"①。就此而言,朱蒙之善射,恐怕也与后稷传说有着某种承传的关系。

分析以上弃逐事件,可以发现,在其神话、传说形成的超现实色彩的背后,实际上展示出上古历史中的某些真实存在。一方面,无罪遭弃、被人救助、最后回归是故事的核心环节;另一方面,这些被弃逐者日后都成长为或造福一族的圣贤或具有特殊技能的英雄。如果给他们下一个定义,那么似可笼统地称之为英雄型弃子,而被弃—救助—回归,则可视为此类故事的基本母题。

与这类英雄型弃子有所不同,中国早期历史上出现更多,也更被后人关注的,是那些孝行卓著,却因后母进谗,父、君信谗而被弃逐者。这类人物,可以简称之为忠孝型弃子,诸如殷高宗之子孝己,尹吉甫之子伯奇,周幽王之子宜臼,晋献公之子申生、重耳等,即是其典型代表。

孝己的时代已非常久远,其名见于先秦文献者,主要有《庄子》《荀子》《吕氏春秋》以及《战国策》等,然文字简略,多仅言其孝而无事实。只是到了后世,关于孝己孝而被弃的说法才逐渐多了起来。如《庄子·外物》谓:"人亲莫不欲其子之孝,而孝未必爱,故孝己忧而曾参悲。"成玄英疏曰:"孝己,殷高宗之子也,遭后母之难,忧苦而死。"②又据《世说新语·言语篇》"昔高宗放孝子孝己"句下注引《帝王世纪》云:"殷高宗武丁有贤子孝己,其母蚤死,高宗惑后妻之言,放之而死,天下哀之。"③可见,在古人的传说中,孝己确系一位因孝被谗被逐的弃子。又,王国维《高宗肜日说》曾据甲骨卜辞考订

---

① 杨公骥:《中国文学》,第 76 页。
② 《庄子集释》卷九上,第 920—921 页。
③ [南朝宋]刘义庆著,[南朝梁]刘孝标注,余嘉锡笺疏:《世说新语笺疏》卷上之上,中华书局,2007 年,第 71 页。

其中的"兄己"即殷高宗武丁之太子孝己、祖己，并认为：后世文献如
《孔子家语》所载"高宗以后妻之言杀孝己"必有所本，而孝己既放，
废不得立，祖庚之世，知其无罪而还之①。这些说法，虽未必尽确，但
却可作为我们考察上古弃子事迹的必要参考。

　　伯奇是周宣王时代的又一孝子，因后母谗毁而被其父尹吉甫弃
逐荒野。其事迹在《韩诗外传》《说苑》《汉书》等史料中均有涉及，
而以《琴操》所记最为详细：

　　　吉甫，周上卿也，有子伯奇。伯奇母死，吉甫更娶后妻，生
子曰伯封。乃谮伯奇于吉甫曰："伯奇见妾有美色，然有欲心。"
吉甫曰："伯奇为人慈仁，岂有此也。"妻曰："试置妾空房中，君
登楼而察之。"后妻知伯奇仁孝，乃取毒蜂缀衣领。伯奇前持
之。于是吉甫大怒，放伯奇于野。伯奇编水荷而衣之，采樗花而
食之，清朝履霜，自伤无罪见逐，乃援琴而鼓之曰："履朝霜兮采
晨寒，考不明其心兮听谗言，孤恩别离兮摧肺肝。何辜皇天兮遭
斯愆，痛殁不同兮恩有偏，谁说顾兮知我冤。"宣王出游，吉甫从
之。伯奇乃作歌，以言感之于宣王。宣王闻之曰："此孝子之辞
也。"吉甫乃求伯奇于野而感悟，遂射杀后妻。②

这则久经传说愈到后来愈多枝叶的故事，就其基本结构而言，并不复

<hr />

① 王国维：《观堂集林》第一册，中华书局，1961年，第28—30页。
② 此段文字引自清孙星衍校《琴操》卷上，清嘉庆平津馆丛书本。考《世说新
　语·言语》注，《文选》之《长笛赋》注，《太平御览》卷一四、卷五一一，《乐府
　诗集》卷五七等所引《琴操》，文字详略均有不同，孙氏据此数种文献校订，大
　体得其所长。又，逯钦立《先秦汉魏晋南北朝诗·汉诗》卷一一之《琴曲歌
　辞》亦据此本，惟个别文字有异。

杂:其中只有尹吉甫、后妻和伯奇三个主要人物,事件也只是谗毁异己和孝而见弃这一紧相关联的两条线索。故事里的尹吉甫代表父权,他是行令者,是被蒙骗者,也是导致伯奇被逐的最终环节;后妻是进谗者,她虽只是一个媒介人物,但所起的作用却极为重要,是伯奇被逐的始作俑者和直接参与者;伯奇则是典型的弃子,他既是道德的象征者,又是悲剧的承担者。换言之,他是具有"仁孝"美德的,但是,后母的出现,特别是她的恶意进谗,使得有美德者惨遭弃逐;如果说是后母的谗言陷伯奇于逆境的话,那么其父的被愚弄才让他永蒙怨愤。除此之外,周宣王这一后来加入的代表正义并具最终裁决权的人物,他的出现改变了伯奇的遭遇,并使其孝行美德昭然于世。但这一预示光明前景的团圆结局,与其说是丰富情节的需要,不如说是更多地出于后人的一种道德理想,其最大功用在于消解故事原本浓郁的悲剧意味,而对深化人物、事件的内涵已无多少实际意义①。

深一层看,伯奇故事的基本结构对弃逐文化具有发凡起蒙的创始意义。简而言之,后母对应奸臣;愚父代表壅君,由其展示的父权象征着专制;而弃子就是逐臣。原属于家庭伦理范畴的孝子后母之争此后便转换成了国家政治范畴的忠臣奸佞之争,这便是弃逐文化由朦胧到清晰的发生、发展、变化脉络。简言之,弃子现象与贬谪现象的区别在于:前者是被父母抛弃,被弃者远离了自己依恋的亲情;后者则是被君主驱逐,被逐者远离的是自己熟悉的群体;前者对父母的亲情,在后者那里放大为对君主的留恋;前者无罪遭弃的悲怨,转换为后者忠而被谤的呼号,由此子臣转换,家国互涵,形成一条不绝如缕的弃逐文学发展链条。

---

① 关于伯奇故事的演变,可参看拙文《历史与传说间的文学变奏——伯奇本事及其历史演变考论》,《文史哲》2014 年第 4 期。

　　与记载其事多为汉以后文献的伯奇故事相比，周幽王之子宜臼的被弃逐更具真实性和典范性。从历史文献看，早在《国语·郑语》中，就记载了郑桓公与史伯的一段对话，从侧面展示了周幽王宠褒姒、废申后、逐宜臼的事件①。而到了《史记·周本纪》，更对此事做了明确的叙述：

　　　　三年，幽王嬖爱褒姒。褒姒生子伯服，幽王欲废太子。太子母，申侯女，而为后。后幽王得褒姒，爱之，欲废申后，并去太子宜臼，以褒姒为后，以伯服为太子。……幽王以虢石父为卿，用事，国人皆怨。石父为人佞巧善谀好利，王用之。又废申后，去太子也。申侯怒，与缯、西夷犬戎攻幽王。幽王举烽火征兵，兵莫至。遂杀幽王骊山下，虏褒姒，尽取周赂而去。于是诸侯乃即申侯，而共立故幽王太子宜臼，是为平王，以奉周祀。②

刘向《列女传》周幽褒姒条也有相似记载：

　　　　褒姒者，童妾之女，周幽王之后也。……长而美好，褒人姁有狱，献之以赎，幽王受而嬖之，遂释褒姁，故号曰褒姒。既生子伯服，幽王乃废后申侯之女，而立褒姒为后；废太子宜臼而立伯服为太子。幽王惑于褒姒，出入与之同乘，不恤国事，驱驰弋猎，不时以适褒姒之意，饮酒沉湎，倡优在前，以夜继昼。……忠谏者诛，唯褒姒言是从，上下相谀，百姓乖离。申侯乃与缯、西夷、

---

① 徐元诰集解，王树民、沈长云点校：《国语集解·郑语》，中华书局，2002 年，第473—475 页。
② 《史记（修订本）》卷四《周本纪》，第 186—188 页。

犬戎共攻幽王，幽王举燧燧征兵，莫至，遂杀幽王于骊山之下，虏褒姒，尽取周赂而去。于是诸侯乃即申侯，而共立故太子宜臼，是为平王。自是之后，周与诸侯无异。诗云："赫赫宗周，褒姒灭之。"此之谓也。①

依据上述史料及《帝王世纪》《竹书纪年》的相关记述，可以概略了解当日宫廷斗争的情形。即周幽王于其继位后第三年，专宠美女褒姒；大约两年之后，因褒姒进谗，幽王废掉了原配申后、其子宜臼的王后、太子之位，而将褒姒及其子伯服相继立为王后和太子；当此之际，被废的宜臼不得已出奔其母舅之国申国。到了幽王十一年（前771），申侯及缯侯、犬戎各部联合进攻，杀幽王于骊山之下，西周王朝遂告灭亡。宜臼被立，成为东周王朝的第一个君主，即周平王。

这是中国上古史的一大政治变局，而导致此一变局的申后被废、宜臼被弃被逐也自然成为一个极为引人注目的历史事件。察其近因，幽王之死、西周之亡固然是缘于申、缯、犬戎等外力的攻击；溯其远源，却委实缘于幽王信用奸佞、嬖爱褒姒、废嫡立庶、自毁长城等一系列举措；而从历代史家的视角看，褒姒以美色惑乱君心，与佞臣朋比为奸，更具有乱政亡周的必然性。一方面，"幽王惑于褒姒……饮酒沉湎，倡优在前，以夜继昼"，并上演了人所熟知的"烽火戏诸侯""千金买一笑"的闹剧，这本身就埋下了日后亡国的隐患；另一方面，这位美人又工于心计，善为谗言，与佞臣虢石父相勾结，废申后，去太子，结果导致国本动摇，幽王被杀。大概正是有鉴于此，《国语·晋语》所载史苏的一段议论，就特别值得我们注意：

---

① 《列女传补注》卷七，第287—288页。

　　昔夏桀伐有施，有施人以妹喜女焉，妹喜有宠，于是乎与伊
尹比而亡夏。殷辛伐有苏，有苏氏以妲己女焉，妲己有宠，于是
乎与胶鬲比而亡殷。周幽王伐有褒，有褒人以褒姒女焉，褒姒有
宠，生伯服，于是乎与虢石甫比，逐太子宜臼而立伯服。太子出
奔申，申人、鄫人召西戎以伐周，周于是乎亡。①

　　史苏是晋献公时主管占卜的史官，上距周幽王时代已有百年之久，故
这段话颇具历史总结的意味。他拈举夏桀时的妹喜、商纣时的妲己、
周幽时的褒姒为例，旨在探查夏、商、周三代亡国之规律，以为当政者
提供历史教训。在史苏看来，夏、商、周之所以亡国，有两个重要原
因，一是君王宠信美女，荒殆国政；二是被宠信的美女为争宠固位而
与佞臣朋比为奸，欺蒙君王。这两点紧密关联、相互为用，并在周幽
王和褒姒这里得到突出表现。其逻辑顺序是：宜臼之所以被弃逐，盖
缘于其父幽王对新人褒姒的宠幸，在于褒姒为自己及其子伯服谋求
王后、太子之位的努力；而为了使自己及儿子成为王后和太子，褒姒
就必须使幽王疏远现任王后、太子的申后和宜臼；但要达到这一点，
仅凭其一人之力是不够的，于是便勾结佞臣虢石父，设法离间幽王与
申后、宜臼的关系，最后导致申后被废、宜臼被弃并出逃的结局。于
是，美人受宠、党邪害正、以庶间嫡、终至亡国，便形成了一条屡试不
爽的历史规律；至于申后之废、宜臼之弃，在展示其自身悲剧性的同
时，也深刻揭示出中国早期政治的无情和残酷。

　　仔细考察宜臼、申后之被弃被废之事可以发现，这既是一个发生
在国家层面的政治、道德事件，也是一个发生在家庭层面的宗亲、伦
理事件。家与国、宗亲与政治、伦理与道德，既有区别，又相包容，从

---

①《国语集解·晋语一》，第250—251页。

而使得看似简单的人物身份具有了双重特性,并由此丰富了事件的文化内涵。

首先,从弃废故事的结构形态看,此一事件大致由四种力量构成,即施动者、谗毁者、受动者、救助者。作为施动者,周幽王是导致整个事件发生的关键因素,他的态度向背,直接决定了弃废之事能否发生和发生的程度。作为谗毁者,褒姒与虢石父沆瀣一气,献媚固宠,为攫取利益最大值而无所不用其极,是导致弃废事件发生的最积极因素。作为受动者,申后、宜臼身遭多种力量的夹挤压抑,只能被动承受被废被弃的结果,在不得已的情况下,逃亡到自己的娘家申国。作为救助者,申后之父、宜臼之外祖申侯自然会尽全力保护自己的骨肉,但其力量不足以抗衡强大的周王朝,于是便与缯、西戎等结成联盟,起而灭周,并最终辅佐外孙返回朝廷,继承王位。

以上四种力量,互相制约,互有渗透,构成整个事件“谗毁—弃逐—救助—回归”的动态流程。但宜臼的“回归”,因掺入更为复杂的政治因素而不无变形,它已不是回到原点亦即回到施动者那里的“回归”,而是在回到朝廷继承王位这一新的基点上达成了“回归”。

其次,从弃逐故事中主要人物的身份和关系看,呈现出一身二任、家国通一的特征。在家的层面,幽王为夫,申后为妻,宜臼为子;而在国的层面,幽王为君,申后为后,宜臼为臣。于是,他们之间的关系便具有了双重性:既是夫与妻、父与子,又是王与后、君与臣。因其夫妻、父子之关系,便使得故事首先具有了一般家庭人伦关系的特点,作为一家之主的夫、父因另有所爱而抛弃了妻、子,于是,妻、子便成为弃妇和弃子;而因其王后、君臣之关系,又使得整个事件的意义和效应大大扩张,家之弃妇、弃子亦由此跃升为国之废后、逐臣。至于褒姒,其身份是妾,又是正妻与王后的竞争者,而其竞争的主要手段,则是美色与嫉妒、谗毁兼而有之,于是,在家、国层面便与妒妇和奸佞小人相等同,成为中国历史上以邪害正者的典型代表。

其三,从整个弃逐事件的性质看,展示的是嫡庶双方的矛盾冲突和正邪两股力量的较量。以申后、宜臼为一方的嫡亲派,来路光明正大,行事无缺无憾,在争斗中本不应败北;以褒姒、伯服为一方的庶出派,在资历和长幼序列上,均不占先机,在争斗中很难取胜。然而,争斗的结局却出人意料:不该败北的被废被弃,落荒而逃,难以取胜的却步步紧逼,大功告成。由此,一方面形成嫡难胜庶、正不压邪的结果,另一方面,则导引出决定整个事件胜败的关键因素,即周幽王和褒姒在事件中的作用。

周幽王是整个事件的主导者。他既是家中之父,又是一国之君,握有生杀予夺的最高权力。无论从政治、道德层面,还是宗亲、伦理层面,社会赋予他的职责,都应是扶正祛邪、重嫡轻庶。然而,幽王却反其道而行之,不仅宠爱褒姒,言听计从,而且为了满足她的贪欲,竟将原配夫人、国之母后的申后废掉,将自己的嫡亲长子、国之储君的太子宜臼弃逐,究其根本原因,即在于对女色的爱重和对谗言的轻信。如所熟知,在以男权为中心的父系时代,维系整个家庭的,不只是妻贤子孝等内在美德,除此之外,还有妻之容貌、媚言等外在因素,不少情况下,后者所占比重甚至要远超前者。韩非有言:"丈夫年五十而好色未解也,妇人年三十而美色衰矣。以衰美之妇人事好色之丈夫,则身见疏贱,而子疑不为后。"[1] 据此而言,男子重色、见异思迁、喜听媚言、疏远忠直,既成为其人性中很难改变的弱点,又构成一条自古以来屡被证实的规律。而在幽王这里,这一规律和弱点便得到了最大程度的体现。他之所以宠爱褒姒,主要便是因了她的年轻貌美和巧言媚上;他之所以废掉申后,无疑也是因了她的年老色衰和

---

[1]《韩非子集解》卷五《备内》,第115页。

不善谀辞。在这里,女色的诱惑与媚言的功用成为整个事件的关键因素,而幽王由此生发的喜新厌旧、废嫡立庶,则在展示其人性弱点的同时,也深刻地揭示出如下一条规律:是非善恶之混淆颠倒,在最高权力无法约束的中国古代,原本即系于权力持有者的一念之间。

与大权在握的周幽王相比,褒姒作为褒人献给幽王以赎罪的女子,其身份为妾,本无资格与申后平起平坐,但其手中却握有三个制胜的法宝:一是年轻而姣好的姿色;二是善于钻营,为达一己私利而谗毁异己的手段;三是她有了亲生子伯服,使之获得了在政治上谋取利益最大值的资本。在这三点中,第一点是前提条件,倘若不是年轻貌美,褒姒便很难得到幽王的专宠,此后的进谗便难以进行;第二点是必要条件,倘若仅仅是因年轻貌美获得专宠,但无害人之心,无进谗之巧,还不至于勾结佞臣,上下其手,导致申后被废;第三点是终极条件,倘若没有亲生之子,纵使褒姒得到专宠,勾结佞臣,但其所谋者也只能是王后之位,而对于国之储君的太子之位,她却是无力动摇的,所以,她所取得的利益便难以持久化,她的谗毁行径便不能不有所收敛,她所造成的危害程度也就有了一定的限度。然而,这三个条件在褒姒这里兼而有之,她不仅可以依仗姣好的容颜获取幽王之专宠,而且因有了亲生之子,既可有恃无恐,又明确了觊觎国之重器的目标,于是,便充分施展其离间谗毁之手段,与佞臣虢石父勾结起来,不遗余力地展开了为自己谋夺王后、为亲子谋夺太子的攻势。在这种攻势下,贪色昏庸的幽王不能不很快败下阵来,使得“忠谏者诛,唯褒姒言是从”,最终导致申后、太子被废被弃的悲剧。

这一事件的核心在于以庶间嫡、以幼代长,在于围绕最大利益展开的不正当争夺,以及权力持有者对此争夺的纵容和支持,由此创下有悖宗亲伦理和政治道德的恶例,并成为中国古代社会一再上演的后妻得宠、嫉恨前妻、谋立己子、陷害嫡长子之类纷争的典型代表。

无论从家庭层面的嫡庶长幼之争而言,还是从国家层面的政治权力
之争而言,此一事件由于其人物角色的双重身份和意义,都从发生学
的意义上对中国弃逐文化形成了不可忽视的重大影响。而宜臼的遭
遇,既开启了由弃到逐的端绪,又承担了由子到臣的转换,实际上肩
负着由弃子向逐臣过渡的桥梁作用。

　　分析宜臼由弃子到逐臣转化的文化背景,自然要将关注的视线
转向中国的宗法制度。正是这种制度,以及与这种制度相伴而生的
礼仪体系,最后辅助确立了宜臼在弃逐文化史上的不易地位。

　　一般认为,夏朝即已建立了"宗君合一的宗法性国家"①,其后
的商、周二代继续发展,这种宗统与君统合一的政治体制进一步得
到健全完善,至西周时期,宗法思想"已经具有了初步完整的理论形
态"②。宗君合一即宗统与君统的合二为一,小的家放大之后便是国。
宗统要突显的是亲,君统要突显的则是君,亲、君具有内在的一致性,
而在二者的关系上,亲又无疑隶属于君。宗法制的国家,实际上就
是实行家天下统治,君亲合一,家国通一。在家族层面上,父子关系
是轴心,而一旦上升到国家高度,父子关系便顺理成章地切换成了
君臣关系。父是"室家君王"③,君是国家的君长,再推衍下去,君就
是"民之父母"④。在家庭中,父亲的权力是绝对的,在国家生活中,君
或王的权威是至高无上的。"溥天之下,莫非王土,率土之滨,莫非王
臣"⑤,王不仅拥有土地,还统治着天下地上的所有民众。从早期的

---

① 刘广明:《宗法中国》,上海三联书店,1993年,第10页。
② 钱杭:《周代宗法制度史研究》,学林出版社,1991年,第77页。
③《毛诗正义》卷一一《小雅·斯干》,《十三经注疏》,第937页。
④《毛诗正义》卷一七《大雅·泂酌》,《十三经注疏》,第1172页。
⑤《毛诗正义》卷一三《小雅·北山》,《十三经注疏》,第994页。

释义看,"君""王"二字已被赋予了浓郁的社会伦理色彩,如:

　　君,尊也,从尹口,口以发号。①

　　君,至尊也。②

　　王,天下所归往也。董仲舒曰:"古之造文者,三画而连其中谓之王。三者,天、地、人也;而参通之者,王也。"孔子曰:"一贯三为王。"③

　　王字之本义斧也。象无柄斧钺,其头刃部朝下放置。用以象征权力。④

　　宗法制度下的家与国、亲与尊,体现着严格的君统与宗统相合、尊尊与亲亲相合的"周礼精神";而"礼是一种特别的政权形式","由于周人的政治宗教化,在思想意识上便产生了所谓的礼"⑤。礼作为一种意识形态内的约束机制,在家体现为孝亲,在国则扩大为忠君。因此,《礼记·礼运》才把"父慈""臣忠"等伦理规定视为"人义"的内容。睡虎地秦墓竹简《为吏之道》亦载:"君(鬼)怀,仁柔,臣忠,父慈,子孝,政之本也。"⑥ 作为一个普通人,要谨守"人义";作为官吏,更要坚持忠爱慈孝这样的根本。这些礼的伦常规定性慢慢深入人心,因此,晏婴才说:"礼之可以为国也久矣,与天地并。君令、臣

① 《说文解字注》,第 57 页。

② [汉]郑玄注,[唐]贾公彦疏:《仪礼注疏》卷二九《丧服》,《十三经注疏》,第 2381 页。

③ 《说文解字注》,第 9 页。

④ 吴其昌:《金文名疏证兵器篇》,汤可敬:《说文解字今释》引,岳麓书社,1997 年,第 27 页。

⑤ 侯外庐等:《中国思想通史》第一卷,人民出版社,1957 年,第 78 页。

⑥ 睡虎地秦墓竹简整理小组:《睡虎地秦墓竹简》,文物出版社,1978 年,第 285 页。

共、父慈、子孝……"①可见,孝与礼关系密切,"孝,礼之始也"②。孝又引发出了忠,"我们发现,父子兄弟伦常从维系宗族的纽带,已经上升为国家的统治方针了。而从这里出发,'孝'必然要发达为'忠'。政治关系中融进了血缘关系,就导致政治与宗法合一,'忠'、'孝'二范畴的联结显然具有客观前提"③。就宗法制度下的家庭伦理关系看,孝亲无疑是个人在血缘群体中所应遵循的约束机制,而孝亲的扩而大之便是忠君。于是,产生于三代宗法制度背景下的忠孝伦常,终在其后的历代政权统治中,形成所谓"欲明明德于天下者,先治其国;欲治其国者,先齐其家;欲齐其家者,先修其身……"④的逻辑顺序。以此为前提,历代帝王才会"上为皇天子,下为黎庶父母"⑤,而臣子只能"夙夜匪解,以事一人"⑥,"君子之事上也,进,思尽忠;退,思补过"⑦。于是,不论汉唐,还是宋明,帝王无不宣称"以孝治天下"。"夫孝,始于事亲,中于事君,终于立身。"⑧在专制制度下,孝毫无疑义地雄踞于种种严苛律条之上,而由孝至忠,便构成宗法-专制社会的逻辑链条,不知不觉间内置于人们的观念,随时随地发出无言的指令。

　　数千年专制历史,尤其是统治者的刻意渲染,加上不明就里者的

---

① [晋]杜预注,[唐]孔颖达等疏:《春秋左传正义》卷五二《昭公二十六年》,《十三经注疏》,第 4594 页。

② 《春秋左传正义》卷一八《文公二年》,《十三经注疏》,第 3993 页。

③ 《周代宗法制度史研究》,第 115 页。

④ 《礼记正义》卷六〇《大学》,《十三经注疏》,第 3631 页。

⑤ 《汉书》卷七二,第 3089 页。

⑥ 《毛诗正义》卷一八《大雅·烝民》,《十三经注疏》,第 1225 页。

⑦ [唐]李隆基注,[宋]邢昺疏:《孝经注疏》卷八《事君章》,《十三经注疏》,第 5567 页。

⑧ 《孝经注疏》卷一《开宗明义章》,《十三经注疏》,第 5526 页。

愚顽遵奉,孝终于在更多时候变成了极不理性的愚孝,一如忠之成为
愚忠。然而,弃子伯奇、宜臼、逐臣屈原等所代表的弃逐文化,却用孝
而见弃、忠而被逐的一个个鲜明案例和"发愤以抒情"的各体文学样
式,不停地向人们昭示着这种孝、忠文化的严酷面目。这只要看一看
《诗经·小雅》中的弃子逐臣诗,特别是那首虽多争议却均将之归为
描写弃子事的《小弁》,就可以知晓其发源时的情境了。

　　关于《小弁》的作者,大致有三说,即太子之傅作、太子宜臼作、
尹吉甫之子伯奇作。前一说以《毛诗序》为代表,首倡"《小弁》,刺
幽王也,太子之傅作焉";孔颖达《毛诗正义》承其说而阐发曰:"幽
王信褒姒之谗,放逐宜咎,其傅亲训太子,知其无罪,闵其见逐,故作
此诗以刺王。"① 第二说以朱熹为代表,但其观点却颇有游移。在《诗
序辩说》中,朱熹认为:"此诗明白为放子之作无疑,但未有以见其必
为宜臼耳。序又以为宜臼之傅,尤不知其所据也。"② 而在《诗集传》
中,朱熹又明确认为"宜臼作此以自怨也"③。从而将作者定格为宜
臼。第三说源自鲁、韩诗说,而以后汉赵岐为代表。在《孟子章句》
中,赵岐指出:"伯奇仁人,而父虐之,故作《小弁》之诗。"④ 由此一反
序说,认定伯奇为《小弁》作者。

　　在以上三说中,前二说虽作者不同,但所指之事则一,故三说争
论的焦点实在于此诗究为宜臼被逐而发,还是为伯奇遭弃而发。从
文献资料看,伯奇事几乎无见于先秦典籍者,自汉以后,相关记载论

---

① 《毛诗正义》卷一二《小雅·小弁》,《十三经注疏》,第 970 页。
② [宋]朱熹:《诗序辩说》,见《诗集传》,第 46 页。
③ 《诗集传》卷一二,第 219 页。按:《朱子语类》卷六七:"先生于《诗传》,自
　以为无复遗恨。曰:后世若有杨子云,必好之矣。"据此,则朱子意见自当以其
　晚年所定之《诗集传》为准。见《朱子语类》卷六七,第 1655 页。
④ 《孟子注疏》卷一二上《告子章句下》,《十三经注疏》,第 5997 页。

说方日渐增多,就此而言,将《小弁》视为伯奇所作,便颇嫌证据不足。进一步看,诗中"踧踧周道,鞫为茂草"二语,似针对周王朝乱象而发,与伯奇所处时代及身世遭际均不符。至于《孟子·告子下》所谓"《小弁》,亲之过大者也。亲之过大而不怨,是愈疏也"云云,也更贴合宜臼的情况。清人姚际恒《诗经通论》有言:"赵岐注《孟子》,以为伯奇作。伯奇事仅见《琴操》,不足据。且'踧踧周道,鞫为茂草',此岂伯奇之言哉!"[①] 刘始兴《诗益》亦谓:"孟子云:'《小弁》,亲之过大。'据此一语,可断其为幽王大子宜臼之诗。盖大子者,国之根本;国本动摇,则社稷随之而亡。故曰:'亲之过大。'若在寻常放子,则己之被谗见逐,祸止一身,其父之过,与《凯风》七子之母不安其室等耳,何得云亲之过大哉?又诗二章曰:'踧踧周道,鞫为茂草。我心忧伤,惄焉如捣。'此有伤周室衰乱之意。若寻常放子,其于国家事何有焉?"[②] 胡承珙《毛诗后笺》则联系《汉书·杜钦传》所载杜钦因讽成帝好色而谓"《小弁》之作,可为寒心"之语,认为:"即此亦可见此诗必有关君国,而非士大夫一家之事矣。"[③] 与姚、刘、胡诸人观点相似,朱鹤龄《诗经通义》更为详细地辨析道:"诗言'踧踧周道,鞫为茂草',是忧国家之将亡,非宜臼作必无此语。……宜臼作诗时,其身已被逐,故曰'舍彼有罪,予之佗矣'。宜臼之废也,其始必幽王尝泄其意于语言之间,左右因傅会而成之。故曰'君子无易由言,耳属于垣'。李泌所谓'左右闻之,将树功于舒王,太子危矣'者也。宜臼既废,伯服遂立为太子,故告之曰:'毋逝我梁,毋发我笱。

---

① ［清］姚际恒:《诗经通论》卷一〇,中华书局,1958年,第216页。
② ［清］刘始兴:《诗益》卷一七,《续修四库全书》第63册,上海古籍出版社,2002年,第318页。
③ ［清］胡承珙著,郭全芝校点:《毛诗后笺》卷一九,黄山书社,1999年,第1001页。

我躬不阅,遑恤我后。'逐子之悲,同于弃妇,故其辞一也。"①据此,从外证和内证两个方面,均可证成伯奇作《小弁》之不可信。联系姚际恒"然谓其傅作,有可疑。诗可代作,哀怨出于中情,岂可代乎?况此诗尤哀怨痛切之甚,异于他诗也"②、方玉润"此诗为宜臼作无疑,而朱子犹疑之者,过矣"③的说法,我们认为:《小弁》一诗当指宜臼被弃被逐事,其作者极有可能就是宜臼本人④。

《小弁》凡八章,每章八句。

弁彼鸒斯,归飞提提。民莫不穀,我独于罹。何辜于天,我罪伊何。心之忧矣,云如之何。

踧踧周道,鞫为茂草。我心忧伤,惄焉如捣。假寐永叹,维忧用老。心之忧矣,疢如疾首。

维桑与梓,必恭敬止。靡瞻匪父,靡依匪母。不属于毛,不罹于里。天之生我,我辰安在。

菀彼柳斯,鸣蜩嘒嘒。有漼者渊,萑苇淠淠。譬彼舟流,不知所届。心之忧矣,不遑假寐。

鹿斯之奔,维足伎伎。雉之朝雊,尚求其雌。譬彼坏木,疾用无枝。心之忧矣,宁莫之知。

相彼投兔,尚或先之。行有死人,尚或墐之。君子秉心,维

① [清]朱鹤龄:《诗经通义》卷七,《景印文渊阁四库全书》第85册,第185页上。
② 《诗经通论》卷一〇,第216页。
③ [清]方玉润著,李先耕点校:《诗经原始》卷一一,中华书局,1986年,第407页。
④ 关于《小弁》的本事和作者,笔者另有文详细辩说,见《中国文学史上最早的弃子逐臣之作——〈小弁〉作者及本事平议》,《安徽大学学报(哲学社会科学版)》2012年第1期。可参看。

其忍之。心之忧矣,涕既陨之。

　　君子信谗,如或酬之。君子不惠,不舒究之。伐木掎矣,析薪扡矣。舍彼有罪,予之佗矣。

　　莫高匪山,莫浚匪泉。君子无易由言,耳属于垣。无逝我梁,无发我笱。我躬不阅,遑恤我后。①

　　首章借归飞欢乐之鸒斯比照漂泊忧愁之弃子,"呼天控诉",总起全诗;次章"言道路景象,放逐心情,忧伤已极";三章"言失父母之忧,语至沉痛";四、五两章"以舟流无届、坏木无枝、鹿奔觅群、雉雊求雌为譬,以见逐子失亲而无所依归之苦";六章"先以对于逃兔、路毙之仁,反跌忍心";七章"以伐木析薪之顺理,反形不惠";末章"言慎言、恤后,可见被迫害之心理。即以此自儆自宽作结"②。在这首诗中,我们注意到这样几种情况:

　　其一,作者心理极度郁结,感情至悲至痛,一再使用"靡""不"等词语,如谓"靡瞻匪父,靡依匪母。不属于毛,不罹于里""不知所届""不遑假寐",从而将自己失去父母护持、里外均无着落、不知前景如何、终将归往何方等感怀、疑问、焦虑直白道出,使诗情无遮无拦,倾泻而出,"语语割肠裂肝"③,在情感上具有很强的穿透力。

　　其二,五次使用"心之忧矣"的句式,借助重叠复沓,渲染弃子无可化解的忧虑悲哀;通过"云如之何""宁莫之知""天之生我,我辰安在"之类的疑问句式,强化弃子所受冤屈之大以及无所归属之感;以"譬彼坏木,疾用无枝"等一连串比喻,展示"放逐之人,内不得于

---

① 《毛诗正义》卷一二《小雅·小弁》,《十三经注疏》,第970—973页。
② 陈子展:《诗经直解》卷一九,复旦大学出版社,1983年,第687—691页。
③ 《诗经直解》卷一九引孙鑛语,第693页。

其亲,外见离于其党,故寄思坏木,自悼无依"的现实状况;第五章或借"鹿斯而足舒迟,以喻太子奔而不忍遽疾,以有所顾望也",或借"雉鸣而求其匹,以喻太子见逐而离其亲,曾鸟之不如也"[①],从而多角度地展示了弃子逐臣的内在心理。

其三,对弃逐悲剧的制造者无所假贷,哪怕他尊贵为君父。如六、七两章一再明言:"君子秉心,维其忍之""君子信谗,如或酬之。君子不惠,不舒究之",将讽刺矛头直指身为君父的幽王,并明确揭示出"信谗"是弃逐悲剧的根本原因。

其四,作者于怨怒讽刺的同时,也表现出对父母、家园的眷恋和对回归的期盼。诗第三章以"维桑与梓,必恭敬止"起始,心念故园,追思父母,"沉痛迫切,如泣如诉,亦怨亦慕"[②],由此勾勒出弃子丰富复杂的情感曲线,为后世弃子逐臣反复表现的"放逐—回归"主题设定了最初也是最基本的音符。

从发生学的角度看,《小弁》一诗是弃逐文学可以指实本事的现存最早作品。由于本事可以指实,故具有历史的厚重度,具有非事件亲历者难以体验的真切感和深刻性。而其"或兴或比,或反或正,或忧伤于前,或惧祸于后","布局精巧,整中有散,正中寓奇,如握奇率,然离奇变幻,令人莫测"[③]的言情特点和表现手法,更使之具有了很高的艺术价值和启示作用。至于其与历史事实紧相关合的内在结构,则对后世不绝如缕的贬谪文学具有发凡起蒙的创始意义。简而言之,愚父代表壅君,后母对应奸臣,而弃子就是逐臣。原属于家庭伦理范畴的孝子后母之争,此后便转换成了国家政治范畴的忠臣

① 黄焯:《毛诗郑笺平议》六,上海古籍出版社,1985 年,第 226 页。
②《诗经原始》卷一一,第 407 页。
③《诗经原始》卷一一,第 408 页。

奸佞之争,这便是弃逐－贬谪文化由朦胧到清晰的发生、发展变化脉络。

　　更为重要的是,对这一发展脉络进行纵向的线性梳理,可以清晰展现出弃子、逐臣的悲怨情怀和独特气节。首先,被弃逐者是具有美德的,即孝亲并忠君;但这种美德在进谗者那里却变成了致其罹祸肇灾的端由,于是有美德者被自己孝忠的人所抛弃。这仅仅是开始,是苦难降临的开始,是考验的开始,更是被弃逐者获准进入弃逐文化天地的开始。其次,遭受弃逐不幸之后,被弃者远离了亲情,甚至远离了人群,他们心中储满了委曲,只能在物质与精神的荒漠里独行,默念着"民莫不穀,我独于罹。何辜于天,我罪伊何",表现出巨大的悲愤哀怨。最后,弃子逐臣的气节得到突显。关于这一点,在早期弃子那里还颇为模糊,而到了楚国逐臣屈原那里,则已完全清晰、明朗,并达到了"虽九死其犹未悔"[①]的高度。

第二节　屈原悲剧与忠奸之争的模式确立

流放诗人的执著意识／忠奸之争与屈原模式

　　从商、周之孝己、伯奇、宜臼,到楚之屈原,从《小雅》中的《小弁》《四月》,到楚之《离骚》,社会政治已发生了极大的变化,但悲剧主体的遭遇、作品描述的事件、表达的感情却颇有相似之处。中国历史文化具有一种超稳定的内在结构,只要宗法与专制同生共荣的时代在延续,弃子逐臣便会在这种制度的惯性运转过程中被制造出来,或者说,专制政体笼罩下的文人,随时都有可能被突如其来的灾难抛离制度的轨道而成为流落荒远的异己者;而每一位远离制度轨道的异己

---

①《楚辞补注》卷一《离骚》,第14页。

者面对人生的困境,也都会重复一次先行者曾经历过的心理体验,并产生出类似的精神意向。

揭开战国末期楚国历史那沉重的一页,屈原的名字便首先映入眼帘,他和他创作的骚体弃逐诗,是中国贬谪文化和文学的重要源头之一。

屈原是中国历史早期最重要的一个贬谪诗人,也是执著意识最突出的代表。据考,屈原一生一次被疏,两次被放。他的被疏约当楚怀王十六年(前313)。他的被放,第一次自顷襄王元年(前298)至三年(前296),放逐地点在江南一带;第二次自顷襄王十三年(前286)至二十一年(前278),放逐地点先在汉北,后历荆湘,经夏浦、辰阳、溆浦等地,最后在向长沙进发途中投汨罗江自尽①。

在长达十余年的放逐生涯中,屈原的身心受到了严重的摧残,精神上承受着巨大的痛苦,哀怨、忧伤、悲戚、愤懑几乎成了他的终身伴侣,但他却从未屈服过、颓废过,他的生命始终处在反抗、搏斗、奋争的行进过程中。抽绎其诗作内容,这种反抗、搏斗、奋争主要体现在如下几个方面:

执著理想信念,决不改易操守——"阽余身而危死兮,览余初其犹未悔!""虽体解吾犹未变兮,岂余心之可惩?""不吾知其亦已兮,苟余情其信芳。""路曼曼其修远兮,吾将上下而求索!"②

揭露黑暗现实,痛斥党人群小——"变白以为黑兮,倒上以为下。凤皇在笯兮,鸡鹜翔舞。同糅玉石兮,一概而相量。夫惟党人之鄙固兮,羌不知余之所臧。""邑犬群吠,吠所怪也。非俊疑杰兮,固

① 参见拙文《论〈哀郢〉的创作和屈原的放逐年代》,《陕西师大学报》1980年第4期。
② 《楚辞补注》卷一《离骚》,第3—47页。

庸态也。"①

固守赤子之心,深深眷恋邦国——"羌灵魂之欲归兮,何须臾而忘返?背夏浦而西思兮,哀故都之日远。""曼余目以流观兮,冀壹反之何时?……信非吾罪而弃逐兮,何日夜而忘之!"②

维护人格尊严,不惜以死抗争——"既莫足与为美政兮,吾将从彭咸之所居!"③"知死不可让,愿勿爱兮;明告君子,吾将以为类兮!"④

身处逆境,不屈不挠,坚持固有信念,高扬峻直人格,执著追求理想,愤怒揭露、抨击黑暗现实和无耻党人,深深眷恋邦国,终至以死殉志,这就是回荡在屈原作品中的主旋律,这就是屈原的精神。这种精神高度凝聚,化解不开,支撑着屈原与现实忧患作殊死的抗争,从而表现出对人生悲剧最顽强的克服,对自我志节最坚定的持守,而这不正是一种深沉博大的执著意识吗?这种执著意识融贯在屈原的血液中,闪耀在他的性格里,"一篇之中三致志焉"⑤,并由此构成了其作品的精魂。

面对沉重的现实忧患,屈原之所以能顽强抗争,表现出坚定的执著意识,无疑与他的政治理想和悲剧性质紧相关联。史载:屈原为楚怀王左徒,"博闻强志,明于治乱,娴于辞令。入则与王图议国事,以出号令;出则接遇宾客,应对诸侯。王甚任之"⑥。据屈原在《惜往日》中追述:"惜往日之曾信兮,受命诏以昭时。奉先功以照下兮,明法度之嫌疑。国富强而法立兮,属贞臣而日娭。秘密事之载心兮,虽过失

---

① 《楚辞补注》卷四《怀沙》,第141—146页。
② 《楚辞补注》卷四《哀郢》,第132—136页。
③ 《楚辞补注》卷一《离骚》,第47页。
④ 《楚辞补注》卷四《怀沙》,第146页。
⑤ 《史记(修订本)》卷八四《屈原贾生列传》,第3013页。
⑥ 《史记(修订本)》卷八四《屈原贾生列传》,第3009页。

犹弗治。"① 显而易见,屈原最初深得楚王信任,积极参政议致,肩负着治理楚国的重要使命。所谓"明法度之嫌疑",就是《史记·屈原列传》中说的"怀王使屈原造为宪令"②。而其最终目的,乃是为了使"国富强而法立",由强大的楚国来统一天下。从当时的政治形势看,"横则秦帝,纵则楚王"作为大的发展趋势已为世人公认,因而,屈原依赖君主支持和显赫的贵族出身,凭借身为左徒的优越地位及其超人的才干,是完全有条件有可能变法富国并完成统一大业的。正因为如此,所以屈原怀抱一再申明的"美政"理想,勤勉国事,公而忘私,执著追求,精进不已。在他的脑海中,始终浮现着一幅高远的政治宏图,对他来说,社会政治和由此派生的政治理想已成为他生命中不可或缺的组成部分,他的信念、他的追求、他的意志、他的生命,都在这一层面上凝为一体,被赋予了全新的意义。换言之,当一个人跳出了狭隘的小我的牢笼,而将其全副精力贯注于一个更为远大宏阔的目标时,他便具有了一种宗教般的热情和自觉的使命感,便增添了担承整个民族和人类沉重负荷的巨大能量,他的精神、意志也由此获得了提升和强化。屈原的勤力社稷和执著追求,便体现了这一特点。

　　然而,正如我们一再指出过的,在中国古代社会,执著追求理想与可能的悲剧性是紧相关联的,而且这种追求愈是强烈,追求者的人品愈是高洁脱俗,便愈是易于被人中伤,导致悲剧的可能性也就愈大。这是一个残酷的历史规律,而此一规律在屈原这里最为突出地呈露出来。概括言之,屈原在追求理想的过程中遇到来自两方面的严重阻碍,一为昏庸君主,一为党人群小。从前者看,楚怀王前期颇思振作,曾为山东六国合纵之纵长;至中期以后,便日渐昏昧,先受

---

① 《楚辞补注》卷四《惜往日》,第149—150页。
② 《史记(修订本)》卷八四《屈原贾生列传》,第3009页。

欺于张仪,与齐绝交;继发兵贸然攻秦,大败而归;终又与秦联姻、会盟,受伐于齐、韩、魏三国,并再度为秦攻伐,不得已西入秦,客死于斯,为天下笑。顷襄王即位后,愈为颓唐,外无良谋,与秦交合离散,有如儿戏;内信群小,"淫逸侈靡,不顾国政",故庄辛一针见血地指出:"君王卒幸四子者不衰,楚国必亡矣。"① 果然,时间不久,秦即大举攻楚,顷襄王二十一年,"秦将白起遂拔我郢,烧先王墓夷陵。楚襄王兵散,遂不复战,东北保于陈城"②。至此,楚国风雨飘摇,江河日下,再不复有昔日争霸天下的雄风了。而这一切,无疑应主要由昏昧的国君来承担责任。面对如此君主,屈原高远的政治理想怎能实现? 他的执著追求又怎能不半途夭折? 从后者看,楚怀、顷襄两代党人群居,干乱国政,诬陷忠良,为患甚烈。史载:上官大夫与屈原同列,"争宠而心害其能。怀王使屈原造为宪令,屈平属草稿未定,上官大夫见而欲夺之,屈平不与,因谗之曰:'王使屈平为令,众莫不知,每一令出,平伐其功,曰以为"非我莫能为"也。'"③ 与此同时,上官大夫之属还广为联络,"上及令尹子兰、司马子椒,内赂夫人郑袖,共潜屈原"④。遂使得怀王"内惑于郑袖,外欺于张仪,疏屈平而信上官大夫、令尹子兰"⑤。也使得更为昏庸专制的顷襄王紧步乃父之后尘,一再迁怒于屈原,从而导致了屈原接连被流放的政治悲剧。

就实质论,屈原的政治悲剧无疑缘于他刚直不阿之性格和执著

① [汉]刘向集录,范祥雍笺证:《战国策笺证》卷一七《楚策四》,上海古籍出版社,2006年,第871页。
②《史记(修订本)》卷四〇《楚世家》,第2089页。
③《史记(修订本)》卷八四《屈原贾生列传》,第3009页。
④ [汉]刘向编著,石光瑛校释:《新序校释》卷七,中华书局,2009年,第939—940页。
⑤《史记(修订本)》卷八四《屈原贾生列传》,第3013页。

追求理想之精神与昏昧专制之君主间的必然矛盾,但在表现形式上,却直接导源于上官大夫等一批党人的挑拨离间、造谣诽谤。也就是说,本是因了以摧残人才为特征的专制制度和作为此一制度之核心、握有生杀予夺之大权的君主,群小党人才有了夤缘附势、打击正人的可能,屈原才会被放逐荒远,可是,由于群小党人作为君主与屈原之间的中介,一跃而成为矛盾在表现形式上的主要方面,遂使得君主专制这一实质上的主要矛盾被遮掩起来,屈原的被疏被放也就自然成了党人群小从中作祟的结果。于是,君主在一定程度上被开脱出来,党人群小一跃而成为罪魁祸首。对这一戏剧性的变化结局,屈原是深信不疑的,所以他说:"惟夫党人之偷乐兮,路幽昧以险隘。……荃不察余之中情兮,反信谗而齌怒。"①不只是屈原,后世人也这样认为:"远谪南荒一病身,停舟暂吊汨罗人。都缘靳尚图专国,岂是怀王厌直臣!"②可以说,君主受蒙蔽,罪过在群小,受蒙蔽的君主是可以宽谅的,而进谗挑拨的群小是不可饶恕的,乃是屈原以至后世众多文人士大夫的一种共识和遭贬后的主要心态。正是基于此一共识,所以司马迁明确指出:"屈平正道直行,竭忠尽智以事其君,谗人间之,可谓穷矣。信而见疑,忠而被谤,能无怨乎?"③

由于屈原的政治悲剧的直接原因是"信而见疑,忠而被谤",所以他不能不怨,不能不争,不能不一再痛切地高喊:"信非吾罪而弃逐兮,何日夜而忘之!"④由于罪在群小,君主只是受蒙蔽者,所以屈原在投江前始终不曾绝望,他一直"冀幸君之一悟,俗之一改"⑤,回到

---

① 《楚辞补注》卷一《离骚》,第 8—9 页。
② 《李德裕文集校笺》李卫公集补《汨罗》,第 868 页。
③ 《史记(修订本)》卷八四《屈原贾生列传》,第 3010 页。
④ 《楚辞补注》卷四《哀郢》,第 136 页。
⑤ 《史记(修订本)》卷八四《屈原贾生列传》,第 3013 页。

朝廷,推行自己的美政理想;他的"全副精神,总在忧国忧民上。如所云'恐皇舆之败绩'、'哀民生之多艰',其关切之意可见。因被谗疏绌之后,纯是党人用事,以致国事日非,民生日蹙。既哀自己,亦所以忧国忧民也"①。在这里,怨愤与忠诚交织,失望与希望杂糅,使得屈原既忧愤不平,块垒难消,对党人群小愤怒抨击,又矢志如一,不变初衷,对理想目标执著以求。然而,也正是在这里,出现了一个深刻的逻辑悖论:屈原要实现政治理想,就必须接近党人群小,并通过他们以获得楚王的支持,若远离党人群小并抨击之,自己就不能取信于楚王,政治理想便难以实现。而他的刚直性格又是不允许他接近党人的,对他来说,理想和人格同等重要,如果人格已经失去,那么即使能够实现理想,又有多大价值呢? 更何况理想与人格本即在根源处相通,没有人格,何谈理想? 于是,屈原便自觉不自觉地走上了一条遍布荆棘的艰险路途,既坚持理想,矢志以求,又维护人格,憎恶群小,他要在坚持自我的前提下追求理想,在追求理想的过程中实现自我;于是,屈原的悲剧便不可避免地发生了,并将长期地持续下去。

对自身悲剧的性质,屈原有着极为清醒的认识,他说:"举世皆浊我独清,众人皆醉我独醒,是以见放。"②的确,屈原"一往皆特立独行之意"③,他处世之认真、思想之脱俗、心性之高迈、意志之刚毅,均远超常伦;他不仅时时注意向上提升自己的情操,而且更始终保持着一份诗人的真诚。所以司马迁说他"濯淖污泥之中,蝉蜕于浊秽,以浮游尘埃之外,不获世之滋垢,皭然泥而不滓者也"④;王逸说他"膺

①［清］林云铭著,彭丹华点校:《楚辞灯》卷一,华东师范大学出版社,2012年,第20页。
②《楚辞补注》卷七《渔父》,第179页。
③［清］刘熙载著,袁津琥校注:《艺概注稿》卷三,中华书局,2009年,第437页。
④《史记(修订本)》卷八四《屈原贾生列传》,第3010页。

忠贞之质,体清洁之性,直若砥矢,言若丹青,进不隐其谋,退不顾其命,此诚绝世之行,俊彦之英也"①。然而,也正是这样一种品格,既导致了他在那"黄钟毁弃,瓦釜雷鸣"的社会因孤直而不容于时、被弃于世的悲剧命运,又增加了他在自己生命沉沦过程中百感交集、块垒郁结的程度。他高自期许,不肯随俗雅化,而随俗雅化、专事谗谤之流却平步青云;他忧国忧民,独清独醒,可侈靡贪婪、皆浊皆醉之辈却将他玩于股掌之中。他愈是清醒,就愈是想不通;愈是想不通,就愈是沉痛;而愈是沉痛,也就愈是执著——对理想信念和"信而见疑,忠而被谤"之悲剧命运百思不得其解的执著。如果说,"屈子以其独醒独清之意,沈世之内,殷忧君上,愤懑混浊。六合之大,万类之广,耳目之所览睹,上极苍苍,下极林林,摧心裂肠,无之非是"②,乃是屈原放逐后不肯变志从俗而又难以解脱的一种心理常态,那么,他的赴湘流而自沉之举,无论从哪种意义上,都可视作他执著意识最集中、最高度的体现。"宁赴湘流,葬于江鱼之腹中,安能以皓皓之白,而蒙世俗之尘埃乎?"③正是死亡,使屈原对人格、信念、理想、志节的持守得到了最后的落实,使他的顽强抗争得到了最突出的表现,同时,也使他从忧伤、悲愤、痛苦的逆境中得到了最彻底的解脱。

　　当然,除了主动地选择死亡,屈原还有很多路可走。且不说儒家推举的箪食瓢饮、孔颜乐道和道家宣扬的无己无我、皈依自然,并不失为可行的处世方式,也勿论渔父劝屈原所谓"世人皆浊,何不淈其泥而扬其波?众人皆醉,何不餔其糟而歠其醨?"④其中包含多少

① 《楚辞补注》卷一,第48页。
② [明]黄汝亨:《重刊楚辞章句序》,见黄灵庚疏证:《楚辞章句疏证(增订本)》第六册《楚辞章句序跋著录》,上海古籍出版社,2018年,第3315页。
③ 《楚辞补注》卷七《渔父》,第180页。
④ 《楚辞补注》卷七《渔父》,第179—180页。

道理,即以盛行于战国时代几乎无人能免的游士之风来说,倘若涉足其中,亦足以解屈原于困厄,甚或有助于实现他的政治理想。叶适有言:"然则'游'于战国者,乃其士之业。游说也、游侠也、游行也,皆以其术游。而椎鲁之人释耒耜,阡陌之人弃质剂,相与并游于世。"①究其原因,盖源于邦无定交、士无定主的社会现实,故无论策士、谋士、辩士,"皆主于利言之"②,用以"取合时君"②,"腾说以取富贵"③。对此,屈原并非完全没有考虑过。从《离骚》的内容看,灵氛曾劝他"勉远逝而无狐疑",因为"思九州之博大兮,岂惟是其有女?"而屈原也确曾有过"吾将远逝以自疏""指西海以为期"④的打算。在《卜居》中,更记载了屈原如下话语:"吾宁悃悃款款朴以忠乎? 将送往劳来斯无穷乎? 宁诛锄草茅以力耕乎? 将游大人以成名乎? 宁正言不讳以危身乎? 将从俗富贵以偷生乎? 宁超然高举以保真乎? 将哫訾栗斯、喔咿儒儿以事妇人乎? ……"朱熹注"游大人以成名"句谓:"游,遍谒也。大人,犹贵人也。"⑤王逸《楚辞章句》明确申说《卜居》之意图云:"屈原体忠贞之性,而见嫉妒。念谗佞之臣,承君顺非,而蒙富贵。己执忠直,而身放弃。心迷意惑,不知所为。乃往至太卜之家,稽问神明,决之蓍龟,卜己居世何所宜行,冀闻异策,以定嫌疑。"⑥可见,在痛苦的生命沉沦中,屈原对自己的人生道路和处世方式确曾做过认真的思考和选择。然而,他却始终没有离开楚国,甚至

---

① [宋]叶适著,刘公纯、王孝鱼、李哲夫点校:《叶适集》卷六《战国策》,中华书局,2010年,第720页。

② [宋]王觉:《题战国策》,《全宋文》第七十二册卷一五六四,第83页。

③ [清]章学诚著,叶瑛校注:《文史通义校注》内篇《诗教上》,中华书局,1985年,第61页。

④ 《楚辞补注》卷一《离骚》,第35—46页。

⑤ 《楚辞集注》卷五,第92页。

⑥ 《楚辞补注》卷六《卜居》,第176页。

走的想法还在意念中时就被他无情地否定了。屈原的不肯离楚,不肯走游士一途,固然有论者所谓的种种原因,如屈原为楚之同姓,他的邦国观念极深,其理想具有只能在楚国实现的排他性……但所有这些原因都不是根本性的,屈原不走的根本原因在于,他作为诗人的真诚没有赋予他逃避的心理机制,他对现实政治过多的感情投入导致他很难抽身退步,他的终极关怀深深扎根于楚国的富强亦即其"美政"理想的实现之中,而他刚直激切嫉恶如仇的秉性也使他不肯服输地顽强抗争。所有这些聚集在一起,都说明他虽身处逆境,却不曾绝望。惟其不曾绝望,所以他执著现实,执著理想;而他不曾绝望的一个主要原因,即在于他始终认为楚王是受蒙蔽的,一旦楚王摆脱群小,幡然改悔,则事仍有可为。所以,他始终对国君忠心耿耿,而对党人群小则奋力批判,大笔书写着忠奸斗争的主题。可是,年复一年,日复一日,楚王非但没能改悔,反而变本加厉,信用群小,一直把楚国搞到兵败地削、都城陷落!至此,屈原才真正绝望了,他怀着无比的痛苦,吟诵着"宁溘死而流亡兮,恐祸殃之有再。不毕辞而赴渊兮,惜壅君之不识"① 的绝命辞,毅然走向最后的归宿。这是执著中的绝望,更是绝望中的执著。正是这种执著,赋予屈原和他的悲剧以贬谪文化的模式意义。

第三节　贾谊之贬与感怀不遇

置身逆境的有限超越／感怀不遇与文人心性

　　屈原之后,身经弃逐而又作诗为文抒发哀怨的第二大贬谪诗人便是贾谊。在贬谪文化史上,贾谊自有他不同于屈原的独特意义。

---

① 《楚辞补注》卷四《惜往日》,第 153 页。

　　从悲剧性质看,贾谊与屈原并无大的差别。据《史记·屈原贾生列传》,贾谊"年二十余,最为少。每诏令议下,诸老先生不能言,贾生尽为之对,人人各如其意所欲出。诸生于是乃以为能不及也。孝文帝说之,超迁,一岁中至太中大夫"①。年少才高,升迁极快,对贾谊来说,既是幸事,又是不幸。其幸在于官职超升为他提供了施展才能,在更大范围内参与政治的条件;而不幸则在于他年少气锐的心性和勇于议政的激情使他很难避免屈原那样的"信而见疑,忠而被谤"的悲剧命运。果然,当贾谊进一步施展经纶之才,为汉室昌盛进良谋的时候,来自元老权贵的打击便必然性地降临到了他的头上。由于"诸律令所更定,及列侯悉就国,其说皆自贾生发之,于是,天子议以为贾生任公卿之位。绛、灌、东阳侯、冯敬之属尽害之,乃短贾生曰:'洛阳之人,年少初学,专欲擅权,纷乱诸事。'于是天子后亦疏之,不用其议,乃以贾生为长沙王太傅"②。

　　高才博学而遭忌妒,大志未展已被弃逐,不能不使贾谊悲愤郁积,哀怨交攻,也不能不使他将自己的命运与屈原的遭际自觉联系起来,加以深层的认同。史载:"贾生既辞往行,闻长沙卑湿,自以寿不得长,又以適(谪)去,意不自得。及渡湘水,为赋以吊屈原。"③细读《吊屈原赋》即可看出,贾谊之哀吊屈原,主要出于两种感情:一是对屈原之正道直行而遭贬的遭遇深表同情,借以抒发自己的哀怨愤懑;一是对屈原狷介刚直的人格表示敬慕,借以展示自己不肯同流合污的决心。除此之外,赋中对"鸾凤伏窜兮,鸱枭翱翔。阘茸尊显兮,谗

---

①《史记(修订本)》卷八四《屈原贾生列传》,第3021页。
②《史记(修订本)》卷八四《屈原贾生列传》,第3021页。
③《史记(修订本)》卷八四《屈原贾生列传》,第3022页。

谀得志。贤圣逆曳兮，方正倒植"① 的混浊现象的揭露批判，无疑说明贾谊具有与屈原相同的斗争精神。

如果将考察的范围再扩大一些，看看贾谊在经过三年多的谪居生涯，被文帝重新征用后"数上书陈政事，多所欲匡建"的表现，听听他"窃惟事势，可为痛哭者一，可为流涕者二，可为长太息者六"② 的痛切陈辞，便可清楚感觉到，贬谪虽然给贾谊造成了巨大的人生不幸，却没有使他降志从俗，改变初衷，他仍然坚持自己的政治理想，并以与前相同的激烈心性去参政议政。从这一点来说，贾谊与屈原的执著意识是一脉相承的。所以宋人有言："屈原事楚怀王，不得志则悲吟泽畔，卒从彭咸之居。……贾生谪长沙傅，渡湘水为赋以吊之。所遭之时，虽与原不同，盖亦原之志也。"③

然而，同样不可忽视的是，与屈原九死未悔、体解不变的信念持守和顽强抗争、执著追求的精神相比，贾谊的执著意识明显要弱一些、浅一些，他在执著的同时，意识中已含有浓郁的超越情调。《吊屈原赋》的结尾这样说道：

> 凤缥缥其高逝兮，夫固自引而远去。袭九渊之神龙兮，沕深潜以自珍……九州而相其君兮，何必怀此都也？④

一方面固然钦慕屈原的人格，但另一方面也深感屈原因过于执著而

① ［汉］贾谊撰，［明］何孟春订注，彭昊、赵勖点校：《贾谊集 贾太傅新书》，岳麓书社，2010年，第140页。
② 《贾谊集 贾太傅新书》，第125页。
③ 《韵语阳秋》卷七，《历代诗话》，第539页。
④ 《贾谊集 贾太傅新书》，第140页。

导致的深重苦难。有鉴于屈原"不如麟凤翔逝之故,罹此咎也"①的
情况,贾谊希图自缩远去,深潜自珍,并以老庄思想为旨归,齐一物
我,忘怀得失,委运从化,超越忧患。在他谪居三年后作的《鹏鸟赋》
中,这种意向得到了突出的表露:

> 夫祸之与福兮,何异纠缠!命不可说兮,孰知其极?……天
> 不可与虑兮,道不可预谋;迟速有命兮,焉识其时?……忽然为
> 人兮,何足控抟?化为异物兮,又何足患!小智自私兮,贱彼贵
> 我;达人大观兮,物无不可。……纵躯委命兮,不私与己。其生
> 兮若浮,其死兮若休。澹乎若深渊之静,泛乎若不系之舟。②

这里,人生的成败祸福已变得无足轻重,它们的消长起伏都与命运相
关,生死是造化的安排,没有必要去做人为的努力,惟一可行的途径,
便是达观超然,纵躯委命,"泛乎若不系之舟"。显而易见,这乃是深
受老庄思想影响而萌生的一种超越意识,这种意识也无疑是对屈原
所代表的执著意识的改变、消解和淡化。

不过,贾谊这种超越意识又是不完全的、有限度的。不完全表
现为在他的整个意识中,超越倾向与执著意念同时并存,二者虽有因
时间、心态不同而导致的一定变化,却没有轻重悬殊的差异和非此即
彼的森然界限,而就超越一点论,他也不及后代诸多心香庄学者来得
纯粹,来得彻底。有限度则表现为此种超越意识仅存在于他的意念
里却没有落到他的人生实践中,也就是说,在谪居生涯中,他并没能
做到泯灭悲喜、忘怀得失,他心头终日笼罩的仍然是驱不散的愁云

---

①《史记(修订本)》卷八四《屈原贾生列传》引李奇语,第 3026 页。
②《贾谊集 贾太傅新书》,第 141—142 页。

惨雾,他似乎只是悲怨极重时将超越学说拿来,聊作宽解而已。所以《史记》本传说他"既以適(谪)居长沙,长沙卑湿,自以为寿不得长,伤悼之,乃为赋以自广"①。可见,超越意识在贾谊这里很大程度上还只是外在的,或只是危急时的一副临时救济剂。

既然贾谊的超越意识是不完全的、有限度的,而比起屈原的执著意识来又毕竟有所不同,那么,他的独特性表现在何处呢? 我们认为:贾谊与屈原的显著不同处,就在于他将人生关怀的主要目标由社会政治转向了自我生命,将外向的社会批判转向了内向的悲情聚敛,将忠奸斗争的悲壮主题转向了一己的、文人普遍具有的怀才不遇。从而在中国贬谪史乃至整个文化史上,都表现出一种新的价值和意义。

如所熟知,贾谊生活在一个大一统的稳定时代。在这个时代中,政治相对开明,经济日趋繁荣,一切都呈现出上升的态势,而这与屈原所处的争霸斗力、合纵连横的战国时代以及社会混浊、动荡飘摇的楚国社会确已不可同日而语。就君臣情形论,汉文帝倡导与民休息、减轻赋税、宽免刑狱、励精图治,向被人称作明君,已远非昏昧瞽乱的楚怀、顷襄二王所能比;大臣如周勃、灌婴等皆元老重臣,曾为平定诸吕之乱、保持汉家政权出过大力,虽然有居功自傲、排挤新进的一面,但较之昔日楚国的佞臣上官大夫、令尹子兰等,毕竟还一间有隔。准此,则此一时代便不能与一般所谓的黑暗社会等量齐观,而贾谊初始因才获用、一岁超迁的际遇也才可以得到合理的解释。然而,贾谊毕竟是在这样一个时代无罪被贬了! 这一惨重事实再次告诉我们:社会政治的相对开明并不能改变专制政治扼杀人才的实质,只要高度

---

① 《史记(修订本)》卷八四《屈原贾生列传》,第 3026 页。

集中的君权还存在,勇于参政者的政治悲剧就不可避免。尽管与乱世昏君之时相比,这种悲剧在数量和程度上可能要少一些、轻微一些。如果暂且撇开这一深层原因不论,仅就悲剧的形式原因加以考察,则贾谊的长沙之贬无疑与中国社会根深蒂固的嫉妒才士的习惯性势力直接相关,而周勃、灌婴等人便是这种势力的突出代表。他们身为元老重臣,建立过盖世功勋,如今眼看年方二十余岁的新进之士参政议政,出尽风头,其内心很难不嫉妒;而汉文帝对贾谊的提拔重用,无形中是对他们的冷落忽视,因而其精神上很难不有失落感;贾谊首倡"列侯悉就国"之议,直接触犯了他们的既得利益,其心中更不能不怨恨,失落、嫉妒与怨恨加在一起,遂导致谤言横生。但究其本心,亦不过发泄不满和私愤,而非有意干乱国政。诚如明人张溥所言:"汉大臣若绛、灌、东阳数短贾生,亦武夫天性,不便文学,未必谗人罔极,如上官、子兰也。"[1] 如果这一说法大致不差,那么贾谊的悲剧在表现形式上便只能是旧势力对新势力横加压抑的产物,其矛盾性质是新旧之争,而非忠奸之争。

面对这样的社会和君臣,贾谊的情感应是很复杂的:一方面,他无罪而遭远弃,不能不深感愤懑,故对同样遭遇的屈原产生了强烈的认同感,并大胆批判了"贤圣逆曳兮,方正倒植"的社会现象;但另一方面,他也清楚现实并非一团漆黑,君臣也不是完全的昏庸奸佞,朝政远没有达到屈原所谓"恐皇舆之败绩"的岌岌可危的地步,也就是说,他还没有也不可能有对专制政治的实质进行深层透视的能力,因而,他的批判、他的抗争、他对社会政治的关注便不能不是有限度的,他的关怀目标也就不能不主要落实到饱经沉沦的自我生命上。于

---

① [明]张溥著,殷孟伦注:《汉魏六朝百三家集题辞注·贾长沙集》,中华书局,2007年,第1页。

是,忧伤哀怨成了贾谊的恒定心态和情感,而"自以为寿不得长"、欲以超越忧患、纵躯委命的态度在一定时期内成了他的努力方向。于是,屈原代表的忠奸斗争的主题在他这里开始下落,取而代之的乃是怀才不遇这一在中国历史上反复鸣奏的苍凉乐章。在《吊屈原赋》中,贾谊始则悲愤高喊:"呜呼哀哉,逢时不祥!"终则沉重叹息:"已矣! 国其莫我知,独壹郁兮其谁语?"这其中呈露的,不正是一颗才而遭弃、无人见知以至孤独、寂寞、忧伤的心灵吗?

固然,后人认为贾谊并非未遇明主的观点也不无道理[①],从贾谊开始时的官职超迁,到其谋议的多被施行来看,他还是有过知遇经历的;但若就其政治悲剧论,则贾谊高才博学却无罪遭贬,又确为不遇;而且这不遇因了始受重用旋被弃逐的落差和比照益发显得沉重。固然,屈原被放逐后的诸多哀怨也含有浓郁的怀才不遇的内容,故后人常将屈、贾合论,谓:"屈原为楚怀王左徒,入议国事,出对诸侯,深见信任。贾生年二十余,吴廷尉言于汉文帝,一岁中超迁至大中大夫。此两者始何尝不遇哉? 逮积忌行,欲生无所,比古之怀才老死、终身不得见人主者,怨伤更甚。"[②]但稍加寻绎即可清楚,屈、贾二人的不遇感又自不同:屈虽感不遇,但因其主要关注目标在生灵社稷、社会政治而不在一己之身,故导致其不遇感在相当程度上被遮掩并降居次要地位;而贾则由于将主要关注目标转移到了自我生命,生命价值的沦丧最为使他痛心疾首,故其不遇感不能不跃居突出地位。屈、贾二人都是文学家,又都是政治活动家,但相比起来,屈的质地更近政治家,贾的心性更近文人;政治家顽强执著九死不悔,"吾不能变心以

---

① 王安石的《贾生》一诗堪为代表。诗云:"一时谋议略施行,谁道君王薄贾生? 爵位自高言尽废,古来何啻万公卿!"见[宋]王安石撰,[宋]李壁笺注,[宋]刘辰翁评点,董岑仕点校:《王安石诗笺注》,中华书局,2021年,第1779页。
② 《汉魏六朝百三家集题辞注·贾长沙集》,第1页。

从俗兮,固将愁苦而终穷! ”① 从内到外都充溢着一股义无反顾的坚刚之气;文人则多愁善感,心性脆弱,“所贵圣人之神德兮,远浊世而自藏”②。在感怀不遇的同时从执著向超越迈进。正是有鉴于此,所以司马迁在《史记·屈贾列传》的赞语中深有感慨地说:

> 余读《离骚》《天问》《招魂》《哀郢》,悲其志。适长沙,观屈原所自沉渊,未尝不垂涕,想见其为人。及见贾生吊之,又怪屈原以彼其材,游诸侯,何国不容,而自令若是。读《服鸟赋》,同死生,轻去就,又爽然自失矣。③

司马迁在此表现的态度是复杂的,既敬慕屈原的人格,又不否定贾谊的思想,所以才会“爽然自失”。如果从实质上追溯,贾谊的人生态度似也同司马迁相类,即对执著和超越表现出一种矛盾:就坚持过的理想、信念而言,他是决不愿背弃的;就自我在现实忧患中所面临的人生抉择而言,他却不愿走屈原的路,而希望遁世自藏,超然解脱。在他身上,这两种态度都是真实的,只是时代尚未给他提供实际超越的条件,而他过于专注自我的心性也不具备真正超越的机制,所以他只能心向往之而实不能至,他的整个精神也只能时时萦绕于“汉廷公卿莫能材贾生而用”④ 这一因怀才不遇导致的自悲、自怨、自怜、自叹之中。

　　从屈原到贾谊,虽不剧烈但却清晰地显示了贬谪文化在执著与超越间游移演进的轨迹,而屈原和贾谊,则有如中国贬谪史上的两座

---

① 《楚辞补注》卷四《涉江》,第 131 页。
② 《贾谊集 贾太傅新书》,第 140 页。
③ 《史记(修订本)》卷八四《屈原贾生列传》,第 3034 页。
④ 《汉魏六朝百三家集题辞注·贾长沙集》,第 1 页。

峰头,既标志着贬谪士人在生命沉沦过程中不尽相同的人生道路的选择,也代表了忠奸斗争和怀才不遇这样两种不无区别的主题及其价值意义。所以,"自汉以来,感其事作为文词者",无虑万千,而考其身世遭际,"亦何非拓落人耶?" [①] 当然,由于屈原在本质上更近政治家,他的人格境界更为高远,他顽强执著、以死抗争的精神特为突出,因而以他为代表的模式、风范在历史上的影响要远远大于贾谊;而贾谊本质上更具有文人的特点,他的人格境界和抗争精神皆不及屈原,因而他给后人的影响也就相对小一些。但从另一方面看,屈原的人格境界和执著精神虽然朗洁高远、坚毅顽强,但在实际生活中毕竟难以达到,因而不免与多数文人的现实人生稍有距离,而贾谊尽管自悲自怜,感士不遇,且具有浓郁的超越意向,但与现实人生的关联却更为紧密,更具有救济作用,因而无疑能为众多挣扎在专制政治压抑下和生命沉沦中的文人广泛接受。换一个角度看,究竟是以屈原为楷模,自儆自励,向执著提升,还是引贾谊为知音,悲叹身世,从困境走向超越,也成为我们判别后代文人心态、性格和意识倾向的一个标准。

第四节　元和诗人对屈原模式的继承和突破

接受态度的群体转移与"贾生""长沙"的符号化趋势
/困境中的执著/超越屈原模式/走向陶渊明

　　困境对任何人都是一种真正的检验,在克服忧患、自我拯救的过程中,选择哪种意识倾向和行为模式,直接关系到其自我拯救的效果和价值定位。屈原、贾谊不无差异的意识倾向和行为模式在中国前期历史中颇具代表性,尤其是屈原,身遭流放,九死不悔,大笔书写着

---

① [清]乔亿:《剑谿说诗》卷下,《清诗话续编》,第1101页。

忠奸斗争的主题,更在后世有着深远影响。对他们的接受态度,既映现了接受者的心态,也昭示着某种深厚的文化内涵。

唐代士人特别是元和贬谪诗人对屈、贾的接受态度,在某一层面正为上述观点提供了佐证。

就总体情形论,唐代注骚之作罕见,绍骚之作亦远逊前代,但屈原作为忠臣志士的形象却在初唐即已得到肯定。唐太宗李世民认为:"子身而执节,孤直而自毁,屈原是也。"① 并借之与历史上的奸佞作比,为屈原评价定下了基调。唐初史臣在有关史论中亦对屈原及其赋作有正面评论,详见《北齐书·文苑传序》《周书·王褒庾信传论》等。而《隋书·经籍志四》不仅著录《楚辞》书目,而且对历史上的屈赋传播情形加以论述,谓"其气质高丽,雅致清远,后之文人,咸不能逮"②。沿此途发展,诸如刘知己、韩休、李白、杜甫等人,都曾心慕屈赋而予以褒赏,至谓"屈平词赋悬日月,楚王台榭空山丘"③ "窃攀屈宋宜方驾,恐与齐梁作后尘"④。

不过,站在正统立场对屈赋持否定意见的也不在少数。如四杰中的卢照邻、王勃即从"词人之赋丽以淫"的角度,认为屈、宋"弄词人之柔翰"⑤,"导浇源于前"⑥;张说、张九龄、颜真卿、贾至、刘秩、独

---

① [唐]李世民著,吴云、冀宇校注:《唐太宗全集校注》论文编《金镜》,天津古籍出版社,2004年,第128页。

② [唐]魏徵等撰,汪绍楹等点校,吴玉贵等修订:《隋书(修订本)》卷三五,中华书局,2019年,第1200页。

③ 《李白全集编年校注》卷一四《江上吟》,第1476页。

④ 《杜诗详注》卷一一《戏为六绝句》其五,第900页。

⑤ [唐]卢照邻著,李云逸校注:《卢照邻集校注》卷六《驸马都尉乔君集序》,中华书局,1998年,第301页。

⑥ [唐]王勃著,杨晓彩点校:《王勃集》卷八《上吏部裴侍郎启》,三晋出版社,2017年,第92页。

孤及、李华、柳冕、权德舆、孟郊等人对屈原及其赋作亦不无微词,甚至予以公开指斥。如谓"屈平、宋玉哀而伤,靡而不返,六经之文遁矣"①"至于屈、宋,哀而以思,流而不反,皆亡国之音也"②,即是为维护经典、倡扬教化而向屈赋发难的。至于孟郊公开指斥屈原"名参君子场,行为小人儒。……死为不吊鬼,生作猜谤徒"③,其激烈程度在唐人中也是罕见的。

所有这些,说明唐人对屈原及其赋作的态度并不统一,其原因多种多样,难以缕述。我们在此重点关注的问题是:唐人对屈原被贬后坚持自我、执著理想的意识倾向究竟持什么态度? 唐代贬谪士人甚众,他们在人生困境中是如何思考生命、人生、社会、政治这些不容回避的问题的? 由此展示了怎样一种心态和精神?

或许是屈原坚持自我、九死不悔的执著意识过于崇高,他所代表的忠奸斗争的主题过于庄严,因而与一般人的生活拉开了距离,人们可以站在远处评点、赞叹,却难以将之与自己的实际人生相融合;或许是屈原独清独醒、不肯混世和俗的做法过于迂腐,他对君主的指斥有伤温柔敦厚,以致人们不愿以之为效法对象,另觅了人生的其他途径。不管是哪种情况,总之我们注意到,唐代中前期不少诗人对屈原的接受态度似已发生了一个微妙的变化:由赞扬屈原转向认同贾谊,从刚烈正大的忠奸斗争转向自悲自叹的感士不遇,并逐渐形成一种群体性的心态。仅以此一时段关乎贬谪的作品而言,其中提到屈原并以之为楷模决意效法的已渐趋转少,而贾谊的名字及其贬地"长沙"却屡屡出现,成为人们用以自况并借指谪居时间的代码。如宋

---

① [唐]李华:《赠礼部尚书清河孝公崔沔集序》,《全唐文》卷三一五,第3196页。
② [唐]柳冕:《谢杜相公论房杜二相书》,《全唐文》卷二六八,第2723页。
③ [唐]孟郊撰,韩泉欣校注:《孟郊集校注》卷六《旅次湘沅有怀灵均》,浙江古籍出版社,2012年,第231页。

之问《登粤王台》："迹类虞翻枉，人非贾谊才。"①《新年作》："已似长沙傅，从今又几年？"②张说《巴丘春作》："自怜心问景，三岁客长沙。"③李白《巴陵赠贾舍人》："贾生西望忆京华，湘浦南迁莫怨嗟。圣主恩深汉文帝，怜君不遣到长沙。"④《放后遇恩不沾》："独弃长沙国，三年未许回。何时入宣室，更问洛阳才？"⑤戴叔伦《过贾谊宅》："一谪长沙地，三年叹逐臣。上书忧汉室，作赋吊灵均。……凄凉回首处，不见洛阳人。"⑥刘长卿《送李使君贬连州》："独过长沙去，谁堪此路愁？……贾谊辞明主，萧何识故侯。汉廷当自召，湘水但空流。"⑦《岁日见新历因寄都官裴郎中》："青阳振蛰初领历，白首衔冤欲问天。绛老更能经几岁？贾生何事又三年？"⑧《长沙过贾谊宅》："三年谪宦此栖迟，万古惟留楚客悲。……汉文有道恩犹薄，湘水无情吊岂知？寂寂江山摇落处，怜君何事到天涯！"⑨他如李益《送人流贬》："畴昔长沙事，三年召贾生。"⑩王建《赠谪者》："何罪过长沙，年年北望家。"⑪于鹄《送迁客二首》其一："如今贾谊赋，不漫说长

①《宋之问集校注》卷三《登粤王台》，第570页。
②《宋之问集校注》备考诗文《新年作》，第763页。
③［唐］张说著，熊飞校注：《张说集校注》卷八《巴丘春作》，中华书局，2013年，第414页。
④《李白全集编年校注》卷一四《巴陵赠贾舍人》，第1425页。
⑤《李白全集编年校注》卷一三《放后遇恩不沾》，第1384页。
⑥［唐］戴叔伦：《过贾谊宅》，《全唐诗》卷二七三，第3075页。
⑦《刘长卿诗编年笺注》，第509页。
⑧《刘长卿诗编年笺注》，第412页。
⑨《刘长卿诗编年笺注》，第337页。
⑩［唐］李益著，范之麟注：《李益诗集》卷二《送人流贬》，第58页。
⑪［唐］王建著，尹占华校注：《王建诗集校注》卷四《赠谪者》，巴蜀书社，2006年，第179页。

沙。"①……在这些长吟短叹中,我们发现,"长沙"作为贬谪及谪居时间的代名词几已约定俗成,而"贾谊"作为历史人物亦作为贬谪者的特定符号更获得了普遍的意义。

这里出现最多的,不是对贾谊人品的敬仰,而是对他身世的悲叹;不是纯粹的历史凭吊,而是引为同调的同病相怜;不是简单的象征和比喻,而是发自内心的深层次的认同。这是贬谪性质上的认同——高才被诬,远弃遐荒;是谪居时间上的认同——以"三年"为基线,上下推移;更是心理性格和苦闷精神上的认同——他们都是多愁善感的文人,都痛感怀才不遇。固然,这里还较少出现明确的从困境走向超越的人生道路的抉择,但对社会政治的执著成分却已大为减少,而这二者比例的大幅度变化,乃是到了元和时期的白居易手里才大致完成的。

与上述现象相应,在这一时期有数的论及屈原的贬谪作品中,除了表述历代相延的一般性的凭吊之意外,也出现了与屈原执著意识相疏离的意向,如窦常《谒三闾庙》明言:"君非三谏寤,礼许一身逃。自树终天戚,何裨事主劳? 众鱼应饵骨,多士尽饣甫糟。有客椒浆奠,文衰不继骚。"②赵冬曦《灉湖作》声称:"来今自昔无终始,人事回环常若是。……盈虚用舍轮舆旋,勿学灵均远问天。"③这里,屈原那种心系君国、悲怨忧愤、执著理想的做法已失去其模式性力量,取而代之的,是对"礼许一身逃"的认可和因看透世事而"勿学灵均远问天"的自我淡化。如果将此认可和淡化与这一时期贬谪士人大谈贾谊的现象联系起来,再与贬谪主题由忠奸斗争而感怀不遇、由执著而超越

① [唐]于鹄:《送迁客二首》其一,《全唐诗》卷二一〇,第3505页。

② [唐]窦常:《谒三闾庙》,《全唐诗》卷二七一,第3032页。

③ [唐]赵冬曦:《灉湖作》,《全唐诗》卷九八,第1057页。

的变化做一比照,则其中的演进轨迹就很清楚了。

然而,所有这些变化大都表现为量的不同,而缺少质的突破。同时,就文化的发展而言,突破与继承往往是相并行的,顽强的继承蕴育着大的突破,大的突破益发导致了继承的顽强。拂去历史的烟尘,我们发现,屈原的执著意识在中唐元和贬谪诗人尤其是柳宗元、刘禹锡和白居易这里,正发生着前所未有的取舍上的巨变。如果说,前述白居易的超越意识已在客观上表现出了对屈原模式的大的突破,那么,前述柳宗元、刘禹锡的执著意识则在客观上表现出了对屈原模式的顽强继承。下面,我们就其继承与突破的脉络和复杂性更申述之。

首先是柳宗元,最明确地打出了学习屈原、效法屈原的旗帜。永贞元年九月,柳宗元被贬韶州刺史,仓皇南下,途中接到改贬永州司马的诏令,受到更为沉重的打击。他怀着悲愤的心情,由洞庭湖上溯湘江,来到了当年屈原沉身于斯的汨罗江畔。耳闻阴风怒号,眼望浪涛滚滚,无罪被贬的诗人自然而然地想起千年以前"信而见疑,忠而被谤",在此写下大量怨诽之作的屈子。相似的遭遇,使他与屈原获得了深层的思想上的共鸣;地域的巧合,则使他对屈原的生存状态感同身受;时间上的悬隔,更使他蓦然生出"怅望千秋一洒泪"[1]的无限悲怆。于是,他挥笔写下了那篇在唐代贬谪文学中孤凤独鸣的《吊屈原文》:

　　　　后先生盖千祀兮,余再逐而浮湘。求先生之汨罗兮,擥蘅若以荐芳。愿荒忽之顾怀兮,冀陈辞而有光。
　　　　先生之不从世兮,惟道是就。支离抢攘兮,遭世孔疚。……

————————

[1]《杜诗详注》卷一七《咏怀古迹五首》其二,第1501页。

今夫世之议夫子兮,曰胡隐忍而怀斯? 惟达人之卓轨兮,固僻陋之所疑。委故都以从利兮,吾知先生之不忍;立而视其覆坠兮,又非先生之所志。穷与达固不渝兮,夫唯服道以守义。矧先生之悃幅兮,蹈大故而不贰。……

先生之貌不可得兮,犹仿佛其文章。托遗编而叹喟兮,涣余涕之盈眶。……哀余衷之坎坎兮,独蕴愤而增伤。……吾哀今之为仕兮,庸有虑时之否臧! 食君之禄畏不厚兮,悼得位之不昌。退自服以默默兮,曰吾言之不行;既偷风之不可去兮,怀先生之可忘! ①

这是灵魂的相通,是情感的共鸣,更是在执著意识上的深层契合。在这里,柳宗元以其对屈原"穷与达固不渝兮,夫唯服道以守义"之人品志节的高度赞扬,展示了自己对人生忧患的顽强的克服精神;以其"既偷风之不可去兮,怀先生之可忘"的情志抒发,表现了自我心性的狷介刚直以及对屈原模式的坚定持守。《新唐书》本传谓:宗元"既窜斥,地又荒疠,因自放山泽间,其堙厄感郁,一寓诸文,仿《离骚》数十篇,读者咸悲恻"②。这段话仅从形式上看到了柳对屈之辞赋的仿效,而没能发现二人在精神实质上的紧密关联。事实上,正是这种精神实质上的关联,才构成柳之所以为柳的关键所在。

综观柳宗元在谪居期间所作其他哀吊文章,几乎毫无例外地将视线指向了诸如苌弘、乐毅这样一些以志节著称的先贤。在《吊乐毅文》中,他对乐毅有功而不见知,因谗流亡的遭际深表痛惜,并联系自身痛切陈辞:"谅遭时之不然兮,匪谋虑之不长。跽陈辞以陨涕

---

① 《柳宗元集校注》卷一九《吊屈原文》,第1301—1302页。
② 《新唐书》卷一六八《柳宗元传》,第5132页。

兮,仰视天之茫茫。苟偷世之谓何兮,言余心之不臧!"① 在《吊乐毅
文》中,他更广泛地联系到比干、伯夷等忠直之士,明确宣称:"图始
而虑末兮,非大夫之操。陷瑕委厄兮,固衰世之道。知不可而愈进
兮,誓不偷以自好。陈诚以定命兮,俟贞臣与为友!"② 这些文辞,固
然不能直接看出与屈原的关联,但其中一再流露的那种强烈忧愤和
不肯变志从俗的精神,却正是以屈原为代表的同一执著意识的明确
显现。"屈子之悁微兮,抗危辞以赴渊。"③ "鸣玉机全息,怀沙事不
忘!"④ "神明固浩浩,众口徒嗷嗷。投迹山水地,放情咏《离骚》!"⑤
显而易见,柳宗元在此表现的,乃是直接源于屈原的意识倾向,在他
的心理底层,始终沉积着屈原执著意识的强大因子。从这一点上说,
柳宗元可谓屈原在后代历史上的真正知音,也是屈原模式的最好继
承者。

与柳宗元一样,刘禹锡也受到屈原执著意识的深刻影响。他初
贬的朗州,恰是屈原当年流放的处所,而他至贬所后,就住在后人为
纪念屈原而修建的招屈亭附近。耳濡目染,抚今追昔,不能不使他对
屈原别具一种深刻的理解和由衷的敬仰。固然,刘禹锡没能像柳宗
元那样写下《吊屈原文》一类的皇皇大作,但仅从他诗篇中言及屈原
的词句和流露的意绪看,也足可了解刘之与屈的承接关系了。在《游
桃源一百韵》中,诗人痛感"巧言忽成锦,苦志徒食檗"⑥ 的偷薄世风

① 《柳宗元集校注》卷一九《吊乐毅文》,第 1311 页。
② 《柳宗元集校注》卷一九《吊苌弘文》,第 1295 页。
③ 《柳宗元集校注》卷二《闵生赋》,第 151 页。
④ 《柳宗元集校注》卷四二《弘农公以硕德伟材屈于诬枉左官三岁复为大僚天
　监昭明人心感悦宗元窜伏湘浦拜贺末由谨献诗五十韵以毕微志》,第 2702 页。
⑤ 《柳宗元集校注》卷四三《游南亭夜还叙志七十韵》,第 2930 页。
⑥ 《刘禹锡全集编年校注》卷三《游桃源一百韵》,第 286 页。

和自身遭际,因发为"北渚吊灵均"的无限悲慨;在《竞渡曲》中,他目睹邑人彩舟竞渡、纪念屈原的活动,直抒内心感受:"灵均何年歌已矣,哀谣振楫从此起。……曲终人散空愁暮,招屈亭前水东注。"① 在一片孤独的情思中,深蕴着对屈原的怀念。除此之外,刘禹锡还多次运用屈赋中的物象:"逐客无印绶,楚江多芷兰"② "楚水多兰若,何人事搴芳"③ "春还迟君至,共结芳兰茝"④。当然,所有这些"芷兰""兰若""兰茝"的运用绝不仅仅是"猎其艳词",在词语的背后,所反映的实乃一种人品节操和精神境界的相通。换言之,刘禹锡决心像屈原那样志洁行廉,身处逆境,独立不移,与黑暗世俗抗争,所谓"世道剧颓波,我心如砥柱"⑤ "岂无三千女,初心不可忘"⑥ 便是这种心志的明确写照。在《学阮公体三首》第一首中,刘禹锡指出:"百胜难虑敌,三折乃良医。人生不失意,焉能慕己知!"⑦ 深刻道出了贬谪对人生的磨炼和考验,其中闪烁着虽久经折磨而意志愈坚的熠熠光彩。在第三首中,他更借怀古而写志:"昔贤多使气,忧国不谋身。目览千载事,心交上古人。"⑧ 这里的"昔贤""上古人"当然非必指屈原,但其中主要包含着以屈原为代表的执著型士人却是毫无疑问的。"夜泊湘川逐客心,月明猿苦血沾襟。湘妃旧竹痕犹浅,从此因君染更

---

① 《刘禹锡全集编年校注》卷三《竞渡曲》,第 316 页。
② 《刘禹锡全集编年校注》卷二《送韦秀才道冲赴制举》,第 142 页。
③ 《刘禹锡全集编年校注》卷一《送王师鲁协律赴湖南使幕》,第 57 页。
④ 《刘禹锡全集编年校注》卷一《别友人后得书因以诗赠》,第 16 页。
⑤ 《刘禹锡全集编年校注》卷一《咏史二首》其一,第 84 页。
⑥ 《刘禹锡全集编年校注》卷二《咏古二首有所寄》其二,第 149 页。
⑦ 《刘禹锡全集编年校注》卷一一《学阮公体三首》其一,第 1294 页。
⑧ 《刘禹锡全集编年校注》卷一一《学阮公体三首》其三,第 1296 页。

深。"① 这是悲痛情感的表露,更是剖心见胆的执著,就像湘妃洒在旧竹上的斑斑泪痕永难磨灭一样,刘禹锡以更深切的词语,表达了他与屈原一脉相承的刚劲志节。"昔日居邻招屈亭,枫林橘树鹧鸪声。"② 从诗人十余年后在苏州刺史任上所写这两句诗看,他在朗州贬所确实受到了屈原的很大影响,这种影响甚至在他的一生都发挥着作用。尽管我们不能说这种影响是导致刘禹锡执著意识的唯一因素,但却可以肯定地说,它乃是各种因素中较为重要的一种。

从心理学的角度看,人性在本质上是受历史熏陶的,人格则是人性的最高结晶。"人的人格结构,不但可以左右思想和感觉,而且也可以左右人的行为。"③ "人格是个体生命天赋特质的最高实现。人格的实现是敢于直面人生的具有高度勇气的行动;是对于所有那些构成个体生命要素的全面肯定。"④ 准此,则前述柳宗元、刘禹锡对待现实、人生的执著态度,根本上就是一种执著型的人格及其外在表现,而他们对屈原的继承,根本上也是一种人格的继承或内在相通。正因为如此,所以我们既可从他们直接言及屈原的诗文中寻求他们所受屈原的影响,更可从他们为维护和实现自我人格的行动中考察他们与屈原在精神实质上的吻合。他们对固有信念的坚定持守、他们与外来压抑和人世忧患的顽强抗争,在在展示出他们和屈原在本源上的一致,在人格结构上的一致。就此而论,柳、刘不仅上逾贾谊

① 《刘禹锡全集编年校注》卷一一《酬端州吴大夫夜泊湘川见寄一绝》,第1221页。
② 《刘禹锡全集编年校注》卷九《酬朗州崔员外与任十四兄侍御同过鄙人旧居见怀之什时守吴郡》,第1007页。
③ 〔美〕E. 佛洛姆著,陈学明译:《逃避自由》,北方文艺出版社,1987年,第152页。
④ 〔美〕C. S. 霍尔、诺德贝著,冯川译:《荣格心理学入门》,生活·读书·新知三联书店,1987年,第194页。

而直接屈原,而且在中国贬谪文化的进程中,也具有不可替代的独特价值和意义。

与此同时,我们也注意到,在柳宗元、刘禹锡身上,毕竟烙有唐代文化赐予的时间印记,他们和屈原虽大同亦不乏小异,在对屈原模式的继承中,他们自觉不自觉地也呈露出了对此一模式的超越倾向。这种超越,既表现在他们已不再像屈原那样,忠诚里糅合着单纯,一味地系心君主,而是以其对专制君主之本质深一层的认识,更为成熟也更为自觉地与之疏离;又表现为他们在佛教思想影响下,有意识地寻求解脱,从而在一定程度上减弱了对社会政治的关注,而不是像屈原那样始终执著理想,执著现实,在剧烈的情感波涛中苦苦挣扎。这两个方面无疑都展示了在历史演进过程中贬谪诗人心理走向的大的变化:前者表明贬谪诗人在专制政治压抑下自我意识的日渐觉醒,后者则表明贬谪诗人在历史的残暴中自我保存能力的日趋增强。正因为如此,柳、刘也才终于没有像屈原那样以死殉志,而是顽强地活了下来。或著书立说,或游心方外,借此获得了暂时的心理平衡,拓展了精神生命的活动空间。尽管就实质而言,所有这些都没有也不可能帮助他们完全克服忧患,都没有也不可能在总体上取代他们根深蒂固的执著意识,从而也就不可能真正改变以屈原为代表而今又在他们这里反复申述的忠奸斗争的主题。

大的变化是在白居易这里发生的。与柳宗元、刘禹锡截然不同,白居易一开始就对屈原模式表现出了明显的背离,虽然他并非轻视屈原的人格,但却委实不赞成屈原那种过于执著而苦一己之身的做法。他的《咏怀》诗明言:

自从委顺任浮沉,渐觉年多功用深。面上灭除忧喜色,胸中消尽是非心。……长笑灵均不知命,江蓠丛畔苦悲吟。①

在《效陶潜体诗十六首》其十三中,他更以屈原和刘伶作比,指出:

> 楚王疑忠臣,江南放屈平。晋朝轻高士,林下弃刘伶。一人常独醉,一人常独醒。醒者多苦志,醉者多欢情。欢情信独善,苦志竟何成? 兀傲瓮间卧,憔悴泽畔行。彼忧而此乐,道理甚分明。愿君且饮酒,勿思身后名。②

在白居易看来,屈原不能委顺从命,忘怀得失,而执意于自我和现实,独醒独清,其结果只能是流落江畔,悲吟自怨,终究于事无补。与其如此忧怨苦闷,损性伐身,倒不如沉溺酒乡,泯灭悲喜,得乐且乐,这样反倒更自由、更洒脱。所以,他为自己选择了一条与屈原大异其趣的“独善”的道路,并一再不无自得地声言:“独醒从古笑灵均,长醉如今效伯伦!”③

当然,白居易对屈原的“笑”,并不是刻薄的嘲笑,而是在对炎凉人世深沉思考后打通禅关跳出一步的放情之笑,在这“笑”的背后,则深隐着贬谪诗人体验到的全部苦涩和酸辛。这一点,只要看看他对贾谊及其政治悲剧的认同便足可明白了。在《读史五首》其一中,白居易通过比较指出:“楚怀放灵均,国政亦荒淫。彷徨未忍决,绕泽行悲吟。汉文疑贾生,谪置湘之阴,是时刑方措,此去难为心。士生一代间,谁不有浮沉? 良时真可惜,乱世何足钦。乃知汨罗恨,未抵

---

① 《白居易诗集校注》卷一六《咏怀》,第 1308 页。
② 《白居易诗集校注》卷五《效陶潜体诗十六首》其十三,第 513 页。
③ 《白居易诗集校注》卷二六《咏家酝十韵》,第 2087 页。

长沙深。"① 这里表面上是对屈、贾悲恨程度的比较评说,实际上却深寓着诗人自己的人生感恨②。白居易生当治平之世,直道见黜,高才难展,曾屡屡生出"皆当少壮日,同惜盛明时"③ "举目争能不惆怅?高车大马满长安"④ 的憾恨之情。而在这一点上,他与贾谊的遭际正好相似,所以他的悲叹贾谊,便是悲叹自己;他的评说议论,便是自明心迹。在《偶然二首》其一中,白居易又一次声言:"楚怀邪乱灵均直,放弃合宜何恻恻?汉文明圣贾生贤,谪向长沙堪叹息!"⑤ 从而更明确地展现了纠结于内心深处的悲苦情结。这种情结因了白居易的乐天知命旷达超然而被掩盖,一般人不易觉察,但它对诗人的影响却是深远的,甚至当白氏脱离谪籍之后,也还一再陷于痛苦的回忆之中:"忆昔谪居炎瘴地,巴猿引哭虎随行。多于贾谊长沙苦,小校潘安白发生。"诗中自注谓:"予自左迁江峡,凡经七年。"⑥ 可见,白居易悲叹贾谊或以贾自况的目的从根本上说,乃是为了反证自己生命沉沦的巨大痛苦;换言之,既然自己谪居的时间长于贾谊,痛苦的程度甚于贾谊,而贾谊的悲怨又较屈原为深,那么自己的悲恨痛苦超过屈原便在不言之中了。更近一步,以屈原那样的悲怨痛苦,因过于执著而终至落得个"泽畔行吟,形容憔悴",那么自己的痛苦还要甚于屈

---

① 《白居易诗集校注》卷二《读史五首》其一,第 202 页。

② 宋人葛立方未解此理,乃谓:"信如乐天言,则是以乱世为不足拯也,而可乎?"见《韵语阳秋》卷七,《历代诗话》,第 539 页。胶柱鼓瑟,一间有隔。惟晚唐皮日休《悼贾序》与白氏意见一致,可参看。[唐]皮日休:《悼贾》,《全唐文》卷七九八,第 8374—8376 页。

③ 《白居易诗集校注》卷一三《代书诗一百韵寄微之》,第 978 页。

④ 《白居易诗集校注》卷一五《得微之到官后书备知通州之事怅然有感因成四章》其四,1207 页。

⑤ 《白居易诗集校注》卷一六《偶然二首》其一,第 1323 页。

⑥ 《白居易诗集校注》卷二八《不准拟二首》其二,第 2223 页。

原,如果学屈原的样,又会产生什么样的结局呢? 固然,屈原忠直事
君,无罪被放,自不能无怨,可是"楚怀邪乱灵均直",正直与邪乱、清
醒与昏昧并在一起,必然导致悲剧命运,想到这一理所当然的规律,
又有什么必要蹇产不释呢? 何况时事混浊,风云动荡,既已不为世
用,正好超然远引,何必非得挂怀世事自寻烦恼? 言外之意,屈原实
在太不明智、太不超脱了。自己决不能再步他的后尘,而应从浊世苦
海中超拔出来,管他什么乱世治世、遇与不遇(尽管生逢治世而怀才
不遇更令人痛心,更难以忘怀),直须委运而去,达观超然,破除我执,
泯灭忧喜:"外物不可必,中怀须自空。无令怏怏气,留滞在心胸!"①
由是而言,白居易要超越的,不仅是屈原的执著,而且包括贾谊的悲
怨;不仅是忠奸斗争的模式,而且还连带着感怀不遇的主题,他向往
和追求的,乃是贾谊想实现而终难实现的逍遥境界。

　　要摆脱屈原的影响,超越屈原模式,就必须找到一个足以引导自
己走向解脱的范型。固然,以老、庄为代表的道家思想本质上即是超
越的思想,而此一思想对白居易影响之深从白一再宣称的"大底宗庄
叟,私心事竺乾"②的话语中即可概见;然而,老、庄尤其是庄子思想
更注重的是一种精神追求,追求的极致往往陷于虚无缥缈的无何有
境界,这与白居易感性的、世俗的人格是有差距的。也就是说,白居
易在注重精神追求的同时,更注重人生的乐趣和现实生命的享用,而
不欲在空无寂寞中了此一生。所以他对老、庄思想既服膺亦不无微
词:"言者不知知者默,此语吾闻于老君。若道老君是知者,缘何自著
五千文?"③"庄生齐物同归一,我道同中有不同。遂性逍遥虽一致,

<hr>

① 《白居易诗集校注》卷六《闻庚七左降因咏所怀》,第534页。
② 《白居易诗集校注》卷一九《新昌新居书事四十韵因寄元郎中张博士》,第
　　1543页。
③ 《白居易诗集校注》卷三二《读老子》,第2423页。

鸾凤终校胜蛇虫！"① 显然，白居易不愿意像老子那样终生默默，也不完全赞同庄子齐物归一的观点，而认为鸾凤与蛇虫间终究是有差别的。职是之故，他不能不把效法的对象向后推移，最终选定东晋末年那位坚持气节而避世远引、遂性逍遥又品格超迈的林下高士——陶渊明 ②。

"数峰太白雪，一卷陶潜诗。"③ "苏州及彭泽，与我不同时。"④ "常闻陶潜语，心远地自偏。"⑤ ……翻开白居易诗集，诸如此类心仪渊明的诗句触目皆是。倘若溯其初始，则早在贬谪之前白氏丁母忧而退居下邽金氏村时（元和八年），即创作了《效陶潜体诗十六首》，从而将其师法的目标明确指向了陶渊明，诗前小序云："余退居渭上，杜门不出，时属多雨，无以自娱。会家酝新熟，雨中独饮，往往酣醉，终日不醒。懒放之心，弥觉自得，故得于此而有以忘于彼者。因咏陶渊明诗，适与意会，遂效其体，成十六篇。"⑥ 这里所谓 "得于此而有以忘于彼" 一语，表明白居易在 "懒放之心，弥觉自得" 的沉醉心境中，已无意于社会政治的角逐，而 "咏陶渊明诗，适与意会" 数字，更直接展示了白与陶在人生态度和精神意向上的内在相通。联系到组诗所

---

① 《白居易诗集校注》卷三二《读庄子》，第 2424 页。
② 关于陶渊明的意识倾向，请参看拙著《生命在西风中骚动——中国古代文人与自然之秋的双向考察》第 4 章《从社会退避到天人合一》中的部分论述。见尚永亮：《生命在西风中骚动——中国古代文人与自然之秋的双向考察》，陕西人民教育出版社，1989 年。
③ 《白居易诗集校注》卷五《官舍小亭闲望》，第 466 页。
④ 《白居易诗集校注》卷六《自吟拙什因有所怀》，第 549 页。
⑤ 《白居易诗集校注》卷六《酬吴七见寄》，第 579 页。
⑥ 《白居易诗集校注》卷五《效陶潜体诗十六首序》，第 498 页。

谓"便得心中适,尽忘身外事。更复强一杯,陶然遗万累"①"是以达人观,万化同一途。但未知生死,胜负两何如? 迟疑未知间,且以酒为娱"②,可以看出:不愿受世网羁绊,向往无拘无束的自然境界,追求人生的自由洒脱,乃是白居易由前期创作讽喻诗积极参政而转向中后期创作闲适诗退避社会的一个重要标志,也是白与陶在历经世途坎坷后所共有的特点,而十六首效陶诗,则从内容和形式两方面首次将白、陶二人紧紧地连在了一起。论者提到陶渊明在后代的被重视,往往从苏轼说起,认为"终唐之世,陶诗并不显赫,甚至也未遭李、杜重视。直至苏轼这里才被抬高到独一无二的地步。并从此之后,地位便基本巩固下来了"③。这种说法与实际显然不符。事实上,白居易的《效陶潜体诗十六首》比苏轼的百篇和陶诗早了近三百年,无论从哪个角度说,谈陶渊明在后代的被重视都不能越白居易而过之。换言之,白居易是陶渊明的第一个知音,而苏轼的全面接受陶渊明亦未尝没有掺杂白居易这位中介人物的重大影响。

不过,白居易对陶渊明的全身心的拥抱并不在此时,而是在他的生命遭受骤然沉沦的贬谪之后。元和十年,白居易被贬江州司马,而陶渊明的故里柴桑即在江州。地域的巧合,加上夙昔的仰慕,使白对陶的关注和热情益发加大。《白居易集》卷七第一首诗《题浔阳楼》下自注云"自此后诗,江州司马时作",表明此诗为白贬后的最早作品。诗云:

> 常爱陶彭泽,文思何高玄。又怪韦江州,诗情亦清闲。今朝

---

① 《白居易诗集校注》卷五《效陶潜体诗十六首》其五,第 504 页。
② 《白居易诗集校注》卷五《效陶潜体诗十六首》其十五,第 516 页。
③ 李泽厚:《美的历程》,生活·读书·新知三联书店,2009 年,第 166—167 页。

登此楼,有以知其然。①

表面看来,这里只是对陶渊明和韦应物的文辞的赞美,但在这赞美的背后,何尝没有对他们立身行世之高风亮节的由衷钦羡?大自然的清辉灵气陶铸了陶和韦的人格文章,如今白亦至此,不正应像他们那样与自然为伴,陶冶性情和文章吗?而登楼遥望,思接千载,在心灵的振荡和超时空的联想中,今人与古人岂不更易获得精神上的共鸣?是的,对高玄文思的向往预示着诗人间心气的投合,而心气的投合则为其意识倾向的一致奠定了牢固的基础。所以,继《题浔阳楼》之后的第二篇作品,便是那首著名的《访陶公旧宅》。诗前小序云:

> 予夙慕陶渊明为人,往岁渭川闲居,尝有《效陶潜体诗十六首》。今游庐山,经柴桑,过栗里,思其人,访其宅,不能默默,又题此诗云。②

诗篇位置的重要已自说明白对陶的重视,小序的自白尤为突出地展示了这一瓣心香深远的渊源。诗这样写道:

> 呜呼陶靖节,生彼晋宋间;心实有所守,口终不能言。永惟孤竹子,拂衣首阳山;夷齐各一身,穷饿未为难。先生有五男,与之同饥寒。肠中食不充,身上衣不完。连征竟不起,斯可谓真贤。我生君之后,相去五百年;每读《五柳传》,目想心拳

————————

① 《白居易诗集校注》卷七《题浔阳楼》,第 593 页。
② 《白居易诗集校注》卷七《访陶公旧宅序》,第 594 页。

拳。……不慕樽有酒,不慕琴无弦;慕君遗荣利,老死此丘园。①

白居易在此表现的,有对陶渊明在晋、宋易代之际"心有所守"之坚定志节的崇仰,也有对他不慕荣利、甘守长贫之孤傲精神的向慕,而此二点,不仅是陶之所以为陶的核心所在,而且也在意识观念上构成了白以陶为楷模欲以退避社会超然解脱的基本特征。一方面确是"浩然江湖,从此长往"的毅然超越,另一方面又是不无保留的对理想信念"心有所守"的执著;这是超越中的执著,更是执著中的超越。就总体情形言,白居易选择的乃是一条尽力摆脱屈原模式而完全认同陶渊明亦即从执著到超越的道路。

　　然而,白居易毕竟是白居易,他虽一再表示要师法陶渊明,却没有也不可能真正成为陶渊明第二。不容否认,道家和禅宗思想确曾给予白居易以巨大影响,使他"知足""安心",从而在相当程度上取得了与陶的一致;但同样不可忽视的是,这种影响并不能从根本上改变白居易的心性特质,白的心性特质乃是世俗型的,尽管他每每宣称要逍遥齐物、忘怀得失,但从实质上看,这不过是他为避祸远灾并减轻忧患而采取的一种自我拯救的方法而已,在他的心理底层,始终存在着一缕对富贵利禄的企盼,他要在解悟人生中享用人生,在退避社会中涉足社会。"端然无所作,身意闲有余。……幽独已云极,何必山中居?"② "形骸属日月,老去何足惊。所恨凌烟阁,不得画功名!"③ 诸如此类的夫子自道,表明白居易不可能完全达到陶渊明那种不慕荣利、甘老丘园的境地,他的思想核心只能是"外顺世间法,内

---

① 《白居易诗集校注》卷七《访陶公旧宅》,第 594—595 页。
② 《白居易诗集校注》卷七《闲居》,第 643 页。
③ 《白居易诗集校注》卷七《题旧写真图》,第 642 页。

脱区中缘。进不厌朝市,退不恋人寰"①。所以,当朝廷召他还朝时,他不是像陶渊明那样"连征竟不起",而是一命即驾;返朝之后,面对日趋激烈的竞争,他又触目惊心,再度急流勇退,为自己选择了一条"中隐"之路。在这里,他既避免了陶的贫寒困顿,又躲开了险恶的政治斗争;既获得了心灵的宁静,又享受了生活的赐予。一句话,他通过自己的独特方式找到了人生的归宿。后人曾将白居易与陶渊明、柳宗元放在一起进行比较,指出:"子厚之贬,其忧悲憔悴之叹,发于诗者,特为酸楚。闵己伤志,固君子所不免,然亦何至是? 卒以愤死,未为达理也。乐天既退闲,放浪物外,若真能脱屣轩冕者,然荣辱得失之际,铢铢校量,而自矜其达,每诗未尝不着此意,是岂真能亡之者哉! 亦力胜之耳。惟渊明则不然,观其《贫士》《责子》与其他所作,当忧则忧,遇喜则喜,忽然忧乐两忘,则随所遇而皆适,未尝有择于其间,所谓超世遗物者,要当如是而后可也。观三人之诗,以意逆志,人岂难见?"② 按诸实际,此语诚然。盖于陶渊明的"超世遗物"和柳宗元的"闵己伤志""未为达理"之间,白居易亦仅只"力胜之耳"。但也正因其"力胜之",所以在中国文化史尤其是贬谪史上,白居易别具一种从执著到超越的过渡性的意义。

这是一个转折点,这一转折的出现,无疑与中唐时代日益激化的政治斗争和随之昌盛的佛老思想紧相关联,而这一转折的突出标志,则在于白居易置身逆境后全面开始的对屈原模式的背离、对佛老思想和陶渊明人生道路的归趋。如果将白居易所代表的意识倾向与其在宋代的影响联系起来看,那么这种转折的意义就更为显著了。且不说前引《能改斋漫录》所谓"白乐天云'相争两蜗角,所得

---

① 《白居易诗集校注》卷六《赠杓直》,第 583 页。
② 郭绍虞:《宋诗话辑佚》卷下《蔡宽夫诗话》,第 393 页。

一牛毛',后之使蜗角者悉稽之"①,已很可以说明问题了,即以宋人所取字号论,则"醉翁、迂叟、东坡之名,皆出于白乐天诗云"②。宋人周必大有言:"本朝苏文忠公不轻许可,独敬爱乐天,屡形诗篇。盖其文章皆主辞达,而忠厚好施,刚直尽言,与人有情,于物无著,大略相似。谪居黄州,始号东坡,其原必起于乐天忠州之作也。"③凡此种种,已可概见白居易的影响力和宋人的基本心态。似乎可以认为:自中唐时代始,中国文人尤其是贬谪诗人的处世态度、意识倾向和精神风貌,确实开始向一个新的方向转化了,尽管宋代及此后的文人也不乏顽强的执著意识的表现,但其日趋于超越的总的走向却是清晰可辨的。如果说,在这一总的走向中白居易主要起着一种承上启下的作用,那么此后以苏轼、黄庭坚为代表的贬谪诗人则将此一走向定型下来,并对后世发挥了越来越深远的影响。

---

① 《能改斋漫录》卷八《沿袭》,第 212 页。
② [宋]龚颐正撰,李国强整理:《芥隐笔记》,大象出版社,2012 年,第 95 页。
③ [宋]周必大:《二老堂诗话》,《历代诗话》,第 656—657 页。

第六章　元和贬谪文学的悲剧精神和艺术特征

"道屈才方振,身闲业始专。天教声煊赫,理合命迍遭。"[①] 白居易的话,可谓深刻道出了贬谪对诗人和文学截然相反的两种作用。事情很明显:是贬谪,导致了韩愈、柳宗元、刘禹锡、元稹、白居易等元和诗人的生命沉沦,使他们备尝忧患磨难,身心受到巨大创伤;但也正是贬谪,激发了他们借文学创作抒发郁愤并与忧患抗争的动力和勇气,同时,也为他们提供了摆脱俗累宁神壹志专力进行文学创作的条件。如果说,真正的艺术只能源于苦难的现实并对现实苦难有所超越的话,那么,饱含悲剧艺术特征的元和贬谪文学便是这方面的明证。

所谓贬谪文学,大致由三大部分组成:第一部分是贬谪诗人在谪居期间创作的文学作品,这是贬谪文学的主体;第二、第三部分则是贬谪诗人在谪居前后以及非贬谪诗人在送别赠答、追忆述怀时创作的有关贬谪的文学作品,这是贬谪文学的侧翼。这里所要论述的,主要是第一部分亦即元和五大诗人在谪居期间创作的文学作品。

这些作品是大量的,也是具有独特价值的。《旧唐书·元稹传》

---

① 《白居易诗集校注》卷一七《江楼夜吟元九律诗成三十韵》,第1339页。

云：元稹"流放荆蛮者仅十年，俄而白居易亦贬江州司马，稹量移通州司马。虽通、江悬邈，而二人来往赠答，凡所为诗，有自三十、五十韵乃至百韵者。江南人士，传道讽诵，流闻阙下，里巷相传，为之纸贵。观其流离放逐之意，靡不凄惋"①。这段话，适可与前引白诗相印证。事实上，不独元、白如此，韩、柳、刘诸人无不皆然。在韩愈现存的四百余首诗歌中，仅贬谪期间所作即达百首之多，占四分之一；而柳宗元几乎全部作品、刘禹锡的大部分作品都作于贬谪期内。这些作品既为诗人们赢得了巨大的声誉，也使他们久经沉沦的生命借文学表现而得到了更生，尤为重要的是，随着创作主体立足点的变化和心理的位移，亦即其关注对象从社会政治向个体生命、追求目标从建功立业向雪冤复仇、思维触角从人伦道德向苦难人生的重大转变，这些作品大都以颇不同于贬谪前的方式转入对人内心世界的描写。于是，内向的悲恨聚敛代替了外向的激情发越，对社会生活的反映则让位给了对自我、心灵、生命、人生的深刻表现。

步入元和贬谪文学的丛林，我们立即会为那饱含悲怆气息的滚滚声浪所吸引、所感染、所震颤。这里有哀凉的低吟，有悲壮的高唱，有痛苦的呼喊，有不屈的长鸣，它们组合在一起，有如烈火烧残的焦桐，又如饱经风霜的孤竹，形成了一种由内心向外喷涌的至悲凉至激切的音响，其中凝聚的，分明是贬谪诗人心灵经磨历劫，屡被煎熬后的深深战栗，分明是他们那地老天荒无所归属的大真实与大虚幻、大寂寞与大悲哀，一句话，凝聚着他们血泪交织而成的整个生命。似乎正是这一点，构成了元和贬谪文学之主体风格的刻骨凄怆和激切悲壮，大大强化并深化了它的艺术穿透力和人生悲剧感。因而，我们有理由认为：对个体生命的多层次咏叹、观照和把握，以及由此形成的

①《旧唐书》卷一六六《元稹传》，第4331—4332页。

深沉的悲伤意绪和强烈的孤愤情怀,乃是贯穿元和贬谪文学始终的
一条基线,也是其悲剧精神的主要特征。

第一节　血泪汇聚的悲伤大潮

时空数量词的喻示意义 / 伤禽、笼鹰意象的悲剧内涵 /
远望当归的心理流程

深沉的悲伤意绪源于个体生命的现实沉沦,它是元和贬谪文学
悲剧精神的基础。

西方文艺理论家丹纳指出:艺术家之所以为艺术家,"是因为他
惯于辨别事物的基本性格和特色;别人只见到部分,他却见到全体,
还抓住它的精神。悲伤既是时代的特征,他在事物中所看到的当然
是悲伤。不但如此,艺术家原来就有夸张的本能与过度的幻想,所以
他还扩大特征,推之极端。特征印在艺术家心上,艺术家又把特征印
在作品上,以致他看到所描绘的事物,往往比当时别人所看到所描绘
的色调更阴暗"[1]。就一般情况而论,这话说的是不错的,但由于贬谪
诗人本即生活于忧患悲伤之中,比起普通的艺术家,他们更多了一种
生命沉沦的真实体验,因而,在其作品中表现的悲伤意绪便绝非简单
的社会观察和夸张、幻想所能致。换言之,在他们这里,诗人、情感和
作品几乎是处于同一层面的,悲伤是以其直接的现实性和真切的感
受性将诗人与作品紧紧连在一起,不可分割的,所谓"诗到极则,不过
是抒写自己胸襟"[2],指的便是这种情况。所以,在元和贬谪文学中,

---

① 《艺术哲学》,第 36 页。
② [清]徐增撰:《而庵诗话》,丁福保辑:《清诗话》,上海古籍出版社,1963 年,
　第 431 页。

围绕沉沦之生命,悲伤意绪便构成了它时间上的无时不有,空间上的无所不在。

进一步说,元和贬谪诗人面对的是一个悲剧性的现实,背负着一个沉重的悲剧性的命运,当他们在被抛弃、被拘囚的过程中,已清楚地意识到这悲剧性现实是无法逃避、这悲剧性命运是难以挣脱的时候,其心灵注定要漂泊在迷茫、苦闷、前途未卜、无所归依的路途上,必定会发出沉痛至极无可底止的巨大悲伤。狄克逊说:"只有当我们被逼得进行思考,而且发现我们的思考没有什么结果的时候,我们才在接近于产生悲剧。"① 准此,则元和贬谪诗人这种面对困境已无可奈何了的悲伤意绪,便不能不具有浓郁的悲剧性质,而作为心灵的呼喊和叹息,作为对人的命运深刻感受的载体,元和贬谪文学也就不能不在最基本的层面上,呈现出诸多悲剧性的艺术特征。

综观元和五大诗人的贬谪文学作品可知,对人生遭际和自我生命的感怀悲叹是其悲伤意绪最突出的表现。

> 直道由来黜,浮名岂敢要? 三湘与百越,雨散又云摇。远守惭侯籍,征还荷诏条。悴容唯舌在,别恨几魂销! ②
> 城上高楼接大荒,海天愁思正茫茫。惊风乱飐芙蓉水,密雨斜侵薜荔墙。岭树重遮千里目,江流曲似九回肠。共来百越文身地,犹自音书滞一乡! ③

这些诗作,没有故作哀愁的无病呻吟,有的是巨大人生感恨形成的刻

---

① 〔法〕狄克逊:《论悲剧》,转引自朱光潜:《悲剧心理学》,第209页。
② 《刘禹锡全集编年校注》卷七《酬杨八庶子喜韩吴兴与予同迁见赠》,第714页。
③ 《柳宗元集校注》卷四二《登柳州城楼寄漳汀封连四州》,第2815页。

骨凄怆;没有丝毫的圆和平滑,有的是生命力与阻力碰撞摩擦留下的艰涩印痕。憔悴的容颜、销魂的别恨、遥无际涯的愁思、肝肠寸断的哀怨,在在印证着贬谪诗人的人生苦难,孕育着他们掺和着血泪的苦闷意绪。贺裳评刘、柳诗谓:"五古自是刘诗胜场……匪徒言动如生,言外感伤时事,使千载后人犹为之欲哭欲泣"①;"柳五言诗犹能强自排遣,七言则满纸涕泪。……只就此写景,已不可堪,不待读其'一身去国六千里,万死投荒十二年'矣"②。周昂《读柳诗》云:"功名翕忽负初心,行和骚人泽畔吟。开卷未终还复掩,世间无此最悲音!"③可谓深刻地道出了人们读刘、柳诗的共同感受。

固然,白居易的悲伤意绪似远不及刘、柳浓烈,他被贬时曾声言:"去国辞家谪异方,中心自怪少忧伤。"④然而,就在他同一时期的另一些诗作中,"忧伤"之情还是一再强烈地流露出来:

> 江云暗悠悠,江风冷修修。夜雨滴船背,夜浪打船头。船中有病客,左降向江州。⑤
> 壮心徒许国,薄命不如人。才展凌云翅,俄成失水鳞。……泽畔长愁地,天边欲老身。萧条残活计,冷落旧交亲。⑥

环境的惨淡凄凉先已预示了主体心境的抑郁苦闷,往事的不堪回首

---

① 《载酒园诗话又编》,《清诗话续编》,第 336 页。
② 《载酒园诗话又编》,《清诗话续编》,第 335 页。
③ [金]周昂:《读柳诗》,[金]元好问编,张静校注:《中州集校注》丁集,中华书局,2018 年,第 945 页。
④ 《白居易诗集校注》卷一五《读庄子》,第 1228 页。
⑤ 《白居易诗集校注》卷一〇《舟中雨夜》,第 819 页。
⑥ 《白居易诗集校注》卷一七《江南谪居十韵》,第 1337 页。

愈发见出现实的萧条冷落。在那独坐船头听夜浪排空的场景中,在那行吟泽畔无以为计的境遇里,不是别具一种凄恻孤苦的感怀吗?当他后来读到好友元稹《闻乐天授江州司马》诗,尤其对其中"垂死病中惊坐起,暗风吹雨入寒窗"两句感触极深:"此句他人尚不可闻,况仆心哉?至今每吟,犹恻恻耳。"① 由此看来,白居易的"中心自怪少忧伤"② 不过是以理遣情,强自作达而已,在他心理深层涌动的,仍是难以消释的人生感恨。那篇著名的表现诗人"迁谪意"的《琵琶行》,借琵琶女的身世遭际以喻示贬谪诗人的"天涯沦落"③,纵横铺排,反复渲染,则使得其人生感恨几乎浓烈到无以复加的地步。

与元和贬谪诗人对人生遭际和自我生命的感怀悲叹紧相关合,这一时期的贬谪文学在表现形式上也呈现出一些新的特点,从而益发强化了其感怀悲叹的程度。

特点之一,是大量使用表示时空的数量词,将自我生命置于广阔遥远的空间和悠久漫长的时间之中,以突出它的沉沦色彩。

> 一封朝奏九重天,夕贬潮州路八千。④
> 我今罪重无归望,直去长安路八千。⑤
> 不觉离家已五千,仍将衰病入泷船。⑥

---

① 《白居易文集校注》卷八《与微之书》,第 361 页。
② 《白居易诗集校注》卷一五《读庄子》,第 1228 页。
③ 《白居易诗集校注》卷一二《琵琶引》,第 961 页。
④ 《韩昌黎诗系年集释》卷一一《左迁至蓝关示侄孙湘》,第 1097 页。
⑤ 《韩昌黎诗系年集释》卷一一《武关西逢配流吐蕃》,第 1101 页。
⑥ 《韩昌黎诗系年集释》卷一一《题临泷寺》,第 1108 页。

这是韩愈的歌声,在对遥远贬途的反复陈说中,流露出无限的忧惧。

> 尚书入用虽旬月,司马衔冤已十年。①
> 二十年来谙世路,三千里外老江城。②
> 三千里外巴蛇穴,四十年来司马官。③

这是元稹的歌声,在时间、空间的相互比照中,饱含着生命白白消磨的沉痛。

> 积十年莫吾省者兮,增蔽吾以蓬蒿!④
> 十一年前南渡客,四千里外北归人。⑤
> 十年憔悴到秦京,谁料翻为岭外行!⑥
> 一身去国六千里,万死投荒十二年!⑦
> 一自谪居,七悲秋气。越声长苦,听者谁哀?⑧
> 何吾道之一穷兮,贯九年而犹尔!⑨
> 去国十年同赴召,渡湘千里又分歧。⑩

---

①《元稹集校注》卷二一《酬乐天闻李尚书拜相以诗见贺》,第 631 页。

②《元稹集校注》卷二二《以州宅夸于乐天》,第 651 页。

③《元稹集校注》卷二一《酬乐天见寄》,第 625 页。

④《柳宗元集校注》卷二《囚山赋》,第 171 页。

⑤《柳宗元集校注》卷四二《诏追赴都二月至灞上》,第 2789 页。

⑥《柳宗元集校注》卷四二《衡阳与梦得分路赠别》,第 2800 页。

⑦《柳宗元集校注》卷四二《别舍弟宗一》,第 2855 页。

⑧《刘禹锡全集编年校注》卷一四《上杜司徒启》,第 1633 页。

⑨《刘禹锡全集编年校注》卷一四《谪九年赋》,第 1672 页。

⑩《刘禹锡全集编年校注》卷四《再授连州至衡阳酬柳柳州赠别》,第 373 页。

　　巴山楚水凄凉地，二十三年弃置身！ ①

　　这是柳宗元、刘禹锡的歌声，这歌声尤其悲凉，在七、九、十、十一、十二、二十三这些既表示年数又表示生命磨难长度的数字递进中，深寓着贬谪诗人被抛弃、被拘囚的万般凄楚。

　　人的生命是在具体的时空中存在并借时空的推移变化而显示的，但对贬谪诗人来说，这种存在和推移变化却意味着一种巨大的苦难。"沉埋全死地，流落半生涯！"② 一个"全死地"，见出空间的荒恶；一个"半生涯"，见出时间的久长，久长的时间和荒恶的空间一齐压在贬谪诗人头上，就人生而论，这该是何等残酷！ "人上寿百岁，中寿八十，下寿六十……天与地无穷，人死者有时，操有时之具而托于无穷之间，忽然无异骐骥之驰过隙也。"③ 庄子的话，深刻道出了天步悠长、人道苦短的事实；正因为人道苦短，所以生命之于人才倍加珍贵，它的价值才应充分展现。可是，在专制政治打击下生命屡遭沉沦的贬谪诗人，又怎能谈得上生命的价值及其发挥？ "夙志随忧尽，残肌触瘴痛。"④ 当此身心均遭到严酷摧残之际，他们怎能不生发出感怀人生的深哀剧痛？ 这深哀剧痛用刘禹锡的话说就是："呜呼！ 以不驻之光阴，抱无涯之忧悔；当可封之至理，为永废之穷人。闻弦尚惊，危心不定；垂耳斯久，长鸣孔悲。"⑤用柳宗元的话说就是："悲夫！ 人生

① 《刘禹锡全集编年校注》卷六《酬乐天扬州初逢席上见赠》，第 689 页。
② 《柳宗元集校注》卷四二《同刘二十八院长述旧言怀感时书事奉寄澧州张员外使君五十二韵之作因其韵增至八十通赠二君子》，第 2676 页。
③ 《庄子集释》卷九下《盗跖》，第 1000 页。
④ 《柳宗元集校注》卷四二《酬韶州裴曹长使君寄道州吕八大使因以见示二十韵一首》，第 2719 页。
⑤ 《刘禹锡全集编年校注》卷一四《上中书李相公启》，第 1650 页。

少得六七十者,今已三十七矣。长来觉日月益促,岁岁更甚,大都不过数十寒暑,则无此身矣!"① 而这深哀剧痛用诗歌形式加以表现,便有了以数量词为突出标志的时空概念的大量产生。作为人的生命流程和生存状态的一种符号,这些数量词凝聚着贬谪诗人生命磨难的长度和深度。因而,当它们频频出现在作品之中时,唤起的必然是与其生命沉沦相同步的悲伤感受。

大量使用伤禽、笼鹰等意象,借以更深刻地表现自我生命之受创、被囚的程度,表现失去自由后内心郁积的沉重苦闷,是元和贬谪文学的另一特点。元稹诗云:

> 鹤笼闲警露,鹰缚闷牵鞲。②
> 心虽出云鹤,身尚触笼鹰。……铩翮鸾栖棘,藏锋箭在弨。③
> 伤心自比笼中鹤,剪尽翅翎愁到身。④

白居易诗云:

> 悯默向隅心,摧颓触笼翅。⑤
> 白鸥毛羽弱,青凤文章异。各闭一笼中,岁晚同憔悴。⑥

---

① 《柳宗元集校注》卷三〇《与萧翰林俛书》,第 1999 页。
② 《元稹集校注》卷一一《酬许五康佐》,第 334 页。
③ 《元稹集校注》卷一一《纪怀赠李六户曹崔二十功曹五十韵》,第 318—319 页。
④ 《元稹集校注》卷二一《别毅郎》其二,第 638 页。
⑤ 《白居易诗集校注》卷一〇《早秋晚望兼呈韦侍御》,第 838 页。
⑥ 《白居易诗集校注》卷一〇《感秋怀微之》,第 834 页。

七年囚闭作笼禽,但愿开笼便入林。①

他如韩愈所谓"捐躯辰在丁,铩翮时方褫"② ;刘禹锡所谓"铩翮重叠伤,竞魂再三褫"③ "宿草恨长在,伤禽飞尚迟"④ "六翮方铩,思重托于扶摇"⑤,如此等等,皆借物自喻,伤怀无限。在这里,"伤禽""笼鹰""笼禽"等意象以及"铩翮""剪翅"等词语的反复使用,一方面使人于形象的联想中深深感触到严酷的专制政治给贬谪诗人身心造成的巨大戕害,另一方面又令人在他们那有如被缚之鹰、被笼之鹤的苦难遭遇中,觉察出一种英雄末路无可奈何的苦闷悲伤。不是吗?这些贬谪诗人在被贬前冲锋陷阵、大呼猛进,其志向之高远、意气之激烈正有如搏击长空、高飞远举的鹰、鹤,可突然之间,严霜飓风一齐袭来,使他们羽翼摧落,遍体鳞伤,从蓝天坠落山泽。再度振翅已经无力,就此作罢又于心不甘,而栖于草莽则备受凡鸟欺凌,当此之际,他们怎能不感到彻骨的寒凉!"鹏翼张风期万里,马头无角已三年!"⑥ 理想与现实、希望与失望相互糅合,相互碰撞,使得这种"伤禽""笼鹰"意象别具一种砭人肌骨的悲凉感和沉重感。

是的,鹰是勇武矫健的,禽是性喜自由的,可如今这禽已受伤,鹰已被缚,在寂寞、孤独、苦闷中熬时度日,对它们来说,这该是何等痛苦!而就其意象而言,又怎能不悲凉、沉重!"九天飞势在,六月目

① 《白居易诗集校注》卷二七《戊申岁暮咏怀三首》其三,第2117页。
② 《韩昌黎诗系年集释》卷二《县斋有怀》,第229页。
③ 《刘禹锡全集编年校注》卷一《韩十八侍御见示岳阳楼别窦司直诗因令属和重以自述故足成六十二韵》,第100页。
④ 《刘禹锡全集编年校注》卷八《微之镇武昌中路见寄蓝桥怀旧之作凄然继和兼寄安平》,第881页。
⑤ 《刘禹锡全集编年校注》卷一四《上杜司徒启》,第1633页。
⑥ 《元稹集校注》卷一八《送友封二首·其二》,第550页。

睛寒。动触樊笼倦,闲消肉食难!"①"杳杳冲天鹤,风排势暂违。有心长自负,无伴可相依。"②这一曲曲咏叹人生遭际和自我生命的悲歌,不正是贬谪诗人悲凉沉重之心境的真实写照吗?如果说,在文学的象征意义上,"笼鹰""伤禽"等意象与受专制政治打击生命长久沉沦的贬谪诗人最为吻合的话,那么,使用这些意象便理所当然地成了贬谪诗人的专利。所以,柳宗元屡屡借此意象,时而把自己比作折翅的苍鹰,时而把自己比作断足的乌鸦、被囚的鹦鹉,从不同角度深微曲折地表述了自己被贬后那莫可言说的一怀伤痛:

> 凄风淅沥飞严霜,苍鹰上击翻曙光,云披雾裂虹蜺断,霹雳掣电捎平冈。砉然劲翮剪荆棘,下攫狐兔腾苍茫。爪毛吻血百鸟逝,独立四顾时激昂。炎风溽暑忽然至,羽翼脱落自摧藏。草中狸鼠足为患,一夕十顾惊且伤。但愿清商复为假,拔去万累云间翔。③

在这首著名的《笼鹰词》中,有对昔日凌厉劲健之雄风的回顾怀念,有对拔去万累在清冽秋风中自由翱翔的期待盼望,更有对突遭打击、羽翼脱落、横遭凌辱、惊魂不定的悲伤感恨,而且这悲伤感恨因了对往昔的怀念、对未来的向往而显得益发沉重。也就是说,诗人的躯体虽已遍布伤痕,但他的精神仍不甘寂寞;尽管不甘寂寞,可恐怖的现实却迫使他必须将此精神的企盼埋在心底,而以全副精力来应付眼下这几已无能为力的困境,于是,人类原始的自卫本能便在"一夕十

---

① [唐]吕温:《和舍弟让笼中鹰》,《全唐文》卷三七〇,第4159页。
② [唐]吕温:《赋得失群鹤》,《全唐文》卷三七一,第4171页。
③ 《柳宗元集校注》卷四三《笼鹰词》,第3068页。

顾惊且伤"的悲剧氛围中发挥作用,一变贬谪诗人的劲健悲壮而为沉重悲凉。在《跂乌词》中,柳宗元借跂乌自况,进一步描摹了自己遭受打击后的情状:

> 翘首独足下丛薄,口衔低枝始能跃。还顾泥涂备蝼蚁,仰看栋梁防燕雀。左右六翮利如刀,踊身失势不得高。①

乌足已伤,自难高飞,落魂之余,受欺虫鸟,为了自身的安全,只得"努力低飞逃后患"②了。由于柳宗元的人生遭际如同笼鹰、跂乌,所以他由物及人,又移情于物,对自然界与自己遭遇相类似的禽鸟也特具怜惜之情。他的《放鹧鸪词》便是典型例证:一只鹧鸪误入罗网,被缚笼中,生命危在旦夕;诗人想到自己"万里为孤囚"的境遇,不禁恻然心动,开笼释之,并谆谆告诫鹧鸪:"破笼展翅当远去,同类相呼莫相顾!"③这是写鹧鸪,又何尝不是写自己?白居易有一首《放旅雁》云:"我本北人今谴谪,人鸟虽殊同是客。见此客鸟伤客人,赎汝放汝飞入云。"④表现的情况盖与柳诗相类,所不同的,只是柳诗更多了一种因遭受严酷打击迫害所萌生的巨大恐惧而已。"铩羽集枯干,低昂互鸣悲"⑤"好音怜铩羽,濡沫慰穷鳞"⑥"瞻仰霄汉,邈然无由。网罗未解,纵羽翼而何施?"⑦从柳宗元一再使用的这些以"伤禽"意象为

---

① 《柳宗元集校注》卷四三《跂乌词》,第 3064 页。
② 《柳宗元集校注》卷四三《跂乌词》,第 3064 页。
③ 《柳宗元集校注》卷四三《放鹧鸪词》,第 3070 页。
④ 《白居易诗集校注》卷一二《放旅雁》,第 921 页。
⑤ 《柳宗元集校注》卷四二《零陵赠李卿元侍御简吴武陵》,第 2745—2746 页。
⑥ 《柳宗元集校注》卷四二《酬娄秀才将之淮南见赠之什》,第 2726 页。
⑦ 《柳宗元集校注》卷三五《谢襄阳李夷简尚书委曲抚问启》,第 2242 页。

核心的词语来看,似乎在他内心深处正凝聚着一个将自我与伤禽合而为一的极浓郁的悲苦情结,并由此导致了意象使用的固定化和叙事抒情的程式化,而这种固定化、程式化的现象,反过来不正深深印证了贬谪诗人身心被创后那极度的沉重和悲凉吗?

　与上述两大特征所代表的对人生遭际和自我生命的感怀悲叹相应,元和贬谪文学的悲伤意绪还表现为浓郁强烈的思乡怀归之情。对乡国的真挚怀恋,对人生终极归宿地的热切向往,进一步染浓了贬谪文学这块主悲主怨领地的悲剧气息。

> 江人授衣晚,十月始闻砧。一夕高楼月,万里故园心。①
> 问春从此去,几日到秦原? 凭寄还乡梦,殷勤入故园! ②
> 旅情偏在夜,乡思岂惟秋? 每羡朝宗水,门前日夕流。③
> 梦觉灯生晕,宵残雨送凉。如何连晓语,只是说家乡? ④
> 朝结故乡念,暮作空堂寝。梦别泪亦流,啼痕暗横枕。⑤

在这里,故乡成了贬谪诗人唯一可以慰藉受伤心灵的处所,也成了他们无比怀念执著追求的永恒目标。而从本质上看,对故乡的思念盼望则源于人类根深蒂固的以安全感、依附感为主要特征的归属需要。西方人本主义心理学家马斯洛曾将人的需要划分为五个层次,即生

① 《白居易诗集校注》卷一○《江楼闻砧》,第 821 页。
② 《柳宗元集校注》卷四三《零陵早春》,第 3043 页。
③ 《刘禹锡全集编年校注》卷四《南中书来》,第 467 页。
④ 《韩昌黎诗系年集释》卷二《宿龙宫滩》,第 248 页。
⑤ 《元稹集校注》卷七《遣病十首》其十,第 196 页。

理需要、安全需要、归属和爱的需要、尊重需要和自我实现的需要①。这五个需要层次具有相当的普遍性,但在中国古代文人这里又有不同于西方人的独特之处,那就是他们的需要大都集中在第三和第五两个层次,亦即爱的归属层次与人的自我实现层次。在这两个层次中,其发生顺序往往是前者在后,后者在前;后者是古代文人追求的最高目标和境界,前者则是他们追求不到这种目标和境界后的必然归宿。换言之,他们首先需要的并不是非现代意义上的情爱以及为自己设想退路的归属之类的东西,而是以入世精神为主的建功立业,扬名后世;当这种需求在历经坎坷仍难以实现或身心遭到重大打击时,他们便不得已而走上了一条在颠踬困顿中渴望情的慰藉和家园感的路途。所谓"涉世艰险,故愿还故乡。故乡者,本性同原之善也。经疢疾忧患危难惧而知悔,古人无不从此过而能成德者也"②,指的便是这种情况。

　　"本性同原之善",无疑是故乡最深刻的内涵。它意味着稳定幸福,意味着纯朴无邪,一句话,它意味着真、善、美。所以,身经生命沉沦,在被抛弃、被拘囚的生涯中度日如年的贬谪诗人,便不能不对故乡产生永恒的忆念和向往。对他们来说,故乡有如一副强效应的镇静剂,可以消释横亘心头的诸多块垒,是故乡,唤起了他们心灵深处最美好的回忆,在对故乡的忆念中,他们仿佛又回到了那单纯无邪的童年世界,回到了母亲的怀抱,身心的创伤得到了暂时的平复,精神的空虚得到了刹那的充实。在这里,故乡成了他们终极的归宿地,而对故乡的每次思怀,都增加了他们一次愉悦的体验。西方行为心理

---

① 参看〔美〕弗兰克·戈布尔著,吕明、陈红雯译:《第三思潮:马斯洛心理学》第四章,上海文艺出版社,1987年,第39～57页。
② 〔清〕方东树撰,汪绍楹校点:《昭昧詹言》卷二,人民文学出版社,2006年,第62页。

学家斯金纳指出：人的行为不仅要受环境的制约，也要受强化作用的
影响，亦即受行为所带来的结果的影响。强化作用主要有三种，即正
强化、负强化和惩罚。所谓正强化，指某一行为如果会带来使行为者
感到愉快和满足的东西，行为者就会倾向于重复该行为；所谓负强
化，指某一行为如果会消除使行为者感到不快或厌恶的东西，行为者
也会倾向于重复该行为①。据此，则思乡作为一种心理行为，既给贬
谪诗人带来了一定的满足，又暂时消除了他们的不快，因而可以说是
正、负强化的有机结合。在这种情况下，贬谪诗人不仅乐于重复对故
乡的怀思，而且在形成一种思维定式之后，哪怕有些微的外界触动，
也会使他们思接往事，视通万里，魂一夕而九逝。你看，天空过往的
飞鸟，会使他们由物及人，生发出"郁郁何郁郁，长安远如日。终日
念乡关，燕来鸿复还"②的深切感怀；映入眼帘的景色，会使他们由此
及彼，在相似性的联想中，辨别出"其奈山猿江上叫，故乡无此断肠
声"③的细微差别；甚至听到一声黄鹂的鸣叫，他们也按捺不住激切
的心情，生出对乡关的无限思念："倦闻子规朝暮声，不意忽有黄鹂
鸣。一声梦断楚江曲，满眼故园春意生。"④宋人评此诗谓："其感物
怀土，不尽之意，备见于两句中，不在多也。"⑤可谓中的。

　　然而，思乡怀归在本质上却是一种源于痛苦而又导向痛苦的心
理活动。它在使人获得短暂的满足之后，又很快将人拖入沉重失望
的深渊。这里我们看到，贬谪诗人的内心正经历着一种剧烈的悲剧

---

① 参看陈维正：《从行为研究到文化设计——斯金纳〈超越自由与尊严〉译后》，
　　载《读书》1987年第10期。
② 《刘禹锡全集编年校注》卷二《谪居悼往二首》其二，第207页。
③ 《白居易诗集校注》卷一六《答春》，第1270页。
④ 《柳宗元集校注》卷四三《闻黄鹂》，第3076页。
⑤ 《苕溪渔隐丛话》后集卷一一，第76页。

性的冲突：一方面，是严酷的现实、心理的苦闷直接促成了他们浓郁的怀乡情思，另一方面，又是这怀乡情思益发加剧了他们重新面对现实时的心理苦闷；一方面，他们清楚意识到故乡是回不去的，思归的结果只能适得其反，另一方面，他们又绝难打消怀乡思归的念头，而且愈是痛苦，便愈是思恋；愈是难回，便愈是想回。"愁极本凭诗遣兴，诗成吟咏转凄凉！"① 于是，贬谪诗人便不能不怀着这种悲剧性的心理，既借诗遣兴，又承受凄凉，为我们展示了一幕幕登高望远的场景。

登高望远是贬谪文学表达思乡怀归之情的突出特点，也是贬谪诗人悲伤意绪借以抒发的最佳方式。刘禹锡在诗中这样说道：

> 潘岳岁寒思，屈平憔悴颜。殷勤望归路，无雨即登山！②
> 楚野花多思，南禽声例哀。殷勤最高顶，闲即望乡来！③

"无雨即登山""闲即望乡来"，足见其思乡情怀之浓烈，登高望远之频繁。登高是为了望远，要望远必须登高；其所以要望远，是因为难以归去；正因为难以归去，所以才要借远望以当归。然而，远望又怎么可以当归？"高台不望远，望远使人愁！"④ 登高以后，举目远望，四野茫茫，故乡邈邈，兴发思虑，震荡心灵，岂不益发加剧了人的乡愁？所以，"囊括古来众作，团词以蔽，不外乎登高望远，每足使有愁者添愁而无愁者生愁"⑤。而且就贬谪诗人来说，由于长久被抛弃、被

---

① 《杜诗详注》卷一四《至后》，第1199页。
② 《刘禹锡全集编年校注》卷二《谪居悼往二首》其二，第207—208页。
③ 《刘禹锡全集编年校注》卷八《题招隐寺》，第948页。
④ 《沈约集校笺》卷九《临高台》，第307页。
⑤ 钱锺书：《管锥编》，生活·读书·新知三联书店，2007年，第1411页。

拘囚的现实境遇,自然使得他们的愁情较一般人更为浓烈。所以刘禹锡每登高远望,无不百感交集,伤怀无限:

> 时时北风,振槁扬埃;萧条边声,与雁俱来。……观物之余,遂观我生。何广覆与厚载,岂有形而无情? 高莫高兮九阍,远莫远兮故园! 舟有楫兮车有辖,江山坐兮不可越。吾又安知其所如? 恍临高以观物。①

> 望如何其望最伤! 俟环玦兮思帝乡。龙门不见兮,云雾苍苍;乔木何许兮,山高水长。春之气兮说万族,独含矉兮千里目;秋之景兮悬清光,偏结愤兮九回肠。②

与刘禹锡相比,柳宗元的乡愁更其浓烈,甚至无处不在,无时不有,达到了化解不开的程度。在《寄许京兆孟容书》中,柳宗元痛切而深情地追忆道:"城西有数顷田,树果数百株,多先人手自封植,今已荒秽,恐便斩伐,无复爱惜。家有赐书三千卷,尚在善和里旧宅,宅今已三易主,书存亡不可知。皆付受所重,常系心腑,然无可为者。"③细读这段话语,可以感触到贬谪诗人对家园那难以抑制的深深眷恋,似乎正是这种眷恋和自身的遭际,使他"每遇寒食,则北向长号,以首顿地"④;使他"升高欲自舒,弥使远念来"⑤ "步登最高寺……离念来相关"⑥。在《与浩初上人同看山寄京华亲故》中,柳宗元这种眷恋和悲

---

① 《刘禹锡全集编年校注》卷一四《楚望赋》,第 1597—1598 页。
② 《刘禹锡全集编年校注》卷一四《望赋》,第 1676 页。
③ 《柳宗元集校注》卷三〇《寄许京兆孟容书》,第 1957 页。
④ 《柳宗元集校注》卷三〇《寄许京兆孟容书》,第 1956 页。
⑤ 《柳宗元集校注》卷四三《湘口馆潇湘二水所会》,第 2903 页。
⑥ 《柳宗元集校注》卷四三《构法华寺西亭》,第 2921—2922 页。

伤表现得最为淋漓尽致：

> 海畔尖山似剑铓,秋来处处割愁肠。若为化得身千亿,散上
> 峰头望故乡! ①

"海畔",见出贬所地域荒远;"愁肠",说明思乡之情沉重。在远离故乡的海畔空有思乡之情而不可归去,已令人痛楚无比了,更何况那有如"剑铓"般的处处尖山,在不断地"割"着诗人的九转哀肠! 然而,巨大的痛楚并没能阻止诗人登高望远的举动,为了那一愫乡情,他竟要化一身为千亿,散上每一座峰头去向北遥望,这执著、这眷恋,不是深蕴着贬谪诗人椎心泣血的悲伤吗?

"永望如何,伤怀孔多!"② 透过登高望远的表面现象,我们发现,贬谪诗人正经历着一种生命基本需求得不到满足的痛苦折磨,为了摆脱这种折磨,他们不断地追求,不停地呼喊,结果却愈发加剧了自我的失落,从而形成了一个循环往复不能自已的怪圈,而登高望远作为传达此一心路历程的媒介,无疑获得了一种悲剧性的震惊力量。所谓"非历览无以寄杼轴之怀,非高远无以开沉郁之绪。是以骚人发兴于临水,柱史诠妙于登台,不其然欤? 盖人禀情性,是生哀乐,思必深而深必怨,望必远而远必伤。……然后精回魂乱,神茶志否,忧愤总集,莫能自止。……故望之感人深矣,而人之激情至矣!"③ 便是这种情形的最好说明。

---

① 《柳宗元集校注》卷四二《与浩初上人同看山寄京华亲故》,第 2773 页。
② 《刘禹锡全集编年校注》卷一四《望赋》,第 1676 页。
③ [唐]李峤:《楚望赋》,《全唐文》卷二四二,第 2443—2445 页。

　　综上所述,对人生遭际和生命沉沦的感怀悲叹、对故乡深切怀念的归属需求和这需求得不到满足的哀凉凄楚,构成了元和贬谪文学浓郁强烈的悲伤格调。这种悲伤格调,不论在执著型诗人那里还是超越型诗人那里,都是普遍存在的,所不同的,只是程度上有所差异而已。

　　当然,以悲伤为主要特征的生命悲叹和思乡怀归,并非元和文学所独有。早在屈原、贾谊的赋作中,这种情况即有过突出表现,而到了唐代中前期的贬谪文学中,更形成了一种普遍的现象。翻检《全唐诗》,初、盛、中唐三期的贬谪诗人约近三百二十人,这些人现存作品达十首以上者,不足九十人;而其中较多抒写贬谪情思者,亦惟宋之问、沈佺期、张说、张九龄、王昌龄、李白、贾至、刘长卿等十数人而已。在这十数人的作品中,悲叹生命、思乡怀归几乎已形成一个恒定主题,弥漫不散,化解不开,反复致意,一再咏叹。请听:"处处山川同瘴疠,自怜能得几人归"[1] 的沉重歌吟刚刚落下,"昔传瘴江路,今到鬼门关。土地无人老,流移几客还"[2] 的凄凉鸣唱便继之而起;"秋雁逢春返,流人何日归? 将余去国泪,洒子入乡衣"[3] 的无限怀思尚未完结,"日夜乡山远,秋风复此时。……念别朝昏苦,怀归岁月迟"[4] 的思乡之念便又萌生。"谪居潇湘渚,再见洞庭秋。……登高望旧国,胡马满东周"[5];"独过长沙去,谁堪此路愁? 秋风散千骑,寒雨泊孤

---

[1]《宋之问集校注》卷二《至端州驿见杜五审言沈三佺期阎五朝隐王二无竞题壁慨然成咏》,第 433 页。

[2]《沈佺期集校注》卷二《入鬼门关》,第 1050 页。

[3]《张说集校注》卷六《岭南送使》,第 283 页。

[4]《张九龄集校注》卷三《初发道中寄远》,第 1588 页。

[5] [唐]贾至:《巴陵早秋寄荆州崔司马吏部阎功曹舍人》,《全唐诗》卷二三五,第 2592 页。

舟"①；"南浦逢君岭外还，沅溪更远洞庭山。尧时恩泽如春雨，梦里相逢同入关"②；"一为迁客去长沙，西望长安不见家。黄鹤楼中吹玉笛，江城五月落梅花"③……这里有面对死亡的深深忧恐，有系心乡国不能归去的满怀牢愁，有客中送客的无限凄楚，有踏上流放途程百感交集的巨大哀凉，所有这一切，汇聚了悲叹生命、思乡怀归的主旋律，呈现出浓郁强烈的悲伤色彩。

毫无疑问，这种悲伤乃是人类共有的基本情感，是个体生命遭受挫折时必然的心理指向，正是这一点，使得元和贬谪文学与上述作品具有本质上的一致性；但从另一角度看，二者在表现规模、艺术形式、风格特征等方面还存在着一定差异。如果说，悲叹生命、思乡怀归的悲伤意绪在上述作品中虽已明显存在，但因各贬谪诗人被贬和创作的间距较大，因而呈现出时断时续的情形，那么，到了元和贬谪诗人这里，便以其大范围、长时间、群体性的鸣唱，突出、集中地表现了这种意绪；如果说，上述作品在感怀悲叹的同时，尚未形成固定明确的艺术特点，那么，元和贬谪文学便以其时空数量词、伤禽笼鹰意象以及登高望远方式的大量使用，有力地深化了自身的悲剧意蕴，明确了贬谪文学独具的特征；如果说，所谓风格是由作者的创作个性和相当数量作品的主要特色所构成，在作者的个人风格外还存在着由相近风貌之作者作品汇合成就的群体风格，而上述作品由于数量的不足和时间的分散，很难达到这两点要求，那么，元和贬谪文学中大量的、共时性的以悲叹生命、思乡怀归为基础的悲伤格调，便不仅足以构成个别作者的风格特征，而且也可以作为群体的基本风格而存在。

---

① 《刘长卿诗编年校注》未编年诗《送李使君贬连州》，第 509 页。
② ［唐］王昌龄：《西江寄越弟》，《全唐诗》卷一四三，第 1447 页。
③ 《李白全集编年笺注》卷一三《与史郎中钦听黄鹤楼上吹笛》，第 1368 页。

第二节　基于强烈孤愤的激越悲壮

郁怒不平的直抒悲愤 / 借物寓意的讽刺抨击 / 饱含悲
情的理性认知 / 咏史怀古的主观色彩与现实指向

元和贬谪文学的风格特征不只是悲伤,除此之外,它还具有深沉
激越乃至冷峭劲健的一面,而且相比之下,这种深沉激越、冷峭劲健
倒是更能代表它的本质特征。换言之,前者作为元和贬谪文学的基
本风貌,是为共性,后者则构成元和贬谪文学的独特风格,是为个性;
前者虽然突出、集中,具有群体性的特点,但毕竟对前人作品的风格
没有大的突破,后者尽管不是每个人都具有,但却大大超越了前人,
体现出了元和贬谪文学的新精神,亦即悲剧精神。

综观元和之前的唐代贬谪文学作品,悲伤确是极度悲伤,但在悲
伤之余,却较少表现出顽强的抗争,在悲叹生命和思乡怀归的题旨之
外,较少展露出一种建基于生命意志之上的至大至刚的情怀;而这种
缺乏,在元和贬谪文学中则得到了有力的补足。表现在风格上,首先
便是极度深沉的激越悲壮;表现在内容上,便是元和贬谪诗人所一再
申明的"孤愤"情怀。

所谓孤愤,自然以愤为中心,但其中又不无悲伤。这里,悲伤是
孤愤的前提,孤愤是悲伤的发展;孤愤赋予悲伤以深度,悲伤则增加
了孤愤的浓度,二者相包相容,不可或缺。在中国历史上,孟子最先
提出与孤愤相关的"孤臣"概念:"独孤臣孽子,其操心也危,其虑患
也深。"朱熹注谓:"孤臣,远臣;孽子,庶子;皆不得于君亲,而常有疢
疾者也。"[1] 由此可知,孤臣者,孤立无援之臣也,不得于其君之远臣

---

[1]《孟子集注》卷一三《尽心章句上》,《四书章句集注》,第 354 页。

也。与孤臣相对应，孽子即庶出之子，不见爱于双亲之子。对贬谪诗人来说，他们被抛弃在荒远之地，远离朝廷，不仅不得于君，而且还要受到多方面的迫害打击，无疑属于孤臣；同时，就伦理政治言，君、亲本为一体，故其身世遭际又形同孽子。柳宗元说自己"孤臣泪已尽，虚作断肠声"①，刘禹锡说自己"孤臣本危涕，乔木在天涯"②，韩愈将自己比作失母的弃儿，既深深致怨"儿罪当笞，逐儿何为？"又自悲自伤："母生众儿，有母怜之；独无母怜，儿宁不悲？"③ 在这里，无论是孤臣之愤，还是孽子之恨，都偏重于被君、亲抛弃而导致的凄凉哀怨。从本质上说，它与前述因悲叹生命和思乡怀归所产生的悲伤意绪并无大别。

　　但从另一方面看，在这凄凉哀怨中又包含着孤臣孽子基于生命沉沦的强烈愤激，而其生命之所以沉沦，主要又是因了心性的孤直，所以，孤愤的另一重含义，便理所当然地指孤臣孽子因孤直而不容于时、见弃于世的愤慨。据《史记·老子韩非列传》，韩非"悲廉直不容于邪枉之臣，观往者得失之变，故作《孤愤》《五蠹》《内外储》《说林》《说难》十余万言"。司马贞《索隐》谓："《孤愤》，愤孤直不容于时也。"④《韩非子·孤愤》注谓："言法术之士，既无党与，孤独而已。故其材用终不见明。卞生既以抱玉而长号，韩公由之寝谋而内愤。"⑤ 综上所言，所谓"孤愤"已于哀凉悲怨之外增添了一种由人生感恨长久郁积而向外喷发的怨怒抗争情怀。对元和贬谪诗人来说，他们无一不是孤直而不容于时之士，也无一不有"愤孤直不容于时"

① 《柳宗元集校注》卷四三《入黄溪闻猿》，第 2972 页。
② 《刘禹锡全集编年校注》卷三《晚岁登武陵城顾望水陆怅然有作》，第 310 页。
③ 《韩昌黎诗系年集释》卷一一《履霜操》，第 1164 页。
④ 《史记（修订本）》卷六三《老子韩非列传》，第 2613 页。
⑤ 《韩非子集解》卷四《孤愤》，第 78 页。

之情,所以刘禹锡明言:

> 昔称韩非善著书,而《说难》《孤愤》尤为激切,故司马子长深悲之。……而(余)独深悲之者,岂非遭罹世故,益感其言之至邪! ①

在今古遥接的跨时空联想中,已自深寓了特具历史内涵的人生悲凉,而自身不容于时、见弃于世的现实遭际,更蕴育了诗人"独深悲之"的一腔愤懑。"悲斯叹,叹斯愤,愤必有泄,故见乎词。"② 于是,在元和贬谪文学的群体鸣唱中,一种郁怒不平、深沉激越的情怀和格调便自然形成了。

元和贬谪诗人的孤愤情怀首先是通过由内向外喷发的直接抒情方式展现出来的。他们或借物咏志,表示自己的顽强不屈;或直抒胸臆,畅泄内心的悲怨愤懑;或长歌当哭,借他人酒杯浇自己块垒,从而多方面地表现了贬谪诗人的悲剧抗争精神。

元稹被贬以后,创作了大量抒愤之作,令人读来,甚是激切悲壮:

> 箭镞本求利,淬砺良甚难。砺将何所用,砺以射凶残! ③
> 誓以鞭奸顽,不以鞭塞蹄。……惜令寸寸折,节节不虚坠! ④

以箭镞、野节鞭自喻自励,见出心性之刚直;与凶残、奸顽誓不两立,

---

① 《刘禹锡全集编年校注》卷一四《上杜司徒书》,第 1520 页。
② 《刘禹锡全集编年校注》卷一四《上杜司徒书》,第 1522 页。
③ 《元稹集校注》卷一《箭镞》,第 18 页。
④ 《元稹集校注》卷三《野节鞭》,第 89 页。

更见出向善仇恶之志节。在《三叹》中,他再次借孤剑表露心迹:"孤剑锋刃涩,犹能神彩生。有时雷雨过,暗吼阗阗声。"① 并把自己比作一匹不羁的天马:"天骥失龙偶,三年常夜嘶。哀缘喷风断,渴且含霜啼。"② 这里,志节、心性的表白是抒发孤愤的一种有效方式。元稹本即因心性激切、志节刚直而遭贬,而今他不仅没有改弦易辙,反而愈加坚贞,其中包含的不正是决不妥协、决不后退的愤激之情吗? 用他自己的话说,这种愤激之情就是"醋歌离岘顶,负气入江陵。……啸傲虽开口,幽忧复满膺"③ "我可俘为囚,我可刃为兵,我心终不死,金石贯以诚"④。固然,后期的元稹确实在一定程度上改变了初衷,并因"赢骨欲销犹被刻,疮痕未没又遭弹"的同州之贬,发为悔悟从前的慨叹:"剑头已折藏须盖,丁字虽刚屈莫难。休学州前罗刹石,一生身敌海波澜。"⑤ 从以刚直锋利的宝剑、箭镞自喻,到将已折之剑头藏起,将象征刚强的"丁"字揉屈,预示着元稹心性的转变,但这种转变却并不能否定诗人前期作品中大量存在的孤愤情怀和顽强精神,而且即令在后期作品中,类似的孤愤情怀也或隐或显地存在着。诚如美学家所言:"如果作者有尘俗之气,那也并不否定他的作品的简淡稚拙。我们应当就作品论作品,而不应当因人而异。在这样的情况下,艺术作品往往是作者人格分裂的表现:他在现实中被异化了,但却力图在艺术中过另一种生活,做另一种人。他说的是真话。"⑥ 事实上,元稹那种不甘被贬而一再愤填胸臆的言辞,不仅是真实的,而且是强

① 《元稹集校注》卷六《三叹三首》其一,第 177 页。
② 《元稹集校注》卷六《三叹三首》其三,第 178 页。
③ 《元稹集校注》卷一一《纪怀赠李六户曹崔二十功曹五十韵》,第 318—319 页。
④ 《元稹集校注》卷一《思归乐》,第 2 页。
⑤ 《元稹集校注》卷二一《寄乐天二首》其二,第 643 页。
⑥ 高尔泰:《美是自由的象征》,人民文学出版社,1986 年,第 259 页。

烈的,强烈到时时骚动于胸并向外喷涌的程度:

> 雷轰电烻数声频,不奈狂夫不籍身! 纵使被雷烧作烬,宁殊
> 埋骨飏为尘? ①
> 除非入海无由住,纵使逢滩永拟休。会向伍员潮上见,气充
> 顽石报心雠! ②

这些诗句愤激悲怨,无丝毫儿女之气,充满强烈的复仇精神,若非一
种源于人性深处的生命意志在支撑着他,岂能如此振聋发聩? “夜
半雄嘶心不死”③“尚有云心在鹤前”“若见中丞忽相问,为言腰折气
冲天!”④ 很明显,正是这种既充满郁愤又不甘屈服、既有所期待又倍
感苦闷的精神状态,构成了元稹多数贬谪作品激切雄直而不乏悲壮
的主体格调。

　　与元稹相比,柳宗元、刘禹锡的孤愤尤其强烈深沉。在他们的
作品中,既有对自我遭际绵延不绝的悲叹,也有对人格志节终始如
一的表白,而表现更多的,却是生命沉沦数十年郁积而成的极其深
广的孤臣之愤。“溪路千里曲,哀猿何处鸣? 孤臣泪已尽,虚作断肠
声!”⑤“何处秋风至? 萧萧送雁群。朝来入庭树,孤客最先闻。”⑥ 这
是何等寂寞苍凉的心境! 其中又包含了多少忧愤不平! 不是吗? 世
事混浊,人间多难,黄钟毁弃,瓦釜雷鸣,生命空被荒废,欲一返而不

---

① 《元稹集校注》卷一《放言五首》其三,第 552 页。
② 《元稹集校注》卷二〇《相忆泪》,第 613—614 页。
③ 《元稹集校注》卷一七《哀病骢呈致用》,第 544 页。
④ 《元稹集校注》卷一八《送友封二首》其二,第 550 页。
⑤ 《柳宗元集校注》卷四三《入黄溪闻猿》,第 2972 页。
⑥ 《刘禹锡全集编年校注》卷三《秋风引》,第 324 页。

可得,承受着巨大的政治压力,整日与穷山恶水为伴,或"俯视遗体,仰安高堂。悲忧惴栗,常集方寸"①;或"嘻笑之怒,甚乎裂眥;长歌之哀,过乎恸哭"②,内心的承受力已达极限。当此之际,他们于悲伤之余,怎能不深感愤懑? 又怎能不将此愤懑借文学作品倾泻而出?

在《武陵书怀五十韵》中,刚刚遭到政敌严酷打击被贬遐荒的刘禹锡,又听到了顺宗死去的消息,面对险恶的政局,他不能不忧愤交集:"湘灵悲鼓瑟,泉客泣酬恩。……南登无灞岸,旦夕上高原。"③这里表现的,不正是一颗在风雨飘摇中既深深战栗又愤激无比的孤臣心灵吗? 在《华它(佗)论》中,他更强烈地抒发了这种激情,公然对专制君主杀戮人才的行为提出抗议:"吾观自曹魏以来,执死生之柄者,用一恚而杀材能,众矣,又乌用书它之事为?"④作为社会的存在物,人深感专制政治的压抑,必然产生强烈的不平;作为自然的存在物,人在连基本的生存条件都难以获得的时候,不能不产生强烈的怨愤。强烈的怨愤与强烈的不平合于一途,喷薄而出,则其冲击力之大,不难想知。请看:

> 莫高者天,莫濬者泉。推以极数,无逾九焉。伊我之谪,至于数极。长沙之悲,三倍其时。……稽天道与人纪,咸一愤而一起。去无久而不还,焚无久而不理。何吾道之一穷兮,贯九年而犹尔?⑤

---

① 《刘禹锡全集编年校注》卷一四《上杜司徒书》,第 1524 页。
② 《柳宗元集校注》卷一四《对贺者》,第 910 页。
③ 《刘禹锡全集编年校注》卷二《武陵书怀五十韵》,第 120—121 页。
④ 《刘禹锡全集编年校注》卷二〇《华它论》,第 2205 页。
⑤ 《刘禹锡全集编年校注》卷一四《谪九年赋》,第 1671—1672 页。

在这篇《谪九年赋》中，刘禹锡反复申说，一再强调，将自我的生命沉沦推至极点，从而使得郁积胸中的无比怨愤跃然纸上。

李涂《文章精义》谓"子厚发之以愤激"①，甚确。通观柳宗元的诗文，几乎篇篇染满孤臣悲伤愤怨的斑斑血痕。在《祭吕衡州温文》中，柳宗元怀着万分的悲痛，长呼苍天：

> 呜呼天乎，君子何厉？天实仇之。生人何罪？天实雠之。聪明正直，行为君子，天则必速其死。道德仁义，志存生人，天则必夭其身。吾固知苍苍之无信，莫莫之无神，今于化光之殁，怨逾深而毒逾甚……天乎痛哉！……道大艺备，斯为全德。而官止刺一州，年不逾四十，佐王之志，没而不立，岂非修正直以召灾，好仁义以速咎者耶？②

这里，诗人对好友吕温的早逝充满悲哀怨愤是显而易见的。一方面，他将吕温的早逝归咎于"天"，而又明言"苍苍之无信，莫莫之无神"，可见"天"只不过是诗人泄怨的表面对象，而真正的对象无疑是导致吕温被贬的专制政治；另一方面，诗人与吕温同是革新派成员，又都遭贬，因而他悲悯吕温，即是悲悯自己，他说吕"修正直以召灾，好仁义以速咎"，即是对自己和其他被贬友人之身世遭际的深深不平，是对专制政治颠倒黑白、不分贤愚做法的强烈抗议；而祭文中"呜呼天乎""天乎痛哉"的反复出现，则大大强化了诗人不平和抗议的程度，并使得他的激愤情感如大江出闸，滔滔东注，无遮无拦。

同样的孤愤情怀还突出地表现在柳宗元写给许孟容、杨凭、裴

---

① [宋]李涂撰：《文章精义》，人民文学出版社，1960年，第20页。
② 《柳宗元集校注》卷四〇《祭吕衡州温文》，第2558—2559页。

埌、萧俛、李建等人的书信中。这些书信备述身世遭际,痛陈是非曲直,但见泪痕,不睹文字,充满着巨大的人生感恨和悲剧气息。孙琮评《与裴埌书》谓:"通篇纯作愤懑无聊文字,极写怨望心事。前二段,自述得罪之由。中后四段,凡怨望朝廷,写作两番;怨望友朋亦写作两番。此不是重复:盖怨望朝廷而不得伸,转而望之友朋,怨望友朋而不得伸,又转而望之朝廷。望之朝廷而终不得伸,于是决意望之友朋。故作四段写来,展转反复,纯是一片愤懑无聊情况。孤臣心事,极力写尽。"① 又评《寄许京兆孟容书》云:"鹿门先生谓此书与马迁《报任安书》相似,然亦有大不同处:迁书激昂,此书悲愤;迁书写得雄快,此书写得郁结;迁书写得慷慨淋漓,此书呜咽怜惜。分道扬镳,各臻其妙。"② 且不说这两段评语所评是否恰当,仅就其对子厚愤懑悲伤之九转哀肠的揭示而言,就其所下"悲愤""郁结""孤臣心事,极力写尽"等断语而言,亦可谓准确抓住了贬谪诗人孤愤情怀的要义真谛。

"指白日以致愤兮,卒幽颓而不列。……古固有一死兮,贤者乐得其所!"③ 是死亡,以其内含的对人生的巨大威胁,唤醒了贬谪诗人对生命价值的深刻意识,也使他们在对道德人格的执著中,表现出了虽悲凉却无所畏惧的人生态度和孤愤情怀。所以柳宗元在其诗作中一再表示了他对混浊时事的强烈愤激:"理世固轻士,弃捐湘之湄"④,"希声闷大朴,聋俗何由聪"⑤,"苟偷世之谓何兮,言余心之不

① 《柳宗元集校注》卷三〇《与裴埌书》,第1997页。
② 《柳宗元集校注》卷三〇《寄许京兆孟容书》,第1972页。
③ 《柳宗元集校注》卷一九《吊苌弘文》,第1294页。
④ 《柳宗元集校注》卷四二《零陵赠李卿元侍御简吴武陵》,第2745页。
⑤ 《柳宗元集校注》卷四二《初秋夜坐赠吴武陵》,第2734页。

臧"①，"众情嗜奸利,居货捐千金。危根一以振,齐斧来相寻。揽衣中夜起,感物涕盈襟。微霜众所贱,谁念岁寒心?"②这里的所谓"理世"不过是正话反说,"聋俗""偷世"才是它的真正含义。正是在对这聋俗偷世的指斥中,我们看到了柳宗元这位中世纪诗人"愤孤直不容于时"③的全部苦闷和郁怒不平。

元和贬谪诗人的孤愤情怀还表现为以寓言讽刺的方式对政敌进行猛烈鞭挞。通观元和贬谪文学可知,借寓言诗、寓言文以讥讽政敌、抒发郁愤的作品是大量的、引人注目的。一方面,元和贬谪诗人的遭受打击、生命沉沦,几乎无一不与权臣佞倖的从中作祟有关,因而,他们对权臣佞倖及其追随者不能不怀有满腔的义愤;另一方面,他们"身居下流,为谤薮泽"④,在严酷的政治压抑和恐怖气氛中,又难以将心中的仇恨和义愤直白无隐地和盘托出,于是,便托物讽喻,指桑骂槐,言此意彼,泄愤抒忧。

在《骂尸虫文》中,柳宗元把政敌比作阴秽变诈以害于物的尸虫,怒不可遏地予以痛斥:

来,尸虫!汝曷不自形其形?阴幽诡侧而寓乎人,以贼厥灵。膏肓是处兮,不择秽卑。潜窥默听兮,导人为非。冥持札牍兮,摇动祸机。卑陬拳缩兮,宅体险微。以曲为形,以邪为质,以仁为凶,以僭为吉,以淫谀谄诬为族类,以中正和平为罪疾,以通行直遂为颠蹶,以逆施反斗为安佚。谮下谩上,恒其心术,妒人

---

① 《柳宗元集校注》卷一九《吊乐毅文》,第 1311 页。
② 《柳宗元集校注》卷四三《感遇二首》其一,第 3101 页。
③ 《史记(修订本)》卷六三《老子韩非列传》,第 2613 页。
④ 《柳宗元集校注》卷一五《答问》,第 1072 页。

之能,幸人之失。①

柳集韩注谓:"公此文盖有所寓耳。……当时之谗公者众矣,假此以嫉其恶也。"②在《寄许京兆孟容书》中,柳宗元曾对昔日受谗情形痛苦地追忆道:"宗元早岁……勤勤勉励,唯以中正信义为志,以兴尧舜孔子之道,利安元元为务。……很忤贵近,狂疏缪戾,蹈不测之辜,群言沸腾,鬼神交怒。加以素卑贱,暴起领事,人所不信。射利求进者,填门排户,百不一得,一旦快意,更造怨谤。以此大罪之外,迂诃万端,旁午构扇,尽为敌雠,协心同攻,外连强暴失职者以致其事。"③将此追忆与前引《骂尸虫文》做一比照,则二者何其相似乃尔!很明显,那些"以淫诱谄诬为族类,以中正和平为罪疾"的尸虫,正是现实中对"以中正信义为志"的诗人怨詈谗毁的"射利求进者""强暴失职者"。进一步说,柳宗元正道直行而遭谗毁、而被远贬;远贬之后这谗毁仍无休止,甚至"谤语转侈,嚣嚣嗷嗷"④;在这种情况下,他怎能不在备感冤屈的同时而义愤填膺?又怎能不对人世的"尸虫"们予以激切的斥骂?

　　为了发泄压在心头的沉重郁愤,柳宗元更将政敌比作蝮蛇、王孙,把混浊的政治比作曲几,嬉笑怒骂,正话反说,极尽讽刺、批判、鞭挞之能事。在他看来,现实社会不过是"欹形诡状,曲程诈力"的"末代淫巧"之世,此世"人道甚恶,惟曲为先。在心为贼,在口为怨"⑤。正是这样的社会,豢养了一批蝮蛇、王孙般的小人,他们或是"蓄怒

①《柳宗元集校注》卷一八《骂尸虫文》,第1236页。
②参见《柳宗元集校注》卷一八《骂尸虫文》,第1238页。
③《柳宗元集校注》卷三〇《寄许京兆孟容书》,第1955—1956页。
④《柳宗元集校注》卷三〇《与萧翰林俛书》,第1998页。
⑤《柳宗元集校注》卷一八《斩曲几文》,第1246页。

而蟠,衔毒而趋,志蕲害物,阴妒潜狙","缘形役性,不可自止。草摇风动,百毒齐起,首拳脊努,呷舌摇尾。不逞其凶,若病乎己"①;或是"跳踉叫嚣兮,冲目宣断。外以败物兮,内以争群。排斗善类兮,哗骇披纷",属于"甚可憎"之类。因而,作者明确表示:决不与此恶类同流合污,而要"退优游兮,惟德是效",并召唤"山之灵"从昏睡中醒来,除此恶类②。宋人晁补之有言:"王孙、尸虫、蝮蛇,小人谗佞之类也;其憎之也,骂之也,投畀有北之意也;其宥之也,以远小人不恶而严之意也。"③核之柳文,此语诚然。

　　与柳宗元的寓言文相比,刘禹锡更善于用寓言诗的形式斥骂政敌。在《百舌吟》中,他将党人群小比作"绵蛮宛转似娱人,一心百舌何纷纷"的百舌鸟,对其"笙簧百转""迎风弄景"的变诈诡谲、骄横自矜之态予以尖刻的嘲讽,并以极度轻蔑的口吻说道:

　　　　天生羽族尔何微! 舌端万变乘春辉。南方朱鸟一朝见,索寞无言蒿下飞。④

这里,对"舌端万变"之百舌亦即善造谣言、谗毁正人之群小的极度轻蔑,既源于对他们狐假虎威、外强中干之本质的深层透视,也源于诗人对自我的坚定信心;前者使诗人能身处逆境而不为所动,后者则赋予诗人与之顽强斗争的勇气和力量。因而,在《聚蚊谣》中,当那些象喻群小的飞蚊发着如雷的声音,"嘈然欻起初骇听,殷殷若自南山来"的时候,当"昧者不分聪者惑",尽皆恐慌畏惧的时候,诗人尽

---

① 《柳宗元集校注》卷一八《斩曲几文》,第 1252 页。
② 《柳宗元集校注》卷一八《憎王孙文》,第 1257 页。
③ 参见《柳宗元集校注》卷一八《宥蝮蛇文》,第 1255 页。
④ 《刘禹锡全集编年校注》卷一《百舌吟》,第 64 页。

管受其"利嘴"叮咬,但仍然以必将胜利的自信说道:"清商一来秋日晓,羞尔微形饲丹鸟!"①同样的情形也表现在《飞鸢操》中。表面看来,飞鸢与百舌的宛转娱人、蚊虫的伺暗伤人不同,它振翅高飞于青天长空之中,"游鸥朔雁出其下,庆云清景相回旋",似乎很勇猛,很高雅,可是,它争食和躲藏的时候就大不一样了:"忽闻饥乌一噪聚,瞥下云中争腐鼠。腾者砺吻相喧呼,仰天大赫疑鸳雏。畏人避犬投高处,俯啄无声犹屡顾。"②你看,这是何等贪婪、鄙陋!何等外强中干!所以诗人最后说道:

> 天生众禽各有类,威凤文章在仁义。鹰隼仪形蝼蚁心,虽能戾天何足贵!③

这里表现的仍然是蔑视,是充满强烈愤慨的蔑视;同时,由此蔑视也益发显示了诗人羞与为伍而向慕"仁义"的凛凛气骨。也许正是这种蔑视和气骨,使得上述诗作于强烈的孤愤情怀外,别具一种深蕴人格力量的悲壮风采。

韩愈被贬之后,也创作了一些借物寓意的讽刺诗作,借以抒发内心的郁愤。如《射训狐》这样说道:

> 有鸟夜飞名训狐,矜凶挟狡夸自呼。乘时阴黑止我屋,声势慷慨非常粗。安然大唤谁畏忌,造作百怪非无须。聚鬼征妖自朋扇,摆掉栱桷颓墜涂。④

---

① 《刘禹锡全集编年校注》卷一《聚蚊谣》,第 67—68 页。
② 《刘禹锡全集编年校注》卷一《飞鸢操》,第 72 页。
③ 《刘禹锡全集编年校注》卷一《飞鸢操》,第 72 页。
④ 《韩昌黎诗系年集释》卷二《射训狐》,第 250 页。

曰"造作百怪""聚鬼征妖",则此名为训狐的恶鸟显指党人群小;曰
"乘时阴黑止我屋",则此党人群小又无疑与诗人的被贬有关。由训
狐的"矜凶挟狡",可见其险恶之心;由训狐的"声势慷慨",可见其嚣
张之态;它不仅造作百怪,中伤正人,而且得寸进尺,"意欲唐突羲和
乌"。因而,诗人深恶痛绝地举箭往射,"一矢斩颈群雏枯"。在《东
方半明》中,诗人进一步以空中星、月为喻,将整个政局比作"东方半
明大星没,独有太白配残月",对象喻群小的太白、残月发出警告:"嗟
尔残月勿相疑,同光共影须臾期。残月晖晖,太白睒睒。鸡三号,更
五点。"① 言外之意在说:天很快就要亮了,你们"同光共影"的时间
和寿命都将到尽头了。程学恂评云"此诗忧深思远,比兴超绝"②,还
只是就诗论诗之语;如果联系到韩愈无罪被贬的遭遇和他在前诗中
表达的意旨,便可看出,在其深忧远思中正包含着对政敌群小的极大
愤慨和嘲笑,尽管这政敌之所指可能是与之有旧憾的二王等人。

　　将强烈的孤愤纳入饱经沧桑的悲凉心境,以深刻的理性认知去
审视社会、解悟人生,乃是元和贬谪诗人孤愤情怀的又一种表现。对
元和贬谪诗人来说,自身的孤愤和悲伤,为他们提供了观察社会和
人生的新的视角,而视角的改变,则大大深化了他们对问题的思考
深度。

　　世路山河险,君门烟雾深。年年上高处,未省不伤心。③

①《韩昌黎诗系年集释》卷二《东方半明》,第 254 页。
② 参看《韩昌黎诗系年集释》卷二《东方半明》,第 256 页。
③《刘禹锡全集编年校注》卷三《九日登高》,第 343 页。

人世的路途有如崎岖高峻、湍流急奔的山河,险恶无比;君主专制和社会政治的内幕有如层层缭绕的烟雾,深不可测。这些事理平昔也曾想到,但终有隔膜,只有当身遭打击、亲历其境的时候,只有当产生了巨大的人生感恨并将此感恨融入肌骨的时候,感触才益发深刻。而生命年复一年的沉沦,情感年复一年的凝聚,更给这深刻的感触增添了一种"心如止水鉴常明,见尽人间万物情"①的理性成分。

> 信书成自误,经事渐知非。今日临歧别,何年待汝归?②

是长久的生命磨难加深了诗人的社会认知,是险恶的社会现实教给了诗人书本所无的人生经验,而当这认知和经验早已铭刻在了心里,当再度遭受打击远赴穷荒不得不与好友扬镳分道之际,诗人想到的已不是卧薪尝胆的十年生聚,东山再起,而是饱含沉痛与省悟的对社会政治的厌恶和避离了。是呵,"世间人事有何穷?过后思量尽是空"③,"世途倚伏都无定,尘网牵缠卒未休!"④ 面对匆匆过往的人事,回首一次次被贬被放的遭际,怎能不使贬谪诗人怀着深深的戒惧和忧愤而生出万端感慨?所以,在刘禹锡的诗篇中,出现了大量融孤愤情怀与悲凉心境于一体的透视世事人心的力作:

> 瞿唐嘈嘈十二滩,此中道路古来难。长恨人心不如水,等闲平地起波澜。⑤

---

① 《刘禹锡全集编年校注》卷一一《和仆射牛相公寓言二首》其二,第 1229 页。
② 《柳宗元集校注》卷四二《三赠刘员外》,第 2808 页。
③ 《刘禹锡全集编年校注》卷五《重寄表臣二首》其二,第 479 页。
④ 《白居易诗集校注》卷一五《放言五首》其二,第 1231 页。
⑤ 《刘禹锡全集编年校注》卷五《竹枝词九首》其七,第 551 页。

　　　将略兵机命世雄，苍黄钟室叹良弓。遂令后代登坛者，每一寻思怕立功。①

"长恨"，见出诗人长久郁积的对那比瞿塘还要险恶之"人心"的无比憎恶；"怕立功"，见出诗人在深刻反思中对历代忠良悲剧命运的体察和自我遭际的切身感受。一面是凝聚心头化解不开的孤臣之愤，一面是由此一己之愤而彻悟到的人情事理。惟其孤臣之愤极深，故所见人情事理至透彻；惟其对人情事理有透彻的理解，故诗句内蕴极丰厚、命意极精警。这是对古今人际关系、社会政治的概括、揭露和批判，也是诗人长久愤世嫉俗之情的抒发。而所有这些，无不源于并不断加剧着诗人内心的不平和悲凉：

　　　常恨言语浅，不如人意深。今朝两相视，脉脉万重心。②

在这首题名《视刀环歌》的小诗中，包含着多少难以言说的悲恨情怀！后人评此诗曰："夫机贵密，泄则败。世间喜开口者多为不开口者所害，故一切深意人不易开口，鉴言语之为祸而始知不如人意之深也。……'今朝两相视'，'两'字指刀与环而言；'相视'，非梦得视刀环、刀环亦视梦得之谓，是梦得视刀复视环、视环复视刀也。……梦得有极不平事在心，尽用得刀着，然其无柄，见此环念头又顿消歇下去，故不赋刀而赋刀环也。"③联系到刘禹锡的心性遭际和前引作品来看，不能不说这段评语是颇有见地的；似乎也正是这种既"有极

———

① 《刘禹锡全集编年校注》卷六《韩信庙》，第697页。
② 《刘禹锡全集编年校注》卷三《视刀环歌》，第315页。
③ ［清］徐曾撰，樊维纲校注：《而庵说唐诗》卷八，中州古籍出版社，1990年，第195—196页。

不平事在心"而又将此不平予以沉潜的悲恨情怀,大大增加了刘诗的理性深度。

　　柳宗元著名的《三戒》人已熟知,它通过《临江之麋》《黔之驴》和《永某氏之鼠》三个寓言故事,从不同角度表现了柳以自身经验为基础的人生体察,其深刻意义诚如论者所谓:"就麋和鼠来说,它们的下场意味着胜败存亡并不在于当事者本身的道德性格或是它保护人的权势;而黔之驴的寓意则更进一步提供了例证:在毫无道德概念或环境势力干扰的情况下,自然律继续起作用,其结果与当事人的道德性亦无关。《三戒》固然包含了驴之自大、鼠之暴虐、麋之愚弱,但其共同点却在于说明自然最终无感于人的偏见和人欲控制自己和别人命运的徒劳无益。"① 如果说,《三戒》所阐发的生活哲理在涵纳作者人生体验的同时还具有较大的宽泛性,那么,在《复吴子松说》和《宋清传》中所表现的理性认知在包孕作者人生体验一点上便无疑更为突出、更为集中。《复吴子松说》是一篇借题发挥、不平而鸣的短文,文中针对吴武陵关于树表皮何以有斑驳奇诡之纹,人何以有贤不肖、寿夭、贵贱的疑问,谈了作者的看法,并由此引申一层:

　　　　然有可恨者。人或权褒贬黜陟,为天子求士者,皆学于圣人之道,皆又以仁义为的,皆曰:"我知人,我知人。"披辞窥貌,逐其声而核其所蹈者,以升而降。其所升,常多蒙瞀祸贼、僻邪罔人以自利者;其所降,率多清明冲淳、不为害者。彼非无情物也,非不欲得其升降也,然犹反戾若此。逾千百年,乃一二人幸不出于此者,征之,犹无以为告。今子不是病,而木肤之问为物者有

---

① 陈幼石:《韩柳欧苏古文论》,第71页。

无之疑,子胡横讯过诘扰扰焉如此哉！　①

混浊反戾的世风、贤不肖倒置的现实,乃是引发作者悲之愤之的前提条件,而作者才而见弃的自身遭际以及由此生发的孤愤情怀,在冷静思考后转变为深刻的思想,则愈发加强了文章的穿透力。在《宋清传》中,作者描写了一位急人之难、乐施好善的药商宋清。尽管宋清"以是得大利",但其"取利远,远故大,岂若小市人哉"？由宋清之作为反观世间人际关系,作者不禁慨然长叹:

> 吾观今之交乎人者,炎而附,寒而弃,鲜有能类清之为者。世之言,徒曰"市道交"。呜呼！清,市人也,今之交有能望报如清之远者乎？幸而庶几,则天下之穷困废辱得不死亡者众矣,市道交岂可少耶？或曰:"清,非市道人也。"柳先生曰:清居市不为市之道,然而居朝廷、居官府、居庠塾乡党以士大夫自名者,反争为之不已,悲夫！　②

先以"市道交"论宋清,认为其所为者远胜"今之交乎人者";继以"非市道人"论宋清,指出其品格远胜"以士大夫自名者"。前者借宋清之真诚反衬众人之虚伪,后者借宋清之高雅反衬士大夫之庸俗。"炎而附,寒而弃",道尽了人情之冷暖;"反争为之不已",道尽了世风之偷薄。柳集韩注谓:"公此文在谪永州后作。盖谓当时之交游者不为之汲引,附炎弃寒,有愧于清之为者,因托是以讽。"③ 此说固然不

---

① 《柳宗元集校注》卷一六《复吴子松说》,第 1149—1150 页。

② 《柳宗元集校注》卷一七《宋清传》,第 1162 页。

③ 参看《柳宗元集校注》卷一七《宋清传》,第 1163 页。

错，但在其讽喻之外，还存在着一种更深沉的情感，那就是作者在饱经"穷困废辱"之折磨后日益强烈的孤臣之愤，正是这种愤，给了作者直面人生的勇气和辨别是非的智慧。

《行路难三首》更集中地表现了柳宗元对艰难世事的洞察。第一首写夸父逐日、力尽道渴而死后，"狐鼠蜂蚁争噬吞"的悲剧经历，并以北方短人与之作比，发为"睢盱大志小成遂，坐使儿女相悲怜"①的感叹。第二首写虞衡率人滥伐山间大木，使得"群材未成质已夭"，而到"柏梁天灾武库火"时，已无法补救，只剩下"匠石狼顾相愁冤"了。因而，诗人深有感触地说道："君不见南山栋梁益稀少，爱材养育谁复论！"②第三首借"飞雪断道冰成梁，侯家炽炭雕玉房"之盛景与"雪山冰谷晞太阳""死灰弃置参与商"之衰景的对比，深刻指出："盛时一去贵反贱，桃笙葵扇安可当！"③这三首诗意在说理，而冠以"行路难"之名，说明在其表述的哲理中，深寓着诗人历尽人世艰险而大彻大悟的感怀和孤愤。所以，注解柳诗的韩醇指出：

> 三诗意皆有所讽。上篇谓志大如夸父者竟不免渴死，反不若北方之短人，亦足终天年。盖自谓也。中篇谓人才众多，则国家不能爱养，逮天下多事，则狼顾而叹无可用之才。盖言同辈诸公一时贬黜之意也。下篇谓物适其时则无有不贵，及时异事迁，则贵者反贱。盖言其前日居朝行而今日贬黜之意也。④

这段解说大致符合柳诗旨意，但深一步发掘还可看到：诗中对夸父遭

---

① 《柳宗元集校注》卷四三《行路难三首》其一，第 3053—3054 页。
② 《柳宗元集校注》卷四三《行路难三首》其二，第 3056 页。
③ 《柳宗元集校注》卷四三《行路难三首》其三，第 3058 页。
④ 参看《柳宗元集校注》卷四三《行路难三首》下引，第 3053 页。

遇的描写,不仅深寓着诗人自我的英雄末路之悲,深寓着他对复杂人生的深刻解悟,而且表现了他对"睢盱大志小成遂"之社会不公的深深不平;诗中对材木惨遭砍伐的描写,既借物喻人,深自感伤,又抒发了对专制政治扼杀人才的极度愤懑;诗中对贵贱易位、世事变化的描写,不独是写自己由高而低的生命沉沦,更是对整个人生世事的透彻体认,其中包含的,与其说是一人一时一事的感慨,毋宁说是超越具体人事时空的哲理表述以及由此外溢的一种宇宙性悲凉。别林斯基认为:诗的"感情越深刻,思想也越是深刻","思想消灭在感情里,感情又消灭在思想里,从这相互的消灭就产生了高度的艺术性"①。衡之柳宗元上述作品乃至其他贬谪诗人的同类作品,几乎无不与此感情和思想的紧密融合亦即具有强烈孤愤情怀的理性认知相关。

　　将强烈的孤愤融入对历史的观照、反思之中,既使得咏史具有浓郁的主观色彩,又赋予怀古以丰厚的现实内蕴和情感深度,也是元和贬谪诗人孤愤情怀的一种表现。

　　诗是心灵的窗口,真正激动人心的诗作必定具备哲学的浓度,真正深刻的历史观照也应反映人的现实精神,而这种现实精神,在元和贬谪诗人这里便具体表现为基于自身悲剧命运的忧愤和抗争。柳宗元《咏史》云:

　　　　燕有黄金台,远致望诸君。嗛嗛事强怨,三岁有奇勋。悠哉辟疆理,东海漫浮云。宁知世情异,嘉谷坐熇焚。致令委金石,谁顾蠢蠕群。风波欻潜构,遗恨意纷纭。岂不善图后,交私非所

———————

① 〔俄〕别林斯基著,满涛译:《别林斯基选集》第一卷,人民文学出版社,1959年,第263页。

闻。为忠不内顾,晏子亦垂文。①

　　这首诗以战国时期的名将乐毅为歌咏对象,而又暗自关合诗人的身世遭际:乐毅先事燕昭王,颇受重用,为燕拔齐七十余城,立下卓越战功,这就有如诗人参加王叔文政治集团,为顺宗信用,大刀阔斧地革除弊政,使得"市里欢呼"②,"人情大悦"③;乐毅在燕昭王卒后,备受燕惠王猜忌排挤,不得已而降赵,流落异国,就如同诗人等革新派成员在顺宗刚退位即遭宪宗打击,被贬荒远。历史的相似性是惊人的,而其中尤为重要的是人的命运的相似。当这相似的命运在历史上一再出现,并由后人自觉观照前人同一命运的时候,怎能不慨然有动于中? "风波欻潜构,遗恨意纷纭",这是何等深切的历史经验总结! 又是何等沉痛的自我心声表露! 设若柳宗元没有生命沉沦的苦难遭际,没有"怅望千秋一洒泪"④的孤愤情怀,决说不出这等沉痛的话来。

　　同样的情形更突出地表现在《咏三良》中。三良即春秋时代秦国子车氏之三子奄息、仲行、鍼虎。秦伯任好卒,三良皆被殉葬⑤。《咏三良》即取材于此。值得注意的是,历史故事本极简略,但到了柳宗元手中却得到了大大的扩展和丰富:

　　　束带值明后,顾盼流辉光。一心在陈力,鼎列夸四方。款款效忠信,恩义皎如霜。生时亮同体,死没宁分张? 壮躯闭幽隧,

① 《柳宗元集校注》卷四三《咏史》,第 3107 页。
② 《韩昌黎文集校注》外集下卷《顺宗实录》卷一,第 780 页。
③ 《韩昌黎文集校注》外集下卷《顺宗实录》卷二,第 783 页。
④ 《杜诗详注》卷一七《咏怀古迹五首》其二,第 1501 页。
⑤ 见《春秋左传正义》卷一九《文公六年》,《十三经注疏》,第 4001—4005 页。

猛志填黄肠。①

这段文字从具体参政到殉死身亡,写得有声有色,情感激腾澎湃,极具现实意味,若非有切身参政经验如柳宗元者,便很难写得出来。联系到柳宗元在《冉溪》中所谓"少时陈力希公侯,许国不复为身谋。风波一跌逝万里,壮心瓦解空缧囚"②,则此"一心在陈力"数语岂不正是诗人对革新派成员当年勇于参政之行迹的追述和表白? 如果再联系到王叔文被赐死,王伾、凌准相继贬死的事件,则此处对三良殉死的咏叹,又何尝不可视作对王叔文等惨死的悲悼? 更进一步,秦穆公以三良为殉一事在历史上是颇受非议的,但诗人在此却一反传统看法,移花接木,将穆公开脱出来。一方面,曰"明后",曰"恩义皎如霜",曰"生时亮同体,死没宁分张",在在表现出君主之贤明与君臣关系之紧密;另一方面,又郑重指出:"殉死礼所非,况乃用其良?"那么,这让三良殉死者究系何人? 从下文来看,并非穆公,而是穆公之子康公。为了说明这一点,诗人进一步引用魏武子卒,遗命令嬖妾殉死,而其子改其命的故事③,说道:"疾病命固乱,魏氏言有章。"④ 意思是说,魏武子之子之所以不从父命,以人为殉,是因为已认识到其父被疾病搞糊涂了,遗命不需要遵从。由此引申开来,则秦穆公又何尝不是这种情形? 设若秦穆公也是"疾病命固乱",则其子康公即不应遵从父命,而应像魏武子之子那样去做。可是,康公不仅没有这样做,坚持了"礼所非"的殉葬制度,而且所殉之人竟是三良,这岂不是罪上加罪? 因而,诗人对此行径不能不义愤填膺,以至公开宣称:

---

① 《柳宗元集校注》卷四三《咏三良》,第 3110 页。
② 《柳宗元集校注》卷四三《冉溪》,第 2997 页。
③ 见《春秋左传正义》卷二四《宣公十五年》,《十三经注疏》,第 4095—4099 页。
④ 《柳宗元集校注》卷四三《咏三良》,第 3110 页。

　　　　从邪陷厥父,吾欲讨彼狂! ①

柳集孙注云:"彼狂,谓穆公子康公也。"② 这话虽然不错,但还只是就史论史之言,实际上,柳宗元在此早已跳出了单纯的咏史层面,而将批判的矛头直接指向现实了。他欲讨伐康公,实乃鞭挞宪宗;他为穆公开脱,实则为顺宗张目;他称赞三良与穆公的生时同体,死不分张,实指王叔文等与顺宗同归于尽,借以慰藉忠魂;他咏叹三良的被殉而死,实即痛悼王叔文等革新志士的悲剧命运,借以抒发孤愤。如果不是这样,那么,柳宗元为何一再选取历史上父子相悖的事件(如燕昭王父子、秦穆公父子、魏武子父子)为歌咏题材? 他为什么会为一历史事件而大动肝火,竟至于去"讨彼狂"? 为什么他不去声讨史家一再批评的令人从死的秦穆公③,而要去声讨那几乎无人提及的秦康公? 为什么他的咏叹对象又都是与自己身世遭际相类似的乐毅、三良之辈? 在高明的诗人那里,历史往往即是现实,对史事的怀想即是对今事的思考,而为古人鸣冤也就是为今人叫屈。清人冒春荣有言:"已有怀抱,借古人事以抒写之,斯为千秋绝唱。"④ 就此而言,柳宗元的上述作品诚可当之。

　　柳宗元之外,其他元和贬谪诗人如韩愈、白居易皆有咏史、怀古之作,而且其中或多或少、或隐或显也都融入了作者的现实意绪。如白居易谪居江州时作《昭君怨》一诗,末云:"自是君恩薄如纸,不须

---

① 《柳宗元集校注》卷四三《咏三良》,第 3110 页。

② 参见《柳宗元集校注》卷四三《咏三良》,第 3111 页。

③ 《史记(修订本)》卷五《秦本纪》,第 289—378 页。

④ [清]冒春荣撰:《甚原诗说》卷二,《丛书集成三编》第六一册,台北新文丰出版公司,1985 年,第 182—183 页。

一向恨丹青。"① 借昭君见疏终被远弃之事以影己事,怨君之情溢于言表。不久,白居易自江州量移忠州,由司马升任刺史,这使他一方面感到君主还没忘了自己,怨怼之情稍减,另一方面则因官虽进而地益远,终难返朝,不免继生悲恨。于是在量移途中,又作《过昭君村》一诗,咏史抒怀:"独美众所嫉,终弃于塞垣。唯此希代色,岂无一顾恩?事排势须去,不得由至尊。白黑既可变,丹青何足论?竟埋代北骨,不返巴东魂!"② 这两首诗,同咏一事,却发生了从"自是君恩薄如纸"到"事排势须去,不得由至尊"的明显变化,如果不联系到诗人处境情感的变化,那么这一现象又该做何解释呢?韩愈于元和十四年赴潮州贬所途中作有《题楚昭王庙》一诗,甚是悲凉:"丘坟满目衣冠尽,城阙连云草树荒。犹有国人怀旧德,一间茅屋祭昭王!"蒋之翘评云:"吊古诗只是伤今,不更及古,而思古之意,自是凄绝。"何焯评云:"意味深长,昌黎绝句中第一。"③ 细细想来,假若没有诗人朝奏夕贬远弃遐荒的悲剧命运以及苦闷沉重的孤臣情怀,没有由此命运和情怀凝铸的精神意脉贯穿其中,则此诗便很难具有如此的深沉感、悲凉感。

然而,在元和贬谪诗人中以咏史、怀古而独占鳌头的,不是韩愈、白居易,也不是柳宗元,而是"以意为主"④"用意深远"⑤ 的刘禹锡。刘的咏史、怀古之作,不仅数量多,而且写得好,意悲境远,感慨无端,调响词练,高华深稳,在中唐诗坛洵为大家。综观刘禹锡此类诗作,大致可分为两种类型。

---

① 《白居易诗集校注》卷一六《昭君怨》,第 1332 页。
② 《白居易诗集校注》卷一一《过昭君村》,第 847 页。
③ 《韩昌黎诗系年集释》卷一一《题楚昭王庙》,第 1108 页。
④ 《刘禹锡全集编年校注》附录五《周履靖》,第 2493 页。
⑤ 《苕溪渔隐丛话》前集卷二〇,第 135 页。

　　第一种类型重在表现主观情感,亦即咏史而兼抒怀抱,用意明朗直捷,情怀悲愤沉痛。如《咏史二首》云:

　　　　骠骑非无势,少卿终不去。世道剧颓波,我心如砥柱。
　　　　贾生明王道,卫绾工车戏。同遇汉文时,何人居贵位?　①

二诗所咏皆汉代史事,而表现的则是强烈的现实愤慨。史载:任安(字少卿)事大将军卫青,后卫青权势日退,而骠骑将军霍去病日益贵盛,"举大将军故人门下多去事骠骑,辄得官爵,唯任安不肯"②。又,贾谊少年高才,满腹经纶,然终不为文帝信用,且遭远贬③;而卫绾"以戏车为郎,事文帝,功次迁为中郎将"④。在这里,刘禹锡取此诸事,先于第一首中高度称赞了任少卿不以权势富贵而移徙志节的态度,表明了自己不肯降心辱志而欲砥柱中流的决心;继于第二首中通过贾谊与卫绾的两相比照,发出饱含悲愤的一问。事情很明显:贾谊才高而见弃于世,卫绾平庸却获致高位,这该是何等不公! 而这不公显然是那位号称贤明的汉文帝及其时代造成的。往者已矣,继者如故,放眼现实社会,有才者不得其用,无才者平步青云,试问,又是谁造成了这贤不肖的倒置? 如果说,诗人的身世遭际恰与贾谊相似,在对贾谊的同情中即已深寓了他的不平,在对文帝的讽刺中即已深寓了对现实君主的批判,那么,诗人与任安相似的处境便不能不激起他与任安相类的刚直心性,不能不强化他身处浊世独立不移的孤愤情怀。所以,在《咏古二首有所寄》中,他游心于古,瞩目于今,借咏

────────────────

① 《刘禹锡全集编年校注》卷一《咏史二首》,第 84—85 页。
② 《史记(修订本)》卷一一一《卫将军骠骑列传》,第 3556 页。
③ 见《史记(修订本)》卷八四《屈原贾生列传》,第 3020—3034 页。
④ 《史记(修订本)》卷一〇三《万石张叔列传》,第 3351 页。

汉光武与阴丽华之事,说出了"岂无三千女? 初心不可忘"[1] 的话来。
"初心"者,昔日之信念也。这是劝告友人的话语[2],也是诗人的自我
表白,而就咏史言,又全不说破,若即若离,粘中有脱,令人读来,别是
一番情韵。

第二种类型重在观照历史,亦即怀古而兼寄感慨,用意含蓄隐
微,情感深沉厚重。换言之,这类作品的现实针对性不是那么强,主
观意绪不是那么显,往往是抚今思古,怀古感今,在古今相接的大跨
度时空中,缓缓注入诗人源于苦难而又沉潜凝聚了的悲凉孤愤,从而
使得作品具有一种沉思历史和人生的深度、力度。且看《金陵五题》
的第一、二两首:

> 山围故国周遭在,潮打空城寂寞回。淮水东边旧时月,夜深
> 还过女墙来。[3]
> 朱雀桥边野草花,乌衣巷口夕阳斜。旧时王谢堂前燕,飞入
> 寻常百姓家。[4]

这是两首脍炙人口的佳作,前人评《石头城》云:"山在,朝(潮)在,
月在,惟六国不在,而空城耳。是亦伤古兴怀之作云耳。"[5] "石头为
六朝重镇,今城空寂寞,独明月不异往时,繁华竟在何处?"[6] "山无异

---

[1]《刘禹锡全集编年校注》卷二《咏古二首有所寄》其二,第149页。
[2] 据诗中"一朝复得幸,应知失意人"二语,疑此友人当指元和四年返朝的程异。
[3]《刘禹锡全集编年校注》卷六《金陵五题·石头城》,第671页。
[4]《刘禹锡全集编年校注》卷六《金陵五题·乌衣巷》,第675页。
[5] [元]杨士弘编选,陶文鹏、魏祖钦点校:《唐音评注》卷七,贵州人民出版社,
　　2006年,第580页。
[6] [明]唐汝询选释,王振汉点校:《唐诗解》卷二九,河北大学出版社,2001年,
　　第657页。

东晋之山,潮无异东晋之潮,月无异东晋之月,求东晋之宗庙宫室、英雄豪杰,俱不可见矣。意在言外,寄有于无。"① 评《乌衣巷》云 :"此叹金陵之废也。朱雀、乌衣,并佳丽之地。今惟野花夕阳,岂复有王、谢堂乎? 不言王、谢堂为百姓家,而借言于燕,正诗人托兴玄妙处。"② "盖燕子仍入此堂,王、谢零落,已化作寻常百姓矣。如此则感慨无穷,用笔极曲。"③ 这些评语虽角度稍异,而归趣则一,即都认为两首诗饱含着诗人遥想人世变迁、盛衰更替而生发的深沉感慨。这无疑是正确的,但似乎还不够深入。张震谓《乌衣巷》"亦有刺风,非偶然之作"④ ;徐曾进一步指出 :"言'百姓家'已大为燕子不堪,又加'寻常'二字于其上,则为燕子旧时主人何堪? 故知不是扫燕子之兴,是扫王、谢之兴;王、谢之兴为何去扫他? 盖欲扫当时执政之兴也。"⑤ 此二说认为刘诗怀古而兼寄讽喻,其中寓有现实郁愤,不为无见,然仍觉稍有间隔。联系到刘禹锡在诗前小引中所谓"余少为江南客,而未游秣陵,尝有遗恨。后为历阳守,跂而望之,适有客以《金陵五题》相示,逌尔生思,欻然有得",可以得知,此数诗并非登临古迹之作,而是"逌尔生思,欻然有得"⑥ 的产物,而这时诗人身陷谪籍已达二十一二年之久。由于是在沉思联想中所得,则其中必然杂有浓郁的主观意绪;由于是在生命长久沉沦后所作,则此主观意绪必定包蕴着诗人历史不堪回首、人生不堪回首的无限沉痛;而当这种饱含沉

---

① [明]高棅撰,葛景春、胡永杰点校:《唐诗品汇》卷五一,中华书局,2015 年,第 1675 页。
② 《唐诗解》卷二九,第 657 页。
③ [清]施补华:《岘佣说诗》,《施补华集》,浙江古籍出版社,2018 年,第 594 页。
④ 《唐音评注》卷七,第 580 页。
⑤ 《而庵说唐诗》卷一一,第 263 页。
⑥ 《刘禹锡全集编年校注》卷六《金陵五题》,第 671 页。

痛的主观意绪自觉不自觉地贯注于诗篇之中时,也就必然会给诗中景物统统染色,举凡萧条之故国、寂寞之空城、惨淡之夕阳、无主之燕雀,无不呈现出历经沧海桑田的荒冷空寞气氛。这是人生的巨大悲凉,也是人生的巨大感恨,这悲凉、这感恨只能源于历经人生苦难的诗人心灵,而且也势必导致其怀古之作的内在沉重。在这里,我们真切地感觉到了一位思想家、政治家而又是孤臣的贬谪诗人反思历史的力度,体察人生的深度。这种力度和深度不独表现于上述二诗中,而且在其他同类作品中也清晰可辨:

> 潮满冶城渚,日斜征虏亭。蔡洲新草绿,幕府旧烟青。兴废由人事,山川空地形。后庭花一曲,幽怨不堪听。①
>
> 故国荒台在,前临震泽波。绮罗随世尽,麋鹿占时多。筑用金锤力,摧因石鼠窠。昔年雕辇路,唯有采樵歌。②
>
> 南国山川旧帝畿,宋台梁馆尚依稀。马嘶古树行人歇,麦秀空城泽雉飞。风吹落叶填宫井,火入荒陵化宝衣。徒使词臣庾开府,咸阳终日苦思归。③
>
> 西晋(王濬)楼船下益州,金陵王气漠(黯)然收。千寻铁锁沉江底,一片降幡出石头。人世几回伤往事,山形依旧枕寒流。今逢四海为家日,故垒萧萧芦荻秋! ④

这些诗作无不低回夷犹,力透纸背,沉重苍凉,感慨遥深。固然,其中

---

① 《刘禹锡全集编年校注》卷六《金陵怀古》,第685页。
② 《刘禹锡全集编年校注》卷九《姑苏台》,第1016页。
③ 《刘禹锡全集编年校注》卷四《荆州道怀古》,第355—356页。
④ 《刘禹锡全集编年校注》卷五《西塞山怀古》,第565—566页。

并不乏总结历史教训,以为"有国存亡之鉴"①的意图,但更重要的,则是充溢于诗中那种悲凉而不衰飒、沉重而不失坚韧的精神气脉,以及纵横千古、涵盖一切的气象。方贞观评《荆州道怀古》云:"'风吹落叶填宫井,火入荒陵化宝衣'……不过写景句耳,而生前侈纵,死后荒凉,一一托出,又复光彩动人,非惊人语乎?"②汪师韩评《西塞山怀古》云:"梦得之专咏晋事也,尊题也。下接云:'人世几回伤往事',若有上下千年、纵横万里在其笔底者。山形枕水之情景,不涉其境,不悉其妙。至于芦荻萧萧,履清时而依故垒,含蕴正靡穷矣!"③其中"依旧"二字"有高峰堕石之捷速","今逢"二字"有居安思危之遥深","至于前半一气呵成,具有山川形势,制胜谋略,因前验后,兴废皆然,下只以'几回'二字轻轻兜满,何其神妙!"④在这里,表现手法的神妙与诗作内蕴的深厚相辅相成,饱含哲理的历史反思与深沉悲凉的人生感慨互为补充,大大强化、深化了刘禹锡怀古之作的格调境界,所谓"雄浑老苍,沉著痛快,小家数不能及也"⑤,洵非虚语。

　　诗人生命沉沦的悲凉感恨,赋予其怀古诗作以反思历史的力度和体察人生的深度,而当此悲凉感恨与诗人借古事抒己怀抱的意图结合在一起时,亦即上述第一种类型与第二种类型结合在一起时,便不能不形成一种打通古今的强烈冲击力量。刘禹锡的《蜀先主庙》堪称代表之作,诗云:

①《苕溪渔隐丛话》前集卷二○,第135页。
②[清]方南堂:《方南堂先生辍锻录》,《清诗话续编》,第1841页。
③[清]汪师韩撰:《诗学纂闻》,《丛书集成续编》第二○一册,台北新文丰出版公司,1988年,第443页。
④[清]方世举:《兰丛诗话》,《清诗话续编》,第756页。
⑤[宋]刘克庄撰,辛更儒笺校:《刘克庄集笺校》卷一七三《后村诗话》,中华书局,2011年,6704页。

　　天下英雄气，千秋尚凛然。势分三足鼎，业复五株钱。得相能开国，生儿不象贤。凄凉蜀故妓，来舞魏宫前。①

诗咏蜀先主庙，而无一语道及"庙"字，全写西蜀盛衰；在此盛衰过程中，尤为突出地指出了"得相能开国，生儿不象贤"这关键性的一点。从历史上看，西蜀之盛，在于先主刘备得一诸葛贤相；西蜀之败，在于刘禅庸弱无能，不会用人。因而就史实和诗的性质而言，确是在咏史；然而在咏史的背后，又何尝没有明确的现实针对性？广而言之，唐太宗李世民以降，李唐王朝的子孙们是一代不如一代了。狭而论之，顺宗之子宪宗违背父志，严酷打击贤能之士；宪宗之子孙穆、敬二君"昏童失德"②，使得朝政日乱，国是日荒。所有这些，怎能不激起人对昏君庸臣的强烈愤慨？愤慨而不明言，借咏史以抒发之，打通今古，以古衬今，令人于历史相似性的联想中更深刻地认识现实，无疑增加了诗作的内在意蕴，强化、深化了诗人讽刺抨击现实社会的力量。

　　与此诗在写法上相类，刘禹锡另一首较少为人注意的《经檀道济故垒》也表现了同样的情形：

　　万里长城坏，荒营野草秋。秣陵多士女，犹唱《白符鸠》！③

檀道济，南朝刘宋时人，曾于武帝朝屡立战功，威名甚重，至文帝朝而为朝廷疑畏，死于非命。史载："道济见收，愤怒气盛……脱帻投

---

① 《刘禹锡全集编年校注》卷五《蜀先主庙》，第 536 页。
② 《新唐书》卷八《宣宗本纪》，第 253 页。
③ 《刘禹锡全集编年校注》卷五《经檀道济故垒》，第 574 页。

地曰：'乃坏汝万里长城！'"①"时人歌曰：'可怜《白符鸠》,枉杀檀江州！'"②刘禹锡诗作即取材于此,而且于诗下将此歌谣如实照录,其用意之所在,不难想知。联系现实来看,王叔文坚明执亮,有文武之用,在顺宗朝领导革新,颇有成效,可到了宪宗朝先被远贬,继被赐死,这不是"枉杀"是什么？对唐之君主来说,这不是自坏其"万里长城"又是什么？如果说,在《华它(佗)论》里,作者曾以史论的形式对"执死生之柄者,用一恚而杀材能"的现象予以深刻揭露,那么,诗人在此便更以咏史的形式表现了对专制君主的无比激愤,对王叔文之惨死的痛切哀悼。刘禹锡曾在《刘氏集略说》中自述："及谪于沅、湘间,为江山风物之所荡,往往指事成歌诗；或读书有所感,辄立评议。"③《新唐书》本传亦谓："禹锡久落魄,郁郁不自聊,其吐辞多讽托幽远。"④准此,则诗人迁转江南,经檀道济故垒,睹物思怀,托古迹起兴,抒写忧愤,便是极自然的事了。需要说明的是,刘禹锡这类咏史与怀古相结合的诗作,虽自抒怀抱,又不露痕迹,令人初读,俨然咏史,细加品味,精义方出。清人吴乔指出,"古人咏史,但叙事而不出己意,则史也,非诗也；出己意,发议论,而斧凿铮铮,又落宋人之病",惟"用意隐然,最为得体"⑤。由此看来,刘禹锡的上述诗作确已达到了这种境界,所不同的,只是刘诗于"用意隐然"中更多地带有贬谪诗人悲凉沉重的人生感恨而已。

　　以上,我们通过直接抒情、寓言讽刺、理性认知和咏史抒怀四种

---

① [唐]李延寿撰：《南史》卷一五《檀道济传》,中华书局,1975 年,第 447 页。
② 《南史》卷一五《檀道济传》,第 446 页。
③ 《刘禹锡全集编年校注》卷一八《刘氏集略说》,第 2001 页。
④ 《新唐书》卷一六八《刘禹锡传》,第 5129 页。
⑤ [清]吴乔：《围炉诗话》卷三,《清诗话续编》,第 537 页。

方式,较系统地论述了元和贬谪诗人的孤愤情怀及其在文学作品中的表现。我们看到,这种情怀及其表现方式虽或显或隐,或直或曲,或比兴寄托、或慷慨激烈,但都指向了一个共同目标,那就是不甘屈服、顽强抗争;都交汇为同一种旋律,那就是深沉激越、苍凉悲壮,从而构成了元和贬谪文学的精魂——悲剧精神。

　　所谓悲剧精神,说到底即是对人之悲剧命运的克服精神。诚然,如果没有人的悲剧命运,没有生命沉沦、置身忧患的痛苦磨难和由此产生的悲伤意绪,真正的悲剧精神便很难谈起;但更为重要的是,如果仅仅沉浸于悲伤之中,而没有对人生苦难和命运的顽强克服,那么,就体现不出主体的意志,体现不出生命的坚韧,真正的悲剧精神就更难谈起。"如果苦难落在一个生性懦弱的人头上,他逆来顺受地接受了苦难,那就不是真正的悲剧。只有当他表现出坚毅和斗争的时候,才有真正的悲剧,哪怕表现出的仅仅是片刻的活力、激情和灵感,使他能超越平时的自己。悲剧全在于对灾难的反抗。陷入命运罗网中的悲剧人物奋力挣扎,拚命想冲破越来越紧的罗网的包围而逃奔,即使他的努力不能成功,但在心中却总有一种反抗。"[1]这里讲的"悲剧",即我们说的悲剧精神,具体到元和贬谪诗人这里,便是那种郁怒不平、深沉激越的孤愤情怀和风格主调。

　　精神的伟大源于人性的坚强,坚强的人性必定导致与其相应的文学格调。如同只有屹立江中的巨石,才能激起奔腾的浪花,只有傲视风雨的林木,才能发出动地的呼啸,贬谪诗人饱经苦难仍不降心辱志改弦易辙的悲愤长鸣,必定散则万殊、合则为一,形成孤竹焦桐般的激切音响:

---

① 〔英〕斯马特:《悲剧》,转引自朱光潜:《悲剧心理学》,第203—204页。

> 饱霜孤竹声偏切,带火焦桐韵本悲。今日知音一留听,是君心事(手)不平时! ①

一"竹"一"桐",一"切"一"悲",有如经纬,纵横交织于元和贬谪文学之中。竹声偏切,切中有悲,桐韵本悲,又缘何不切? 所以,"孤竹"尤其是"焦桐"意象,成了元和贬谪文学以孤愤为核心之悲剧精神和激越格调的绝好象征。枚乘《七发》谓龙门之桐,其根半死半生,冬经烈风、漂霰、飞雪之所激,夏经雷霆、霹雳之所感,于是斫以为琴,"亦天下之至悲也"②。这是枯桐悲音的早期意象。柳宗元《霹雳琴赞》引言云:"琴莫良于桐,桐之良莫良于生石上,石上之枯又加良焉,火之余又加良焉,震之于火为异。是琴也,既良且异,合而为美,天下将不可再焉。"③ 这是说琴,又何尝不可视作自我的写照? 何尝不可视作对元和贬谪文学悲剧美的概括? "古来赏音者,樵爨得孤桐"④"若人抱奇音,朱弦缅枯桐"⑤"马因回顾虽增价,桐遇知音已半燋"⑥……从这些一再申说的或以"桐"自比命运或以"桐音"象喻悲诗的话中,很可以看出元和贬谪诗人的悲剧美学追求。在这里,悲剧的命运孕育了他们的悲伤意绪,更激发了他们的孤愤情怀。没有前者,就不可能产生带火焦桐般的悲韵;没有后者,更难产生饱霜孤竹般的切声。在《彭阳唱和集引》中,刘禹锡这样说道:"鄙人少时,亦

---

① 《刘禹锡全集编年校注》卷四《答杨八敬之绝句》,第386页。
② [汉]枚乘:《七发》,《全上古三代秦汉三国六朝文·全汉文》卷二〇,第238页。
③ 《柳宗元集校注》卷一九《霹雳琴赞》,第1326页。
④ 《刘禹锡全集编年校注》卷四《送僧方及南谒柳员外》,第399页。
⑤ 《柳宗元集校注》卷四二《初秋夜坐赠吴武陵》,第2734页。
⑥ 《白居易诗集校注》卷一七《江西裴常侍以优礼见待又蒙赠诗辄叙鄙诚用伸感谢》,第1407页。

尝以词艺梯而航之，中途见险，流落不试。而胸中之气伊郁蜿蜒，泄为章句，以遣愁沮，凄然如燋桐孤竹。"[1] 显然，从"中途见险"到"胸中之气伊郁蜿蜒"，最后到"凄然如燋桐孤竹"，乃是一个紧密关联的逻辑递进过程。在这一过程中，既有源于人生苦难的心灵战栗，又有源于生命意志的主体抗争，它们相激相荡，有力地丰富了元和贬谪文学的悲剧内涵和艺术特征，并将其格调、境界提升到了一个苍凉沉郁、意悲而远的地步。

第三节　寓意山水的个体忧怨和偏执风格

弃地弃人间的直接象征 / 间接表现与两种手法的交相
为用 / 追求冷峭的偏执风格

深沉的悲伤、强烈的孤愤，构成了元和贬谪文学悲愤交集而志在抗争的悲剧精神和燋桐孤竹般的激越格调，它的进一步发展，便是以柳宗元为突出代表的悲剧游记文学的产生。

一般来说，人世的忧患、生命的沉沦往往导致文学要么走向对人内心痛苦的开掘，要么走向对山林自然的歌咏，这两种方向的目的都在于排遣悲忧苦闷，以获取内在心理的平衡。可是，当人的悲恨太重，执著意识又过强时，便不仅不能遣发愁沮，而且还会愈陷愈深，不能自拔；而当这种化解不开的愁沮通过情感外射，融入自然山水之中时，便不能不使它们染上浓郁的人的主观色彩。柳宗元饱含悲伤孤愤、格调冷峭的游记诗文，即是这种情形的最好说明。在《游南亭夜还叙志七十韵》中，诗人宣称：

---

[1]《刘禹锡全集编年校注》卷一八《彭阳唱和集引》，第 1993 页。

　　　　屯难果见凌,剥丧宜所遭。神明固浩浩,众口徒嗷嗷。投迹
　　山水地,放情咏《离骚》! ①

投迹于边远荒僻之地,而不丧其神明,亦不为众口所屈,直以坚韧之
心性追踪屈骚,发为高唱,正见出柳氏执著意识之顽强;而"《离骚》
者,犹离忧也","屈平之作《离骚》,盖自怨生也"②。司马迁的话,表
明了《离骚》的悲剧性质,也使我们由此感触到了柳氏"放情咏《离
骚》"以遣愁沮的意图,以及弥漫于其游记诗文中的愁云惨雾、悲音
激响。《新唐书》本传谓:宗元"既窜斥,地又荒疠,因自放山泽间,其
埋厄感郁,一寓诸文。仿《离骚》数十篇,读者咸悲恻"③。元好问《论
诗绝句》评柳诗云:"谢客风容映古今,发源谁似柳州深? 朱弦一拂
遗音在,却是当年寂寞心!"④ 这里的"埋厄感郁""寂寞心",似乎可
以看作柳宗元游记诗文的深层内蕴。而由此向前推进,便自然接触
到了我们将要论述的与此内蕴紧相关合的直接象征性、间接表现性
和风格偏执性诸大特征。

　　所谓直接象征性,盖指诗人有意识地将自身遭际与自然山水在
某一层面上等同起来,借奇山异水的被忽略、被蔑视,象征自己被贬
被弃、才而难申的悲剧命运,甚至发为议论,明确道出其借物自比的
意图。

　　翻阅柳宗元的山水游记,可以突出地感觉到,他笔下呈现的大都
是奇异美丽却遭人忽视、为世所弃的自然山水。在《钴锝潭西小丘

----

① 《柳宗元集校注》卷四三《游南亭夜还叙志七十韵》,第 2930 页。
② 《史记(修订本)》卷八四《屈原贾生列传》,第 3010 页。
③ 《新唐书》卷一六八《柳宗元传》,第 5132 页。
④ [金]元好问著,狄宝心校注:《元好问诗编年校注》卷一《论诗三十首》,中
　　华书局,2011 年,第 63 页。

记》中,他反复致意,首云此丘乃"唐氏之弃地",继谓"以兹丘之胜,致之沣、镐、鄠、杜,则贵游之士争买者,日增千金而愈不可得",而"今弃是州也,农夫渔父过而陋之,贾四百,连岁不能售"。他如永州龙兴寺之东丘,"奥之宜者也,其始芟之外弃地"①。小石城山工夺造化,却"不为之中州,而列是夷狄,更千百年不得一售其伎"②。袁家渴林木参差,洞水百态,而"永之人未尝游焉"③。石渠风摇声激,美不胜收,却"未始有传焉者"④。即使偶尔出州,才行数十步,也可看到"有弃地在道南"⑤。在这里,"弃地"如此之多,一方面固然与唐代永州的荒远僻陋有关,是实际情况的反映;但另一方面又深寓着作者的主观意图,也就是说,他是有意识地专门选择这些弃地一再加以表现的,他是在借弃地来象征弃人的。在这里,地与人之间存在着一种深层的内在关联:一看到弃地,贬谪诗人便会自然联想到自己被社会抛弃的命运;一想到自己的命运,便不由得将被弃的主观情感外射到所见到的弃地之中;而弃地的大量存在,无疑愈发加强了他由地到人、又由人到地的定向思维。同时,作者在此也并未将地与人做简单的比附,而是用对比、衬托的手法先极力凸现自然山水之美,然后反跌出如此之美的山水竟然被弃的悲惨遭遇,从而对被象征之主体——贬谪诗人才华卓荦却不为世用流落遐荒的命运做了益发突出的展现。如果说,前引《钴鉧潭西小丘记》中所谓"唐氏之弃地",就广泛的象征意义论,已足可引起人们对"唐室之弃人"的联想,那么,作者在文章末尾说的几句话,便将此象征意图以及对自我命运的悲叹表现得更为

---

① 《柳宗元集校注》卷二八《永州龙兴寺东丘记》,第1852页。
② 《柳宗元集校注》卷二九《小石城山记》,第1934页。
③ 《柳宗元集校注》卷二九《袁家渴记》,第1918页。
④ 《柳宗元集校注》卷二九《石渠记》,第1926页。
⑤ 《柳宗元集校注》卷二九《柳州东亭记》,第1939页。

直截了当：

> 我与深源、克己独喜得之，是其果有遭乎？书于石，所以贺
> 兹丘之遭也。①

　　林云铭评云："末段以贺兹丘之遭，借题感慨，全说在自己身上。……
乃今兹丘有遭，而己独无遭，贺丘所以自吊。"② 是的，既悲丘之不遇，
又悲己之不遇；丘虽见弃于世人，尚可碰到知音的赏识，可自己竟连
这样的机会都没有，相比之下，不是人的遭遇更惨于丘吗？
　　由于奇山异水为世所弃即象征着贬谪诗人的悲剧命运，这就必
然造成二者之间一种同感共应的关系，必然使得贬谪诗人对被弃山
水抱有一种特殊的感情。在著名的"永州八记"中，作者对永州一地
的山山水水予以多角度、多层面的描摹、赞美，涧水的清澈寒冽，游鱼
的萧散自由，秀木的参差披拂，泉石的奇伟怪特，无不带有这种特殊
的感情烙印。这是爱与怜的结合，爱，既缘于山水本身的美，也缘于
主体与客体命运的深层关合；怜，不仅因为二者皆沦落天涯，故而同
病相怜，而且因为通过此怜，贬谪诗人找到了一条悲情宣泄的途径，
孤寂的心灵获得了暂时的慰藉。怜来自爱，又甚过爱，由爱到怜，反
映了诗人基于被弃命运的心理流程。在《愚溪诗序》中，柳宗元将所
遇到的溪、丘、泉、沟、池、堂、岛统统冠以"愚"名，其原因即在于它们
"无以利世，而适类于余"③。然而，山水和人并非真的"无以利世"，而
是为世所弃无法利世，尽管二者均盼望着有以利世的一天，却终究不

---

①《柳宗元集校注》卷二九《钴鉧潭西小丘记》，第 1905 页。
②《柳宗元集校注》卷二九《钴鉧潭西小丘记》集评引，第 1909 页。
③《柳宗元集校注》卷二四《愚溪诗序》，第 1606 页。

得利世,当此之际,怎能不使作者对与自己同一命运的山水抱以深深的同情和怜惜,借以表露自己内心的沉重忧愤呢?

> 今余遭有道,而违于理,悖于事,故凡为愚者莫我若也。①

这种明显的正话反说,正深刻透露出作者内心的郁结块垒和对混浊人世的强烈不满。不过,作者又没有仅仅停留在这一层面,当他已意识到他无力摆脱眼前的困境,悲忧愤懑于事无补徒劳无益的时候,便将一颗受伤的心灵投入自然之中,借对山水本身之美的发现和开掘,来表现人的自我价值;借对自我价值的肯定,以解嘲的方式来否定社会现存秩序和道德标准。所以,文章末尾这样说道:

> 溪虽莫利于世,而善鉴万类,清莹秀澈,锵鸣金石,能使愚者喜笑眷慕,乐而不能去也。余虽不合于俗,亦颇以文墨自慰,漱涤万物,牢笼百态,而无所避之。以愚辞歌愚溪,则茫然而不违,昏然而同归,超鸿蒙,混希夷,寂寥而莫我知也。②

这里,溪与人、人与溪在新的更高的层面上获得了同一性,二者的固有价值也由此明显地呈现出来:既然溪与人皆有利世之资,仅因"不合于俗"而不为世用,那么,其"善鉴万类,清莹秀澈"之价值固在,并不因世之用否而稍为减损;既然二者均有自我的价值,而又同处于为世所弃的境地,那么,相爱相怜,共辱共荣,"以愚辞歌愚溪",便必然是"茫然而不违,昏然而同归"了。前人评《愚溪诗序》云:"本是一

---

① 《柳宗元集校注》卷二四《愚溪诗序》,第 1606 页。
② 《柳宗元集校注》卷二四《愚溪诗序》,第 1607 页。

篇诗序,正因胸中许多郁抑,忽寻出一个'愚'字,自嘲不已,无故将所居山水尽数拖入浑水中,一齐嘲杀。……反复推驳,令其无处再寻出路,然后以溪不失其为溪者代溪解嘲,又以己不失其为己者自为解嘲。"① 所谓"溪不失其为溪者""己不失其为己者",亦即前述溪与人的固有价值;所谓"解嘲",正见出作者对此价值的肯定、对社会道德规范的反讽。所以,日本学者清水茂深刻指出:

> 柳宗元的山水记,是对于被遗弃的土地之美的认识的不断的努力,这同他的传记文学在努力认识被遗弃的人们之美是同样性质的东西。并且,由于柳宗元自己也是被遗弃的人,所以这种文学也就是他的生活经验的反映,是一种强烈的抗议。强调被遗弃的山水之美的存在,也就等于强调了被遗弃人们的美的存在,换言之,即宗元自身之美的存在。随伴着这种积极的抗议,其反面则依于自己的孤独感对这种与他的生涯颇为相似的被遗弃的山水抱着特殊的亲切感,以及在这种美之中得到了某种安慰的感觉。②

这是一段颇有见地的评议,它为我们展示了柳宗元山水游记的深层内涵,而这深层内涵的基础,则无疑是前述人与山水由共同遭遇构成的内在同一;这深层内涵的表现,更得力于由贬谪诗人自觉意识导致的直接象征手法的运用。

当然,这种直接象征手法的运用是有限度的,柳宗元的一腔忧愤

① [清]林云铭:《古文析义》初编卷五,《柳宗元集校注》卷二四《愚溪诗序》集评引,第1610页。
② 〔日〕清水茂著,华山译:《柳宗元的生活体验及其山水记》,《文史哲》1957年第4期。

并没有也不可能在与自然山水的融合、同一中得到消释,甚至在某种程度上他本即未与自然山水取得真正的和谐同一。这从两个方面可以看出:一方面,自然山水的美只是局部的,给他的安慰也只是暂时的,从整体上看,贬所环境给予诗人心灵的乃是一种恶的投影,由此产生的也就不能不是一种永久的悲伤忧愤。在《囚山赋》中,柳宗元把永州四郊的山林比作牢狱、陷阱,对之深恶痛绝;在《与李翰林建书》中,他不仅谈到永州之地蛇虫遍布令人游复多恐的险恶环境,而且详细叙述了自己被拘一隅暂得一笑已复不乐的心境。所有这些足以说明,自然山水局部的美与整体的恶、贬谪诗人暂时的乐与永久的忧,乃是横亘于柳氏游记诗文中的极为突出的内在矛盾。另一方面,如果不计贬所环境整体的恶,那么可以看到,即使在局部美的山水中,柳宗元依然得不到完全的安慰,也难以与自然达到真正的和谐同一。因为事情很清楚,柳氏笔下的奇山异水,大都奥狭深僻、幽寂凄冷。举凡东丘、钴鉧潭西小丘、小石潭、石渠等无不如此。由于奥狭深僻,且被外物环围,势必使人的视野受到极大限制,向外观望往往须抬头仰视,这就极易令人生出跼天脊地坐井观天的被囚感和压抑感;由于幽寂凄冷,势必愈发强化了贬谪诗人原本即有的孤独感,甚至使他慑于气氛的"凄神寒骨,悄怆幽邃"而不敢久留,匆匆"记之而去"①。

　既然由于上述原因,柳宗元很难取得与永州山水完全的、真正的和谐同一,在二者之间是颇有距离的,那么,为什么柳氏游记诗文中的自然山水是那样摇曳多姿、真实可爱? 为什么这些山水大多呈现出奥狭深僻、幽寂凄冷的特色? 为什么又令人于细读之后往往感触到一股浓郁的悲伤气息? 我们认为,其主要原因乃在于柳氏游记诗

---

① 《柳宗元集校注》卷二九《至小丘西小石潭记》,第 1912 页。

文间接表现性方法的使用。

　　所谓间接表现性,盖指主体情志不以直接抒发的方式加以表露,而是在自觉选择并真实描摹对象物的前提下,以隐蔽的方式融注其中。更确切地说,这是表现性和再现性两种艺术方法的结合体。就一般情况讲,表现性方法注重主观情感的抒发,相对忽略对外物的细致刻画;再现性方法注重对外物的真实再现,较少主观情感的明确表露。将此二者结合起来,既重自然景物的真实描摹,又将主观情感不露痕迹地大量融注其中,令人于意会中明确领略到作者的情感指向,这便形成了存在于柳氏游记诗文中的间接表现性方法。

　　细读柳宗元的山水游记,一个突出的印象便是描写景物真实生动,惟妙惟肖,而较少主观情感的直接表露。在这些游记中,水,有涧水,有潭水,也有溪水,这些水或平布石上,"流若织文,响若操琴"①,或"流沫成轮,然后徐行"②;石,有横亘水底之石,也有负土而出之石,这些石或"全石以为底,近岸卷石底以出,为坻为屿,为嵁为岩"③,或突怒偃蹇,争为奇状,"其嵚然相累而下者,若牛马之饮于溪;其冲然角列而上者,若熊罴之登于山"④;游鱼,无不萧散自由,"皆若空游无所依,日光下澈,影布石上,怡然不动;俶尔远逝,往来翕忽"⑤;林木山风,则气象万千,"每风自四山而下,振动大木,掩苒众草,纷红骇绿,蓊葧香气,冲涛旋濑,退贮溪谷,摇飏葳蕤,与时推移"⑥。这里,有动有静,有形有色,有疾有缓,有点有面,直是一幅

---

①《柳宗元集校注》卷二九《石涧记》,第 1930 页。
②《柳宗元集校注》卷二九《钴鉧潭记》,第 1899 页。
③《柳宗元集校注》卷二九《至小丘西小石潭记》,第 1912 页。
④《柳宗元集校注》卷二九《至小丘西小石潭记》,第 1904 页。
⑤《柳宗元集校注》卷二九《至小丘西小石潭记》,第 1912 页。
⑥《柳宗元集校注》卷二九《至小丘西小石潭记》,第 1918 页。

真切无比的山水画卷。刘熙载评柳文云："如奇峰异嶂,层见叠出",
"柳州记山水,状人物,论文章,无不形容尽致;其自命为'牢笼百
态',固宜"①。可谓有见。

　　诚然,柳宗元的人生悲恨是极深重的,在他心中时刻涌动着发泄
的欲望,但艺术家的天性又使他特重文学作品的真实性、严谨性,而
自然山水局部的美又确实深深吸引了他,使他产生出将之再现出来
传之世人的强烈意愿,所谓"吾每为文章,未尝敢以轻心掉之"②,"夫
美不自美,因人而彰。……是亭也,僻介闽岭,佳境罕到,不书所作,
使盛迹郁埋,是贻林涧之愧"③,指的便是这种情况。

　　但从另一角度看,既然柳宗元悲恨深重,既然他被"投迹山水
地"要"放情咏《离骚》"④,就不可能将此悲恨长期沉埋心底而不予
表现。既要表现,又不愿因此表现而损伤艺术的真实,惟一的办法,
便是有目的地选择某种与自我心境情怀相一致的自然景物,将主观
情感不着痕迹地寄寓其中,为飘摇动荡的精神觅得一块暂时的安顿、
停放处。

　　那么,哪些自然景物与贬谪诗人的主观情志最相契合呢? 我们
知道,柳宗元被贬之后,万谤齐集,百忧攻心,神荼志靡,方寸颇乱,他
亟需在自然山水中找到一块幽深清静之地,以沉潜思虑,躲避烦嚣,
诚如他一再申明的:"夫气烦则虑乱,视壅则志滞。君子必有游息之
物,高明之具,使之清宁平夷,恒若有余。"⑤ 与此同时,巨大的社会压

---

① 《艺概注稿》卷一《文概》,第 116 页。
② 《柳宗元集校注》卷三四《答韦中立论师道书》,第 2178 页。
③ 《柳宗元集校注》卷二七《邕州柳中丞作马退山茅亭记》,第 1795 页。按:此
　　文或非宗元所作,前人有论辩,今暂存疑。
④ 《柳宗元集校注》卷四三《游南亭夜还叙志七十韵》,第 2930 页。
⑤ 《柳宗元集校注》卷二七《零陵三亭记》,第 1821 页。

力和揪心的精神痛苦也导致了柳宗元性格的变异,使他将人生悲恨沉埋心底,以沉默寡言、反视内省的态度来应付并漠视外界的事变,所谓"远弃甘幽独"①"寂寞固所欲"②"更乐暗默,思与木石为徒,不复致意"③,便清晰地展现了其性格向幽独、寂寞转化的轨迹。由于希望寻找幽深清静之地的主观意图和愈趋幽独寂寞的性格变化,必然促使贬谪诗人去寻找、选择并描写那些与其心境相契合的客观对应物,于是,大量奥狭深僻、幽寂凄冷的自然山水便接连不断地出现在了他的笔下。诸如东丘的奥趣,石渠的清深,小石潭的寂寥,袁家渴的幽丽,黄溪二潭的曲邃,钻鉧潭西小丘的幽静,在在表现出与诗人心境相契合的特点,在在见出诗人追求幽寂美的主体情志。尽管在这些景物描写中,没有明确的悲情抒发,但由于在诗人幽独寂寞的心性中,本即包含着对混浊人世的强烈不满,因而,诗人以苍凉忧愤的眼光观物,不能不使上述景物之意境、气氛均呈低沉凄冷之态,不能不使它们都带着一种与世俗不谐的孤独冷峭的色彩。

　　不独如此,在柳宗元的山水游记中,诗人当年那颗"寂寞心"几乎是无所不在的。诗人的出游,固然是为了遣愁,但他往往是一人独游,所至之处又是那样幽独,无人可语,只有风声、水声相伴,且不说诗人当时的心境如何,愁闷能否遣除,仅就其游记诗文中传达给读者的情状来看,已令人为之恻然动心了。不是吗? 当我们看到诗人步入深林,独游南涧的时候;独坐于石渠,听风摇其巅,韵动崖谷的时候;行至小石潭,四面竹树环合,寂寥无人,寒气透骨,心神凄冷的时候,难道体味不到由中透出的巨大寂寞,以及弥漫于环境之中的悲凉

① 《柳宗元集校注》卷四二《酬娄秀才将之淮南见赠之什》,第 2726 页。
② 《柳宗元集校注》卷四三《夏初雨后寻愚溪》,第 2971 页。
③ 《柳宗元集校注》卷三〇《与萧翰林俛书》,第 1999 页。

气息吗?

的确,柳宗元在出游中也曾感到过快慰,而且这种快慰在他登高远望时表现得最为明显。如《始得西山宴游记》写诗人"穷山之高而上,攀援而登,箕踞而遨,则凡数州之土壤,皆在衽席之下。其高下之势,岈然洼然,若垤若穴,尺寸千里,攒蹙累积,莫得遁隐。萦青缭白,外与天际,四望如一"①。在这里,西山的孤高特立与其他诸记中丘、潭之窄狭奥僻恰成鲜明的对比,而"尺寸千里""四望如一"的阔大视野也绝非在小丘、小潭顾地窥天之状所可比拟。正是由于地势的变化,导致了景观的变化,同时导致了诗人由仰视而至俯瞰的视角改变,以及心境的改变,"悠悠乎与颢气俱,而莫得其涯,洋洋乎与造物者游,而不知其所穷",并继之以"引觞满酌,颓然就醉,不知日之入;苍然暮色,自远而至,至无所见,而犹不欲归。心凝形释,与万化冥合"②。显然,这种感受是远远超过了诗人游钴鉧潭、小丘、小石潭等处的感受的。从某种意义上讲,这种感受乃是一种身在桎梏之中而暂时摆脱桎梏才产生的自由境界,在其内里,正蕴含着贬谪诗人意欲摆脱苦闷追求自由的努力。

然而,这种感受是极少的,而且是暂时的,当诗人一回到现实之中,巨大的悲伤感恨便重又泛起心头,甚至比此前更为沉重。徐复观先生指出:"所有艺术家的精神修养,都是以一具体的艺术对象为其界域。在此一界域之内,有其精神上的自由、安顿之地。但一旦离开此一界域,而与危慄万变的世界相接,便会震撼动摇,其精神上的自由、安顿即归于破坏。"③柳宗元的情形便是如此。他出游山水

---

① 《柳宗元集校注》卷二九《始得西山宴游记》,第 1891 页。
② 《柳宗元集校注》卷二九《始得西山宴游记》,第 1891 页。
③ 《中国艺术精神》,第 99 页。

的时候,往往是愁闷最重的时候——"闷即出游"①;他与奇山异水相接的时候,往往是他心情较为轻松的时候——"枕席而卧,则清泠之状与目谋,潆潆之声与耳谋,悠然而虚者与神谋,渊然而静者与心谋"②;而他结束游程回返郡中的时候,则往往是他失落感最强烈的时候——"入门守拘絷,凄戚憎郁陶。慕士情未忘,怀人首徒摇"③。显然,柳宗元的内在心态始终在从失调到平衡、再从平衡到失调间摇摆,其悲伤忧愤的情感也一直处于由泛起到沉潜、再由沉潜到泛起的动荡之中。自然山水的奇丽和游历过程中的刺激使他暂时忘却了人世的纠纷,他精神上的自由、安顿之地便找到了;可是当他一想起萦绕中怀的深哀剧痛,并由被弃山水联及自身的悲剧命运,便不能不马上与危慄万变的世界相接,于是精神上的自由、安顿即归于破坏。是的,柳宗元的悲伤忧愤实在是太沉重了,沉重到往往使他难以忍受寂寞而必欲于文学作品中一抒为快的地步。在这种情况下,间接表现性的方式便在直接表现性的挤迫下而悄悄退避。在"永州八记"中,这种直接表现作者主观情感的突出例证便是《钴鉧潭西小丘记》和《小石城山记》两篇作品。关于前记的感慨议论上文已谈到,后记的感慨议论如下:

　　　　噫!吾疑造物者之有无久矣,及是,愈以为诚有。又怪其不为之中州,而列是夷狄,更千百年不得一售其伎,是故劳而无用,神者傥不宜如是,则其果无乎?或曰:"以慰夫贤而辱于此者。"或曰:"其气之灵不为伟人,而独为是物,故楚之南少人而

---

① 《柳宗元集校注》卷三〇《与李翰林建书》,第2008页。
② 《柳宗元集校注》卷二九《钴鉧潭小丘记》,第1905页。
③ 《柳宗元集校注》卷四三《游南亭夜还叙志七十韵》,第2931页。

多石。"是二者,余未信之。①

这里,作者借怀疑造物者之有无来抒发忧愤的意图是至为明显的:"盖子厚迁谪之后,而楚之南实无一人可以语者,故借题发挥,用寄其以贤而辱于此之慨"②;"妙在后幅从石城上忽信一段造物有神,忽疑一段造物无神,忽揑一段留此石以娱贤,忽揑一段不钟灵于人而钟灵于石,诙谐变幻,一吐胸中郁勃"③。

由于柳宗元的精神始终处于暂时安定和永恒动荡的摇摆之中,势必造成他忧乐结合、此起彼伏的心理流程,也势必导致他游记诗文中间接表现性和直接表现性两种方法的交替使用。《构法华寺西亭》这样写道:"窜身楚南极,山水穷险艰。步登最高寺,萧散任疏顽。"④这是游历的开始,已呈现出一股按捺不住的怡悦之气,随着骋目四望,美景毕观,心境也愈为开朗:"神舒屏羁锁,志适忘幽潺。弃逐久枯槁,迨今始开颜。"⑤然而,志虽适而不得久适,颜甫开旋又闭合:"赏心难久留,离念来相关。北望间亲爱,南瞻杂夷蛮。"⑥诗人好比戴着脚镣在跳舞,刚刚抬步,便被沉重的牵拽力拖在地面,很难真正轻松起来。所以,当他于"神舒屏羁锁"之后,便必然地升腾出"离念来相关"的凄楚悲凉。苏轼曾评柳诗谓:"忧中有乐,乐中有忧,盖绝妙古今矣。然老杜云:'王侯与蝼蚁,同尽随丘墟。'仪曹何忧之深

---

① 《柳宗元集校注》卷二九《小石城山记》,第 1934 页。
② [清]林云铭:《古文析义》初编卷五,《柳宗元集校注》卷二九《小石城山记》集评引,第 1937 页。
③ [清]孙琮:《山晓阁选唐大家柳柳州全集》卷三,《柳宗元集校注》卷二九《小石城山记》集评引,第 1937 页。
④ 《柳宗元集校注》卷四三《构法华寺西亭》,第 2921 页。
⑤ 《柳宗元集校注》卷四三《构法华寺西亭》,第 2922 页。
⑥ 《柳宗元集校注》卷四三《构法华寺西亭》,第 2922 页。

也？"①认为柳诗过于悲忧，而不能旷达，自是宋人不同于唐人处，可置勿论，惟需重视的是，所谓"忧中有乐，乐中有忧"和"忧之深"，则一语道破了柳诗的全部奥秘。试看《南涧中题》：

> 秋气集南涧，独游亭午时。回风一萧瑟，林影久参差。始至若有得，稍深遂忘疲。羁禽响幽谷，寒藻舞沦漪。去国魂已游，怀人泪空垂。孤生易为感，失路少所宜。索寞竟何事？徘徊只自知。谁为后来者，当与此心期。②

"独游"是全诗主线。时当正午，地在南涧，秋气毕集，回风萧瑟，林影参差晃动，气氛幽寂凄冷。由"始至若有得"四句看，诗人耳闻幽谷禽鸣，目观清流寒藻，入深探奇，竟忘记了疲劳，心境是愉悦的。诚如他在同期所作游同一南涧的《石涧记》中所说："交络之流，触激之音，皆在床下；翠羽之木，龙鳞之石，均荫其上。古之人其有乐乎此耶？后之来者有能追予之践履耶？得意之日，与石渠同。"③可是，诗人这种"得意"却是有条件的：得意之前，便先已存有沉重的失意之感；得意之中，失意之感虽暂时下沉到潜意识层次，却并未消失；而在得意之后，这种失意之感便益发浓烈地涌上心头。何况他所游之南涧是那样寂寥清冷！所当之秋气是那样凛冽肃杀！而所闻之声响又是羁禽的幽谷哀鸣！所有这些，作为触发他内心深层悲感的媒介，不能不使他得意未终便忧从中来，在对"孤生""失路"的习惯

---

① 《苕溪渔隐丛话》前集卷二〇，第 123 页。

② 《柳宗元集校注》卷四三《南涧中题》，第 2908 页。

③ 《柳宗元集校注》卷二九《石涧记》，第 1930 页。说明：按《柳宗元集校注》本，此处没有"意"字，其校记云，"得"下原有"意"。诂训本、世彩堂本、济美堂本注："一无'意'字。"按：无"意"字是，故删。

性联想中,生发出"去国魂已游,怀人泪空垂"的深沉至极的凄怆感受。贺裳有言:"《南涧》诗从乐而说至忧,《觉衰》诗从忧而说至乐,其胸中郁结则一也。柳子之答贺者曰:'庸讵知吾之浩浩非戚戚之尤者乎?'读此文可解此诗。"① 于浩浩中寓戚戚,实乃柳氏贬谪文学的一个基本特征,而乐中有忧,以乐衬忧,更是《南涧中题》等众多游记诗文间接表现乃至直接表现方法的集中体现。何焯指出:"'羁禽响幽谷'一联,似缘上'风'字,直书即目,其实乃兴中之比也。羁禽哀鸣者,友声不可求,而断迁乔之望也,起下'怀人'句;寒藻独舞者,潜鱼不能依,而乖得性之乐也,起下'去国'句。"② 所说不无道理。由此转想开去,联及上古"伐木丁丁,鸟鸣嘤嘤。……嘤其鸣矣,求其友声"③的"兴"而兼"比"的诗句,可以对之获得进一步的理解:在深山大谷之中,失群的鸟儿独自哀鸣,以求同伴,以觅归途,这本身就是一种象征基础上的间接的悲情表现;然而友声竟不可求,归途亦不可觅,当此之际,这只孤独的鸟儿该是何等悲伤! 它那凄楚的鸣叫,正如同被拘一隅的诗人将"羁禽响幽谷"的间接表现一变而为对"去国""怀人"之巨大寂寞和忧怨情怀的直接表述,听来令人为之心颤神凄!

　　柳宗元游记诗文的第三大特点,便是风格的偏执性。所谓偏执性,并不是指柳氏作品风格单一,而是指其风格在多所包容中又倾向、执著于某一点,从而使得这一点得到了突出的表现。简而言之,这一点即是冷峭。冷,谓其色调清冷;峭,谓其骨力峭拔。峭拔的骨

---

① 《载酒园诗话又编》,《清诗话续编》,第334—335页。
② 《义门读书记》卷三七《河东集》下,第668页。
③ 《毛诗正义》卷九《伐木》,《十三经注疏》,第877页。

力和清冷的色调紧相糅合,构成了柳氏游记诗文乃至其他众多作品的典型风格。

　　这种风格的形成在很大程度上是柳宗元特别偏爱并着力追求的结果。在《答韦中立论师道书》中,柳宗元明确提出了自己为文的标准:"抑之欲其奥,扬之欲其明,疏之欲其通,廉之欲其节,激而发之欲其清,固而存之欲其重","参之《离骚》以致其幽,参之太史公以著其洁"①。这里的诸多标准虽各有区别,但若细加体味,其内在指向大都与清冷峭拔有关,而其中"奥""节""清""幽""洁"诸点表现尤著。可见,柳宗元对此风格是有着明确意识的。然而,这又绝非一个理论认识和表现手法的问题,在此之外,它还与诗人的身世遭际和性格特征有关。如前所述,柳宗元本质上是一位执著型的诗人,激切、孤直是他性格中的主要特征,而生命沉沦的巨大人生苦难又迫使他逐渐向幽独、寂寞转化,从而给他孤直、激切的性格又增添了一种深沉、悲凉的色彩。这样一种源于人生感恨、饱含深沉悲凉的激切孤直而又幽独寂寞的性格,势必导致诗人在艺术上的相应追求,而当它自觉不自觉地贯注于创作实践的时候,则势必导致冷峭风格的形成。

　　首先,从艺术造境上看,柳宗元最为重视幽静深邃境界的创造和清冷凄迷氛围的渲染。

　　　　潭西南而望,斗折蛇行,明灭可见。其岸势犬牙差互,不可
　　知其源。②
　　　　其侧皆诡石怪木,奇卉美箭,可列坐而庥焉。风摇其巅,韵

---

① 《柳宗元集校注》卷三四《答韦中立论师道书》,第 2178 页。
② 《柳宗元集校注》卷二九《至小丘西小石潭记》,第 1912 页。

动崖谷。视之既静,其听始远。①

　　重洲小溪,澄潭浅渚,间厕曲折,平者深黑,峻者沸白。舟行
若穷,忽又无际。②

这里既有气氛的清冷凄迷,又有境界的深邃幽静,令人读来,耳目俱
新,尘虑顿消。他如悬泉深涧、古木苍藤、曲折山径、羁禽哀鸣,无不
呈现出同一特色,尽管由此特色可以领悟到一种美,但这美的基调却
是低沉的、幽隐的、清淡的,它折射出了贬谪诗人孤独寂寞的意绪,因
而,总体上必然趋向于清冷、寒冷甚至凄冷。

　　其次,从意象使用上看,冷峭的特点表现得更为突出。在柳宗元
的山水游记中,水多为清冽凄寒之水,石多为奇峭怪丽之石。如《永
州崔中丞万石亭记》详写怪石之状云:

　　皆大石林立,涣若奔云,错若置棋,怒者虎斗,企者鸟厉。抉
其穴则鼻口相呀,搜其根则蹄股交峙,环行卒愕,疑若搏噬。③

石之多,已不可数;石之状,则突怒偃蹇;由之构成怪石意象,给人强
烈的峭硬之感。又如《钴𬭀潭记》写激流:

　　钴𬭀潭在西山西,其始盖冉水自南奔注,抵山石,屈折东流,
其颠委势峻,荡击益暴,啮其涯,故旁广而中深,毕至石乃止。流
沫成轮,然后徐行,其清而平者且十余亩。④

①《柳宗元集校注》卷二九《石渠记》,第 1926 页。
②《柳宗元集校注》卷二九《袁家渴记》,第 1918 页。
③《柳宗元集校注》卷二七《永州崔中丞万石亭记》,第 1813 页。
④《柳宗元集校注》卷二九《钴𬭀潭记》,第 1899 页。

这里的水有清冽的特点，但更为暴怒，林纾评"颠委势峻"四字云："'势'者，水势也；'委'者，潭势也。水至而下迸，注其全力，趋涯如矢，中深者为水力所射。"① 由此很可以看出峻急峭厉的水的意象。

我们知道，意象者，意与象之结合体也。它已不是简单的物象所可比拟，而是经过了主体心灵的化合，以意领象、借象寓意的产物。尽管它并不因此而失去客体本身的真实，但真实中却分明包蕴着外射的主体情感。如果说，在柳宗元山水游记中表现最多、写得最好的便是水与石，而这些水、石意象又无不寄寓着贬谪诗人幽独寂寞、郁怒不平的情志，所以在整体上显得清冷峻急、峭拔瘦硬，那么，这些意象聚集一途，反复出现，无疑大大强化了柳氏山水游记的冷峭风格。

然而，又岂止是山水游记？在柳宗元其他抒情写景之作中，类似的意象也是大量存在的。诸如"残月""枯桐""深竹""清商""寒松""零露""枯干""寒光""幽谷"等充满凄冷意味和峭厉之感的意象，在这些作品中几乎触目皆是。"风窗疏竹响，露井寒松滴"②"芳丛翳湘竹，零露凝清华"③"清商激西颢，泛滟凌长空"④"朔云吐风寒，寂历穷秋时"⑤……夜间独卧，"觉闻繁露坠，开户临西园。寒月上东岭，泠泠疏竹恨。石泉远逾响，山鸟一时喧"⑥；清晨早行，"杪秋霜露重，晨起行幽谷。黄叶覆溪桥，荒村唯古木。寒花疏寂历，幽泉微断续"⑦。这些诗句，较少外在色相的刻意渲染，没有使狠斗气的悲情抒

---

① 《韩柳文研究法·柳文研究法》，第 159 页。
② 《柳宗元集校注》卷四二《赠江华长老》，第 2741 页。
③ 《柳宗元集校注》卷四二《巽上人以竹间自采新茶见赠酬之以诗》，第 2743 页。
④ 《柳宗元集校注》卷四二《初秋夜坐赠吴武陵》，第 2734 页。
⑤ 《柳宗元集校注》卷四二《零陵赠李卿元侍御简吴武陵》，第 2746 页。
⑥ 《柳宗元集校注》卷四三《中夜起望西园值月上》，第 2982 页。
⑦ 《柳宗元集校注》卷四三《秋晓行南谷经荒村》，第 2978 页。

发,而深刻峭拔、清寒幽冷之气自在,孤独寂寞、沉郁悲忧之情愈深。设若没有大量冷峭意象的使用,便很难达到这种"清劲"①"森严"②的境界。

再次,从遣词造句、用笔行文上看,柳宗元特重字词的精当选择,特重笔法的深刻锻炼,充分体现了他提出的"严""清""幽""洁"等为文标准。请看:

> 崇其台,延其槛,行其泉于高者而坠之潭,有声潀然。尤与中秋观月为宜,于以见天之高,气之迥。③
>
> 其旁出堡坞,有若门焉。窥之正黑,投以小石,洞然有水声,其响之激越,良久乃已。环之可上,望甚远,无土壤而生嘉树美箭,益奇而坚。④

其文字,简洁至极,几乎移易一处而不得;其笔法,严整警拔而又灵活多变,有如奇峰异嶂;其气势,"生峭壁立,棱棱然使人生慄"⑤。刘熙载云,柳文"有四种笔法:突起、纡行、峭收、缦回也"⑥;林纾亦谓:"子厚之文,古丽奇峭,似六朝而实非六朝;由精于小学,每下一字必有根据。体物既工,造语尤古。"⑦由此可见柳文冷峭特征与其文字功力之关联。

----

① 《苏轼文集》卷六七《书柳子厚南涧诗》,第 2116 页。
② 《苕溪渔隐丛话》后集卷三三,第 257 页。
③ 《柳宗元集校注》卷二九《钴鉧潭记》,第 1899 页。
④ 《柳宗元集校注》卷二九《小石城山记》,第 1934 页。
⑤ 《韩柳文研究法·柳文研究法》,第 83 页。
⑥ 《艺概注稿》卷一《文概》,第 115 页。
⑦ 林纾:《春觉斋论文》,人民文学出版社,1998 年,第 70 页。

与此相应,柳诗也具有择字精审、刻画深刻的显著特点。以两首描写瀑布的诗作为例,即可看出个中情形:

> 界围汇湘曲,青壁环澄流。悬泉粲成帘,罗注无时休。韵磬叩凝碧,锵锵彻岩幽。丹霞冠其巅,想象凌虚游。灵境不可状,鬼工谅难求。……①

> 歕阳讶垂冰,白日惊雷雨。笙簧潭际起,鹳鹤云间舞。古苔凝青枝,阴草湿翠羽。蔽空素彩列,激浪寒光聚。的皪沉珠渊,锵鸣捐珮浦。……②

这两首诗气氛肃穆,境界清寒,比喻精警,气势峭厉,令人想见界围岩瀑布奔腾直下、锵锵轰鸣的情状。而其动词的选用尤为引人注目:"碧"而谓之"凝","凝碧"又冠以"叩",而叩击碧玉般青石之声乃为"磬"音,则此磬之"韵"该是何等清远激越!这是多种力量的聚合,其中又极力突出了一个"叩"字,从而令人于听觉感受中去领略那瀑布与岩石撞击发出的音响;"浪"而曰"激浪",见其迅猛翻腾之气势,激浪而发出"寒光",见其凛冽幽冷之氛围,寒光不是外射,而是内"聚",一个"聚"字,极真切地表现了瀑布落下后因岩底昏暗而导致的浪光幽寒、光波极短的情形,从而又给人以强烈的视觉感受。他如"悬泉粲成帘"的"粲"字、"古苔凝青枝"的"凝"字、"阴草湿翠羽"的"湿"字、"的皪沉珠渊"的"沉"字,都用得极好,从不同角度强化了整个环境冷峭幽寂的特点。

同时,我们注意到柳宗元诗文特爱使用色彩幽暗、形象尖

<hr>

① 《柳宗元集校注》卷四二《界围岩水帘》,第 2748 页。
② 《柳宗元集校注》卷四二《再至界围岩水帘遂宿岩下》,第 2775 页。

利的字词和意象。从上面二诗看,“青壁”“凝碧”“垂冰”“青枝”“阴草”“翠羽”“素彩”“寒光”,均属暗色,而且大多尖利瘦硬。他如柳氏山水记中频繁出现的色彩词语,如“黛蓄膏渟”[①]“萦青缭白”[②]“青树翠蔓”[③]“平者深黑,峻者沸白”[④]“青藓环周”“清深多鲦鱼”[⑤],也都呈暗色调,就中“青”色出现次数尤多。至于柳诗中使用的形象尖利的词语,更是所在多有,如“砉然劲翮剪荆棘”[⑥]“左右六翮利如刀”[⑦]“林邑东回山似戟”[⑧]“海畔尖山似剑铓”[⑨]“崩云下漓水,劈箭上浔江”[⑩]“奇疮钉骨状如箭……支心搅腹戟与刀”[⑪],其中的“箭”“利”“戟”“刀”“剑铓”“尖山”“劈箭”,无不尖利峻刻,刺人肺腑。常识告诉我们:尖利者易于引起人的触觉感受,给人以峭硬感和疼痛感;暗淡者易于引起人的视觉感受,给人以压抑感和幽冷感,甚至还可由视觉转化为触觉上的紧缩感。而当这两方面紧密结合在一起的时候,那么,无论就作品的基调言,还是就读者的感受言,柳宗元的游记诗文以及其他类型作品的风格,都势必呈现出冷峭的特征。

我们知道,上述形象尖利、色调冷暗之词语的选用和表现,固然

---

① 《柳宗元集校注》卷二九《游黄溪记》,第1879页。
② 《柳宗元集校注》卷二九《始得西山宴游记》,第1891页。
③ 《柳宗元集校注》卷二九《至小丘西小石潭记》,第1912页。
④ 《柳宗元集校注》卷二九《袁家渴记》,第1918页。
⑤ 《柳宗元集校注》卷二九《石渠记》,第1926页。
⑥ 《柳宗元集校注》卷四三《笼鹰词》,第3068页。
⑦ 《柳宗元集校注》卷四三《跂乌词》,第3064页。
⑧ 《柳宗元集校注》卷四二《得卢衡州书因以诗寄》,第2828页。
⑨ 《柳宗元集校注》卷四二《与浩初上人同看山寄京华亲故》,第2773页。
⑩ 《柳宗元集校注》卷四二《答刘连州邦字》,第2832页。
⑪ 《柳宗元集校注》卷四二《寄韦珩》,第2760页。

与柳宗元的精于小学、富于技巧、择字精审、刻画深刻有关，但从本质上看，更与柳宗元的身世遭际、心性情怀有关。"《骚经》之文，非文也，有是心血，始有是至言。"① 同理，柳氏之山水游记，非游记也，有是遭际和忧愤，始有是境界格调。换言之，柳宗元忧愤、寂寞、孤直、激切的心性情怀正是通过其作品的冷暗色调和尖利词语得以印证的，正是借助于其作品风格的冷峭性加以表现的。这里有贬谪诗人情感上的偏执性，更有他意志上的顽强性，整个地贯注着一股身处逆境虽然悲伤却不肯屈服的清刚之气，闪现着一种深沉凝重而又猛志常在的生命情调和悲剧精神。

　　　　千山鸟飞绝，万径人踪灭。孤舟蓑笠翁，独钓寒江雪。②

这首曾被誉为唐人五言绝句最佳者③ 的《江雪》，可以说是柳氏诗文冷峭风格和悲剧精神的集中展示。一个"绝"，一个"灭"，见出环境极度的清冷寂寥；一个"寒"，一个"雪"，更给这清冷寂寥之境添加了浓郁的严寒肃杀之气；而渔翁竟丝毫不为此严冷肃杀所惧，仍执意垂钓，则其意志该是何等顽强、坚韧！其精神又该是何等孤傲、劲拔！一方面，这里有冷，也有峭，是峭中有冷，冷以见峭，二者的高度结合，形成了迥拔流俗一尘不染的冷峭格调；另一方面，冷峭的格调反映了诗人精神的卓绝。从诗意看，孤舟垂钓的渔翁象征着贬谪诗人是不言而喻的，而渔翁不畏严寒坚执垂钓的精神也不啻是贬谪诗人不屈

---

① 《春觉斋论文》，第 49 页。
② 《柳宗元集校注》卷四三《江雪》，第 2993 页。
③ 范晞文《对床夜语》卷四云："唐人五言四句，除柳子厚《钓雪》（按：即《江雪》）一诗之外，极少佳者。"见［宋］范晞文：《对床夜语》卷四，《历代诗话续编》，第 432 页。

不挠之悲剧精神的典型写照。徐复观在评论南宋马、夏诸人的画作时这样说道："他们奇峭的峰峦,盘根屈铁的树木枝干,实在象征了在屈辱地位中人格向上的挣扎;在卑微的国势中人心向前的挣扎。"①这话是深刻的,联及柳宗元笔下的渔翁,以及他山水游记中那突怒偃蹇的怪石、颠委势峻的激流、雷鸣骤雨般的瀑布,不是也很可以看出在屈辱、苦难的境遇中,贬谪诗人不肯降心辱志而努力挣扎的痕迹吗?

当然,柳宗元的人格及其游记诗文的风格不只是孤直冷峭,除此之外,还具有淡泊纡徐的一面。就柳诗而言,前人便多将其诗风与陶渊明、韦应物等人的诗风联系在一起,认为"柳子厚诗在陶渊明下,韦苏州上。……所贵乎枯澹者,谓其外枯而中膏,似澹而实美,渊明、子厚之流是也"②,"中唐韦苏州、柳柳州,一则雅澹幽静,一则恬适安闲。汉魏六朝诸人而后,能嗣响古诗正音者,韦、柳也"③。从风格之淡泊、古朴一点上看,部分柳诗与陶、韦诗确有近似之处,亦即都能以其接近自然、不事藻绘的风貌给人清新闲雅之感。然而,若细加体味,他们的诗风又是颇有差异的:陶诗淡泊而近自然,最能反映心境的平和旷远;韦诗淡泊而近清丽,令人读后怡悦自得;而柳诗则于淡泊中寓忧怨,见峭厉,尽管诗人曾有意识地将此忧怨淡化,但痕迹却未能全然抹去,加上诗人在遣词造意上多所经营,致使很多诗作仍于隐显明暗之间传达出崭截冷峭的信息。对这一情况,前人亦曾屡加指明:"柳子厚诗,雄深简淡,迥拔流俗,至味自高,直揖陶、谢;然似入武库,但觉森严"④;"宋人又多以韦、柳并称,余细观其诗,亦甚相悬。韦无造作之烦,柳极锻炼之力;韦真有旷达

---

① 《中国艺术精神》,第 343 页。
② 《苏轼文集》卷六七《评韩柳诗》,第 2109 页。
③ [清]田雯:《古欢堂集杂著》卷二,《清诗话续编》,第 676 页。
④ 《苕溪渔隐丛话》前集卷三三,第 257 页。

之怀,柳终带排遣之意。诗为心声,自不可强"①;"世称韦、柳,其不及柳州者,少一峭耳"②。将这里的"森严""锻炼""排遣""峭"综合起来看,便足可看出柳与韦、陶的区别,看出柳之为柳的关键所在了。

鉴于此,我们有理由认为:是贬谪诗人情感的偏执性导致了其诗风的偏执性,而突出表现在柳氏游记诗文中的这种偏执的、几乎凝固化了的冷峭风格,在深层次上正反映了贬谪诗人饱含辛酸、屈辱和坚持、抗争的悲剧精神。

第四节　行健不息的生命意志和劲健雄风

在傲视忧患中自激自厉／奋迅于秋声的生命强力

对于元和贬谪文学的创作来说,诗人们生命沉沦的身世遭际固然重要,但更重要的则在于是否能由此身世遭际激发起一种顽强抗争的心理动力,能否激发起一种充满活力行健不息的生命意志。如果不仅得到了激发,而且给予了充分的展现,那么,其悲剧精神便达到了最高层级,其文学风格也必将呈现出悲壮劲健的色彩。

进一步说,元和贬谪文学本身就是一个生命力与阻力相碰撞、相抗衡并最终克服阻力的过程。哲学家有言:"生命的力量,尤其是心灵的威力,就在于它本身设立矛盾,忍受矛盾,克服矛盾。"③"生命是向否定以及否定的痛苦前进的,只有通过消除对立和矛盾,生命才变

---

① 《载酒园诗话又编》,《清诗话续编》,第325页。
② 〔清〕陈衍撰,郑朝宗、石文英点校:《石遗室诗话》卷六,人民文学出版社,2004年,第90页。
③ 〔德〕黑格尔著,朱光潜译:《美学》第一卷,商务印书馆,1979年,第154页。

成对它本身是肯定的。"①　显然,能否克服矛盾、阻力,乃是生命能否最终获得对自身完全肯定的关键。对矛盾、阻力克服得愈多,生命自身的肯定性就愈充分,反之,这种肯定性就愈少。就元和贬谪文学而论,其主要过程是在生命力与阻力碰撞、抗衡的阶段展开的,因而其中大量存在的是被压抑的深沉悲伤、反压抑的激切孤愤、压抑与反压抑长久相持的冷峻峭厉,而较少一种在压抑中备经磨难而能高瞻远瞩傲视忧患的悲壮劲健。这种悲壮劲健,便是生命力对阻力的克服,便是生命对自身较充分的肯定,便是生命之深度和力度的象征。

毫无疑问,在元和五大诗人中,这种悲壮劲健有着不同程度的存在。柳宗元于冷峭中尤见孤直,韩愈于奇险中不乏沉雄,元稹之激切已寓劲力,白居易虽平淡闲雅亦时露健气,然而,所有这些都不足以构成他们文学风格的主要特征,换言之,他们往往只得到其中一点,或得到者虽多,却又为另一风格所掩;相比之下,能将悲壮劲健合于一途而予以突出表现的,惟刘禹锡一人而已。在《刘白唱和集解》中,白居易曾深为叹服地说道:"彭城刘梦得,诗豪者也,其锋森然,少敢当者。……梦得、梦得! 文之神妙,莫先于情;若妙与神,则吾岂敢? "②从这段并不全面的话中,就可看出刘禹锡诗风"豪"且"森然"的基本特点了。

表面看来,悲壮,主要指气韵的苍凉雄直;劲健,主要指骨力的坚挺劲拔。但从深层次看,这种苍凉雄直的气韵和坚挺劲拔的骨力又无不源于贬谪诗人生命力的内在充实,源于他对自我的坚定信念。固然,在被贬被弃的严酷打击下,在忧患相仍的谪居磨难中,刘禹锡确实感到了巨大的心理苦闷,产生了强烈的悲伤意绪,吟出了一曲

---

① 《美学》第一卷,第 124 页。
② 《白居易文集校注》卷三二《刘白唱和集解》,第 1893—1894 页。

曲孤臣的哀唱,然而,他却始终不曾绝望,始终跳动着一颗斗士的魂灵。读刘禹锡诗文,我们总有这样一种感觉:诗人虽然竭力希望摆脱苦难,却从未为苦难所压服,甚至往往将苦难视作磨炼自我的一个对象,对之报有一份感激之情。从而悲凉中有执著,沉痛中寓劲健。在很多情况下,他似乎是站在一个更高的角度来俯瞰给他造成悲剧命运的人和社会的。在他看来,虽然自己在政治上惨败于这个社会某些人的手下,但在精神上、境界上、人格上却要远远高于他们,因而,他对政敌不仅愤慨,而且藐视、嘲笑,于是,激切中又糅合着一股雄直豪迈之气。当然,对昔日持守的信念,他是忘怀不了的,但在此之外,他还始终以他特有的诗人气质和真诚,执著地追求着一种更本质的、人与自然相激相生紧密融合的自由生命,从而不仅大大强化了他的生命活力,而且由此活力外溢,构成了他诗作中那极具感召力、吸附力和情感张力的劲健风格。

首先,这种风格明显地表现在诗人对待忧患的态度上。

　　　莫道谗言如浪深,莫言迁客似沙沉。千淘万洒(漉)虽辛苦,吹尽狂沙始到金! ①

"谗言如浪深""迁客似沙沉",极度突出了世情之险恶、忧患之沉重,而前面冠以"莫道""莫言",于否定语气中展现出一种傲视忧患独立不移的豪杰气概。诗人认为,自己的被贬就好比大浪淘沙,虽"千淘万漉"、备经磨难,但只有这种磨难,才能锤炼意志;只有风淘浪漉,才能得到真金。这里有饱含哲理的人生透视,有坚定执著的自我信念。"既然灾难不可挽救,既然人生不能虚度,精神抖擞的人就有一种崇

---

① 《刘禹锡全集编年校注》卷九《浪淘沙词九首》其八,第1031页。

高的意境,当陷入穷途之际,他高瞻远瞩,仿佛从另一个世界来静观世变。"① 惟其如此,诗人的意志才益发显得坚强,他的胸怀才益发显得博大,而他所达到的境界才益发神圣而不可侵犯。

　　　九曲黄河万里沙,浪淘风簸自天涯。如今直上银河去,同到牵牛织女家。②

　　　塞北梅花羌笛吹,淮南桂树小山词。请君莫奏前朝曲,听取新翻《杨柳枝》。③

就诗意看,这两首作品均晓畅易解,但透过一层看,便会领悟到一种身在忧患之中而不为其所羁绊的乐观情怀,以及弃旧图新面向未来的追求精神。且不说诗中已然存在着一种奔动流走的生命活力,即以其写景来看,千回百折的黄河裹挟着万里泥沙,呼啸着、翻腾着,自遥远的天涯滚滚而来,其气势该是何等雄壮! 紧接着,诗人健笔陡转,出语惊人:"如今直上银河去!" 则此境界又该是何等浑灏高远! 笔酣墨饱,元气淋漓,胸次特高,骨力甚健,乃是我们读此诗的突出感受。诚如王夫之所谓:"七言绝句,初、盛唐既饶有之,稍以郑重,故损其风神。至刘梦得而后宏放出于天然,于以扬扢性情,驱娑景物,无不宛尔成章,诚小诗之圣证矣。"④

　　其次,刘禹锡悲壮劲健的诗风,还体现在他对生命意志的自觉磨砺、对自我人格的顽强坚持上。在《砥石赋》中,诗人注目于砥石,寄

---

① 〔美〕乔治·桑塔耶纳著,缪灵珠译:《美感》,中国社会科学出版社,1982年,第161页。

② 《刘禹锡全集编年校注》卷九《浪淘沙词九首》其一,第1028页。

③ 《刘禹锡全集编年校注》卷九《杨柳枝词八首》其一,第1018页。

④ 〔清〕王夫之:《薑斋诗话》卷下,《清诗话》,第18页。

慨于宝刀,自激自励,高唱入云:

> 拭寒焰以破眦,击清音而振耳。故态复还,宝心再起。既赋
> 形而终用,一蒙垢焉何耻?感利钝之有时兮,寄雄心于瞠视。①

盛唐诗人李白曾因怀才不遇而发为"天生我材必有用"的呼喊,刘禹锡这里说的"既赋形而终用",盖与李白同一机杼。不以蒙垢为耻辱,不因生命沉沦而颓丧,而是在逆境中磨砺心性,等待时机,"寄雄心于瞠视",则其自信何其坚定!意志何其果决!而一个"雄心",更是丝毫无隐的展露了诗人的豪杰心性。"百胜难虑敌,三折乃良医。人生不失意,焉能慕己知?"②"受谴时方久,分忧政未成。比琼虽碌碌,于铁尚铮铮!"③"养鸷非玩形,所资击鲜力。"④"犹思风尘起,无种取侯王!"⑤"天下英雄气,千秋尚凛然。"⑥"世道剧颓波,我心如砥柱!"⑦在这些诗句里,有对人生苦难的深刻透视,有对自我志节的真切表白,有对历史豪杰的由衷敬慕,有对生命意志的极力弘扬,多方面的内涵汇聚一起,大声镗鞳,格调激越,有如洪钟巨响,令人在对贬谪诗人那颗"雄心"的领略中,深深感悟到一种坚毅高洁的人格操守,一种水石相激般的生命强力。

刘禹锡这颗"雄心",既是志士之心,又是诗人之心;前者赋予

---

① 《刘禹锡全集编年校注》卷一四《砥石赋》,第 1591 页。
② 《刘禹锡全集编年校注》卷一一《学阮公体三首》其一,第 1294 页。
③ 《刘禹锡全集编年校注》卷六《历阳书事七十四韵并引》,第 592 页。
④ 《刘禹锡全集编年校注》卷一二《养鸷词》,第 1303 页。
⑤ 《刘禹锡全集编年校注》卷一二《武夫词》,第 1305 页。
⑥ 《刘禹锡全集编年校注》卷五《蜀先主庙》,第 536 页。
⑦ 《刘禹锡全集编年校注》卷一《咏史二首》其一,第 84 页。

其作品以深厚的思想内蕴,后者则强化了其作品悲壮劲健的风格特征。综观刘禹锡各种类型的作品,这种风格特征均有程度不同的表现。在着重抒发悲伤意绪的《望赋》中,诗人的健气雄风虽有所潜隐,却并没有消失:"风萧萧兮北渚波,烟漠漠兮西陵树。夫不归兮江上石,子可见兮秦原墓。拍琴翻朔塞之音,抚瑟指邯郸之路!"① 在其咏史怀古诸作中,这种风格表现得尤为明显,《西塞山怀古》《金陵怀古》《荆州道怀古》等无不沉着痛快,雄浑老苍,而其《金陵五题》之《石头城》更为白居易"调头苦吟,叹赏良久",并断言:"吾知后之诗人不复措词矣。"② 至如其他佳诗美句而具豪雄之气者,亦所在多有,"万乘旌旗分一半,八方风雨会中央"③,至被人评为"高唱入云,气魄雄厚"④。管世铭有言:"十子而降,多成一副面目,未免数见不鲜。至刘、柳出,乃复见诗人本色,观听为之一变。子厚骨耸,梦得气雄,元和之二豪也。"⑤ 方回亦谓:"刘梦得诗格高,在元、白之上,长庆以后诗人皆不能及。"⑥ 此二论可谓得之。

然而,这里需要强调指出的是,刘禹锡悲壮劲健风格更突出、更本质的表现,却是在其悲秋、爱秋乃至颂秋的众多作品中。

在中国古代文人那里,秋主要是作为悲的象征而存在的,"凡与秋可相系着之物态人事,莫非'蹙'而成'悲',纷至沓来,汇合'一

---

① 《刘禹锡全集编年校注》卷一四《望赋》,第 1675—1676 页。
② 参见《刘禹锡全集编年校注》卷六《金陵五题》,第 671 页。
③ 《刘禹锡全集编年校注》卷九《郡内书情献裴侍中留守》,第 1042 页。
④ [清]朱庭珍:《筱园诗话》卷三,《清诗话续编》,第 2246 页。
⑤ [清]管世铭:《读雪山房唐诗序例·七律凡例》,《清诗话续编》,第 1477 页。
⑥ [元]方回选评,李庆甲校点:《瀛奎律髓汇评》卷四七,上海古籍出版社,2005年,第 1740 页。

涂'，写秋而悲即同气一体。举远行、送归、失职、羁旅者，以人当秋则感其事更深，亦人当其事而悲秋逾甚"①。这是一种根深蒂固、源远流长的悲秋意识②，这种悲秋意识，对刘禹锡置身逆境而悲伤忧愤的心理自然有着强大的影响。"何处秋风至？萧萧送雁群。朝来入庭树，孤客最先闻。"③这首题名《秋风引》的诗作，最能反映贬谪诗人因景起情、由情会景、悲秋悲己复悲人生的苍凉心境。唐汝询谓此乃"孤客之心，未摇落而先秋，所以闻之最早"④，还只是一种总体上的解说，实际上，在这"孤客最先闻"的表述中，既有壮志未酬的英雄失路之悲，又有对人生反思而生成的凄楚之感，更有对自我生命空被耗费而深深惋惜的沉痛之情，而所有这些，又都在萧瑟秋风的刺激下愈发强烈了。然而，刘禹锡的特异之处在于，他并没有始终陷入这种痛苦之中，也不只是像历代文人骚客那样简单地以秋为悲，而是以悲为基础，赋予秋一种振衰起弊、激励生命的内蕴。因而，他笔下出现的秋，便较少萧瑟悲凉的色彩，而多是寥廓高远、清新疏落的秋境，凛冽肃杀、强劲无比的秋风。

　　寥廓高远、清新疏落的秋境，固然是自然物候本质特征的一个方面，但当它出现在诗人笔下时，又何尝没有留下诗人喜秋爱秋的心理投影？"暑退九霄净，秋澄万景新"⑤"暮景中秋爽，阴灵既望圆"⑥"长

---

① 钱锺书：《管锥编》第二册，第 628 页。
② 关于悲秋意识的解说，可参看拙著《生命在西风中骚动——中国古代文人与自然之秋的双向考察》第二章，第 53—88 页。
③《刘禹锡全集编年校注》卷三《秋风引》，第 324 页。
④《唐诗解》卷二三，第 504 页。
⑤《刘禹锡全集编年校注》卷一二《八月十五夜玩月》，第 1320 页。
⑥《刘禹锡全集编年校注》卷一《奉和中书崔舍人八月十五日夜玩月二十韵》，第 33 页。

泊起秋色,空江涵霁晖"①"芦苇晚风起,秋江鳞甲生"②……这里,秋
以其澄澈、清爽、淡雅、明丽的多方面特征,构成了一个令人心驰神往
的美的境界,正是在这境界中,诗人的人生感恨以向心底沉潜的方式
获得了表层的淡化,他布满创伤的心灵得到了暂时的抚慰,他原本即
有的高情雅趣得到了大的提升,而他久经沉沦的生命也由此获得了
更生。"轻阴迎晓日,霞霁秋江明。草树含远思,襟怀有余清。凝睇
万象起,朗吟孤愤平。"③"尘中见月心亦闲,况是清秋仙府间。凝光
悠悠寒露坠,此时立在最高山!"④宛如一副强效应的清凉剂,明净的
秋江、如水的秋月,豁然唤醒了贬谪诗人疲惫的心灵,消解了他长期
郁积的"孤愤",此时登高而望,目极千里,放声朗吟,兴会淋漓,怎不
使他产生一种脱尽尘俗、宠辱皆忘的感受?尽管在这种感受中也许
还夹杂着人生的几多酸辛、世事的几度炎凉,但所有这些在旋转乾坤
的自然变化面前都暂时淡化了、退隐了,都变成了一种潜在的悲感而
刺激人去做新的寻觅和追求。这种寻觅和追求说到底,便是贬谪诗
人对自由生命的殷切盼望:

> 自古逢秋悲寂寥,我言秋日胜春朝。晴空一鹤排云上,便引
> 诗情到碧霄。⑤

在这首有名的《秋词》中,诗人一反传统的悲秋观,颂秋赞秋,并赋予
秋一种导引生命的力量。就其写景而言,在寥廓无比的秋空,一只孤

---

① 《刘禹锡全集编年校注》卷五《秋江晚泊》,第 576 页。
② 《刘禹锡全集编年校注》卷五《晚泊牛渚》,第 582 页。
③ 《刘禹锡全集编年校注》卷六《秋江早发》,第 682 页。
④ 《刘禹锡全集编年校注》卷二《八月十五夜桃源玩月》,第 141 页。
⑤ 《刘禹锡全集编年校注》卷一二《秋词二首》其一,第 1353 页。

鹤排云直上,振翅翱翔,矫健凌厉,所向披靡,该是何等劲拔！何等自由！就其内蕴来看,这只孤鹤又显然可以视作诗人的象征,在它排云直上、振翅翱翔的场景中,深寓着贬谪诗人对自由境界的无限向往。"六翮方铩,思重托于扶摇"①,表明诗人这种向往积蓄已久,尽管在专制政治的严酷压抑下,他不可能在政治舞台实现此一愿望,但却可将之寄托于广袤的自然界中,借此表现自己不屈的心志,表现那源于人性深处不可阻遏的自由生命的勃动。

正是由于秋具有一种导引生命的力量,所以,在刘禹锡笔下,人之于秋便不仅仅是一种单向度的喜爱、赞赏,而是一种双向交感并以激发生命意志为核心的多维关系。换言之,诗人对秋特具一种主动追求借以砺志的心态,而饱含诗人主观色彩的秋景和秋的意象反转过来,又极有力地催发了诗人的生命强力,从而不仅使得人与秋在一个更深的层面达到了同一,而且使得诗人的秋作无不具有突出的劲健感和深厚感。

秋季的苍鹰、骏马等意象的大量使用,将这种劲健感和深厚感推到了顶点。一般来说,用艺术形式表现情感的主要途径,便是寻找一个与此情感紧相吻合的客观对应物,借以更深刻地传达出主体的情感指向。这些客观对应物亦即艺术意象大都具有明显的特征,而"特征的重要程度取决于特征力量的大小,力量的大小取决于抵抗袭击的程度的强弱;因此,特征的不变性的大小,决定特征等级的高低,而越是构成生物的深刻的部分,属于生物的原素而非属于配合的特征,不变性越大"②。据此,则苍鹰、骏马的意象无疑是表现贬谪诗人刚健不挠情志的最好的客观对应物,而且就生物属性来说,它们处于"万

---

① 《刘禹锡全集编年校注》卷一四《上杜司徒启》,第 1633 页。
② 《艺术哲学》,第 350 页。

物秋霜能坏色"的肃杀环境,或凌空搏击,或大漠奔驰,反倒益发显露精锐之气,因而也最能代表一种深刻的、不变的、本能的生命强力,这就难怪苍鹰、骏马意象要一而再、再而三地奔赴诗人笔下了。

> 朔风悲老骥,秋霜动鸷禽。……不因感衰节,安能激壮心?　①
> 马思边草拳毛动,雕盼青云睡眼开。天地肃清堪四望,为君扶病上高台!　②

"朔风""老骥","秋霜""鸷禽",两两相对,若合符契,相激相生,互为依托,在人们面前展示了多么苍老雄阔的景象!马思边草而至于拳曲的鬃毛俱动,雕盼青云而至于惺忪的睡眼全开,这一"动"一"开",不正因了那凛冽的秋气刺激并振起了它们的生命活力吗?"不因感衰节,安能激壮心?"是的,生命活力的勃发,全在于这一"感"一"激",惟其有感,故而能激,惟其被激,故所感愈深。"鹰至感风候,霜余变林麓"③"鸷鸟得秋气,法星悬火旻"④"边马萧萧鸣,边风满碛生。暗添弓箭力,斗上鼓鼙声"⑤……在这里,鹰的勇猛、马的矫健,在在契合着贬谪诗人不甘潦倒勇于奋争的自我形象。一方面,诗人将自我的生命意志寄寓于自然物候和苍鹰、骏马的意象中,另一方面,又借此已经人化了的自然和意象来更深一层地表现自己的渴望和追求。这种渴望和追求几乎贯穿了诗人的一生,即使在他已脱离谪籍、步入花甲之年的时候,也未稍减。在那篇作于会昌元年(841)

---

① 《刘禹锡全集编年校注》卷一一《学阮公体三首》其二,第 1295 页。
② 《刘禹锡全集编年校注》卷一一《始闻秋风》,第 1292 页。
③ 《刘禹锡全集编年校注》卷三《步出武陵东亭临江寓望》,第 307 页。
④ 《刘禹锡全集编年校注》卷七《早秋送台院杨侍御归朝》,第 721 页。
⑤ 《刘禹锡全集编年校注》卷一二《边风行》,第 1368 页。

亦即诗人卒前一年的《秋声赋》里，刘禹锡再次以鹰、马为喻，抒发了自己一怀悲慨激切的耿耿秋情：

> 骥伏枥而已老，鹰在鞲而有情。聆朔风而心动，眄天籁而神惊。力将痑兮足受绁，犹奋迅于秋声！　①

这里流露的是意志的坚强、心灵的敏感、追求的执著。坚强的意志使诗人于行将就衰的孤独寂寞中仍能保持信念、保持美感，顽强地超拔于浊世；敏感的心灵使诗人时时具有一种强烈的、一触即发的创作冲动，将其内在的雄直之气发抒出来；而执著的追求更给予诗人源源不断的精神动力，使他怀着"秋隼得时凌汗漫"②的壮志，在与大自然的紧密融合中，去实现个体的同时也是族类的自由生命。

这是一种百折不挠奋迅无比的精神，这是一种振衰起弊摧枯拉朽的力量，它的终极根源，无疑在于苦难对贬谪诗人的压抑以及在此压抑下生命不肯屈服而顽强抗争的向上挣扎，正是在这种压抑与反压抑的碰撞中，在万死投荒的无数劫难中，生命力强化了，意志坚强了，情趣升华了，贬谪诗人成熟了，而由此导致的贬谪文学的内在意蕴也大大增值了。因而，我们有理由认为：这是一种饱含生命强力的、具有最高价值取向的悲剧精神。

这种精神同时源于中华民族深厚博大的文化精神的涵育。《周易·乾传》云："天行健，君子以自强不息。"孔颖达疏曰："行者，运动之称；健者，强壮之名。""天行健者，谓天体之行，昼夜不息，周而复始，无时亏退。……君子以自强不息，此以人事法天所行，言君子

---

① 《刘禹锡全集编年校注》卷一九《秋声赋》，第 2173—2174 页。
② 《刘禹锡全集编年校注》卷九《乐天寄重和晚达冬青一篇因成再答》，第 977 页。

之人用此卦象,自强勉力,不有止息。"① 这是中国古代文化中最富生命力和感召力的一种观念,这种观念经原始儒家理论的自觉熔铸,更紧密地与个体人格的完善和内在心志的培养联系在一起,并作为一种集体的无意识,代复一代地积淀在古代士人的心理深层,在意识与潜意识、理性与非理性之间,影响着他们的精神生活和价值选择。如果说,"天行健"在先民那里还只是对自然运行的泛指,那么,在面对强劲秋风、寥廓秋境的贬谪诗人这里,它便得到了具体化、形象化的落实;如果说,"君子以自强不息"对一般生活道路平坦、心性纤弱的文人来说,还没有展示其最大效力,那么,对饱经人生坎坷而又心性刚烈的俊杰之士来说,便发挥了它催人向上、顽强奋争的全部功用。刘禹锡精于《易》学,而且明确宣称:

> 愚独心有概焉,以为君子受乾阳健行之气,不可以息。苟吾位不足充吾道,是宜寄余术百艺以泄神用。其无暇日,与得位同。②

显而易见,贬谪诗人是以其全副身心去体悟行健不息之理,并将之融汇于自我生命之中去的。在《伤我马词》中,诗人径以病马象喻自己沉沦之生命,慷慨致辞:

> 生于碛礧善驰走,万里南来困丘阜。青菰寒菽非适口,病闻北风犹举首。③

---

① 《周易正义》卷一《乾》,《十三经注疏》,第24页。
② 《刘禹锡全集编年校注》卷一五《答道州薛郎中论方书书》,第1762页。
③ 《刘禹锡全集编年校注》卷一四《伤我马词》,第1701页。

身虽被病,犹昂首嘶鸣,永恒地盼望着那塞北的大漠秋风,时时忘怀不了自己"所向无空阔"①的凌厉本性。从本源上说,这不正是上述根深蒂固的行健不息精神的最好展现吗？是的,正是这种精神,以把握生命的肯定形式表现了生命曾经遭受过的否定内涵,以惜时重时的进取精神取代了悲时叹时的消极意绪,以自我生命活力与自然生命活力的深层契合,相激相荡,为人们展示了一片新的驰骋天地,同时也为元和贬谪文学增添了一种苍茫悲壮、雄直劲健的格调。

《二十四诗品》之《雄浑》有云:"大用外腓,真体内充。返虚入浑,积健为雄。"又《劲健》一品说道:"行神如空,行气如虹。巫峡千寻,走云连风。饮真茹强,蓄素守中。喻彼行健,是谓存雄。"郭绍虞注谓:"行神则劲气直达,绝无阻碍,故云如空;行气则硬语盘空,苍莽横亘,故云如虹。""'喻彼行健',即天地亦可与之并立,如天地之终古不敝;这是劲的作用。'是谓存雄',则天地之存神造化,亦无不与之同功;这是真的存雄,同时又是健的作用。"②由此可知,劲、健、雄三者是紧密联系在一起的,雄为健之所积,健中又充溢了劲力,而它们在本源意义上,又无不与行健不息的文化精神紧相关合,具有一种与大自然相互依存、并立同功的特点。刘禹锡作品的风格特征,似乎正当作如是观。

当然,刘禹锡这种悲壮劲健,与盛唐诗人同一风格相比,确实缺少了一些雄阔博大的气象,而多了一种峻嶒刚硬的骨力。这种差别,与时代精神和诗人遭际不无关联。简言之,盛唐精神蓬勃昂扬,积极进取,中唐精神则相对局促,进取中总有一种勉力为之的沉重之感;

---

① 《杜诗详注》卷一《房兵曹胡马》,第18页。
② [唐]司空图撰,郭绍虞集解:《诗品集解》,人民文学出版社,1981年,第16—17页。

盛唐诗人于安史乱前较少巨大的人生忧患,漫游、交友、饮酒、尚侠、纵横干谒、大漠立功,构成了他们主要的生活经历,而中唐诗人尤其是大诗人几乎都遭到严酷的政治打击,生命的沉沦和心理的苦闷不能不使他们由外向的发越转为内向的聚敛,即使力大气雄如刘禹锡者虽能于总体的内敛中不时向外发越,但这发越也早已一扫人生少年时代那种纯感性的激情冲动和浮躁气息,而无形中增添了中年人所特有的成熟持重、深沉坚劲。由此影响到他作品的风格特征,便不能不表现出与盛唐诗人的同中之异来。

　　进一步说,不独刘禹锡如此,柳宗元、韩愈、元稹、白居易无不如此。陆时雍有言:"中唐诗近收敛,境敛而实,语敛而精。势大将收,物华反素。盛唐铺张已极,无复可加,中唐所以一反而之敛也。"[1] 此论正确指出了盛、中唐文学的不同风貌,但原因却没有完全说准,相比之下,胡应麟的说法似乎更深刻一些:

> 　　盛唐句,如"海日生残夜,江春入旧年";中唐句,如"风兼残雪起,河带断冰流";晚唐句,如"鸡声茅店月,人迹板桥霜";皆形容景物,妙绝今古,而盛、中、晚界限斩然。故知文章关气运,非人力。[2]

这里的"气运",指的就是基于社会盛衰变化而形成的不同的时代精神,在这种精神的影响下,不同的历史时期必然呈现出各不相同的美学风神。如果说,这里所举的盛唐诗句代表着一种阔大广远、蓬勃开展的进取意向,晚唐诗句代表着一种孤寂冷清、中乏力度的萧飒意

---

① [明]陆时雍撰,李子广评注:《诗镜总论》,中华书局,2014年,第179页。
② [明]胡应麟:《诗薮》内编卷四,上海古籍出版社,1979年,第59页。

向,那么,这里所举的中唐诗句岂不正代表着一种嶙峋瘦劲、悲而不衰的坚韧意向? 固然,就较广的范围论,自不难得出这样的结论:"元和而后,诗道浸晚,而人才故横绝一时。若昌黎之鸿伟,柳州之精工,梦得之雄奇,乐天之浩博,皆大家材具也。"① "唐诗至元和间,天地精华,尽为发泄,或平,或奇,或高深,或雄直,旗鼓相当,各成壁垒。"②但若将范围稍予缩小,仅就元和贬谪文学论,则无论是韩愈、元稹等人充满痛苦怨愤的悲慨激切,还是柳宗元描写山水以寄孤愤的清冷峭厉,抑或是刘禹锡由悲伤而忧愤终至毅然奋起克服忧患的悲壮劲健,都与此嶙峋瘦劲、悲而不衰的坚韧意向大体一致。换言之,在这一意向里,深隐着贬谪诗人们人生的苦难和生命的抗争,深隐着他们从沉沦到奋起那艰难的心路历程。正是在这一意义上,我们说,元和贬谪文学诸多艺术特征和主体风格的形成,无不源于元和贬谪诗人命运的悲剧和克服悲剧的精神。

———————
① 《诗薮》外编卷四,第 187 页。
② 《方南堂先生辍锻录》,《清诗话续编》,第 1838 页。

附录　元和五大诗人贬迁系年

一、韩愈

贞元十九年（803）十二月，在监察御史任，疏论关中旱饥及他事，为幸臣所谗，贬阳山令。

《旧唐书》卷一六〇《韩愈传》："愈发言真率，无所畏避，操行坚正，拙于世务。调授四门博士，转监察御史。德宗晚年，政出多门，宰相不专机务。宫市之弊，谏官论之不听。愈尝上章数千言极论之，不听，怒贬为连州阳山令，量移江陵府掾曹。元和初，召为国子博士，迁都官员外郎。"① 《新唐书》卷一七六《韩愈传》："调四门博士，迁监察御史。上疏极论宫市，德宗怒，贬阳山令。……改江陵法曹参军。"② 《资治通鉴》卷二三六贞元十九年："（十二月）监察御史韩愈上疏，以'京畿百姓穷困，应今年税钱及草粟等征未得者，请俟来年蚕麦'。愈坐贬阳山令。"③ 参看《册府元龟》卷四六〇《台省部·正直》，《全唐文》卷五五六韩愈《送湖南李正字序》、卷六三九李翱《故正议大夫行尚书吏部侍郎上柱国赐紫金鱼袋赠礼部尚书韩公行状》、卷六八七

---

① 《旧唐书》卷一六〇《韩愈传》，第4195—4196页。
② 《新唐书》卷一七六《韩愈传》，第5255页。
③ 《资治通鉴》卷二三六贞元十九年，第7727页。

皇甫湜《韩愈神道碑》。

　　按：韩愈之贬阳山，两《唐书》本传皆谓缘于论宫市，不确。当以《通鉴》所载为是。方崧卿《年谱增考》云："按公阳山之贬，《寄赠三学士》诗叙述甚详，而皇甫持正作公《神道碑》亦云：'因疏关中旱饥，专政者恶之。'则其非为论宫市明矣。今公集有《御史台论天旱人饥状》，与诗正合。况皇甫持正从公游者，不应公尝疏宫市而不及之也。"① 所论甚是。又，韩愈《赴江陵途中寄赠王二十补阙李十一拾遗李二十六员外翰林三学士》："适会除御史，诚当得言秋。拜疏移阁门，为忠宁自谋。上陈人疾苦，无令绝其喉。下陈畿甸内，根本理宜优。积雪验丰熟，幸宽待蚕莘。天子恻然感，司空叹绸缪。谓言即施设，乃反迁炎州。同官尽才俊，偏善柳与刘。或虑语言泄，传之落冤雠。"② 此叙其遭贬缘由，除言天旱人饥，还致疑同列柳宗元、刘禹锡有泄其言语事。

　　又，韩愈《县斋有怀》："捐躯辰在丁，铄翾时方褅。"③ 洪兴祖《韩子年谱》释云："褅祭，十二月也。辰在丁，其奏疏之日乎？"④ 洪氏疑"在丁"为其奏疏之日。曹植《求自试表》有言："忧国忘家，捐躯济难，忠臣之志也。"⑤ 韩愈用此语典，盖谓己忧国忧民，上疏论天旱人饥，已抱捐躯之志，而其时辰正在以"丁"打头之日。检陈垣《二十史朔闰表》，贞元十九年十二月有丁巳、丁卯，分别为该月之初十、二十

---

① 《韩愈年谱》，第 41 页。

② 《韩昌黎诗系年集释》卷三《赴江陵途中寄赠王二十补阙李十一拾遗李二十六员外翰林三学士》，第 288 页。

③ 《韩昌黎诗系年集释》卷二《县斋有怀》，第 229 页。

④ 《韩愈年谱》，第 40 页。

⑤ 《曹植集校注》卷三，第 551 页。

日①。衡之当日情形,并以元和十四年韩愈贬潮经同一路途之时、速比对之,则韩愈上疏以十二月十日最为吻合,而其被贬,疑在该月之十七、十八日(参看第三章第一节相关论述)。另据韩愈《同冠峡》"南方二月半,春物亦已少"②,知其离京后于次年二月中旬已抵阳山西北七十里之同冠峡,入连州界,用时约两月左右。

永贞元年(805)秋,在阳山令任,逢赦,量移江陵法曹参军。

《全唐诗》卷三三八韩愈《八月十五夜赠张功曹》:"昨者州前捶大鼓,嗣皇继圣登夔皋。赦书一日行万里,罪从大辟皆除死。迁者追回流者还,涤瑕荡垢清朝班。州家申名使家抑,坎轲只得移荆蛮。"③同书同卷另有《洞庭湖阻风赠张十一署》《李花赠张十一署》《忆昨行和张十一》等诗,可参看。

按:本年因顺宗、宪宗即位而大赦二次,各在二月甲子、八月辛丑。《八月十五夜赠张功曹》下引樊汝霖曰:"公与张(署)以贞元二十一年二月二十四日赦自南方,俱徙掾江陵,至是俟命于郴而作是诗。"④据此及相关韩诗,知韩、张二人于二十一年亦即永贞元年二月遇赦,夏秋之际会于郴州待命,十月至洞庭,岁末抵江陵,各为江陵法曹、功曹参军;至元和元年六月十日,韩"自江陵法曹诏拜国子博士"⑤。

元和二年(807)春夏间,在国子博士任,为争先者构,分司东都。

《旧唐书》卷一六〇《韩愈传》:"元和初,召为国子博士,迁都

---

①《二十史朔闰表》,第 102 页。
②《韩昌黎诗系年集释》卷二《同冠峡》,第 188 页。
③《韩昌黎诗系年集释》卷三《八月十五夜赠张功曹》,第 257 页。
④《韩昌黎诗系年集释》卷三《八月十五夜赠张功曹》,第 257 页。
⑤《韩昌黎文集校注》卷二《释言》,第 77 页。

官员外郎。"①《新唐书》卷一七六《韩愈传》:"元和初,权知国子博士,分司东都,三岁为真。改都官员外郎,即拜河南令。迁职方员外郎。"②

按:《全唐文》卷六三九李翱《故正议大夫行尚书吏部侍郎上柱国赐紫金鱼袋赠礼部尚书韩公行状》:"入为权知国子博士,宰相有爱公文者,将以文学职处公。有争先者,构公语以非之。公恐及难,遂求分司东都。"③同书卷六八七皇甫湜《韩愈神道碑》:"累除国子博士。不丽邪宠,惧而中请分司东都避之,除尚书都官郎中,分司判祠部。"④傅璇琮等《唐五代文学编年史·中唐卷》系韩愈分司东都在本年二月⑤,张清华《韩学研究·韩愈年谱汇证》系其去京就洛于本年六月,又谓方成珪《诗文年谱》"夏末分司东都"之说"与事实近是"⑥。姑系于春夏间。

元和六年(811)十一、十二月间,在职方郎中任,坐上疏理柳涧案下迁,复为国子博士。

《旧唐书》卷一六〇《韩愈传》:"元和初,召为国子博士,迁都官员外郎。时华州刺史阎济美以公事停华阴令柳涧县务,俾摄掾曹。居数月,济美罢郡,出居公馆,涧遂讽百姓遮道索前年军顿役直。后刺史赵昌按得涧罪以闻,贬房州司马。愈因使过华,知其事,以为刺

①《旧唐书》卷一六〇《韩愈传》,第 4196 页。
②《新唐书》卷一七六《韩愈传》,第 5255 页。
③〔唐〕李翱:《故正议大夫行尚书吏部侍郎上柱国赐紫金鱼袋赠礼部尚书韩公行状》,《全唐文》卷六三九,第 6459—6460 页。
④〔唐〕皇甫湜:《韩愈神道碑》,《全唐文》卷六八七,第 7037 页。
⑤傅璇琮等:《唐五代文学编年史·中唐卷》,辽海出版社,1998 年,第 643 页。
⑥《韩学研究》下册《韩愈年谱汇证》,第 238—239 页。

史相党,上疏理涧,留中不下。诏监察御史李宗奭按验,得涧赃状,再贬涧封溪尉。以愈妄论,复为国子博士。愈自以才高,累被摈黜,作《进学解》以自喻……执政览其文而怜之,以其有史才,改比部郎中、史馆修撰。"①《新唐书》卷一七六本传略同。

　　按:《旧唐书》卷一四《宪宗本纪上》:"(元和六年十一月)癸巳,新授华州刺史李藩卒。乙巳,以工部尚书赵昌检校兵部尚书,兼华州刺史,充潼关防御、镇国军等使。"②知元和六年赵昌除刺华州,韩愈亦于此年迁职方郎中,自东都入长安,不久,即因此事受责,复为国子博士。《全唐文》卷六八七皇甫湜《韩愈神道碑》:"华州刺史奏华阴令柳涧赃,诏贬涧官。先生守尚书职方郎中,奏疏言:'华近在国城门外,刺史奏县令罪,不参验,坐郡。'御史考实,奏事如州,宰相不为坚白本意,先生竟责出省。复比部郎中修史,主柄者不喜,不卒展用。"③《全唐诗》卷三八八卢仝《常州孟谏议座上闻韩员外职方贬国子博士有感五首》其一:"忽见除书到,韩君又学官。"其二:"干禄无便佞,宜知黜此身。……朝廷无谏议,谁是雪韩人。"其三:"何事遭朝贬,知何被不容。不如思所自,只欲涕无从。"④据此,知韩愈被黜乃因直言而为主柄者所不喜。

　　元和十一年(816)五月,在中书舍人任,因主用兵淮西为执政不悦,降为太子右庶子。

　　《旧唐书》卷一六〇《韩愈传》:"执政览其文而怜之,以其有史

---

①《旧唐书》卷一六〇《韩愈传》,第4196—4198页。

②《旧唐书》卷一四《宪宗本纪上》,第438页。

③[唐]皇甫湜:《韩愈神道碑》,《全唐文》卷六八七,第7038页。

④[唐]卢仝:《常州孟谏议座上闻韩员外职方贬国子博士有感五首》,《全唐诗》卷三八八,第4380—4381页。

才,改比部郎中、史馆修撰。逾岁,转考功郎中、知制诰,拜中书舍人。俄有不悦愈者,摭其旧事,言愈前左降为江陵掾曹,荆南节度使裴均馆之颇厚,均子锷凡鄙,近者锷还省父,愈为序饯锷,仍呼其字。此论喧于朝列,坐是改太子右庶子。"①《新唐书》卷一七六《韩愈传》:"初,宪宗将平蔡,命御史中丞裴度使诸军按视。及还,具言贼可灭,与宰相议不合。愈亦奏言:……执政不喜。会有人诋愈在江陵时为裴均所厚,均子锷素无状,愈为文章,字命锷,谤语嚣暴,由是改太子右庶子。及度以宰相节度彰义军,宣慰淮西,奏愈行军司马。愈请乘遽先入汴,说韩弘使叶力。元济平,迁刑部侍郎。"②

按:韩愈之降太子右庶子,既缘于其与裴均父子之关系,亦缘于其力主用兵而为执政所恶,后者更为主因。皇甫湜《韩愈神道碑》所谓"再迁中书舍人,廷议蔡叛可诛,与众议违,改右庶子"③,已言之甚明。又,洪兴祖《韩子年谱》引《实录》:"十一年正月丙戌,考功郎中知制诰韩愈,中书舍人。""五月癸未,降为太子右庶子。"④

元和十四年(819)正月,在刑部侍郎任,上《论佛骨表》,言事得罪,贬潮州刺史;十月,量移袁州刺史。

《旧唐书》卷一五《宪宗本纪下》:元和十四年春正月,"迎凤翔法门寺佛骨至京师,留禁中三日,乃送诸寺,王公士庶奔走舍施如不及。刑部侍郎韩愈上疏极陈其弊。癸巳,贬愈为潮州刺史"⑤。同书卷一六〇《韩愈传》:"凤翔法门寺有护国真身塔,塔内有释迦文佛

① 《旧唐书》卷一六〇《韩愈传》,第4198页。
② 《新唐书》卷一七六《韩愈传》,第5258页。
③ [唐]皇甫湜:《韩愈神道碑》,《全唐文》卷六八七,第7038页。
④ 《韩愈年谱》,第63页。
⑤ 《旧唐书》卷一五《宪宗本纪下》,第466页。

指骨一节,其书本传法,三十年一开,开则岁丰人泰。十四年正月,上令中使杜英奇押宫人三十人,持香花,赴临皋驿迎佛骨。自光顺门入大内,留禁中三日,乃送诸寺。王公士庶,奔走舍施,唯恐在后。百姓有废业破产、烧顶灼臂而求供养者。愈素不喜佛,上疏谏……疏奏,宪宗怒甚。间一日,出疏以示宰臣,将加极法。裴度、崔群奏曰:'韩愈上忤尊听,诚宜得罪,然而非内怀忠恳,不避黜责,岂能至此? 伏乞稍赐宽容,以来谏者。'上曰:'愈言我奉佛太过,我犹为容之。至谓东汉奉佛之后,帝王咸致夭促,何言之乖刺也? 愈为人臣,敢尔狂妄,固不可赦。'于是人情惊惋,乃至国戚诸贵亦以罪愈太重,因事言之,乃贬为潮州刺史。愈至潮阳,上表曰:……宪宗谓宰臣曰:'昨得韩愈到潮州表,因思其所谏佛骨事,大是爱我,我岂不知! 然愈为人臣,不当言人主事佛乃年促也。我以是恶其容易。'上欲复用愈,故先语及,观宰臣之奏对。而皇甫镈恶愈狷直,恐其复用,率先对曰:'愈终大狂疏,且可量移一郡。'乃授袁州刺史。"① 韩愈《量移袁州张韶州端公以诗相贺因酬之》:"明时远逐事何如,遇赦移官罪未除。"② 参看《新书》本传;《通鉴》卷二四〇;《全唐文》卷六三九李翱《韩公行状》,卷六八七皇甫湜《韩愈神道碑》、皇甫湜《韩文公墓志铭并序》;《册府元龟》卷五四六《谏净部·直谏》、卷九一六《总录部·偏执》等。

　　按:韩愈《潮州刺史谢上表》:"臣以正月十四日蒙恩除潮州刺史,即日奔驰上道,经涉岭海,水陆万里,以今月二十五日到州上讫。"③ "今月"当为三月,而非郑珍、钱仲联诸人所谓四月④。盖因愈

① 《旧唐书》卷一六〇《韩愈传》,第 4198—4202 页。
② 《韩昌黎诗系年集释》卷一一《量移袁州张韶州端公以诗相贺因酬之》,第 1173 页。
③ 《韩昌黎文集校注》卷八《潮州刺史谢上表》,第 689 页。
④ 郑、钱诸说,见《韩昌黎诗系年集释》卷一一《泷吏》注二,第 1110—1111 页。

至潮后《祭大湖神文》署作"元和十四年岁次己亥三月己卯朔某日"，《与大颠书》第一篇署作"四月七日"，《鳄鱼文》署作"元和十四年四月二十四日"①，其时日均在四月二十五日前，若愈抵潮不在三月末，则以上数篇所具时日便无从解释。又，同卷韩愈《袁州刺史谢上表》："伏遇其年七月十三日恩赦至，其年十月二十四日，准例量移，改授袁州刺史。以今月八日到任上讫。"② 所云"七月十三日恩赦"，见《旧唐书》卷一五《宪宗本纪下》：十四年秋七月，"辛巳，群臣上尊号曰元和圣文神武法天应道皇帝。是日，御宣政殿受册，礼毕，御丹凤楼，大赦天下"③。则是本年七月大赦，十月，愈即改袁州。至其抵袁州之时，张清华《韩学研究·韩愈年谱汇证》元和十五年条引各家之说谓："因韩愈《袁州刺史谢上表》只记年、日，未明月。实为闰正月，说正月与二月者皆误。诸家所争的缺失，盖皆未确算韩愈在潮州起程日期和途中所需时间。如按情理与时间推断，十四年十月二十四日是下诏准移时间，从长安飞诏至潮最快也得到十一月底或十二月初，这是韩愈接诏时间。十二月初或再早一二日由潮起程，十二月底可到韶州。因韩愈与张端公关系好，家属又在此地寄住，到韶州逗留数日……他与张相别留诗当在正月十日前后。这样，由韶到袁约六百多公里的行程用二旬多的时间到达，闰正月八日上表，时间正合。"④ 所说可从。

长庆三年（823）十月，在京兆尹兼御史大夫任，坐与李绅争台参等，罢为兵部侍郎；面陈于上，复为吏部侍郎。

《旧唐书》卷一六《穆宗本纪》：长庆三年，"十月，以京兆尹韩愈

---

① 《韩愈文集汇校笺注》卷一二、卷三二、卷二六，第 1380、3119、2752 页。
② 《韩昌黎文集校注》卷八《袁州刺史谢上表》，第 694 页。
③ 《旧唐书》卷一五《宪宗本纪下》，第 469 页。
④ 《韩学研究》下册《韩愈年谱汇证》，第 384—385 页。

为兵部侍郎,以御史中丞李绅为江西观察使。宰相李逢吉与李绅不协,绅有时望,恐用为相。及绅为中丞,乃除韩愈为京兆尹、兼御史大夫,仍放台参。绅性峭直,屡上疏论其事,遂与愈辞理往复,逢吉乃两罢之,然绅出而愈留。……以兵部侍郎韩愈为吏部侍郎,新除江西观察使李绅为户部侍郎。绅既罢除江西,上令中使就第赐玉带,绅因除叙泣而请留,中使具奏,故与愈俱改官"①。《资治通鉴》卷二四三长庆三年:"会绅与京兆尹、御史大夫韩愈争台参及他职事,文移往来,辞语不逊。逢吉奏二人不协,冬,十月,丙戌,以愈为兵部侍郎,绅为江西观察使。……韩愈、李绅入谢,上各令自叙其事,乃深痼。壬辰,复以愈为吏部侍郎,绅为户部侍郎。"② 参看两《唐书》之《李逢吉传》《李绅传》《韩愈传》,《册府元龟》卷九一六《总录部·褊急》。

　　按:韩、李台参之争,实为李逢吉欲借韩愈打击政敌李绅之手段。李翱《故正议大夫行尚书吏部侍郎上柱国赐紫金鱼袋赠礼部尚书韩公行状》谓:"李绅为御史中丞,械囚送府,使以尹杖杖之。公曰:'安有此?'使归其囚。是时绅方幸,宰相欲去之,故以台与府不协为请,出绅为江西观察使,以公为兵部侍郎。绅既复留,公入谢,上曰:'卿与李绅争何事?'公因自辩,数日复为吏部侍郎。长庆四年得病,满百日假。既罢,以十二月二日卒于靖安里第。"③ 因知"宰相欲去之"乃此事件之主因,而绅、愈皆降职亦为逢吉所欲达之目的。此为韩愈在朝所历之最后冲突,至明年底即病卒。

---

①《旧唐书》卷一六《穆宗本纪》,第 503 页。

②《资治通鉴》卷二四三长庆三年,第 7951—7952 页。

③ [唐]李翱:《故正议大夫行尚书吏部侍郎上柱国赐紫金鱼袋赠礼部尚书韩公行状》,《全唐文》卷六三九,第 6461 页。

二、柳宗元

永贞元年（805）九月，在礼部员外郎任，坐王叔文党，贬邵州刺史；十一月，再贬永州司马。

《旧唐书》卷一四《宪宗本纪上》：永贞元年九月，"己卯，京西神策行营节度行军司马韩泰贬抚州刺史，司封郎中韩晔贬池州刺史，礼部员外郎柳宗元贬邵州刺史，屯田员外郎刘禹锡贬连州刺史，坐交王叔文也"。十月，"壬申，贬正议大夫、中书侍郎、平章事韦执谊为崖州司马，以交王叔文也。……己卯，再贬抚州刺史韩泰为虔州司马，河中少尹陈谏台州司马，邵州刺史柳宗元为永州司马，连州刺史刘禹锡朗州司马，池州刺史韩晔饶州司马，和州刺史凌准连州司马，岳州刺史程异郴州司马，皆坐交王叔文。初贬刺史，物议罪之，故再加贬窜"①。同书卷一六○《柳宗元传》："顺宗即位，王叔文、韦执谊用事，尤奇待宗元。与监察吕温密引禁中，与之图事。转尚书礼部员外郎。叔文欲大用之，会居位不久，叔文败，与同辈七人俱贬。宗元为邵州刺史，在道，再贬永州司马。既罹窜逐，涉履蛮瘴，崎岖堙厄，蕴骚人之郁悼，写情叙事，动必以文。为骚文十数篇，览之者为之凄恻。"②《新唐书》卷一六八《柳宗元传》略同。参见《宣室志·柳宗元》，《全唐文》卷五六三韩愈《柳子厚墓志铭》、卷六○五刘禹锡《唐故尚书礼部员外郎柳君文集序》，《太平广记》卷二二四引《本事诗》、卷四九八引《幽闲鼓吹》，《全唐文》卷六一○刘禹锡《子刘子自传》，《旧唐书》卷一三五《王叔文传》，《玉泉子》，《南部新书》癸卷，《册府元龟》卷一五三《帝王部·明罚》、卷九四五《总录部·附势》。

按：前引《旧纪》记韦执谊、韩泰、柳宗元等八人贬司马在十月，

---

① 《旧唐书》卷一四《宪宗本纪上》，第412—413页。
② 《旧唐书》卷一六○《柳宗元传》，第4214页。

然《资治通鉴》卷二三六记在永贞元年十一月："壬申,贬中书侍郎、同平章事韦执谊为崖州司马。执谊以尝与王叔文异同,且杜黄裳婿,故独后贬。然叔文败,执谊亦自失形势,知祸将至,虽尚为相,常不自得,奄奄无气,闻人行声,辄惶悸失色,以至于贬。……朝议谓王叔文之党或自员外郎出为刺史,贬之太轻。己卯,再贬韩泰为虔州司马、韩晔为饶州司马、柳宗元为永州司马、刘禹锡为朗州司马,又贬河中少尹陈谏为台州司马,和州刺史凌准为连州司马,岳州刺史程异为郴州司马。"①《册府元龟》卷一五三《帝王部·明罚》,《新唐书》卷七《宪宗本纪》、卷六二《宰相表中》亦皆记韦执谊等人被贬司马在十一月,当从之。

元和十年(815)正月,自永州司马诏返京;三月,再迁柳州刺史。

《旧唐书》卷一五《宪宗本纪下》:三月,"乙酉,以虔州司马韩泰为漳州刺史,以永州司马柳宗元为柳州刺史"②。《资治通鉴》卷二三九元和十年:"王叔文之党坐谪官者,凡十年不量移,执政有怜其才欲渐进之者,悉召至京师。谏官争言其不可,上与武元衡亦恶之。三月,乙酉,皆以为远州刺史,官虽进而地益远。永州司马柳宗元为柳州刺史。"③柳宗元《谢除柳州刺史表》:"臣伏奉三月十三日制,除臣使持节柳州诸军事、守柳州刺史,以六月二十七日到任上讫。"④参见两《唐书》之《柳宗元传》《刘禹锡传》《韩泰传》《韩晔传》《陈谏传》,《因话录》卷一。

按:上引《谢除柳州刺史表》,《全唐文》卷五七一作《柳州谢上

---

① 《资治通鉴》卷二三六永贞元年,第7745页。
② 《旧唐书》卷一五《宪宗本纪下》,第452页。
③ 《资治通鉴》卷二三九元和十年,第7831页。
④ 《柳宗元集校注》卷三八《谢除柳州刺史表》,第2451页。

表》,前无"三月十三日",后为"以今月二日至部上讫"①。王应麟《困学纪闻》卷一七有辨误,谓其为李吉甫《郴州谢上表》②。其后吴汝纶《柳州集点勘》、岑仲勉《唐集质疑·柳柳州外集》、章士钊《柳文指要》上《体要之部》卷三八均谓此文为李表误系于柳宗元名下者,可参看③。又,据刘禹锡《谢上连州刺史表》"伏奉去三月七日制,授臣使持节连州刺史"④,所记贬诏下达日与柳之"三月十三日"异。又,前引《旧纪》谓三月"乙酉",乃三月十四日,亦不同。未知孰是,俟再考。

三、刘禹锡

永贞元年(805)九月,在屯田员外郎任,坐王叔文党,贬连州刺史;十一月,再贬朗州司马。

《旧唐书》卷一四《宪宗本纪上》:永贞元年九月,"己卯……屯田员外郎刘禹锡贬连州刺史,坐交王叔文也"。十月,"己卯,再贬抚州刺史韩泰为虔州司马……连州刺史刘禹锡朗州司马……皆坐交王叔文。初贬刺史,坐物议罪之,故再加贬窜"⑤。同书卷一六〇《刘禹锡传》:"贞元末,王叔文于东宫用事,后辈务进,多附丽之,禹锡尤为叔文知奖,以宰相器待之。顺宗即位,久疾不任政事,禁中文诰,皆出于叔文,引禹锡及柳宗元入禁中,与之图议,言无不从。转屯田员外郎、判度支盐铁案,兼崇陵使判官。颇怙威权,中伤端士。……叔

---

① [唐]柳宗元:《柳州谢上表》,《全唐文》卷五七一,第 5776 页。
② [宋]王应麟著,[清]翁元圻辑注,孙通海点校:《困学纪闻注》卷一七《评文》,中华书局,2016 年,第 2009 页。
③ 诸说见《柳宗元集校注》卷三八《柳州谢上表》辩证,第 2458 页。
④ 《刘禹锡全集编年校注》卷一五《谢上连州刺史表》,第 1706 页。
⑤ 《旧唐书》卷一四《宪宗本纪上》,第 412—413 页。

文败,坐贬连州刺史,在道,贬朗州司马。"①《新唐书》卷一六八《刘禹锡传》略同。参见《太平广记》卷二二四引《本事诗》、卷四九八引《幽闲鼓吹》,《全唐文》卷六一○刘禹锡《子刘子自传》,《旧唐书》卷一三五《王叔文传》,《玉泉子》,《南部新书》癸卷,《册府元龟》卷一五三《帝王部·明罚》、卷九四五《总录部·附势》。

按:前引《旧纪》记韦执谊、韩泰、柳宗元、刘禹锡等八人贬司马在十月,然《资治通鉴》卷二三五记在永贞元年十一月(见前柳宗元条),《册府元龟》卷一五三《帝王部·明罚》,《新唐书》卷七《宪宗本纪》、卷六二《宰相表中》亦皆记韦执谊等人被贬司马在十一月,当从之。

元和十年(815)正月,自朗州司马诏返京;三月,远迁播州刺史;御史中丞裴度以禹锡母老,请移近处,乃改授连州刺史。

《旧唐书》卷一五《宪宗本纪下》:三月乙酉,以"朗州司马刘禹锡为播州刺史……御史中丞裴度以禹锡母老,请移近处,乃改授连州刺史"②。《资治通鉴》卷二三九元和十年:"王叔文之党坐谪官者,凡十年不量移,执政有怜其才欲渐进之者,悉召至京师。谏官争言其不可,上与武元衡亦恶之。三月,乙酉,皆以为远州刺史,官虽进而地益远。永州司马柳宗元为柳州刺史,朗州司马刘禹锡为播州刺史。宗元曰:'播州非人所居,而梦得亲在堂,万无母子俱往理。'欲请于朝,愿以柳易播。会中丞裴度亦为禹锡言曰:'禹锡诚有罪,然母老,与其子为死别,良可伤!'上曰:'为人子尤当自谨,勿贻亲忧,此则禹锡重可责也。'度曰:'陛下方侍太后,恐禹锡在所宜矜。'上良久乃曰:

①《旧唐书》卷一六○《刘禹锡传》,第4210页。
②《旧唐书》卷一五《宪宗本纪下》,第452页。

'朕所言,以责为人子者耳,然不欲伤其亲心。'退,谓左右曰:'裴度爱我终切。'明日,改禹锡连州刺史。"①参见两《唐书》之《刘禹锡传》《柳宗元传》《韩泰传》《韩晔传》《陈谏传》,《因话录》卷一。

　　按:刘禹锡等人召至京后再贬之因,各书记载不一。刘禹锡《谢上连州刺史表》:"随例授官,俾居远郡。"②称因"例"授官。《旧唐书》卷一六〇《刘禹锡传》:"元和十年,自武陵召还,宰相复欲置之郎署。时禹锡作《游玄都观咏看花君子》诗,语涉讥刺,执政不悦,复出为播州刺史。诏下,御史中丞裴度奏曰……乃改授连州刺史。"③《新传》略同,以为再贬乃因刘禹锡看花诗而起。此说最早见唐孟棨《本事诗》:"刘尚书自屯田员外左迁朗州司马,凡十年始征还。方春,作《赠看花诸君子诗》曰:'紫陌红尘拂面来,无人不道看花回。玄都观里桃千树,尽是刘郎去后栽。'其诗一出,传于都下,有素嫉其名者,白于执政,又诬其有怨愤。他日见时宰,与坐,慰问甚厚。既辞,即曰:'近者新诗未免为累,奈何?'不数日,出为连州刺史。"④《通鉴考异》质疑云:"当时叔文之党,一切除远州刺史,不止禹锡一人,岂缘此诗! 盖以此得播州恶处耳。"⑤ 又,《通鉴》谓"上与武元衡亦恶之",以为刘、柳等人再贬事与武元衡有关。此亦有可疑处。周绍良《唐才子传笺证》卷五下《刘禹锡传》按云:"'上与武元衡亦恶之'句为《通鉴》所特有,不见于两《唐书·刘禹锡传》。既然'上与武元衡亦恶之',何以'执政'能'悉召至京师',显然矛盾。《才子传》不载武元衡事。按诸司马进京之后,未被起用,又遭远放,其中

①《资治通鉴》卷二三九元和十年,第 7831 页。
②《刘禹锡全集编年校注》卷一五《谢上连州刺史表》,第 1706 页。
③《旧唐书》卷一六〇《刘禹锡传》,第 4211 页。
④〔唐〕孟棨:《本事诗·事感》,《历代诗话续编》,第 12 页。
⑤《资治通鉴》卷二三九元和十年,第 7831—7832 页。

是否由武元衡所阻挠,颇属疑问。刘禹锡于抵连州任有《谢门下武相公启》,即致武元衡者,启中有云:‘恤然动振溺之怀,煦然存道旧之旨……推以恕心,期于造膝。’又云:‘诚知微生,不足酬德;捐躯之外,无地可言。’恋旧之情,感激之意,显然不同一般。设若武元衡果于诸司马重新远放事故中起不良作用,诸司马不能不知,刘禹锡岂能写此情意并见之谢启?……诸司马既属同时被召,而‘作《玄都观看花君子》诗,语讥忿,当路不喜’者只禹锡一人,何以诸司马同时俱被分配远州刺史? 不解。”① 可参看。

又,刘禹锡《谢上连州刺史表》:“臣某言:伏奉去三月七日制,授臣使持节连州刺史。……伏以南方疠疾,多在夏中。臣自发郴州,便染瘴疟,扶策在道,不敢停留。即以今月十一日到州上讫。”② 所记“三月七日”与前引《旧纪》之三月“乙酉”、柳宗元《谢除柳州刺史表》“三月十三日”异(见前柳宗元条);其抵连州之“今月”,当为六月。元和十四年秋,母卢氏卒,扶柩北归,丁母忧③。

长庆元年(821)十一月,母丧服除,量移夔州刺史。

《旧唐书》卷一六〇《刘禹锡传》:“乃改授连州刺史。去京师又十余年,连刺数郡。”④《新唐书》卷一六八《刘禹锡传》:“乃易连州,又徙夔州刺史。”⑤

---

① [元]辛文房撰,周绍良笺证:《唐才子传笺证》卷五下《刘禹锡》,中华书局,2010年,第1138页。

② 《刘禹锡全集编年校注》卷一五《谢上连州刺史表》,第1706—1707页。

③ 参见《刘禹锡全集编年校注》卷一五《谢上连州刺史表》下注及同书附录八《刘禹锡简谱》。

④ 《旧唐书》卷一六〇《刘禹锡传》,第4211页。

⑤ 《新唐书》卷一六八《刘禹锡传》,第5129页。

按：刘禹锡《奏记丞相府论学事》："十一月七日，使持节都督
夔州诸军事、夔州刺史。"①《夔州刺史谢上表》："臣某言，伏奉某月
日制书，授臣使持节都督夔州诸军事，守夔州刺史。……先朝追还，
方念淹滞，又遭谗嫉，出牧远州。家祸所钟，沈伏草土。《礼经》有
制，羸疾仅存。甘于畎亩，以乐皇化。伏遇陛下大明御宇，照烛无私，
念以残生，举其彝典，获居善部，伏感天慈。臣即以今月二日到任上
讫。……长庆二年正月五日。"②据此，知长庆元年十一月七日为下诏
日，二年正月五日为到任日。又，刘禹锡《历阳书事七十四韵并引》：
"长庆四年八月，余自夔州转历阳。"③知其长庆四年八月离夔州任。

长庆四年（824）八月，自夔州刺史量移和州刺史。

刘禹锡《别夔州官吏》："三年楚国巴城守，一去扬州扬子津。……
惟有《九歌》词数首，里中留与赛蛮神。"④《历阳书事七十四韵并
引》："长庆四年八月，余自夔州转历阳。浮岷江，观洞庭，历夏口，涉
浔阳而东。"⑤《旧唐书》卷一六〇《刘禹锡传》："乃改授连州刺史。
去京师又十余年，连刺数郡。大和二年，自和州刺史征还，拜主客郎
中。"⑥参见《新唐书》卷一六八《刘禹锡传》、《全唐文》卷六〇一刘
禹锡《和州刺史谢上表》）。

按：历阳郡，即和州。《旧唐书》卷四〇《地理志》："和州，隋历
阳郡。武德三年，杜伏威归国，改为和州。天宝元年，改为历阳郡。

①《刘禹锡全集编年校注》卷一六《奏记丞相府论学事》，第 1823 页。
②《刘禹锡全集编年校注》卷一六《夔州刺史谢上表》，第 1809 页。
③《刘禹锡全集编年校注》卷六《历阳书事七十四韵并引》，第 590 页。
④《刘禹锡全集编年校注》卷五《别夔州官吏》，第 558—559 页。
⑤《刘禹锡全集编年校注》卷六《历阳书事七十四韵并引》，第 590 页。
⑥《旧唐书》卷一六〇《刘禹锡传》，第 4211 页。

乾元元年,复为和州。"①

大和五年(831)十月,在礼部郎中任,因裴度罢而不得久处朝列,出为苏州刺史。

《旧唐书》卷一六〇《刘禹锡传》:"累转礼部郎中、集贤院学士。度罢知政事,禹锡求分司东都。终以恃才褊心,不得久处朝列。六月,授苏州刺史,就赐金紫。"②《新唐书》卷一六八《刘禹锡传》:"宰相裴度兼集贤殿大学士,雅知禹锡,荐为礼部郎中、集贤直学士。度罢,出为苏州刺史。以政最,赐金紫服。徙汝、同二州。"③参看《全唐文》卷六〇一刘禹锡《苏州刺史谢上表》。

按:大和四年九月,裴度罢为山南东道节度使④,刘禹锡出刺苏州在此后。卞孝萱《刘禹锡年谱》据刘《苏州举韦中丞自代》(下注:大和六年十二月九日)"伏奉去年十月十二日敕授使持节苏州诸军守苏州刺史"考订,刘禹锡由礼部郎中改苏州刺史,在大和五年十月十二日⑤。《旧传》记为"六月",误。又,刘禹锡《苏州谢上表》末署"大和六年二月六日",知此为其到郡之时。

四、元稹

元和元年(806)九月,在左拾遗任,为执政所忌,出为河南尉。

《旧唐书》卷一六六《元稹传》:"二十八应制举才识兼茂、明于体用科,登第者十八人,稹为第一,元和元年四月也。制下,除右拾

---

①《旧唐书》卷四〇《地理志三·淮南道》,第 1574 页。
②《旧唐书》卷一六〇《刘禹锡传》,第 4212 页。
③《新唐书》卷一六八《刘禹锡传》,第 5131 页。
④《旧唐书》卷一七下《文宗本纪下》,第 538 页。
⑤《刘禹锡年谱》,第 162 页。

遗。稹性锋锐,见事风生。既居谏垣,不欲碌碌自滞,事无不言,即日上疏论谏职。……宪宗览之甚悦。又论西北边事,皆朝政之大者,宪宗召对,问方略。为执政所忌,出为河南县尉。丁母忧,服除,拜监察御史。"①参看《新唐书》本传、白居易《唐故武昌军节度处置等使正议大夫检校户部尚书鄂州刺史兼御史大夫赐紫金鱼袋尚书右仆射河南元公(稹)墓志铭并序》。

　　按:元稹诗文多次述及此次贬事。《同州刺史谢上表》云:"任拾遗日,屡陈时政,蒙先皇帝召问延英。旋为宰相所憎,贬臣河南县尉。"②《文稿自叙》云:"元和初,章武皇帝新即位,臣下未有以言刮视听者。予时始以对诏在拾遗中供奉,由是献《教本书》《谏职》《论事》者表十数通,仍为裴度、李正辞、韦缭讼所言当行,而宰相曲道上语。上颇悟,召见问状。宰相大恶之,不一月,出为河南尉。"③又《酬翰林白学士代书一百韵》诗下自注:"予元和元年任拾遗,八月十三日延英对,九月十日贬授河南尉。"④知其贬在九月。又,《旧传》称元稹登制后除"右拾遗"。元稹文、白居易《志》《新传》《通鉴》均作"左拾遗"。又,两《唐书》本传载又论"西北边事",当在穆宗时,卞孝萱《元稹年谱》已辨其误,可参⑤。

　　元和四年(809)夏,在监察御史任,为执政与严砺厚者所排,分务东台。

　　《旧唐书》卷一六六《元稹传》:"丁母忧,服除,拜监察御史。(元

①《旧唐书》卷一六六《元稹传》,第4327—4331页。

②《元稹集校注》卷三三《同州刺史谢上表》,第914页。

③《元稹集校注》卷三二《表奏有序》(一作《文稿自叙》),第885页。

④《元稹集校注》卷一〇《酬翰林白学士代书一百韵》,第304页。

⑤《元稹年谱》,第93页。

和）四年,奉使东蜀,劾奏故剑南东川节度使严砺违制擅赋,又籍没涂山甫等吏民八十八户田宅一百一十一、奴婢二十七人、草千五百束、钱七千贯。时砺已死,七州刺史皆责罚。积虽举职,而执政有与砺厚者恶之。使还,令分务东台。”① 参见《新唐书》卷一七四《元稹传》、白居易《河南元公墓志铭并序》。

　　按:《旧唐书》卷一一七《严砺传》:“砺在位贪残,士民不堪其苦。素恶凤州刺史马勋,诬奏贬贺州司户。纵情肆志,皆此类也。元和四年三月卒。卒后,御史元稹奉使两川按察,纠劾砺在任日赃罪数十万。诏征其赃,以死恕其罪。”② 元稹《黄明府诗并序》:“元和四年三月,予奉使东川。”③《台中鞫狱忆开元观旧事呈损之兼赠周兄四十韵》:“二月除御史,三月使巴蛮。……归来五六月,旱色天地殷。分司别兄弟,各各泪潸潸。”④ 则其分务东台当在本年五、六月间。

元和五年（810）三月,在东台监察御史任,坐举奏不避权势,又与中人争厅,为执政所恶,贬江陵府士曹参军。

　　《旧唐书》卷一六六《元稹传》:“使还,令分务东台。浙西观察使韩皋封杖决湖州安吉令孙澥,四日内死。徐州监军使孟升卒,节度使王绍传送升丧柩还京,给券乘驿,仍于邮舍安丧柩。稹并劾奏以法。河南尹房式为不法事,稹欲追摄,擅令停务。既飞表闻奏,罚式一月俸,仍召稹还京。宿敷水驿,内官刘士元后至,争厅,士元怒,排其户,稹袜而走厅后。士元追之,后以棰击稹伤面。执政以稹少年

_____

① 《旧唐书》卷一六六《元稹传》,第4331页。
② 《旧唐书》卷一一七《严砺传》,第3407—3408页。
③ 《元稹集校注》卷一〇《黄明府诗并序》,第299页。
④ 《元稹集校注》卷五《台中鞫狱忆开元观旧事呈损之兼赠周兄四十韵》,第140—141页。

后辈,务作威福,贬为江陵府士曹参军。"①《新唐书》卷一七四《元稹
传》:"时浙西观察使韩皋杖安吉令孙澥,数日死;武宁王绍护送监军
孟昇丧乘驿,内丧邮中,吏不敢止;内园擅系人逾年,台不及知;河南
尹诬杀诸生尹大阶;飞龙使诱亡命奴为养子;田季安盗取洛阳衣冠
女;汴州没入死贾钱千万。凡十余事,悉论奏。会河南尹房式坐罪,
稹举劾,按故事追摄,移书停务。诏薄式罪,召稹还。次敷水驿,中人
仇士良夜至,稹不让,中人怒,击稹败面。宰相以稹年少轻树威,失宪
臣体,贬江陵士曹参军,而李绛、崔群、白居易皆论其枉。久乃徙通州
司马,改虢州长史。"② 参看《新唐书》卷二〇七《仇士良传》。

　　按:《旧书》本传谓"罚式一月俸,仍召稹还京",疑误。据《册
府元龟》卷五二二《宪官部·谴让》:"元稹,宪宗元和五年为监察御
史分司,以摄河南尹房式于台,擅令停务,罚俸料一季,追赴西台。"③
《资治通鉴》卷二三八元和五年:"河南尹房式有不法事,东台监察御
史元稹奏摄之,擅令停务。朝廷以为不可,罚一季俸,召还西京。"④
此皆谓被罚俸者为元稹,而非房式。又,元稹此次被贬,除与中使争
厅事,其主因当为稹在御史台举奏不避权势,为权贵所恶。前引《通
鉴》所叙甚详。此外,白居易《河南元公墓志铭并序》亦云:"内外权
宠臣无奈何,咸不快意,会河南尹有不如法事,公引故事,奏而摄之甚
急,先是不快者乘其便相噪喋,坐公专达作威,黜为江陵士曹掾。"⑤

---

① 《旧唐书》卷一六六《元稹传》,第 4331 页。
② 《新唐书》卷一七四《元稹传》,第 5227—5228 页。
③ 《册府元龟》卷五二二《宪官部·谴让》,第 5929 页。
④ 《资治通鉴》卷二三八元和五年,第 7793 页。
⑤ 《白居易文集校注》卷三三《唐故武昌军节度处置等使正议大夫检校户部
　　尚书鄂州刺史兼御史大夫赐紫金鱼袋尚书右仆射河南元公墓志铭并序》,第
　　1928 页。

元稹《文稿自叙》亦称："贞元已来,不惯用文法,内外宠臣皆暗鸣。会河南尹房式诈谖事发,奏摄之,前所暗鸣者叫噪。宰相素以劾判官事相衔,乘是黜予江陵掾。"① 凡此,皆指明被贬之因仍在其执法甚严,为权贵切齿。时居易在朝任左拾遗,曾上疏力谏,论"元稹左降,不可者三"②,然不见听。又,《旧书》本传及《白居易传》记与稹争厅者,皆作"刘士元",白《论元稹第三状》云:"况闻刘士元踏破驿门,夺将鞍马,仍索弓箭,吓辱朝官。"③《新传》则作"仇士良",《通鉴考异》引《实录》亦作"仇士良"④。赵翼《廿二史劄记》卷一八以为是时仇士良实亲至敷水驿,"盖士元随士良至而击稹耳"⑤。

又,《旧唐书》卷一四《宪宗本纪上》:元和五年二月,"东台监察御史元稹摄河南尹房式于台,擅令停务,贬江陵府士曹参军"⑥。傅璇琮等《唐五代文学编年史·中唐卷》谓:"稹自东都奉召西归过陕州,有《元和五年予官不了罚俸西归三月六日至陕府与吴十一兄端公……因投五十韵》诗,至京遭贬,赴江陵途中有《三月二十四宿曾峰馆夜对桐花寄乐天》诗,推知元稹贬江陵士曹在三月中旬。《旧唐书·宪宗纪》作二月,乃就其摄房式事言。"⑦ 可从。

元和十年(815)正月,自江陵士曹参军诏返京;三月,徙通州司马。

《新唐书》卷一七四《元稹传》:"宰相以稹年少轻树威,失宪臣

---

① 《元稹集校注》卷三二《表奏有序》(一作《文稿自叙》),第886页。
② 《白居易文集校注》卷二二《论元稹第三状》,第1245页。
③ 《白居易文集校注》卷二二《论元稹第三状》,第1245页。
④ 《资治通鉴》卷二三八元和五年,第7793页。
⑤ 《廿二史劄记校证》卷一八,第413—414页。
⑥ 《旧唐书》卷一四《宪宗本纪上》,第430页。
⑦ 《唐五代文学编年史·中唐卷》,第676页。

体,贬江陵士曹参军,而李绛、崔群、白居易皆论其枉。久乃徙通州司马,改虢州长史。"①《旧唐书》卷一六六本传略同。

按:元稹本年初先自江陵被召返朝,继于三月徙通州司马。白居易《河南元公墓志铭并序》:"黜为江陵士曹掾。居四年,徙通州司马,又四年,移虢州长史。"②此未及返京事。元稹《酬乐天东南行诗一百韵》"因教罢飞檄,便许到皇都"句下注云:"十年春,自唐州诏余,召入京。"诗谓:"征还何郑重,斥去亦须臾。迢递投遐徼,苍黄出奥区。"可见其再徙情状。又,诗前小序云:"元和十年三月二十五日,予司马通州。……十三年,予以赦当迁。"于首句"我病方吟越,君行已过湖"句下注云:"元和十年六月至通州,染瘴危重。"③因知元稹于元和十年初召还长安,三月末再迁通州,至六月抵达。

元和十三年(818)十二月,自通州司马移虢州长史。

《新唐书》卷一七四《元稹传》:"久乃徙通州司马,改虢州长史。元和末,召拜膳部员外郎。"④《旧唐书》卷一六六本传略同。

按:白居易《河南元公墓志铭并序》:"黜为江陵士曹掾,居四年,徙通州司马,又四年,移虢州长史。"⑤元稹《酬乐天东南行诗一百韵》诗前小序云:"元和十年三月二十五日,予司马通州。……十三年,予以赦当迁。"⑥《元稹集校注》附录《元稹简谱》元和十三年条下

---

① 《新唐书》卷一七四《元稹传》,第 5228 页。
② 《白居易文集校注》卷三三《唐故武昌军节度处置等使正议大夫检校户部尚书鄂州刺史兼御史大夫赐紫金鱼袋尚书右仆射河南元公墓志铭并序》,第 1928 页。
③ 《元稹集校注》卷一二《酬乐天东南行诗一百韵》,第 365—368 页。
④ 《新唐书》卷一七四《元稹传》,第 5228 页。
⑤ 《白居易文集校注》卷三三《唐故武昌军节度处置等使正议大夫检校户部尚书鄂州刺史兼御史大夫赐紫金鱼袋尚书右仆射河南元公墓志铭并序》,第 1928 页。
⑥ 《元稹集校注》卷一二《酬乐天东南行诗一百韵》,第 365 页。

云："约十二月,移虢州长史。"① 又于元和十四年条下云："三月,赴新任途中,与白居易相遇于峡州之夷陵,相话三日而别。……冬,入朝为膳部员外郎。"② 因知元稹此次量移与白居易自江州迁忠州时间略同,即元和十三年冬奉诏量移虢州,次年春与白居易会于夷陵,年末入朝为膳部员外郎。

长庆元年（821）十月,在翰林学士任,坐裴度三上疏论其与魏弘简交通倾乱朝政,罢内职,为工部侍郎。

《旧唐书》卷一六《穆宗本纪》:长庆元年冬十月,"河东节度使裴度三上章,论翰林学士元稹与中官知枢密魏弘简交通,倾乱朝政。以稹为工部侍郎,罢学士;弘简为弓箭库使"③。同书卷一六六《元稹传》:"长庆初,潭峻归朝,出稹《连昌宫辞》等百余篇奏御,穆宗大悦,问稹安在,对曰：'今为南宫散郎。' 即日转祠部郎中、知制诰。……居无何,召入翰林,为中书舍人、承旨学士。中人以潭峻之故,争与稹交,而知枢密魏弘简尤与稹相善,穆宗愈深知重。河东节度使裴度三上疏,言稹与弘简为刎颈之交,谋乱朝政,言甚激讦。穆宗顾中外人情,乃罢稹内职,授工部侍郎。上恩顾未衰,长庆二年,拜平章事。"④《资治通鉴》卷二四二长庆元年:冬十月,"翰林学士元稹与知枢密魏弘简深相结,求为宰相,由是有宠于上,每事咨访焉。稹无怨于裴度,但以度先达重望,恐其复有功大用,妨己进取,故度所奏画军事,多与弘简从中沮坏之。度乃上表极陈其朋比奸蠹之状……表三上,上虽不悦,以度大臣,不得已,癸未,以弘简为弓箭库使,稹为

①《元稹集校注》,第 1658 页。
②《元稹集校注》,第 1658 页。
③《旧唐书》卷一六《穆宗本纪》,第 492 页。
④《旧唐书》卷一六六《元稹传》,第 4333—4334 页。

工部侍郎。積虽解翰林,恩遇如故"①。参看《旧唐书》卷一七〇《裴度传》,《新唐书》卷一七三《裴度传》、卷一七四《元稹传》,《册府元龟》卷六六九《内臣部·朋党》。

长庆二年(822)六月,在工部侍郎、平章事任,坐与裴度不协,罢政事,出为同州刺史。

《旧唐书》卷一六《穆宗本纪》:长庆二年六月,"甲子,司徒、平章事裴度守尚书右仆射,工部侍郎、平章事元稹为同州刺史。……壬申,谏官论责裴度太重,元稹太轻,乃追稹制书,削长春宫使"②。同书卷一六六《元稹传》:"长庆二年,拜平章事。诏下之日,朝野无不轻笑之。时王廷凑、朱克融连兵围牛元翼于深州,朝廷俱赦其罪,赐节钺,令罢兵,俱不奉诏。稹以天子非次拔擢,欲有所立以报上。有和王傅于方者,故司空顾之子,干进于稹。言有奇士王昭、王友明二人,尝客于燕、赵间,颇与贼党通熟,可以反间而出元翼。仍自以家财资其行,仍赂兵吏部令史为出告身二十通,以便宜给赐,稹皆然之。有李赏者,知于方之谋,以稹与裴度有隙,乃告度云:'于方为稹所使,欲结客王昭等刺度。'度隐而不发。及神策军中尉奏于方之事,乃诏三司使韩皋等讯鞫,而害裴事无验,而前事尽露。遂俱罢稹、度平章事,乃出稹为同州刺史,度守仆射。谏官上疏,言责度太重,稹太轻。上心怜稹,止削长春宫使。稹初罢相,三司狱未奏,京兆尹刘遵古遣坊所由潜逻稹居第,稹奏诉之。上怒,罚遵古,遣中人抚谕稹。"③ 参看两《唐书·裴度传》,《新唐书》卷六三《宰相表下》,《册府元龟》卷

---

① 《资治通鉴》卷二四二长庆元年,第7923—7924页。
② 《旧唐书》卷一六《穆宗本纪》,第497—498页。
③ 《旧唐书》卷一六六《元稹传》,第4334页。

三三三《宰辅部·罢免》、卷六一九《刑法部·案鞫》、卷九三四《总录部·告讦》,《全唐文》卷六四穆宗《命元稹守同州刺史充本州防御长春宫使制》、卷六五〇元稹《同州刺史谢上表》,《唐大诏令集》卷五六《元稹同州刺史制》。

按:元稹《文稿自叙》:"不累月,上久所构者,虽不能暴扬之,遂果初意,卒用予与裴俱为宰相。复有购狂民告予借客刺裴者,鞫之复无状,然而裴与予以故俱罢免。"①白居易《河南元公墓志铭并序》:"寻拜工部侍郎,旋守本官,同中书门下平章事。公既得位,方将行己志,答君知。无何,有金人以飞语构同位,诏下按验无状,上知其诬,全大体,与同位两罢之,出为同州刺史。……二年改御史大夫、浙东观察使。"②此"有购狂民告予借客刺裴者""有金人以飞语构同位",皆指李赏告稹曾遣人刺裴度事。一说告元稹阴事,为李逢吉唆使。《旧唐书》卷一七三《李绅传》:"俄而稹作相,寻为李逢吉教人告稹阴事,稹罢相,出为同州刺史。"③同书卷一七四《李德裕传》:"时元稹自禁中出,拜工部侍郎、平章事。三月,裴度自太原复辅政。是月,李逢吉亦在襄阳入朝,乃密赂纤人,构成于方狱。六月,元稹、裴度俱罢相,稹出为同州刺史,逢吉代裴度为门下侍郎、平章事。"④《新唐书》卷一七四《元稹传》亦载:"李逢吉知其谋,阴令李赏诉裴度曰:'于方为稹结客,将刺公。'"⑤《册府元龟》卷九二四《总录部·倾险》亦同。

① 《元稹集校注》卷三二《表奏有序》(一作《文稿自叙》),第 887 页。
② 《白居易文集校注》卷三三《唐故武昌军节度处置等使正议大夫检校户部尚书鄂州刺史兼御史大夫赐紫金鱼袋尚书右仆射河南元公墓志铭并序》,第 1928 页。
③ 《旧唐书》卷一七三《李绅传》,第 4497 页。
④ 《旧唐书》卷一七四《李德裕传》,第 4510 页。
⑤ 《新唐书》卷一七四《元稹传》,第 5228 页。

大和四年（830）正月，在尚书左丞任，以不厌人情及党派之争，出为鄂州刺史、武昌军节度使。

《旧唐书》卷一六六《元稹传》："大和初，就加检校礼部尚书。三年九月，入为尚书左丞。振举纪纲，出郎官颇乖公议者七人。然以稹素无检操，人情不厌服。会宰相王播仓卒而卒，稹大为路歧，经营相位。四年正月，检校户部尚书，兼鄂州刺史、御史大夫、武昌军节度使。五年七月二十二日暴疾，一日而卒于镇，时年五十三。"[①]《新唐书》卷一七四《元稹传》载同。

按：元稹本年出镇武昌，除前引两《唐书》本传所言者外，受牛党排挤亦为一主因。《旧唐书》卷一七下《文宗本纪下》载："太和四年春正月……辛卯，以武昌节度使、鄂岳蕲黄安申等观察处置等使、金紫光禄大夫、检校吏部尚书、同中书门下平章事、上柱国、奇章郡开国公牛僧孺为兵部尚书、同中书门下平章事。……辛丑，以尚书左丞元稹检校户部尚书，充武昌军节度、鄂岳蕲黄安申等州观察使。"[②]是时李宗闵为相，已于去年斥李德裕，则其今年召牛僧孺，斥与德裕交好之元稹，势有必然。

五、白居易

元和十年（815）八月，在太子左赞善大夫任，坐越职言事，贬江州刺史，追诏降江州司马。

《旧唐书》卷一六六《白居易传》："（元和）九年冬，入朝，授太子左赞善大夫。十年七月，盗杀宰相武元衡，居易首上疏论其冤，急请捕贼以雪国耻。宰相以宫官非谏职，不当先谏官言事。会有素恶

---

① 《旧唐书》卷一六六《元稹传》，第 4336 页。
② 《旧唐书》卷一七下《文宗本纪下》，第 535 页。

居易者,掎摭居易,言浮华无行,其母因看花坠井而死,而居易作赏花及新井诗,甚伤名教,不宜置彼周行。执政方恶其言事,奏贬为江表刺史。诏出,中书舍人王涯上疏论之,言居易所犯状迹,不宜治郡,追诏授江州司马。"①《新唐书》卷一一九《白居易传》:"追贬江州司马。既失志,能顺适所遇,托浮屠生死说,若忘形骸者。久之,徙忠州刺史。"② 参见《册府元龟》卷七一五《宫臣部·罪谴》。

　　按:《旧传》谓武元衡被杀在七月,误;《资治通鉴》卷二三九系其被杀在元和十年六月癸卯③;至七月,白居易上疏"急请捕贼以雪国耻"。又,白居易《寄张十八》(下注:为赞善大夫时所作)云:"秋来未相见,应有新诗章。"④《朝回游城南》云:"朝退马未困,秋初日犹长。"⑤ 去年冬白居易授太子左赞善大夫入京,诗写秋景,当作于元和十年,因可推知其被贬江州当在"秋初"之后。谢思炜《白居易诗集校注·白居易年谱简编》:元和十年"八月,乃奏贬州刺史。王涯复论不当治郡,追改江州司马"⑥。今从之。白居易《初贬官过望秦岭》《韩公堆寄元九》《发商州》《武关南见元九题山石榴花见寄》《襄阳舟夜》《登郢州白雪楼》《臼口阻风十日》等,皆作于贬途。

元和十三年(818)十二月,自江州司马移忠州刺史。

　　《旧唐书》卷一六六《白居易传》:"(元和)十三年冬,量移忠州刺史。自浔阳浮江上峡。十四年三月,元稹会居易于峡口,停舟夷陵

---

①《旧唐书》卷一六六《白居易传》,第4344—4345页。
②《新唐书》卷一一九《白居易传》,第4302页。
③《资治通鉴》卷二三九元和十年,第7835页。
④《白居易诗集校注》卷六《寄张十八》,第586页。
⑤《白居易诗集校注》卷六《朝回游城南》,第589页。
⑥《白居易诗集校注·白居易年谱简编》,第12页。

三日。时季弟行简从行,三人于峡州西二十里黄牛峡口石洞中,置酒赋诗,恋恋不能诀。……其年冬,召还京师,拜司门员外郎。"① 参看《新唐书》本传、《全唐文》卷七八〇李商隐《刑部尚书致仕赠尚书右仆射太原白公墓碑铭并序》。

　　按:白居易《忠州刺史谢上表》:"臣某言:臣以去年十二月二十日伏奉敕旨,授臣忠州刺史,以今月二十八日到本州,当日上讫。……元和十四年三月二十八日。"②《商山路有感并序》:"前年夏,予自忠州刺史除书归阙。……长庆二年七月三十日题于内乡县南亭云尔。"③ 因知居易于本年冬量移忠州,次年三月与元稹会于夷陵,三月末到任;至十五年夏,召还京师为司门员外郎。前引《旧书》本传谓居易十四年冬召还京师,误。

长庆二年(822)七月,在中书舍人任,累上书言事不见用,遂求外任,出为杭州刺史。

　　《旧唐书》卷一六《穆宗本纪》:长庆二年秋七月,"壬寅,出中书舍人白居易为杭州刺史"④。同书卷一六六《白居易传》:"时天子荒纵不法,执政非其人,制御乖方,河朔复乱。居易累上疏论其事,天子不能用,乃求外任。七月,除杭州刺史。"⑤ 李商隐《刑部尚书致仕赠尚书右仆射太原白公墓碑铭并序》:"穆宗用为司门员外。四月,知制诰,加秩主客,真守中书舍人,叙绯。受旨起田孝公代衡阳,孝公行赠钱五百万,拒不内。燕、赵相杀不已,公又上疏列言河朔畔岸,复不

---

① 《旧唐书》卷一六六《白居易传》,第 4352—4353 页。
② 《白居易文集校注》卷二四《忠州刺史谢上表》,第 1334 页。
③ 《白居易诗集校注》卷二〇《商山路有感并序》,第 1583 页。
④ 《旧唐书》卷一六《穆宗本纪》,第 498 页。
⑤ 《旧唐书》卷一六六《白居易传》,第 4353 页。

报,又贬杭州。"① 参看《新唐书》卷一一九《白居易传》、白居易《初罢中书舍人》《商山路有感并序》《赠江州李十使君员外十二韵》《予以长庆二年冬十月到杭州……遂留绝句》《杭州刺史谢上表》等。

　　按:白居易长庆二年七月离京,十月抵杭;复于长庆四年五月,除太子左庶子,分司东都,月末离杭。参看谢思炜《白居易诗集校注·白居易年谱简编》。

---

① 《李商隐文编年校注》编年文《刑部尚书致仕赠尚书右仆射太原白公墓碑铭并序》,第 1808—1809 页。

引用书目

一、古籍

B

［唐］白居易著,顾学颉校点:《白居易集》,中华书局,1979 年。

［唐］白居易撰,谢思炜校注:《白居易诗集校注》,中华书局,2006 年。

［唐］白居易撰,谢思炜校注:《白居易文集校注》,中华书局,2011 年。

［汉］班固撰,［唐］颜师古注:《汉书》,中华书局,1962 年。

北京大学古文献研究所编:《全宋诗》第 9 册,北京大学出版社,1992 年。

C

［汉］蔡邕撰,［清］孙星衍校:《琴操》,清嘉庆平津馆丛书本。

［三国魏］曹植撰,赵幼文校注:《曹植集校注》,中华书局,2016 年。

［清］陈鸿墀撰:《全唐文纪事》,上海古籍出版社,1987 年。

陈尚君辑校:《全唐诗补编》,中华书局,1992 年。

［近代］陈衍撰,郑朝宗、石文英点校:《石遗室诗话》,人民文学出版社,2004 年。

D

［近代］丁福保辑:《清诗话》,上海古籍出版社,1963 年。

［近代］丁福保辑:《历代诗话续编》,中华书局,1983 年。

［近代］丁福保笺注:《六祖坛经笺注》,齐鲁书社,2012 年。

［清］董诰等编：《全唐文》，中华书局，1983 年。

［唐］杜甫撰，［清］仇兆鳌注：《杜诗详注》，中华书局，1979 年。

［唐］杜佑撰，王文锦等点校：《通典》，中华书局，2016 年。

［唐］段成式撰，许逸民校笺：《酉阳杂俎校笺》，中华书局，2015 年。

　　　F

［唐］范摅著，王宁校正：《云溪友议校正》，凤凰出版社，2018 年。

［南朝宋］范晔撰，［唐］李贤等注：《后汉书》，中华书局，1965 年。

［宋］范仲淹撰，李勇先等点校：《范仲淹全集》，中华书局，2020 年。

［清］方东树撰，汪绍楹校点：《昭昧詹言》，人民文学出版社，2006 年。

［元］方回选评，李庆甲校点：《瀛奎律髓汇评》，上海古籍出版社，
　　2005 年。

［清］方玉润撰，李先耕点校：《诗经原始》，中华书局，1986 年。

　　　G

［明］高棅撰，葛景春、胡永杰点校：《唐诗品汇》，中华书局，2015 年。

［日］高楠顺次郎、渡边海旭、小野玄妙：《大正新修大藏经》，佛陀教
　　育基金会，1990 年。

［唐］高适著，刘开扬笺注：《高适诗集编年笺注》，中华书局，1981 年。

［宋］龚颐正撰，李国强整理：《芥隐笔记》，大象出版社，2012 年。

［清］顾祖禹撰，贺次君、施和金点校：《读史方舆纪要》，中华书局，
　　2005 年。

［清］郭庆藩撰，王孝鱼点校：《庄子集释》，中华书局，2012 年。

郭绍虞辑：《宋诗话辑佚》，中华书局，1980 年。

郭绍虞编选，富寿荪校点：《清诗话续编》，上海古籍出版社，2016 年。

　　　H

［唐］韩愈撰，钱仲联集释：《韩昌黎诗系年集释》，中华书局，1984 年。

［唐］韩愈撰，刘真伦、岳珍校注：《韩愈文集汇校笺注》，中华书局，

2010 年。

［唐］韩愈著，马其昶校注：《韩昌黎文集校注》，上海古籍出版社，
　　2014 年。

［清］何焯撰，崔高维点校：《义门读书记》，中华书局，1987 年。

［清］何文焕辑：《历代诗话》，中华书局，2004 年。

［宋］洪迈著，孔凡礼点校：《容斋随笔》，中华书局，2005 年。

［宋］洪兴祖撰，白化文等点校：《楚辞补注》，中华书局，1983 年。

［清］胡承珙撰，郭全芝校点：《毛诗后笺》，黄山书社，1999 年。

［明］胡应麟：《诗薮》，上海古籍出版社，1979 年。

［宋］胡仔纂集，廖德明校点：《苕溪渔隐丛话》，人民文学出版社，
　　1962 年。

［明］胡震亨：《唐音癸签》，上海古籍出版社，1981 年。

黄灵庚疏证：《楚辞章句疏证（增订本）》，上海古籍出版社，2018 年。

［宋］黄庭坚撰，刘琳、李勇先、王蓉贵点校：《黄庭坚全集》，中华书
　　局，2021 年。

　　　　　J

［三国魏］嵇康著，戴明扬校注：《嵇康集校注》，中华书局，2014 年。

［清］纪昀等编：《景印文渊阁四库全书》，台湾商务印书馆，1985 年。

［清］纪昀撰，刘金柱、杨钧主编：《纪晓岚全集》，大象出版社，2019 年。

［汉］贾谊撰，［明］何孟春订注，彭昊、赵勖点校：《贾谊集 贾太傅新
　　书》，岳麓书社，2010 年。

　　　　　L

［唐］李白撰，安旗等笺注：《李白全集编年笺注》，中华书局，2015 年。

［唐］李德裕撰，傅璇琮、周建国校笺：《李德裕文集校笺》，中华书局，
　　2018 年。

［宋］李昉等编：《太平广记》，中华书局，1961 年。

［唐］李吉甫撰，贺次君点校：《元和郡县图志》，中华书局，1983 年。

［唐］李林甫等撰，陈仲夫点校：《唐六典》，中华书局，1992 年。

［唐］李商隐撰，刘学锴、余恕诚校注：《李商隐文编年校注》，中华书局，2002 年。

［唐］李商隐撰，刘学锴、余恕诚集解：《李商隐诗歌集解》，中华书局，2004 年。

［唐］李世民撰，吴云、冀宇校注：《唐太宗全集校注》，天津古籍出版社，2004 年。

［唐］李延寿撰：《南史》，中华书局，1975 年。

［唐］李益撰，范之麟注：《李益诗集》，上海古籍出版社，2014 年。

［唐］李肇撰，聂清风校注：《唐国史补校注》，中华书局，2021 年。

［北魏］郦道元著，陈桥驿校证：《水经注校证》，中华书局，2007 年。

［清］梁章钜编，栾保群点校：《退庵随笔》，文物出版社，2019 年。

［清］林纾：《春觉斋论文》，人民文学出版社，1998 年。

［清］林纾著，武晔卿、陈小童校注：《韩柳文研究法》，北京联合出版公司，2019 年。

［清］林云铭撰，彭丹华点校：《楚辞灯》，华东师范大学出版社，2012 年。

［宋］刘斧撰，施林良校点：《青琐高议》，上海古籍出版社，2012 年。

［宋］刘克庄撰，辛更儒笺校：《刘克庄集笺校》，中华书局，2011 年。

［清］刘熙载撰，袁津琥校注：《艺概注稿》，中华书局，2009 年。

［汉］刘向集录，范祥雍笺证：《战国策笺证》，上海古籍出版社，2006 年。

［汉］刘向编撰，石光瑛校释：《新序校释》，中华书局，2009 年。

［后晋］刘昫等撰：《旧唐书》，中华书局，1975 年。

［南朝宋］刘义庆撰，［南朝梁］刘孝标注，余嘉锡笺疏：《世说新语笺

疏》,中华书局,2007年。

［唐］刘禹锡撰,瞿蜕园笺证:《刘禹锡集笺证》,上海古籍出版社,
　　1989年。

［唐］刘禹锡撰,陶敏、陶红雨校注:《刘禹锡全集编年校注》,中华书
　　局,2019年。

［唐］刘长卿著,储仲君笺注:《刘长卿诗编年笺注》,中华书局,
　　1996年。

［唐］柳宗元撰,尹占华、韩文奇校注:《柳宗元集校注》,中华书局,
　　2013年。

［唐］卢照邻撰,李云逸校注:《卢照邻集校注》,中华书局,1998年。

［明］陆时雍撰,李子广评注:《诗镜总论》,中华书局,2014年。

逯钦立辑校:《先秦汉魏晋南北朝诗》,中华书局,1983年。

［宋］吕大防等撰:《韩愈年谱》,中华书局,1991年。

　　　　　　M

［元］马端临撰:《文献通考》,中华书局,2011年。

［唐］孟浩然撰,李景白校注:《孟浩然诗集校注》,中华书局,2018年。

［唐］孟郊撰,韩泉欣校注:《孟郊集校注》,浙江古籍出版社,2012年。

　　　　　　O

［宋］欧阳修、宋祁等撰:《新唐书》,中华书局,1975年。

［宋］欧阳修著,李逸安点校:《欧阳修全集》,中华书局,2001年。

　　　　　　P

［清］潘德舆撰,朱德慈辑校:《养一斋诗话》,中华书局,2010年。

［清］彭定求等编:《全唐诗》,中华书局,1960年。

［清］皮锡瑞撰,周予同注释:《经学历史》,中华书局,2012年。

　　　　　　Q

［清］乾隆帝御定,乔继堂点校:《唐宋文醇》,上海科学技术文献出版

社,2020年。

　　　R

［清］阮元校刻：《十三经注疏》,中华书局,2009年。

　　　S

［唐］沈佺期、宋之问撰,陶敏、易淑琼校注：《沈佺期宋之问集校注》,中华书局,2017年。

［南朝梁］沈约撰,陈庆元校笺：《沈约集校笺》,浙江古籍出版社,1995年。

［清］施补华撰,杨国成点校：《施补华集》,浙江古籍出版社,2018年。

［宋］释惠洪注,〔日〕释廓门贯彻注,张伯伟等点校：《注石门文字禅》,中华书局,2012年。

［唐］司空图撰,郭绍虞集解：《诗品集解》,人民文学出版社,1981年。

［宋］司马光撰：《资治通鉴》,中华书局,2011年。

［汉］司马迁撰,顾颉刚等点校,赵生群等修订：《史记（修订本）》,中华书局,2014年。

［明］宋濂等撰：《元史》,中华书局,1976年。

［宋］宋敏求撰,辛德勇、郎洁点校：《长安志》,三秦出版社,2013年。

［宋］苏轼撰,［清］王文诰辑注,孔凡礼点校：《苏轼诗集》,中华书局,1982年。

［宋］苏轼撰,［明］茅维编,孔凡礼点校：《苏轼文集》,中华书局,1986年。

［宋］苏轼撰,邹同庆、王宗堂校注：《苏轼词编年校注》,中华书局,2007年。

［宋］苏辙撰,陈宏天、高秀芳点校：《苏辙集》,中华书局,1990年。

［宋］孙奕撰,侯体健、况正兵点校：《履斋示儿编》,中华书局,2014年。

T

汤可敬：《说文解字今释》，岳麓书社，1997 年。

唐圭璋编：《全宋词》，中华书局，1965 年。

［明］唐汝询选释，王振汉点校：《唐诗解》，河北大学出版社，2001 年。

W

［宋］王安石撰，［宋］李壁笺注，［宋］刘辰翁评点，董岑仕点校：《王安石诗笺注》，中华书局，2021 年。

［唐］王勃撰，杨晓彩点校：《王勃集》，三晋出版社，2017 年。

［汉］王充撰，黄晖校释：《论衡校释》，中华书局，1990 年。

［五代］王定保撰，陶绍清校证：《唐摭言校证》，中华书局，2021 年。

［清］王夫之撰，舒士彦点校：《读通鉴论》，中华书局，2013 年。

［唐］王建撰，尹占华校注：《王建诗集校注》，巴蜀书社，2006 年。

［清］王鸣盛撰，黄曙辉点校：《十七史商榷》，上海古籍出版社，2016 年。

［宋］王溥撰：《唐会要》，中华书局，1960 年。

［宋］王钦若等编纂，周勋初等校订：《册府元龟》，凤凰出版社，2006 年。

［明］王世贞著，罗仲鼎校注：《艺苑卮言校注》，齐鲁书社，1992 年。

［清］王先谦撰，沈啸寰、王星贤点校：《荀子集解》，中华书局，1988 年。

［清］王先慎撰，钟哲点校：《韩非子集解》，中华书局，1998 年。

［宋］王应麟著，［清］翁元圻辑注，孙通海点校：《困学纪闻注》，中华书局，2016 年。

王云五主编：《丛书集成初编》，商务印书馆，1936 年。

王云五主编：《丛书集成三编》，台北新文丰出版公司，1985 年。

王云五主编：《丛书集成续编》，台北新文丰出版公司，1988 年。

［清］王照圆撰，虞思征点校：《列女传补注》，华东师范大学出版社，2012 年。

［北齐］魏收撰，唐长孺等点校，何德章等修订：《魏书（修订本）》，中

华书局,2017 年。

［唐］魏徵等撰,汪绍楹等点校,吴玉贵等修订:《隋书(修订本)》,中
　　华书局,2019 年。

［宋］吴曾撰,刘宇整理:《能改斋漫录》,大象出版社,2012 年。

　　　　　X

［南朝梁］萧统编,［唐］李善注:《文选》,中华书局,1977 年。

［元］辛文房撰,傅璇琮主编:《唐才子传校笺》,中华书局,1995 年。

［元］辛文房撰,周绍良笺证:《唐才子传笺证》,中华书局,2010 年。

［清］徐松撰,［清］张穆校补,方严点校:《唐两京城坊考》,中华书局,
　　1985 年。

徐元诰集解,王树民、沈长云点校:《国语集解》,中华书局,2002 年。

［清］徐增撰,樊维纲校注:《而庵说唐诗》,中州古籍出版社,1990 年。

［唐］许浑撰,罗时进笺证:《丁卯集笺证》,中华书局,2012 年。

［汉］许慎著,［清］段玉裁注:《说文解字注》,中华书局,2013 年。

《续修四库全书》编纂委员会:《续修四库全书》,上海古籍出版社,
　　2002 年。

　　　　　Y

［清］严可均编:《全上古三代秦汉三国六朝文》,中华书局,1958 年。

［宋］严羽撰,郭绍虞校释:《沧浪诗话校释》,人民文学出版社,1983 年。

［汉］扬雄著,郑万耕校释:《太玄校释》,中华书局,2014 年。

［明］杨士弘编选,陶文鹏、魏祖钦点校:《唐音评注》,贵州人民出版
　　社,2006 年。

［清］姚际恒:《诗经通论》,中华书局,1958 年。

［宋］叶梦得撰,逯铭昕校注:《石林诗话校注》,人民文学出版社,
　　2011 年。

［宋］叶适撰,刘公纯、王孝鱼、李哲夫点校:《叶适集》,中华书局,

2010 年。

［清］永瑢等编：《四库全书总目》，中华书局，1965 年。

［元］虞集撰，王颋点校：《虞集全集》，天津古籍出版社，2007 年。

［宋］俞文豹撰，许沛藻、刘宇整理：《吹剑录》，大象出版社，2016 年。

［金］元好问著，狄宝心校注：《元好问诗编年校注》，中华书局，
2011 年。

［金］元好问编，张静校注：《中州集校注》，中华书局，2018 年。

［唐］元稹著，冀勤点校：《元稹集》，中华书局，2010 年。

［唐］元稹著，周相录校注：《元稹集校注》，上海古籍出版社，2011 年。

［唐］元稹著，吴伟斌编：《新编元稹集》，三秦出版社，2015 年。

［宋］乐史撰，王文楚等点校：《太平寰宇记》，中华书局，2007 年。

Z

曾枣庄、刘琳编：《全宋文》，上海辞书出版社、安徽教育出版社，
2006 年。

曾昭岷、曹济平、王兆鹏、刘尊明编撰：《全唐五代词》，中华书局，
1999 年。

［晋］张华撰，范宁校证：《博物志校证》，中华书局，2014 年。

［唐］张籍撰，徐礼节、余恕诚校注：《张籍集系年校注》，中华书局，
2011 年。

［唐］张九龄撰，熊飞校注：《张九龄集校注》，中华书局，2008 年。

［明］张溥撰，殷孟伦注：《汉魏六朝百三家集题辞注》，中华书局，
2007 年。

张元济编：《四部丛刊续编》，上海书店，1984 年。

［唐］张说撰，熊飞校注：《张说集校注》，中华书局，2013 年。

［清］章学诚撰，叶瑛校注：《文史通义校注》，中华书局，1985 年。

［唐］赵璘：《因话录》，上海古籍出版社，1979 年。

〔清〕赵翼撰，霍松林、胡主佑校点：《瓯北诗话》，人民文学出版社，1963 年。

〔清〕赵翼撰，王树民校证：《廿二史劄记校证》，中华书局，2013 年。

〔唐〕郑处海撰，田廷柱点校：《明皇杂录》，中华书局，1994 年。

〔宋〕周煇撰，刘永翔校注：《清波杂志校注》，中华书局，1994 年。

〔清〕周亮工辑，米田点校：《尺牍新钞》，岳麓书社，2016 年。

〔宋〕朱熹撰：《四书章句集注》，中华书局，1983 年。

〔宋〕朱熹撰，朱杰人、严佐之、刘永翔主编：《朱子全书（修订本）》，上海古籍出版社、安徽教育出版社，2010 年。

〔宋〕朱熹集注，吴剑钦、吴广平校点：《楚辞集注》，岳麓书社，2013 年。

〔宋〕朱熹撰，赵长征点校：《诗集传》，中华书局，2017 年。

二、现当代著述

（一）专著

A

〔奥〕阿尔弗雷德·阿德勒著，黄光国译：《自卑与超越》，作家出版社，1988 年。

B

卞孝萱：《刘禹锡年谱》，中华书局，1963 年。

卞孝萱：《元稹年谱》，齐鲁书社，1980 年。

〔俄〕别林斯基著，满涛译：《别林斯基选集》，人民文学出版社，1959 年。

C

岑仲勉：《隋唐史》，商务印书馆，2015 年。

陈寅恪:《元白诗笺证稿》,生活·读书·新知三联书店,2001年。

陈寅恪:《唐代政治史述论稿》,商务印书馆,2011年。

陈寅恪:《金明馆丛稿二编》,上海古籍出版社,2020年。

陈友琴编:《白居易资料汇编》,中华书局,1962年。

陈幼石:《韩柳欧苏古文论》,上海文艺出版社,1983年。

陈垣:《二十史朔闰表》,古籍出版社,1956年。

陈子展:《诗经直解》,复旦大学出版社,1983年。

〔美〕C. S. 霍尔著,陈维正译:《弗洛依德心理学入门》,商务印书馆,
　　1985年。

〔美〕C. S. 霍尔、诺德贝著,冯川译:《荣格心理学入门》,生活·读
　　书·新知三联书店,1987年。

　　　　D

〔法〕丹纳著,傅雷译:《艺术哲学》,人民文学出版社,1983年。

　　　　E

〔美〕E. 佛洛姆著,陈学明译:《逃避自由》,北方文艺出版社,1987年。

〔美〕E. 弗洛姆著,苏娜、安定译:《追寻自我》,延边大学出版社,1987年。

　　　　F

范文澜等撰:《中国通史》,人民出版社,1978年。

方立天:《佛教哲学》,中国人民大学出版社,1987年。

〔美〕弗兰克·戈布尔著,吕明、陈红雯译:《第三思潮:马斯洛心理
　　学》,上海文艺出版社,1987年。

〔奥〕弗洛伊德著,高觉敷译:《精神分析引论》,商务印书馆,2009年。

傅璇琮等:《唐五代文学编年史》,辽海出版社,1998年。

　　　　G

高尔泰:《美是自由的象征》,人民文学出版社,1986年。

H

〔德〕黑格尔著,贺麟、王太庆等译:《哲学史讲演录》,上海人民出版社,2013 年。

侯外庐等:《中国思想通史》,人民出版社,1957 年。

黄焯:《毛诗郑笺平议》,上海古籍出版社,1985 年。

K

康学伟:《先秦孝道研究》,吉林人民出版社,2000 年。

L

李涂:《文章精义》,人民文学出版社,1960 年。

李孝定编述:《甲骨文字集释》,台北"中央研究院"历史语言研究所,1982 年。

李泽厚:《中国古代思想史论》,人民出版社,1986 年。

李泽厚、刘纲纪著:《中国美学史》,安徽文艺出版社,1999 年。

李泽厚:《美的历程》,生活·读书·新知三联书店,2009 年。

刘广明:《宗法中国》,上海三联书店,1993 年。

〔美〕罗洛·梅著,冯川译:《爱与意志》,国际文化出版公司,1987 年。

M

〔德〕马克思、恩格斯:《马克思恩格斯选集》,人民出版社,1995 年。

N

〔印〕尼赫鲁著,齐文译:《印度的发现》,世界知识出版社,1956 年。

Q

钱杭:《周代宗法制度史研究》,学林出版社,1991 年。

钱锺书:《管锥编》,生活·读书·新知三联书店,2007 年。

钱锺书:《谈艺录》,商务印书馆,2011 年。

〔美〕乔治·桑塔耶纳著,缪灵珠译:《美感》,中国社会科学出版社,1982 年。

S

〔日〕三木清著，张勤、张静萱译：《人生探幽》，上海文化出版社，1987年。

尚永亮：《生命在西风中骚动——中国古代文人与自然之秋的双向考察》，陕西人民教育出版社，1989年。

睡虎地秦墓竹简整理小组：《睡虎地秦墓竹简》，文物出版社，1978年。

孙昌武：《唐代文学与佛教》，陕西人民出版社，1985年。

T

《唐代文学研究》第7辑，广西师范大学出版社，1998年。

《唐代文学研究年鉴（1984）》，陕西人民出版社，1985年。

W

王国维：《观堂集林》，中华书局，1961年。

吴汝煜：《刘禹锡传论》，陕西人民出版社，1988年。

吴伟斌：《元稹考论》，河南人民出版社，2008年。

吴文治编：《柳宗元资料汇编》，中华书局，1964年。

X

萧兵：《中国文化的精英——太阳英雄神话比较研究》，上海文艺出版社，1989年。

徐复观：《中国艺术精神》，广西师范大学出版社，2007年。

徐复观：《两汉思想史》，九州出版社，2014年。

Y

严耕望：《唐代交通图考》，北京联合出版公司，2021年。

杨公骥：《中国文学》，吉林人民出版社，1980年。

袁行霈主编：《中国文学史（2）》，高等教育出版社，2010年。

Z

张清华：《韩学研究》，江苏教育出版社，1998年。

章士钊：《柳文指要》，文汇出版社，2000年。

周相录:《元稹年谱新编》,上海古籍出版社,2004 年。

朱光潜:《悲剧心理学》,中华书局,2012 年。

朱金城:《白居易年谱》,上海古籍出版社,1982 年。

《中国地方志集成·广东府县志辑》,上海书店出版社,2013 年。

《中国地方志集成·广西府县志辑》,凤凰出版社,2010 年。

《中国地方志集成·陕西府县志辑》,凤凰出版社,2007 年。

(二)期刊

陈景春:《论韩愈诗歌创作的四个阶段及其风格的嬗变》,《西安文理学院学报》2015 年第 2 期。

陈维正:《从行为研究到文化设计——斯金纳〈超越自由与尊严〉译后》,《读书》1987 年第 10 期。

〔日〕清水茂著,华山译:《柳宗元的生活体验及其山水记》,《文史哲》1957 年第 4 期。

尚永亮:《论〈哀郢〉的创作和屈原的放逐年代》,《陕西师范大学学报》1980 年第 4 期。

尚永亮:《柳宗元刘禹锡两被贬迁三度经行路途考》,《唐代文学研究》第 7 辑,广西师范大学出版社,1998 年。

尚永亮:《借古人事以自抒怀抱》,《零陵师专学报》2001 年第 1 期。

尚永亮、李丹:《论元和体之形成与接受学的关联》,《福建论坛》2006 年第 6 期。

尚永亮:《柳宗元古近体诗与表述类型之关联及其创作动因》,《文学遗产》2011 年第 3 期。

尚永亮:《中国文学史上最早的弃子逐臣之作——〈小弁〉作者及本事平议》,《安徽大学学报》2012 年第 1 期。

尚永亮:《历史与传说间的文学变奏——伯奇本事及其历史演变考

论》,《文史哲》2014 年第 4 期。

尚永亮:《元白并称与多面元白》,《文学遗产》2016 年第 2 期。

尚永亮:《唐人诗文及史书中之"商颜"考——兼与下定雅弘教授商榷》,《文学遗产》2018 年第 1 期。

吴伟斌:《元稹白居易通江唱和真相述略》,《苏州大学学报》1988 年第 2 期。

岳珍:《韩愈"南行逾六旬"考实——兼考韩愈南迁潮州的行程》,《殷都学刊》2003 年第 1 期。

张广达:《论唐代的吏》,《北京大学学报》1989 年第 2 期。

张日燊:《韩愈对二王八司马态度切探》,《扬州师院学报》1988 年第 4 期。

周静敏:《论韩愈贬潮系列诗歌中的贬谪之路》,《河北北方学院学报》2021 年第 5 期。

后　记

近些年来,关于唐诗之路的研究风生水起,逐渐成为一个新的学术增长点。本书得以跻身"唐诗之路研究丛书"并由中华书局出版,端赖丛书主编卢盛江教授的邀约和出版社的支持。

以中唐元和五大诗人之贬及其创作为中心,展开对贬谪文化、贬谪文学的考察,始于上世纪80年代中后期;其文稿及修订本、外译本分别于1993年、2004年、2017年由台北文津出版社、兰州大学出版社、日本勉诚出版社以不同文字出版,产生了一定的学术影响。旧著最初内容虽有关乎诗路者,但所占比重不大,这次接受了盛江兄的建议,将书名易为《贬谪文化与贬谪诗路》,增补了第三章《韩、元、白诸人的诗路经行与书写特点》及附录《元和五大诗人贬迁系年》近十万字,并对第二章《贬谪之路与五大诗人的生命沉沦》、第五章《贬谪文化与贬谪文学的演进轨迹》做了若干改订和增删,以期名实相副,并在论述的深细度、学理性上稍予推进。

我的博士生蒋润、徐嘉乐、成天骄诸君在核查引文、完善文献注释等方面,帮着做了不少工作;责任编辑余瑾女史严谨负责,发现了不少疏漏并一一改正,为书稿的质量提供了保证。对他们的认真和付出,谨致以衷心的感谢。

癸卯初夏匆草于陕西师范大学长安校区临时寓所